本书属于国家社科基金重大项目
——梵文研究及人才队伍建设

印度古代文学

黄宝生 著

中国社会科学出版社

图书在版编目（CIP）数据

印度古代文学／黄宝生著 . —北京：中国社会科学出版社，2020. 6
ISBN 978 - 7 - 5203 - 5769 - 2

Ⅰ . ①印…　Ⅱ . ①黄…　Ⅲ . ①古典文学—文学研究—印度　Ⅳ . ①I351.062

中国版本图书馆 CIP 数据核字（2019）第 289221 号

出 版 人	赵剑英
责任编辑	史慕鸿
责任校对	冯英爽
责任印制	戴　宽

出　　版	中国社会科学出版社
社　　址	北京鼓楼西大街甲 158 号
邮　　编	100720
网　　址	http://www.csspw.cn
发 行 部	010 - 84083685
门 市 部	010 - 84029450
经　　销	新华书店及其他书店

印刷装订	北京君升印刷有限公司
版　　次	2020 年 6 月第 1 版
印　　次	2020 年 6 月第 1 次印刷

开　　本	710 × 1000　1/16
印　　张	36
字　　数	452 千字
定　　价	198.00 元

凡购买中国社会科学出版社图书，如有质量问题请与本社营销中心联系调换
电话：010 - 84083683

目　　录

第一编　吠陀时期

第二编 史诗时期

第三编 古典梵语文学时期

第一编　吠陀时期

（公元前十五世纪至公元前四世纪）

第 一 章

概　　述

古代印度（中国古籍中亦称"身毒"、"贤豆"、"天竺"等）的地域主要包括今日南亚次大陆的印度、巴基斯坦和孟加拉国。

印度文化发源于印度河流域。据二十世纪二十年代初开始的考古发掘证明，印度河流域早在公元前2500—前1750年就已出现城市化文明，其中最大的城市遗址是摩亨佐达罗和哈拉巴（在今日巴基斯坦的信德省和旁遮普省）。印度河流域文明已经进入青铜时代。虽然石制工具仍在使用，但已经出现大量铜器和青铜器，其中有斧子、镰刀、锯子、鱼钩等生产工具，也有刀剑、箭镞、矛头等武器。居民主要从事农业，农作物有小麦、大麦、棉花、胡麻、蔬菜、瓜果等；也从事畜牧业，驯养的牲畜有牛、羊、猪、狗、鸡、象、骆驼等。手工业有冶金、纺织和制陶。城市建筑具有相当规模和水平，尤其是富人居住区，不仅有分成厨房、浴室和卧室的楼房，还有完善的排水系统。雕塑艺术也很发达，有许多石头、陶土和金属雕塑品。这个时期的文字主要保存在出土的大批印章（约有两千多枚）上。长期以来，印度国内外一些学者专门研究这种印章文字，有的认为属于古印度雅利安语族吠陀语的早期形式，有的认为属于达罗毗荼语族，尚未获得公认的译解方法。印度河流域文明于公元前十八世纪开始衰落。衰落的原因不明，学者中有的认为是由于外族（雅利安人）入侵，有的认为是由于自然灾害。

　　印度现存最早的文献是四部吠陀本集，其中最古老的是《梨俱吠陀本集》（简称《梨俱吠陀》），另外三部是《娑摩吠陀本集》（简称《娑摩吠陀》）、《夜柔吠陀本集》（简称《夜柔吠陀》）和《阿达婆吠陀本集》（简称《阿达婆吠陀》）。这四部吠陀主要是诗体，约产生于公元前1500—前1000年，使用的语言是吠陀语。我们通常所说的吠陀文献，除了这四部吠陀外，还包括阐述这四部吠陀的各种梵书、森林书和奥义书。这后三类著作主要是散文体，约产生于公元前1000—前400年，使用的语言是由吠陀语演变而成的古梵语。还有一类与吠陀文献密切相关的著作，统称为"吠陀支"。它们共分六支——礼仪学、语音学、语法学、词源学、诗律学和天文学。其中的礼仪学分成"天启经"、"家庭经"和"法经"，通称"劫波经"。

　　十八、十九世纪西方学者通过研究古代印度语言，开创了比较语言学。学者们确认吠陀语和梵语属于印欧语系。而且，通过《梨俱吠陀》和波斯古经《阿维斯陀》之间语言、神话和宗教的比较研究，表明两者之间存在密切的文化因缘关系。同时，在小亚细亚出土的泥板文书中，有公元前十四世纪赫梯王和米丹尼王签订的和约，以吠陀神密多罗、伐楼那、因陀罗和那娑底耶为见证者和保护者。因此，多数学者认为，大约在公元前1750年，居住在中亚地带的部分雅利安人（史称"印度－伊朗人"）离开故乡，向南迁徙，一支向西进入伊朗，成为伊朗雅利安人，另一支向东进入印度，成为印度雅利安人。

　　四部吠陀本集本身反映出雅利安人从印度西北向东部移动的迹象。最古老的《梨俱吠陀》以及《娑摩吠陀》表明雅利安人生活在印度河流域，其后的《夜柔吠陀》表明雅利安人已经进入恒河流域，最晚编订的《阿达婆吠陀》表明雅利安人已经到达孟加拉地区。这些雅利安人在向东移动的过程中，与被称作"达娑"或

"达休"的印度土著居民进行了长期而残酷的斗争。在《梨俱吠陀》中，达娑被描绘成"黑皮肤"、"无鼻子"（或"扁鼻子"）、"不信神"和"不祭祀"的"敌人"。《梨俱吠陀》中的大神因陀罗的称号之一是"摧毁城堡者"。一些诗颂扬他征服达娑人，把土地赐给雅利安人。"达娑"一词不仅与"敌人"、"妖魔"同义，也与"奴隶"或"奴仆"同义，说明当时有一部分被征服的印度土著居民沦为奴隶或奴仆。

整个吠陀时期的印度是从原始社会过渡到奴隶社会。

雅利安人原本是些游牧部落，在进入印度初期，还过着部落生活。每个部落由若干村落组成，每个村落由若干父权大家庭组成。部落的首领叫做"王"（"罗阇"），部落有"议事会"和"人民大会"。吠陀时代的战争，开始是雅利安人征服印度土著居民，后来是雅利安人部落之间互相掠夺吞并。《梨俱吠陀》中描写的十王之战就是当时影响很大的一次战争。随着部落渐渐合并成大小王国，生产力提高，私有制和社会分工加强，阶级分化的现象日益明显。在吠陀时代形成的种姓制度是古代印度社会阶级关系的特殊表现形式。

在吠陀文献中，用作种姓的专门名词是"瓦尔那"。但这词在《梨俱吠陀》中的意思是"色"，并无种姓的含义。《梨俱吠陀》中说到的"雅利安色"和"达娑色"，是从肤色上区分雅利安人和印度土著居民。在《梨俱吠陀》中，只有一首颂诗（一般称为"原人颂"）提到后来的所谓"四种姓"。这首颂诗描写众天神举行祭祀，以原始巨人补卢沙作祭品。众天神分割补卢沙时，"他的嘴变成婆罗门，双臂变成罗阇尼耶（即刹帝利），双腿变成吠舍，双脚变成首陀罗"（10.90.12）①，但从语言和内容上，都可以证明这首

---

①　括号里的数字表示第十卷第九十首第十二节。下同。

颂诗是晚出的。可以说，整个《梨俱吠陀》反映的主要是进入印度河流域的雅利安人的部落社会生活。种姓制是在雅利安人定居恒河流域之后产生的，反映在《梨俱吠陀》之后的吠陀文献中。在四种姓中，第一种姓婆罗门是祭司阶级，掌管宗教事务；第二种姓刹帝利是武士阶级，掌管军政大权；第三种姓吠舍是平民阶级，主要从事农业、畜牧业、手工业和商业；第四种姓首陀罗主要从事农业、渔猎和各种技艺，或充当仆役和奴隶。前两种种姓代表统治阶级，后两种代表被统治阶级。而且，综观整个后期吠陀文献，前两种种姓，尤其是婆罗门的地位越来越高，如在《百道梵书》中，婆罗门也被抬高到神的地位；而后两种种姓，尤其是首陀罗的地位越来越低，如在《爱多雷耶梵书》中，首陀罗被称作是"可以随意杀害和驱逐的人"，说明他们处在毫无人权的奴隶地位。

吠陀时代的文化与宗教密不可分，一般说来，《梨俱吠陀》反映的宗教还带有较多的原始宗教色彩，而《夜柔吠陀》和各种梵书反映的宗教已经完全是人为宗教。吠陀本集是婆罗门祭司为了适应祭祀仪式的需要而加以编订的。婆罗门教的祭祀仪式可分为"家庭祭"和"天启祭"两大类。家庭祭是有关出生、婚丧、祭祖、祈福等日常生活祭祀仪式，只需要点燃一堆祭火，由家长担任司祭者，至多由一个祭司协助。天启祭是由贵族、富人，尤其是国王举行的祭祀仪式，需要点燃三堆祭火，由四位祭官统领一批祭司担任司祭者。四位祭官分别是：劝请者，由他念诵《梨俱吠陀》颂诗，赞美诸神，邀请诸神出席祭祀仪式；咏歌者，由他伴随供奉祭品，尤其是苏摩酒，高唱《娑摩吠陀》颂诗；行祭者，由他执行全部祭祀仪式，同时低诵《夜柔吠陀》中的祷词和祭祀规则；监督者，由他监督整个祭祀仪式的进行，一旦发现差错，就予以纠正，因此，他必须精通上述三吠陀。而《阿达婆吠陀》为祭司提供各种咒语。至于各种梵书，则是婆罗门探讨、说明和指导祭祀仪式的专门著作。梵书之后的各种森林书和奥义书有所不同，表现出一种突破礼仪主义而进行形而上学思辨的新倾向。与此同时，依旧不断产生着各种讨论祭祀仪式的家庭经和天启经。

从文学角度看，吠陀文献中最重要的作品是《梨俱吠陀》、《阿达婆吠陀》以及梵书中的神话传说。《梨俱吠陀》不仅是印度，也是印欧语系中最古老的诗歌总集。它虽然经过婆罗门祭司编订，但还是保留着原始诗歌的主要特色——以颂诗的形式表达对自然和社会力量的崇拜，并幻想通过这种崇拜控制自然和社会。《阿达婆吠陀》主要是巫术诗歌。巫术是一种前于宗教的古老社会现象，表达了原始人企图以幻想手段征服自然的强烈愿望。在吠陀时代已经出现专职诗人，可能最早兼作巫师，后来又兼作祭司。吠陀诗人创作诗歌，不仅适应巫术和祭祀的实用需要，而且也兼顾诗歌的艺术性，朦胧地意识到审美需要。因此，《梨俱吠陀》和《阿达婆吠陀》是我们了解人类原始诗歌或研究诗歌起源的宝贵资料。梵书是印度最早的散文作品。从总体上说，梵书不是文学作品，而是婆罗门的"祭祀学"著作。但其中含有一些文学性的神话传说。如果说，吠陀本集中的神话传说比较零碎模糊，那么，梵书中的神话传说就比较具体充实，为后来充分发展的史诗和往世书神话传说开了先河。

第 二 章

《梨俱吠陀》

　　《梨俱吠陀本集》（Ṛgvedasaṃhitā）分十卷，共有一千零二十八首诗（如果不算后期附入第八卷的十一首，则是一千零十七首）。每首诗的长短不一，最短的只有一节诗（如1.99），最长的有五十八节诗（如9.97），而平均每首十节左右，总共一万零五百八十九节。"梨俱"（ṛc）的意思是诗节，"吠陀"（veda）的意思是知识。梨俱吠陀诗歌的作者，传统称为"仙人"（ṛṣi）。第二至第七卷分别归诸六个仙人家族，第八卷归诸两个仙人家族，第一、第九和第十卷归诸众多的仙人，其中还有女仙人。一般地说，《梨俱吠陀》中最古老的是第二至第七卷，最晚出的是第一和第十卷。

　　梨俱吠陀时期的雅利安人定居在印度河及其支流的地域。经济以畜牧业为主，农业为辅。主要食品是牛奶、酥油和大麦。牛在生活中占据特殊重要地位。战争（gaviṣṭi）一词的含义是"渴望牛"。这些雅利安部落为了谋求生存和发展，长期投身艰苦的斗争，养成一种积极进取的精神。但是，低下的生产力限制了他们的认识能力。面对神秘莫测的自然和社会，他们常常幻想通过巫术的手段予以控制，或通过崇拜的方式予以协调。整个《梨俱吠陀》基本上是采用颂诗形式，向自然现象和社会现象以及自然现象和社会现象转化而成的诸神表示赞美、恳求或劝说。

　　《梨俱吠陀》是研究神话产生和形成过程的极有价值的材料。

《梨俱吠陀》中的许多神名就是自然现象本身，如苏尔耶（sūrya，太阳）、阿耆尼（agni，火）、伐由或伐多（vāyu 或 vāta，风）、波阇尼耶（parjanya，雨云）、普利提维（pṛthivī，大地）、摩录多（marut，暴风雨）、乌霞（uṣas，黎明）、罗特利（rātrī，黑夜）等等。另外一些神名起源不明，大多是由社会现象或与自然现象相结合的社会现象转化而成。下面依次介绍《梨俱吠陀》中反映的自然现象、社会现象和神话传说。由于《梨俱吠陀》中反映的自然现象和社会现象也大多是以颂神形式表现的，所以这种叙述顺序以及分类的诗歌只是约略暗示而不是直接代表吠陀神话的形成过程。

这里，需要说明的是，《梨俱吠陀》中有不少诗歌或者其中的一些词语至今意义不明，有待学者们继续研究解决。因为《梨俱吠陀》编订成集后，成为婆罗门教的圣典，为确保在祭祀仪式中准确无误地使用，采用特殊的记诵方式口耳相传，历久不变。然而，在实际生活中，语言是不断演变的。这样，经过若干世纪后，其中不少语词的词义就变得难以确认，出现歧解现象。公元前五世纪，耶斯迦（Yāska）的《尼录多》（Nirukta）是对一部汇集《梨俱吠陀》中僻字和难字的辞书《尼犍豆》（Nighaṇṭu）的注释。其中引用了十七位前贤的解释，而他们的观点常常互相抵牾。这说明在吠陀时代后期，对《梨俱吠陀》的读解就已遇到不少困难。最早对《梨俱吠陀》全书进行注释的是十四世纪的沙耶那（Sāyaṇa）。他的注释汇集了在他之前的注释成果。这样，有些注释之间存在矛盾，而他也没有作出决断。现代西方学者对吠陀语研究作出重大贡献者是德国学者罗斯（Roth，1821—1895 年）。他编有七卷本的《梵德词典》，每个词的历史上至吠陀语，下至古典梵语。同时，十九世纪以来，英国、德国和印度学者出版有多种《梨俱吠陀》译本。但是，对比这些译本，可以发现这些译者的译文互相之间存在较多的歧异。确实，在距离《梨俱吠陀》两三千年的今天，要解决印度古人读解中就已存在的疑难确非易事。因此，有不少诗的译文读来觉得语句之间的逻辑联系不够严密，文气不够顺畅。然而，终究大多数《梨俱吠陀》颂诗还是基本上可以读解的。

第一节　反映自然现象

梨俱吠陀诗人仿佛用儿童的眼光看待大自然，以朴素的语言和鲜明的色彩描绘各种自然现象，直率地表达他们的惊奇、赞叹、敬畏和心愿。

《梨俱吠陀》中约有十首诗歌颂太阳。吠陀诗人热爱太阳，常把太阳比作公牛、白马、飞鹰或宝石。太阳驱散黑暗，照亮天地，万物靠它生长。太阳也驱走病痛和噩梦，使人延年益寿。诗人们歌唱道：

> 在洞察一切的太阳面前，
> 星星和黑夜似窃贼逃散。
>
> 阳光似燃烧的火焰，
> 远远地照亮人世间。（1.50.2—3）

另一首诗描写"太阳从朝霞怀中起身"，"像卷起皮子那样卷起黑暗"，漫步太空，照耀人间：

> 灿烂的太阳从空中升起，
> 在漫长的途中放射光芒，
> 现在，众生被太阳唤醒，
> 朝着既定目标开始工作。（7.63.4）

　　《梨俱吠陀》中约有二十首诗歌颂黎明。在吠陀诗人眼中，黎明是最优美的自然景象。她天天打开天国之门，出现在东方。她永远年轻美丽，像经过母亲打扮的少女，又像衣着漂亮的舞女。诗人们怀着激情歌唱道：

　　　　仿佛自恃体态娇美的浴女，
　　　　亭亭玉立，盼望我们看见，
　　　　这天国的女儿，驱散黑暗，
　　　　带着光明，来到我们面前。（5.80.5）

　　　　你是我们眼中的吉祥女，
　　　　你光芒远射，照彻天空，
　　　　辉煌灿烂的朝霞女神啊，
　　　　你袒露胸脯，大放光明。（6.64.2）

　　　　吉祥之光像奶牛出栏，
　　　　朝晖布满辽阔的空间。

　　　　你用光芒将黑暗驱逐，
　　　　光辉的女人，请赐福。（4.53.5—6）

　　《梨俱吠陀》中有不少描写暴风雨的诗歌。暴风雨既带来雨水，又带来破坏，因而吠陀诗人对这种自然现象怀着敬畏的感情。在一首歌颂雨云的诗（全诗十节）中，诗人歌唱道：

　　　　我用这些颂诗呼吁雨云，
　　　　赞美他，向他鞠躬敬礼，

　　他是哞哞鸣叫的公牛，
　　赐予植物生命的种子。

　　他摧毁树木，消灭恶魔，
　　他武力强大，威慑天下，
　　他发出雷鸣，惩处恶人，
　　而善人也不免担惊受怕。

　　犹如车夫跃马扬鞭，
　　他让乌云迅速涌现，
　　乌云布满整个空间，
　　远处雷声狮吼一般。

　　风儿摇荡，闪电坠落，
　　天空饱和，植物生长，
　　雨云赐给大地种子，
　　世间万物获得滋养。

　　由于你，大地俯首帖耳，
　　由于你，兽类瑟瑟发抖，
　　由于你，植物千姿百态，
　　雨云啊，我们求你保佑！（5.83.1—5）

　　河流也是吠陀诗人经常讴歌的对象。《梨俱吠陀》中提到的河流主要是印度河及其支流。他们赞颂印度河的磅礴气势：

　　闪光的印度河施展无穷威力，

> 他的咆哮声从地上直达天国，
>
> 犹如雷鸣中倾泻的滂沱大雨，
>
> 他奔腾向前，似怒吼的公牛。（10.75.3）

在河流中，吠陀诗人颂扬最多的还是娑罗私婆蒂河：

> 她凭借强大的波涛，
>
> 像掘藕人，冲破山脊，
>
> 让我们用颂歌祷词，
>
> 向娑罗私婆蒂求祈。

> 但愿你不要泛滥成灾，
>
> 但愿你引导我们富强，
>
> 但愿你和我们友好，
>
> 别让我们远走他乡。（6.61.2、14）

这条娑罗私婆蒂河如今已经不存在，有些学者认为它在《梨俱吠陀》中常常指的就是印度河。

《梨俱吠陀》中还有一首著名的青蛙颂歌（全诗十节），以幽默的拟人手法，描绘雨季来临之际青蛙的欢乐情景：

> 雨季到来了，雨落下来了，
>
> 落在这些渴望雨的青蛙身上，
>
> 像儿子走到父亲的身边，
>
> 一只鸣蛙走到另一只鸣蛙身旁。

> 一对蛙一只揪住另一只，

他们在大雨滂沱中欢乐无比，
青蛙淋着雨，跳跳蹦蹦，
花蛙和黄蛙的叫声响成一片。

一只模仿着另一只的声音，
好像学生学习老师的经文，
他们的诵经声连成一片，
像雄辩家在水上滔滔论辩。

一只像牛叫，一只像羊嚷，
一只花纹斑驳，一只遍身黄，
颜色不同，名字却一样，
他们用种种声调把话讲。

像婆罗门在苏摩酒祭的深夜，
围坐在满满的苏摩酒瓮边谈论，
青蛙啊！你们也围坐这池塘，
歌颂一年中这一天，欢迎雨季来临。(7. 103. 3. 3—7)①

第二节　反映社会现象

在吠陀时代，战争是不断发生的。开始是雅利安人征服印度土
著居民，后来是雅利安人部落互相兼并。适应这种社会需要，产生
一些尚武精神的诗歌：

————————

① 这首诗采用金克木译文。

> 战士身披铠甲冲锋，
> 犹如乌云发出雷鸣，
> 但愿你安然无恙，
> 但愿你胜利回营！
>
> 让我们用箭战胜敌人，
> 让我们用箭赢得牛群，
> 让我们用箭征服敌国，
> 带给敌人忧伤和悔恨！(6. 75. 1—2)

雅利安人在印度河流域定居下来后，不仅从事畜牧业，也开始从事农业：

> 系紧犁头架上轭，
> 播撒种子在犁沟，
> 倘若颂歌获应验，
> 挥动镰刀望丰收。(10. 101. 3)

雅利安部落社会实行军事民主制，设有"议事会"和"人民大会。"有一首颂诗（即《梨俱吠陀》的最后一首）唱道：

> 集合起来讨论吧，
> 愿你们统一思想，
> 犹如古老的诸神，
> 有祭品共同分享。(10. 192. 2)

随着生产力的提高，社会分工日益细致明确。有一首苏摩酒颂诗中，诗人以诙谐的语气描绘社会分工现象和由此形成的职业心理：

> 世上职业各式各样，众人愿望互不相同，
> 祭司盼祭主，医生盼伤残，木匠盼损坏，
> 苏摩酒啊，请为因陀罗流出来！
>
> 干芦苇，鸟羽毛，熊熊炉火和石砧，
> 金匠盼望顾主带着成堆金子上门来，
> 苏摩酒啊，请为因陀罗流出来！
>
> 我是诗人，爸爸是医生，妈妈磨面粉，
> 大家分工不同，像牛一样勤劳盼发财，
> 苏摩酒啊，请为因陀罗流出来！
>
> 马匹喜欢驾驶轻车，人群喜欢说说笑笑，
> 男人盼望亲近女人，青蛙盼望接近河水，
> 苏摩酒啊，请为因陀罗流出来！（9.112.1—4）

在《梨俱吠陀》中，除了一首晚出的"原人颂"外，没有提到种姓制。但从以上所引这首诗可以看出，专业性的祭司是存在的。在《梨俱吠陀》中，"婆罗门"一词有时表示祭司，有时表示任何具有才能或品德的人。这些婆罗门祭司和部落酋长共同侵占社会财富。《梨俱吠陀》中大约有四十首"布施颂"，赞颂酋长和贵族慷慨布施。例如：

> 金币百枚马百匹，

公牛也是这个数，
大王每天布施我，
不朽名声达天国。

大王馈赠栗毛马，
女子载满十辆车，
车后跟随六万牛，
离别之日我带走。（1. 126. 2—3）

《梨俱吠陀》中反映的恋爱婚姻比较自由，但禁止兄妹或父女结婚。一夫一妻是主要形式，也允许一夫多妻。吠陀时代的结婚仪式大致是这样的：新郎和客人同去新娘家；新郎握住新娘的手，围绕祭火行走；然后，在迎亲队伍陪伴下，新郎用车接新娘回家。《梨俱吠陀》第十卷第八十五首是一首长诗，描写月亮与太阳的女儿结婚，实际上反映的是人间婚礼。其中有些著名的结婚祷词，如：

（新娘对新郎说道：）
我握你手交好运，
你能与我共白头；
天神将你赐予我，
我能成为一家主。（10. 85. 56）

（祭司对新婚夫妇说道：）
但愿你俩住这里，
白头偕老不分离，
子孙满堂绕双膝，

游戏玩耍乐无边。(10.85.42)

在吠陀时代，妇女的地位并不低下，能与丈夫一起参与社会活动。《梨俱吠陀》中有一部分诗歌的作者是女性，也说明这一点。当时也不提倡寡妇殉葬，而允许寡妇再嫁。在一首葬礼诗中，诗人对死者的妻子唱道：

> 女人啊起来，你要活下去，
> 丈夫已死去，莫躺他身边，
> 如今这男子，成为你丈夫，
> 握住你的手，与你结姻缘。(10.18.8)

吠陀时代的雅利安人对生活采取积极的、乐观的肯定态度。当然，他们的生活也不是田园牧歌式的。且不说残酷的征战杀戮和艰苦的生产劳动，日常生活中也存在欺骗、偷盗、赌博等等不良现象。《梨俱吠陀》中有一首著名的"赌徒歌"（全诗十节），通过一个赌徒的自白，生动地描述了赌博的危害。这个赌徒迷上掷骰子，岳母、妻子和父母兄弟都跟他断绝了关系。他一度想改邪归正，但经不住掷骰子呼声的诱惑，又跨进了赌场：

> 赌徒到赌场，全身发抖，
> 自己问自己，会不会赌赢？
> 骰子违反了他的愿望，
> 让他的对手交了好运。
>
> 骰子真是带钩又带刺，
> 骗人，烧人，使人如火焚，

像孩子给东西，让人到手又夺回，

骰子像拌上了蜜糖，迷惑嗜赌人。（10.34.6—7）①

这个赌徒欠了一身债，成了流浪汉。最后，他听从太阳神的劝告，幡然悔悟。

第三节　神话传说

《梨俱吠陀》中的诸神是自然现象和社会现象的人格化。但与后来的史诗和往世书神话相比，诸神的拟人化比较抽象模糊，有关的神话传说也支离破碎，缺乏完整的故事情节。这说明梨俱吠陀神话还处在比较原始的阶段。《梨俱吠陀》中的神很多，按照印度传统可以分成三类：天上诸神、空中诸神和地上诸神。当然，这种分类也不是绝对的，其中难免有划分不清或互相重叠的部分，如普利提维和陀湿多可以同属三类。

一　天上诸神

提奥（Dyaus）是天空神，通常与大地女神普利提维（Pṛthvī）并称为天地神。他俩是诸神的父母，创造和保护一切生物。

苏尔耶（Sūrya）是太阳神。提奥是他的父亲。阿底提（Aditi）女神是他的母亲，因此他又名阿底提耶（Āditya）。最初，他藏在海中，众神将他抬到天上。乌霞（Uṣas）是黎明女神，有时是他的母亲，有时是他的妻子。苏尔耶与波斯古经《阿维斯陀》中的太阳（Hvare）一词同源。《梨俱吠陀》中的另外两个太阳神名婆维特利（Savitṛ）和维婆斯婆特（Vivasvat）。按词义可能原先分别是太阳的

---

① 这首诗采用金克木译文。

称号"推动者"和形容词"光辉的",后来演变成独立的太阳神。

普善(Pūṣaṇ)是道路神。他乘坐羊车,携带金矛、锥子和刺棒。他既担任太阳的使者,也担任死者的向导。他守卫道路,庇护旅人,并找回迷途的牲畜。他的唯一称号是"光辉者",因而原先也可能是一位太阳神。

伐楼那(Varuṇa)在吠陀神中的地位极高,仅次于因陀罗。他显然是神化的人间统治者。他经常被称为"大王",居住在天国中有千柱千门的金殿里。他有许多侦探,因此也被说成有一千只眼。他让天地分开、日月运行、江河流动。他不仅支配自然规律,也维护道德秩序。他有捆绑罪犯的套索。因而,在有关伐楼那的颂诗中,每首都有祈求他宽恕罪过的内容。例如,第五卷第八十五首在颂扬了伐楼那的一系列神迹后,最后祈求道:

> 倘若我们像赌徒,
> 有意无意犯错误,
> 但求赦免松套索,
> 我们与你亲如故。(5.85.8)

与伐楼那紧密相连的神是密多罗(Mitra)。他俩形成对偶神,共同统治世界,惩戒罪恶。伐楼那与《阿维斯陀》中的玛兹达神名不同,但神性相近。密多罗与《阿维斯陀》中的密特拉(Mithra)神名同源,但神性有所不同,后者是太阳神。

毗湿奴(Viṣṇu)后来成为印度教三大神之一,但在吠陀神中的地位并不高。他的称号是"大步",因为他从地上到天上,跨出的头两步尚能看见,第三步就高不可见了。这个细节后来变成往世书神话中毗湿奴下凡故事之一。

阿底提(Aditi)是无限女神。她赐福于儿童和牛,能解脱人的束缚。她有六个或八个儿子，叫做阿底提耶（Āditya），其中包括伐楼那、密多罗和太阳神阿底提耶。

双马童（Aśvinau）是一对孪生兄弟神。他俩年轻漂亮，乘坐三轮金车，由飞鸟、飞马、水牛或驴驾车，车速比思想还快。他俩嗜好饮蜜，车上也装着蜜，分给蜜蜂和凡人。他俩是救死扶伤的神医，能使病人痊愈、盲人复明，还能使人返老还童。他俩还救助其他各种落难之人。有关他俩的颂诗有五十多首，在梨俱吠陀诸神颂诗中占据第四位。

三个利普（Ṛbhu）是一组工艺神。他们依靠自己的工艺技巧上升为神，居住在太阳领域。他们为因陀罗造了马，为双马童造了车，还让自己的年迈双亲恢复青春。

陀湿多（Tvaṣṭṛ）是另一位工艺神。他善于制造各种器械，因陀罗的金刚杵就是他锻造的。他是一切形象的制造者，赋予人和动物外形，因而也是一位赐予后嗣的神。

此外还有黎明女神乌霞（Uṣas）、黑夜女神罗特利（Ratrī）等。

二 空中诸神

因陀罗（Indra）在吠陀神中居于最高地位。赞扬他的颂诗近两百五十首，约占梨俱吠陀颂诗总数的四分之一。他长有棕色（或金色）的皮肤和须发，力大无比。他手持金刚杵，有时也携带弓箭或钩子，乘坐工艺神利普制造的车马。他既是战神，又是雷神。他嗜饮苏摩酒，并借以增强战斗力。他的主要功绩一是杀死困住河水的巨龙，二是征服达娑人。显然，他是印度雅利安部落社会的英雄神：

> 固定摇晃的大地，
> 稳住颠簸的群山，

　　拓宽天空，撑住天国，

　　人们啊，他是因陀罗。

　　杀死巨龙，释放七河，

　　打开洞穴，赶出牛群，

　　从两石之间产生火，

　　人们啊，他是因陀罗。

　　促使宇宙变化不停，

　　征服和驱逐达娑人，

　　像赌徒赢得敌人财富，

　　人们啊，他是因陀罗。(2.12.2—4)

　　摩录多（Marut）是一群暴风雨神。他们是同年龄的兄弟，通体发光，以闪电为长矛，主要职能是下雨。他们发出的雷鸣和狂风震撼大地山岳，由此也被称为天国歌手。他们是协同因陀罗作战的主要盟友。

　　楼陀罗（Rudra）是摩录多的父亲，手持雷杵，以闪电为箭。他凶猛异常，被称作天国的野猪。他既是统治世界的暴君，也是治疗百病的神医。他在吠陀神中的地位并不重要，但后来演变成印度教三大神之一湿婆。

　　伐由（Vāyu）和伐多（Vāta）都是风神。伐由经常与因陀罗同乘一车，由成百成千匹马拉着。伐多与暴风雨神关系密切。他家里有甘露，因而也能治疗疾病，使人延年益寿。有首颂诗描写伐多的威力：

　　伐多的车辆威力无比，

摧枯折腐，咆哮号呼，

向上搅红天国苍穹，

向下席卷大地尘土。

他沿着空中道路前进，

不曾有过一天停车休息，

请问出生最早的圣水朋友，

他从哪儿产生？从哪儿升起？

众神的呼吸，万物的起因，

他依照自己的心愿漫游四方，

声音能听到，模样见不着，

让我们拿祭品向伐多献上。（10.168.1、3—4）

此外，还有雨云神波阇尼耶（Parjanya）、水神阿波那（Āpamnapāt）、水女神阿波（Āpas）和从天上取来火的摩多利首（Mātarisvan）等。

三　地上诸神

阿耆尼（Agni）是火神，赞扬他的颂诗有两百余首，数量之多仅次于因陀罗。在《梨俱吠陀》中，他主要是祭火的人格化。他有红须发、尖下巴和金牙齿。众神通过他的火舌享用祭品。关于火的来源有种种传说：从两块木片（或两根木棍）中产生，从水中产生，或由摩多利首从天国取来。如果说战神因陀罗保护部落和民族利益，火神阿耆尼则保护家庭和家族利益，在颂诗中常常被直接称作"家主"或"家庭祭司"。《梨俱吠陀》十卷中，常常将火神颂诗排在卷首。下面是第一卷第一首：

我赞美阿耆尼祭司，
神圣的祭祀执行者，
劝请者，财富赐予者。

他受到古代仙人赞美，
他受到今日仙人赞美，
但愿他把诸神带来！

但愿仰仗他获得财富，
兴旺发达，蒸蒸日上，
英雄辈出，名声远扬。

阿耆尼啊，有你在场，
祭祀得以顺利进行，
诸神得以来到这里。

劝请者阿耆尼赐予智慧，
真实不虚，享有至高声誉，
但愿他与诸神一起来到。

阿耆尼啊，确实唯有你，
为祭祀敬拜者创造福利，
安吉罗啊，你真实不虚。

我们天天接近你，
怀着清净的思想，
我们向你行礼致敬。

> 你是祭祀的主宰者，
> 你是规则的保护者，
> 在自己的住处增长。

> 阿耆尼啊，你和蔼可亲，
> 如同父亲对待自己儿子，
> 但愿你赐予我们福利。（1.1.1—9）

毗诃波提（Bṛhaspati）既是武士神，又是祭司神。作为武士，他手持弓箭和金斧，协助因陀罗作战。作为祭司神，他创制祷词，保证祭祀顺利进行。

苏摩（Soma）是酒神，赞扬他的颂诗有一百二十多首（绝大部分集中在第九卷），在梨俱吠陀诸神颂诗中占据第三位。苏摩是一种植物。苏摩酒则是从这种植物中榨取的液汁，呈棕红色，具有兴奋作用。但这种植物究竟是什么，学者们说法不一。有的说是蛤蟆菌，有的说是野芸香。《阿维斯陀》中也有这种用来榨取液汁的植物——豪摩（Haoma），并同样受到崇拜。这说明这种植物是"印度–伊朗"游牧民族共同嗜好的饮料。在《梨俱吠陀》中，所有的天神都饮苏摩酒。对凡人来说，苏摩酒是延年益寿的甘露，医治百病的仙药：

> 但愿我聪明又健康，
> 充分享受甜美的蜜汁，
> 所有的天神和凡人，
> 称其为蜜汁，求取它。

> 你进入体内，畅通无阻，

平息天神心中的愤怒，
但愿你与因陀罗交朋友，
像马匹为我们运来财富。

我们饮下苏摩，获得永生，
我们走向光明，找到天神，
现在，谁还敢敌视我们？
甘露啊，谁还敢欺负我们？

苏摩啊，像朋友对待朋友，
苏摩啊，像父亲对待儿子，
让我们的心中感到快慰，
苏摩啊，推迟我们的死期！

晶莹的酒滴强身健骨，
犹如皮带将牛车捆紧，
但愿这些酒滴保护我，
让我不瘸腿，不生病。

你像摩擦起火，点燃我，
让我眼睛明亮，更加富裕，
我在迷醉中，心满意足，
请进入我，滋养我身体。

满怀愿望，榨出苏摩汁，
我享有它，如同父亲家产，
请苏摩王延长我的寿命，

犹如太阳神照亮每一天。

请苏摩王赐予我们吉祥，
你要知道我们崇拜你，
敌人强壮而又凶暴，
不要让他们如愿得逞！（8.48.1—8）

由于苏摩酒具有增强战斗力的兴奋作用，这位酒神也被赋予武士的特点——手持弓箭，攻无不克，为崇拜者带来财富。后来，苏摩一词与月亮同义，这在《梨俱吠陀》中已经出现。

吠陀诗人也崇拜语言女神：

我与众位楼陀罗、婆薮、
阿底提耶以及毗奢同行，
我支持密多罗、伐楼那、
火神、因陀罗和双马童。

支持消灭敌人的苏摩、
陀湿多、普善和薄伽；
举行祭祀，供奉祭品，
我赐予这样的人财富。

我是王后，财富积聚者，
思索者，最值得崇拜者；
众天神将我安置在各处，
居住在各处，进入各处。

依靠我，获得各种食物，
观看，呼吸，聆听说话；
若是不知道我，则衰亡，
听我告诉你值得信仰者。

确实，我亲口说出的言辞，
天神和凡人都会表示欢迎，
我使我钟爱的人强大有力，
成为婆罗门仙人或圣人。

我挽开楼陀罗的弓，
杀死婆罗门的敌人，
我为人们从事战斗，
我遍及天国和大地。

我的呼吸如同风，
维持一切创造物，
我超越天国和大地，
我就是这样伟大。（10.125.1—6、8）

在另一首诗中，这样赞颂语言女神：

有的人看语言，却看不到她，
有的人听语言，却听不到她，
而她对有的人呈现自己的形体，
如同衣着漂亮的妻子走近丈夫。（10.71.4）

　　除了天神，《梨俱吠陀》中还有妖魔。与天神为敌的妖魔主要是达娑（Dāsa）或达休（Dāsyu），即魔化的印度土著居民。还有一类妖魔叫做罗刹（Rakṣa 或 Rākṣasa）。阿修罗（Asura）在《梨俱吠陀》中具有天神的含义，与《阿维斯陀》中的阿胡拉（Ahura）一致。但在有些颂诗中已经开始含有妖魔的意思。而在后期吠陀文献中，阿修罗则完全成了妖魔。

　　《梨俱吠陀》中还有一位死神，名叫阎摩（Yama）。他是第一个死去的人，居住在天国。《梨俱吠陀》诗歌中很少表露对死亡的恐惧，原因之一就是人死后都将与阎摩一同居住在天国。例如，这首送葬诗：

> 阎摩首先发现这个去处，
> 这片牧场绝不会被取走，
> 我们的祖先都去了那里，
> 后人也沿着自己的路前往。

> 去吧，去吧！沿着古老的路，
> 到我们祖先居住的地方去，
> 你将在那里看见阎摩王和
> 伐楼那王愉快地享受祭品。（10. 14. 2、7）

　　另一首送葬诗：

> 祭火啊，你不要烧痛他，
> 不要烧碎他的身体和皮肤，
> 祭火啊，你烧熟他之后，
> 就将他送到祖先们那里。

　　　　祭火啊，你烧熟他之后，

　　　　就将他送到祖先们那里，

　　　　一旦他前往精灵世界，

　　　　他从此就属于众天神。（10. 16. 1—2）

　　除了送葬诗，还有一种招魂诗。例如：

　　　　你的意识已经离去，

　　　　前往遥远的阎摩那里，

　　　　我们带回你的意识，

　　　　住在这里，长久生活。

　　　　你的意识已经离去，

　　　　前往遥远的天和地，

　　　　我们带回你的意识，

　　　　住在这里，长久生活。（10. 58. 1—2）

　　这首诗共有十二节，下面几节采取复沓方式，只是将第二行中的地点改换成“大地四边”、“空间四方”、“大海”、“光芒”、“植物”、“太阳”、“朝霞”和“山岳”。诗中的“意识”（manas）这个用词表明吠陀诗人认为人死后，精神脱离躯体，前往天国。这可以说是后来奥义书中出现的“自我”（ātman，“灵魂”）轮回转生观念的先兆。

　　此外，阎摩与《阿维斯陀》中的人类祖先伊摩（Yima）同源。阎摩在后来的佛教神话中，变成管辖地狱的魔王，而在《梨俱吠陀》中尚未形成明确的地狱观念。

四　创世神话

印度上古初民面对浩瀚的宇宙和纷繁的世界怀有一种神秘莫测的感觉，因而在《梨俱吠陀》也有探索宇宙的起源和世界的创造的诗歌。例如，这首诗歌思索创世的"唯一者"：

> 有谁看见原初者出生，
> 他使无生变成有生，
> 有呼吸、血液和灵魂？
> 谁能向智者询问这问题？（1. 164. 4）

有的诗人认为宇宙最早产生自"金胎"：

> 太初，出现金胎，
> 唯一的万物造主，
> 他支撑大地和天空，
> 我们应该祭祀哪位神？

> 他赐予灵魂和力量，
> 所有天神都服从他，
> 他的影子是永生和死亡，
> 我们应该祭祀哪位神？

> 由于伟大，他成为唯一的
> 呼吸和眨眼生物世界之主，
> 两足和四足生物的主宰，
> 我们应该祭祀哪位神？

由于伟大，他有这些
雪山、大海和河流，
这些方位和他的手臂，
我们应该祭祀哪位神？（10.121.1—4）

"金胎"说后来启发史诗和往世书中世界产生于"金卵"的神话。另一首著名的诗，通常称作"存在不存在颂"，也是探索宇宙的起源：

那时既非不存在，也非存在，
既无尘土，也无遥远的天空，
哪里有覆盖物？哪里有保护者？
怎么会存在深沉和浩渺的大水？

那时既无死亡，也无永生，
黑夜和白昼两者均无标志，
那个唯一者无风自己呼吸，
除它之外，没有任何他者。

最初黑暗隐藏在黑暗中，
一切都是水，无法分辨，
然后依靠苦行炽热威力，
唯一者出现，虚空覆盖。

现在开始出现欲望，
它成为思想的精子，
智者们凭心中智慧，

探寻有和无的联系。

它们之间的联系是隐秘的，
或者在上方，或者在下方，
有些有精力，有些有威力，
能力在下方，动力在上方。

谁真正知道？谁能够宣说？
从哪里产生？从哪里创造？
众天神出现在创造之后，
从哪里产生，谁能知道？

这样的创造究竟从哪里产生？
创造的见证者在至高的天上，
无论是他，或者不是他创造，
唯有他知道，或许他也不知道。（10.129.1—7）

这首诗对宇宙起源的探索也带有哲理色彩，其中对"唯一者"的思辨成为后来印度哲学对世界的终极本原或绝对本体的追寻；"存在和不存在"或"有和无"也成为对立统一思辨的重要命题。此外，其中对大水的描述，也是后来史诗往世书神话对世界创造之前的宇宙景象的设想。另一首著名的"原人颂"，一般认为是晚出的，设想原人分身创造世界：

原人有一千个头，
一千眼和一千脚，
他覆盖整个大地，

还超出大地十指。

原人是所有一切，
过去的，未来的，
他是永恒的主宰，
超越吃食物成长者。

他是如此的伟大，
他比伟大更伟大，
四分之一是一切众生，
四分之三是不朽天国。

然后，众天神用原人举行祭祀：

众天神举行祭祀，
用原人作为祭品，
春季成为他的酥油，
夏季燃料，秋季供品。

在铺设的圣草上，
天神们，沙底耶们，
仙人们举行祭祀，
向出生的原人洒水。

在供品齐全的祭祀中，
汇集许多酥油和凝乳，
由此造出许多动物，

空中、森林和村庄的。

在供品齐全的祭祀中，
产生梨俱和娑摩诗节，
从这祭祀中产生诗律，
从中也产生夜柔诗节。

从这祭祀中产生马匹，
产生有两排牙齿的动物，
嗨，从这祭祀中产生牛，
也从中产生绵羊和山羊。

在分割这位原人时，
总共分成几个部分？
嘴和双臂称为什么？
双腿和双脚称为什么？

他的嘴成为婆罗门，
双臂成为刹帝利，
他的双腿成为吠舍，
双脚成为首陀罗。

从他的心中产生月亮，
从他的双眼中产生太阳，
从嘴中产生因陀罗和火，
从他的呼吸中产生风。

从他的肚脐中产生空间，

从他的头顶中产生天国，

从他的双脚中产生大地，

耳中产生方位，构成世界。（10. 90. 1—3、6—14）

这首诗中的原人分身创造世界与中国古代盘古化身创造世界有相似之处，但印度原人创世说与祭祀观念密切相连，也可以说是祭祀创世说。显然，婆罗门诗人在这里是突出祭祀的伟大力量。在后来的奥义书中，也将"原人"（puruṣa）等同于"梵"（brahman）或"自我"（ātman），即世界的本原或本体。此外，以原人作为祭品，也隐含在原始时代存在人祭的现象。

第四节　艺术特点

毋庸讳言，《梨俱吠陀》是婆罗门祭司为了适应祭祀的需要编订的，里面充塞着不少枯燥单调的颂神诗。但同时也必须承认，《梨俱吠陀》中确实不乏好诗。有些诗人已经自觉将诗歌看作一门技艺。例如，有位诗人唱道："因陀罗啊，请接受我们的新诗！我们渴求财富，巧妙地（制作新诗），犹如缝制精美的衣裳，犹如制造车辆。"（5. 29. 15）《梨俱吠陀》诗歌取得的初步艺术成就，为后来史诗和古典梵语诗歌的发展奠定了基础。

吠陀语在元音的读法上分作高调（udātta）、低调（anudātta）和中调（svarita）。同一词汇，音调读法不同，词义就会有所变化。这种情况在后来的梵语中是没有的。而梵语的诗律与吠陀语一脉相承。

《梨俱吠陀》的诗律一般由四行或三行（偶尔五行）组成。每行诗句一般由八个、十一个或十二个（偶尔五个）音节组成。诗律主要通过音量体现，即每行诗句的最后四、五个音节必须符合规定的长短音排列次序。《梨俱吠陀》大约有十五种诗律，但最常用的是下列三种（O 表示长短音不限，U 表示短音，—表示长音，U̲ 表示或短或长）：

特利希杜波诗律——由四行组成，每行十一个音节：

O O O O O O O — U — U̲

迦耶特利诗律——由三行组成，每行八个音节：

O O O O U — U U̲

格提诗律——由四行组成，每行十二个音节：

O O O O O O O — U — U U̲

吠陀时代没有文字，《梨俱吠陀》属于口头创作，故而具有口头文学的明显特征，如含有许多套话式的惯用语、诗句的复沓结构或语句的互相重复使用。而诗歌的主要艺术手法是夸张和比喻。诗人为了颂神，必然采取超自然的夸张描写。例如，双马童的车速比思想还快；毗湿奴三步登天；因陀罗在杀死巨龙之前，一连喝了三池苏摩酒，等等。《梨俱吠陀》中出现的数字一般也都是夸张的，不能认真看待。这一点也为后来的史诗和梵语文学开了先河。或许，比喻手法是《梨俱吠陀》最突出的艺术成就。诗人们以审美的眼光观察自然现象和社会生活，从中撷取形象的比喻，有一首赞美双马童的颂诗，共八节，前七节每节都有四个以上比喻。例如：

像一对清晨登车的勇士，
像一对羽毛丰满的鸟儿，
像一对自愿结合的山羊，
像一对遵守礼仪的伉俪。

像一对嘴唇说出甜蜜话语，

像一对乳房抚育我们成长，

像一对鼻孔维持我们生命，

像一对耳朵听清一切声响。(2.39.2、6)

火神颂诗在《梨俱吠陀》中数量占据第二位。因而有关他的比喻很多，一般也很优美，例如，他明亮像太阳，像朝霞，像闪电；他的火焰像咆哮的波涛，声音像天国的雷鸣，浓烟像柱子支撑天穹，等等。

《梨俱吠陀》中除了颂神诗外，还有一些世俗诗、格言诗、谜语诗、哲理诗、巫术诗和对话诗。其中对话诗值得一提。一般认为，这种诗歌形式是后来的史诗和戏剧的滥觞。这种对话诗大约有二十首，最著名的两首是阎摩和阎蜜的对话（10.10）以及补卢罗婆娑和优哩婆湿的对话（10.95）。

阎摩和阎蜜是兄妹。妹妹阎蜜向哥哥阎摩求爱："我情怀荡漾，要低声相告，用身体将我的身体拥抱。"而阎摩回答她：

我绝不会用身体将你的身体拥抱，

都说是罪恶，如果谁去将姊妹找，

向我以外的别人去寻欢吧！

女郎啊，这件事你的兄弟不想要。

（于是，阎蜜埋怨阎摩：）

胆小鬼！你真是胆小鬼，

看不出你有心肠和志气，

别的女人会来拥抱你，

像肚带束住马，藤萝缠住树。

（阎摩再次回答阎蜜：）

阎蜜啊，你去抱别人吧！

别人也抱你，像藤萝缠住树，

你去要求他的心吧，

他也会要你，愿你们亲爱和睦。（10.10.12—14）①

　　这首诗显然反映印度原始时代的血缘婚姻时期已经结束，兄妹通婚也被认为是乱伦的罪恶。

　　补卢罗婆娑是人间国王，与天女优哩婆湿相爱。他们同居四年后，优哩婆湿决定返回天国。而补卢罗婆娑执意挽留她：

可怕的人啊，请发慈悲，

我们互相之间谈一谈，

如果不将心里话说出来，

我们日后永远不快乐。

（而优哩婆湿回答说：）

我们再进行交谈有何用？

我已像初升朝霞离开你，

补卢罗婆娑啊，回去吧！

我像风儿那样难以捕捉。（10.59.2—3）

　　补卢罗婆娑则再三挽留她，乃至请求说："一旦你生下儿子，他见不到父亲会流泪。"而优哩婆湿回答说："若是这样，我会把儿子送还给你。"最后，优哩婆湿离开了补卢罗婆娑，两人的爱情以

---

　　① 这首诗采用金克木译文。

悲剧告终。这个故事后来在《百道梵书》、史诗《摩诃婆罗多》以及许多往世书中获得发展，并被迦梨陀娑改编成戏剧《优哩婆娑》。

最后，应该指出，虽然《梨俱吠陀》中有不少诗歌标有作者名字，但从总体上说，《梨俱吠陀》诗歌缺乏诗人个性。吠陀诗人本质上是部落或家族的代名词。从这种意义上，我们可以说，《梨俱吠陀》诗歌是印度上古初民的"集体创作"。

第 三 章

《娑摩吠陀》和《夜柔吠陀》

《娑摩吠陀本集》（Sāmavedasaṃhitā）是一部歌曲集，共有一千八百七十五节诗，其中除了七十五节外，全部选自《梨俱吠陀》，尤其是《梨俱吠陀》第八和第九卷。"娑摩"（sāman）的意思是曲调，因而《娑摩吠陀》本质上是一部曲调集。它是适应祭祀仪式中咏歌者祭司的需要而编制的。其中的诗歌内容居于附属地位，起着类似乐谱中的音符作用。但各派传承的咏唱方法，包括音符的数目并不相同。《娑摩吠陀》的研究价值主要在印度音乐史，这里可以略而不论。

《夜柔吠陀本集》（Yajurvedasaṃhitā）分"黑"、"白"两种，区别在于《白夜柔吠陀》只包括祷词，而《黑夜柔吠陀》还有关于祭祀仪式的讨论。一般认为，《黑夜柔吠陀》比《白夜柔吠陀》古老，后者是从前者分离出来的，以适应祭祀仪式中行祭者祭司的需要。《黑夜柔吠陀》中有关祭祀仪式的讨论，实际上属于梵书的范围。

《白夜柔吠陀》分四十章，共有一千九百七十五节祷词，部分是诗歌，部分是散文。诗歌部分大多见于《梨俱吠陀》，只是为了适应行祭者祭司的需要，作了适当改编。代表夜柔吠陀特点的主要是散文部分。"夜柔"（yajur）的意思是祭祀或祭祀用语，指的就是这些散文祷词。

《白夜柔吠陀》头二十五章包括各种重要祭祀的祷词。第一和第二章是新月和满月祭祀的祷词。例如：

> 神啊，我们吁请你赐予食物！我们吁请你赐予精力！你是生命气息。祭祀者啊，但愿创造神委托你完成崇高的任务！牛群啊，但愿你们获得光辉的神的祝福，繁荣昌盛！但愿你们安然无恙，生殖繁衍！但愿没有窃贼和凶手占有你们！但愿你们永远在牛主人家中生殖繁衍！神啊，保护祭祀者的牛群！

第三章是日常火祭的祷词以及四月一次祭祀的祷词。例如：

> 火神啊，你是身体的保护者，保护我的身体！火神啊，你是长寿的给予者，给予我长寿！火神啊，你是光辉的给予者，给予我光辉！火神啊，补足我身体的欠缺！

第四至第八章是苏摩酒祭（包括动物祭）祷词。第九和第十章是为国王登基举行王祭的祷词。例如：

> 你是因陀罗的金刚杵。你是指导者密多罗和伐楼那。我指定你为王。你洁白无瑕，安全吉祥，能带来稳定，能带来甘露。我们全心全意拥护你。但愿你依靠摩录多的威力获得胜利！

第十一至第十八章是关于修筑祭坛的祷词。这个祭坛需砖一万零八百块，形状似展翅的大鸟，祭祀仪式需时一年。第十九至第二十一章是天启祭的祷词，为婆罗门祈求成功，为失位的国王祈求复位，为武士祈求胜利，为吠舍祈求发财。第二十二至第二十五章是为称霸世界的国王举行马祭的祷词。例如：

> 神啊，但愿我们的国家产生精通吠陀的婆罗门！产生剑术高明、勇敢善战的刹帝利！产生多奶的母牛，负重的公牛，快速的骏马，能干的主妇！但愿这位祭主获得勇敢善战的、娴于辞令的儿子！但愿众天神按照我们的心愿下雨！但愿果树成熟！但愿我们获得和保持财富！

第二十六至第四十章一般认为是晚出的，印度传统称之为"附录"。其中，第二十六至第二十九章是补充前面的内容。第三十章没有祷词，只是列举了"人祭"中用作牺牲的一百八十四种人，其中有婆罗门、刹帝利、吠舍、首陀罗、窃贼、杀人犯、阉人、妓女、歌手、演员、猎人、赌徒、瞎子、聋子、洗衣妇、琵琶手、笛子手、跛子和秃头等。至于这种人祭是真实的，还是象征性的，学者们说法不一。估计不会纯属虚构。退一步说，即使在这里已经成为象征仪式，也反映在此以前存在过人祭的野蛮事实。第三十一章类似《梨俱吠陀》中的"原人颂"。第三十二至第三十四章是全祭的祷词。全祭是最高祭祀，结束时，祭主将自己的全部财产作为祭祀酬金献给祭司，然后进入森林当隐士，度过余生。第三十五章含有一些葬礼诗。第三十六至第三十九章是大锅祭的祷词。这是一种神秘的祭祀仪式，祭火上的一口大锅象征太阳，里面煮沸的牛奶献给双马童。第四十章是《自在奥义书》。

由上述内容可见，《夜柔吠陀》跟《娑摩吠陀》一样，纯粹是祭司实用手册。它与《梨俱吠陀》相比，文学素质大大降低，完全成了祭祀仪式的附庸。

第 四 章

《阿达婆吠陀》

　　《阿达婆吠陀本集》（Atharvavedasaṃhitā）分二十卷，共有七百三十一首，五千九百七十五节。这主要是一部巫术诗歌集。阿达婆（Atharvan）原义是拜火祭司，相当于《阿维斯陀》中的阿特罗婆（Athravan）。《阿达婆吠陀》最古老的名称是《阿达婆安吉罗》（Atharvāṅgirasaḥ）。安吉罗（Aṅgiras）跟阿达婆一样，也是拜火祭司。阿达婆和安吉罗这两个名称也有咒语的意思，前者表示祝福咒语，后者表示驱邪咒语。

　　一般认为，《阿达婆吠陀》的最后两卷是晚出的。在前十八卷中，诗歌是经过认真编排的。头七卷都是短诗，第一卷基本上每首四节，第二卷五节，第三卷六节，第四卷七节，第五卷八至十八节，第六卷大多三节，第七卷大多一、二节，第八至十四卷、第十七和第十八卷全是长诗，最短二十一节，最长八十九节。第十五和第十六卷大部分是散文。这种编排不仅按照诗节数目和文体，也考虑到内容，同样性质的诗歌常常排在一起。

　　从语言和诗律可以证明《阿达婆吠陀》晚于《梨俱吠陀》。另外，从诗歌中反映的地理和文化背景也能证明这一点。此时，印度雅利安人已经定居恒河流域。《梨俱吠陀》所不知道的孟加拉虎，在《阿达婆吠陀》中成了最可怕的野兽。国王登基时，脚踩虎皮，象征王权。种姓制度在《阿达婆吠陀》中已经十分明确，而且将最高特权归于婆罗门。各类咒语已经婆罗门化，表现出特别关注婆罗门利益，如祭司的饮食、祭祀的酬金等。

但是，即使现存的《阿达婆吠陀》晚于《梨俱吠陀》，并不意味前者代表的巫术诗歌晚于后者代表的颂诗诗歌。一般地说，巫术诗歌的产生早于颂诗诗歌。巫术诗歌的主要特点不是抚慰和乞求自然力量或超自然力量，而是命令和劝说。《梨俱吠陀》中也有二十多首这样的诗歌，但主要集中在《阿达婆吠陀》。随着宗教祭祀活动的日益发达，祭祀和巫术逐渐分离，并出现祭司排斥巫师的现象。上层婆罗门祭司一般将《梨俱吠陀》、《娑摩吠陀》和《夜柔吠陀》合称为三吠陀，而将《阿达婆吠陀》排除在外。尽管巫术在社会上层的重大祭祀中受到排斥，却在民间继续流行，在日常祭祀中发挥作用，以致后来，有的婆罗门教经典规定监督者祭司除了精通三吠陀外，还应该精通《阿达婆吠陀》。

在《阿达婆吠陀》的巫术诗歌中，有不少是治病的咒语。这些咒语或是针对疾病本身，或是针对想象中的制造疾病的虫子或妖魔。所治的病很多，从咳嗽、发烧到黄疸、麻风，无所不包。如这首治咳嗽的咒语：

> 像心中的愿望，
> 迅速飞向远方，
> 咳嗽啊！远远飞去吧，
> 随着心愿的飞翔。

> 像磨尖了的箭，
> 迅速飞向远方，
> 咳嗽啊！远远飞去吧，

在这广阔的地面上。

像太阳的光芒，
迅速飞向远方，
咳嗽啊！远远飞去吧，
跟着大海的波浪。(6.105.1—3)①

又如，这首解除蛇毒的咒语：

白马啊，用你的腿践踏，
用你的前腿，也用后腿，
愿你阻止蛇毒，削弱它，
如同浸泡过水的木柴。

高声呼啸的白马啊，
潜入水中，然后出来，
阻止蛇的剧毒，削弱它，
如同浸泡过水的木柴。(10.4.3—4)

又如，这首治疗刀剑创伤的咒语：

让你的筋和筋互相连接，肢体和肢体
互相连接，让你的破碎的血和骨长出！

让你的筋和筋互相连接，皮肤长出，

———————————

① 这首诗采用金克木译文。

互相连接，血和骨增强，肉和肉连接！

让你的毛发互相连接，皮肤互相连接，
血和骨增强，所有的破碎部分互相连接！

病人啊，站起来，挺身快步向前走，
如同车轮、辐条和车轴完好的车辆！

如果谁遭遇刀剑砍伐，就用这种药草，
治愈破碎的肢体，如同工匠组装车辆！（4.12.3—7）

不仅用咒语治病，还用咒语防止流产：

像大地孕育一切萌芽，
愿你的胎儿保住，
妊娠期满后生下！

像大地维持森林树木，
愿你的胎儿保住，
妊娠期满后生下！

像大地维持崇山峻岭，
愿你的胎儿保住，
妊娠期满后生下！

像大地维持万物众生，
愿你的胎儿保住，

妊娠期满后生下！(6.17.1—4)

在日常生活中，咒语不仅用来防病治病，还用来求取长寿、生子、家庭和睦，甚至求取爱情。这类爱情咒语，既有男子向女子求爱，也有女子向男子求爱；既有正当恋爱，也有婚外偷情。下面这首是男子向女子求爱：

像藤萝环抱大树，
把大树抱得紧紧，
要你照样紧抱我，
要你爱我，永不离分。

像老鹰从天上飞起，
两翅膀对大地扑腾，
我照样扑住你的心，
要你爱我，永不离分。

像太阳环着天和地，
迅速绕着走不停，
我也环绕你的心，
要你爱我，永不离分。(6.8.1—3)①

在生产活动中，咒语用来求取雨水充足、谷物丰产和牛群安全：

————————

① 这首诗采用金克木译文。

咆哮吧，雷电，让大海翻腾！

雨云啊，降下乳水，滋润大地！

请你倾泻，送来充足的雨水，

让逃荒的瘦牛主人返回故里！（4.15.6）

像百条、千条溪流的

源泉，永远取之不尽，

让我们这一千陇谷物

也是这样，取之不尽。（3.24.4）

牧草甜嫩，池水清洁，

这些繁殖牛犊的母牛，

愿你们不被盗贼侵占，

愿你们不受楼陀罗打击。（4.21.7）

在商业活动中，咒语用来求取经商顺利。这首商业咒语的开头，直接将因陀罗称为商人：

我催促商人因陀罗，

请他走在我们前头，

作为财富的赐予者，

赶走吝啬鬼和野兽。（3.15.1）

在军事活动中，咒语用来鼓舞士气，求取胜利。这是一首要求战鼓发挥威力的咒语（全诗十二节）：

像森林中的野兽，

　　看到了人就发抖，

　　鼓啊！要使敌人心发慌，

　　使他们的心没主张。

　　像一群山羊和绵羊，

　　见狼就跑心惶惶，

　　鼓啊！要使敌人心发慌，

　　使他们的心没主张。

　　像飞鸟见老鹰就发抖，

　　像狮子昼夜都怒吼，

　　鼓啊！要使敌人心发慌，

　　使他们的心没主张。（5.21.4—6）①

　　在政治活动中，咒语用来为国王求福。在吠陀时代，国王都有专职的家庭祭司。在国王登基、出征等场合，都要举行祭祀仪式。《阿达婆吠陀》中有些咒语就是在这种场合念诵的：

　　光辉的王国已经归于你，

　　你作为人主，将它统治，

　　让四面八方呼唤你，国王，

　　让一切人侍奉你，尊敬你！（3.4.1）

　　在《阿达婆吠陀》中，也有不少颂神诗，但一般都是与巫术结合的颂神诗。在这里，《梨俱吠陀》中的诸神适应巫术的需要，各

---

　① 这首诗采用金克木译文。

自的特点基本消失，几乎都成了降伏妖魔或敌人的神。例如，在一首降魔诗（5.29）中，巫师要求因陀罗杀死恶鬼，要求酒神苏摩割下恶鬼的脑袋。下面这首著名的颂神和巫术结合的诗歌，巫师先颂扬伐楼那的神威，然后发出咒语：

> 大神俯视尘世间，
> 仿佛就在人身边；
> 纵然做事极秘密，
> 也难避过众神眼。

> 谁站着？谁走动？
> 谁隐藏？谁潜逃？
> 两人坐下悄悄语，
> 伐楼那神全知道。

> 一切属于伐楼那，
> 无限大地和苍穹；
> 他的肚皮是大海，
> 却也躺在小池中。

> 纵然能够越过天，
> 也难回避伐楼那；
> 他的间谍有千眼，
> 从上到下细搜查。

> 天地之内天地外，
> 伐楼那神全看见；

犹如赌徒掷骰子，
他能数清人眨眼。

他的套索七乘七，
条条松开为捆人；
但愿它们捆骗子，
莫捆那些老实人。

百条套索紧收束，
不给骗子留生路，
让这歹徒肚皮裂，
犹如木桶掉了箍。

我用套索捆住你，
某某家族之某人，
某某母亲之某儿，
我用此法制伏你！（4.16.1—7、9）

这最后一节显然是留给巫师在使用时，随口填上具体诅咒对象的名字。

在吠陀时代，人类不仅面对变幻莫测的自然，也面对连绵不断的战争、各种社会罪恶以及自身的各种疾病，这些咒语实际上也透露印度上古初民心底深处强烈渴望和平安宁的生活。这集中反映在这首诗中：

让大地、空间和天国平安！
让水源、药草和树木平安！

让整个世界，让所有天神
给予我平安，平安，平安！
让我在方方面面都平安！
让这世界上的任何恐怖、
残酷和罪恶行为都平息！
让我们一切吉祥和平安！（19.9.14）

在《梨俱吠陀》中，已有不少赞颂祭主布施的诗句反映婆罗门祭司的贪婪。而在《阿达婆吠陀》中，婆罗门祭司（或巫师）的贪婪显得更加赤裸。他们并不真正敬畏天神，只是为了索取财物，而将自己摆在天神代理人的地位：

通过婆罗门之口，
天上诸神要求牛，
倘若有人不肯给，
激怒诸神惹麻烦。（7.4.20）

他们为了维护自己的特权和财产，无限夸张自己的威力。在一首有关婆罗门的牛的诗歌中，他们将自己的口舌比作利箭和飞弹：

婆罗门有利箭飞弹，
一弹一箭从不虚发，
满怀愤怒紧追逐，
再远也能命中他。（5.18.9）

在《阿达婆吠陀》中，还有一些近似哲学思索的诗歌，里面含有不少后来属于奥义书哲学的术语。但巫师编制的这类诗歌显然是实用性质的。他们只是随手撷取当时正在形成中的哲学术语，以增加巫术诗歌的神秘性。他们对牛的赞颂很能说明这一点。牛被抬高到世界创造者和保护者的地位：

> 神靠牛存在，人靠牛存在，
> 太阳照耀下，一切皆是牛。（10. 10. 34）

> 牛支持天地，牛支持空间，
> 牛支持六方，牛进入万物。（4. 11. 1）

牛被说成包含一切至高存在——"规律"、"梵"和"苦行"。婆罗门祭司以这种带着哲学色彩的语言赞颂牛，无非想表明他们掌握牛的奥秘，最有资格接受别人馈赠的牛。巫师或祭司并无真正的哲学要求。因此，《阿达婆吠陀》和《梨俱吠陀》一样，只能说含有吠陀哲学思想的萌芽。真正意义上的吠陀哲学产生于后来的奥义书中。

第 五 章

梵书、森林书和奥义书

虽然在《夜柔吠陀》和《阿达婆吠陀》中已经出现部分散文祷词和咒语，但从总体上说，四部吠陀本集是诗歌作品。吠陀时期的散文作品是梵书、森林书和奥义书。当然这也是从总体上说的，不排除其中含有部分诗歌作品。

梵书（Brāhmaṇa）这一名称的词源是"梵"（Brahman）。"梵"的原义一般指吠陀颂诗。由此，念诵吠陀颂诗的人叫做婆罗门（Brāhmaṇa，阳性），解释吠陀颂诗的书叫做梵书（Brāhmaṇa，中性）。

现存梵书有十几种，分属四吠陀。其中重要的有下列几种：《爱多雷耶梵书》（Aitareya-Brāhmaṇa）属于《梨俱吠陀》，共有四十章，主要谈论苏摩祭、动物祭和王祭。《憍尸多基梵书》（Kauṣītaki-Brāhmaṇa）属于《梨俱吠陀》，共有三十章，主要谈论火祭、新月祭、满月祭、季节祭和苏摩祭。《二十五梵书》（Pañcaviṃśa-Brāhmaṇa）、《二十六梵书》（Ṣaḍviṃśa-Brāhamaṇa）和《阇密尼耶梵书》（Jaiminīya-Brāhmaṇa）属于《娑摩吠陀》。《牛道梵书》（Gopatha-Brāhmaṇa）属于《阿达婆吠陀》。《泰帝利耶梵书》（Taittirīya-Brāhamaṇa）属于黑夜柔吠陀。《百道梵书》（Śatapatha-Brāhamaṇa）属于《白夜柔吠陀》，共有十四卷，一百章，这是一部最长，也是最重要的梵书。前九卷阐述《白夜柔吠陀》前十八章。第十卷阐述祭坛的奥秘。第十一至

第十四卷除了补充前面各卷内容，还阐述学生拜师、吠陀学习、葬礼、马祭、人祭、全祭和大锅祭等。

在梵书中，祭祀成了最高目的。一切力量源自祭祀，连天神也不例外。婆罗门祭司已被抬高到神的地位，如《百道梵书》声称："确实有两种神：众神是天上的神，有学问的婆罗门是人间的神。祭品供给众神，祭祀酬金供给婆罗门。"婆罗门祭司主导祭祀活动，并在祭祀活动中接受布施或酬金，是最大的实际受益者。他们制订各种祭祀规则，诸如祭祀的种类、祭火和祭司的数目、祭祀的时间和地点、念诵或咏唱的颂诗、供奉的祭品和祭祀用品等等，并千方百计将祭祀仪式繁琐化和神秘化，强调所有这些规则乃至最微小的细节都事关祭祀的成败。总之，梵书是婆罗门祭司的专业用书——"祭祀学"著作。

作为"祭祀学"著作，梵书的研究价值在宗教史。但婆罗门祭司在解释一些祭祀仪式的起源和意义时，采用了一些神话传说。这些神话传说的故事情节比较具体充实。从文学发展的角度看，它们上承《梨俱吠陀》，下启史诗和往世书。

例如，《百道梵书》中有个著名的洪水传说，讲述人类始祖摩奴在一天早晨洗手时，发现手掌中有一条小鱼，请求他保护自己，并说以后洪水来到时，它会救护摩奴。于是，摩奴按照小鱼的请求，先将它养在水罐中，随着养在水池里，最后放归大海。摩奴也按照这条鱼的吩咐，事先造好一条船。后来洪水来到，淹没整个世界，而摩奴坐在船中，这条鱼游来，让摩奴将船系在自己头顶的角上。这条鱼将船牵引到北山，让摩奴将船系在山顶树上。这样，摩奴躲过洪水灭顶之灾。洪水退去后，摩奴举行祭祀，从祭祀中诞生女儿依达，人类又得以繁衍。

《百道梵书》中还有一个著名的优哩婆湿故事，脱胎于《梨俱吠陀》神话。优哩婆湿是天女，她爱上凡人补卢罗婆娑。他俩结婚时，优哩婆湿讲明条件："不要让我看到你的裸体。"他俩同居了好久，优哩婆湿也怀了孕。天上的健达缚（即天国歌舞伎）对此不满，为了让优哩婆湿返回天国，施计在夜里偷走她拴在床头的两只羊羔。她连续两次惊呼："有人把我的羊羔抢走了，就仿佛这里没有英雄好汉，没有男人似的。"补卢罗婆娑按捺不住，赤身裸体跳了起来追赶。健达缚趁机打了个忽闪。这样，优哩婆湿看见了补卢罗婆娑的裸体，立刻消失不见。补卢罗婆娑悲恸哀号，四处寻找优哩婆娑。最后，他在一个莲花池旁找到优哩婆湿。他俩就用《梨俱吠陀》里的诗歌（10.95.1—2、14—16）一问一答。优哩婆湿同情他，叫他除夕之夜来这里相会。他按时来到，并遵照优哩婆湿的吩咐，第二天向健达缚求取变成他们同类的恩惠。健达缚教他举行一种特殊的火祭。通过这种火祭，他如愿以偿，变成了一个健达缚[①]。

又如，《爱多雷耶梵书》中有个著名的犬阳故事。国王赫利希旃陀罗有一百个妻子，但没有一个儿子。他求子心切，向伐楼那神许愿说："如果我生下一个儿子，就拿他向你祭祀。"这样，他生了个儿子，取名罗西多。伐楼那神要国王兑现诺言。他一再推托，直至罗西多长大成人。最后，他准备杀子祭神，而罗西多逃进了森林。伐楼那神惩罚国王，让他得了鼓胀病。罗西多闻讯，准备回家。但因陀罗化作婆罗门劝阻他。在罗西多流浪的第六年，遇见一个饥饿的婆罗门。他用一百头牛买下这个婆罗门的二儿子犬阳。罗西多把犬阳带到父亲那里。国王征得伐楼那神同意，以犬阳代替罗西多作祭品。但在祭祀时，没有人捆绑犬阳。于是，再用二百头牛买通犬阳的父亲来捆绑和杀死犬阳。犬阳心想："他们不把我当人看，想要杀掉我。那好吧，我向众神祈求庇护。"他连续念诵《梨俱吠陀》中的诸神颂诗。当念到黎明女神颂诗时，他身上的绳索松

---

①　参阅季羡林《关于〈优哩婆湿〉》（《优哩婆湿》，人民文学出版社1962年版，第105页）。

开，国王的鼓胀病也消失。最后，担任劝请者祭司的众友仙人收下犬阳作义子。这个故事反映后期吠陀时代，社会两极分化严重，甚至婆罗门也可能落到卖子度日的悲惨境地。同时，也反映古代婆罗门教中可能确实存在残酷野蛮的人祭。从文学形式上看，这个故事采用韵散杂糅的文体，其中诗歌部分的语言和诗律都接近后来的史诗。

《梨俱吠陀》中的诸神地位在梵书中已经发生变化。原来一些重要的神在梵书中无足轻重，其地位被原来一些次要的神如楼陀罗（即后来的湿婆）和毗湿奴取代。生主（Prajāpati）在《梨俱吠陀》中只是因陀罗等大神的称号，现在不仅成了独立的神，而且作为创造主，居于众神之首。阿修罗原来具有神的意义，现在只有魔的意义。

在梵书中，有关生主创世的传说很多，但具体内容不一致。这些创世传说一般都是这样开头的："在太初，只有生主一人。他寻思道：'我怎样能获得后代？'他折磨自己，克制自己。"然后，他创造出这个，创造出那个。他完成创世任务后，精疲力竭，通过诸神举行祭祀，才恢复体力。在有的创世传说中，生主本人也是被创造出来的："在太初，别无他物，只有水。这些水渴望繁殖。它们折磨自己，克制自己。它们完成苦行后，水中生出一个金蛋。……从这金蛋中，生出一个人，他就是生主。"（《百道梵书》）

另外，在有的创世传说中，创造主被说成是梵："在太初，只有梵。它创造出众神，然后让他们居住在这些世界：火神在地上世界，风神在空中世界，太阳神在天上世界。"（《百道梵书》）这个梵（Brahman，中性）即是后来的梵天（Brahman，阳性）。由此可见，在往世书中形成的婆罗门教三大主神——梵天、毗湿奴和湿婆，在梵书中已经初露端倪。同时，这个梵也成为后来奥义书中的宇宙本源或本体。

森林书（Āraṇyaka）是梵书的结尾部分，或者包含在梵书中，或者作为梵书的附录。现存森林书有八种，如《爱多雷耶森林书》（Aitareya-Āraṇyaka）、《憍尸多基森林书》（Kauṣītaki-Āraṇyaka）、《多罗婆迦罗森林书》（Talavakāra-Āraṇyaka）和《泰帝利耶森林书》（Taittirīya-Āraṇyaka）等。

奥义书（Upaniṣad）数量很大，不下二百种，但大多产生年代很晚，不是严格意义的奥义书。一般认为属于吠陀时期的古老奥义书有十三种。它们或者包含在梵书和森林书中，或者作为梵书和森林书的附录。这十三种奥义书按照产生年代，大体分为三组。

第一组：《大森林奥义书》（Bṛhadāraṇyaka-Upaniṣad）、《歌者奥义书》（Chāndogya-Upaniṣad）、《泰帝利耶奥义书》（Taittiriya-Upaniṣad）、《爱多雷耶奥义书》（Aitareya-Upaniṣad）和《憍尸多基奥义书》（Kauṣitaki-Upaniṣad）。这五种奥义书是散文体，产生年代约在公元前七、八世纪至公元前五、六世纪之间，也就是在佛陀（公元前 566—前 486）之前。

第二组：《由谁奥义书》（Kena-Upaniṣad）、《伽陀奥义书》（Kaṭha-Upaniṣad）、《自在奥义书》（Īśā-Uupaniṣad）、《白骡奥义书》（Śvetāśvatarau-Upaniṣad）和《剃发奥义书》（Muṇḍaka-Upaniṣad）。这五种奥义书主要是诗体，产生年代约在公元前五、六世纪至公元前一世纪之间。其中，《由谁奥义书》兼有诗体和散文体，也可以归入第一组。

第三组：《疑问奥义书》（Praśna-Upaniṣad）、《蛙氏奥义书》（Māṇḍukya-Upaniṣad）和《弥勒奥义书》（Maitrī-Upaniṣad）。这三种奥义书是散文体，产生年代约在公元初。

森林书和奥义书也被称作吠檀多（Vedānta），意思是吠陀的终结。一方面，从编年史上说，它们是吠陀时期的最后文献；另一方面，从吠陀教学上说，它们是排在最后的课程。后来有一派哲学家认为奥义书中包含吠陀的终极目的，故而将他们的哲学命名为吠檀多哲学。这是对吠檀多一词的又一层理解。

森林书和奥义书虽然排列在梵书之后，但它们的主题思想却不是梵书的继续或总结，而是对梵书礼仪主义的反拨。婆罗门垄断知识，宣传祭祀崇拜和礼仪主义，以谋求自己的最高社会地位。这种状况必然会引起其他种姓不满，与婆罗门的祭祀崇拜和礼仪主义相抗衡。在梵书中已经记载有这种思想斗争动向。在奥义书中，不少记载表明一些非婆罗门，尤其是刹帝利种姓人物已经在知识领域确立崇高地位，婆罗门也向他们求教。

森林书（Āarṇyaka）这一书名的词源是森林（araṇya）。这类著作是在远离城镇和乡村的森林里秘密传授的。它们主要不是制定祭祀的实施规则，而是探讨祭祀的神秘意义。这些森林书的作者隐居森林，不仅摒弃世俗生活方式，也摒弃世俗祭祀仪式。它们强调内在的或精神的祭祀，以区别于外在的或形式的祭祀。这样，森林书标志着由梵书的"祭祀之路"转向奥义书的"知识之路"。

奥义书（Upaniṣad）这一书名的词义是"坐在某人身旁"（动词词根 sad 加上前缀 upa 和 ni），蕴含秘传的意思。奥义书中经常强调这种奥义不能传给"非儿子或非弟子"。如《歌者奥义书》中说："确实，父亲应该将梵传给长子或入室弟子。不能传给任何别人，即使他赐予大海围绕、充满财富的大地。"因此，Upaniṣad 一词在奥义书中既表示书名奥义书，也表示"奥义"或"秘密"，与奥义书中使用的 guhya（"秘密"）一词同义。

奥义书的内容是驳杂的。但它们的核心内容是探讨世界的终极原因和人的本质。其中的两个基本概念是梵（Brahman）和自我（Ātman）。在吠陀颂诗中，确认众天神主宰一切。在梵书中，确认生主是世界创造主。而在奥义书中，确认梵是世界的本原。梵作为世界的本原的观念在梵书中已初露端倪，但在奥义书中得到充分发展，成为奥义书的主导思想。在奥义书中，"自我"一词常常用作"梵"的同义词，也就是说，梵是宇宙的自我、本原或本质。而"自我"一词既指称宇宙自我，也指称人的个体自我，即人的本质或灵魂。梵是宇宙的本原，自然也是人的个体自我的本原。正如《歌者奥义书》中所说："这是我内心的自我。它是梵。"（3.14.4）

在奥义书的创世说中，世界最初的唯一存在是自我，由自我创造出世界万物。这个"自我"也就是梵。《爱多雷耶奥义书》中的"自我创世说"便是对《梨俱吠陀》中的"原人创世说"的改造。"原人创世说"描写众天神举行祭祀，原始巨人补卢沙（Puruṣa，"原人"）作为祭品，而化身为世界万物。"自我创世说"则描写自我首先创造出原人，然后原人衍生世界万物。《大森林奥义书》中指出："正像蜘蛛沿着蛛丝向上移动，正像火花从火中向上飞溅，确实，一切气息，一切世界，一切天神，一切众生，都从这自我中出现。"（2.1.20）按照奥义书的种种描述，梵创造一切，存在于一切中，又超越一切。

奥义书中对于梵的认知和表述主要采用两种方式。一种是拟人化或譬喻的方式，如《大森林奥义书》："这自我是一切众生的主人，一切众生的国王。正如那些辐条安置在轮毂和轮辋中，一切众生、一切天神、一切世界、一切气息和一切自我都安置在这个自我中。"（2.5.15）《自在奥义书》："它既动又不动，既遥远又邻近，既在一切之中，又在一切之外。"（5）《剃发奥义书》："他的头是火，双眼是月亮和太阳，耳朵是方位，语言是展示的吠陀，呼吸是风，心是宇宙，双足产生大地，他是一切众生的内在自我。"（2.1.4）另一种是否定的方式（或称"遮诠"），也就是《大森林奥义书》中所说的"不是这个，不是那个"（neti neti）的认知和表达方式。因为对于梵（或自我）来说，"没有比它更高者，只能称说'不是'"（2.3.6）。如《大森林奥义书》："这个不灭者

（梵）不粗，不细，不短，不长，不红，不湿，无影，无暗，无风，无空间，无接触，无味，无香，无眼，无耳，无语，无思想，无光热，无气息，无嘴，无量，无内，无外。"（3.8.8）《剃发奥义书》："它不可目睹，不可把握，无族姓，无种姓，无手无脚，永恒，遍及一切，微妙，不变，万物的源泉。"（1.1.6）《蛙氏奥义书》："不可目睹，不可言说，不可执取，无特征，不可思议，不可名状，以确信唯一自我为本质，灭寂戏论，平静，吉祥，不二。"（7）

奥义书中对梵的探讨始终与对人的个体自我的探讨紧密结合。《泰帝利耶奥义书》将人的个体自我分为五个层次：食物构成的自我、气息构成的自我、思想构成的自我、知识构成的自我和欢喜构成的自我。前两者是生理的自我，后三者是精神的自我。而其中欢喜构成的自我意味对梵的认知和与梵合一。正因为如此，任何人"如果知道梵的欢喜，他就无所畏惧"（2.9.1）。《歌者奥义书》中描述天神因陀罗和阿修罗维罗遮那向生主请教自我。维罗遮那只认识到人的肉体自我，而因陀罗进一步认识到梦中的自我和熟睡中的自我，最后认识到无身体的自我。生主指出："这个自我摆脱罪恶，无老，无死，无忧，不饥，不渴，以真实为欲望，以真实为意愿。"（8.7.1）《蛙氏奥义书》将自我的精神意识分成四种状态：觉醒状态、梦中状态、熟睡状态和第四状态。觉醒状态"认知外在"，梦中状态"认知内在"，熟睡状态"智慧密集"，而第四状态超越这三种状态，既非"认知"，也非"不认知"，达到与梵同一（"不二"）。

与梵和自我的关系相关联，奥义书中也探讨宇宙和人的关系。在探讨这种关系时，奥义书中的常用语是"关于天神"和"关于自我"。"关于天神"指关于宇宙，"关于自我"指关于人体。宇宙和人都是梵的展现，也就是以梵为本原。在奥义书的描述中，宇宙中的自然现象与人体的各种生理和精神功能具有对应关系。《大森林奥义书》第二章第五梵书讲述因陀罗传授给阿达婆家族达提衍的"蜜说"。其中，将宇宙中的水、火、风、太阳、方位、月亮、闪电、雷和空间分别与人的精液、语言、气息、眼睛、耳朵、思想、精力、声音和心相对应，并且确认宇宙中的"原人"和人体中的"原人"都是"这自我"，换言之，"这是甘露，这是梵，这是一切"（2.5.1）。奥义书中将人的生命气息分成五气：元气、下气、中气、行气和上气。《疑问奥义书》中，也将这五气分别与太阳、大地、空中、风和火相对应（3.7、8）。而且，在论述这种对应关系时，不仅将宇宙中的各种自然现象称为"天神"，也将人体的各种感官称为"天神"。这也在一定程度上表明，奥义书将吠陀颂诗中的神祇还原为自然和人。

奥义书对于梵和自我以及宇宙和人的探讨，其最终结论可以表述为"宇宙即梵，梵即自我"。《歌者奥义书》中说："这是我内心的自我，小于米粒，小于麦粒，小于芥子，小于黍粒，小于黍籽。这是我内心的自我，大于地，大于空，大于天，大于这些世界。包含一切行动，一切愿望，一切香，一切味，涵盖这一切，不说话，不旁骛。这是我内心的自我。它是梵。死后离开这里，我将进入它。信仰它，就不再有疑惑。"（3.14.4）在奥义书中，诸如"它是你"、"我是梵"和"自我是梵"都是常用语，以"梵我同一"为指归。

奥义书将梵和自我视为最高知识。知道了梵和自我，也就知道一切。认识到梵我同一，也就获得解脱。《歌者奥义书》中说："这是自我。它不死，无畏，它是梵。这个梵，名为'真实'。"（8.3.4）然而，在日常生活中，"真实"常被"不真实"掩盖："正像埋藏的金库，人们不知道它的地点，一次次踩在上面走过，而毫不察觉。同样，一切众生天天走过这个梵界，而毫不察觉，因为他们受到不真实蒙蔽。"（8.3.2）因此，奥义书自始至终以揭示这个"真实"为己任。

奥义书确认梵为最高真实，以认知"梵我同一"为人生最高目的。这与梵书中体现的崇拜神祇和信仰祭祀的婆罗门教义迥然有别。奥义书崇尚知识，而将知识分为"上知"和"下知"。《剃发奥义书》中说："下知是梨俱吠陀、夜柔吠陀、娑摩吠陀、阿达婆吠陀、语音学、礼仪学、语法学、词源学、诗律学和天文学。然后，是上知。依靠它，认识不灭者。"（1.1.5）也就是将"四吠陀"和"六吠陀支"都归入"下知"，"上知"则是对梵的认知。这"上知"和"下知"与《疑问奥义书》中提出的"上梵和下梵"（5.2）有相通之处。在那里，"下梵"与凡界和月界相关联，而"上梵"与梵界相关联。这"上梵"和"下梵"又与《大森林奥义书》中的"有形"的梵和"无形"的梵有相通之处。其中，"无形"的梵相当于"上梵"，是"真实中的真实"（2.3.6）。

奥义书超越吠陀经典，突破梵书的祭祀主义樊篱，可以说是在婆罗门教内部发生的一场思想革命。从奥义书中反映的情况看，这场思想革命也得到刹帝利王族的积极支持。在著名的奥义书导师中，就不乏刹帝利国王，如《大森林奥义书》中的阿阇世和遮婆利，《歌者奥义书》中的竭迦耶，《憍尸多基奥义书》中的吉多罗·甘吉亚耶尼。在《大森林奥义书》中，婆罗门伽吉耶拜阿阇世为师时，阿阇世说道："这确实是颠倒次序，婆罗门拜刹帝利为师。"（2.1.15）婆罗门阿卢尼拜遮婆利为师时，遮婆利说道："这种知识在此之前，从未出现在婆罗门中，而我会将它传授给你。"（6.2.8）这些说明婆罗门一向垄断知识，崇拜神祇，推行祭祀主义，已经不能适应社会发展的需要，思想领域中的"革故鼎新"势在必行。

围绕梵和自我这个中心论题，奥义书还涉及其他许多论题，提出了不少新观念。其中之一是业和转生的观念。在《大森林奥义书》中，阿尔多薄伽向耶若伏吉耶请教人死后的问题，而耶若伏吉耶向他表示："此事不能当众说，让我们私下说。"然后，他俩离开现场进行讨论，确认"因善业而成为善人，因恶业而成为恶人"（3.2.3）。这说明"业和转生"问题在当时也是一种重要的"奥义"。耶若伏吉耶也向遮那迦描述了人死去时，自我离开身体转生的情状，而转生为什么，则按照在世时的业行。他指出："'人确实由欲构成。'按照欲望，形成意愿。按照意愿，从事行动。按照行动，获得业果。"（4.4.5）在《大森林奥义书》中，遮婆利向阿卢尼描述转生的两条道路：一条是"在森林里崇拜信仰和真理"的人们（即知梵者）死后进入天神世界和太阳，抵达梵界，"不再返回"；另一条是从事"祭祀、布施和苦行"的人们死后进入祖先世界和月亮，又返回凡界，"循环不已"（6.2.15、16）。在《歌者奥义书》中，对于转生凡界有更为具体的描述，并指出："那些在世上行为可爱的人很快进入可爱的子宫，或婆罗门妇女的子宫，或刹帝利妇女的子宫，或吠舍妇女的子宫。而那些在世上行为卑污的人很快进入卑污的子宫，或狗的子宫，或猪的子宫，或旃陀罗妇女的子宫。"（5.10.7）

而奥义书追求的人生最高目的是认知梵，达到"梵我同一"。人死后，自我进入梵界，摆脱生死轮回，不再返回，自然是达到"梵我同一"的标志。但达到"梵我同一"既是死后之事，更是在世之事。在《大森林奥义书》中，耶若伏吉耶向遮那迦传授了"自我"奥义后，说道："知道了这样，就会平静，随和，冷静，宽容，沉静。他在自我中看到自我，视一切为自我。……他摆脱罪恶，摆脱污垢，摆脱疑惑，成为婆罗门。这是梵界，大王啊！你已经获得它。"（4.4.23）

奥义书中产生的这种业报、轮回和解脱观念，不仅为婆罗门教所接受，也为后来的佛教和耆那教所接受，而成为印度古代宗教思想中的重要基石。佛教将轮回（saṃsāra）描述为"五道轮回"：地狱、畜生、饿鬼、人和天（神），后来加上一个"阿修罗（魔）"，为"六道轮回"。但佛教并不认同奥义书中提出的"梵"和"自我"，因而佛教的解脱（mokṣa）之道不是达到"梵我同一"，而是达到"涅槃"（nirvāṇa）。

在奥义书之后产生的印度古代哲学中，吠檀多（Vedānta）哲学是奥义书的直接继承者。而数论和瑜伽也能在奥义书中找到渊源或雏形。在奥义书中，数论和瑜伽是作为认知梵的手段或方法。正如《白骡奥义书》中所说："依靠数论瑜伽理解，知道这位神，便摆脱一切束缚。"（6.13）"数论"（Sāṅkhya）一词的原义是"计数"，引申为包括计数在内的分析方法。在奥义书中，数论便是通过分析人体的构成因素，以认知自我。如《伽陀奥义书》中认为"感官对象高于感官，思想（'心'）高于（感官）对象，智慧（'觉'）高于思想，伟大的自我（'个体自我'）高于智慧，未显者（'原初物质'）高于伟大的自我，原人（'至高自我'）高于未显者，没有比原人更高者，那是终极，至高归宿"。（1.3.10、11）而《疑问奥义书》（4.7、8）中的排列次序是：自我、气息、光、心（"意"）、我慢（"自我意识"）、思想（"心"）、五种行动器官（语言、双手、双脚、肛门和生殖器）、五种感觉器官（眼、耳、鼻、舌和身）和五大元素（地、水、火、风和空）。这些都是后来的数论哲学思辨运用的基本概念。

"瑜伽"（Yoga）一词的原义是"联系"或"驾驭"，引申为修炼身心的方法。《伽陀奥义书》将那吉盖多从死神那里获得的奥义知识称为"完整的瑜伽法"，说他由此"摆脱污垢和死亡，达到梵"（2.3.18）。《白骡奥义书》中描述了修习瑜伽的适宜地点以及通过控制身体和思想认知梵："犹如一面镜子沾染尘土，一旦擦拭干净，又光洁明亮，同样，有身者看清自我本质，也就达到目的，摆脱忧愁。"（2. 14）《弥勒奥义书》中也将瑜伽作为与梵合一的方法加以描述，并将瑜伽分为六支："调息、制感、沉思、专注、思辨和入定。"（6. 18）在后来出现的瑜伽经典《瑜伽经》（Yogasūtra）中，波颠阇利（Patañjali）将瑜伽分支确定为八支："禁制、遵行、坐法、调息、制感、专注、沉思和入定。"（2. 2. 29）两者的方法和精神基本一致。

此外，奥义书中也经常显示出对现实生活的关注，尤其是对食物和生殖的重视。还有，对伦理道德的崇尚，如在《大森林奥义书》（5. 2. 1—3）中提出的三 Da 原则：自制（dāmyata）、施舍（datta）和仁慈（dayadhvam）。① 总之，奥义书中的论题广泛，内容丰富，成为印度上古思想转型的关键著作，以上只是着重介绍奥义书在这个转型时期的创造性探索中取得的主要思想成果。

同时，这些奥义书也真实地反映了当时的思想探索方法和过程。因而，虽然这些奥义书的思想趋向是一致的，但它们的表述方式异彩纷呈，术语的使用也不尽相同。它们尚未形成周密的哲学体系，也未充分运用概念进行思维，这些是此后的印度哲学的任务。奥义书的理论思维正处在从神话的、形象的思维向哲学的、抽象的思维转变之中。因此，奥义书也就成为我们了解印度宗教和哲学发展历程的一个重要样本。

此外，奥义书也具有一定的文学性。奥义书哲学家喜欢用直觉的方式表达他们的观点。他们大量运用通俗的比喻，也经常采用生动的问答和对话形式。他们对终极知识的热烈追求，也使他们的论述蕴含一种诗的激情。应该说，这些文学因素对奥义书的广泛流传起了一定的辅助作用。

---

① 英国诗人艾略特（T. S. Eliot）将这个三 Da 原则用作素材，写进了他的著名诗篇《荒原》（1922）。

　　印度现存最早的奥义书注释是九世纪商羯罗和十一世纪罗摩奴阇的注释。现在对于十三种原始奥义书的确定，一方面是依据对文本内容本身的考察，另一方面也是依据他们注释和提及的奥义书文本情况。在十七世纪印度莫卧儿王朝时期，奥义书被翻译成波斯文。自十九世纪开始，奥义书也对西方世界产生影响。法国学者迪佩隆依据这个波斯文译本，将奥义书翻译成拉丁文，其中含有五十种奥义书。当时，德国哲学家叔本华读到这个译本，给予奥义书极高的评价："在这整个世界，没有比研读奥义书更令人受益和振奋的了。它是我的生的安慰，也将是我的死的安慰。"① 他也在《作为意志和表象的世界》第一版序言中推崇奥义书，说道："我揣测梵文典籍影响的深刻将不亚于十五世纪希腊文艺的复兴，所以我说读者如已接受了远古印度智慧的洗礼，并已消化了这种智慧，那么，他也就有了最最好的准备来听我要对他讲述的东西了。"② 此后，奥义书在西方学术界得到广泛传播，先后出现多种译本，其中著名的有缪勒的英译本《奥义书》（1879）、多伊森的德译本《六十奥义书》（1897）和休谟的《十三主要奥义书》（1921）等。

---

① 转引自拉达克利希南（S. Radhakrishnam）主编《印度文化传统》（The Cultural Heritage of India），加尔各答，2001 年，第 1 卷，第 365 页。

② 叔本华：《作为意志和表象的世界》，石冲白译，商务印书馆 1982 年版，第 6 页。

第 六 章

其他吠陀文献

四部吠陀本集成为吠陀时代的最高圣典，在它们的传承和祭祀实践过程中，逐渐形成六种学科，统称为"吠陀支"（Vedāṅga），也就是《剃发奥义书》中列出的"语音学、礼仪学、语法学、词源学、诗律学和天文学"（1.1.5）。它们最初散见于梵书和森林书中，后来编成各种经（Sūtra）。经的文体文字简练，类似口诀，便于记忆，而在传承中，需要婆罗门老师加以阐释。

礼仪学著作统称为劫波经（Kalpasūtra），分为三种：天启经、家庭经和法经。天启经（Śautasūtra）讲述天启祭的规则。天启祭是贵族、富人，尤其是国王举行的祭祀，如新月祭祀、满月祭、四月祭和苏摩祭等。重要的天启经有属于《梨俱吠陀》的《阿湿婆罗延那天启经》（Āśvalāyana）和《商卡延那天启经》（Śāṅkhāyana），属于《黑夜柔吠陀》的《阿波斯丹钵天启经》（Āpastamba）、《包达延那天启经》（Baudhāyana）和《摩纳婆天启经》（Mānava），属于《白夜柔吠陀》的《迦旃延那天启经》（Kātyāyana），属于《娑摩吠陀》的《达底亚延那天启经》（Tāṭyāyana）、《德拉希亚延那天启经》（Drāhyāyana）和《阇弥尼耶天启经》（Jaiminīya），属于《阿达婆吠陀》的《吠多那天启经》（Vaitāna）。

家庭经（Gṛhyasūtra）讲述家庭日常的祭祀仪式或净化仪式。与天启经一样，也有分属四吠陀的各种家庭经。家庭祭不仅包括日常的清晨祭、黄昏祭、新月祭、满月祭和四月祭等，也包括大量的日常净化仪式，囊括一个人从生到死所有需要举行的仪式，如怀胎、出生、取名、儿童剃发、入学、拜师、毕业、婚礼、葬礼、祭祖和祈福等等。

法经（Dharmasūtra）讲述宗教和世俗的各种行为规则，如四种姓制度、人生四阶段生活以及国家、政府、律法和国王的治国术等。现存最早的法经是《乔答摩法经》（Gautamadharmasūtra），此后还有多种名目的法经。

语音学的专名为Śikṣā（"式叉"），词义为学习，即学习吠陀语音。按照《泰帝利耶奥义书》（1.2.1），语音学论述"字母、声调、音量、音力、发音和连声"。每部吠陀本集都有相应的语音学著作，称为《对支经》（Prātiśākhyasūtra），如属于《梨俱吠陀》的《夏迦罗对支经》（Śākala），属于《夜柔吠陀》的《泰帝利耶对支经》（Taittirīya）和《婆遮沙奈伊对支经》（Vājasaneyi），属于《阿达婆吠陀》的《阿达婆吠陀对支经》（Atharvaveda）。另外，属于《娑摩吠陀》的语音学著作主要论述诵唱的曲调。

词源学的专名是Nirukta（"尼录多"），词义为解释，即释义。现存最早的词源学著作是公元前五世纪耶斯迦（Yāska）的《尼录多》。这部著作是对一部汇集《梨俱吠陀》中的一些僻字和难字的辞书《尼犍豆》（Nighaṇṭu）的注释。全书分为十二章。第一章论述语法学和词源学的原则。他确立的词源学原则是名词源于动词，即从所有名词中都能追溯出动词词根。第二和第三章解释同义词，第四至第六章解释僻字和难字，第七至第十二章解释吠陀诸神。

语法学著作的专名是Vyākaraṇa，词义为分析，即语法分析。现存最早的语法学著作是公元前四世纪波你尼（Pāṇini）的《八章书》（Aṣṭādhyāyī），或称《波你尼经》（Pāṇinisūtra）。波你尼提到在他之前的六十四位语法家，但他们的著作如论述后缀的《温那地经》（Uṇādisūtra）和论述重音的《毗吒经》（Phiṭsūtra）等，如今都已失传。《八章书》是波你尼对自己所处时代通行的梵语进行理论总结。全书有近四千句经文，分为八章，对梵语的词根、词干、词尾、前缀、后缀、派生词、复合词、名词变格和动词变化等语法范畴逐一作出分析和归纳，构成一个完整严密的梵语语法体系①。近代欧洲学者接触到梵语和《波你尼语法》后，通过与欧洲语言比较研究，确立了印欧语系。德国学者马克斯·缪勒曾说："梵语肯定构成比较语文学唯一坚实的基础。面对一切复杂现象，它始终是唯一可靠的向导。一位比较语文学家缺乏梵语知识，就像一位天文学家缺乏数学知识。"②

诗律学的专名是 Chandas（"阐陀"），词义为颂诗和诗律。现存最早的诗律学著作产生于吠陀时期之后，如公元前一、二世纪的《尼达那经》（Nidānasūtra）和《阐陀经》（Chandaḥsūtra）。《尼达那经》论述《娑摩吠陀》的诗律，而宾伽罗（Piṅgala）的《阐陀经》不仅论述吠陀诗律，也论述俗语和梵语诗律。

天文学的专名是 Jyotiṣa，词义为星相学，即天文学。现存最早的天文学著作有属于《梨俱吠陀》的三十六颂和属于《夜柔吠陀》的四十六颂，作者是罗伽达（Lagadha）。还有属于《阿达婆吠陀》的一百六十二颂，产生于吠陀时期之后。这些早期天文学著作确定五年为一个周期，每年有三百六十六天，一个周期一千八百三十天，有六十二个朔月和六十二个望月。按照月亮绕行地球一周经过多区域，分为二十七宿（后来增加为二十八宿）。印度古代天文学著作也随同佛教传入中国，被称为"婆罗门天文经"。

还有一类称为索引（Anukramaṇī）的吠陀支著作。例如，迦旃延那（Kātyāyana）的《总索引》（Sarvānukramaṇī）提供《梨俱吠

---

① 参阅金克木《梵语语法〈波你尼经〉概述》。
② 转引自摩尔提《梵语语言学导论》，德里，1984年，第320页。

陀》的颂诗、作者、天神和诗律的索引。又如，索那迦（Ṛaunaka）的《众神记》（Bṛhaddevatā）和《梨俱索引》（Ṛgvidhāna）分别按照《梨俱吠陀》颂诗次序，讲述天神的传说和念诵相关颂诗获得的神奇力量。其中，《众神记》采用输洛迦诗体叙述神话传说，而被认为是印度古代史诗的雏形。

第二编　史诗时期

（公元前四世纪至公元三、四世纪）

第 一 章

概　　述

约在公元前六世纪初，印度的部落大部分过渡到国家。当时有阿槃底、犍陀罗、憍萨罗、跋祇和摩揭陀等十六个大国，还有许多小国。在列国纷争中，摩揭陀国势力最强。至难陀王朝时期（约公元前364—前324年），摩揭陀国已经统一恒河流域和印度中部一些地区。约公元前324年，旃陀罗笈多在印度西北自立为王，进而推翻难陀王朝，建立孔雀王朝。至孔雀王朝第三代国王阿育王时期（约公元前273—前232年），除南部迈索尔地区外，整个印度都已并入孔雀王朝版图，成为印度历史上第一个幅员辽阔的统一帝国。阿育王统治时期是孔雀王朝的鼎盛时期，在他死后不久，帝国即告分裂。约公元前187年，巽伽篡位，推翻孔雀王朝，在摩揭陀建立巽伽王朝（公元前187—前75年），但其统治范围只限于恒河中下游。接着是甘婆王朝（公元前75—前30年）。在孔雀帝国灭亡后，印度不断遭到大夏人、安息人和塞种人等外族入侵。约一世纪中叶，中亚崛起强大的贵霜帝国，不断入侵和吞并印度领土。至迦腻色迦时期（约78—101/102年），贵霜王朝建立了一个纵贯中亚和西北印度的庞大帝国。迦腻色迦死后，贵霜王朝逐渐瓦解。直至四世纪，印度笈多王朝兴起，再次统一印度北部。

在这个列国争霸和帝国统一的时代，政治经济发生着剧烈的变革，印度由奴隶社会逐渐过渡到封建社会。尖锐复杂的阶级斗争也反映在意识形态上。

在这一时期，婆罗门为了维护自己在吠陀时代形成的特权地位，着力于编订法经和法论。他们企图通过法律和社会道德规范，将以奴隶制为基础的种姓制度永恒化。法经产生于公元前六世纪至前一世纪，主要反映吠陀时代后期的社会状况，如《乔答摩法经》、《阿波斯丹钵法经》、《包达延那法经》、《诃利多法经》、《极裕法经》、《吠卡那娑法经》和《毗湿奴法经》等。法论晚于法经，主要是对法经的增订和解释。现存最古老、最著名的一部法论是《摩奴法论》（Manusmṛti），成书年代一般认为在公元前后二世纪之间。这部法论主要谈论人生四阶段（梵行期、家居期、林居期和遁世期）的责任、国王的责任、民法和刑法、种姓的起源和职责、惩罚方式等，其核心是维护种姓制度。

与此同时，兴起了许多反对婆罗门教的宗教和哲学思想派别，统称为"沙门思潮"。根据文献记载，其中较重要的有：一、以阿耆多·翅舍钦婆罗（Ajita Kesakambali）为先驱的印度古代唯物主义思想派别顺世论（也称斫婆迦派）。这派认为世界的本源是"地、水、火、风"四大物质元素，否认脱离肉体的灵魂存在，反对业报、轮回、苦行等等婆罗门教义。二、以末伽梨·拘舍罗（Makkhali Kosāla）为代表的活命派。这派也反对婆罗门教宣扬的祭祀和善恶报应等学说，而提倡"听其命运，顺其自然"的宿命论。三、以尼乾陀·若提子（Niggantha Mātaputra）为代表的耆那教。尼乾陀·若提子本名筏驮摩那（Vardhamāna），出生在吠舍离城郊外一个刹帝利种姓的若提族，三十岁出家，四十二岁得道，被耆那教徒尊称为"大雄"（Mahāvīra），七十二岁逝世（公元前528年，一说公元前486年）。按照耆那教的传说，他是耆那教第二十四位祖师，但实际上，只有其中第二十三位祖师巴尔希婆（Pārśva）有历史依据。耆那教接受婆罗门教的部分教义，如业报、轮回、苦行和解脱，但他们否认婆罗门教圣典吠陀的权威性，反对婆罗门祭司的特权，强调和歌颂王权。耆那教奉行"五戒"：不杀生、不妄语、不偷盗、不邪淫和不占有；恪守"三宝"：正智、正信和正行；尤其强调苦行和不杀生（非暴力）。

在与婆罗门教抗衡的宗教派别中，影响最大的还是佛教。佛教创始人佛陀（约公元前565—前485年）本名乔答摩·悉达多（Gautama Sidhārtha），是迦毗罗卫城（今在尼泊尔）释迦族的王子，属于刹帝利种姓。他从小过着优裕的王族生活，后来困惑于人世的各种苦恼，二十九岁出家修道，三十五岁在菩提树下大彻大悟，成为佛陀（"觉者"）。佛教徒尊称他为释迦牟尼（Śākyamuni），意思是"释迦族圣人"。他所宣传的佛教教义主要是四谛、八正道、十二因缘、涅槃、五蕴、无我和种姓平等。其中最基本的教义是"四谛说"：一、苦谛，即人生充满痛苦；二、集谛，即痛苦的原因是欲望；三、灭谛，即摆脱痛苦的办法是灭寂欲望，达到涅槃；四、道谛，即要达到涅槃，就必须修习"八正道"。显然，佛陀的宗教理论出发点是认为世界和人生一切皆苦。这种"苦谛"是现实苦难的反映。在列国纷争时代，兼并战争此起彼伏，不仅广大民众处于水深火热之中，列国帝王，尤其是小国君主也处在朝不保夕的地位。佛陀作为小国君主的代表，无力阻挡表现为罪恶和苦难的历史车轮前进，于是将现实的苦难归结为个人的求生意志，倡导通过自我克制，灭寂生存欲望，摆脱生死轮回，达到绝对寂静的"涅槃"。这种教义对于广大受苦受难而又找不到出路的民众具有相当的吸引力。这是佛教得以广泛流传的原因之一。而且，佛陀为了争取民众，反对佛教徒使用"高雅的"梵语宣教，而主张佛教徒使用各自的方言俗语宣教。佛陀本人的宣教地区主要在摩揭陀国和拘萨罗国，因而他主要使用这两个地区的方言。佛教现存的上座部三藏经典使用的语言称为巴利语（Pāli），是早期佛教的通用语。早期佛教的这一语言政策也是佛教得以普及的又一原因。更重要的是，早期佛教反对天神创世说、杀牲祭祀和极端的苦行，否认婆罗门种姓的至高地位。他们批驳婆罗门教的神创种姓理论，宣称原先人类并没有种姓区分，只是后来出现土地私有制，"共分田宅，以分疆畔"，并出现偷盗和争讼，"于是世间便有王名，以正法治民，故名刹利（即刹帝利）"。佛教的这种种姓起源理论强调国王的作用，有助于加强刹帝利王权，抑止婆罗门神权。这样，佛经中对四种姓的排列次序，以刹帝利居首。这不仅符合刹帝利王族利益，也有利于吠舍商人阶层的贸易活动。因而，佛教在这一时期得到刹帝利帝王和吠舍大商人的有力支持。

印度佛教为我们留下了浩瀚的文献，统称为三藏——律藏、经藏和论藏。佛教经文有个特点：为了吸引广大民众，常常利用通俗的寓言故事阐发教义；文体也不拘一格，常常采用韵散杂糅的形式。这样，不少佛教经籍富有文学色彩，并为我们保持了大量民间传说和寓言故事。在这些方面对中国古代文学产生过深远影响，尤其值得我们注意。此外，佛经中的哲学思辨方式和抑恶扬善的伦理思想也对中国文化产生了积极的影响。

这一时期最重大的文学成就是产生了印度两大民族史诗《摩诃婆罗多》和《罗摩衍那》。两大史诗与吠陀文学的本质区别在于后者产生于婆罗门祭司阶层，而前者产生于与刹帝利王族关系密切的"苏多"（Sūta）阶层。在《摩诃婆罗多》中，苏多是刹帝利父亲和婆罗门女子结婚所生的儿子。他们在王室中享有中等地位，往往担任帝王的御者和歌手。他们经常编制英雄颂歌称扬古今帝王的业绩，形成一种新兴的世俗文学传统，有别于婆罗门以祭祀为中心的宗教文学传统。在《罗摩衍那》中，苏多是支持刹帝利的婆罗门。当然，这种英雄颂歌也已在吠陀文学中初露端倪，如《梨俱吠陀》中的"布施颂"、梵书和家庭经中的"颂人诗"，但尚未占据重要地位。只是到了列国争霸时代，有了适当的政治气候和肥沃的现实土壤，才兴盛起来。而两大史诗就是在这些英雄颂歌和吠陀神话传说的基础上形成的。

现存两大史诗抄本，《摩诃婆罗多》约有十万颂，《罗摩衍那》约有两万四千颂，篇幅之长在世界各民族古代史诗中是少有的。但它们远非原始形式。尤其是《摩诃婆罗多》，已经变成一部百科全书式的作品，其中包含宗教、哲学、政治、伦理等各种非文学成分。应该说，这两大史诗是漫长的历史产物，是历代宫廷歌手苏多和民间吟游诗人的集体创作成果。现在所标明的《摩诃婆罗多》作者毗耶娑和《罗摩衍那》作者蚁垤，很可能是两大史诗原始形式的作者，或者是这两大史诗形成过程中起过加工整理作用的最关键人物。

两大史诗诞生以来，对两千多年印度人民的精神生活产生深远影响，几乎成了支撑印度教文化的一双巨足。甚至在今日印度，两大史诗的故事依然盛传不衰，家喻户晓。这两大史诗也曾对亚洲许多国家产生程度不同的影响。这样一份重要的人类文化遗产，理应受到我们高度重视。

两大史诗是用梵语创作的。史诗梵语在语音和语法变化上比吠陀语简易。它是一种比较通俗的梵语，既保留了一些吠陀语法形式残余，同时也受到方言俗语影响。史诗梵语有别于这一时期正在形成的古典梵语。波你尼的《八章书》（即《波你尼经》）总结了当时的梵语语法，予以规范化，为古典梵语奠定了基础。迦旃延那（Kātyāyana，公元前三世纪）的《释补》（Vārtika）是对波你尼语法的增订。波颠阇利（Patañjali，约公元前二世纪）写了一部重要的波你尼语法注疏，称为《大疏》（Mahābhāṣya）。这部《大疏》不仅是梵语语法经典，而且也开创了后来盛行的注疏文体。

这一时期另一个重要文学现象是印度南方文学的兴起，吠陀语、梵语、巴利语和各种北印度俗语，同属印欧语系。而印度南方语言属于达罗毗荼语系，主要有泰米尔语、卡纳尔语、泰卢固语和马拉雅拉姆语等。其中，作为文学语言，泰米尔语在达罗毗荼语系中成熟最早，历史最悠久。

第 二 章

《摩诃婆罗多》

　　《摩诃婆罗多》（Mahābhārata）的现存抄本很多，分为南北两种传本。北传本又可按字体分为舍罗陀、尼泊尔、梅提利、孟加拉和天城体传本，南传本也可按字体分为泰卢固、葛兰陀和马拉雅拉姆传本。抄本的书写材料大多是棕榈叶（"贝叶"）和纸张，少数是桦树皮。抄本的年代绝大多数属于十五世纪以后，其中流行最广的天城体"青项本"（Nīlakaṇṭha）是十七世纪晚期的产物。各种抄本在诗句、诗行、诗节上存在不同程度的歧异。总的说来，南传本的篇幅大于北传本。北传本全书分为十八篇，南传本分为二十四篇。与北传本相比，南传本在故事细节描写上更为丰富，词句更为正确，语义更为连贯。因此，北传本称作"简朴本"（textus simplicitor），南传本称作"修饰本"（textus ornatior）。

　　为了给《摩诃婆罗多》研究提供一个坚实的基础，印度班达卡尔东方研究所响应国际梵文学界的倡议，从 1919 年起，承担编订《摩诃婆罗多》精校本的任务。1923 年，乌特吉迦尔（N. B. Utgikar）编出《摩诃婆罗多·毗罗吒篇》精校本（试验本），分送国内外梵文学者征求意见，受到普遍好评和热情鼓励，也获得许多建设性意见。1925 年，苏克坦卡尔（V. S. Sukthankar）担任《摩诃婆罗多》精校本主编，印度许多著名梵文学者参加这项工作。1933 年出版精校本第一卷，1966 年出齐全书，共十九卷。整个编订工作历时将近半个世纪。其间苏克坦卡尔于 1943 年逝世，继任主编是贝尔沃卡尔（S. K. Belvalkar），最后一任主编是维迪耶（P. L. Vaidya）。

班达卡尔东方研究所编订《摩诃婆罗多》精校本的工作步骤，首先是搜集和整理《摩诃婆罗多》的各种抄本，以通行的《摩诃婆罗多》青项本为基础，逐字逐句进行对勘，记录下不同之处。收集到的抄本共有一千二百多种，其中全本占少数，多数是单篇抄本。经过鉴别，确定具有校勘价值的抄本，排除重复的抄本。这样，用作校勘的抄本为七百多种。

他们认为在校勘中，重要的是作出解释和说明，而不应该随意改动原文。古代写本在传抄过程中，一般容易简化难词僻语。而按照校勘原理，一些难词僻语可能恰恰表明它们是古老原始的形式。如果许多抄本在这些地方具有一致性，就不应该怀疑它们是错讹。史诗的原始文本不一定语言规范，措辞精确。"简朴本"往往比"修饰本"更接近原始形式。因此，不管校勘的结果怎样，都应该尽可能客观地依据抄本提供的证据，确定精校本的文本。

校勘的目的无非是"求古本之真"，恢复作品的原始形式。但对于《摩诃婆罗多》来说，这是一种不可企及的理想。与一般的古典作品不同，史诗以口耳相传的方式创作和传诵，文本始终处在流动中，现有的规模也是逐渐扩充而成，很难确定它的原始形式。因此，《摩诃婆罗多》精校本不是恢复传说中的毗耶娑创作的《摩诃婆罗多》，也不是恢复毗耶娑的弟子传诵的《摩诃婆罗多》。它只是在现存的各种并不古老的抄本基础上，提供一种尽可能古老的版本，也就是可以称作现存所有抄本的共同祖先的版本。

这样，最终完成的这部《摩诃婆罗多》精校本排除了传抄中的一些错讹和伪增，也抢救了在传抄中逐渐流失的古老成分，而成为现存抄本中最古老和最纯洁的版本。精校本的篇幅总量不是十万颂，而是近八万颂。但它以脚注和附录的方式将所有重要抄本的重

要异文一一列出。这使它实际上比现存任何抄本都完全，确实为
《摩诃婆罗多》研究奠定了一个"坚实的基础"。

第一节　成书年代

关于《摩诃婆罗多》的成书年代是梵文学者长期探讨和研究的
一个问题。虽然不能说已经形成确切的定论，但也产生了一些多数
学者可以在原则上表示同意的看法。

首先，我们可以排除一种将神话传说当作历史的印度传统说
法，即认为《摩诃婆罗多》写成于公元前 3100 年。这种说法的依
据是《摩诃婆罗多》中写道：

> 这位黑岛生大仙，
> 孜孜不倦整三年，
> 终于完成这杰作——
> 摩诃婆罗多故事。(1.56.32)①

黑岛生即传说中的《摩诃婆罗多》作者毗耶娑（Vyāsa）的本
名（出生在岛上，皮肤是黑的，故得此名）。《摩诃婆罗多》中又
写道：

> 在迦利时代和
> 二分时代之间，
> 普五地区发生
> 俱卢般度之战。(1.2.9)

---

① 《摩诃婆罗多》引文依据印度班达卡尔东方研究所精校本，括号中的数字依
次为篇、章、颂。

按照印度神话传说，迦利时代开始于公元前 3102 年，黑天死于迦利时代的第一天。又按照《摩诃婆罗多》故事，般度族五兄弟在黑天死后，结束统治，远行升天。而毗耶娑在般度族五兄弟升天后，开始创作《摩诃婆罗多》，用了三年时间。这样，成书年代便是公元前 3100 年。

这种成书年代貌似精确，但只能当作神话看待，绝对不足凭信。奥地利梵文学者温特尼茨（M. Winternitz）曾经提出《摩诃婆罗多》的成书年代"在公元前四世纪至公元四世纪之间"，尽管时间跨度八百年，长期以来反倒为多数学者所接受。温特尼茨的结论主要依据如下事实：首先，整个吠陀文献没有提及《摩诃婆罗多》，只有一部年代无法确定的《阿湿婆罗衍家庭经》（Āśvalāyana-gṛhyasūtra）中提到过两部圣书名《婆罗多》和《摩诃婆罗多》。最早明确记载俱卢和般度两族战争故事（虽然未提及书名《婆罗多》或《摩诃婆罗多》）的文献是波颠阇利（约公元前二世纪）的《大疏》。公元前三、四世纪的佛教巴利文经典没有提及《摩诃婆罗多》，只有其中的《本生经》提到这部史诗中的一些人物名，但具体事迹与史诗颇有出入。因而，《摩诃婆罗多》的原始形式不可能出现在吠陀时代结束前，即不可能早于公元前四世纪。其次，古典小说家波那（约七世纪）和哲学家枯马立拉（约八世纪）的著作以及公元五世纪的铭文记载表明这部史诗在那时已经成为一部宗教经典，而且在篇幅上已经达到十万颂。因而，《摩诃婆罗多》的现存形式不可能晚于公元四世纪①。

至于《摩诃婆罗多》在这八百年间的具体形成过程，学者们经过多年探讨，现在一般倾向于分成三个阶段：（1）八千八百颂的

---

① 参阅 M. 温特尼茨《印度文学史》第 1 卷，新德里，1972 年，第 454—475 页。

《胜利之歌》（Jaya）；（2）二万四千颂的《婆罗多》（Bhārata）；
（3）十万颂的《摩诃婆罗多》（Mahābhārata）。这三种字数的《摩
诃婆罗多》故事，在现存抄本的第一篇中都曾提及：

> 我和苏迦知道
> 这八千八百颂，
> 或许全胜也知道
> 这八千八百颂。①

> 他编了《婆罗多本集》，
> 共有二万四千颂，
> 里边没有加插话，
> 智者称作《婆罗多》。(1.1.61)

> 他又编了另一部，
> 颂数总计六百万，
> 其中一半三百万，
> 流传天国天神间。

> 列祖列宗百五十万，
> 罗刹药叉百四十万，
> 余下这个十万颂，
> 流传尘世凡人间。②

这里所引第一和第三首见于某些抄本，精校本正文未收。

---

① 这颂见《摩诃婆罗多》精校本《初篇》第 884—885 页校勘记。
② 这两颂见《摩诃婆罗多》精校本《初篇》第 12 页校勘记。

第一首中的"我"是吟诵史诗的歌手，八千八百颂指最早由毗耶娑口授，群主记录下来的原始版本①。第二、三首中的"他"是指毗耶娑。当然，这八千八百颂和二万四千颂的说法也带有传说性质，但可以作为象征性的参考数字。因为《摩诃婆罗多》的篇幅经历了一个逐渐膨胀的过程，这一点是毫无疑义的。

《摩诃婆罗多》的原始形式可能叫做《胜利之歌》。这是因为在一些抄本的开卷第一首的献诗是这样的：

> 首先向人中至高的
> 那罗和那罗延致敬！
> 向娑罗私婆蒂女神致敬！
> 然后开始吟诵《胜利之歌》。（1.1 献诗）

另外，在《摩诃婆罗多》中，"胜利"一词有时也直接用作这部史诗的代名词。例如：

> 渴望胜利的人都应听取
> 这部名曰《胜利》的历史，
> 听后他能征服大地，
> 也能击败一切仇敌。（1.56.19）

可以设想，毗耶娑的《胜利之歌》讲述的是婆罗多族大战的核心故事。毗耶娑将这《胜利之歌》传授给自己的五个徒弟，由他们

---

① 《摩诃婆罗多》通行本（青项本）开头讲到毗耶娑创作了婆罗多故事，但不知找谁记录下来。于是大神梵天推荐群主（象头神）担任毗耶娑的记录员。精校本编者认为这是晚出成分，因而没有采入正文。

在世间漫游吟诵。这些徒弟在传诵过程中，逐渐扩充内容，使《胜利之歌》扩大成各种版本的《婆罗多》。

> 向苏曼度和阇弥尼，
> 向拜罗和儿子苏迦，
> 传授四部吠陀以及
> 第五部《摩诃婆罗多》。(1.57.74)

> 赐人恩惠的导师
> 也向护民子传授，
> 从此婆罗多本集
> 由他们分别传诵。(1.57.75)

现存《摩诃婆罗多》是护民子传诵的本子。毗耶娑的这五个徒弟实际上是各种宫廷歌手苏多和民间吟游诗人的象征。据此我们可以想象《摩诃婆罗多》的早期传播方式及其内容和文字的流动性。

如果说从《胜利之歌》向《婆罗多》的演变，主要是充实故事内容，"里边没有加插话"。那么，从《婆罗多》向《摩诃婆罗多》（意译是《伟大的婆罗多》或《大婆罗多》）的演变，主要不是充实故事内容，而是汇入大量与核心故事关系不太紧密的插话。这些插话大多是可以独立成章的神话传说、英雄颂歌、寓言故事以及婆罗门教的哲学、政治、伦理和法律论著。精校本主编苏克坦卡尔令人信服地证明，这二万四千颂左右的《婆罗多》一度被婆罗门婆利古族垄断。由于《婆罗多》是颂扬刹帝利王族的英雄史诗，因而婆利古族竭力以婆罗门观点改造《婆罗多》，塞进大量颂扬婆利古族和抬高婆罗门种姓地位的内容。此后，原始的《婆罗多》失传，代之以《摩诃婆罗多》流传至今。[①]

关于这部史诗的作者毗耶娑，我们目前所知道的都是传说，很难断定他是真实的历史人物。他既是这部史诗的作者，又是这部史诗中的人物。按照史诗本身的故事，毗耶娑是渔家女贞信嫁给福身王之前的私生子，名叫黑岛生。贞信和福身王的儿子奇武婚后不久死去，留下两个遗孀，面临断绝后嗣的危险。于是，贞信找来在森林中修炼苦行的黑岛生，让他代替奇武，生下三个儿子——持国、般度和维杜罗。此后，毗耶娑仍然隐居森林，但他目睹和参与了持国百子（俱卢族）和般度五子（般度族）两族斗争的全过程。在般度族五兄弟升天后，他创作了这部史诗。如果史诗中的这些内容不是后人杜撰添加的，那么可以认为毗耶娑是这部史诗的原始作者。

按照印度传统，毗耶娑不仅被说成是《摩诃婆罗多》的作者，还被说成是四部吠陀的编订者、往世书的编写者、吠檀多哲学经典《梵经》的作者，等等。将相距数百乃至上千年的著作归诸同一作者，显然是荒谬的。不过，我们应该注意到，毗耶娑这个名字本身具有"划分"、"扩大"、"编排"等含义。因此，将毗耶娑看作一个公用名字或专称，泛指包括《摩诃婆罗多》在内的古代印度一切在漫长历史时期累积而成的庞大作品的编订者，也未尝不可。在往世书神话中，就提到有二十八个毗耶娑，依次在循环出现的二分时代，将吠陀编排一次。这或许可以作为这一看法的一个佐证。

第二节　思想内容

《摩诃婆罗多》全书分为十八篇。正文之外，还有一部作为附

---

① 参阅苏克坦卡尔《婆利古族和〈婆罗多〉》，载《苏克坦卡尔纪念文集》第1卷，孟买，1944 年，第278—337 页。

录的《诃利世系》（Harivaṃsa）。这部附录显然属于晚出的往世书式的作品，是史诗文本中崇拜黑天的后期成分的进一步发展。这样一部经历漫长历史时期的庞大史诗，其思想内容必然丰富复杂，不宜一概而论。对这部史诗的内容，必须兼顾两个方面：它既是一部英雄史诗，即如书名所表示的那样，是"伟大的婆罗多族的故事"，又是一部"百科全书"，即如史诗结尾所宣称的那样，囊括了人生"四大目的"的全部内容：

> 正法和利益，
> 爱欲和解脱，
> 这里有，别处有，
> 这里无，别处无。（18.5.38）

下面分成主线故事和各种插话（包括《诃利世系》）两大部分介绍《摩诃婆罗多》的思想内容。

一　主线故事

《摩诃婆罗多》十八篇，每篇都有点题的篇名。

第一《始初篇》（Ādiparvan，7984 颂[①]）叙述象城的福身王爱上渔夫的女儿贞信。渔夫嫁女的条件是王位由贞信生下的儿子继承。福身王已经有个与恒河女神生下的儿子天誓，无法答应这个条件。而天誓得知情况，愿为父亲作出最大牺牲，向渔夫发誓永不结婚，独身一世。天誓由此得名毗湿摩（意思是"立下可怕誓言的人"）。贞信为福身王生下花钏和奇武两个儿子。花钏和奇武先后继

[①]　这里指精校本的颂数。一颂为四个诗步（即四行），三十二个音节。但由于整部史诗中夹杂有少量散文和六诗步的诗节，因而学者们的统计数字略有出入，这里只能采用一家统计法，聊备参考。

承王位，但都没有留下子嗣就死去。贞信征得毗湿摩同意，找来自己婚前的私生子毗耶娑，让他与奇武的两个遗孀生下持国和般度，并与一个女仆生下维杜罗。

持国天生眼瞎，由般度继承王位。持国娶妻甘陀利，生下以难敌为首的百子。般度娶妻贡蒂和玛德利。般度族的五个儿子是贡蒂召来天神生下的，因为般度一次在林中狩猎，射杀了一对正在交欢的麋鹿。那头公鹿是一位仙人化身，临死前诅咒般度也将在交欢中死去。但般度为没有子嗣而苦恼，请求贡蒂自由选择男子生育几个儿子。贡蒂征得般度同意，运用少女时从一位婆罗门仙人那里学会的召唤天神的咒语，先后召来正法神、风神和因陀罗，与她生下坚战、怖军和阿周那，贡蒂又为玛德利召来双马童，与玛德利生下孪生子偕天和无种。这便是伟大的婆罗多族的两支后裔，前者称为俱卢族，后者称为般度族。

般度死后，持国摄政。坚战五兄弟和持国百子一起在宫中学习武艺，互相之间时有摩擦。持国的长子难敌总是企图谋害坚战五兄弟。在一次比武大会上，阿周那大显身手。贡蒂婚前的私生子迦尔纳也来参与比武。他从小被贡蒂遗弃，由一位车夫收养，身份是"车夫之子"，在校场上受到羞辱。而难敌趁机拉拢他，封他为盎伽王。

坚战成年后，市民们盼望他登基为王。而难敌企图霸占王位，勾结母舅沙恭尼，设计陷害坚战五兄弟。他派人在多象城建造了一座易燃的紫胶宫，让坚战五兄弟和贡蒂去住，准备伺机纵火烧死他们。由于维杜罗暗中相助，般度族从预先挖好的地道逃入森林，躲过了这场烈火焚身的灾难。

在森林中，般度族遭到一个罗刹威胁，怖军杀死这个罗刹，并与罗刹的妹妹希丁芭结婚，生下儿子瓶首。般遮罗国木柱王的女儿黑公主举行选婿大典时，坚战五兄弟乔装婆罗门前往应试。阿周那按照选婚要求，挽开大铁弓，射箭命中目标，赢得黑公主。从此，黑公主成为坚战五兄弟的共同妻子。坚战五兄弟在这次事件中暴露了真实身份。难敌发现般度族并没有葬身火海，大为恼火，但持国听从老族长毗湿摩和教师爷德罗纳的劝告，决定召回坚战五兄弟，分给他们一半国土，重修旧好。这样，般度族在分给他们的一半国土上，建都天帝城。

在这期间，阿周那曾拜访多门城的黑天（毗湿奴的化身），并娶了黑天的妹妹妙贤，生下儿子激昂。从此，阿周那和黑天之间的友谊日益加深。

第二《大会篇》（Sabhāparvan，2511 颂）是《摩诃婆罗多》情节发展中关键的一篇，展现婆罗多族大战的直接起因。

般度族在分给他们的一半国土上建都天帝城。仙人那罗陀前来看望坚战，向他讲述了治国术。那罗陀也向坚战传达已经升入天界的般度的心愿，希望他举行王祭。王祭是征服世界的象征。坚战派遣使者前往多门城，请来黑天，征求他的意见。黑天支持坚战举行王祭，并向他指出首先要杀死在大地上逞雄的摩揭陀王妖连。取得坚战同意，黑天、阿周那和怖军乔装改扮，前往摩揭陀国京城，向妖连挑战。妖连接受挑战，与怖军展开搏斗，最后被怖军杀死。他们得胜归来后，作为举行王祭的必要步骤，坚战派遣四位弟弟征服四方。然后，坚战举行盛大的王祭，邀请各地国王和王子参加。

王祭结束时，要向与会的客人献礼。坚战接受毗湿摩的建议，将黑天视为最杰出的客人。车底王童护立即表示异议，认为黑天不配享受首席客人的待遇。童护不听毗湿摩和偕天的劝说，以激烈的言辞诋毁黑天，直至向黑天发出挑战。黑天接受挑战，杀死童护。

坚战举行王祭，也邀请俱卢族出席。般度族和俱卢族分治婆罗多族国土。坚战现在实际上是代表婆罗多族举行王祭。坚战向应邀前来的俱卢族长辈和难敌兄弟们表示："我这里的财产就和你们自己的一样，你们随意使用。"俱卢族也积极配合，协助坚战完成王祭。但是，婆罗多族本身的王权并未由此解决。坚战的辉煌政绩点燃难敌的妒忌之火。难敌的舅舅沙恭尼深知用武力无法对付般度族，便施展掷骰子赌博的诡计。他建议难敌邀请坚战掷骰子，并保证替他赢得坚战的全部财产。他们说服持国王后，向坚战发出掷骰子邀请。

坚战尽管不想赌博，但出于礼节，还是接受了邀请。维杜罗试图劝阻，没有奏效。精通掷骰子的沙恭尼代表难敌与坚战进行赌博。坚战渐渐输掉一切财产和王国。他输红了眼，又接连押上他的四个弟弟和他自己，最后押上他们五兄弟的共同妻子黑公主。沙恭尼为难敌赢得了所有一切。难敌命令自己的弟弟难降将黑公主强行拽来。暴戾的难降当众侮辱黑公主，剥掉她的衣服。怖军怒不可遏，发誓要报仇雪恨：在今后的战斗中杀死难降，撕开他的胸膛喝血。难敌也放肆地露出大腿，朝着黑公主淫笑。怖军又发誓要打断难敌的大腿，杀死他。最后，持国王预感恶兆，不得不出面干预，答应黑公主的请求，释放坚战五兄弟。

难敌不死心，说服软弱的持国王召来坚战五兄弟，再进行一次赌博。这次沙恭尼建议只赌一次，输者流放森林十二年，第十三年还要乔装改扮生活。如果在这一年里被发现，就要再次流放十二年。赌的结果自然是坚战再次输掉。

坚战赌输后，严格按照赌输的条件履行诺言，放弃王国，带领四个弟弟和黑公主动身前往森林，显示自己恪守正法的美德。相比之下，在这次赌博事件中，难敌一伙的行为奸诈、粗野和卑劣。最终的结果是，难敌在赌博中是赢家，在道义上是输家，而坚战在赌博中是输家，在道义上是赢家。

第三《森林篇》（Āraṇyakaparvan, 11664 颂）讲述般度族五兄弟流亡森林十二年的生活。在古代印度，森林（Araṇya）意味着蛮荒之地。婆罗门教将人生分为四个阶段：梵行期、家居期、林居期和遁世期。人进入老年后，就离开乡村或城市，进入森林，主要以野菜、根茎和果子维生。森林里有毒蛇猛兽和妖魔鬼怪（实际上是原始部落的妖魔化）。因此，森林生活艰苦而又危险，成为落难者的流亡之地。

般度族五兄弟离开象城，前往森林，走了三天三夜，到达迦摩耶迦林，遇见凶猛的罗刹斑驳。怖军与斑驳展开殊死搏斗，杀死斑驳。

在象城，维杜罗一再劝说持国王召回般度族兄弟，还给他们国土。持国王听得不耐烦，认为维杜罗偏向般度族兄弟，一气之下，赶他出走。维杜罗满怀忧伤，前往森林，与般度族兄弟一起生活。事后，持国王深感后悔，又派全胜前往森林召回维杜罗。

发生掷骰子赌博事件时，黑天不在场。当时，他忙于惩治侵犯多门城的沙鲁瓦王。他打败沙鲁瓦王后，才得知般度族兄弟已经流亡森林。他来到森林看望般度族兄弟。黑公主向黑天倾诉自己在赌博大厅中蒙受的屈辱。黑天安慰黑公主，发誓要为她复仇。

般度族五兄弟在双林定居下来。黑公主竭力鼓动坚战报仇雪恨。而坚战强调宽容是最高的美德。怖军也坚决主张用武力夺回王国，认为对于刹帝利来说，没有比战斗更重要的正法，而坚战坚持恪守流亡森林的承诺。

毗耶娑仙人前来看望他们，劝说他们不要长久定居在一个地方。于是，他们移居迦摩耶迦林。遵照毗耶娑的指示，坚战派遣阿周那前往雪山求取天神的法宝。阿周那在因陀罗吉罗山见到化作苦行者的因陀罗。因陀罗表示，只要阿周那见到湿婆大神，就能获得众天神的法宝。

阿周那在雪山顶上修炼严酷的苦行。湿婆大神化作猎人来见阿周那，恰遇一个罗刹化作野猪，企图杀害阿周那。猎人和阿周那同时发射利箭，杀死野猪。为这个猎物的所有权，阿周那和猎人发生争执，展开搏斗。阿周那败北，大神湿婆显身。他对阿周那的勇武表示满意，把兽主法宝赠给阿周那。然后，水神伐楼拿、财神俱比罗和死神阎摩前来赠给阿周那法宝。因陀罗派遣御者摩多梨，驾驭飞车把阿周那接上天国。阿周那在因陀罗的天宫中住了五年，接受因陀罗赠送的法宝，学习法宝的使用方法，也学习歌舞艺术。

阿周那前往天国后，般度族兄弟在迦摩耶迦林中以采集植物和狩猎维生，也经常思念阿周那。巨马仙人前来看望般度族兄弟。坚战向他诉说自己的悲惨遭遇，询问在这大地上还有比自己更不幸的国王吗？于是，巨马仙人给他讲述了古代国王那罗的故事。

那罗陀仙人来到迦摩耶迦林，向坚战讲述朝拜圣地的功德，鼓励坚战朝拜各处圣地。烟氏仙人也向坚战描述各处圣地。毛密仙人漫游天国返回，来到迦摩耶迦林，向坚战报告喜讯：阿周那已在天国获得各种法宝，不久就会返回。因陀罗和阿周那都建议坚战朝拜各处圣地。于是，毛密仙人带领般度族兄弟朝拜各处圣地，向他们讲述与圣地相关的各种故事传说。

般度族兄弟在森林中度过四年后，前往白山，等待与阿周那团聚。他们在阿哩湿底赛那仙人的净修林里度过第五年。终于，阿周那乘坐因陀罗的飞车，从天国返回，与兄弟们和黑公主团聚。阿周那讲述自己在天国五年的经历。在天国期间，阿周那学会各种武艺后，曾奉因陀罗之命，歼灭远在海边的全甲族檀那婆，并顺便歼灭金城的阿修罗。因陀罗赐给阿周那"天授"螺号。

般度族五兄弟团聚后，在白山上又度过两年。然后，他们继续漫游森林。在第十二年，他们到达双林水池。怖军出外打猎，被一条巨蟒缠住。这条蟒蛇原来是曾经登上天国宝座的友邻王，由于藐视和侮辱天国仙人，遭到投山仙人诅咒，从天国坠落，变成蟒蛇。坚战赶到，圆满回答巨蟒提出的问题。由此，诅咒解除，友邻王也摆脱蛇身。

　　般度族兄弟回到迦摩耶迦林。黑天前来看望般度族兄弟。摩根德耶仙人为般度族兄弟讲述婆罗门教的各种教义，诸如业报、婆罗门的伟大品性、刹帝利王权的至高地位、祭祀的功德、世界的毁灭和创造、四个时代、毗湿奴的神性和化身，并讲述相关的传说故事。

　　难敌想要亲眼看到般度族兄弟在森林中受苦受难。他借口视察牧场，带领军队前往森林。他们在双林附近安营扎寨，与健达缚们发生冲突。健达缚们打败俱卢族军队，迦尔纳逃跑，难敌被俘。俱卢族大臣们前来向坚战求救。怖军认为难敌罪有应得。坚战不计冤仇，下令弟弟们救出难敌。难敌获救后，羞愧难当，差点绝食自尽。

　　难敌回到象城后，毗湿摩劝说他与般度族兄弟和解。难敌置若罔闻，却听从迦尔纳的建议，举行大祭，邀请各地国王参加。难敌和迦尔纳扬言等以后消灭般度族兄弟后，再举行真正的王祭。坚战得知这些消息，心情抑郁。

　　一天，般度族兄弟出外打猎，把黑公主留在净修林。信度王胜车路过这里，色迷心窍，强行劫走黑公主。般度族兄弟返回净修林，发现黑公主被劫，立即前去追赶。他们打败胜车的军队，救出黑公主。怖军和阿周那继续追赶和抓回胜车。但坚战顾念胜车是持国王的女婿，放走了他。

　　太阳神托梦给迦尔纳，告诉他说，如果因陀罗乔装婆罗门向他乞求耳环和铠甲，那就应该要求因陀罗用"力宝"标枪交换。太阳神关心迦尔纳，因为迦尔纳是他的儿子。从前贡蒂在少女时，侍奉过一位婆罗门仙人。仙人赐给她一个得子咒语。她出于好奇，试验这个咒语，结果召来太阳神，生下迦尔纳。迦尔纳身上的耳环和铠甲是天生的，能保证他不被敌人杀死。现在，因陀罗为了般度族的利益，乔装婆罗门向他乞求耳环和铠甲。迦尔纳为了恪守向婆罗门慷慨施舍的美德，割下身上的耳环和铠甲交给因陀罗，因陀罗也将"力宝"标枪赐给他。听说这件事后，持国之子们垂头丧气，而般度族兄弟们心生喜悦。

一天，般度族兄弟为了帮助一个婆罗门找回钻火棍和引火木，追赶一头鹿。他们又累又渴，找水喝。坚战的四个弟弟先后喝了一个魔池里的水，倒在那里。最后坚战巧妙地回答了魔池主人药叉提出的种种难题，使四个弟弟死而复生。药叉透露自己的真实身份是正法大神，赐给坚战恩惠，保证般度族兄弟第十三年在毗罗吒城隐匿生活，不会被人发现。

这样，般度族兄弟度过十二年流亡森林的生活，历尽艰辛，磨炼了意志。尽管黑公主和怖军经常表达报仇雪恨的迫切愿望，但都能顾全大局，服从坚战的旨意。般度族内部始终保持坚强的团结。坚战信守诺言，也能赢得道义上的优势。在这期间，阿周那又求得天神"法宝"。这些都是为般度族的未来胜利创造条件，奠定基础。

第四《毗罗吒篇》（Virāṭaparvan，2050颂）叙述般度族兄弟结束了十二年流亡森林的生活，开始第十三年隐匿的生活。般度族兄弟选择摩差国毗罗吒王的宫廷作为藏身之地。他们把自己的武器藏在城外火葬场附近的一棵莎弥树上，然后，乔装改扮，更换姓名，坚战担任毗罗吒王的侍臣，阿周那担任后宫太监，怖军担任宫廷厨师，无种驯马，偕天放牛，黑公主担任王后的侍女。

他们尽心服役，在宫廷中深受欢迎。而国舅空竹色迷心窍，企图霸占黑公主。黑公主向怖军求助。怖军让黑公主与空竹约定晚上在舞厅幽会。然后，怖军替代黑公主赴约，杀死空竹。黑公主假称是自己的健达缚丈夫杀死了空竹。空竹的亲友们坚持将黑公主为空竹殉葬。怖军又前往火葬场，乔装健达缚，杀死空竹的亲友们，救出黑公主。

难敌的探子们寻访各地，始终没有发现般度族兄弟的踪迹。现在，他们带回摩差国军队统帅空竹被健达缚杀死的消息。三穴国善佑王怂恿难敌趁此机会攻打摩差国，掠夺牛和财富。按照计划，善佑王率领三穴国大军充当先头部队，坚战、怖军、无种和偕天协助毗罗吒王迎战来敌。怖军救出在战斗中被俘的毗罗吒王，活捉善佑王。

在这边进行激战时，难敌率领俱卢族大军从另一边侵犯摩差国。由阿周那担任御者，王子优多罗出城迎战来敌。而一旦面对俱卢族大军，优多罗吓得六神无主，跳下战车，转身逃跑。阿周那拽他回来，让他担任御者，前往莎弥树取出武器。然后，阿周那凭借自己的"天授"螺号和甘狄拨神弓，迎战俱卢族大军。

俱卢族将帅们认出了乔装打扮的阿周那。难敌认为第十三年期限未满，阿周那暴露身份，般度族兄弟必须再次流亡森林十二年。而毗湿摩依据严格的历法计算，确认第十三年期限已满。经过激战，阿周那击溃俱卢族大军。阿周那和优多罗返回京城，与毗罗吒王会聚。

十三年的期限已满，般度族兄弟公开自己的身份，住在摩差国的水没城。毗罗吒王将女儿至上公主嫁给阿周那的儿子激昂，与般度族联姻结盟。迦尸王、尸毗王、木柱王和黑天前来庆贺婚礼。

般度族兄弟先是流亡森林，后又隐瞒身份，充当仆役，表面上是赌博输赢的结果，实质上是宫廷斗争。自古以来，宫廷内部为争夺王权，父子兄弟，六亲不认。失败的一方或身首异处，或流放边地，或籍没为奴。般度族兄弟原本该充当难敌的奴隶，现在只是改换方式，充当毗罗吒的仆役。

像在那场掷骰子赌博中的情况一样，在流亡森林和充当仆役的生活中，蒙受羞辱和痛苦最深的是黑公主。摩差国国舅空竹肆无忌惮，骚扰黑公主，求欢不成，便施以拳脚。目睹空竹的暴行，怖军怒不可遏，而坚战生怕暴露身份，阻止怖军采取行动，也暗示黑公主要"忍辱负重"。这幕情景仿佛是黑公主在赌博大厅上受辱情景的重现。因此，黑公主只能把复仇的希望寄托在怖军身上。怖军敢作敢为，施计杀死了空竹。

当然，坚战逆来顺受的良苦用心也是可以理解的。他们已经流亡森林十二年，必须熬过这最后第十三年，才有出头的希望。在群雄争霸的时代，刹帝利武士之间较量的不仅是武艺和勇敢，还有智慧和毅力。坚战在落难时期，始终崇尚宽容。宽容增强了他信守诺言和承受苦难的耐力。宽容已成为坚战的重要性格特征。阿周那帮助优多罗王子击退俱卢族军队，毗罗吒王在不知情的情况下，生气打了坚战一巴掌，打得他鼻子流血。坚战不仅不责怪毗罗吒王，反而为毗罗吒王着想，努力保护毗罗吒王和摩差国的安全。这样，毗罗吒王后来就成了般度族的坚强盟友。

第五《斡旋篇》（Udyogaparvan，6698 颂）也可译作《备战篇》。篇名原文 Udyoga 一词意谓"努力"。依据本篇的内容，也就是努力争取和平，同时努力准备战争。

在十二年林中生活和第十三年隐匿生活结束后，般度族和亲友们聚在一起商议，黑天建议派遣使者向难敌要回一半王国。木柱王（黑公主的父亲）表示赞成，同时指出要做好战争准备，建议派遣使者前往各地争取盟友。

难敌得知消息，也立即着手争取盟友。难敌和阿周那同一天赶到多门城，黑天正在睡觉。难敌先进屋，站在黑天床头，阿周那后进屋，站在黑天床脚。这样，黑天醒来后，先看见阿周那。难敌表示自己先到，要求黑天支持自己。黑天表示难敌先到，而自己先看见阿周那，因此，他对双方都给予帮助。黑天把自己的军队和他本人分作两份，由他俩挑选。阿周那选择黑天本人，难敌选择黑天的军队。

　　玛德罗王沙利耶（无种和偕天的舅舅）率领军队前来支援般度族。而途中在不知真相的情况下，他接受了俱卢族的盛情招待。沙利耶出于感谢，赐给难敌一个恩惠。于是，难敌要求他为俱卢族作战。沙利耶为了不失信义，只能同意。然后，他前往水没城，把这个意外情况通报坚战。他答应坚战在战场上保护阿周那，暗中与俱卢族大将迦尔纳作对。

　　般度族派遣木柱王的家庭祭司作为使者前往象城，要求俱卢族归还一半王国，没有获得明确答复。持国王派遣御者全胜作为使者，前往水没城，向坚战表示希望和平。为了避免流血战争，坚战作出最大让步，表示只要归还五个村庄就行。全胜返回象城，劝说持国王归还般度族一半王国。但是，难敌固执己见，表示连针尖大的地方也不给。

　　面对俱卢族的背信弃义，黑天明知没有和解希望，仍然决定亲自出使俱卢族。在俱卢族集会上，黑天义正词严，说明利害关系。持国王劝说难敌与般度族和解，难敌不肯听从，愤怒地离开会厅。持国王召回难敌，请王后甘陀利出面劝说难敌，而难敌依然不肯听从，再次愤怒地离开会厅。随即，难敌企图先下手为强，逮捕黑天。黑天当众显现神通。

　　黑天看望姑母贡蒂。贡蒂请黑天转告般度族兄弟，希望他们遵照刹帝利正法，投身战斗，夺回失去的那份祖传遗产。黑天也秘密劝说迦尔纳与生身母亲贡蒂相认，回到般度族。而迦尔纳表示不能背弃养父母的养育之恩，也不能背弃难敌的知遇之恩。

　　贡蒂亲自找到迦尔纳，希望他与般度族兄弟相认。迦尔纳不肯原谅贡蒂从小遗弃他的罪过。而且，在这样的时刻背叛难敌，有失尊严。但他向贡蒂许诺在战场上只与阿周那交战，这样，无论他还是阿周那战死，贡蒂都能保持有五个儿子。

　　谈判破裂后，般度族和俱卢族双方结集军队，准备战争。般度族组成七支大军，俱卢族组成十一支大军，开往俱卢之野。俱卢族方面，难敌请求毗湿摩担任俱卢族大军统帅。毗湿摩同意担任统帅，条件是不与迦尔纳同时出战。迦尔纳当即表示，只要毗湿摩活着，他决不出战。般度族方面，坚战指定木柱王、毗罗吒王、萨谛奇、猛光、勇旗、束发和偕天分别为七支大军的统帅，同时猛光为全军统帅，阿周那为最高统帅。难敌派遣赌徒之子优楼迦前往水没城，向般度族发出挑战。阿周那当着优楼迦的面，发誓要杀死毗湿摩。

俱卢族和般度族双方军队向战场进发，大战即将开始。

《斡旋篇》呈现般度族和俱卢族在大战爆发前展开的外交斗争。般度族履行了流亡十三年的诺言，在道义上占据主动。而难敌凭借军事实力，拒绝归还一半王国。在列国纷争、群雄争霸的时代，必定盛行强权政治。俱卢族拥有十一支大军，般度族只有七支大军。俱卢族还有毗湿摩、德罗纳、慈悯和迦尔纳这样一些举世闻名的大勇士。难敌坚信自己能战胜般度族，霸占整个王国。坚战为了避免流血战争，作出最大让步，甚至提出只要归还五个村庄就行。难敌也认为这是坚战"害怕我的军队和力量"。难敌崇拜武力，迷信军事力量，无视道义和智慧的力量，注定了他的悲剧结局。

第六《毗湿摩篇》（Bhīṣmaparvan，5884 颂）叙述大战前十天的战斗情况。在这十天中，毗湿摩担任俱卢族大军的统帅，故而本篇题名《毗湿摩篇》。

俱卢族和般度族双方大军进入战场。坚战感到俱卢族阵容庞大坚固，难以攻破，面露愁容，精神沮丧。阿周那勉励坚战投身战斗。然后，战斗即将开始时，阿周那自己对这场战争的合法性产生了怀疑。于是，黑天开导他。他俩的对话形成《薄伽梵歌》。阿周那听从黑天的教导，投身战斗。

第一天战斗中，俱卢族占据优势。第二天战斗中，般度族占据优势。第三天，怖军用箭射伤难敌，俱卢族军队溃逃。难敌责备毗湿摩作战不力。毗湿摩向难敌说明般度族不可战胜，但表示自己将尽力而为。黑天发现阿周那在与毗湿摩交战中软弱无力，便跳下战车，手持飞轮，冲向毗湿摩。毗湿摩也表示欢迎黑天杀死自己。阿周那急忙跳下战车，拽住黑天，向黑天保证自己奋勇杀敌。随后，阿周那和黑天重新登上战车，大战俱卢族，取得这天战斗的胜利。第四天，怖军在战斗中受伤，而怖军之子瓶首施展幻术，击溃俱卢族军队。这天夜里，难敌询问毗湿摩战争失利的原因。毗湿摩向他说明阿周那和黑天是那罗和那罗延的化身，劝说他与般度族和解。

　　此后几天的战斗中，双方战将都有伤亡，形势变化不停，胜负难分。第九天，黑天看到毗湿摩奋勇作战而阿周那软弱无力。他再次跳下战车，冲向毗湿摩。阿周那又拽住他，要他恪守"不参战"的诺言，并向他发誓一定要战胜毗湿摩。然而，毗湿摩难以战胜，般度族军队遭受重创。这天夜里，般度族五兄弟和黑天一起拜见毗湿摩，请教杀死他本人的办法。毗湿摩指示让阿周那躲在木柱王之子束发身后向他射箭，他不会与束发交战，因为束发原本是女人，后来与一个药叉交换性别，才变成男子。

　　这样，在第十天战斗中，般度族将束发排在军队阵容的前面。毗湿摩即使遭到束发袭击，也不与束发交战。最后，阿周那躲在束发身后，用箭射倒毗湿摩。俱卢族和般度族双方停止战斗，聚集在毗湿摩周围。毗湿摩倒在地上，身体并未着地，因为他满身中箭，等于躺在箭床上。他躺在箭床上，不忘劝说俱卢族的难敌和迦尔纳与般度族五兄弟和解。但难敌和迦尔纳不听从他的劝说。因此，这场婆罗多族大战还将继续下去。

　　第七《德罗纳篇》（Droṇaparva，8909 颂）叙述毗湿摩倒在"箭床"上后，俱卢族将士们盼望迦尔纳担任军队统帅。难敌征求迦尔纳的意见。迦尔纳认为最适合的人选是德罗纳，因为他德高望重，是俱卢族和般度族双方武士的教师爷。于是，难敌任命德罗纳为俱卢族军队统帅。大战继续进行。

难敌要求德罗纳活捉坚战。在头两天的战斗中，德罗纳驰骋战场，奋勇作战，而坚战受到阿周那保护，一次次化险为夷。阿周那在与福授王的激战中，福授王使出毗湿奴法宝，直刺阿周那胸膛。黑天挺身挡住飞来的法宝。阿周那埋怨黑天没有恪守"只担任御者而不直接参战"的诺言。黑天告诉阿周那，这个毗湿奴法宝原本是他赐予阿修罗那罗迦的，又由那罗迦传给福授王。它能杀死任何人，如果不由他本人挡住，就会杀死阿周那。然后，阿周那按照黑天的吩咐，用箭射死福授王的大象和福授王本人。接着，阿周那大肆杀戮俱卢族军队，而德罗纳也大肆杀戮般度族军队，双方军队伤亡惨重。

第三天，难敌埋怨德罗纳没有兑现诺言，活捉坚战。德罗纳再次强调要在战斗中将阿周那引开。坚战委派阿周那之子激昂前去攻破德罗纳的阵容。威武勇猛的激昂先后战胜难敌、难降和迦尔纳，闯入敌阵，坚战率领军队跟随在后。然而，胜车王率领军队冲上前来，截断了他们的去路。这样，激昂孤身一人，陷入敌军重围。俱卢族六位大将围攻激昂一人。激昂浴血奋战。最后，德罗纳射断他的刀，迦尔纳射碎他的盾，难降用铁杵将他砸死。阿周那得知激昂阵亡的直接原因是胜车王阻截住保护激昂的般度族军队，发誓在明天的战斗中一定要杀死胜车王，否则，他就跳入烈火中。

第四天，德罗纳排定俱卢族军队阵容，将胜车王安排在阵容中最安全的地方。阿周那一心要杀死胜车王，奋勇作战。在这一天的战斗中，怖军杀死了持国的许多儿子，最后败在迦尔纳手下。而迦尔纳想到自己对贡蒂的承诺（即只与阿周那决一生死），没有杀死怖军，只是用弓尖敲打怖军，用语言奚落他。萨谛奇赶过来援救怖军，而俱卢族战将广声上前阻截萨谛奇。广声将萨谛奇打倒在地，揪住他的头发，用脚踩他的胸脯。这时，阿周那在一旁用箭射断了广声举刀的手臂。广声指责阿周那违反战斗规则，在战场上袭击没有与自己交战的人。而阿周那反驳说自己曾经发誓"谁也不能杀死在我的射程之内的自己人"。因此，他为了保护萨谛奇而采取这一行动，合乎正法。然后，广声坐在战场上，实行死前的斋戒（即绝食而死），萨谛奇不顾双方武士的劝阻，举刀砍下了席地而坐的广声的头颅。这时，太阳西沉，即将落山。黑天催促阿周那赶快杀死胜车王。而难敌也催促迦尔纳阻截阿周那，只要坚持到太阳落山，阿周那的誓言落空，他就该跳入烈火中。阿周那经过浴血奋战，终于用箭射下胜车王的头颅。

这一天的战斗，双方军队没有按照常规在日落之后收兵回营，而是继续进行夜战。战斗残酷激烈，胜负难分。面对作战凶猛的迦尔纳，般度族军队纷纷溃逃，坚战萌生撤退之意。阿周那准备与迦尔纳决一死战，而黑天建议由怖军之子瓶首与迦尔纳交锋。瓶首是罗刹，在夜间威力更加强大，而且擅长幻术。迦尔纳抵挡不住瓶首的凶猛打击，只能使出法宝，用因陀罗标枪杀死瓶首。瓶首阵亡，般度族将士们悲痛忧伤，而黑天满怀喜悦。阿周那大惑不解，黑天便向他说明迦尔纳的这支因陀罗标枪百发百中，但只能使用一次。迦尔纳原本是留着用来杀死阿周那的，现在杀死了瓶首，这支标枪也就失效了。

第五天，战斗继续进行，德罗纳在战斗中杀死了木柱王和毗罗吒王。看到德罗纳大肆杀戮般度族军队，难以抵御，黑天向阿周那建议用计谋取胜，让人告诉德罗纳说马嘶已经战死。对此，阿周那不赞成，而其他人都赞成，坚战也勉强赞成。于是，怖军用铁杵砸死了一头名叫"马嘶"的大象，然后，冲向德罗纳，高声喊道："马嘶死了！"德罗纳一听说自己的儿子马嘶死了，心头发紧，肢体发沉，但他怀疑这是假话。于是，他询问以诚实闻名的坚战。在黑天的怂恿下，坚战也以谎言回答德罗纳说马嘶死了。德罗纳听后，万念俱灰，不想再活在这个世上了。他继续战斗了一阵后，放下武器，坐在车座上，实施瑜伽。而猛光不顾双方武士的劝阻，趁此机会，挥剑砍下了德罗纳的头颅。德罗纳被杀死后，俱卢族溃不成军，四散而逃。

马嘶得知父亲被杀死，发誓要为父亲复仇。他立即投入战斗，使出那罗延法宝，杀戮般度族军队。黑天知道那罗延法宝的使用规则，便吩咐般度族军队将士们放下武器。因为那罗延法宝不杀害放下武器的人，般度族军队躲过了这场灾厄。马嘶又使出火神法宝，焚烧般度族军队，阿周那则使出梵法宝，化解火神法宝的威力。正当马嘶不知所措时，毗耶娑仙人出现，向马嘶说明黑天和阿周那是那罗延和那罗的化身，而马嘶本人是楼陀罗的化身，都受到大神湿婆的恩宠。于是，马嘶和阿周那双方收兵回营。

第八《迦尔纳篇》（Karṇaparvan，4900 颂）叙述德罗纳战死后，由迦尔纳担任俱卢族大军统帅。第一天，双方展开激战，互有伤亡，但般度族占据上风。第二天拂晓，迦尔纳向难敌保证今天要与阿周那决一死战。战斗开始后，残酷激烈，双方伤亡惨重。坚战也在与迦尔纳的战斗中身负重伤，退下战场。迦尔纳渴望与阿周那交战，而黑天让怖军抵挡迦尔纳，安排阿周那前去看望坚战。黑天的用意是等迦尔纳精疲力竭时，再让阿周那与他交战。在双方激战中，怖军击倒难降，用剑剖开他的胸膛，痛饮他的鲜血，实现了自己过去立下的誓言。然后，阿周那和迦尔纳进行决战。这时，德罗纳之子马嘶劝说难敌停止战争，与般度族兄弟讲和，但难敌认为事情到这地步，已经没有退路。而且，他相信迦尔纳能战胜阿周那。

在阿周那和迦尔纳的决战中，迦尔纳向阿周那射出一支蛇口箭。而黑天及时压低战车，以致这支蛇口箭只是射碎阿周那的头冠，而没有射中阿周那的头颅。阿周那向迦尔纳发起更加猛烈的反击。在激战中，迦尔纳战车的一只车轮突然陷入地里，应验了从前一位婆罗门对迦尔纳的诅咒。这时，迦尔纳请求阿周那遵守刹帝利武士战斗规则，暂停战斗。而黑天指责迦尔纳现在才想起正法，从前迫害般度族兄弟时，怎么不想起正法？这些话也激发阿周那的复仇心。阿周那趁迦尔纳拼命拽拉那只下陷的车轮时，用一支锋利的合掌箭射下了迦尔纳的头颅。

第九《沙利耶篇》（Śalyaparva，3220 颂）叙述婆罗多族大战最后一天的战斗。在迦尔纳作为俱卢族统帅战死后，慈悯劝说难敌向般度族求和，因为毗湿摩、德罗纳和迦尔纳都已倒下，现在的形势是敌强我弱，求和是最恰当的选择，这样还能保持自己的王国。难敌认为自己曾经是大地之主，怎么还可能在别人施舍的土地上苟活呢？因此，现在只有一条路，那就是勇敢地投入战斗，捐躯疆场，以求升入天国。

然后，难敌任命沙利耶为军队统帅。战斗开始后，沙利耶始终率领俱卢族军队奋勇作战，直至自己被坚战用标枪刺死。沙利耶阵亡后，难敌竭力鼓舞士气，试图挽回败局。但是，面对般度族武士们的强大攻势，俱卢族将士伤亡惨重，溃不成军。最后，难敌看到自己的十一支大军已经全部覆灭，便独自逃跑，躲进了一个池塘。

此时已是黄昏，般度族兄弟们找不到难敌，便返回营地。于是，俱卢族剩下的三员大将慈悯、马嘶和成铠悄悄来到池塘边，请求难敌与他们一起继续战斗。难敌表示要休息一夜，明天再继续战斗。恰巧，有一帮猎人前来池塘饮水，偷听到他们的谈话，便报告般度族兄弟们。于是，般度族兄弟们带领军队来到池塘，慈悯、马嘶和成铠只得逃离。

坚战在池塘边向难敌挑战，而难敌表示愿意把大地交给坚战，自己到森林里去隐居。但坚战表示不愿意接受难敌赠送大地，想要战胜他而获得大地。在坚战种种话语的刺激下，难敌手持铁杵，走出池塘，但希望按照战斗规则进行一对一的决斗。坚战同意难敌的请求，而且慷慨允诺如果难敌取胜，整个王国就归他。于是，难敌和怖军展开杵战。两人杵战武艺精湛，激战良久，难分胜负。黑天告诉阿周那，如果遵照规则进行战斗，怖军无法战胜难敌。而一旦难敌战胜怖军，他就会成为国王。因此，就像众天神经常采用幻术战胜阿修罗那样，让怖军采取非法手段战胜难敌，实现他打断难敌大腿的誓言。于是，阿周那就用手击打自己的大腿，向怖军示意。怖军明白阿周那的示意，趁难敌在战斗中跃身跳起的机会，用铁杵砸断了难敌的双腿。难敌倒地后，怖军欣喜若狂，用脚踩难敌的头。坚战立即加以劝阻。

在般度族兄弟离去后，难敌的一些信使去向马嘶汇报了情况。马嘶、慈悯和成铠赶到难敌那里。马嘶发誓要为难敌和父亲德罗纳复仇，杀尽般遮罗人。于是，难敌任命马嘶为俱卢族军队统帅。马嘶拥抱难敌，向他告别，与慈悯和成铠一起消失在暮霭中。

第十《夜袭篇》（Saupatikaparvan，870 颂）叙述马嘶、慈悯和成铠离开难敌后，来到营地附近一座森林中休息。马嘶满怀忧伤和愤怒，无法入睡。他在夜里看到一只猫头鹰偷袭在树上安睡的许多乌鸦，由此得到启发，决定偷袭在营地中安睡的般度族将士。他唤醒慈悯和成铠，征求他俩的意见。慈悯认为杀死熟睡的人，违反战斗规则，还是等到明天天亮后，再去消灭敌人。而马嘶认为般度族首先违反战斗规则，杀死了包括他父亲在内的多位武士，因此，哪怕来世转生为蛆虫或飞蛾，他也要这么做。看到劝阻不成，慈悯和成铠便跟随他来到般度族营地。马嘶进入营地，慈悯和成铠把守营地门口。就这样，马嘶杀死了营地中以猛光为首的所有熟睡中的般遮罗族和般度族将士，包括黑公主的五个儿子。接着，他们三人赶到奄奄一息的难敌那里。马嘶向他报告夜袭成功的消息。难敌听后感到欣慰，向他们表示以后在天国相会，便断气死去。

第十一《妇女篇》（Strīparvan，775 颂）叙述大战结束，持国为死难的一百个儿子痛苦悲伤。全胜、维杜罗和毗耶娑安慰他。然后，持国和甘陀利带领宫中的妇女们前往战场哀悼阵亡的将士们。坚战听说持国前往战场，便与兄弟们一起去见持国。

在恒河岸边，数以千计的妇女们围住坚战，向他哭诉。坚战和弟兄们依次向持国俯首致敬。继坚战之后，怖军上前行礼时，黑天将怖军拽开，换上一座怖军的铁像。持国以为自己拥抱的是怖军，愤怒地用力将铁像碾碎。然后，在黑天的抚慰下，持国平息愤怒，依次拥抱怖军、阿周那、偕天和无种，向他们表示祝福。

在般度五子拜见甘陀利时，毗耶娑劝说甘陀利要克制愤怒，不要诅咒他们。坚战向甘陀利请罪时，甘陀利从蒙眼的布条中瞥见坚战的脚指头，顿时，她的愤怒的眼光使坚战的脚指甲变形。般度之子们赶紧后退，而此时，甘陀利的愤怒已经平息。然后，所有的人一起前往战场，战场上尸横遍野，食肉的禽兽和罗刹出没，成千上万妇女围着阵亡的父亲、儿子和兄弟哀悼哭泣。甘陀利凭借天眼看到这一切。于是，她指责黑天对这场大战负有责任，因为他有能力阻止而没有加以阻止。她凭借自己的苦行诅咒黑天的家族在三十六年后也将遭到与俱卢族和般度族同样的悲惨结局。黑天对她的诅咒表示理解，但指出大战的责任在包括甘陀利在内的俱卢族一方，不能推到他身上。

坚战按照持国的吩咐，为所有的阵亡将士举行了火葬。然后，所有的人一起前往恒河，为阵亡的将士们举行献水祭。这时，贡蒂失声痛哭，向般度五子透露迦尔纳是他们的长兄，请他们也为他举行献水祭。般度之子们听此消息，倍感痛苦，按照母亲的要求，也为迦尔纳举行了献水祭。

第十二《和平篇》（Śāntiparvan，14525 颂）叙述坚战为阵亡者们举行完葬仪，面对大战的悲惨后果，精神沮丧，但在众人的劝说下，终于登基。然后，黑天陪同坚战五兄弟前往战场，请躺在"箭床"上的毗湿摩传授国王的职责。毗湿摩对坚战的教诲分为三部分：《王法篇》、《危机法篇》和《解脱法篇》。"王法"是指国王在正常时期的职责。毗湿摩讲述了国家的起源，国家的日常事务，四种姓的职责，国王与臣民的关系，惩治方式，人生目的正法、利益和爱欲及其相互关系。"危机法"是指国王在危急时期的职责，即国王在迫不得已的情况下，可以采取曲折的或诡诈的应变策略。但采取这种策略带有一定的危险性，容易偏离原先的正当目的。因而，毗湿摩也同时强调诸如自制、苦行和坚持真理这些美德的重要性。"解脱法"是指达到人生最高目的——解脱的方法。毗湿摩阐述了世界的起源和发展、生和死、灵魂、时间、命运、不杀生、行动方法、弃绝方式、数论、瑜伽和虔信等等一系列问题。

这样，《和平篇》实际上成了一部宗教哲学论著，内容涉及史诗时期印度宗教、哲学、政治、律法和伦理等。它是《摩诃婆罗多》十八篇中篇幅最长的一篇，与紧接其后、同样性质的《教诫篇》合在一起，约占全诗篇幅的四分之一。

第十三《教诫篇》（Anuśāsanaparvan，6700 颂）叙述坚战听了毗湿摩的长篇教诲后，心中仍然不能平静。于是，毗湿摩继续开导坚战，回答坚战提出的种种问题，安抚坚战痛苦的心。在这次教诲结束后，毗湿摩死期到达，离开这个世界，般度族为他举行葬礼。

第十四《马祭篇》（Āśvamedhaparvan，3320 颂）叙述在举行毗湿摩的葬礼后，坚战为毗湿摩和迦尔纳之死深感内疚，哀伤不已。毗耶娑劝告坚战说，消除一切罪孽的最好办法是举行祭祀。坚战同意举行马祭。由于大战刚结束，国库空虚，坚战接受毗耶娑的建议，前往雪山搜集从前摩奴多王举行盛大祭祀后遗留的大量财宝，用来举行祭祀。

在此期间，激昂的遗孀至上公主生下一个死婴（那是由于在大战中，这个腹中的胎儿曾被马嘶的法宝击中）。黑天救活这个死婴，取名继绝，因为他诞生在婆罗多族几乎灭绝之时。继绝作为阿周那的孙子，是般度族留下的唯一根苗。

坚战从雪山取回大量财宝后，开始举行马祭。按照规则，首先放出一匹祭马，让它随意周游世界。阿周那追随和保护这匹祭马，周游世界一年，征服所有国家和地区。阿周那和祭马回到象城。毗耶娑选定吉日，正式举行马祭大典。世界各地的国王应邀参加马祭。祭司们筑起祭坛，树起祭柱。他们杀死祭马，让黑公主坐在祭马旁边。十六位祭司将分割的祭马肢体投入祭火。坚战向婆罗门和国王们慷慨布施金银财宝。马祭结束后，坚战沐浴净身，涤除一切罪孽。

第十五《林居篇》（Āśramavāsikaparvan，1506 颂）叙述坚战登基为王之后，仍然让持国和甘陀利享有最高荣誉。这样，在维杜罗、全胜和儿子尚武的精心侍奉下，持国认为自己在坚战统治时期得到的快乐"胜过在难敌统治时期得到的快乐"。出于对坚战的喜欢，他还主动向坚战提供关于国王职责的教诲。

然而，怖军始终不能宽恕持国纵容儿子难敌的过错，背着坚战，一有机会，就要冒犯这位瞎子老王。持国忍受了近五十年后，再也不能忍受。他请求坚战容许他过林居生活。维杜罗、全胜和贡蒂陪同持国和甘陀利前往森林。临行前，坚战五兄弟挽留母亲贡蒂。而贡蒂决心已定，执意要陪伴持国和甘陀利住在森林里，实施苦行，侍奉这两位老人。她向儿子们解释说，过去，他们遭逢不幸时，她仿效古代刹帝利妇女维杜拉，激励他们渡过难关。如今，她并不渴望享受儿子们赢得的王权，而愿意依靠苦行达到丈夫的圣洁世界。

两年后的一天，那罗陀仙人来访，告知坚战，持国、甘陀利和贡蒂已经死于森林大火，而全胜逃脱森林大火，前往雪山去了。坚战五兄弟悲痛欲绝，前往恒河，为持国、甘陀利和贡蒂举行祭奠仪式。

第十六《杵战篇》（Mausalaparvan，300 颂）叙述在大战结束的第三十六年，黑天和雅度族遭到毁灭。事情的起因是黑天的兄弟婆薮提婆恶作剧，让黑天的儿子商波装扮成孕妇，戏弄来访的众仙人。众仙人诅咒商波会生下一根铁杵。第二天，商波果真生下一根铁杵。尽管这根铁杵被捣成铁屑，扔进大海，但这些铁屑长出灯芯草。后来，雅度族在海边饮酒作乐，萨谛奇和成铠酒醉后言语不和，引发雅度族内讧。雅度族人自相残杀，随手抓来的灯芯草都变成铁杵。黑天意识到命定的时刻来临，也参与这场铁杵混战，促成雅度族毁灭。然后，他独自坐在地上沉思，一个猎人误以为他是一头睡鹿，放箭射中他的脚底。这样，黑天结束下凡生涯，返回天国。

黑天去世后，阿周那来到多门城，为婆薮提婆、大力罗摩和黑天举行葬礼。然后，他带领雅度族后宫眷属和多门城的孤儿寡妇们撤离多门城，来到俱卢之野，让黑天的孙子弗吉罗担任天帝城国王。

第十七《远行篇》（Mahāprasthānikaparvan，120 颂）叙述得知黑天逝世和雅度族灭亡的消息，般度族五兄弟和黑公主一致决定结束他们的尘世生活。坚战指定尚武（持国之子）为摄政王，继绝（阿周那之孙）为王位继承人。然后，般度族五兄弟和黑公主前往雪山，登临天神居住的弥卢山。在登山途中，黑公主、偕天、无种、阿周那和怖军相继倒下死去，先于坚战升入天国。最后，因陀罗驾着天车前来迎接坚战，鉴于他的伟大功德，破例允许他带着肉身升入天国。

第十八《升天篇》（Svargārohaṇaparvan，200 颂）叙述坚战到达天国，看见难敌已经在那里，而没有看见自己的弟弟们和黑公主。他气愤地转过身，要求带他到弟弟们那里。经由一条恶浊的路，他被带到地狱，发现弟弟们和黑公主在那里遭受折磨。他满腔悲愤，决定放弃天国，与弟弟们一起呆在地狱。这时，因陀罗告诉他，他的弟弟们和黑公主已经进入天国。正法之神也解释说，这是因陀罗制造的幻象，因为所有的国王，包括坚战在内，在人间有过欺骗行为，都应该见见地狱。正法之神对坚战的品德深感满意，带领他到达天国恒河。坚战在恒河里沐浴后，摆脱凡人的身躯，也摆脱人间的仇恨和烦恼。在众天神簇拥下，坚战进入天国，会见弟弟们和黑公主，并得知他们和其他许多勇士都是各位天神的化身。

《摩诃婆罗多》全书故事至此告终。最后，歌人讲述人们吟诵《摩诃婆罗多》能获取的功德，称颂这部圣书包罗万象。他还特别指出，毗耶娑大仙创作这部圣书后，教儿子苏迦诵习这四首诗：

> 数以千计父母，数以百计妻儿，
> 经历生死轮回，其他人也都如此。

> 数以千计快乐场，数以百计恐怖地，
> 每天都在影响愚者，而不影响智者。

> 我高举双臂，大声呼喊，却没有人听我的话；
> 从正法中产生利益和爱欲，为何不履行正法？

> 不能为爱欲、恐惧或贪婪，
> 甚至不能为活命抛弃正法；
> 正法永恒存在，苦乐无常，
> 灵魂永恒存在，因缘无常。（18.5.47—50）

这四首诗展示毗耶娑悲天悯人的情怀，体现《摩诃婆罗多》的创作宗旨。它们是对婆罗多族大战经验教训的总结，也是对世人的忠告和警示。

这里，也可以引用印度古代著名梵语诗学家欢增（九世纪）对《摩诃婆罗多》的主旨的认知："在既有经典形貌，又有诗歌风采的《摩诃婆罗多》中，大牟尼（毗耶娑）安排苾湿尼族和般度族悲惨去世的结局，凄凉抑郁，表明自己的作品的主要含义是离欲，其宗旨是以解脱为人生主要目的，以平静味为主味。"（《韵光》4.5）

毗耶娑确认正法、利益、爱欲和解脱是人生四大目的或要义。人为了生存，必须追求利益。人为了繁衍，必须追求爱欲。人也在实现利益和爱欲的过程中获得快乐和幸福。但是，人类生活在群体社会中，追求利益和爱欲，又必须合乎正法。正法是约定俗成的人类行为规则，包括法律、道德、义务和责任。社会秩序依靠正法维系，以免人类在利益冲突中同归于尽。

按照《摩诃婆罗多》，正法分为共同法和分别法。共同法是所有人都应该遵守的普遍行为规则，诸如仁慈、公正、诚实、宽容、不发怒、不杀生、孝顺父母、尊敬老师和善待客人等等。分别法是各类社会成员应该遵守的特殊规则，诸如有关种姓、生活阶段、祭祀、布施和婚姻等等的规则。然而，面对纷繁复杂的社会现象，也不能将任何规则绝对化。正因为如此，毗湿摩一再强调"正法微妙"。他躺在"箭床"上，向坚战讲述了王法——国王在正常时期的职责，又讲述了危机法——在危机时期可以采取的非常手段，指出："由于地点和时间的原因，正法变成非法，非法变成正法。"

这部史诗的基调是颂扬以坚战为代表的正义力量，谴责以难敌为代表的邪恶势力。在史诗中，坚战又名"正法之子"（即正法神的儿子），公正、谦恭、仁慈。而难敌相反，贪婪、傲慢、残忍。

难敌的倒行逆施不得人心，连俱卢族内长辈毗湿摩、维杜罗和教师爷德罗纳也一贯同情和袒护般度族。在列国纷争时代，广大民众如果对交战双方有所选择的话，自然希望由比较贤明的君主统一天下。《摩诃婆罗多》正是这种希望的形象化表达。

　　然而，《摩诃婆罗多》对这种的表达绝不是简单化的。这部史诗是忠于现实的，甚至可以说，是严酷地忠于现实的。因为《摩诃婆罗多》充分展示了人类生存方式的困境。例如，坚战为了谋求般度族的和平生存，向难敌作出最大限度让步，也未能阻止战争。而难敌遵循刹帝利武士征服世界、追求财富的使命，也始终坚信自己的事业是正义的。在战前，般度族是受迫害的一方，而在战争中，他们面对军事力量占据优势的俱卢族，每逢关键时刻都采用诡计取胜。按照"正法微妙"的观念，般度族此时此刻采用诡计，符合"危机法"。而难敌遵守武士战斗规则，战死疆场，也符合刹帝利正法，得以升入天国。

　　《摩诃婆罗多》呈现的人类社会充满利害冲突，种姓与种姓之间，同一种姓内部之间，个人与个人之间，国与国之间。一旦利害冲突的双方各执己见，矛盾激化，结果往往是两败俱伤，人类自身遭受毁灭性打击，就像般度族和俱卢族大战一样。《妇女篇》中阵亡将士们的母亲、姐妹、妻子、儿女的凄厉哭声，是对这场战争浩劫的有力控诉。坚战即使登上王位，面对战争的悲惨后果，内心充满痛苦，忧伤地说道："胜利对我来说如同失败。"史诗作者最后安排般度族兄弟和俱卢族兄弟在天国相遇。只有摆脱了凡俗之身，摈弃了人类的卑微生活和自私心理，泯灭了愤怒和仇恨之情，才能享受真正的和平和安宁。

　　史诗作者对人类社会的洞察是深刻的。但他们提出的"正法"论难以解决人类生存方式的困境。这种"正法"论建立在种姓社会的基础上，具有明显的历史局限性。因此，在史诗的结尾，毗耶娑为人类社会不能普遍履行正法而痛心疾首，"高举双臂，大声呼喊"。同时，面对难以解决的人类生存方式的困境，史诗作者也推荐"解脱法"。"解脱法"对于人类社会的矛盾冲突具有缓和作用。但是，人类社会的存在和发展不可能依靠"解脱法"。对此，史诗作者心里也是明白的。事实上，人类有史以来的社会，无论是农业社会或工业社会，封建社会或资本主义社会，在一个国家内部或在世界范围内，都没有解决社会自身平等与和谐的问题。社会主义试图解决这个问题，但前进的道路也是漫长而艰难。这就决定人类社会仍将在矛盾冲突中存在和发展。人类必须运用智慧，努力按照符合时代发展要求的"共同法"（伦理规范）和"分别法"（律法），履行社会职责，争取在每个历史阶段最大限度地实现人类社会的公正、和平、繁荣和幸福。

二 各种插话

《摩诃婆罗多》的中心故事至多只占全诗篇幅的一半，另一半篇幅是各种插话和其他形式的插叙。

首先应该提到的是有关古代国王和武士的英雄传说，因为就史诗的各种插入成分而言，它们与史诗的基本精神一致，与主线故事的关系最紧密。例如：

《沙恭达罗传》（1.62—69）讲述俱卢族和般度族的共同祖先婆罗多的诞生。国王豆扇陀爱上净修林女郎沙恭达罗，两人按照健达缚方式自由结婚。后来，沙恭达罗带着儿子去见豆扇陀，后者却不肯相认。最后天上传来话音，说服豆扇陀相认，并给他的儿子取名婆罗多。这个插话不像后来迦梨陀娑改编的戏剧《沙恭达罗》那样突出爱情，而是强调传宗接代的重要性，诚如沙恭达罗所说：

祖祖辈辈留下遗训，

传宗接代依靠儿子，

万法之中数它第一，

因此没人遗弃儿子。（1.69.17）

　　《那罗传》（3.50—78）、《罗摩传》（3.257—276）和《莎维德丽传》（3.277—283）三个插话是般度族流亡森林期间，修道仙人为安慰和鼓励他们而讲的。《那罗传》描写古代国王那罗受到恶神捉弄，在掷骰子赌博中输掉国土，被迫与妻子达摩衍蒂流亡森林。在森林中，夫妻两人不幸失散。最后，双方历尽艰难困苦，重新团圆。《罗摩传》是史诗《罗摩衍那》的提要。《莎维德丽传》描写古代一个国王的独生女儿莎维德丽自愿选择一个遭到侵略而流亡森林的瞎眼国王的儿子作丈夫。一年后，丈夫死去。死神阎摩前来拴走她丈夫的灵魂，而她紧追阎摩不放。最后，凭她的忠贞和智慧，赢得阎摩的恩惠，使丈夫死而复生，也使公公双眼复明。这些插话与《摩诃婆罗多》主线故事的主题思想一致，教导人们不畏强暴，不怕艰辛，尤其在遭遇挫折的困难时期，要坚定信心，勇往直前。这是在列国纷争时代，国王和刹帝利武士必须具备的精神。

　　《维杜拉训子》（5.131—134）更是直接颂扬刹帝利尚武精神。这个故事是贡蒂在大战爆发前夕，通过黑天转告她的儿子们的，讲述一位刹帝利母亲维杜拉看见儿子战败归来，灰心丧气地躺在床上。于是，她以尖锐的言辞责备和教训儿子，希望他振作起来，不要充当懦夫：

你从哪儿来的？哪像

我和你父亲生的儿子？

犹如丧失机能的太监，

你这男子汉毫无血气。（5.131.5）

在这位母亲看来，国王和王子应该恪守刹帝利职责：

> 刹帝利生在世上，
> 就为战斗和胜利，
> 永远保护臣民，
> 免其遭受灾祸，
> 不管战胜战死，
> 他都进入天国。（5. 133. 11）

最后，儿子接受母亲的教诲，决心投入战斗，战胜敌人。贡蒂称这个传说为"胜利之歌"，与史诗本身有时对自己的称呼相同。由此可见，与列国纷争时代相适应，当时盛行这类颂扬刹帝利战斗精神和事迹的"胜利之歌"，而《摩诃婆罗多》是集大成者。

一般说来，这类颂扬刹帝利的英雄传说是由宫廷歌手苏多编制的。而史诗中另一类颂扬婆罗门的神话传说多数是由婆罗门祭司编制，并在后期添入的。例如：

《美娘》（3. 122—125）描写婆罗门通过修炼苦行，具备战胜一切凡人和天神的法力。行落仙人修炼苦行，长期站立不动，以致埋在蚁垤中，只有两只眼睛露在外面。芦箭王的女儿出于好奇，用荆棘刺行落仙人的眼睛。行落仙人发怒，施展法力，让芦箭王的随从们排泄不通。为了平息行落仙人的愤怒，芦箭王将女儿美娘嫁给这个衰老丑陋的苦行者。孪生天神双马童看中美娘。他俩先让行落仙人恢复青春，然后让美娘在他们三人中间挑选一人做丈夫。而美娘仍然挑选行落仙人做丈夫。行落仙人感激双马童恢复了自己的青春，请他俩喝苏摩酒。但这违背因陀罗对双马童下的禁令。因陀罗企图用雷杵惩治行落仙人。而行落仙人施展法力，使因陀罗动弹不得。行落仙人又幻变成一个巨妖，张嘴要吞噬因陀罗，迫使因陀罗向行落仙人认输投降。

《因陀罗胜利》（1.9—18）描写勇武的友邻王曾经取代因陀罗统治天国。但他不尊重天国仙人，居然命令众仙人为他拉车，还用脚踢了投山仙人的头。于是，投山仙人发出诅咒，剥夺了友邻王的天帝地位，罚他一万年里变成地上的蛇。这样，因陀罗依靠投山仙人的诅咒，重新登上天帝宝座。

在种姓关系上，婆罗门的神话传说总是强调婆罗门高于刹帝利。《极裕仙人》（1.164—173）描写曲女城国王众友一次进入森林狩猎，在极裕仙人的净修林里见到一头如意神牛。众友愿以一万头牛乃至整个王国交换这头如意神牛，遭到极裕仙人拒绝。于是，众友便施展武力，不料如意神牛身体各个部位钻出大量士兵，击败众友。众友深感刹帝利的威力不如婆罗门。此后，他潜心修炼苦行，最终获得婆罗门身份。

婆罗门与刹帝利争夺权势的斗争，最突出地表现在《持斧罗摩》（3.115—117）传说中。这个传说讲述作武王来到食火仙人的净修林骚扰抢劫，仙人之子持斧罗摩杀死作武王。后来，作武王的儿子们进行报复，趁持斧罗摩不在净修林时，杀死食火仙人。持斧罗摩怒不可遏，独自一人杀死作武王的儿子们。他又周游大地，总共三七二十一次，杀尽大地上的刹帝利。刹帝利的鲜血流满俱卢之野的五个湖泊，从此俱卢之野又名五湖地区。

除了刹帝利英雄传说和婆罗门神话传说，史诗中还插入许多寓言故事。这些寓言故事都是史诗人物用来引证自己的观点或阐明某种道德教训。例如：

维杜罗为了制止俱卢和般度两族发生内战，对持国讲了两只鸟的故事（5.62）。这两只鸟落入猎人的网中，齐心协力带着网飞走。而在飞行中，这两只鸟发生争吵，结果重新落到地上，被猎人抓住。

婆罗多族大战结束后，持国悲痛欲绝。维杜罗劝慰他，讲了一个寄寓人生哲理的故事（11.5—6）。有个婆罗门进入一个人迹罕至的大森林，里面充满狮子、老虎等食肉猛兽，还有五头怪蛇和可怕的女人。他毛发直竖，东奔西跑寻找藏身之处。结果，掉入一个覆盖着蔓草和树藤的井。他缠在树藤和树枝中，头朝下倒挂着。井底有蟒蛇，井边有六嘴十二足的大象，还有许多黑鼠和白鼠在啃啮他所依附的那棵树。即使在这样的险恶环境中，这个婆罗门依然贪恋生活。树枝中有许多蜜蜂在享用蜂蜜，他也不知餍足地一次又一次舔吮流下的蜜汁。维杜罗向持国指出，人迹罕至的大森林意味世俗生活，各种野兽意味疾病，可怕的女人意味色衰的老年，那口井意味生物的肉体，井底的蛇意味毁灭一切的时间，缠住婆罗门的树藤意味求生欲望，六嘴十二足的大象意味六季十二月，黑鼠和白鼠意味黑夜和白天，蜜蜂意味情欲，流下的蜜汁意味感官快乐。最后，维杜罗说：

> 智者们早就知道，
> 生活之轮如此运转，
> 因此，他们能够
> 斩断生活之轮羁绊。（11.6.12）

维杜罗对人生的这种看法带有浓重的悲观气息，但真实地反映婆罗多族大战的毁灭性结局所造成的不良精神后果。

毗湿摩在向坚战传授国王的职责时，也常常引用故事。为了说明危急时刻的策略，他讲了一个小耗子的故事（12.138）。这只小耗子住在一棵大榕树的树洞里，一次出来觅食，发现一只野猫中了猎人的绊索。小耗子答应拯救野猫，用自己的利齿啃啮绊索。而野猫暗自盘算，一旦绊索咬断，就逮住小耗子。聪明的小耗子心中有数，故意放慢速度，而且不啃那根主要绳索。直到看见猎人走来，它才咬断那根主要绳索。随即，野猫往树上逃，小耗子往树洞钻。这样，小耗子既救了野猫，也没有留给野猫逮住自己的时间，保住了自己的性命。

毗湿摩讲述的这种赞美弱者运用智慧对付强者的故事富有积极意义，而另一种宣扬宿命论和业报思想的故事则充满消极意义。坚战在战后良心不安，引咎自责。毗湿摩劝慰他说，在这个世界上没有人具有自由意志，每个人都是命运通过业报操纵的工具。为了说明这个道理，他讲了乔答弥的故事（13.1）。乔答弥的儿子被蛇咬死。猎人准备惩治这条蛇。但乔答弥让猎人放了这条蛇，说每个人都应该听从命运安排，而且杀了这条蛇，她的儿子也不会复活。这条蛇也申辩说，它咬这个孩子也是身不由己，是死神驱使它这样做的。而死神出来申辩说，他也不是独立的，须得服从时神（即命运之神）的旨意。最后，时神出来解释说，谁也不负这个罪责，一切都由各人的业报决定。

以上各种插话或插叙是文学性的，史诗中还有大量宗教、哲学、政治和伦理等理论性的插入成分。其中最突出的是毗湿摩对坚战的长篇教诲——《和平篇》和《教诫篇》，约占全书篇幅的四分之一。《和平篇》分为"王法"、"危机法"和"解脱法"三部分，涉及宇宙论、人生论和解脱论，诸如世界的起源和发展、生与死、灵魂、命运、自我克制、不杀生、数论和瑜伽等。而根本的一条是摒弃一切欲念，弃绝生活。《教诫篇》是在成书过程后期被婆罗门苾力古族增订内容最多的一篇，借毗湿摩之口，反复颂扬婆罗门，强调婆罗门最配接受施舍，婆罗门的生命和财产不可侵犯，布施是优于学问和苦行的最高法。此外，还宣传祭祀和斋戒、业报和轮回以及婆罗门教法论中的种种规定。

史诗中的说教成分还散见于其他各篇。例如，《森林篇》中黑公主、坚战和怖军关于道德问题的对话（3.29—34），摩根德耶仙人关于妇女品德、不杀生、业报和解脱等问题的谈话（3.197—206），《斡旋篇》中维杜罗关于道德和哲学的谈话（5.33—45），《毗湿摩篇》中的《薄伽梵歌》（6.23—40），《马祭篇》中的《薄伽梵续歌》（14.16—50），等等。而在史诗所有的说教成分中，最重要、最著名的还是《薄伽梵歌》，因为它后来成为印度教的重要圣典。

《薄伽梵歌》（Bhagvadgītā）共有十八章，七百颂。"薄伽梵"（Bhagvan）是对黑天的尊称。黑天是毗湿奴神的化身，因此，《薄伽梵歌》也可译为《神歌》。这部宗教哲学诗的中心内容是黑天向阿周那阐明达到人生最高理想——解脱的三条道路：业（"行动"）瑜伽、智（"智慧"）瑜伽和信（"虔信"）瑜伽。这三种瑜伽是相辅相成的。由于阿周那处在是否投身大战的心理危机时刻，因而黑天着重向他解释业瑜伽。

"业瑜伽"（karmayoga，行动瑜伽）是指以一种超然的态度履行个人的社会义务和职责，不抱有个人的欲望和利益，不计较行动的成败得失。黑天认为行动是人类的本质。拒绝行动，恐怕连生命也难维持。停止行动，世界就会走向毁灭。纵然一切行动难免带有缺陷，犹如火焰总是带有烟雾，一个人也不应该摒弃生来注定的工作。行动本身不构成束缚，执著行动成果才构成束缚。因此，不怀私利，不执著行动成果，只是为履行自己的社会职责而行动，就能获得解脱。

但是，这种超然态度容易导致行动中的消极态度。因而，它必须与智瑜伽和信瑜伽相结合。"智"（jñāna）是知识或智慧。在《薄伽梵歌》中是指数论和奥义书的知识或智慧。"智瑜伽"（jñānayoga，智慧瑜伽）是指透过一切现象，认识宇宙的最高存在——梵（绝对精神），达到个人灵魂与梵同一。这样，既能无私无畏行动，又能保持个人灵魂纯洁。

"信瑜伽"（bhaktiyoga，虔信瑜伽）就是虔诚地崇拜黑天，将一切行动作为对黑天的奉献。黑天是大神毗湿奴的化身。他自称是"至高原人"，也就是至高的自我（灵魂）或至高的绝对精神。黑天作为至高原人是不显现的。至高原人只是通过原质，运用瑜伽幻力呈现宇宙万象。至高原人隐蔽在瑜伽幻力中，创造一切众生，维持一切众生。在世界毁灭时，一切众生复归至高原人的原质，等到世界再创造时，至高原人又释放出一切众生。这样，黑天（毗湿奴）成了宇宙的至高存在，至高之神，世界的创造者、保护者和毁灭者。

《薄伽梵歌》中倡导的黑天崇拜开创了中古印度教的虔信运动。而这部宗教哲学诗吸收和改造吠陀的有神论和祭祀论，融合数论哲学的原人和原质二元论以及奥义书哲学的梵我同一论，又采取瑰丽奇异的文学表现手法，在中古时代得到迅速普及。在近代和现代，《薄伽梵歌》依然对印度社会思想产生深刻影响。《薄伽梵歌》至今仍是印度最流行的一部宗教哲学经典，几乎每年都有新的译本和注本出现。因此，《薄伽梵歌》在世界上常被喻称为印度的《圣经》（Bible）。

《摩诃婆罗多》中最早被翻译成英文的也是这部宗教哲学诗，即英国查尔斯·威尔金斯于1785年翻译出版的《薄伽梵歌》。当时，德国语言学家威廉·洪堡无比推崇《薄伽梵歌》，说："《摩诃婆罗多》的这个插话是最美的，或许也是我们所知的一切文学中唯一真正的哲学诗"；又说："它也许是这个世界宣示的最深刻和最崇高的东西"。此后，《薄伽梵歌》相继译成多种西方语言，在西方思想和文学界产生了深远影响。艾略特曾说《薄伽梵歌》"是仅次于但丁《神曲》的最伟大的哲学诗"。赫胥黎也说"《薄伽梵歌》是永恒哲学最清晰、最全面的总结之一"，"或许也是永恒哲学最系统的精神表述"①。

可见，《薄伽梵歌》具有一种超越时空的思想魅力。我们今天阅读《薄伽梵歌》，可以不必拘泥于它的哲学唯心主义和宗教有神论。我们可以将宗教和神话读作隐喻。黑天作为"至高原人"或"至高的梵"代表宇宙精神（即内在规律），而"至高原人"的"原质"代表宇宙万象。宇宙包括自然和社会。人是宇宙的一分子。人要存在，就要从事行动。行动受"自我"（精神或思想）指导，而必须符合客观规律，这便是"梵我同一"。业瑜伽、智瑜伽和信瑜伽代表实践、认识和信仰，属于人类普遍的生存方式。认识世界，尊重客观规律，无私无畏履行职责，从事行动，奉献社会，就能圆满实现人生，达到"天人合一"的崇高境界。

黑天在《摩诃婆罗多》中作为毗湿奴的化身，带有神性，但基本上是按照人间凡人的方式行动，俨然是个精明强干的政治家形象。他是刹帝利，属于雅度族，姑母贡蒂嫁给般度，妹妹妙贤嫁给阿周那，因而与般度族有姻亲关系。他与般度族结盟的目的之一是消灭欺凌本族的敌人——摩揭陀国王妖连。大战前夕，他明知不存在和平解决争端的希望，仍然作为般度族的使者前往俱卢族谈判，目的在于争取舆论。大战中，为了取胜而不择手段，是种种阴谋诡计的教唆者。直至最后，面对甘陀利的指责，他仍然坚信自己支持的事业是正义的。而在《薄伽梵歌》中，黑天直接呈现大神的形象和威力，由此可以认为这部宗教哲学诗是《摩诃婆罗多》中的晚出部分。

《摩诃婆罗多》的附录《诃利世系》（Harivaṃśa）更无疑是晚出的。在这部附录作品中，黑天已经成为神话人物。因此，它实际是有别于史诗的往世书作品。

---

① 参阅韦尔摩（C. D. Verma）编《世界文学中的〈薄伽梵歌〉》（The Gita in World Literature），新德里，1990 年，第 121、161 页。

《诃利世系》约有一万六千多颂，分成三篇：《诃利世系篇》、《毗湿奴篇》和《未来篇》。《诃利世系篇》（Harivaṃśaparvan）讲述世界的创造和其他神话传说，太阳族和月亮族的帝王谱系，黑天的前生历史，作为大神毗湿奴的化身降生在月亮族后裔雅度族。《毗湿奴篇》（Viṣṇuparvan）讲述黑天在人间的生平事迹：从小寄养在牧人家，童年时代力大无穷，少年时代除妖伏魔，威力胜过因陀罗，杀死暴君刚沙，以抢亲方式娶鲁格蜜尼为妻，杀死妖魔那罗迦和尼恭跋，等等。本篇还讲述黑天的儿子钵罗提耶摩纳和孙子阿尼鲁达的事迹。《未来篇》（Bhaviṣyaparvan）包含关于迦利时代的预言，毗湿奴化身野猪和人狮等等。在临近末尾部分，赞颂《摩诃婆罗多》是最崇高、最神圣的经典，宣称吟诵这部经典能积下无量功德，升入天国，还规定在每章吟诵结束时，应该赐给吟诵者礼物。

在一定意义上，《诃利世系》标志古代印度文学从史诗向往世书的转化。

第三节　艺术特点

综观《摩诃婆罗多》，由于其中夹杂大量非文学成分，确实不是一部纯艺术诗歌。印度传统称《罗摩衍那》为"最初的诗"（Ādikāvya），而称《摩诃婆罗多》为"历史传说"（Itihāsa），是有道理的。但我们也应该看到，以婆罗多族大战为核心内容的英雄传说和各种文学性插话毕竟占主导地位，称之为史诗是恰当的。而且，正是其中夹杂大量非文学成分，构成《摩诃婆罗多》的一大特点，有别于世界上的其他许多史诗。从实际效果看，其中有些宗教、哲学、政治和伦理教诲，特别是《薄伽梵歌》，与史诗中心故事一样，也对后世产生了深远影响。

与口头创作和传诵的方式相适应，《摩诃婆罗多》的语言通俗易懂，诗律绝大多数采用一种简单易记的阿奴湿图朴体（或称"输洛迦体"）。这种诗律的一般规则是每个诗节两行四诗步，每个诗步八个音节，总共三十二个音节。每个诗步的第五个音节要短，第六个音节要长，第七个音节长短交替。

《摩诃婆罗多》的修辞方式很多，包括谐音、比喻、夸张、对偶、双关、呼告、设问和警句等。

谐音主要是辅音重复和尾音重复。例如：

重复辅音 bh

  bhūr bhāti bharata śreṣṭha （6. 74. 34）

  （婆罗多优秀子孙啊，大地像……）

重复辅音 n

  manonayananandanaḥ （3. 107. 1）

  （令人赏心悦目者）

重复尾音 ām，同时其中第二个诗步还包含重复辅音 m 和音节 maṇḍ

  rūpaudāryaguṇopetām

  maṇḍanārhāmaṇḍitām

  candralekhāmiva navām

  vyomni nīlābhrasaṃvṛtām （3. 65. 16）

  （相貌人品她齐全，

   值得打扮未打扮，

宛如一痕月牙儿，

埋在空中乌云间。）

这类谐音与抑扬顿挫的诗律配合，形成悦耳动听的音乐美。

《摩诃婆罗多》中比喻屡见不鲜，描写使用比喻，说理也使用比喻。同时，这些比喻一般比较简明朴素，喻体大多采用常见的生活和自然现象。例如：

难敌是凶狂的大树，

迦尔纳树干，沙恭尼树枝，

难降是盛开的花果，

糊涂的持国是树根。（1.1.65）

坚战是正义的大树，

阿周那树干，怖军树枝，

偕天和无种是盛开的花果，

黑天、梵和婆罗门是树根。（1.1.66）

这两颂诗以大树作比喻，贴切地说明了俱卢族和般度族双方主要人物的地位和作用。又如下面这两颂诗，用暴雨比喻迅猛发射的箭矢，用萤火虫比喻兵器交接时迸出的火花：

他用滂沱箭雨，

倾泻在难敌身上，

犹如雨季乌云，

用暴雨覆盖山冈。（6.87.30）

怖军的钉头锤

也遭到敌人猛击，

犹如雨季傍晚，

萤火虫绕树纷飞。(7.14.18)

同谐音和比喻一样，夸张也是史诗常用的修辞方式。例如，黑天向黑公主保证自己永远帮助般度族，说道：

天可坠，山可崩，

地可裂，海可枯，

黑公主啊，我的话

绝不会说了不作数！(3.13.117)

当然，夸张在《摩诃婆罗多》中不仅是一种修辞方式，更是一种文学描写手法。例如，大战结束后，持国和甘陀利丧失百子，满怀悲痛。当持国准备拥抱怖军时，机智的黑天用一尊铁像替代怖军。而双目失明的持国张开愤怒的双臂，居然将铁像挤碎。同样，甘陀利愤怒的目光居然造成坚战的脚趾甲变形。由于史诗的描写常常蒙上神话和传奇色彩，这类夸张的艺术手法是层出不穷的。

史诗作为叙事艺术，自然有情节和人物形象。《摩诃婆罗多》主线故事情节完整，有开端、发展、高潮和结局。而且，每一阶段都不乏扣人心弦的戏剧性冲突和紧张场面，如黑公主在赌博大厅当众受辱，般度族在森林和摩差国历险，十八天大战中毗湿摩、德罗纳、迦尔纳和难敌之死，持国和甘陀利吊唁俱卢之野。只是由于整部史诗夹杂大量插话和插叙，主线故事的推进时时受到阻碍，延宕拖沓，显得很不紧凑。不过，我们可以这么说，《摩诃婆罗多》犹如印度的榕树，多而下垂的气根长入地下，贴近看似独立的树干，站远看却是榕树的组成部分。既然这是榕树的生态特点，就应该允许它有繁多的气根。

《摩诃婆罗多》这种枝杈蔓延的特点，也与它的叙事方式有关。首先，它是由宫廷歌手苏多或民间吟游诗人向听众吟诵的，为了调剂和活跃气氛，常常需要增加一些插曲。这种现象在现代长篇说唱艺术中依然存在。其次，整部史诗采用对话形式的框架结构。史诗开头出现一位名叫厉声的歌手，在一座森林里遇见一群仙人。在交谈中，说起自己在一次蛇祭大典上，听了毗耶娑的徒弟护民子吟诵的《摩诃婆罗多》。众仙人请求他把听来的《摩诃婆罗多》讲一遍。于是，厉声先介绍《摩诃婆罗多》的故事梗概，同时插叙一些故事，然后复述护民子吟诵的《摩诃婆罗多》。这就是说，护民子吟诵的《摩诃婆罗多》是装在厉声的叙事框架中的。而护民子的叙事框架中，又装入史诗人物的对话。史诗人物在对话中，为了说明情况或道理，也随时可以插入独立成章的传说或故事。这样一种大框架里套中框架，中框架里套小框架，小框架里套小小框架的叙事结构，自然为各种异杂成分的插入敞开了方便之门。

相对说来，《摩诃婆罗多》最大的艺术成就表现在塑造人物性格方面。这部史诗人物众多，但主要人物都有鲜明的个性，互不雷同。

坚战是般度族的领袖。他遵循婆罗门教的道德法则，俨然是公正贤明的君主形象。在少年时代与持国百子相处时，就善于忍让。难敌先后两次邀请他掷骰子，他为了遵守传统礼节，明知是陷阱也往里跳。大战前夕与俱卢族谈判，也曾作出最大让步。大战中迫不得已采用狡诈手段，但大战胜利后，总是追悔不已。

阿周那和怖军是般度族的两员主将。阿周那在五兄弟中武艺最高强，怖军也为般度族屡建战功，但两人性格迥然有别。阿周那善于思索，遇事冷静。黑公主在赌博大厅当众受辱，怖军怒不可遏，指责坚战不该将黑公主押注，要取火焚烧坚战掷骰子的手。阿周那当即劝说怖军要维护本族的名誉，不要帮倒忙。在争取盟友的备战期间，黑天将自己和军队分成两份，让阿周那和难敌挑选，阿周那理智地挑选黑天本人。大战中，他也时时考虑到道义，不愿鲁莽行事。而怖军虎头虎脑，嫉恶如仇。面对黑公主受辱，他不仅想要焚烧坚战的手，而且发誓要撕开难降的胸膛，打断难敌的大腿。这两个誓言后来在大战中果真兑现。他也一向对坚战宽容仇敌的态度不满。直至大战胜利，坚战称帝后，他仍然不能宽宥和体谅失去百子的瞎眼老王持国。

难敌显然是个暴君形象。他虚荣心强，妒忌心重，狂妄自大，为所欲为。他的这种性格的形成，主要是由于从小依仗父亲持国在位，目空一切，无法无天。长大成年后，又一心霸占王位。助他作恶的两个主要帮手是阴险毒辣的沙恭尼和粗野蛮横的难降。持国出于溺爱儿子的私心，才支持难敌。他心里明白难敌的行为不合道义，也预感后果不妙。但他双目失明，生性软弱，一旦劝阻无效，也就听天由命。毗湿摩是老族长，德罗纳是王室教师爷，他们两位是出于恪守职责，才站在俱卢族一边。他俩利用自己德高望重的地位，一有机会就从中调和，为般度族说好话，但始终改变不了难敌刚愎自用的性格。

迦尔纳是《摩诃婆罗多》中一个性格复杂的悲剧人物。他站在俱卢族一边的原因特殊。他是贡蒂婚前私生子，被收养在一个车夫家里。长大后，练就一身好武艺。由于他的身份是"车夫之子"，在一次比武大会上受到般度族羞辱，而难敌趁此机会拉拢他，封他为盎伽王。从此，他成为难敌的忠实朋友。大战前夕，贡蒂向他透露了他的出身秘密，恳求他站在自己的兄弟们一边。但他不能原谅贡蒂的遗弃行为，因为长期以来，他已经被剥夺作为一个刹帝利应有的名誉地位，现在加以补救，为时已晚。况且他已经蒙受难敌的恩惠，在这决战的关键时刻忘恩负义，背弃朋友，必将招致天下刹帝利耻笑，因此，他断然拒绝母亲的请求，决心继续为俱卢族尽忠效劳。不过，他也没有彻底断绝母子之情，最后向贡蒂许诺：他在战斗中只与阿周那决一生死，让他依然保留有五个儿子。迦尔纳出身"低微"，而武艺出众，因而他的性格中既有自卑的一面，又有自负的一面。毗湿摩瞧不起他，他便拒绝在毗湿摩担任俱卢族统帅期间参战。在毗湿摩和德罗纳相继倒下后，他才出任统帅，结果战死在自己异父兄弟阿周那的箭下。

《摩诃婆罗多》中三位主要的妇女形象——甘陀利、贡蒂和黑公主也塑造得十分成功。他们有各自的不幸遭遇和各种的坚强个性。

甘陀利遵从父母之命，嫁给瞎子持国，而且为了表示忠于丈夫，自愿终生用围巾蒙住自己的双眼。她同持国一样，对任性的难敌无可奈何，但她毕竟疼爱自己的孩子，在大战结束后，她满怀愤怒，想要诅咒坚战，只是由于毗耶娑的劝阻才作罢。尽管如此，当坚战向他请罪时，从她蒙眼的围巾中漏出的愤怒目光仍然伤害了坚战的脚趾甲。她虽然宽恕了坚战，却不能宽恕黑天，向黑天发出严厉的诅咒。她的诅咒如期兑现，黑天的雅度族在自相残杀中覆灭。

贡蒂在少女时，父亲将她过继给没有后嗣的姑父。她在姑父家的职责是侍奉婆罗门客人。一位婆罗门大仙对她的侍奉表示满意，赐给她一个得子咒语。她出于好奇，试了试这个咒语，结果生下了迦尔纳（如果我们拨开神话迷雾，可以说，迦尔纳是贡蒂"侍奉"婆罗门大仙的产物）。少女未婚生子是不光彩的。贡蒂慑于道德舆论，遗弃了迦尔纳。后来，她嫁给般度。由于般度短命，她未能真正享受到王后的荣华富贵，相反，与般度五子一起落难流亡，备尝艰辛。大战前夕，她表现出一个刹帝利妇女的本色，委托黑天向坚战五兄弟转述古代英雄母亲维杜拉的故事，激励儿子们忠于刹帝利职责，勇敢战斗。大战结束后，她也向坚战公开了迦尔纳的出身秘密。尽管受到坚战的严厉责备，但对她来说，长期积压在内心的苦恼总算得到部分宣泄。贡蒂这一生，生活对她是够严酷的。如今般度族胜利了，她又有多少精神快乐可言？因此，她最后执意跟随持国和甘陀利遁世隐居，并在森林大火中了此一生。

黑公主是《摩诃婆罗多》中最富有反抗性的妇女形象。当坚战将她押作赌注输掉后，难敌派听差召唤她到赌博大厅，她不服从。于是，难敌派难降强行将她拽到赌博大厅。在赌博大厅上，坚战五兄弟束手无策，而她不畏强暴，奋力抗辩。直至无耻的难降强剥她的衣裳，矛盾激化，持国才出面干预，放回坚战五兄弟和黑公主。般度族被迫流亡森林时，坚战五兄弟的其他妻子都回娘家避难，唯独她与坚战五兄弟共患难。她念念不忘般度族和她本人蒙受的奇耻大辱，经常提醒坚战要报仇雪恨。在乔装隐匿摩差国毗罗吒宫中时，她不能忍受国舅空竹的欺辱，坚决要求怖军杀死空竹。大战前夕，她看到坚战一心想要和平解决，便向出使俱卢族的黑天表达自己主战的强烈愿望。大战结束后，坚战内疚于心，精神不振，而她坚持认为俱卢族罪有应得，勉励坚战担负起国王的责任。尽管黑公主性格刚烈，在家庭生活中依然是个贤妻良母。坚战登位后，她照样侍奉贡蒂和甘陀利。

除了以上这些主要人物外，其他某些次要人物以及某些插话里的主人公也塑造得十分成功。究其成功的原因，主要在于史诗的作者们不是按照统一的模子，而是严格忠于现实，依据人物的出身、经历、地位、修养和气质等多方面因素塑造人物性格。这一成功经验是值得后人仔细研究和借鉴的。

《摩诃婆罗多》在主体故事中纳入大量的插话，这也是这部史诗的重要特点。古典梵语诗学家恭多迦（十世纪）对此也大加赞赏："在《摩诃婆罗多》等作品中充满各种奇妙可爱的著名故事，如同味海。即使在这样的作品中，无须区分其中故事魅力的高下，诗人也应该选择这样的故事：能激发特殊的情和味，产生奇妙的效果，并适合自己发挥想象力，从而无与伦比。诗人采用这种富有曲折性的章节进行创作，就能在诗人和知音的集会上受到赞赏。"（《曲语生命论》4.4）

第四节　在印度国内外的影响

《摩诃婆罗多》在四世纪基本形成目前的形式和规模。五、六世纪的印度铭文表明，它在当时已被奉为圣典。《摩诃婆罗多》本文中，也自称是"第五吠陀"。古典哲学家枯马立拉（约七世纪）在自己的著作中，就将《摩诃婆罗多》作为圣典，大量引证。古典小说家波那（约七世纪）在《戒日王传》中将《摩诃婆罗多》称为"诗歌顶峰"。他还在《迦丹波利》中描写优禅尼王后在一个节日，出席寺庙里举行的吟诵《摩诃婆罗多》的公众集会；还描写迦丹波利聆听那罗陀的女儿吟诵《摩诃婆罗多》，吟诵时，还有两个紧那罗用笛子伴奏。这些情况充分表明《摩诃婆罗多》在古代印度享有崇高地位。

《摩诃婆罗多》不仅长期被视为政治和伦理教科书，而且成为后世文学创作的重要源泉之一。《摩诃婆罗多》展现了广阔的社会生活画面，俱卢和般度两族争夺王权的故事内容丰富，情节曲折，犹如风吹大海，波澜起伏，层层推进，激动人心的戏剧性场面时时涌现。这一切自然容易诱发诗人和戏剧家的创作欲望。而且，在戏剧家看来，史诗本身大量采用人物对话形式，十分适宜搬上舞台。

古典梵语戏剧家跋娑（约二、三世纪）现存的十三剧中，有四个直接取材于《摩诃婆罗多》故事，即《五夜》、《黑天出使》、《迦尔纳出任》和《断股》；有两个利用《摩诃婆罗多》中的人物，在内容上进行独创,即《使者瓶首》和《仲儿》。继跋娑之后,迦梨陀娑(约四、五世纪)的剧本《沙恭达罗》和《优哩婆湿》取材于《摩诃婆罗多》的插话。婆吒·那罗延(约八世纪)的剧本《结髻记》和王顶(约九、十世纪)的剧本《小婆罗多》(残本)取材于《摩诃婆罗多》的核心故事。此外,族顶(约九、十世纪)的六幕剧《多波提和商婆罗那》和五幕剧《妙贤和阿周那》、罗摩旃陀罗(十二世纪)的七幕剧《那罗传》和独幕剧《无畏怖军》、胜护(十二世纪)的两幕剧《黑公主选婿》、钵罗赫拉德纳(十三世纪)的独幕剧《阿周那御敌记》和宇主(十四世纪)的独幕剧《采香莲》等,都是取材于《摩诃婆罗多》的插话或故事片断。

在古典梵语叙事诗方面,婆罗维(约七世纪)的《野人和阿周那》、摩伽(七世纪)的《童护伏诛记》、婆苏提婆(九世纪)的《坚战的胜利》、安主(十一世纪)的《那罗王传》和阿摩罗旃陀罗(十三世纪)的《小婆罗多》等,都是取材于《摩诃婆罗多》的核心故事或插话。

在中世纪印度各地方言文学兴起过程中,各地不仅用方言字体传写《摩诃婆罗多》,而且用方言翻译或改写。其中著名的翻译者或改写者有泰卢固语的南纳耶、迪根纳和耶尔拉普格德,卡纳尔语的本伯,马拉雅拉姆语的帕利卡尔,奥里萨语的萨尔拉达斯,阿萨姆语的辛格尔·代沃和孟加拉语的卡蒂·拉姆达斯等。除了翻译和改写,各地方言还选取故事片断或插话进行再创作。

在印度莫卧儿帝国时期,官方宗教是伊斯兰教,官方语言是波斯语。1556—1605 年在位的阿克巴大帝实行宗教宽容政策。在他的赞助下,《摩诃婆罗多》也被译成波斯语。

我国早在五世纪就已知道《摩诃婆罗多》。鸠摩罗什(344—413 年)译《大庄严论经》卷五曰:"时聚落中多有诸婆罗门,有亲近者为聚落主说《罗摩延书》和《婆罗他书》,说阵战死者,命终升天。"

从十六世纪开始，西方殖民者先后入侵印度。十八世纪下半叶，印度沦为英国殖民地，与此同时，西方学者开始研究和翻译介绍印度文学。对于《摩诃婆罗多》，他们除了一般的著文介绍，首先翻译的是其中的插话。英国威尔金斯于 1785 年翻译出版《薄伽梵歌》，又于 1795 年翻译出版《沙恭达罗传》。德国博普于 1819 年用拉丁语翻译出版《那罗传》，又于 1829 年用德语翻译出版一部包括《莎维德丽传》在内的《摩诃婆罗多插话集》。此后，这些插话被陆续翻译成其他许多欧洲语言，在西方产生很大影响。例如，德国诗人歌德在一首称颂迦梨陀娑的《沙恭达罗》和《云使》的诗中，同时称颂了《那罗传》。

在英国殖民统治时期，印度的官方语言是英语。因此，印度学者除了继续用各地方言翻译和改写《摩诃婆罗多》，也开始用英语翻译和改写。吉瑟里·摩汉·甘古利用英语散文体翻译的《摩诃婆罗多》（1883—1896 年）是第一部英语全译本。曼摩特·纳特·杜德用英语诗体翻译的《摩诃婆罗多》（1895—1905 年）是第二部英语全译本。英语改写本或缩写本则很多，较著名的有罗梅什·琼德尔·杜德诗体缩写本（1898 年）和拉贾戈帕拉查利的散文体缩写本（1951 年）

早在英语全译本问世前，法国梵文学者福歇（1797—1869 年）就已着手翻译《摩诃婆罗多》全诗，但他翻译出版了全诗十八篇中的前八篇（巴黎，1863—1870 年），不幸逝世而中断。在《摩诃婆罗多》精校本问世后，美国梵文学者布依特南于 1967 年开始依据精校本翻译全诗，相继出版了三卷（芝加哥，1973 年、1975 年和1978 年），包括全诗的前五篇，也不幸于 1979 年逝世而中断。

长期以来，正是通过各种方言和英语改写本，也通过各种教科书和儿童读物，并借助绘画、歌舞和戏剧等艺术形式，《摩诃婆罗多》的人物和故事在印度家喻户晓，在日常文化和精神生活中产生经久不衰的影响。《摩诃婆罗多》精校本第一任主编苏克坦卡尔曾经深情地说过："再没有比已故德国印度学家奥登伯格所说的话更为恰当：'在《摩诃婆罗多》中呼吸着印度的集体灵魂。'为什么是这样？因为《摩诃婆罗多》是印度民族的英雄传说。换言之，它包含着我们的集体无意识。正是出于这个理由，它拒绝被抛弃。因此，我们必须用双手抱住这部大书，老老实实地面对它。然后，我们会认识到它是我们的过去，一直延伸到现在的过去。我们就是它。我意味是真正的我们！我们会为扼杀我们的灵魂而抱愧吗？绝不会！"① 国际梵文学界也公认《摩诃婆罗多》对于印度学研究的重要性。美国学者布依特南说："如果不能充分和自觉地吸收《摩诃婆罗多》中的史料，那么，西方关于印度文明进程的学问是很不完善的。"② 荷兰梵文学者狄雍也说："如果不了解《摩诃婆罗多》，怎么能阐释印度文化？"③

---

① 参阅《苏克坦卡尔纪念文集》第一卷，孟买，1944 年。
② 参阅布依特南《摩诃婆罗多》第一卷导言，芝加哥，1973 年。
③ 参阅《印度伊朗杂志》1994 年第 1 期。

第 三 章

《罗摩衍那》

　　《罗摩衍那》和《摩诃婆罗多》一样，在漫长的历史时期中依靠口传和抄本传承。印度学者于1919年启动编订《摩诃婆罗多》精校本的工作，于1966年完成这项工作。在此期间，印度学者也启动编订《罗摩衍那》精校本的工作。第一任主编是帕特（H. Bhatt）。《罗摩衍那》的抄本分为南北两大传本，其中北传本又分为东北、西北和西部三种传本。《罗摩衍那》共分七篇。帕特编订第一篇时，从两千多种抄本中，选出八十六种，作为校勘编订的依据。校勘的原则与《摩诃婆罗多》精校本一致。帕特逝世后，由沙阿（U. P. Shah）继任主编。这样，1960年出版第一篇精校本，至1975年出版第七篇精校本，完成了《罗摩衍那》精校本。按照流传的说法和现存抄本，《罗摩衍那》约有两万四千颂，而经过校勘和编订，现在的精校本约两万颂。

第一节　成书年代

　　关于《罗摩衍那》的产生年代，一般认为与《摩诃婆罗多》基本相同。但究竟孰先孰后，现代梵语学者众说纷纭，或认为早于《摩诃婆罗多》，或认为晚于《摩诃婆罗多》。《摩诃婆罗多》有个《罗摩故事》的插话，两者之间的关系也是学者们讨论的重点之一。

其中，印度学者维迪耶举出两者内容中八个不同之处，指出《罗摩故事》插话中没有《罗摩衍那》中的一些重要情节，如神猴哈努曼托来特鲁那阇罗山和悉多蹈火自明等，证明《罗摩衍那》出现在后。那么，按照《摩诃婆罗多》产生于公元前四世纪，可以确定《罗摩衍那》大约产生于公元前三世纪。然而，《罗摩衍那》的最后定型早于《摩诃婆罗多》，因为早在二世纪的铭文中，已将罗摩奉为神，即大神毗湿奴的化身。而《摩诃婆罗多》虽然产生时间早于《罗摩衍那》，但最后定型时间在四世纪。这样，《罗摩衍那》的成书年代大致可以确定为公元前三世纪至公元二世纪。同时，学者们一致认为《罗摩衍那》的第二至六篇是原始部分，第一和第七篇是晚出部分。

蚁垤（Vālmīki）是《罗摩衍那》传说中的作者。一个流行的传说讲述他原本是一个弃儿，山中野人收养了他。长大成家后，他以抢劫偷盗为生。一次，他抢劫路过的七仙人。七仙人问他，他的妻儿是否愿意与他共同分担抢劫的罪恶。他茫然不知所答，回家询问妻儿。妻儿表示不愿与他分担。他的生命历程由此发生转折。他回到七仙人那里，拜倒在他们脚下。七仙人教给他吠陀知识，还叫他坐在一棵树下，不断念诵"摩罗"（"罗摩"的颠倒念法）。他静坐不动，天长日久，白蚁在他身上筑窝，形成蚁垤。后来，七仙人又路过这里，拨开蚁垤。由此，他就得名"蚁垤"。

在《罗摩衍那》第一篇开头讲到蚁垤成为修苦行的牟尼，那罗陀仙人为他讲述了罗摩的事迹。有一天，蚁垤在森林中看见一对麻鹬悄悄交欢，忽然一个尼沙陀猎人射中了公麻鹬。公麻鹬坠地翻滚，满身鲜血，母麻鹬凄惨悲鸣。蚁垤心生怜悯，安慰母麻鹬，谴责猎人。他的话语脱口而成一首诗：

你永远不会，尼沙陀！

享盛名获得善果，

一对麻鹬耽乐交欢，

你竟杀死其中一个。(1. 2. 14)①

说完后，他自己都感到惊异，反复琢磨自己究竟说了什么。最后，他意识到自己说出的是诗，便告诉徒弟说：

我的话都是诗，音节均等，

可以配上笛子，曼声歌咏，

因为它产生于我的输迦，

就叫它输洛迦，不叫别名。(1. 2. 17)

这首诗中的"输迦"的原词是śoka，词义为忧伤。"输洛迦"的原词是śloka，指一种诗律，也就是《罗摩衍那》全诗使用的主要诗律。

后来，大神梵天吩咐蚁垤就用这种"输洛迦"诗律编写罗摩的故事（即《罗摩衍那》），并告诉他：

只要在这大地上，

青山常在水常流，

罗摩衍那这传奇，

流传人间永不休。(1. 2. 35)

第二节　思想内容

《罗摩衍那》（Rāmāyaṇa）的书名意思是"罗摩的经历"或

---

① 本章中《罗摩衍那》引文均据季羡林译《罗摩衍那》。

"罗摩传"。全书以罗摩和悉多的悲欢离合以及罗摩诛灭魔王罗波那为故事主线，反映印度古代宫廷内部和列国之间的斗争。

第一《童年篇》（Ādikāṇḍa 或 Bālakāṇḍa，1941 颂）：阿逾陀城十车王请求鹿角仙人为他举行马祭，祈求生子。众天神受到祭供，他们请求大神毗湿奴下凡，消灭欺压众天神的魔王罗波那。于是，毗湿奴化身为十车王的儿子。这样，大王后憍萨厘雅生下儿子罗摩，二王后吉迦伊生下儿子婆罗多，三王后须弥多罗生下两个儿子罗什曼那和设睹卢祇那。罗摩长大后，众友仙人前来请求十车王派罗摩帮助他降伏骚扰祭祀的恶魔。十车王虽然不舍得，最后还是同意。这样，罗摩和弟弟罗什曼那跟随众友仙人来到他的净修林，帮助他诛灭三个恶魔，完成祭祀。然后，众友仙人带领罗摩和罗什曼那去参加弥提罗国遮那竭王的祭祀仪式。一路上，经过许多净修林，众友仙人为罗摩讲述恒河下凡和搅乳海等历史传说。到达弥提罗国后，遮那竭王讲述家中祖传的神弓来源，并允言谁能拉开这张神弓，便能娶他的女儿悉多为妻。而罗摩不仅拉开这张神弓，而且将弓弦也拉断了。这样，他赢得了悉多。于是，遮那竭王请来十车王，为罗摩和悉多，也为罗摩的三个弟弟与另外三位公主一起举行婚礼。然后，十车王与四个儿子和儿媳一起返回阿逾陀。

第二《阿逾陀篇》（Ayodhyākāṇḍa，3170 颂）：十车王年迈体衰，决定立罗摩为太子，继承王位。这时，二王后吉迦伊在一个驼背侍女的煽惑下，利用十车王从前曾经许诺赐予她两个恩惠，要挟十车王，提出一要流放罗摩十四年，二要立她自己的儿子婆罗多为太子，继承王位。十车王悲痛欲绝，但为了信守诺言，只得同意。罗摩为了让父亲不失信义，甘愿放弃王位，流亡森林。尽管憍萨厘雅和罗什曼那表示反对，但罗摩坚决服从父命。于是，悉多为了夫妻之情，罗什曼那为了兄弟之谊，甘愿跟随罗摩流亡。

他们三人穿上树皮衣前往森林时，十车王、王后憍萨厘雅和须弥多罗以及市民们流泪相送。而许多市民一直跟随罗摩前行。罗摩便在一个夜晚趁众人熟睡之际，偷偷出发，摆脱尾随的市民。他们渡过恒河和阎牟那河，来到质多罗俱吒山，搭建茅屋，住了下来。

十车王难以忍受心中的悲痛，向憍萨厘雅讲述自己年轻时箭艺高超，曾在雨季出外狩猎。在一个夜晚，听到远处水流汩汩声，以为那里有一头大象，便放箭射击，不料那是一个在河边打水的青年苦行者。这个青年临死前，告诉他自己赡养着双目失明的年老父母。于是，他前去请求青年的父母宽恕，而那位老年苦行者诅咒他将来也会像他那样为失去儿子而痛苦。现在，他失去罗摩，正是当年犯下这个错误的报应。不久，十车王抑郁而死。

这时，婆罗多住在舅舅家，不知道这里发生的事。他被召回举行父葬和继承王位。婆罗多明了真相后，大骂母亲吉迦伊，坚决拒绝继承王位。举行完父亲葬礼后，他亲自前去寻找罗摩，请求罗摩回去继承王位。但罗摩坚决不肯，表示要等十四年流放期满后回去。婆罗多没有办法，只好带回罗摩的一双鞋子，算是罗摩的象征，供在国王宝座上，代替罗摩摄政。

第三《森林篇》（Araṇyakāṇḍa，2060 颂）：罗摩、悉多和罗什曼那在森林中到处漫游，过着艰辛的流亡生活。后来，他们来到弹宅迦林。林中有个身躯庞大的罗刹，当着罗摩的面，抢走悉多。罗摩与罗什曼那一起杀死这个恶魔。这个恶魔临死前告诉罗摩，他原本是一个健达缚，受到财神诅咒，才变成罗刹。但财神也安抚他说，一旦他被罗摩杀死，便可恢复原形，返回天国。

他们在森林中不同的净修林里度过十年后，又来到般遮婆蒂，搭建茅屋住下。魔王罗波那的妹妹首哩薄那迦来到这里，向罗摩求爱。罗摩与她开玩笑，把她介绍给自己的弟弟罗什曼那。这个女魔便挑逗罗什曼那，结果被罗什曼那割掉鼻子和耳朵。女魔向她的哥哥伽罗求援。伽罗先派遣一些罗刹，后又亲自率领魔军前来杀害罗摩兄弟，结果被罗摩兄弟彻底消灭。

　　然后，首哩薄那迦回到楞伽城，向哥哥十首魔王罗波那报告伽罗阵亡的消息，要求他为她报仇，并怂恿他劫掠美丽的悉多。于是，罗波那施展妖术，让一个罗刹化身金鹿，在罗摩的茅屋前游荡。悉多见到后，希望罗摩和罗什曼那去捕捉它。于是，罗摩吩咐罗什曼那保护悉多，自己前去追捕金鹿。最后，罗摩用箭射中这头金鹿。这头金鹿临死时，显出罗刹原形，并伪装罗摩的声音，发出求救的呼声。悉多听到远处传来的呼救声，便吩咐罗什曼那前去救助罗摩。趁悉多孤身一人时，罗波那前来向悉多吹嘘自己的威力和财富，要求悉多嫁给他。悉多愤怒斥责他。于是，罗波那劫走悉多，飞往楞伽城。

　　罗摩知道自己中了罗刹诡计，与罗什曼那返回茅屋，发现悉多已经失踪。罗摩悲痛欲绝，与罗什曼那一起四处寻找悉多。途中遇见奄奄一息的金翅鸟王阇吒优私。鸟王告诉罗摩，它曾阻拦劫走悉多的罗波那，而被罗波那杀害。鸟王说完话，随即死去，罗摩为它举行了水祭。然后，罗摩和罗什曼那继续寻找悉多，又遇见一个无头怪。他俩与无头怪交战，砍去他的双臂。无头怪告诉罗摩，自己遭到一位仙人诅咒，才变成无头怪。而那位仙人说过，他只要被罗摩砍去双臂，就能恢复原形，现在终于得救。然后，他劝罗摩前去与猴王须羯哩婆结盟，帮助拯救悉多，并向罗摩指点猴王的住处。

　　第四《猴国篇》（Kiṣkindhākāṇḍa，1984颂）：罗摩和罗什曼那来到般波湖，遇见神猴哈努曼。哈努曼告诉他们，须羯哩婆住在哩舍牟迦山。他们到达那里，与须羯哩婆结盟，约定罗摩帮助须羯哩婆杀死他的哥哥和仇敌波林，立他为猴国国王，须羯哩婆则帮助罗摩寻找悉多。

　　这样，须羯哩婆与波林搏斗时，罗摩藏在树后，放箭射死波林。然后，罗摩为须羯哩婆举行灌顶礼，让他登基为猴国国王。须羯哩婆答应在雨季过后，发动猴子们前去搜寻悉多。然而，须羯哩婆沉湎欲乐，雨季过后，毫无动静。即使哈努曼规劝他，他也无动于衷。于是，罗摩派遣罗什曼那前去痛斥他，他才如梦初醒。他立即命令猴军，分头前往四面八方寻找悉多。

过了一个月，三路猴军返回，一无所获。只有以鸢伽陀和哈努曼为首的猴军仍在南方寻找。后来，他们在大海岸边遇见金翅鸟王阇吒优私的弟弟商婆底，得知悉多已被罗波那劫往大海对面的楞伽城。猴子们纷纷自告奋勇，要越过大海寻找悉多。最后，一致决定由哈努曼承担这个任务。

第五《美妙篇》（Sundarakāṇḍa，2487 颂）：哈努曼神通广大，他摇身一变为巨猴，先跳到海中的一座大山，又从这座大山跳到楞伽岛。然后，他又摇身一变成一只猫，在夜晚潜入楞伽城。他在魔王罗波那的后宫无忧园中发现一群女罗刹看守着悉多，并看见罗波那威逼利诱悉多，而悉多坚贞不屈。罗波那遭到悉多痛斥后，悻悻离去。哈努曼藏身树枝中，赞颂罗摩后，向悉多显身，并将罗摩的信物戒指交给悉多。悉多也将自己的信物宝石顶饰交给哈努曼，希望罗摩尽早来救她。

哈努曼告别悉多后，想要试探魔王罗波那的威力，便砸烂无忧园林，并杀死前来围捕他的所有罗刹，其中包括罗波那的儿子阿刹。然后，罗波那的另一个儿子因陀罗耆施展法术，抓住哈努曼。罗波那下令处死哈努曼。一些罗刹用布条缠住哈努曼的尾巴，放在油中浸泡后，点上火。而哈努曼甩掉那些罗刹，带着燃烧的尾巴在楞伽城中四处乱窜，让楞伽城陷入一片火海。然后，哈努曼纵身跃过大海，返回原地。哈努曼将悉多的信物宝石顶饰交给罗摩，罗摩伤心落泪。接着，哈努曼向罗摩汇报自己在楞伽城经历的一切。

第六《战斗篇》（Yuddhakāṇḍa，4435 颂）：罗摩和猴王须羯哩婆率领猴子大军出发，来到海边。罗波那得知消息，召集罗刹头领们商议对策。罗刹们鼓动罗波那迎战罗摩。而罗波那的弟弟维毗沙那劝告罗波那与罗摩议和，并交还悉多。罗波那痛骂维毗沙那。于是，维毗沙那过海投奔罗摩。罗摩接纳他，并让罗什曼那为维毗沙那灌顶，封他为罗刹王。

罗摩听从维毗沙那的建议，敬拜海神，祈求海神帮助他们渡海。而海神迟迟不出现。于是，罗摩向大海射箭，搅动大海。这样，海神出来告诉罗摩，可以让猴军中名叫那罗的猴子在大海上架桥过海，因为这个猴子是工巧大神的儿子。这样，猴子那罗奉命率领猴军在海上架起桥梁。

罗摩率领猴子大军从桥上过海，围攻楞伽城。双方展开大战，杀得昏天黑地。罗摩和罗什曼那也在战斗中受了重伤。神猴哈努曼搬来吉罗娑山，用山上的仙草治愈罗摩和罗什曼那。后来，罗波那的儿子因陀罗耆施展幻术，变出悉多的幻影，押到阵地前斩首。罗摩闻听这个消息，痛心疾首，而维毗沙那安慰他，指出这是因陀罗耆施展的幻术。最后，罗摩与罗波那激烈交战，最终砍下这个魔王的十个脑袋，杀死了他。罗刹大军彻底溃败，维毗沙那即位楞伽城罗刹王。

而罗摩见到悉多后，又喜又忧。他担心民众的舆论，怀疑悉多的贞操。于是，悉多愿意投火自明。而火神将她从烈火中托出，证明她的贞操。此时，十四年流放期满。罗摩与悉多和罗什曼那乘坐缴获的罗波那的飞车，返回阿逾陀城，登基为王，并立婆罗多为王位继承人。

第七《后篇》（Uttarakāṇḍa，2668 颂）：阿逾陀城在罗摩治理下，出现太平盛世。罗摩和悉多相亲相爱，享受无比甜蜜的生活。罗摩发现悉多已经怀孕，表示愿意满足她在怀孕期提出的任何要求。悉多表示愿意回到圣洁的恒河岸边净修林里再住上一夜。罗摩当即答应她的要求，说是明天就照办。

然而，第二天密探前来报告罗摩：民间流传说悉多曾在魔王宫中居住，算不得贞女。于是，罗摩为了不违民意，忍痛吩咐罗什曼那把怀孕在身的悉多遗弃在恒河岸边。罗什曼那尽管内心痛苦，依然执行兄长命令。他把悉多送到恒河岸边，向悉多说明事件原因，并请求悉多宽恕。悉多顿时昏厥，苏醒后哀叹自己命苦，并向罗什曼那表示，若不是自己怀有身孕，考虑到事关王族的传承，必定会投河自尽。

然后，悉多得到蚁垤仙人的救护，住在净修林里，并生下孪生子俱舍和罗婆。蚁垤仙人创作了长诗《罗摩衍那》，并教会这两个孩子诵唱。后来，罗摩举行马祭，蚁垤仙人便带着俱舍和罗婆来到祭场。他让这两个孩子当场诵唱《罗摩衍那》。罗摩听到最后，明白这两个孩子就是自己的儿子。

于是，蚁垤仙人把悉多带来，为她的贞洁辩护。而罗摩仍然表示要让悉多在民众面前证明自己的清白。于是，悉多发出誓言，说如果自己贞洁无瑕，就请大地母亲收容我。顿时，地下涌出宝座，大地女神拥抱悉多，让她坐上宝座。随即，大地女神和悉多消失地下。

此刻，罗摩后悔莫及，悲痛万分。此后，他铸造一尊悉多金像，作为自己的伴侣，不再娶妻。罗摩四兄弟等到儿子们长大成年，安排他们统治各自的国家。然后，罗摩四兄弟投身萨罗逾河，返回天国，恢复毗湿奴的光辉。

第三节 艺术特点

在《罗摩衍那》这部史诗中，作者塑造了一系列符合当时历史的理想人物。

罗摩是理想的儿子和君王。他恪守孝道，为了让父王不失信义而自愿流放。他认为：

> 孝顺自己的父亲，
> 照父亲的话办事，
> 再也不会有任何
> 比这高的道德品质。(2. 16. 49)

他将名誉和正法（dharma，音译"达磨"）看得高于一切，而不贪恋王国和财富。他安慰母后憍萨厘雅说：

> 我不能偷偷地，为了整个王国，
> 丢掉我的声名，放弃我的快乐；
> 皇后啊，在这个时间很短的生命里，
> 我不能违背达磨，追求微末的大地。(2. 18. 39)

他在林中流亡时期，经常保护苦行者的净修林，帮助他们降妖伏魔。他为了拯救爱妻悉多，也为了维护王族的尊严和人间的正义而消灭邪恶的魔王罗波那。他对待朋友也是言而有信，按照盟约让须羯哩婆成为猴王，让维毗沙那成为罗刹王。他完成十四年流亡期，登基为王后，依照正法治国，出现太平盛世。他与悉多原本也是一对恩爱夫妻。其间忍痛遗弃悉多，也是出于取信于民的想法。即使最后失去悉多，他也铸造悉多金像作为终身伴侣，表示对悉多忠贞不渝。

悉多是理想的妻子。她恪守妇道，忠于丈夫罗摩。罗摩准备流亡森林时，劝说悉多留在宫中，而悉多回答罗摩说：

> 良人哪！父亲和母亲，

兄弟、儿子和儿媳妇，

各人享受各人功德，

各人享受各人的福。

人中英豪啊！只有妻子

把丈夫的欢乐和忧愁分享；

因此，我也就算注定要

到森林里去奔波流放。(2. 24. 2、3)

　　她在森林流亡期间，与罗摩同甘苦，共患难。在遭到魔王罗波那劫持后，无论罗波那怎样威逼利诱，她都决心以死抗衡。后来，不幸被罗摩遗弃，她尽管充满痛苦和怨愤，但考虑到自己腹中怀有罗摩的后代，而甘愿忍受屈辱，没有自尽。他对罗什曼那这样说：

从前我住净修林，

就在罗摩脚下住；

即使艰难又困苦，

我仍认为是幸福。

如今我住净修林，

身边却无一亲人，

我将向谁诉痛苦，

我的痛苦实难忍。

回答仙人我如何？

我对国王犯何错？

高贵尊严那罗摩，

为何他竟遗弃我?

叫声你罗什曼那!
如果我不怀身孕,
我将投河寻自尽,
王族存续在我身。(7.47.5—8)

罗什曼那和婆罗多是理想的弟弟。罗什曼那最初得知罗摩被剥夺王位,流放森林时,他怒不可遏,想要以武力抗争,而最终还是服从兄长罗摩的旨意。他也自愿跟随罗摩流亡森林。在流亡期间,他始终是罗摩的得力助手,勇敢无畏,协助罗摩降伏骚扰各地净修林的妖魔和最终消灭魔王罗波那。罗摩遗弃悉多时,尽管他内心痛苦,依然服从罗摩命令,但深感内疚,请求悉多宽恕。

婆罗多从舅舅家返回阿逾陀后,才从母亲吉迦伊口中得知父王去世。他以为兄长罗摩已继承王位,对母亲说:

对知法的贵人来说,
长兄就是他的父亲,
我要拥抱他的双脚,
他现在是我的保护人。(2.66.27)

不料,他从母亲口中得知,罗摩已被流放,而由他继承王位。他当即责骂母亲犯下毁灭家族的罪行。他毫无僭越兄长王位之心,立即前往森林寻找罗摩,希望他回来继承王位。而他发现罗摩信守十四年流放期承诺的坚强决心,在迫不得已情况下,只能替代罗摩摄政。

《罗摩衍那》中塑造的这些理想人物奉行的婆罗门教正法,类似中国封建时代的"君为臣纲，父为子纲，夫为妻纲"和"长幼有序"。而《罗摩衍那》的结局是悲剧性的，悉多成为封建贞洁观念的牺牲品。因此，后来的古典梵语诗学家都确认《罗摩衍那》的主味是悲悯味。如欢增在《韵光》中指出："最初的诗人（蚁垤）在《罗摩衍那》中亲自宣称是悲悯味，说道：'忧伤变成了输洛迦。'他在自己的作品中展现这种味，以永远失去悉多为结局。"

《罗摩衍那》的故事情节比较集中紧凑，虽然也插入不少神话传说，但不像《摩诃婆罗多》那样枝蔓庞杂。主要人物性格丰满，随着矛盾的展开而变化发展。注重风景描写，而且做到情景交融。例如，悉多被魔王罗波那劫往楞伽城时，自然景象也呈现哀容：

> 风乍起，吹动了大树，
> 树上栖着成群的鸟，
> 树顶在空中摆来摆去，
> 好像说"苦恼，真苦恼！"

> 荷塘里落尽了荷叶，
> 鱼和其他动物也发抖，
> 它们都为悉多而悲伤，
> 好像她是受难的朋友。

> 从四面八方跑了过来，
> 狮子、老虎、鹿和鸟，
> 它们都愤怒地追了上去，
> 跟着悉多的影子猛跑。

> 群山脸上都流满了泪，

山峰好似举起的双臂，

悉多被罗波那劫夺走，

它们好像也为她哭泣。

看到悉多被劫夺走，

太阳也在那里忧愁，

它的光线都消失了，

暗淡的光圈绕四周。（3.50.32—36）

又如，罗摩为寻找悉多，来到般波湖。这里春光明媚，种种可爱的景色更激起他对悉多的痛苦思念：

各种各样的鸟欢乐发狂，

好像把我的爱火点旺，

让我想起黑皮肤的情人，

那面如满月的荷眼女郎。

看哪！在错杂的山峰上，

公鹿和母鹿呆在一起，

我却是被迫与悉多呀，

那位鹿眼女郎分离。（4.1.45、46）

《罗摩衍那》的文体风格总的说来明白晓畅，但已经开始出现注重藻饰和精心雕镂的倾向。在修辞手法上，除了常见的明喻、隐喻、夸张和奇想外，也常施展谐音技巧，包括谐音中颇具难度的叠声手法。在第五篇第四章中有许多运用叠声的诗节，这里仅举其中一例：

haṃso yathā rājata pañjarasthaḥ

siṃho yathā mandarakandarasthaḥ

vīro yathā garvitapañjarasthaś

candropi babhrāja tathāmbarasthaḥ

它就像一只天鹅，被关在银笼中，

它又像一只狮子，钻入曼多罗山洞，

它像一个英雄，骑在狂怒的象上，

升入中天的月亮，就这样闪着清光。(5.4.4)

这首诗中有 yathā、pañjara、sthaḥ 和 andara 四种重复使用的音组，起到悦耳动听的词音修辞效果。

正是由于具有这样一些艺术特点，《罗摩衍那》成为古典梵语叙事诗的直接先导，被称为"最初的诗"（Ādikāvya），同时蚁垤被称为"最初的诗人"（Ādikavi）。

第四节　在印度国内外的影响

《罗摩衍那》诞生后，与《摩诃婆罗多》一样，在印度各地广泛流传。许多古典梵语戏剧和叙事诗都取材于它，其中著名的有跋婆的戏剧《雕像》和《灌顶》、薄婆菩提的戏剧《大雄传》和《罗摩后传》、牟罗利的戏剧《无价的罗摩》、王顶的戏剧《小罗摩衍那》、迦梨陀婆的叙事诗《罗怙世系》、鸠摩罗陀婆的叙事诗《悉多被掳记》和阿毗难陀的叙事诗《罗摩传》等。鉴于《罗摩衍那》的影响力，耆那教作家也创作有多部以耆那教观点改写《罗摩衍那》的叙事诗。印度中世纪方言文学兴起后，几乎各种方言都有《罗摩衍那》的译本或改写本，其中最著名的是北印度印地语诗人杜勒斯西达斯改写的《罗摩功行湖》和南印度泰米尔诗人甘班改写的《罗摩下凡记》。

《罗摩衍那》在印度国外的影响超过《摩诃婆罗多》。《罗摩衍那》或罗摩的故事从很早开始就传入亚洲各国，在印度尼西亚、马来西亚、菲律宾、泰国、缅甸、柬埔寨、老挝和斯里兰卡等国都有《罗摩衍那》的改写本或罗摩故事传说。

在中国古代汉译佛经中，曾多次提到《罗摩衍那》（当时译为《罗摩延书》或《逻摩衍拏书》）。而元魏吉迦夜共昙曜译《杂宝藏经》中的《十奢王缘》和三国吴康僧会译《六度集经》中第五卷第四十六个故事则比较完整介绍了《罗摩衍那》的主要故事情节。在中国傣族地区流传的史诗《兰嘎西贺》和《兰嘎双贺》是《罗摩衍那》的改写本。在藏族地区，雄巴·曲旺扎巴（1404—1469年）的《罗摩衍那颂赞》也是根据《罗摩衍那》进行再创作的。在敦煌石窟文献中，还保留有古藏文《罗摩衍那》故事残卷。《罗摩衍那》的故事也通过藏族传至蒙古族。在蒙古语文献中，有多种《罗摩衍那》的故事梗概。在新疆发现的古代语言残卷中，也有古和阗语和焉耆语的《罗摩衍那》故事。另外，中国古典小说《西游记》中神通广大的孙悟空和《罗摩衍那》中的神猴哈努曼颇多相似之处，因此，我国现代有些学者认为孙悟空形象中含有哈努曼的"血缘"。

第 四 章

巴利语佛教文学

第一节　概况

佛陀时代的传教方式是口耳相传。在佛陀逝世后，佛教徒为了保持佛陀的教诲，先后举行过三次结集。第一次结集是佛陀逝世后不久（即公元前五世纪）在王舍城举行的，目的是汇编佛陀在世时关于佛教教义和戒律的言论。第二次是公元前四世纪在毗舍离城举行的。在这次结集中，佛教徒在戒律上出现分歧，分裂为上座部和大众部。第三次结集是公元前三世纪在华氏城举行的。这次结集受到阿育王赞助。佛教经、律、论"三藏"（Tipiṭaka）的真正定型是在这次结集，按照传统的说法，使用的语言是摩揭陀语。这次结集是由上座部主持的，故而这部"三藏"也称为上座部"三藏"。此后，阿育王派人向斯里兰卡、缅甸等地传教。这部"三藏"传入斯里兰卡后，也一直是口耳相传，直至公元前一世纪才用文字写定，从此得以比较稳定地传承。

斯里兰卡传承的这部"三藏"，现在通称"巴利语三藏"。"巴利"（Pāli）这个词的原义为排列，引申为条理、规定、规则乃至经典的意思。而用这个词指称这部三藏经典使用的语言是晚出的，原本在三藏经典中没有这种用法。后来，在三藏经典的注疏中，出现用这个词指称有别于注疏的经典。继而，这个词渐渐引申为指称这部三藏经典使用的语言。这样，它就成为我们现在通称的"巴利语"。

巴利语三藏卷帙浩繁。律藏（Vinayapiṭaka）包括《经分别》、《犍度》和《附随》三部分，主要内容是僧团的规则和比丘、比丘尼的日常生活戒律。经藏（Suttapiṭaka）包括《长尼迦耶》、《中尼迦耶》、《杂尼迦耶》、《增一尼迦耶》和《小尼迦耶》五部分，主要是记载佛陀宣教的言说。论藏（Abhidhammapiṭaka）包括《法集论》、《分别论》、《界论》、《人施设论》、《论事》、《双论》和《发趣论》七部经论，主要是阐释佛教教义。

佛教在发展中结合教义也形成自己的神话传说。佛教认为宇宙称有三千大千世界，每个世界都有太阳、月亮、须弥山、四大洲、四大洋、四大天王和七重天。佛教否认天神创造世界。梵天在佛教中不是创世神，而是一个天神群体。帝释天是三十三天的天王，相当于婆罗门教中的天王因陀罗。梵天和帝释天都成为佛教的护法神。世界上的众生分成卵生、胎生、湿生和化生四类。他们都按照业报，在地狱、畜生、饿鬼、凡人和天神五道中轮回。其中前三道称为"恶道"，后两者称为"善道"。在佛经中，地狱名称众多，最著名的是阿鼻地狱（或译"无间地狱"），对作恶者在地狱中遭受的种种严酷折磨的描述也十分详尽。婆罗门教的死神阎摩成为佛教中地狱的掌管者。阿修罗和罗刹是天国中的恶魔。在巴利语三藏后期佛典中，阿修罗也被列入恶道，五道轮回变成六道轮回。夜叉（或译"药叉"）、健达缚、鸠槃荼和蛇都是半神或小神，在天国中处于侍从地位，有时作恶，有时行善。摩罗是佛教独创的恶魔，主要的恶行是扰乱佛陀修行。早期佛教的这些神话观念和神话人物都在后来的部派佛教和大乘佛教得到传承。

佛教经文经常采用形象生动的比喻和寓言故事阐发教义，文体也不拘一格，有散文体、韵文体和韵散杂糅体。因此，不少佛经含有文学性或带有文学色彩。在巴利语三藏中，经藏《小尼迦耶》包含的文学成分最为丰富。它共有十五部经，其中的《法句经》、《经集》、《上座僧伽他》、《上座尼伽他》和《本生经》堪称是巴利语佛教文学的代表作。

第二节　巴利语佛教诗歌

《法句经》（Dhammapada）是一部格言诗集，共有四百二十三首，分为二十六品，每品围绕一个主题。传统认为这些格言诗都是佛陀针对某人某事有感而发，体现佛陀对世界和人生的思考和洞察。这些格言诗蕴含早期佛教的基本教义：四圣谛（苦、集、灭和道）、戒定慧（持戒、禅定和智慧）和三法印（无常、无我和涅槃）。其中不少格言诗也蕴含对于人类具有普遍意义的人生哲理和伦理教诲。同时，这些格言诗诗律简易，语言晓畅，比喻生动，警句迭出，因而问世后，深受广大佛教徒和教外读者喜爱，盛传不衰。

例如，《双要品》中强调坚持修行：

> 房屋覆盖不严实，
> 雨水也就会漏入，
> 同样思想不修习，
> 贪欲也就会漏入。（13）

> 房屋覆盖很严实，
> 雨水就不会漏入，
> 同样思想善修习，
> 贪欲就不会漏入。（14）

《愚者品》和《智者品》贬斥愚者，赞美智者：

失眠者夜长，
疲倦者路长，
不明了正法，
愚者轮回长。（60）

愚者侍奉智者，
终身不得正法，
犹如木勺盛汤，
永远不知汤味。（63）

智者侍奉智者，
顷刻便得正法，
犹如舌头尝汤，
一触便知汤味。（64）

恶业尚未成熟时，
愚人感到甜如蜜，
待到恶业成熟时，
愚人陷入痛苦中。（69）

巍巍然磐石，
狂风吹不动，
智者亦如是，
任凭褒和贬。（81）

犹如深水池，
清澈而平静，
智者闻听法，
安宁亦如是。（82）

《自己品》中强调自己要做自己的主人，首先要把握住自己，然后教导他人：

教导他人那样做，
自己也应这样做，
只有服己才服人，
最难调伏是自己。（159）

《快乐品》中称颂清静安宁的快乐：

健康是最大的收益，
知足是最大的财富，
信赖是最亲的亲人，
涅槃是最高的幸福。（204）

《婆罗门品》中颂扬佛陀：

太阳放光在白天，
月亮放光在夜晚，
刹帝利在披甲时，
婆罗门在禅定时，
而佛陀永远放光，

无论白天和夜晚。(387)

《法句经》除了巴利语文本外，还发现有犍陀罗语、吐火罗语、混合梵语和梵语文本。在汉译佛经中，《法句经》译本有四种。支谦《法句经序》中提到此经有"九百颂或七百颂及五百颂"。据此，现存的巴利语文本相当于"五百颂"本，吴维祇难等译《法句经》和晋法矩共法立译《法句譬喻经》相当于"七百颂"本，姚秦竺法念译《出曜经》和宋天息灾译《法集要颂经》相当于"九百颂"本。

现存维祇难等译《法句经》共有七百五十八颂，分为三十九品，与巴利语《法句经》对照，可以发现其中的第九《双要品》至第三十五《梵志品》（除去第三十三《利养品》）恰好依次与巴利语《法句经》二十六品对应，共五百颂，比巴利语《法句经》多七十七颂。据《法句经序》中说，增加的十三品是后来竺将炎从印度带来的。由此可见，"七百颂"本是"五百颂"本的扩编本，而此后又扩编成"九百颂"本。

维祇难等译《法句经》的原文使用什么语言，现在难以确证。支谦《法句经序》中称这部经典原文为"胡语"或"天竺语"。在早期译经活动中，"胡语"一词涵盖从西域至印度的各种方言俗语，也包括梵语或混合梵语。但估计不会是巴利语。因为巴利语《法句经》已经定型，而这部汉译《法句经》不仅比巴利语文本多出十三品，而且相应部分的译文也与巴利语文本有不少文字差异。巴利语文本在转换成其他语言传承时，出现种种变异是很自然的，尤其是在以口传为主要传承方式时，更是如此。

《法句经》出现多种汉译本，说明它在中国古代影响深远。《法句经》的生命力在于它本身的思想和艺术魅力，也在于它具有佛教入门书的性质。对此，支谦在《法句经序》中有精当的概括：

"其在天竺，始进业者，不学法句，谓之越叙。此乃始进者之鸿渐，深入者之奥藏也。可以启蒙辨惑，诱人自立，学之功微，而所包者广，实可谓妙要者也！"

《经集》（Suttanipāta）是巴利语经藏中一部广泛流传的经典。它分成五品：《蛇品》、《小品》、《大品》、《八颂经品》和《彼岸道品》。每品又分成若干经，总共七十二经。它的文体以偈颂为主，大多是叙事歌谣。据现代学者考证，《经集》的编定时间较晚，但它汇集了许多古朴的早期经文，内容主要涉及人生观、伦理观和修行方法，而非关于教义的抽象思辨，反映僧团形成之前的原始佛教状况。汉译佛经中没有《经集》的译本。但支谦译《佛说义足经》中偈颂和《经集》中的《八颂经品》基本对应。

《蛇品》中开篇的《蛇经》有十七首偈颂，每首都以"犹如蛇蜕去衰老的皮"结尾，教导比丘摆脱贪、瞋、痴等束缚：

> 他抑止心中冒出的怒气，犹如用药抑止扩散的蛇毒，
> 这样的比丘抛弃此岸和彼岸，犹如蛇蜕去衰老的皮。（1）

> 他彻底摒弃一切爱欲，犹如拔除池塘里的所有莲花，
> 这样的比丘抛弃此岸和彼岸，犹如蛇蜕去衰老的皮。（2）

> 他彻底摒弃一切贪欲，犹如使快速流动的河水枯竭，
> 这样的比丘抛弃此岸和彼岸，犹如蛇蜕去衰老的皮。（3）

又如，《特尼耶经》中描述牧人与佛陀的对话：牧人夸耀自己的世俗生活，而佛陀赞美自己的宗教信仰，最终牧人接受佛陀的教诲，皈依佛陀。然后，摩罗出来干扰，对佛陀说：

> 有子者享受有子之乐，有牛者享受有牛之乐，
> 因为执著是人的快乐，没有执著就没有快乐。(33)

而佛陀回答说：

> 有子者为子忧虑，有牛者为牛忧虑，
> 执著是人的忧虑，无执著就无忧虑。(34)

又如《耕者婆罗豆婆遮经》描述耕者婆罗豆婆遮与佛陀的对话。婆罗豆婆遮询问佛陀："你声称自己是耕者，而我们未见你耕种。"佛陀回答说：

> 信仰是种子，苦行是雨水，智慧是我的轭和犁，
> 谦逊是犁把，思想是辕轭，意念是犁头和刺棒。(77)

> 控制身体，言语谨慎，饮食有节，
> 以真话作砍刀，柔顺是我的解脱。(78)

> 勤奋是我驾驭的耕牛，运载解脱，
> 勇往直前不回头，达到那里无忧愁。(79)

> 进行这样的耕种，它结出永恒之果，
> 凡这样耕种的人，他摆脱一切痛苦。(80)

《小品》中的《船经》讲述要与知法的善人交往，才能像登上牢固的船，安全渡河：

正如一个落水者，他只能在汹涌的河水中
随波逐流，怎么还能帮助别人渡过河去？（319）

同样，不明正法，又不请教学问渊博的人，
自己一窍不通，充满疑惑，怎能教诲他人？（320）

正如登上备有桨和舵的船，船夫技术高明，
经验丰富，聪明睿智，能运载许多人过河。（321）

同样，一个精通知识、自我完善、学问渊博、
性格坚定的人，他能教会身边侧耳倾听的人。（322）

《大品》中的《娑毗耶经》讲述游方僧娑毗耶向诸位外道师问法，不能释疑解难，后来在佛陀那里得到圆满的回答，于是皈依佛陀：

正如莲花不沾水，你也不沾善恶，英雄啊，
伸出你的双脚，娑毗耶我向导师行触足礼！（547）

《上座僧伽他》（Theragāthā，或译《长老偈》）和《上座尼伽他》（Therīgāthā，或译《长老尼偈》）是两部诗集。"上座"（thera）指高僧，"伽他"（gāthā）指偈颂。《上座僧伽他》是比丘创作的诗歌，共有一百零七首，一千两百多颂。《上座尼伽他》是比丘尼创作的诗歌，共有七十三首，五百多颂。两者都描述宗教生活、表达宗教信念和抒发宗教感情。

其中，《上座僧伽他》侧重表现比丘修行生活的精神体验。例如，摩诃迦旃延在诗中写道：

眼见一切，耳闻一切，

智者不必摒弃见闻。

他大明若盲，大聪若聋，

大智若愚，大勇若怯，

唯有与善事相遇，

才是他的思想栖处。（501）

又如，优陀夷在诗中赞美佛陀：

佛陀出生在这个世界，

而不受这个世界污染，

如同莲花生长在水中，

不受水污染，散发芳香。（700、701）

在有些诗中，还注重描写自然环境，以烘托比丘追求涅槃的修行生活和禅思之乐。例如，维摩罗在诗中写道：

大雨浇地风劲吹，

天空中电闪雷鸣，

而我的思想寂静，

我的心沉思入定。（50）

又如，摩诃迦叶在诗中写道：

覆盖乌摩迦花，犹如天空覆盖彩云，

各种鸟儿穿梭，这些山岩令我喜欢。

没有世俗人群出没，唯有鹿群出没，

各种鸟儿穿梭，这些山岩令我喜欢。

泉水清澈，巉岩连绵，黑面猿出没，

布满湿润苔藓，这些山岩令我喜欢。（1068—1070）

《上座尼伽他》则侧重表现比丘尼个人的生活经历。从中可以看出，在皈依佛教的妇女中，有不少是丧子的母亲、寡妇、弃妇和妓女。例如，在比丘尼伊希陀悉的诗（400—447）中，描写她是商人的女儿，三次嫁夫而三次无辜被弃的悲惨遭遇。在原本是妓女的比丘尼安波巴利的诗（252—270）中，将自己年轻时代美貌与现在年老时的丑相作了细致的对比描写，借以说明佛教苦谛中的老苦。

妇女在世俗生活中地位低下，备受痛苦和压抑，因而皈依佛教后，信仰坚定。例如，在比丘尼苏芭的诗（366—399）中，描写她经过一座芒果林，有个男子堵住她的去路，以花言巧语向她求爱。她义正词严地回答道，她已经摒弃一切世俗欲望，遵行八正道，以清静为乐。她向这个男子指出，肉体虚妄，不值得贪恋：

盲目者啊，你追逐虚妄，

它们仿佛出现在你面前，

犹如睡梦中见到的金树，

又如观众观赏的幻影戏。（394）

她还针对这个男子对她的眼睛所作的赞美，指出眼睛不过是安放在窟窿里的小圆球，里面有眼泪，还有眼屎。说完，她抠出自己的眼睛，递给这个男子。这个男子顿时邪念消失，向她乞求宽恕。然后，她回到佛陀身边，眼睛复原如初。

第三节 《佛本生故事》

《本生经》（Jātaka）是一部庞大的佛教寓言故事集，也是世界上最古老的寓言故事集之一，约成书于公元前三世纪。但现存的巴利语《本生经》已非原典，而是一部注释本，书名全称是《本生经义释》（Jātakaṭṭhvaṇṇanā）。其变迁过程大致如下：原先有一部用巴利文撰写的本生经注，叫做《本生经义记》（Jātakaṭṭhakathā），传入斯里兰卡后，被译成古僧伽罗文。此后，巴利文原本失传。大约在公元五世纪，有一位佚名斯里兰卡和尚，依据这部古僧伽罗文的《本生经义记》，用巴利文写成《本生经义释》，也可说是将古僧伽罗文的本生经注重新还原成巴利文。尽管有这个变迁过程，但据说，《本生经》中的偈颂诗始终保持着原始形式。因此，有一种看法认为《本生经》原典即是这些偈颂诗。这种看法未必可信，因为《本生经》中不少偈颂诗是散文故事的扼要总结，倘若脱离了散文故事，很可能变得不知所云。或许，比较稳妥的看法是：《本生经》原典也是由偈颂诗和散文故事组成的，只是偈颂诗便于诵记，稳定性强，较易保持原貌，而散文故事稳定性差，肯定经受了一代又一代佛教徒日积月累的较大的加工。

以上讨论的实际是《本生经》的成书年代。如果说它成书于公元前三世纪，则原典已佚；如果说它成书于公元五世纪，则指的是它的注释本《本生经义释》。客观情况就是这样。但是，佛本生故事的产生年代远远早于《本生经》的成书年代，可以说，在公元前五、六世纪佛陀本人宣扬佛教教义时就已经创造了这种故事。此后，佛教徒们继承佛陀衣钵，不断编撰，广为传播。近代考古学家在印度山奇、巴尔胡特等地公元前二、三世纪的佛教建筑的浮雕上，发现有许多佛本生故事，而且有的浮雕还标明 jātaka（"本生"）的字样。可见，佛本生故事在当时已经确立了崇高的地位，受到广大佛教徒的喜爱和崇拜。

现存的《本生经》（即《本生经义释》）共有五百四十七个故事，分作二十二篇（nipāta）。分篇的方法是纯形式的，即第一篇由一百五十个故事组成，每个故事里有一首偈颂诗；第二篇由一百个故事组成，每个故事里有二首偈颂诗；第三篇由五十个故事组成，每个故事里有三首偈颂诗，以此类推，越往后，每篇中的故事数目越少，而偈颂数目越多。

《本生经》中每个故事的格式是统一的，由五个部分组成：一、今生故事（Paccupanna-vatthu）——说明佛陀讲述前生故事的地点和缘由；二、前生故事（Atīta-vatthu）——讲述佛陀的前生故事；三、偈颂诗（Gāthā）——既有总结性质的，也有描述性质的，一般出现在"前生故事"中，有时也出现在"今生故事"中；四、注释（Veyyākaraṇa）——解释偈颂诗中每个词的词义；五、对应（Samodhāna）——将"前生故事"中的角色与"今生故事"中的人物对应起来。

我们可以举个具体例子，如第30则《摩尼克猪本生》：一开始是"今生故事"，叙述一个比丘受到一个少女引诱，佛陀在给孤独园询问这个比丘有否此事。比丘承认有此事。于是，佛陀告诫他说："她是你的祸根。甚至在你前生，你就成了她结婚宴席上的佳肴。"接着，佛陀讲述"前生故事"，说是在从前，梵授王统治波罗奈的时候，菩萨转生为一条牛，名字叫大红。它有个弟弟，名字叫小红。它们兄弟俩终日为主人辛勤工作。主人家的女儿即将结婚，因而喂养了一头猪，名叫摩尼克。一日，小红向大红抱怨说："咱俩天天干重活，只不过吃些烂草和麦秸，而这头猪倒是天天吃牛奶粥！"大红安慰小红说："小红弟弟，别羡慕这头猪。它吃的是断头食。主人要给女儿办喜事，才精心喂养它的。"不久，庆贺婚礼的客人们来到，主人宰杀了这头猪，做成各式佳肴。在这个"前生故事"中，有一首偈颂诗：

> 勿羡摩尼克，它吃断头食；
> 嚼你粗草料，此乃长命食。

这首偈颂诗下面有一连串词义注释。故事的最后部分是"对应"，即佛陀指出前生中的摩尼克猪是现在这个受诱惑的比丘，主人的女儿是现在这个少女，而小红是现在的阿难（佛陀的高足弟子），大红是佛陀本人。

就《本生经》的故事内容而言，其中包含许多揭露统治阶级荒淫残暴、抨击种姓制度、反对杀生祭祀、颂扬人民的智慧和美德的优秀故事。例如，第358则《小法护本生》揭露暴君灭绝人性：波罗奈国王摩诃波达波看见王后抚爱刚生下七个月的小王子，沉醉于爱子之情，见他来到也没有起身相迎，心生歹念："她依仗儿子，洋洋自得，对我傲慢无礼；日后儿子长大，她就更不会把我放在眼里了。"于是，他下令刽子手从王后怀里夺下小王子，不顾王后的一再哀求，砍下小王子的双手、双脚和脑袋，最后将小王子扔到空中，挑在宝剑上旋转成碎片。第33则《祭羊本生》教导不杀生：一头山羊自述前生也是婆罗门，只是因为杀了一头山羊祭祖，结果四百九十九次转生为山羊。第357则《鹌鹑本生》说明弱小者只要团结一致，运用智慧，就能战胜强大的敌人：一头傲慢的大象随意踩死小鹌鹑。老鹌鹑决心报仇。它联合乌鸦、苍蝇和青蛙。乌鸦啄瞎大象眼睛，苍蝇在大象眼中下蛆。大象被蝇蛆折磨得焦渴难忍，急于寻找水池。于是，青蛙大声鸣叫，引诱瞎眼大象走向悬崖，葬身山腹。但这部故事集中也包含一些带有消极意义的故事，如赞美无条件的逆来顺受和蔑视妇女等。

　　我们一般将《本生经》称为寓言故事集，是就它的主要表现形式而言。实际上，《本生经》中除了寓言和故事外，还有神话传说、歌谣、叙事诗、笑话、谚语等，几乎囊括了民间文学的所有类别。在《本生经》写定之前，佛本生故事一直以口头的方式创作和传播，其宣讲对象又主要是文化程度不高的僧众和俗众，这就决定了它必然广泛吸收群众喜闻乐见的各种艺术形式。因此，《本生经》的艺术特点也基本上是民间文学的艺术特点，有别于古典作家精心创作的书面文学的艺术特点。

　　一、语言通俗。在古印度，巴利语本身就是一种地方俗语，而作为故事文学，尤其接近口语。而且，从《本生经》看，不仅故事的散文部分通俗易懂，偈颂诗部分也是如此。这些偈颂诗有的是总结性的，有的是叙事性的。总结性的偈颂诗往往只需要一、两首就行，夹在故事中间或末尾，起到撮述故事大意或点明主题的作用。叙事性的偈颂诗是故事叙述的组成部分，每组的数目就多一些，少至几首，多至几十首。尽管这些叙事性的偈颂诗篇幅较长，但由于语言晓畅，比喻朴素，而且常常采用重叠复沓、一唱三叹的手法，所以还是能一听就懂的。

　　二、结构定型。首先，如前所述，每个佛本生故事的五个组成部分已经程式化。其次，前生故事作为佛本生故事的主干部分，它的取材范围要比今生故事广泛得多，天上、人间、地狱、神仙、妖魔、人类、动物，无所不包，但无论故事的背景或角色是什么，也无论故事内容本身简单抑或复杂，其情节发展也是或显或隐遵循着一种固定的程式：先是交代菩萨从前在某地转生为某个人、某个神或某个动物，然后讲述菩萨行善，菩萨的对立面人物作恶，结局是善战胜恶。

　　三、风格质朴、幽默。《本生经》故事大多是直陈其事，不加雕饰，所花费的唇舌以能讲清一个故事、说明一个道理为准。它们能吸引听众，主要依靠故事本身生动有趣或机智幽默。这在《本生经》的智者故事或笑话故事中表现得最为突出。例如，第 240 则《大褐王本生》叙述波罗奈的暴君大褐王死去时，全城居民无不兴高采烈，唯有一个卫士哀叹哭泣。王子问他为何哭泣，是否受过大褐王的恩宠。卫士回答说，不是的，因为大褐王在世时，每次进出宫门都要揍他脑袋八拳头。他是怕大褐王到了阴间后，依然为所欲为，阴间里的人就会把他轰回来。这样，他的脑袋又要挨那八拳头了。这个故事以生动诙谐的语调对暴君进行辛辣的讽刺。又如，第 148 则《豺本生》叙述一头豺出来觅食，看见一具象尸。它啃咬象尸各个部位都咬不动，最后咬到象的肛门"像松软的糕饼"，便从肛门那里吃起，一直吃进象肚。此后它快乐地住在象肚里，天天吃象的内脏和血。然而，夏季烈日暴晒，象尸干燥收缩，肛门处也紧闭住了。这头豺失去了出口，如同生活在黑暗的地狱中，恐惧万分。过了几天，天降大雨，象尸受潮膨胀，恢复原状。这头豺趁此机会，撞开象的肛门，逃了出来。虽然挤出肛门时，蹭掉了全身的毛，但它庆幸自己保住了性命，表示自己以后再也不贪心了。这则故事同样令人忍俊不禁。

《本生经》在艺术上的最主要贡献恐怕是提供了小说的雏形。按照现代的文艺理论，一般认为小说作为一种独立的叙事文学形式，它的基本前提是虚构，它的三个要素是人物、情节和环境。《本生经》中有不少故事基本上已经合乎这些要求。不过，我们仍然不能称它们为小说，因为它们明显具有口头文学或说唱文学的种种特点，不是现代意义上的小说。尽管如此，我们必须肯定这些故事在小说发展史上的重大意义，必须肯定佛教徒在提高故事文学的表现能力方面取得的可贵成就。

中国古代虽然没有将巴利语《本生经》译为汉语，但汉译佛经中有关佛本生故事的经籍也有十几部之多，如吴康僧会译《六度集经》、西晋竺法护译《生经》、吴支谦译《菩萨本缘经》、失译《菩萨本行经》和宋沙门绍德等译《菩萨本生鬘论》等。这些汉译佛本生故事中，有不少与巴利语《本生经》中的故事相同或类似。以佛本生故事形式出现的印度古代寓言故事大量输入中国，对中国古代叙事文学的发展产生深远的影响。它们不仅促进中国古代寓言故事文学的创作，也对中国古代小说的发展起了催化作用。中国唐代曾经盛行一种韵散杂糅的民间说唱文学体裁——变文，就是在佛经故事文学的直接影响下产生的。现存的变文主要有演绎佛经故事和演绎非佛经故事两大类。在演绎佛经故事的变文中，《太子成道经》《八相变》之类属于佛陀生平故事，而《身餧饿虎经变文》《丑女缘起》《四兽因缘》①之类属于佛本生故事。这些变文曾被历史的尘土湮没了千年之久，直至1899年才在敦煌千佛洞首次发现。我国的小说史家胡士莹先生说："在变文没有发现之前，话本、诸宫调、宝卷、弹词、鼓词之如何产生，我们简直搞不清楚。自从变文发现后，我们才在古代文学与近代文学之间得到了一个链锁。我们才知道宋元话本除了继承唐代市人小说及唐代传奇文的影响之外，还受到变文的很大的影响。"②可以说，这种影响在明清乃至近代的章回体长篇小说中还依稀可辨，即在散文叙事中时常夹杂一些诗词歌赋。

在《小尼迦耶》中还有几部经含有丰富的佛教故事和传说。如《天宫事经》（Vimānavatthu），采用偈颂体，分成五品，有八十五个故事，讲述一些天神前生行善，死后升入天国。他们前生所做的善事主要是虔诚信佛，供养佛、比丘、僧团、佛塔和佛舍利等。

《饿鬼事经》（Petavatthu），采用偈颂体，分成四品，有五十一

---

① 《四兽因缘》的故事与《本生经》中的第37则《鹧鸪本生》相同，只是前者的角色是四兽，即鸟、兔、猴、象，后者的角色是三兽，少了其中的兔。

② 胡士莹：《宛春杂著》，浙江人民出版社1981年版，第135页。

个故事，讲述各种饿鬼生前作恶，死后成为饿鬼。他们像活人一样具有肉体的需要，但忍受着饥渴和欲望的种种折磨。

《譬喻经》（Apadāna），采用偈颂体，讲述佛陀、辟支佛、长老和长老尼的业绩。尤其是其中讲述了五百四十七位长老和四十位长老尼的前生和今生故事。他们的业绩主要表现为敬仰和供养寺庙、佛塔和佛舍利、慈悲和布施等，由此获得善报，升入天国或获得阿罗汉果。

《佛种姓经》（Buddhavaṃsa），采用偈颂体，分成二十八品，讲述佛陀释迦牟尼之前的二十七位过去佛的传说。在每个过去佛时期，释迦牟尼作为菩萨，都被过去佛预言未来成佛。最后一品讲述佛陀进入涅槃后，舍利分送各地，建塔供奉。

《所行藏经》（Cariyāpiṭaka），采用偈颂体，讲述佛陀前生的故事，共有三十五则，而这些故事都已见于《本生经》，文字内容也相对比较简略。

此外，在经典注释文献中，觉音（Buddhaghosa，五世纪）为《本生经》注释撰写的序言《因缘故事》（Nidānakathā）是一部佛陀传记。它的内容分成"远因缘"、"不远因缘"和"近因缘"三部分。"远因缘"讲述佛陀释迦牟尼的前生，在无数劫中实施十种波罗蜜。先后有二十四位过去佛预言他未来会成佛。"不远因缘"讲述他从兜率天下凡，诞生为释迦族王子，阿私陀仙人预言王子必定成佛。王子结婚生子。他四次出游，遇见老人、病人、死人和出家人。然后，一天夜晚目睹歌舞伎女们的丑陋睡相，随即离宫出家求道，修炼严酷的苦行。然后，他放弃苦行，接受村女的牛奶粥供养，在菩提树下结跏趺坐，修习禅定，降伏摩罗，觉悟成佛。"近因缘"讲述他接受梵天劝请，转动法轮。然后，他周游各地，弘扬佛法，度化弟子。这部《因缘故事》显然是觉音综合散见于巴利语律藏和经藏中有关佛陀的生平事迹和传说，结撰成一部完整的佛陀传记。

第三编　古典梵语文学时期

（一世纪至十二世纪）

第一章

概　　述

印度古典梵语文学上承两大史诗和早期佛教文学，大约开始于公元一世纪左右。两大史诗，尤其是《摩诃婆罗多》使用的梵语是通俗梵语，含有较多的非规则现象。而这一时期的梵语文学作品，使用的是经过梵语语法家波你尼、迦旃延那和波颠阇利规范化的古典梵语。印度梵语文学中的戏剧、抒情诗、叙事诗和小说等纯文学形式都产生于这一时期。

贵霜王朝迦腻色迦王在位期间（约78—101/102年）统辖中亚和印度西北部，建都布路沙布罗（今巴基斯坦白沙瓦）。据一些钱币和铭文证明，迦腻色迦皈依佛教。传说佛教第四次结集是在他支持下举行的。著名的佛教诗人马鸣是他的同时代人。

迦腻色迦死后，贵霜王朝逐渐衰落和瓦解。320年，旃陀罗笈多一世纪建立笈多王朝。经过后继者三摩答刺笈多和旃陀罗笈多二世的不断征伐，至五世纪初，笈多王朝统一整个北印度和中印度的一部分，成为孔雀王朝之后的又一个庞大帝国。东晋法显正是在笈多王朝时期赴印求法的。他在《佛国记》中描述笈多王朝时期的印度，“人民殷乐，无户籍官法，惟耕王地者，乃输地利。欲去便去，欲住便住”。这说明当时印度仍实行农村公社制度，但统治者采用的是封建剥削形式。笈多王朝属于印度古代历史上的“盛世”。笈多王朝帝王大力奖掖文学和学术活动，尤其是三摩答刺笈多，本人也享有"诗王"称号。在笈多王朝时期,即四世纪至六世纪,出现古典梵语文学的"黄金时代"。最杰出的古典梵语诗人和戏剧家迦梨陀娑就是超日王(即旃陀罗笈多二世)的宫廷"九宝"之一。

五世纪中叶,白匈奴入侵印度,笈多王朝日渐衰微,至六世纪中叶彻底崩溃。在此期间,萨他泥湿伐罗城普西亚布蒂王朝兴起。606年戒日王登位。他"练兵聚众,所向无敌"。经过多年征伐,统一北印度,定都曲女城。唐玄奘就是在戒日王在位期间(606—647年)访问印度的。他于627年从长安出发西行,历时十九年,遍游中亚和南亚各国,于645年返回长安。他撰写的《大唐西域记》提供了稀世珍贵的印度戒日王时代的史料,受到近代世界史学界的高度重视。戒日王实行宗教宽容政策,同情佛教,与玄奘有良好交往。他也是一位奖掖文学和学术活动的帝王,本人也创作梵语诗歌和戏剧。著名的古典梵语小说家波那曾经蒙受他的恩宠。但从戒日王时代开始,古典梵语文学主潮中出现雕琢浮华的形式主义倾向,渐渐将古典梵语文学引上僵化和陈腐的狭路。

戒日王死后无嗣,印度国内又陷入分崩离析状态。约从十世纪末开始,异族不断入侵印度。十二世纪至十三世纪初,阿富汗廓尔王朝征服北印度,建立了德里苏丹政权。阿富汗人带来的是伊斯兰教文化,宫廷语言是波斯语。至此,古典梵语文学逐渐消亡,失去它在印度文学中的主流地位,取而代之的是印度各地兴起的方言文学。

在古典梵语文学时期,佛教和婆罗门教出现互相消长的形势。在吠陀时代形成的婆罗门教是脱离群众的上层宗教,因而在佛教兴起后,它立即相形见绌。而在这一时期,婆罗门教开始吸收民间信仰,以争取群众。这样,婆罗门教演变成新婆罗门教,即我们现在通称的印度教。印度教也是多神崇拜,但以梵天、毗湿奴和湿婆为三大主神。通过两大史诗以及在这一时期涌现的各种往世书的宣传，围绕这三大神的各种神话传说在印度民间十分普及。印度教在发展中，逐渐形成毗湿奴教、湿婆教和性力教三大教派。这三大教派又有各自的支派，如毗湿奴教中的黑天派、罗摩派和扎格纳特派，湿婆教派中的三相神派、林伽派和悉昙多派。性力教崇拜难近母（湿婆的配偶）、吉祥天女（毗湿奴的配偶）和娑罗私婆蒂（梵天的配偶），也分为左道和右道。这些形形色色的印度教教派遍布印度各地，在社会上层和下层度拥有大量信徒。

这个时期婆罗门教依随《摩奴法论》，继续编撰各种法论，如《耶若伏吉耶法论》（Yājñavalkyasmṛti）、《那罗陀法论》（Nāradasmṛti）、《毗诃波提法论》（Bṛhaspatismṛti）、《迦旃延那法论》（Kātyāyanasmṛti）和《毗湿奴法论》（Viṣṇusmṛti）等，目的是维持和巩固婆罗门教的社会制度。

除了法论，还有一种治国论，代表作是憍提利耶（Kauṭilya）的《利论》（Arthaśāstra）。作者憍提利耶是公元前四世纪孔雀王朝的开国宰相，但也有学者认为是托名，故而对这部著作的成书年代一直有争论。无论如何，它应该是产生于公元前的著作。《利论》分成十五篇，共一百八十章，论题广泛，诸如王子的教育，大臣和官吏的品德，各类间谍，国王的日常职责，保护国王的措施，国家机构，民法和刑法，财政来源，税收分配，六种政治策略——和平、战争、远征、驻扎、离间和联盟，克制敌人的各种谋略和诡计，等等。显然，这是适应列国纷争和帝国统一时代国王的需求，也反映这个时代统治阶级的政治观和道德观。这个时期产生的治国论著作还有迦曼陀迦（Kāmandaka，约三世纪）的《正道精华》（Nītisāra）和苏摩提婆苏利（somadevasūri，十世纪）的《正道甘露》（Nītivākyāmṛta）等。这两部著作虽说改编自《利论》，但它们各有自己的选择和侧重，并注重道德教诲。

与婆罗门教关系密切的六派正统哲学——正理、胜论、数论、瑜伽、弥曼差和吠檀多，也在这一时期获得充分发展。

佛教在释迦牟尼逝世后，逐渐由原始佛教进入部派佛教，中间经过三次结集。公元前四世纪在毗舍离城举行的第二次结集上，原始佛教分裂成上座部和大众部。公元前三世纪在华氏城举行的第三次结集由是上座部主持的。当时，阿育王不仅赞助这次结集，事后还派遣佛教徒前往斯里兰卡和缅甸等地传教。此后，上座部和大众部各自进一步分裂，形成十八部派。这期间，也逐渐产生另一种新的派别——大乘佛教。它约在公元前一世纪起源于大众部的中心区域——南印度的安陀罗国，一、二世纪传至北印度，并得到贵霜王朝迦腻色迦王支持。大乘佛教将原始佛教和部派佛教贬称为"小乘"。

大乘佛教在教义上与小乘的主要区别在于：一、小乘追求个人解脱，以获得阿罗汉果位和达到涅槃为最高目标，而大乘强调"世间和出世间不二"，提倡发菩提心，成为菩萨，通过实行六波罗蜜（"六度"）获得佛性，并以普度众生为最高目标。二、小乘一般主张"人无我"，而大乘进一步提出"法无我"，即"人法二空"，以破除"我执"和"法执"。众多的般若经对此作出充分的阐发，形成般若空论。在空论的基础上，进而产生中观学派和瑜伽行派。按照义净《南海寄归内法传》中的概括："中观则俗有真空，体虚如幻；瑜伽则外无内有，事皆唯识。"三、小乘一般将佛陀释迦牟尼视为教主，而大乘极力神化佛陀释迦牟尼，并主张佛有"三身"：法身、报身和应身，宣称三世十方有无数佛，并认为人人皆能成佛。同时，大乘改变佛陀的语言政策，抛弃俗语而采用梵语或混合梵语作为宣教语言。以上这些特点都反映在这一时期的佛教文学中。

在此期间，大乘佛教成为佛教的主流，也向印度国外流布，主要流传于中亚、中国、日本和朝鲜等地，而早就向国外传播的小乘佛教主要流传于斯里兰卡和东南亚地区。由此，佛教成为世界宗教。然而，从笈多王朝开始，印度教日益发展，相形之下，佛教逐渐走下坡路。在七世纪以后，佛教也开始吸收婆罗门教的宗教礼仪和咒术密法，越发丧失自己的生命力，直至十三世纪在印度本土彻底消亡。

耆那教是与佛教差不多同时产生的抗衡婆罗门教的宗教。耆那教奉守五戒：不杀生、不妄语、不偷盗、不淫欲和不执取。它确认灵魂存在，甚至认为所有无生物也有灵魂。它强调实行苦行，恪守五戒，彻底排除以前的业对灵魂的污染，让灵魂恢复原本的清净，从而获得解脱。它在实行苦行和不杀生方面，比佛教更为严格。因此，它通常被称为苦行主义宗教。约在公元前四世纪末，许多耆那教徒躲避饥荒，移居印度西南部。留在华氏城原地的耆那教徒为了保存经典，举行第一次结集，编定了十二"支"。后来，移居西南的耆那教徒返回故乡，否认这些编定的经典。其实，两派的分歧都是些枝节问题。留居的耆那教徒主张穿白衣，故得名"白衣派"，而移居的耆那教徒主张以天为衣（即裸体），故得名天衣派。在笈多王朝时期，印度教兴旺发达，耆那教在北印度失去王室支持。但它仍在商人阶层流行，同时受到南印度王室支持。约在五、六世纪，耆那教徒在伐腊毗城举行第二次结集。据称现存耆那教经典就是这次结集编定的。而天衣派不承认这些经典，他们认为所有的原始经典都已失传。

耆那教祖师大雄在世时，像佛陀一样使用半摩揭陀语宣教。现存耆那教经典使用的就是半摩揭陀语，但已十分接近摩诃刺陀语和耆那摩诃刺陀语。耆那教非经典文献主要使用耆那摩诃刺陀语、阿波布朗舍语和梵语。其中的梵语是从七、八世纪开始使用的。耆那教非经典文献几乎涉及印度文学所有领域，而成绩最突出的是叙事文学。耆那教的流布广度虽然不及佛教，但它在印度本土扎根很深，没有像佛教那样随着伊斯兰教外族人入侵而消亡。它经历了两千几百年历史，至今仍活跃在印度，具有一定的影响。

整个古典梵语文学时期的印度处在封建社会阶段。农业和手工业生产力大大提高，商品交换发达，大小城市普遍兴起，宫廷生活奢华，这一切为梵语文学的全面繁荣提供了物质基础。可以说，从这一时期开始，印度文学进入了自觉地时代。梵语文学已不必依附宗教，梵语文学家开始以个人的名义创作。古典梵语文学家多数出身婆罗门，因而在宗教思想和神话观念方面依然受到印度教的强烈影响，但必须看到，除了往世书和其他一些颂神作品外，从总体上说，古典梵语文学已与宗教文献分离，成为独立发展的意识形态形式。在佛教和耆那教的梵语文学中，也有不少作品采用纯文学形式。正因为如此，古典梵语文学才成为印度古代文学中最成熟、最富有艺术性的文学。它在戏剧、抒情诗、叙事诗、故事和小说等文学领域都取得了辉煌的成就，在古代文明世界中大放异彩。

作为古典梵语文学时期文学自觉的另一个重要标志是文艺理论著作的涌现。公元前后不久出现的戏剧学专著《舞论》是印度现存第一部文艺理论著作。此后，印度文艺理论著作，尤其是诗学和修辞学著作层出不穷，如《诗庄严论》、《诗镜》、《韵光》、《诗探》、《曲语生命论》、《诗光》和《文镜》等，形成了世界上别树一帜的印度文艺理论体系。这些著作无疑对提高古典梵语文学的艺术性起了促进作用。

在古典梵语文学时期，两大史诗已经在三、四世纪定型，而往世书继续发展，最后形成大小各十八部往世书。往世书围绕印度教三大神梵天、毗湿奴和湿婆，汇集了大量的神话传说。这样，吠陀神话、史诗和往世书神话，再加上佛教和耆那教神话，可以说，在古代文明世界，印度堪称神话传说最发达的国家。

同时，我们还应该注意到在古典梵语文学时期，与作为主流的古典梵语文学平行，各地的俗语文学也得到发展。除了耆那教的俗语文学外，还有摩诃刺陀语、修罗塞纳语、摩揭陀语、毕舍遮语和阿波布朗舍语等俗语文学，在抒情诗、叙事诗、故事和戏剧领域都作出贡献。实际上，古典梵语文学也注意吸收俗语文学营养，而俗语文学也注意借鉴古典梵语文学的艺术技巧，起到互相促进的作用。这些俗语文学也成为十二世纪后印度各地兴起的方言文学的先驱。

第二章

往 世 书

第一节　概况

往世书（Purāṇa）是梵语文学中以往世书命名的一批神话传说作品的总称。这个词在《梨俱吠陀》中用作形容词，意思是"老的"或"旧的"；在《阿达婆吠陀》以及后期吠陀文献梵书、森林书和奥义书中变成名词，意思是"古代传说"或"古事记"。而且，它常常与"历史传说"（Itihāsa）组成复合词使用。这说明往世书和历史传说同时产生于吠陀时代后期。根据梵书和一些家庭经记载，吟诵这些作品是各种祭祀仪式的组成部分。尽管在吠陀时代后期直至史诗时代，历史传说和往世书这两类作品常常混同一体，但严格说来还是有区别的：前者主要指英雄史诗，后者主要指神话传说。

《摩诃婆罗多》于四世纪基本定型。由于它的崇高地位，"历史传说"几乎成了它的专称。此后，历史传说和往世书之间有了比较明确的分界。约七世纪的《长寿字库》将往世书主题归纳为"五相"：一、世界的创造，二、世界毁灭后的再创造，三、天神和仙人的谱系，四、各个摩奴时期，五、帝王谱系。这个定义反映了七世纪前的往世书作品特点。随着历史发展，往世书的内容和篇幅仍然不断扩充。《薄伽梵往世书》不满足"五相"的定义，提出了

"十相"：一、微妙的创造，二、粗大的创造，三、由神确立的规则和秩序，四、保护，五、行动欲望，六、各个摩奴时期，七、神的事迹，八、物质寂灭，九、解脱，十、最终依靠或最高真实。这个"十相"将原始的"五相"分得更细致一些，并突出了有关宗教哲学教诲。但可以看出，无论分成"五相"或"十相"，总之，都是以神话传说为主。

在往世书中，梵天（Brahman）、毗湿奴（Viṣṇu）和湿婆（Śiva）是三大主神。一般地说，梵天主管创造，毗湿奴主管保护，湿婆主管毁灭。

按照一些往世书的说法，原始世界是一片汪洋，至高存在将自己的种子撒在汪洋里，长成一个金蛋，里面睡着梵天。梵天睡了一千时代后醒来，金蛋分成两半，变成天和地。接着，梵天创造出天神、仙人、凡人、恶魔、动物等等宇宙万物。有的往世书说，梵天创造出第一个女人娑罗私婆蒂（即文艺女神）后，为女性美所震惊，满怀激情盯着她。娑罗私婆蒂害羞，往梵天左右和身后躲，梵天的头部随之长出三张面孔，始终盯着她。娑罗私婆蒂不得不跳上空中，而梵天头顶上又长出一张面孔。最后，娑罗私婆蒂只得嫁给梵天，与他繁衍后代。湿婆曾用手指甲掐掉（一说用额头上的第三只眼喷出的火焰烧掉）梵天头顶上的第五张面孔，所以后来的梵天形象保留四张面孔。梵天虽然在往世书神话中被尊为三大神之一，但他的实际地位和作用远远不如毗湿奴和湿婆。因而，往世书中有关他的神话传说远远比不上那两位大神。

毗湿奴在往世书中常常被描绘成全能的神，但其主要功能还是保护，表现为无数次化身下凡，从罪恶和灾难中拯救世界。按照往世书中的说法，神的化身分为暂时化身、部分化身和完全化身三种。往世书具体描述了毗湿奴二十多次化身下凡救世的事迹，其中主要的（也就是完全化身）有十次。一、洪水到来前，毗湿奴化身为鱼，吩咐人类始祖摩奴准备好一条船，带着七位仙人躲到船上。然后，暴雨下了七天七夜，洪水淹没整个大地。这条鱼用头上长出的角牵引这条船，游到雪山，系在顶峰上，直至洪水退去。二、天神和阿修罗搅乳海时，毗湿奴化身为海龟，潜入海底，以龟背作为搅棒（即曼陀罗山）的底座。天神和阿修罗用一条巨蟒作为绳索缠在搅棒上，分别拽住头尾来回搅动，从乳海搅出的种种宝物中，有一件是吉祥天女，成为毗湿奴的配偶。最后搅出甘露时，毗湿奴化作美女摩希尼，转移阿修罗的注意力，让天神独享甘露。三、阿修罗希罗尼亚刹在大地上四处作恶，又进入大海兴风作浪。水神伐楼那请求毗湿奴保护。毗湿奴化身野猪，出现在海边。希罗尼亚刹惊恐中，拽住大地，拖进海底。这头野猪潜入海底，杀死希罗尼亚刹，并用獠牙托出大地。四、阿修罗希罗尼亚刹的兄弟希罗尼耶格西布决心为希罗尼亚刹复仇，与毗湿奴为敌，到处折磨毗湿奴的信徒。然而，他的儿子钵罗赫拉德虔信毗湿奴。希罗尼格西布竭尽努力也不能扭转儿子的信仰。于是，他企图用疯象、毒蛇和烈火害死儿子，均未奏效。于是，毗湿奴化身人狮（狮首人身）用利爪撕破他的胸膛，将他杀死。五、阿修罗钵利夺得三界统治权，毗湿奴化身婆罗门侏儒，向钵利乞求三步之地。钵利出于对婆罗门的尊敬，答应他的请求。于是，这个侏儒的身躯顿时变得巨大无比，迈出两步就跨越天国和人间，然后，第三步将钵利踩入地下世界。六、毗湿奴化身持斧罗摩，先后二十一次肃清大地上傲慢的刹帝利。七、毗湿奴化身罗摩，消灭十首魔王罗波那 。八、毗湿奴化身黑天，在人间除暴安良。九、毗湿奴化身佛陀，怂恿恶魔和恶人藐视吠陀、弃绝种姓、否定天神，引导他们自取灭亡。十、在迦利时代结束时，毗湿奴将化身婆罗门，身骑白马，手持明剑，铲除恶人，重建圆满时代。

湿婆虽然是毁灭之神，但在往世书神话中，世界的毁灭和世界的再创造紧密相关，因此他也具有创造力。在印度各地受到崇拜的"林伽"（即男性生殖器）标志就是他的创造力的象征。湿婆是位大苦行者，居住在雪山顶上，通过最严格的苦行和最彻底的沉思，获得最深奥的知识和最神奇的力量。他有三只眼睛。第三只眼长在额上，能喷射火焰，曾烧毁三座魔城，也曾将爱神化为灰烬。湿婆也是舞蹈之神，创造了刚柔两种舞蹈。他有时耽于宴乐，酗酒尽欢，与妻子波哩婆提（即雪山神女）一起狂舞。他的头发盘成犄角状，当恒河从天国降下时，他用头顶住狂暴的河水，让河水沿着他的头发，分成七条支流，慢慢流向人间。他的脖子呈青黑色，这是因为天神和阿修罗搅乳海时搅出一种能毁灭世界的毒药，他为了拯救世界而吞下毒药，结果药力发作，脖子被烧成青黑色。

按照往世书神话，世界在这三大神的主宰下，创造—保护—毁灭，周而复始，循环不已。世界每次从创造到毁灭都要经历四个时代：一、圆满时代，一百七十二万八千年；二、三分时代，一百二十九万六千年；三、二分时代，八十六万四千年；四、迦利时代，四十三万二千年。在圆满时代，充满正义，没有邪恶，各种种姓恪守自己的职责，人类无须费力，只要凭愿望就能获得大地的果实。在三分时代，正义失去四分之一，剩下的依靠各种祭祀维系。在二分时代，正义失去一半。在迦利时代，正义只剩下四分之一，灾难、疾病、饥饿、怨愤、争斗、恐怖等等盛行，最终世界走向毁灭。四个时代总共四百三十二万年，组成一个摩奴时期（一说四个时代组成一个大时代，七十一个大时代组成一个摩奴时期）。摩奴是人类的始祖，共有十四位。当今世界正处在第七摩奴时期的迦利时代。十四个摩奴时期组成一劫（一说一千个摩奴时期即一千个大时代组成一劫，共有四十三亿二千万年），相当于梵天的一天。

往世书中的神话传说极其丰富，以上只是介绍了三大神的一些主要事迹和往世书神话的历史观。需要指出的是，各部往世书的作者都自由发挥自己的想象力，因而对同一事件的描述，在细节上，甚至主要情节上常常会出现互相歧异或矛盾的现象。自然，这里面也包含宗教派别的因素。在三大神中，最受崇拜的是毗湿奴和湿婆，分别形成毗湿奴教派和湿婆教派。宗教派别之间的差异和斗争必然反映在往世书中，例如，《莲花往世书》抬高毗湿奴，贬低湿婆，而《湿婆往世书》抬高湿婆，贬低毗湿奴。但同时应该指出，往世书也时常强调三大神的同一性。例如，《毗湿奴往世书》中说："神是一个，而采取梵天、毗湿奴和湿婆三种形式。"

现存往世书很多，统称十八部大往世书（Mahāpurāṇa）和十八部小往世书（Upapurāṇa）。往世书基本上采用史诗的输洛迦诗律，作者也被说成是《摩诃婆罗多》的作者毗耶婆。十八部大往世书是：《梵天往世书》、《莲花往世书》、《毗湿奴往世书》、《风神往世书》（或《湿婆往世书》）、《薄伽梵往世书》、《那罗陀往世书》、《摩根德耶往世书》、《火神往世书》、《未来往世书》、《梵转往世书》、《林伽往世书》、《野猪往世书》、《室建陀往世书》、《侏儒往世书》、《龟往世书》、《鱼往世书》、《大鹏往世书》和《梵卵往世书》。这十八部大往世书的输洛迦总数超过四十万颂，相当于《摩诃婆罗多》的四倍。

这些往世书的成书年代大多是比较晚的，约在七世纪至十二世纪之间。因此，各种往世书掺杂进大量的后期成分，主题和内容远远超出原始往世书的"五相"或"十相"。现存大多数往世书包含丰富的法论材料，诸如宗教责任、种姓职责、人生阶段、施舍、祭祖仪式、圣地等等。有些往世书还包含许多艺术和科学论述，诸如语法、戏剧、音乐、医学、天文、建筑、手工艺、政治、军事等等。跟《摩诃婆罗多》一样，往世书最终也成了百科全书式的作品。所不同的是前者以英雄史诗为主体，后者以神话传说为主体。

下面分别扼要介绍十八部大往世书的主要内容。

　　一、《梵天往世书》（Brahmapurāṇa，约 10000 颂①）：它先是描述世界的创造、天神和恶魔的产生、各个摩奴时期、太阳族和月亮族帝王谱系以及地上、地下和天国世界。接着以大量篇幅描写各个圣地以及湿婆和黑天的传说。最后讲述祭祖仪式、种姓职责、人生阶段、毗湿奴崇拜、时代的划分、瑜伽和数论等。这部往世书被称为"最初的往世书"（Ādipurāṇa），但其中提到的奥里萨地区那罗格太阳神庙实际上建于 1241 年，说明这部往世书掺杂有相当晚出的成分。

　　二、《莲花往世书》（Padmapurāṇa，约 55000 颂）：它分成五篇。（1）《创造篇》，先是说明梵天从莲花中生出，因而这部往世书称作《莲花往世书》。然后，描写世界的创造、各个摩奴时期、太阳族和月亮族谱系、神魔斗争、补希迦罗圣湖、毗湿奴降妖伏魔和室建陀出生等。（2）《大地篇》，先是描写毗湿奴崇拜者钵罗赫拉德及其前身苏摩沃尔摩的传说，而在描写大地时，讲述朝拜圣地的功果，而且，圣地不仅指朝圣的地方，也包括老师、父母、妻子和儿子。（3）《天国篇》，描写太阳神、因陀罗、火神、阎摩等等天神世界，交织进许多传说，如沙恭达罗的故事、补卢罗婆娑和优哩婆湿的故事。另外，也讲述种姓职责、人生阶段、毗湿奴崇拜和各种礼仪。（4）《地下篇》，描写地下世界，尤其是蛇族的居处。在提到罗波那时，叙述了完整的罗摩故事。（5）《后篇》，这是最长的一篇，叙述崇拜毗湿奴的月份和礼仪，将毗湿奴尊为最高的神。其中叙述湿婆亲自向波哩婆提赞颂毗湿奴的化身下凡事迹，包括化身罗摩和黑天的事迹。还叙述苾力古仙人拜见湿婆和梵天时，没有受到尊重，而诅咒他俩不会受婆罗门和世人崇拜。然后，他拜见毗湿奴时，受到礼遇，而赞颂毗湿奴将成为婆罗门唯一崇拜的

---

　　①　由于往世书没有统一的校订本，这里以及下面所列各部往世书的颂数均按照传统说法。

大神。

三、《毗湿奴往世书》（Viṣṇupurāṇa，约 23000 颂）：这部往世书是毗湿奴教派的主要经典。它比较古老，主题和内容符合原始往世书的"五相"。全书分成六篇。第一篇描写世界的创造、天神、恶魔和人类祖先和崇拜毗湿奴的功果等，并插入许多神话传说，如搅乳海、吉祥天女、毗湿奴崇拜者达鲁婆和钵罗赫拉德。第二篇描写地上七大洲、七大洋以及居住中央的瞻部洲的国家和山川，地下七个区域，天上太阳、月亮和行星的运行。第三篇叙述各个摩奴时期、各种吠陀、十八往世书、毗湿奴崇拜、种姓职责、人生阶段、各种礼仪以及耆那教和佛教等异教派别。第四篇叙述太阳族和月亮族帝王谱系，包括许多人物传说，如补卢罗婆娑和优哩婆湿、迅行王、罗摩、般度族和黑天等，并以预言形式描写摩揭陀、希修那伽、难陀、孔雀、巽伽、甘婆、安得拉等王朝谱系以及外来的异族帝王。第五篇描写黑天传说。第六篇叙述世界的四个时代，预言世界的毁灭，指出摆脱人生痛苦的唯一途径是信仰毗湿奴。

四、《风神往世书》（Vāyupurāṇa，约 24000 颂）：波那（七世纪）的《迦丹波利》和《戒日王传》都提到过这部往世书，因此属于比较古老的往世书。它分成四篇：《原质篇》、《联系篇》、《展开篇》和《毁灭篇》，内容包含往世书"五相"，描述世界的创造，天神、恶魔、仙人、祖先和一切众生，七大洲、七大洋和七个地下世界，太阳、月亮和行星，四个时代，十四个摩奴时期，兽主瑜伽和瑜伽行者，人生阶段和种姓职责，等等。这部往世书中将湿婆尊为至高之神，可能属于晚出的成分。这方面与另一部《湿婆往世书》有相同之处。因此，传统的十八部往世书排列，也有将《湿婆往世书》取代《风神往世书》。

《湿婆往世书》（Śivapurāṇa，约 24000 颂）包含七个"本集"：《知识之神本集》、《楼陀罗本集》、《百楼陀罗本集》、《千万楼陀罗本集》、《乌玛本集》、《盖拉瑟本集》和《风神本集》，内容囊括往世书的"五相"，但着重颂扬湿婆。它认为湿婆是最高之神，是世界的灵魂和源泉；毗湿奴、梵天和楼陀罗的湿婆"三性"（善性、忧性和暗性）的体现。它描述湿婆的标志、特征、功绩和化身，"林伽"形象的起源和意义，湿婆崇拜的仪式、方法和哲学原则等。

五、《薄伽梵往世书》（Bhāgavatapurāṇa，约 18000 颂）：这是流传最广、影响最大的一部往世书，下面专节论述，这里从略。

六、《那罗陀往世书》（Nāradapurāṇa，约 25000 颂）：它虽然也涉及往世书的"五相"，但不是作为重点。它的主题和内容十分广泛，实际上是毗湿奴教派的一部礼仪和知识手册。它认为大毗湿奴是最高之神，从他的右胁生出梵天，以创造世界；从他的胸脯生出楼陀罗，以毁灭世界；从他的左胁生出毗湿奴，以保护世界。它以大量篇幅论述吠陀支（礼仪、语音、语法、词源、诗律和天文）、咒语、祷词、符箓、偶像崇拜、毗湿奴教、湿婆教、性力教、种姓职责、人生阶段、瑜伽、布施、祭祖仪式、圣地和十八部往世书等，其中穿插种种神话传说。

七、《摩根德耶往世书》（Mārkaṇḍeyapurāṇa，约 9000 颂）：这是一部比较古老的（也许是最古老的）往世书。它包含往世书的"五相"，而毗湿奴和湿婆的地位并不突出，倒是因陀罗、火神和太阳神受到重视。这部往世书中的神话传说与《摩诃婆罗多》关系密切。它也叙述家主职责、祭祖、日常行为、各种礼仪和瑜伽等。其中的《女神颂》颂扬除魔驱邪的难近母，是后期窜入的。

八、《火神往世书》（Agnipurāṇa，约 15000 颂）：它先是描写毗湿奴的十次化身，其中罗摩和黑天的故事与《罗摩衍那》和《摩诃婆罗多》（包括《诃利世系》）一致。然后描写湿婆教神秘的林伽和难近母崇拜。其余部分的内容十分驳杂，如经咒仪式、征兆、政治、军事、法律、吠陀、往世书、医学、诗律、诗学和语法等。

九、《未来往世书》（Bhaviṣyapurāṇa，约14500颂）：这部往世书按理应该预言未来，但实际内容与书名不符，因而可能不是原作。其中关于世界创造的描写，取自《摩奴法论》。全书的主要内容是关于婆罗门教的礼仪、节日、种姓职责、人生阶段和斋戒等。它也描写了蛇神崇拜和太阳崇拜。其中提到的太阳祭司波阇迦和摩揭与琐罗亚斯德拜火教有关。

十、《梵转往世书》（Brahmavaivartapurāṇa，约18000颂）：全书分成四篇。（1）《梵篇》，描写从黑天右胁生出毗湿奴，左胁生出湿婆，肚脐生出梵天，然后由梵天创造世界。（2）《原质篇》，描写原初物质按照黑天的旨意，分解成五位女神——难近母、吉祥天女、娑罗私婆蒂、莎维德丽和罗陀。（3）《群主篇》，描写湿婆和雪山神女的儿子象头神群主的出生和事迹。（4）《黑天出生篇》，这是全书的主要部分，描写黑天的生平事迹，通过种种神话传说和颂诗赞美黑天和他的爱妻罗陀。

十一、《林伽往世书》（Liṅgapurāṇa，约11000颂）：它分成两部分。第一部分描写世界的创造，认为湿婆是万物之源。在世界创造前，梵天和毗湿奴为争夺最高神位而发生战斗，湿婆的巨大林伽突然竖立在他俩之间。梵天化作天鹅寻找林伽的顶端，毗湿奴化作野猪寻找林伽的底部，结果用了一千年时间，也未找到。他俩只得返回原处，在湿婆面前甘拜下风。然后，从林伽的右边发出 a 声（代表梵天），左边发出 u 声（代表毗湿奴），中间发出 m 声（代表楼陀罗），组成一个神秘的 Om（"唵"）声，开始了世界的创造。这部分还描写湿婆的二十八次化身、林伽崇拜的仪式和效力、地理、天文以及一些著名的太阳族和月亮族帝王谱系等。第二部分包含种种颂扬林伽的传说，说明林伽的形式、概念和特征，介绍将个体灵魂融入最高灵魂——湿婆大神的"兽主瑜伽"。

十二、《野猪往世书》（Varāhapurāṇa，约 24000 颂）：它的内容不符合往世书的"五相"，实际上是一部毗湿奴教的祷词和礼仪手册，由毗湿奴的化身野猪向大地女神叙述。在插入的种种神话传说中，有一些是关于湿婆和难近母的。它也以不少篇幅描写毗湿奴教圣地和讲述仙人那吉盖多的故事。

十三、《室建陀往世书》（Skandapurāṇa，约 81000 颂）：这部往世书的原作实际上已经失传。室建陀是湿婆的儿子、天兵天将的统帅。据其他往世书记载，这部往世书由室建陀讲述湿婆教教义。在散存的各种抄本中，一般认为属于这部往世书的有《苏多本集》、《娑那特鸠摩罗本集》、《湿婆本集》、《毗湿奴本集》、《梵天本集》和《太阳本集》六个"本集"以及《大自在天篇》、《毗湿奴篇》、《梵天篇》、《迦尸篇》、《阿槃底篇》、《那伽罗篇》和《波罗跋娑篇》七篇。其中，《苏多本集》讲述湿婆崇拜、瑜伽、种姓职责、人生阶段、解脱、婆罗门教礼仪等。《娑那特鸠摩罗本集》讲述湿婆的传说，尤其是与贝拿勒斯圣地有关的传说。《太阳本集》主要讲述世界的创造和演化。《迦尸篇》细致描写神圣的贝拿勒斯及其附近的湿婆神庙，讲述崇拜湿婆的方式、迦尸城的神圣性及其种种传说。

十四、《侏儒往世书》（Vāmanpurāṇa，约 10000 颂）：它先是描写毗湿奴的化身侏儒，后又描写毗湿奴的其他化身，而它的主要篇幅是描写林伽崇拜、湿婆教圣地以及湿婆和乌玛结婚、群主和室建陀降生的传说。全书几乎没有涉及往世书的"五相"，因此它很可能不是原始形式。

十五、《龟往世书》（Kūrmapurāṇa，约 17000 颂）：它一开始叙述毗湿奴在搅乳海时化身巨龟作为支撑搅棒的底座，搅出的吉祥天女成为他的配偶。不过，这部往世书的主旨是将湿婆奉为至高存在，但也一再强调梵天、毗湿奴和湿婆是同一的。它含有往世书的

"五相"，并描写湿婆的各种化身、贝拿勒斯和阿拉哈巴德的圣地以及赎罪仪式等。其中的《自在天歌》教导通过沉思认识湿婆大神，《毗耶娑歌》教导通过虔诚的行为和仪式获取最高知识。

十六、《鱼往世书》（Matsyapurāṇa，约14000颂）：这是一部比较古老的往世书。它先叙述毗湿奴在洪水时代化身为鱼，拯救人类始祖摩奴。全书的内容符合往世书的"五相"。其中有些传说如迅行王和莎维德丽等，与《摩诃婆罗多》一致。当然，它也有许多后期添入的成分，如宗教节日和仪式、圣地、国王职责、征兆、造房仪式、神像和寺庙的建立和供奉、布施等等。这部往世书没有明显的宗派倾向，因为它既介绍毗湿奴教的节日和传说，也介绍湿婆教的。

十七、《大鹏往世书》（Garuḍapurāṇa，约19000颂）：这部往世书跟《那罗陀往世书》和《火神往世书》一样，具有明显的百科全书特点。它分成三篇。（1）《业篇》，叙述往世书的"五相"、医学、诸神崇拜、法论、道德、宝石、天文和地理等。（2）《法篇》，叙述死亡、转生、业报和解脱，说明死亡的征兆、通向阎摩的道路、鬼魂的命运和地狱的折磨，并描写丧葬、祭祖和寡妇殉葬仪式。（3）《梵篇》，以黑天和大鹏对话的形式，叙述毗湿奴的至高地位、诸神的性质和形式，并描写提鲁波底和其他圣地。这部往世书将毗湿奴奉为至高存在，认为梵天和湿婆是他的表现形式，并多次描写毗湿奴的各种化身（每次描写的化身数目不等，少至十种，多至二十八种）。但它的宗派倾向并不强烈，它也颂扬湿婆、难近母和太阳神等其他天神，介绍崇拜他们的方式。

十八、《梵卵往世书》（Brahāṇḍapurāṇa，约12000颂）：这部往世书的原作已经失传。也有认为它原本是《风神往世书》。按照其他往世书记载，它的内容应该是颂扬梵卵（即演化出世界的原始金蛋）和说明未来。而现存的抄本是一些颂神诗和传说故事，只能称作《梵卵往世书》的组成部分。其中最重要的一部颂神诗集是《神灵罗摩衍那》（Adhyātmarāmāyaṇa，约 4000 颂）。这部颂神诗集在形式上模拟《罗摩衍那》，分成七篇，并具有同样的篇名，但实际上是一部神学著作，宣传吠檀多不二论和虔信罗摩。在全诗中，罗摩即毗湿奴大神；被罗波那劫走的悉多仅仅是幻影，直到最后接受火神考验时，她才真正出现。

以上介绍的十八部大往世书是按照往世书本身提供的排列次序。往世书中有时也将这十八部分成三类：六部毗湿奴往世书（《毗湿奴往世书》、《那罗陀往世书》、《薄伽梵往世书》、《大鹏往世书》、《莲花往世书》和《野猪往世书》），六部梵天往世书（《梵卵往世书》、《梵转往世书》、《摩根德耶往世书》、《未来往世书》、《侏儒往世书》和《梵天往世书》），六部湿婆往世书［《鱼往世书》、《龟往世书》、《林伽往世书》、《风神往世书》（或《湿婆往世书》）、《室建陀往世书》和《火神往世书》］。这种分类虽然有一定道理，但与现存往世书的内容并不完全相符。

至于十八部小往世书的性质和主题与大往世书基本一致，只是更富有地方色彩和宗派倾向。按照《龟往世书》中提供的十八部小往世书名单是：《娑那特鸠摩罗往世书》、《人狮往世书》、《室建陀往世书》、《湿婆法往世书》、《敝衣仙人往世书》、《那罗陀往世书》、《迦比罗往世书》、《侏儒往世书》、《优舍那往世书》、《梵卵往世书》、《伐楼那往世书》、《迦利往世书》、《大自在天往世书》、《商波往世书》、《太阳往世书》、《破灭仙人往世书》、《摩哩遮往世书》和《跋尔伽婆往世书》。然而，小往世书实际上不止十八部，因此，究竟是哪十八部小往世书，各家说法不一。下面扼要介绍现存小往世书中较为著名的几部。

《毗湿奴法上往世书》（Viṣṇudharmottarapurāṇa）是一部主要论述毗湿奴教哲学和礼仪的小往世书，论题广泛，诸如神话传说、宇宙创造、天文地理，时代划分、星宿、征兆、帝王和仙人谱系、习俗、婚姻、妇女职责、苦行、业报、誓愿、祭祖、布施、毗湿奴信徒的职责、圣地、政治、律法、军事、解剖学、医学、动物学、烹调、香料、园艺、语法学、词源学、诗律学、修辞学、戏剧学、舞蹈、音乐、雕塑、绘画、建筑和毗湿奴教教义等等。它还提供了《摩诃婆罗多》、《薄伽梵歌》、《舞论》、各种天文学、奥义书和法论著作的提要和摘句。因而，这部小往世书堪称是毗湿奴教派的"百科全书"。

《人狮往世书》（Nārasiṃhapurāṇa）属于比较古老的小往世书，主题是赞颂毗湿奴的化身人狮，内容包括往世书的"五相"，涉及的话题还有习俗、瑜伽、崇拜人狮的方法、太阳族和月亮族帝王谱系以及阎摩和阎蜜的传说等等。

《女神往世书》（Devīpurāṇa）颂扬的女神名为文底耶婆希尼，代表原始性力。其中描述她的各种化身和传说、与湿婆的关系、性力教的誓愿和崇拜、湿婆教、毗湿奴教、梵天教和群主教。涉及的论题还有军事、城堡的建造和保护、吠陀、副吠陀、吠陀支、医学、抄本及其抄写方法、字体、书写材料和抄写员、圣地、布施和习俗等等。

《女神薄伽梵往世书》（Devībhāgavatapurāṇa）颂扬的女神名为吉祥世界自在天。她是一位少女，有四只手和三只眼，生活在摩尼洲。她的两只手持有套索和刺棒，另外两只手赐予恩惠和安全。她的至高状态与至高的梵或至高原人同一。而在创造中，她将自己分成原人和原质。为了完成不同的目的，她呈现为难近母和恒河女神等。

《迦利往世书》（Kālikāpurāṇa）论述湿婆的妻子迦利女神的功绩和崇拜，涉及各种传说和故事，如悉多的诞生，也叙述迦摩鲁波城的山川和圣地、国王的职责、城堡的建造和习俗等等。

《湿婆法往世书》（Śivadharmapurāṇa）论述湿婆的林伽起源和崇拜、湿婆神庙的建造、供奉湿婆的礼物、斋戒的日期和湿婆信徒的职责等等。

《商波往世书》（Śāmbapurāṇa）论述太阳神崇拜，讲述商波在商波城竖立太阳神像，并从沙迦洲带来十八个祭司家族，负责崇拜太阳神像。其中也叙述太阳系、日食、太阳及其随从、神像的建造、瑜伽、习俗、祭拜仪式、咒语、业报和布施等等。

第二节 《薄伽梵往世书》

在印度教通俗文化中，《薄伽梵往世书》（Bhāgavatapurāṇa）的地位仅次于两大史诗《摩诃婆罗多》和《罗摩衍那》。在印度古代和中世纪，直至现代，《薄伽梵往世书》的注本和各种方言译本或改写本在所有往世书中列居首位。它能如此普及的原因主要有两个。首先，在印度教各教派中，毗湿奴教占据重要地位，《薄伽梵往世书》正是一部颂扬毗湿奴大神的往世书（"薄伽梵"是对毗湿奴的尊称）。其次，颂扬毗湿奴大神的往世书不止一部，但相比之下，《薄伽梵往世书》的内容连贯集中，叙事生动。尤其是其中描写黑天生平的第十篇，既具有丰富的神话想象，又具有浓郁的生活气息，因而既可以说是现实生活的神话化，也可以说是神话传说的现实化。这种神话和现实的巧妙融合，使黑天传说产生经久不衰的魅力，而且超出宗教信仰的界限。

关于《薄伽梵往世书》的成书年代，各家说法不一，一般认为它不属于古老的往世书，但也不会晚于十世纪，因为阿拉伯旅行家贝鲁尼（十一世纪）在他的《印度》一书中已经明确提到这部往世书。

《薄伽梵往世书》分为十二篇。它的主要内容符合它自己提出的往世书的"十相"的定义。但这"十相"是贯穿在全书之中的。某些传统的注释家机械地派定《薄伽梵往世书》的后十篇依次表现"十相",难免削足适履。下面简略介绍全书十二篇的主要内容,侧重其中一些著名的神话传说,尤其是最受毗湿奴教徒和广大群众喜爱的第十篇中的黑天传说。这些神话传说在整个往世书神话中是具有代表性的。

与《摩诃婆罗多》和其他往世书一样,《薄伽梵往世书》是由一位苏多(即歌手)讲述给森林里的一群仙人听的。

第一篇(共十九章),苏多先是叙述虔信毗湿奴的功德和毗湿奴的二十二次化身。然后衔接婆罗多族十八天大战结束时的情况,叙述阿周那惩罚夜袭般度族军营的马嘶、坚战登位、黑天回到多门城、阿周那的孙子继绝诞生和般度族升天。最后描写继绝在一次出猎中,得罪一位林中仙人,遭到仙人的儿子诅咒:他将在第七天被毒蛇多刹迦咬死。继绝在等待死期来临之时,向苏迦仙人(毗耶娑的儿子)询问临死之人应该做什么,听什么?

第二篇(共十章),苏迦向继绝讲述虔信毗湿奴大神是获得解脱的唯一途径;描写世界的创造,毗湿奴的种种化身和事迹,肉体、灵魂和神的关系,往世书的"十相"等等。

第三篇(共三十三章),在苏迦的叙述中,通过维杜罗和乌达婆(黑天的朋友)的对话,颂扬黑天的生平事迹,描写雅度族的毁灭。又通过维杜罗和梅德雷耶仙人的对话,详细描写世界的创造以及毗湿奴的两次化身——野猪和迦比罗仙人。迦比罗是格尔德摩(梵天的儿子)和提婆护蒂(第一摩奴的女儿)的儿子。他在父亲弃世后,向母亲宣讲"虔信瑜伽"——通过认识至高灵魂达到解脱。

第四篇(共三十一章),继续通过维杜罗和梅德雷耶仙人的对话,讲述第一摩奴的谱系。第一摩奴的外孙女萨蒂是湿婆的妻子,而萨蒂的父亲达刹与湿婆不和，在举行祭祀大典时，故意将湿婆排斥在应邀客人之外。萨蒂前去质问，遭到父亲冷落。激愤之下，她通过瑜伽自焚而死（"萨蒂"一词后来在印度成为节妇的专名，尤指寡妇殉葬）。第一摩奴的儿子乌特那波陀有两个妻子，苏尼蒂生子达鲁婆，苏卢吉生子乌特摩。而他偏爱后者妻儿，歧视前者妻儿。达鲁婆在母亲的教诲下，通过修炼瑜伽获得毗湿奴的恩惠，得以继承王位。最后，他升入毗湿奴大神领域，成为北极星。钵哩杜（毗湿奴的化身）是达鲁婆的后裔。他登位后，为解除世界的饥荒，以弓箭胁迫大地女神提供食物。大地女神呈现母牛模样，钵哩杜从她那里挤出各种植物，仙人、天神、罗刹等等从她那里挤出各自的必需品。钵罗结多婆十兄弟是钵哩杜的后裔。他们虔信毗湿奴，在享受了一百万年人间和天国的快乐后，弃绝生活，获得解脱。

第五篇（共二十六章），苏迦向继绝解释家庭生活和精神解脱的关系，讲述第一摩奴的另一个儿子钵哩耶弗罗多及其后裔阿耆尼达罗、那毗、利舍伯（毗湿奴的化身）和婆罗多的生平传说，还讲述地上的七大洲，天上的太阳、月亮和各种行星，地下的各个区域和地狱。

第六篇（共十九章），苏迦讲述虔信毗湿奴的功果。国王阿阇密罗一生作恶，只因在临死时偶尔呼叫儿子那罗延（与毗湿奴同名），就获得毗湿奴恩典，通过修炼瑜伽升入毗湿奴领域。达刹虔信毗湿奴，成为通过男女交媾繁衍后代的始祖。国王吉多罗盖杜通过沉思和祈祷毗湿奴获得解脱，升入天国。后来，由于他取笑湿婆在大庭广众将雪山神女拥在膝上，受到雪山神女诅咒，才转生为阿修罗弗栗多。

第七篇（共十五章），苏迦讲述毗湿奴化身人狮。在毗湿奴化身野猪杀死阿修罗希罗尼亚刹后，后者的兄弟希罗尼耶格西布怀恨在心。他通过修炼苦行，获得梵天的恩惠，成为世界统治者。他施行暴政，强迫臣民尊他为至高之神。而他的儿子钵罗赫拉德天生是个虔诚的毗湿奴信徒。希罗尼格西布命令阿修罗杀死自己的儿子。而他们使用三叉戟、大象、巨蟒、毒药和烈火等等一切手段，都无法伤害钵罗赫拉德。后来，希罗尼格西布询问钵罗赫拉德，毗湿奴在哪儿？后者回答说，无处不在。希罗尼格西布又问，那么在这根柱子里怎么见不着呢？后者回答说，见得着。希罗尼格西布怒不可遏，拔剑要砍下钵罗赫拉德的头。这时，毗湿奴化身人狮，从柱子里迸出，杀死暴君希罗尼格西布。此后，钵罗赫拉德登基为王。

第八篇（共二十四章），苏迦先是讲述象王的故事：国王因陀罗提优纳崇拜毗湿奴，但由于修炼苦行时，怠慢了一位婆罗门仙人，受到诅咒，变成象王。一次，象王进入池塘洗澡，被一条鳄鱼咬住。象王与鳄鱼搏斗了一千年，未能脱身。最后，象王凭着前生的记忆，默祷毗湿奴。随即，毗湿奴前来援救他，将他带上天国。接着，苏迦又具体讲述毗湿奴化身为龟、侏儒和鱼的事迹。

第九篇（共二十四章），苏迦讲述第七摩奴的谱系。他的后裔分为太阳族和月亮族两支。太阳族是他的儿子系统的后代，月亮族是他的女儿系统的后代。其中含有许多著名国王的故事。太阳族方面有赫利希旃陀罗、沙伽罗和罗摩（毗湿奴的化身）的故事。赫利希旃陀罗的故事与《爱多雷耶奥义书》中的犬阳传说一致。沙伽罗的故事讲述他的六万个儿子为寻找失去的祭马，得罪仙人迦比罗，化为灰烬。他的孙子薄吉罗特通过修炼苦行，感动恒河女神下凡。那些灰烬经过恒河水洗涤，沙伽罗的六万个儿子得以升天。月亮族方面有持斧罗摩（毗湿奴）化身和迅行王的故事。迅行王贪恋感官享乐，要求儿子将青春与他的老年交换，四个大儿子都拒绝，唯有小儿子补卢同意。一千年后，迅行王摒弃感官享乐，将青春还给补卢，并让补卢登基为王。黑天诞生的雅度族即是补卢的后裔。

第十篇（共九十章），苏迦应继绝请求，详细讲述帮助继绝祖父一辈（即般度族五兄弟）战胜俱卢族的黑天的生平事迹。这是全书中最长的一篇。

黑天的父母是婆苏提婆和提婆吉。婆苏提婆娶提婆吉时天上传来话音，说提婆吉的第八个儿子将杀死提婆吉的堂兄——摩度罗国暴君刚沙。于是，刚沙将婆苏提婆和提婆吉囚禁狱中。提婆吉生下的前六个儿子均被他杀死。第七个儿子大力罗摩（也是毗湿奴的化身）通过神力，转移到婆苏提婆的另一个妻子罗希尼的子宫中生下。第八个儿子黑天生下时，毗湿奴先显身，然后变成人类婴儿黑天。婆苏提婆通过神力，在午夜溜出监狱，偷偷用黑天调换戈古罗村南达的妻子耶索达刚生下的女儿。此处，黑天寄养在牧人南达家中。

刚沙不知道黑天藏在哪里，便下令手下的阿修罗捕杀各地所有的新生婴儿。一次，一个阿修罗女妖飞到戈古罗村，化作美女，假意给婴儿黑天喂奶，企图用自己的奶汁毒死黑天。而黑天紧紧抓住她的乳房，将她的奶汁，连同她的生命一起吸光。女妖惨叫着倒地而死，显露原形。另一次，一个阿修罗化作旋风，将婴儿黑天席卷空中。由于黑天无比沉重，阿修罗在空中无法飞动。黑天用双手紧掐他的脖子，将他掐死，与他一起掉回地面。

黑天学会走路后，十分淘气。一次，耶索达处罚他，用绳索将他绑在木臼上。不料他拖着木臼爬行。在穿过两棵孪生的阿周那树时，黑天身后的木臼受到阻碍。黑天一用力，那两棵树居然被连根拔起。

考虑到戈古罗村常有妖魔作怪，威胁儿童，南达率领全村牧民移居沃林达森林。在那里，少年黑天与牧童们一起放牛和玩耍。但刚沙手下的阿修罗仍然追寻到这里。黑天先后杀死化作牛犊、巨鹤和巨蟒的阿修罗。黑天还和他的哥哥大力罗摩一起消灭一个在森林里化作驴子危害人类的阿修罗部落。黑天还制伏盘踞阁牟那河的百头毒蛇，把它赶往海中。从此，阎牟那河水可以被人类和牲畜饮用。又有一次，黑天在森林里放牛时，吞下突然爆发的森林大火，使牧童们和牛群免遭火焚。黑天还说服南达不祭供因陀罗，而祭供维持牧民生活的牛群、婆罗门和牛增山。为此，因陀罗大怒，企图用暴风雨和冰雹毁灭牧民。黑天一连七天，单手托起牛增山，庇护牧民和牛群躲过灭顶之灾。因陀罗甘拜下风，尊称黑天为"戈温德"（即"牛主"）。

沃林达森林的牧女们狂热地崇拜和迷恋黑天。每当夜晚，黑天吹起动听的笛子，牧女们便不顾父母、兄弟和丈夫的阻拦，前去与黑天相会。黑天与牧女们在阎牟那河边唱歌、跳舞和调情，通宵达旦。

刚沙终于得知黑天就是婆苏提婆和提婆吉的第八个儿子，决定施计杀害黑天。黑天和大力罗摩应刚沙邀请，进京参加角斗比赛。他俩粉碎了刚沙的阴谋——在角斗场门口，黑天杀死袭击他俩的大象；在角斗场上，他俩一一战胜和打死谋害他俩的角斗手。最后，黑天杀死暴君刚沙，从狱中救出自己的父母。

婆苏提婆为黑天和大力罗摩举行圣线礼。然后，他俩前往优禅尼城跟随婆罗门老师学习各种经典。学成归来后，黑天想念沃林达森林的养父母和牧女们，派人前去探望和抚慰。他还派人前去探望象城的表亲般度族五兄弟。这时期，黑天不能离开摩度罗国，因为刚沙的丈人——摩揭陀国国王妖连一次又一次举兵进犯。在妖连第十八次进犯时，又突然来了大秦（即希腊）侵略者。黑天为了保护臣民免遭战祸，决定全国移居西海多门岛。

维达巴国公主鲁格蜜尼爱上黑天，但她的长兄逼她嫁给童护。她偷偷派人到多门岛向黑天捎信。黑天按照她的请求，在她的成亲之日，采用传统的抢亲方式娶她为妻。黑天通过各种际遇，先后娶了八个妻子。另外，他杀死阿修罗那罗迦，将后者掳掠来的一万六千个各国公主收为自己的嫔妃。

受到妖连迫害的各国国王派人向黑天求救。同时，黑天得知般度族五兄弟准备举行王祭。由于王祭必须征服世界。黑天趁此机会出访象城，协助怖军和阿周那杀死妖连。在王祭大典上，黑天又杀死寻衅闹事的童护。般度族王祭完毕后，黑天回到多门岛。

在一次朝拜圣地时，雅度族与南达夫妇以及牧童牧女们相逢，重叙旧谊。婆苏提婆、黑天和大力罗摩赠给他们大量礼物，并派军队护送他们回家。

朝圣回来，提婆吉恳求黑天和大力罗摩让她见到自己的前六个被刚沙杀死的儿子。黑天和大力罗摩施展瑜伽幻力，进入地下世界，取回六个哥哥，交给母亲。提婆吉见到儿子，乳房涌满乳汁。她给这六个儿子喂奶后，他们恢复知觉，向父母和两个弟弟鞠躬致敬，升天而去。

第十一篇（共三十一章），苏迦讲述黑天完成下凡人间的使命，决定返回天国。他亲自参与雅度族自相残杀，导致雅度族覆灭。而后，他独自坐在树下沉思。一个猎人误以为他是一头鹿，放箭射中他。梵天、湿婆和因陀罗等诸神前来迎接他返回天国。多门岛沉没海底。苏迦告诉继绝，他的祖父一辈正是在得知雅度族覆灭后，才立他为王位继承人，然后远行升天。

第十二篇（共十三章），苏迦讲述黑天死后迦利时代的帝王谱系、种种社会罪恶和四种世界毁灭；强调聆听毗湿奴事迹犹如登上渡过轮回之海的船，沉思毗湿奴可以达到与至高精神同一。继绝听完苏迦的教诲，感到自己不再惧怕死亡，而渴望与至高精神同一。他进入沉思入定状态。这时，继绝死期到达，毒蛇多刹迦前来将他咬死。天地各方响彻哭声，众天神为继绝降下鲜花。

第三节　印度古代神话发达的原因

印度古代神话的发展可以分为两个阶段：一、吠陀神话，二、史诗和往世书神话。吠陀神话保存在四部吠陀本集和各种梵书、森林书和奥义书中。史诗和往世书神话主要保存在两大史诗和众多的往世书中。印度两大史诗的篇幅总量（按精校本计算）约相当于希腊两大史诗《伊利亚特》和《奥德修记》的八倍。而大小往世书中，单是十八部大往世书的篇幅总量就相当于印度两大史诗的三四倍。吠陀神话、史诗和往世书属于印度教神话系统。另外，佛教和耆那教文献中还含有佛教和耆那教神话系统。由此可见，印度古代神话文献在世界各民族中堪称是最丰富的。

印度古代神话之所以如此发达，大致有以下三方面的原因。

一、神话的产生和发展与宗教关系密切。宗教本是人类在原始生产力低下的情况下，盲目崇拜某些神秘莫测或不可驾驭的自然现象和社会现象，而神话的主要特点就是以拟人化手法神化自然现象和社会现象。因此，原始神话和原始宗教互相结合，互为因果。现存四部吠陀本集就是婆罗门祭司为适应祭祀仪式的需要加以编订的。在吠陀时代后期形成的种姓制也被神话化，婆罗门居于四种姓的首位。这样，婆罗门垄断宗教和文化，更是有意识地编造和散布各种神话，以强调祭祀的重要性。

史诗的原始作者本是与刹帝利王族关系密切的苏多阶层。他们编制英雄传说的主要目的是颂扬和神化自己依附的帝王，为他们争夺王权和霸主地位服务。但现存两大史诗，尤其是《摩诃婆罗多》，充满婆罗门教的神话传说和宗教教诲，因此也被婆罗门教信徒奉为经典。这是因为刹帝利和婆罗门虽然在种姓地位上有矛盾，但他们作为统治阶级的根本利益是一致的。

婆罗门教的神话传说不仅为婆罗门服务，也为刹帝利服务，苏多自然也会加以利用。

婆罗门教在吠陀时代是多神崇拜，在史诗和往世书时代趋向三大主神崇拜。这与印度古代由列国纷争时代趋向帝国统一时代的历史发展相平行。往世书神话是围绕三大主神展开的。在三大主神中，最受婆罗门教徒崇拜的是毗湿奴和湿婆，并由此形成毗湿奴教派和湿婆教派。另一个重要的婆罗门教派是性力教。这三大教派又有各自的支派，遍布印度各地。

总之，印度古代婆罗门祭司地位显要，婆罗门教盛行，有力地促进了印度古代神话的繁荣和发展。

二、印度古代史学落后，直至十三世纪，可以说没有一部真正意义上的史书。在吠陀文献中，雅利安人入主印度的历史已被神话化。因陀罗、伐楼那和密多罗等，都是神化的雅利安部落英雄。而与这些天神为敌的达婆（或达休）则是魔化的印度土著居民。在史诗和往世书中，列国纷争的历史也被神话化。两大史诗中的人物与神话传说交织，隐含着神魔斗争。《风神往世书》中说："苏多的特殊职责是保存天神、仙人和著名帝王的谱系，还有伟人的传说。"往世书"五相"也明确规定有帝王谱系这一"相"。这样，就保存帝王谱系而言，苏多的职责类似中国古代的史官。然而，现存往世书中的印度古代帝王谱系完全淹没在神话传说中。

现代印度学者根据往世书提供的帝王谱系，归纳出以下几个历史时期：一、洪水和第七摩奴（约公元前 3100 年），二、迅行王时期（约公元前 3000—前 2750 年），三、曼达特利时期（约公元前 2750—前 2550 年），四、持斧罗摩时期（约公元前 2550—前 2350 年），五、罗摩时期（约公元前 2350—前 1950 年），六、黑天时期（约公元前 1950—前 1400 年），七、婆罗多族大战（约公元前 1400

年）。每个时期内又分成太阳族和月亮族两系。① 我们从中可以发现两个明显的特点。第一，这些帝王的年代已被高度远古化。上面括号中标明的各个时期的年代是现代印度学者以假设的婆罗多族大战年代为基准，往上推算出来的，颇有将神话历史化的味道。实际上，若真正按照往世书的神话编年，上述各个时期应该标作公元前几百万年或几十万年。第二，这些帝王的事迹已被高度神话化。上述各个时期的标题人物，如第七摩奴、迅行王、持斧罗摩、罗摩和黑天，依据前面史诗和往世书的介绍，都已成为神话人物。

这说明印度古人从吠陀时代直至史诗和往世书时代，始终没有意识到应该在古史领域筑起严密的编年和史实的樊篱，致使神话想象得以在其间自由驰骋。这自然是史学的厄运，却是神话的幸运。

三、印度古代书写材料落后。印度现存最早的、可以辨读的文字是公元前三世纪的阿育王石刻铭文，使用婆罗谜体和驴唇体两种字体。其中的婆罗谜字体由左往右书写，后来演变成包括梵语天城体在内的印度各种语言的字体。文字的产生，意味书写材料的产生。印度古代的书写材料主要是桦树皮和贝叶。贝叶是印度的多罗树（即棕榈树）叶子（patra，音译"贝多罗"或"贝多"）。按照印度的气候条件，这两种书写材料都不宜长期保存。另外有些书写材料，如兽皮、金属和岩石等，由于不实用，不可能普及。这样，由于印度古代缺乏合适的书写材料，文化领域里长期保持远古时代口耳相传的方式。现存整个吠陀文献中，找不到任何关于书写的知识。尽管我们不能据此断定吠陀时代根本不存在书写，但毋庸置疑，口耳相传是当时学习、掌握和保存文化知识的主要手段，书写居于无足轻重的地位，至多偶尔用作辅助手段，因而不屑一提。又如，中国古代前往印度取经的高僧在游记中写道："北天竺诸国皆

① 参阅 R. C. 马宗达主编《印度人民的历史和文化》第一卷《吠陀时代》，第271—304 页，伦敦，1952 年。

师师口传，无本可写。"（法显《佛国记》）"咸悉口相传授，而不
书之于纸叶。"（义净《南海寄归内法传》）但实际上，法显、义净
和玄奘都搜集到大量梵本贝叶经，携带回国。这同样可以说明，印
度古代的传播媒介以口耳相传为主，以书写为辅。

　　显然，这种师徒口传的方式有利于少数人垄断文化知识。现存
《梨俱吠陀》各卷中标明的作者分属各个"仙人"家族。这些所谓
的"仙人"也就是后来的婆罗门祭司。婆罗门凭借口耳相传的方式
垄断了各种吠陀经典。连刹帝利子弟也必须向婆罗门支付酬金，方
能学习吠陀。而低级种姓根本无权学习吠陀。婆罗门热衷于祭祀活
动，以谋取祭祀酬金。他们在宗教经典中利用和制造神话传说，也
围绕这一目的。同时，颂扬刹帝利英雄业绩的任务，主要由刹帝利
王室中的苏多承担。且不说苏多有意运用神话夸张手法颂扬刹帝利
帝王，即使苏多采用中国太史公笔法，但经过长期口耳辗转相传，
也无法存真。

　　口耳相传本是神话固有的创作和传播方式。按照世界各民族的
一般情况，随着古代书面文学的兴盛，神话逐渐消亡。而印度几乎
整个古代时期都以口耳相传作为主要传播媒介，神话便赖此长期绵
延不绝，不断丰富和发展。

第 三 章

梵语佛教文学

大乘佛教通常将早期佛教和部派佛教统称为小乘佛教。大乘和小乘除了教义上的差异，还存在经典语言的差异。小乘经典主要使用巴利语或方言俗语，而大乘经典使用梵语和混合梵语。混合梵语是与俗语混合的梵语，或者说是含有俗语成分的梵语。这是佛经语言从俗语转换成梵语过程中出现的一种语言现象。随着大乘的发展，混合梵语逐渐减少，而完全梵语化。当然，大乘佛教兴起后，小乘佛教并没有随之消亡，而与大乘佛教并行发展。因此，小乘部派佛教中，也有顺应历史潮流，使用梵语撰写经文的情形。据说小乘的说一切有部编撰过一部梵语三藏，《大事》、《天譬喻经》和《神通游戏》中都提及这部三藏，但并没有完整流传下来。

梵语佛教文学主要包括佛陀传记、佛本生故事和譬喻经。此外，大乘中有些佛经善于比喻说法，或叙事中充分发挥艺术想象力，或具有生动的故事情节，因而富有文学性。下面先介绍几部富有文学性的大乘佛经。

第一节 大乘佛经

《妙法莲华经》（Saddharmapuṇḍarīkasūtra），约产生于一、二世纪。据《开元释教录》记载，它在中国古代先后有六译，而现存三译，即《正法华经》（西晋竺法护译）、《妙法莲华经》（后秦鸠摩罗什译）和《添品妙法莲华经》（隋崛多笈多两法师译）。

《妙法莲华经》的梵语原本共有二十七品，其中心思想是提出"佛乘"，以佛乘统摄声闻乘、缘觉乘和菩萨乘，也就是中国佛教天台宗所概括的"开权显实"和"会三归一"。三乘中，声闻乘指闻听佛陀言教而修行，最终证得阿罗汉果位。缘觉乘通常指闻听佛陀言教，证得不还果位后，独自修行，最终证得阿罗汉果位。故而，"缘觉"又译"独觉"。声闻乘和缘觉乘属于小乘，菩萨乘则是大乘。以一乘统摄三乘这个创见是大乘佛教创立初期，为适应现实需要提出的。大乘教义是对早期佛教的创造性发展，不少见解甚至是对早期佛教的颠覆。这势必在佛教内部引发争论，遭到固守传统的教徒反对。因此，大乘佛教有必要对大乘佛教与早期佛教之间继承和发展的关系在理论上作出合理的说明。这样，《妙法莲华经》应运而生，提出了一乘统摄三乘说。

《妙法莲华经》的叙事中饱含神奇的想象，并巧妙运用譬喻，语言繁复而又通俗质朴。这种文体风格在大乘佛经中具有代表性，也是这部佛经得以广为流布的重要原因之一。

此经《序品》将佛陀说法的背景安置在广阔无边的宇宙中。集会大众无计其数，不仅有人间的菩萨、声闻和四众，还有天国的众天神。佛陀在宣说《妙法莲华经》前，先宣说《无量义经》，然后进入无量义三昧。此时，天降花雨，一切世界出现六种震动。随后，佛陀宣说《妙法莲华经》。其中，《见宝塔品》描写在佛陀说法过程中，从集会大众中间涌出一座宝塔，耸立空中，里面坐着已经在过去世涅槃的多宝佛，前来听取佛陀宣说《妙法莲华经》。为了打开这座宝塔门，让集会大众见到多宝佛，佛陀按照多宝佛的要求，召集自己在十方无数世界的如来化身来到灵鹫山。为了给这些如来化身腾出空间，佛陀将娑婆世界的众生移往其他世界。十方无数世界如来化身到齐，坐在各自的狮子座上，佛陀升入空中，打开宝塔门。多宝佛邀请佛陀与自己分坐狮子座。佛陀又满足集会大众的心愿，运用神通力，让他们站立空中，靠近宝塔，继续听他说法。在《从地涌出品》中，又描写从娑婆世界下方的虚空中涌出无数菩萨。他们是无数劫以来受佛陀教化的菩萨，以此说明如来寿命无量。在《如来神力品》中，佛陀应那些从地下涌出的无数菩萨请求说法时，展现神通，伸出广长舌直达梵界，放出无量无数光芒，照见十方世界无数菩萨坐在狮子座上。多宝佛和其他无数如来也伸出同样的广长舌。而在收回广长舌时，他们同时发出咳嗽声和弹指声，随即十方无数世界出现六种震动。

《妙法莲华经》中诸如此类突破时空的神奇描写旨在颂扬佛陀具有无与伦比的神通力。而这种神通力又与三昧有直接联系。首先是通过修习禅定，获得各种三昧，然后依靠这些三昧，展现各种神通变幻。上面已提到佛陀在宣说《妙法莲华经》前，进入无量义三昧，而后在说法过程中，展现各种神通变幻。此外，《药王菩萨本事品》描写药王菩萨跟随日月净明德如来修行，获得呈现一切色三昧。而后，他进入这种三昧，展现神通，空中降下大花雨和蛇心旃檀香雨。他就用这种一两就价值整个娑婆世界的旃檀香供养如来。《妙音菩萨品》描写净光庄严世界的妙音菩萨在过去世侍奉无数佛，获得无数种三昧。他带领无数菩萨前往灵鹫山看望佛陀时，不必起身，在座位上进入三昧，就一齐出现在灵鹫山前。这样的神通变幻描写已经成为大乘佛经中常见的叙事方式。

《妙法莲华经》中反复强调诸佛"以无量无数方便，种种因缘、譬喻、言辞，而为众生演说诸法"。佛经中所谓的譬喻通常包括譬喻故事、本生故事和授记故事。而《妙法莲华经》中所说譬喻（aumapya）主要指譬喻故事。《妙法莲华经》堪称巧妙运用各种譬喻故事说法的典范经典。

例如，在《譬喻品》中，佛陀为集会大众讲述这个譬喻故事：有位长者的住宅起火，他的幼稚无知的儿子们在宅中游戏娱乐，不愿离开火宅。于是，长者运用方便善巧，告诉他们在门外有许多可爱的牛车、羊车和鹿车，诱使他们出离火宅。待他们平安出离火宅后，便赠给他们同一种白牛驾驭的大车。这个譬喻中，火宅比喻充满痛苦和烦恼的三界。幼稚无知的儿子们比喻三界中的众生。长者比喻如来。牛车、羊车和鹿车比喻声闻、缘觉和菩萨三乘。同一种白牛驾驭的大车比喻唯一的佛乘。诱使儿子们出离火宅比喻运用方便善巧。

在《化城喻品》中，佛陀为集会大众讲述这个譬喻故事：一位向导带领众人前往珍宝岛。在越过一座险恶的大森林时，众人疲累又恐惧，想要返回。于是，向导运用方便善巧，幻化出大城，让众人在城中休息。待众人得到休息后，他消除幻化的大城，继续带领众人前往珍宝岛。这个譬喻中，向导比喻如来。珍宝岛比喻佛智。险恶的大森林比喻获得佛智艰难。众人畏难退却比喻众生产生怯弱心。幻化的大城比喻如来运用方便善巧宣说三乘。

在《如来寿量品》中，世尊讲述一个譬喻：有一位医生出外行医时，家中的那些儿子误服毒药，痛苦不堪。这位医生回家后，采集药草，为他们解毒。一些尚未神志不清的儿子喝药后，身体痊愈。而另一些神志不清的儿子拒绝喝药。于是，这位医生运用方便善巧，继续出外行医，同时，托人捎信给家中那些儿子，说自己已经死去。这些儿子听后，极其悲伤。而在持续的悲伤中，那些神志不清的儿子渐渐变得清醒，于是喝了父亲留下的药，身体痊愈。这位医生得知儿子们已经摆脱病痛，便回家与他们团聚。这个譬喻中，医生比喻如来。那些儿子比喻苦难众生。医生假称自己死去比喻如运用方便善巧宣说涅槃。

中国佛教传统习惯将《妙法莲华经》中的譬喻故事概括为

"法华七喻"，即《譬喻品》中的火宅喻、《信解品》中的穷子喻、《药草喻品》中的药草喻、《化城喻品》中的化城喻、《五百弟子受记品》中的系珠喻、《安乐行品》中的髻珠喻和《如来寿量品》中的医师喻。这是依据鸠摩罗什译本作出的概括。其实，在《法师品》中还有掘地求水喻。在竺法护译《正法华经》的《药草喻品》中还有盲人喻，《五百弟子受记品》中还有入海采宝喻。故而，也可以概括为"法华十喻"。在《譬喻品》中，佛陀在讲述火宅喻时，就明确指出："今当复以譬喻更明此义，诸有智者，以譬得解。"实际也是如此，这些譬喻故事都能形象生动地阐明《妙法莲华经》以一乘统摄三乘的主旨。

然而，《妙法莲华经》中运用譬喻并不局限于这些譬喻故事，还有更广义的譬喻，即修辞意义上的比喻（upamā）。善用比喻是小乘和大乘佛经共有的特色。《妙法莲华经》中的精妙比喻也随处可见。如《化城喻品》中，佛陀为了说明过去世大通智胜如来时间的久远，使用这样的比喻："譬如三千大千世界所有地种，假如有人磨以为墨，过于东方千国土下一点，大如微尘，又过千国土下一点，如是展转尽地种墨。于汝等意云何？是诸国土，若算师，若算师弟子，能得边际知其数不？"而大通智胜如来涅槃以来的时间"复过是数"。在《如来寿量品》中，佛陀也使用这个比喻说明自己寿命无量，已在无数劫中教化众生。经中也经常用优昙钵花难得一现比喻诸佛难遇。在《妙庄严王本事品》中，除了优昙钵花外，还比喻说："如一眼之龟值浮木孔。"这句按原文直译是："犹如海龟脖颈伸进漂浮大海的车轭缝隙中。""转法轮，吹法螺，击法鼓，雨法雨"也是经中描写佛陀说法的常用比喻。在《药王菩萨本事品》中，佛陀用许多比喻说明《妙法莲华经》是一切经中的至上经。同时，也用许多比喻称颂《妙法莲华经》"能救一切众生"："如清凉池能满一切诸渴乏者，如寒者得火，如裸者得衣，如商人得主，如子得母，如渡得船，如病得医，如暗得灯，如贫得宝，如民得主，如贾客得海，如炬除暗。"这样的博喻在大乘佛经中也屡见不鲜，如说明诸法皆空，有《般若经》中的十喻：如灯、如焰、如水中月、如空、如响、如乾闼婆城、如梦、如影、如镜中像和如化。《金刚经》中的九喻：星、翳、灯、幻、露、泡、梦、电和云。《维摩诘所说经》中的十喻：聚沫、泡、炎、芭蕉、幻、梦、影、响、浮云和电。

《妙法莲华经》的语言繁复而通俗质朴。这并非这部经独有的特点，而是佛经语言带有普遍性的特点。这是因为印度古代典籍的创制和传播以口头方式为主，如吠陀经典、史诗和往世书，直至古典梵语文学才开始重视书面写作。早期佛教以口头方式宣教，在佛陀逝世后的几个世纪中，经过僧团三次口头结集，最后形成巴利语三藏，并以文字记录下来。大乘佛经的创制和传播也采取同样的方式，但没有经过僧团结集。通常是一部佛经基本定型后，便以抄本形式传承，并继续以口头方式宣说。因此，在《妙法莲华经》中，称颂说法者功德时，除了提到受持、诵读和宣说，也提到书写和制成经卷（pustaka，或译"经书"）。而这些经卷虽然表现为文字形式，但仍然保留着口头语言的本色。

大乘佛经不再使用早期佛教的巴利语，而使用梵语。梵语本身也有雅俗之分。大乘佛经使用的是通俗梵语，相当于印度史诗使用的通俗梵语。《妙法莲华经》中的散文部分基本上使用规范的通俗梵语，而偈颂部分则使用混合梵语，即与俗语语法形态混合的梵语。这种混合梵语比通俗梵语更体现口语化特点。语言通俗质朴表明经文是口头宣说的，便于听众理解和接受。许多词句的重复表达，不厌其烦，也便于强化听众的记忆。

佛经中许多重复性的词句已经形成程式化的套语，如这部经中佛陀说法前后展现的神通变幻，又如佛陀授记菩萨和声闻成佛，对他们未来所处美妙佛土的描绘，还有对用于供养佛陀、舍利塔乃至说法者和经书的各种物品的描写。这些程式化套语储存在佛经创制者和说法者的脑海中，随时可以使用。其中有些程式化套语，如经文开头佛陀说法场面的描写和经文结束时的用语等，也已成为佛经中通用的表述方式。

中国古代高僧通过翻译实践，才逐渐认清佛经的文体风格特征，也就是与中国传统经典相比，"胡经尚质，秦人好文"（道安语），"胡文委曲"，"秦人好简"（僧叡语）。这样，也就不再忌讳使用白话文体译经。然而，在中国的文化背景下，梵语佛经翻译成汉语书面文字，以纸抄本的方式流通，主要还是供读者阅读。这就需要考虑到传统的阅读习惯以及文体的实际阅读效果。因此，中国古代的佛经翻译一般地说，或多或少有简化的倾向。

鸠摩罗什译《妙法莲华经》主要采取意译的方法，通常都能准确把握原文的句义，抓住关键词语，用比原文稍为简练的汉语表达。同时，对经中重复的词句或段落予以适当删略或简化。不仅散文翻译，偈颂翻译也是这样，经常会将两颂文字并作一颂。因此，鸠摩罗什的译文和梵语原文同样使用通俗的语言，但相对原文语言的质朴和繁复，什译文字显得更为文雅和简约，而又不失原文的精神和风貌。

就竺法护译《正法华经》而言，在总体上没有采取简化的方法。因此，竺法护的译本文字篇幅要比鸠摩罗什译本多出许多，尤其是在偈颂部分。竺法护译本虽然比较贴近原文，但译文中也常有简化原文词句的情况。而护译本存在的主要问题是译文表达中多有含混或晦涩之处，不如什译准确和晓畅。还有，竺法护所处译经时期，许多专有名词的译名还处在摸索过程中，因此，不少译名有别于后来约定俗成的通用译名。这样，什译本问世后，自然在读者的眼中，鸠摩罗什译本远胜于竺法护译本。

僧叡《法华经后序》中记载："秦司隶校尉、左将军安侯姚嵩拟韵玄门，宅心世表，注诚斯典，信诣弥至。每思寻其文，深识译者之失。既遇鸠摩罗法师，为之传写，指其大归，真若披重霄而高蹈，登昆仑而俯盷矣。"道宣在《妙法莲华经弘传序》中也指出《正法华经》、《妙法莲华经》和《添品妙法莲华经》"三经重沓，文旨互陈，时所宗尚，皆弘秦本"。这些评价是符合历史实际的。

《维摩诘所说经》（Vimalakīrtinirdeśa）约产生于一、二世纪，也是一部重要的大乘佛经。据《开元释教录》记载，它在中国古代先后有七译，而现存三译，即《佛说维摩诘经》（吴支谦译）、《维摩诘所说经》（后秦鸠摩罗什译）和《说无垢称经》（唐玄奘译）。现存梵语《维摩诘所说经》分为十二品，全经采用散文体，使用梵语，只有第一和第七品中含有一些偈颂，这些偈颂使用混合梵语。上述这三种汉译本都分为十四品。而通过文本对照，便可知道，梵语原本的第三品和第十二品分别相当于汉译本的第三、第四品和第十三、十四品。因此，两者并无实质差别。

《维摩诘所说经》讲述佛陀住在维舍离城菴罗卫园林时，为八千比丘和三万二千菩萨说法。维舍离城中有一位白衣居士维摩诘。他虽然身为居士，却具备菩萨的一切品行，在世俗生活中，采取方便善巧，教化众生。世尊遥知维摩诘生病，便派遣弟子前去探望问候。而佛陀的十位大弟子以及弥勒菩萨、光严菩萨、持世菩萨和长者子苏达多依次推辞，分别讲述他们以前如何领教过维摩诘的无碍辩才，觉得难以应对。然后，文殊师利奉世尊之命，带领所有集会大众，前去探望问候维摩诘。维摩诘与文殊师利交谈，施展辩才和神通，应机说法。然后，维摩诘又运用神通，将所有集会大众带回菴罗卫园林，在佛陀面前，继续为大众说法。最后，佛陀托付弥勒菩萨未来在瞻部洲继续传布无上正等菩提和《维摩诘所说》这个法门。

《维摩诘所说经》是一部成熟的大乘佛经。它运用诸法性空的般若智慧，全面阐述大乘义理，纵横驰骋，挥洒自如。它指出众生土便是佛土，说明佛法不离世间众生，如来性不离尘世烦恼，也就是世间和出世间不二，有为和无为不二，生死和涅槃不二。它强调自心清净，则佛土清净。菩萨唯有"入非道"，奉行"六波罗蜜"，施展"方便善巧"，教化众生，令众生获得清净心，这样才能造就清净佛土。从维摩诘的说法中可以看出，大乘佛教对小乘佛教思想作了全面的创造性转化。对早期佛教以四圣谛为核心的一些基本义理，都作出全新的解释。经中描写佛陀的十大弟子畏惧维摩诘的无碍辩才，不敢前去探病，则是象征性的表现。维摩诘在与佛陀的十大弟子的对话中，直率地宣扬大乘优于小乘，说明佛教已完成从早期佛教到大乘佛教的转化，大乘义理已完全确立。

在《维摩诘所说经》的结尾，阿难询问世尊这部经的名称。世尊告诉他说这部经名为《维摩诘所说》，又名《不可思议解脱》。这部经所说的"解脱"是以中观空论为理据的。而这种空论幽深难测，不可思议。故而，这部经中运用神通变化，呈现物无定性，随心转变，借以说明法性本空。当然，这种神通变化本身也是无比神奇，不可思议。因此，"不可思议"成为这部经的一大特色，其中的第二品《不可思议方便善巧品》和第五品《示现不可思议解脱品》的品名更是直接标明"不可思议"。玄奘还将这个经名别称《不可思议法解脱》译为《不可思议自在神变解脱》，也是有意彰显这个特色。

在这部经中，世尊和维摩诘施展神通变化，几乎贯穿始终。佛教确定"神通"有六种：天眼通、天耳通、他心通、宿命通、神变通和漏尽通。"天眼通"是能看到天上和人间一切事物。"天耳通"是能听到天上和人间一切声音。"他心通"是能洞察他人心中所想。"宿命通"是记得自己和他人的前生事迹。"神变通"是能随意变化自身和自身外的一切事物。"漏尽通"是摆脱一切烦恼，获得最高智慧。这些神通都是通过禅定获得的。因此，鸠摩罗什在解释"不思议解脱"时，说"亦名三昧，亦名神足"。

由此，我们可以明白，这部经第一品中，世尊将五百童子各人手持的华盖合成一顶大华盖，并在这顶大华盖下呈现三千大千世界，以及世尊用脚趾按动三千大千世界，展现无量功德宝庄严，是神变通。世尊知道舍利弗心中的想法，是他心通。第三品中，世尊知道维摩诘心中的想法，吩咐弟子去探望问候维摩诘，是他心通。第四品中，维摩诘知道文殊师利带着大批随从前来，是天眼通。他施展神力，撤空自己的居室，是神变通。第五品中，维摩诘知道舍利弗心中的疑惑，是他心通。他施展神力，让须弥灯王如来送来须弥幢世界的三百二十万狮子座，是神变通。第六品中，天女散花，变幻男女身，是神变通。第九品中，维摩诘知道舍利弗的心思，是他心通。他展现香积如来的一切妙香世界，并派遣自己的化身前往那个世界取回食物，是神变通。第十品中，世尊知道维摩诘和文殊师利即将来到，是他心通。维摩诘将所有会众置于右掌中，来到世尊那里，是神变通。第十一品中，世尊知道所有会众的心愿，是他心通。维摩诘截取妙喜世界，置于右掌中，带到这个世界，是神变通。第十二品中，世尊记得宝焰如来前生是宝盖王，自己前生是月盖王子，是宿命通。僧肇在《注维摩诘经序》中，将这部经中这些神通变化简括为"借座灯王，请饭香土，手接大千，室包乾象，不思议之迹也"。

这部经中充分展现佛和菩萨的神通变化，无疑也有助于渲染佛和菩萨的神奇威力，而增强对听众的吸引力。按照印度传统诗学的说法，能让听众品尝到"奇异味"。这也可以说是佛和菩萨在说法中采取的一种"善巧方便"。同时，展现佛和菩萨的神通变化本身也是阐明"诸法皆空"的大乘义理。

在《维摩诘所说经》的支谦、鸠摩罗什和玄奘的三种汉译本中，鸠摩罗什的译本在中国古代最为流行，历代的注疏本大多依据鸠摩罗什译本。依据《维摩诘经》梵语原本，对照阅读这三种译本，可以明白支谦译本属于早期译本，翻译艺术显然不如鸠摩罗什和玄奘成熟。而就鸠摩罗什和玄奘两种译本而言，可以发现鸠摩罗什译本文字倾向于适当简化，而玄奘译本忠实于原文，基本上做到逐字逐句全部译出，不予删削或简化，必要时，文字还略有增饰。在将梵语转化为通顺的汉语方面，玄奘译本和鸠摩罗什译本是一致的。鸠摩罗什译本的文字也无刻意雕琢或注重藻饰的迹象。而玄奘译本有时会受原文约束，译文显得不如什译简约流畅。

造成鸠摩罗什和玄奘翻译风格的差异，其中重要的原因是鸠摩罗什的翻译在转换成汉语这个关节上，倚重笔受。协助鸠摩罗什翻译这部经的笔受有僧肇和僧叡等高僧。他们博览经史和兼通三藏，但并不通晓梵语。他们是通过与鸠摩罗什讨论，领会意义后，直接转换成简约流畅的汉语。而玄奘精通梵汉两种语言，故而脑子里始终装着梵语原文，力求字字句句完整译出。正如唐释澄观所说："会意译经，姚秦罗什为最；若敌对翻译，大唐三藏称能。"（《大方广华严疏钞会本》）然而，从读者的接受效果看，鸠摩罗什的译本要比玄奘的译本更具有可读性，更受读者欢迎。

《大方广佛华严经》（简称《华严经》）有三种汉译文本——东晋佛驮跋陀罗于的六十卷本（418—421 年）、唐实叉难陀的八十卷本（695—699 年）和唐般若的四十卷本（796—798 年）。现存的梵语原本属于般若的四十卷本。而四十卷本的内容只是相当于六十卷本和八十卷本中的《入法界品》，即六十卷本的最后十七品和八十卷本的最后二十一品，或者说，是前两者中的《入法界品》的扩编本。

《华严经》这个经名中的"华严"一词，一般认为其梵语原词是 avataṃsaka，词义为花环或装饰品（如耳饰和顶饰等）。而四十卷本《大方广佛华严经》的经名的梵语原文是 Gaṇḍavyūha。其中，gaṇḍa 的词义为脸颊，vyūha 的词义为装饰或庄严。因此，avataṃsaka 和 gaṇḍavyūha 这两个词有相通之处，都含有装饰的意思。

这里介绍现存梵语四十卷本《大方广佛华严经》的主要内容：佛陀在室罗筏城逝多林给孤独园大庄严重阁举行集会，与会者有普贤、文殊师利等五千菩萨以及无数声闻、国王及眷属等。集会大众盼望佛陀以三昧神通现众影像，演说教诫。佛陀知道集会大众心之所念，于是，入师子频申（siṃhavijṛmbhita，直译"狮子呵欠"）三昧。随即，"大庄严楼阁忽然高广严丽，遍周法界，金刚为地，众宝严饰"，显现种种壮观神奇景象。同时，"逝多林上虚空中有不思议天宝宫殿，诸楼阁云。复有无数香树云，不可说须弥山云，不可说伎乐云，出美妙音歌赞如来，不可说宝莲华云遍覆庄严，不可说宝师子座，敷以天衣，菩萨坐上，叹佛功德"。佛陀于"一一毛孔放大光明，一一光明悉能显照一切世界"。这样，逝多林集会大众"见佛国土清净庄严如是，十方尽法界、虚空界、一切世界亦如是"。

然后，普贤菩萨为集会大众说法，"以十种法门清净名句开示演说师子频申广大三昧神通境界"。接着，文殊师利菩萨展现一切天神前来敬拜供养佛陀。供养完毕后，文殊师利拜别佛陀，前往南方。这时，舍利弗和六千比丘为了观察文殊师利的菩萨行，随同前往。文殊师利渐次南行，一路为大众说法，来到福生城，住庄严幢娑罗林中大塔庙处。城中全体居民前来聆听文殊师利说法。集会大众中有一位善财童子，文殊师利见他有殊胜相。在说法完毕后，善财童子跟随文殊师利，表达追求阿耨多三藐三菩提的决心。文殊师利教导他说："善哉，善哉！善男善女已能发阿耨多三藐三菩提心，复欲亲近诸善知识（kalyāṇamitra，直译'善友'），行菩萨行，问诸菩萨所行之道。善男子亲近供养诸善知识，是集一切智最初因缘。由乐近善知识故，令一切智疾得成满。是故，于此勿生疲厌。"文殊师利推荐善财童子先去南方名为胜乐的国土，向比丘吉祥云求教菩萨行。

这样，善财童子先后求教各地的善知识，包括文殊师利在内，共有五十二位，依次是比丘吉祥云、比丘海云、比丘妙住、大士弥伽、长者住解脱、比丘海幢、优婆夷伊舍那、仙人大威猛声、婆罗门胜热、童女慈行、比丘妙见、童子根自在主、优婆夷辩具足、长者具足智、长者宝髻、长者普眼、国王甘露火、国王大光、优婆夷不动、外道遍行、长者具足优钵罗华、船师婆施罗、长者最胜、比丘尼师子频申、女人伐苏蜜多、长者毗瑟底罗、菩萨观自在、菩萨正性无异行、天神大天、地神自性不动、夜神春和、夜神普遍吉祥无垢光、夜神喜目观察一切众生、夜神星宿光大喜目、夜神救护一切众生威德吉祥、夜神具足功德寂静音海、夜神守护一切城增长威德、夜神守护一切众生大愿精进力光明、林神妙威德圆满爱敬、佛妻瞿波、佛母摩耶、天女天主光、童子师遍友、童子善知众艺、优婆夷贤胜、长者坚固解脱、长者妙月、长者无胜军、婆罗门最寂静、童女有德和菩萨弥勒。

这些具有不同身份或职业的人物向善财童子讲述各自行菩萨行的体会和成就。虽然同样行菩萨行，但也体现符合各自身份或职业的特色。例如，童子根自在主修学算数印相等法，而悟入工巧神通智门。他向善财童子讲述算数，结合佛法说明"菩萨所得算数自在法门，自利利他，广大饶益，能令众生随顺悟入，次第成熟，究竟解脱"。长者普眼是药师，"修学了知病起根本，殊妙医方，诸香要法。因此了知一切众生种种病缘，悉能救疗"。他将治疗疾病与佛法联系，讲述灭除贪瞋痴，永断心病烦恼，发菩提心，起大悲心，积累功德，得佛清净无垢法身。国王大光修学菩萨大慈幢行解脱门，讲述自己"以此法为王，以此法教敕"，"以此法引导众生，以此法怜悯众生"，"守护众生心常不舍离，心拔众生苦无休息"。船师婆施罗修学菩萨大悲幢行，讲述自己"将大船如是往来，从昔至今，未曾损坏。若有众生得见我身，闻我法者，令其永不怖生死海，必得入于一切智海，必能竭尽诸爱欲海，能以智光照三世海，能尽一切众生苦海，能净一切众生心海"。童子善知众艺修学菩萨字智法门，向善财童子讲述四十二个字母，每个字母都能引出佛法，说明自己"唱如是字母之时，此四十二般若波罗蜜门为首一切章句随转无碍，能甚深入无量无数般若波罗蜜门"。

而善财童子在毗卢遮那庄严藏大阁楼见到菩萨弥勒时，弥勒"以右手弹指出声，其门即开"。善财童子进入后，"见其楼阁广博无量，同于虚空"，里面有无量无数宫殿楼阁，装饰有无量无数奇珍异宝。而又于其中一座楼阁中，"悉见三千大千世界，百亿四天下，百亿阎浮提，百亿兜率天，一一皆有弥勒菩萨降神诞生"。如此等等。然后，弥勒菩萨为善财童子说法，讲述菩萨"超凡夫地，入菩萨位，生如来家，住佛种性，能修诸行，不断三宝，善能守护菩萨种族，净菩萨种"。

"法界"（dharmadhātu）一词在佛经中既指称法性、佛性或佛法，也指称包括一切众生在内的宇宙万物。因此，佛性也寓于一切众生中。众生只要发菩提心，修菩萨行，就能获得佛性，或者说，显现寓于自身中的佛性。众生从事不同职业，佛性也体现在不同的职业中。文殊师利劝说善财童子向各种善知识求教菩萨行，也就是通过入众生法界，学得佛性法界。这与大乘佛教宣说的"世间和出世间不二"、"人人皆能成佛"的思想是一致的。

善财童子游历一百一十城后，到达苏摩那城。他站在城门前，渴望能见到文殊师利菩萨。而文殊师利凭借他心通，得知善财童子心愿，"从一百一十由旬外，遥伸右手，至苏摩那城，摩善财顶"，再次为他说"无量无边微妙法义"。说完后，"还摄神力，忽然不现"。

然后，善财童子一心想见普贤菩萨。他凭自己积累的善根，获得一切如来加被力，见到普贤菩萨"于毗卢遮那如来应正等觉前坐莲华藏师子之座，诸菩萨众所其围绕，身相殊特，世无与等"。他"见普贤身——毛孔念念中出一切世界，极微尘数，种种光明云遍法界、虚空界、一切世界，普光照耀，除灭一切众生苦患。见一一毛孔念念中出一切佛刹，极微尘数，种种色圆光云，令一切菩萨速疾增长广大欢喜，见普贤菩萨顶及两眉——毛孔念念中出一切佛刹，极微尘数，种种色香焰云遍法界、虚空界、一切诸佛众会道场"。如此等等。然后，普贤菩萨为一切菩萨众会及善财童子说法，指出如来功德"佛刹极微尘数劫相续演说，不可穷尽。欲成就此功德门，应启十种广大行愿。何等为十？一者礼敬诸佛，二者称赞如来，三者广修供养，四者忏悔业障，五者随喜功德，六者请转法轮，七者请佛出世，八者常随佛学，九者恒顺众生，十者普皆回向"。随后，普贤菩萨对这十大行愿逐一作出具体阐释。菩萨行最终归结为"普皆回向"："从初礼拜乃至随顺所有功德，皆悉回向尽法界、虚空界、一切众生，愿令众生常得安乐，无诸病苦"，"所修善业皆悉成就，关闭一切诸恶趣门，开示人天涅槃正路"，"令众生悉得解脱，究竟成就无上菩提"。

普贤菩萨是大乘佛教中行菩萨行的典范和最高代表。《入法界品》的宗旨是倡导菩萨行，故而这部汉译四十卷本《大方广佛华严经》的副标题是《入不思议解脱境界普贤行愿品》。

这部佛经中充满神奇的描写，上面简略提到佛陀在逝多林中说法时以及善财童子见到弥勒菩萨和普贤菩萨时展现的神奇景象。而且，善财童子见到的善知识也展现各自修菩萨行获得的神奇成就。可以说，在所有佛经中，《大方广佛华严经》已将佛教艺术想象力发挥到极致。同时，在文体上，大量使用长复合词；在修辞手法中，突出使用明喻、隐喻、夸张和奇想。因此，这部佛经类似古典梵语长篇小说，可以题名为《善财童子游记》或《善财童子求法记》。

现代梵语学者常将这部佛经的文体称为"波那式文体"。波那是七世纪古典梵语长篇传记小说《戒日王传》和长篇传奇小说《迦丹波利》的作者。而《大方广佛华严经》的成型时间一般认为是四世纪，早于古典梵语小说产生的时间，因此，令现代梵语学者们深感惊讶。

摩咥里制吒（Mātṛceṭa，约二世纪）的《四百赞颂》（Catuḥ-śatakastotra）和《一百五十赞颂》（Śatapañśatkastotra）是两部著名的颂佛诗集。唐义净在《南海寄归内法传》中对摩咥里制吒和他的这两部颂佛诗集推崇备至："尊者摩咥里制吒，乃西方宏才硕德，秀冠群英之人也。""其人初依外道出家，事大自在天"，后"翻心奉佛，染衣出俗，广兴赞叹"。"初造《四百赞》，次造《一百五十赞》，总陈六度，明佛世尊所有胜德。斯可谓文情婉丽，共天蘤而齐芳；理致清高，与地岳而争峻。西方造赞颂者，莫不咸同祖习。无著、世亲菩萨悉皆仰止。故五天之地，初出家者，亦即诵得五戒十戒，即须先教诵斯二赞，无闻大乘小乘，咸同遵此。有六意焉：一能知佛德之深远，二体制文之次第，三令舌根清净，四得胸藏开通，五则处众不惶，六乃长命无病。诵得此也，方学余经。"义净还亲自译出《一百五十赞》，汉译经名为《一百五十赞佛颂》。

现存《一百五十赞颂》的梵语原本，而《四百赞颂》的梵语原本只发现一些残片。下面依据《一百五十赞颂》梵本选译几首：

> 如果思想有所觉悟，理应皈依佛，
> 赞颂佛，侍奉佛，恪守佛的教诲。（2）

　　　　　我获得这人身，闻听正法而喜悦，
　　　　　犹如海龟脖子伸进海中车轭孔穴。(5)

　　这首偈颂意谓人身难得，而能有幸闻听佛法更难得，犹如海龟
的脖子恰巧伸进浩渺大海中漂流的车轭孔穴，难得一遇。

　　　　　在这世上，一切众生受烦恼束缚，
　　　　　你永远慈悲为怀，解除众生烦恼。(58)

　　　　　犹如太阳，你驱散无知黑暗，
　　　　　又如金刚杵，击碎骄慢高山。(74)

　　　　　以忍辱制伏暴戾，以祝福制伏谋害，
　　　　　以真言制伏毁谤，以慈悲制伏杀心。(122)

　　　　　让粗暴变温和，让吝啬变慷慨施舍，
　　　　　让恶言变善语，这是你的善巧方便。(124)

　　在汉译佛经中，这类颂佛诗集还有《佛吉祥德赞》（宋施护
译）、《佛三身赞》（宋法贤译）和《七佛赞呗伽陀》（宋法天
译）等。

　　寂天（Śāntideva，七、八世纪）的《入菩提行论》（Bodhi-
caryāvatāra）是一部佛教诗体论著，主要讲述达到菩提的修行方式。
"达到菩提"也就是证得最高智慧，成就"无上正等菩提"。全经
共有九百多颂，分成十品。第一《赞菩提心品》赞颂菩提心，鼓励
众生发起菩提心，实行菩提心。第二《忏悔品》讲述发起菩提心
后，要虔诚皈依佛、法和僧三宝；要真心忏悔，涤除以往的一切罪

业。第三《受持菩提心品》讲述实行菩提心，应该将自己所有的一切乃至生命奉献给众生，一心为众生谋利益。第四《菩提心不放逸品》讲述实行菩提心，应该遵循菩萨学，修习善法，坚忍不拔，勇往直前，断除一切烦恼。第五《守护正知品》讲述实行菩提心，奥秘在于守护心。而要守护心，就要努力守护忆念和正知。守护住心门，也就能守护和履行菩萨学。第六《忍辱波罗蜜品》讲述实行菩提心，必须克服憎恨和愤怒，忍受一切痛苦和屈辱，善待众生，一心为众生造福。第七《精进波罗蜜品》讲述实行菩提心，必须精进努力，摒弃懒惰和消沉，依靠意欲、勇猛、欢喜和舍弃，排除一切障碍，行善积德。第八《禅定波罗蜜品》讲述实行菩提心，要保持身心清净，修习禅定，摒弃一切贪欲和烦恼。而在禅定中，要注重修习自己和他人平等，将自己和他人进行换位思考。第九《般若波罗蜜品》讲述实行菩提心是为了获得最高智慧。而最高智慧是中观的"空性"，即"人无我"，"法无我"，"万法皆空"。本品依据空论，批判了教内外种种错误见解，确认唯有空论能消除烦恼，灭寂痛苦，获得解脱。第十《回向品》讲述将自己修习菩提心获得的一切功德回向奉献给一切受苦众生及佛和菩萨。

　　虽然这是一部佛教论著，但作者采用第一人称叙事方式，融入自己亲身的修行经验，怀着慈悲之心，充满宗教激情，并经常使用比喻说理，从而使这部作品具有文学性。例如，在第一品中，他表示：

> 这幸运的人生十分难得，
> 得到实现人生目的机会，
> 如果在这世不思考利益，
> 哪里能再遇到这种机会？（4）

想要超越百千生死痛苦，
想要消除众生各种苦难，
想要享受百千幸福快乐，
则永远不能放弃菩提心。(8)

在第三品中，他表示要坚决实行菩提心：

我愿意成为孤苦者的
护主，旅行者的向导，
盼望达到彼岸者的
船舶、桥梁和通道。(17)

我愿意成为众生中，
需要明灯者的明灯，
需要床榻者的床榻，
需要奴仆者的奴仆。(18)

第四品中，他讲述人生充满烦恼，并将烦恼比作敌人，下定决
心要战胜烦恼敌人：

我的内脏可以破裂，
我的头颅可以落地，
但我绝不会向这些
烦恼敌人低头屈服！(44)

这样思考决定，我要努力
修习掌握上述的菩萨学，

一个需要药物治疗的病人，

不遵从医嘱，怎么能康复？（48）

在第五品中，他讲述要实行菩提心，就必须守护自己的心：

如果发现自己的心，

怀有贪欲和憎恨，

那就不应该行动或

说话，静止如木头。（48）

如果想要炫耀自己，

或者想要毁谤他人，

侮辱他人，逞强好斗，

那就应该静止如木头。（50）

在第十品中，他表达救度苦难众生的决心：

让任何众生不受苦，

不犯罪过，不生病，

让任何众生不卑贱，

不受轻视，不沮丧。（41）

只要空间还存在，

只要众生还存在，

为消除众生苦难，

但愿我也存在。（55）

> 让众生的一切苦难
> 果报都落在我身上，
> 让菩萨的一切功德
> 保佑众生幸福快乐！（56）

据布顿的《佛教史大宝藏论》记载："关于《入菩提行论》的释论在印度有百余种之多。"这说明这部经论在古代印度颇有影响。《入菩提行论》有藏译本，同时有关它的释论的藏译本也有八种，说明它在藏传佛教中也颇受重视。而在汉传佛教中，虽然也有宋天息灾的译本，题名为《菩提行经》，但由于翻译质量较差，在汉地佛教界中影响甚微。

第二节　佛陀传记

在早期巴利语三藏经典中，并无专门的佛陀传记。关于佛陀的生平活动和传说散见于各种经文。那时，佛陀的形象主要是一位人间的伟大导师，佛教徒关心的也主要是佛陀宣说的教义。但应该注意是，《长尼迦耶》中的《大本经》（Mahāpadānasuttanta）记载佛陀讲述过去六佛和自己的基本事迹。其中，特别具体地讲述了毗婆尸佛的生平事迹：菩萨毗婆尸从兜率天下凡，进入母胎。佛母怀胎十月分娩。菩萨一生下来就能站立，迈出七步，宣告："在这世上，唯我独尊。这是我的最后一生，不会再生。"菩萨诞生后七日，佛母往生兜率天。占相婆罗门指出这位王子具有三十二大人相，将来在家则成为转轮王，出家则成为佛。国王为王子建造三座适合不同季节的宫殿，供他在雨季、冬季和夏季居住娱乐。后来，王子出宫游园，先后遇见老人、病人、死人和出家人。于是，王子剃除须发，穿上袈裟，离宫出家。他在僻静处潜心沉思，追根究底，凭智慧觉知"十二缘起",由此觉悟成佛。菩萨成佛后,觉得佛法深邃,世人难以理解,并不想说法。经过梵天再三劝请,佛陀才开始说法传教。这部经中,在讲述毗婆尸佛生平的种种事迹时,还一再强调"这是法性"。也就是说,这是一切佛出世的"常规"或"常态"。这个提示也等于是说佛陀释迦牟尼本人的一生也是按照一切佛的"法性"展现的。因此,这部《大本经》实际上成了此后出现的佛陀传记作品的写作纲要。可以想见,只要依据这个纲要,汇编散见于巴利文三藏中的佛陀传记资料,便能形成佛陀传记的雏形。

随着部派佛教的发展,渐渐出现神化佛陀的倾向,并开始重视为佛陀树碑立传。各个部派都着手编撰佛陀传记。在巴利语经典注疏文献中,觉音编撰的巴利语《因缘故事》是一部属于上座部的佛陀传记,但它的成书年代是五世纪,因而并非是最早的佛陀传记。在汉译佛经中,隋阇那崛多译《佛本行集经》的结尾处提到有五部分属各部派的佛陀传记:"摩诃僧祇师名为《大事》。萨婆多师名为《大庄严》。迦叶维师名为《佛生因缘》。昙无德师名为《释迦牟尼本行》。尼沙塞师名为《毗尼藏根本》。"其中,"摩诃僧祇师"(即"大众部")的《大事》就是现存的混合梵语佛经《大事》,此经没有古代汉译。"萨婆多师"(即"说一切有部")的《大庄严》就是梵语佛经《神通游戏》,相应的古代汉译是西晋竺法护译《普曜经》和唐地婆诃罗译《方广大庄严经》。《方广大庄严经》的标题标明"又名《神通游戏》"。"昙无德师"(即"法藏部")的《释迦牟尼本行》就是这部汉译《佛本行集经》。其他两部则既无梵语原典,也无古代汉译留存。

此外,还有一部佛教诗人马鸣的《佛所行赞》,成书年代约在一、二世纪。因此,现存梵语文本佛陀传记《佛所行赞》、《大事》和《神通游戏》的出现都早于觉音的巴利语佛陀传记《因缘故事》。

《大事》（Mahāvastu Avadānam，全称《大事譬喻经》）这部佛经自称是"大众部出世派的律藏"。但从它的内容看，戒律并不是它讲述的重点，而是以佛陀生平传说为主，汇入大量的本生故事和譬喻故事以及一些经文。其中的佛陀生平传说包含三大部分：一是讲述佛陀前生作为菩萨在燃灯佛和其他过去佛时期的生活；二是讲述他作为菩萨再生在兜率天，然后下凡降生在释迦族，成为王子悉达多，离家出走，在菩提树下降伏摩罗，得道成佛；三是转动法轮，建立僧团，弘扬佛法。然而，这些内容与本生故事和譬喻故事组合在一起，显得分散凌乱，故而它并非是一部系统完善的佛陀生平传记。

这部佛经采用韵散杂糅的文体。但无论散文或偈颂，全都使用混合梵语，不像其他许多梵语佛经，混合梵语主要体现在偈颂部分。这个语言特点表明它的产生年代比较早。然而，它的成书年代难以确定，因为它包含的经文，有些体现早期上座部经文风格，有些具有大乘经文特色，文字风格不一致，结构也不紧密。因而，它是一部佛教从小乘向大乘过渡过程中逐渐形成的佛经，先后经过不同的编者之手，纳入各种来源的资料，现存形式可能定型于四世纪。

《大事》提供的众多佛本生故事有不少与巴利语《本生经》中的故事一致。例如，《夏摩迦本生》讲述迦尸王在狩猎中，听到远处山溪边有响声，以为有鹿，便挽弓射箭，结果射中在那里用水罐取水的一个青年苦行者。这个青年名叫夏摩迦，从小跟随父母在山林中修苦行，精心侍奉双亲。现在，父母年迈体衰，双目失明。迦尸王得知情况，悔恨不已，表示要替代这个青年供养他的父母。最后，夏摩迦的父母依靠长期修苦行而获得的法力救活了儿子。《三鸟本生》讲述梵授王收养了三只鸟——猫头鹰、舍利迦鸟和鹦鹉，视同自己的儿子。它们聪明伶俐，能为梵授王讲述国王的职责和治国安邦的道理。这两个故事分别与《本生经》第 540 则《夏摩本生》和第 521 则《三鸟本生》对应。然而，也有一些不见于《本生经》的故事，例如，《维吉达文本生》讲述密提罗国王维吉达文慈悲为怀，乐善好施。而由于他慷慨施舍，他的财富大量流失，引起大臣和王子们不满，将他逐出王国。于是，他进入森林，成为苦行者，依然恪守正法。天王帝释天为了考验他的诚心，幻化出恐怖的地狱，指出他将堕入地狱，而这位国王表示，即使会堕入地狱，他也要坚持施舍。于是，帝释天让密提罗国发生旱灾，造成饥荒，盗匪横行。臣民们明白这是他们驱逐国王的报应，便前往森林请回国王，请求他宽恕，继续执政。《母虎本生》讲述从前所有的四足兽集合在雪山脚下，商定选择一位兽王，采取的办法是赛跑，谁先跑到雪山，就成为兽王。比赛结果是一头母虎最先跑到雪山。而四足兽们认为没有女性担任国王的先例，又商定让这头母虎选择一位雄兽作为兽王。一头公牛自我推荐，而母虎认为它经常拉犁和拉车，不合适。然后，一头公象自我推荐，而母虎认为它一听到狮子吼就逃跑，也不合适。最后，母虎选择一头雄狮为兽王。这狮子和母虎便是佛陀和他的妻子耶输陀罗的前生。

　　《大事》提供的佛陀生平传说中，保留有许多古老的成分，如佛陀离家出走的描写、初转法轮中的说法内容、关于国家和国王的起源和犀牛角经等，都与巴利语经文基本一致。但也有许多大乘佛教的成分，例如，提到菩萨修行的十个阶位（"十地"），这在小乘教义中是没有的。又如，认为只要敬拜佛陀，供奉佛塔，就能积累功德，达到涅槃。尤其突出的是有种种神化佛陀的描写，例如，毗舍离城发生瘟疫，佛陀应邀前去消灾。国王、臣民以及众天神都手持华盖欢迎佛陀。佛陀施展神力，让每个华盖下都出现一个幻化佛，而所有手持华盖者互相看不见其他华盖下的幻化佛，都以为自己很幸运，佛陀在自己的华盖下。而在佛陀消除瘟疫后，万众喜悦，询问佛陀为何他一来到毗舍离城，瘟疫就消失了。佛陀回答说，这没有什么奇怪，他在前生曾是梵授王祭司的儿子罗奇多，出家在雪山修习四禅定，获得五神通，坐着就能伸手接触月亮和太阳。当时甘毗罗城发生瘟疫，他也受邀为那里消除瘟疫。

　　大众部出世派认为佛陀的身体是"意成身"，不同于凡人，具有超然性。因此，《大事》中描写佛陀的神奇事迹是很自然的。其中的一些神奇描写在大乘经中也是常见的，例如，描写佛陀初转法轮后出现的神奇事迹："阿若憍陈那获得观察诸法的清净无垢法眼，十八千万天神也获得观察诸法的清净无垢法眼。大地以六种方式剧烈摇动，如同落叶摇晃颤抖。东起西伏，西起东伏，南起北伏，北起南伏，中伏边起，边伏中起。无量的光芒遍照世界，超越众天神的威力、众蛇的威力和众药叉的威力。在世界中间那些遍布黑暗的幽冥处，充满罪恶，从来不可感知。即使月亮和太阳具有大神通和大威力，也不能凭光辉照亮那里，凭光芒照耀那里。而这时那里充满光亮，变得清晰。出生在那里的众生凭借这种光亮，互相认出：'哦，这里还有其他众生！哦，这里还有其他众生！'就在这刹那间，顷刻间，一切众生获得完满的快乐，甚至包括出生在阿鼻大地狱中的众生。地上众天神发出呼叫声，响彻各方：'贤士啊，世尊在波罗奈城仙人堕处鹿野苑转动三转十二相的无上法轮，这是任何沙门、婆罗门、天神、摩罗或其他任何人不能在世界上再次依法转动的。它将为众人谋利益，为众人谋幸福，同情世界，造福大众，为天神和凡人带来利益和幸福。阿修罗们将会衰落，天神们将会兴旺。'听到地上众天神的呼叫声，四大天王、忉利天、夜摩天、兜率天、化乐天和梵众天也发出同样的呼叫声，响彻各方。"

　　《大事》具有佛经口头文学的特点，语言通俗，重复使用惯用的套语，并注重比喻手法。例如，在描写佛陀初转法轮时，形容佛陀说法的声音有六十种形态："如来的声音深沉，威严，可理解，贴心，可爱，迷人，不可抗拒，流畅，柔顺，朴实，无纰漏，无偏颇，无污点，如车轮声，如雷鸣声，如风雨声，如天神声，如梵天声，顺耳，不恶俗，不愚痴，不过量，不过分，不激动，有意义，真实，吉祥，如雄牛声，如狮子声，如大象声，如骏马声，如麻鹬声，如迦陵频伽鸟声，如杜鹃声，如赞美声，如柔美声，如知识声，充满音节，充满知识，柔和，广博，充满善巧，充满真谛，充满善根，充满美妙，充满喜悦，如弦琴声，如歌声，如乐声，如罐声，如人声，如鼓声，崇高声，无上声。"

《神通游戏》（Lalitavistara）是一部内容和形式一致的佛陀传记。文体韵散杂糅，散文基本使用正规梵语，偈颂使用混合梵语。全书共有二十七品，按照时序，讲述佛陀从兜率天下凡，入胎诞生，离宫出家，修行得道，转动法轮。

第一《序品》讲述佛陀住在舍卫城胜林给孤独园时，一次中夜时分，他进入名为佛庄严的三昧，顶髻中闪现光芒。天国净居天子们接触到这种光芒，前来敬拜佛陀，请求他讲述名为《神通游戏》的法门经典。佛陀以沉默表示同意。天亮后，佛陀前往道场，为众位菩萨、声闻和比丘宣说《神通游戏》。

第二《激励品》讲述佛陀作为菩萨时，居住在美妙的兜率天宫中，受到一切天神供奉和赞颂。他在天宫中为众天神说法。天国的器乐声中也传出偈颂，劝请菩萨下凡降生。

第三《家族纯洁品》讲述菩萨在兜率天宫中观察下凡降生的时间、地域、国家和家族，确定降生在瞻部洲释迦族，国王名净饭，王后名摩耶。

第四《法门品》讲述菩萨在下凡降生前，在兜率天宫为众天神进行最后一次说法，宣讲"诸法明门"，共有一百零八法门，囊括所有佛教教义。

第五《降生品》讲述菩萨在兜率天宫授记弥勒菩萨为未来佛。

然后，众天神陪伴菩萨从兜率天下降，三千大千世界大放光芒。众天神赞颂菩萨，众天女赞颂摩耶王后。

第六《处胎品》讲述菩萨进入摩耶王后的右胁。摩耶王后梦见六牙白象入胎。她从楼阁下来，进入无忧园林。菩萨入胎后，住在已经安置在母亲腹中的宝石庄严殿中，每天早中晚接受众天神的供养。

第七《诞生品》讲述摩耶王后怀胎十月，到了菩萨诞生的时间。摩耶王后前往蓝毗尼园，手扶园中波叉树枝。菩萨从摩耶王后右胁出生，帝释天和梵天接住他。菩萨一诞生，就能站立地上，向东南西北上下各行七步，宣告自己是"世上最尊贵者，最优秀者"。大地出现震动，三千大千世界大放光芒。净饭王为这位王子取名"萨婆悉达多"（"一切义成"）。王子诞生七日后，摩耶王后去世，往生忉利天。此后，王子由姨母摩诃波阇波提·乔答弥抚养。仙人阿私陀来访，看到王子具有三十二大人相，预言王子会成佛。

第八《入天祠品》讲述净饭王带领王子入天祠敬拜众天神。而王子一进入天祠，天祠中所有神像起身，拜倒在王子双脚下。

第九《装饰品品》讲述净饭王为王子打造各种装饰品。但这些装饰品戴在王子身上，在王子自身光辉的映照下，黯然失色。

第十《学堂示现品》讲述王子到达学龄，进入学堂。而王子早已通晓一切。他列举六十四种文字，询问老师教哪一种？在学字母时，每念出一个字母，王子就能带领学童们说出一句妙语。

第十一《农村品》讲述王子与大臣之子们前往农村观看耕作。观看后，他独自前往一处花园，坐在一棵阎浮树下修禅入定。五位具有神通的外道仙人不能飞过这里。树神向他们说明原因。他们称颂王子的威力。

第十二《技艺示现品》讲述净饭王决定为王子娶妻，选中释迦族执杖的女儿瞿波。而执杖要求按照祖传家规比武选婿。于是，在校场举行比武大会，五百位释迦族青年参加。比赛各种技艺：书写、数学、角斗和射箭等等。王子精通所有技艺，获得全胜。执杖便将女儿瞿波嫁给王子。

第十三《鼓励品》讲述众天神看到王子在后宫中生活了很长时间，盼望他早日出家，证得无上正等菩提，转动法轮。十方世界佛世尊施展威力，利用宫女们演奏的乐器和演唱的歌曲，诵出许多偈颂，提醒王子已经到了出家的时间。

第十四《感梦品》讲述王子从东南西北四个城门出游，分别遇见老人、病人、死人和出家人，深感人生无常，决定出家。

第十五《出家品》讲述王子请求净饭王允许他出家。净饭王虽然最后不得不同意，但事后布置释迦族人严密防守，不让王子离宫和出城。在王子出家之夜，他目睹后宫宫女们的种种丑陋睡相，便以三十二种比喻哀叹陷入苦难的众生，增强出家的决心。他吩咐阐铎迦取来犍陟马。出城时，众天神施展神力，让全城的人沉沉入睡，又让城门自动启开。出城到达目的地后，王子卸下身上的装饰品，吩咐阐铎迦带着它们以及犍陟马返宫。王子削去顶髻，正式成为出家人。阐铎迦返宫后，净饭王、姨母乔答弥和王妃瞿波悲痛欲绝。

第十六《频毗沙罗来访品》讲述王子来到毗舍离城，拜阿罗逻·迦罗波为师，修习无所有处入定。他亲证后，确认这种入定不是出离法。于是，他离开毗舍离城，来到王舍城，住在般陀婆山。频毗沙罗王前来拜访他，劝他住在这个王国，享受欲乐，甚至表示愿将整个王国送给他。王子婉言谢绝，向他阐明欲乐的祸害。

第十七《苦行品》讲述王子跟随卢陀罗迦修习非想非非想入定。他亲证后，向卢陀罗迦说明这种入定不导向出离和涅槃。然后，卢陀罗迦的弟子五位跋陀罗跟随他出游。王子选择在尼连河畔修行。他看到世上外道盛行，热衷实施各种苦行，以求解脱。于是，他决定实施世上最难行的苦行，向世人证明苦行只是折磨身体，并非解脱之道。这样，他坚持实施了六年最严酷的苦行——阿娑颇那迦禅定和节食。

第十八《尼连河品》讲述王子已证明苦行不是通向菩提之路。于是，他开始正常进食，让身体恢复体力。一位名叫善生的村女献给他牛奶粥。在正常进食后，他恢复体力，前往菩提道场。

第十九《前往菩提道场品》讲述王子前往菩提道场时，身上放出光芒，消除世间一切苦难，令众生身心愉悦。王子向割草人索取青草，在菩提树下铺设草座。他在草座上结跏趺坐，发誓"不获得菩提，绝不离开这个草座"。

第二十《菩提道场庄严品》讲述王子坐在菩提道场时，众天神伫立四方，守护他。王子放出名为激励菩萨的光芒，遍照十方。十方菩萨前来侍奉他。

第二十一《降伏摩罗品》讲述王子坐在菩提道场，眉间白毫放出名为摧败一切魔界的光芒，撼动魔宫。摩罗命令魔军向王子发起进攻。而所有投向王子的武器都化为鲜花和花环。然后，摩罗命令女儿们去引诱王子。她们在王子面前展现三十二种媚态，也以失败告终。大地女神、树神们和净居天子们都赞颂王子，而谴责摩罗。最后，众天神欢庆王子战胜摩罗。

第二十二《成正觉品》讲述王子战胜摩罗后，进入禅定，获得天眼通和宿命通，思考苦蕴的出离处，觉知十二缘起和苦集灭道四圣谛，得道成佛。他腾空升起七多罗树高，停在那里，念诵偈颂。众天神向他撒下鲜花，赞颂他。

第二十三《赞叹品》讲述净居天、光音天、遍光天、梵众天、白方摩罗之子们、他化自在天、化乐天、兜率天、夜摩天、忉利天、四大天王天、空中天神和地上天神们纷纷来到菩提道场，赞美佛陀。

第二十四《帝履富娑和婆履品》讲述王子成正觉后，接连七天结跏趺坐，凝视菩提树。商人帝履富娑和婆履两兄弟带着商队路过这里，向佛陀奉献食物。佛陀授记帝履富娑和婆履两兄弟未来成佛。

第二十五《劝请品》讲述佛陀在树下独处静思，认为自己证得的法深邃，世人难以理解，因此，他不急于宣法。而经过大梵天再三劝请，决定在波罗奈城仙人堕处鹿野苑转动法轮。

第二十六《转法轮品》讲述佛陀在波罗奈城仙人堕处鹿野苑为五位跋陀罗说法。众天神装饰道场，献上宝座和法轮。十方菩萨也都前来听法。佛陀转动法轮，宣说四圣谛和八正道。这样，佛陀、佛陀宣说的佛法和五位跋陀罗，形成了佛、法和僧三宝。

第二十七《结尾品》讲述佛陀向净居天天子们说明受持、宣讲、听取、赞叹、保存、刻写和流通这部《神通游戏》会获得种种功德。最后，佛陀将这部《神通游戏》托付摩诃迦叶、阿难和弥勒菩萨，请他们受持和为他人宣讲。

从以上《神通游戏》的故事梗概中，就可以看出佛陀的形象已从早期佛教中的人间导师演变为至高的神。因此，《神通游戏》中的叙事风格已远远不同于早期佛经中相对古朴的叙事风格，其中许多充满神奇色彩的描写均不见于早期佛经中的佛陀传说。《神通游戏》中的佛陀形象已经能够与婆罗门教神话传说中的大神毗湿奴媲美。毗湿奴的化身之一黑天从天国下凡降妖伏魔，通过人间的母胎降生，在婴孩和少年时就展现种种神奇的威力。而佛陀也是从兜率天下凡，进入摩耶夫人的胎中，降生人间。作为婴孩，入天祠时展现非凡的神力。作为儿童，进学堂时，展现非凡的智力。而作为王子，娶妻采取校场比武的方式。在校场上，王子与五百位释迦族青年比赛各种技艺，最后比赛射箭。王子挽开无人能挽开的祖传之弓，射中放置在最远处的铁鼓、棕榈树和铁猪，赢得执杖的女儿瞿波。这也与《罗摩衍那》中罗摩和《摩诃婆罗多》中的般度族五兄弟的娶妻方式相同,罗摩和般度族五兄弟中的阿周那也都是毗湿奴的化身。王子在菩提树下降伏摩罗的描写也充满神奇色彩。王子降伏摩罗,进入禅定,得道成佛后,腾空升起七多罗树高,三千大千世界大放光明,大地出现六种震动,众天神为他降下天国鲜花,覆盖整个大地,高达膝部。因此,也可以说,《罗摩衍那》和《摩诃婆罗多》是婆罗门教的两大英雄史诗,《神通游戏》则是佛教的英雄史诗。

《神通游戏》的古代汉译本中,竺法护(Dharmarakṣa,音译昙摩罗刹)的《普曜经》译成于西晋永嘉二年(308 年),唐地婆诃罗(Divākara,意译日照)的《方广大庄严经》译成于唐永淳二年(683 年)。另有一部智严的《普曜经》译成于刘宋元嘉四年(427年),现已失传。与梵本《神通游戏》对照,可以看出《方广大庄严经》的文本除了某些部分存在差异外,基本上从头至尾都能一一对应。同时也需要指出的是,地婆诃罗译的翻译方法以"意译"为主,译文在内容和文字上倾向于简化,有时甚至可以称为"编译",而非逐段逐句逐字的对译。虽然简化的程度在各品译文中也表现不一,但若参照鸠摩罗什译《维摩诘所说经》,那么,从总体上说,地译译文的简化程度远远超过鸠摩罗什的译文。

而护译《普曜经》的文本与现存梵本基本不同。虽然其中有不少品的文本与梵本比较接近,但文字表述经常有较多的差异。但是,应该说全经的内容、情节和结构与现存梵本是一致的。这说明《方广大庄严经》和《普曜经》的文本属于同一传本体系,也就是"说一切有部"的体系。由此,也可以认为《普曜经》的文本是《方广大庄严经》文本的前身。

依据《佛本行集经》中的说法,《神通游戏》是属于"说一切有部"的佛陀传记。而唐智昇在《开元释教录》中,将《方广大庄严经》和《普曜经》归入大乘经。智昇的这种归类应该说是合适的。从《普曜经》、《方广大庄严经》和现存梵本《神通游戏》这三种文本之间存在的种种差异看，它的文本在现存梵本《神通游戏》之前并没有定型，文字内容始终保持着流动性。这样，随着部派佛教向大乘佛教发展，它的早期文本在流传中也顺应着这种发展，吸收大乘的义理和叙事风格。

这里可以举出《神通游戏》作为大乘佛经的另一个明显特点，即在《结尾品》中，佛陀称颂这部经本身，讲述听取、诵读、宣讲、刻写和流通这部经，能获得无量无数功德。这是大乘佛经带有普遍性的特点，如《妙法莲华经》中反复强调听取和诵读《妙法莲华经》能获得种种功德利益。《金刚经》也是如此，反复强调甚至只听取和诵读《金刚经》中的一个四句偈颂，就能获得无上的功德。

希沃斯瓦明（Śivasvāmin，九世纪）的梵语叙事诗《罽宾宁王成功记》（Kapphiṇābhyudaya）描写佛陀度化罽宾宁王的故事，共有二十章。第一章至第四章描写在罽宾宁王的首都利拉婆提城，他的探子前来报告说，拘萨罗国波斯匿王企图征服世界，成为转轮王。罽宾宁王的大臣们群情激愤，一致同意讨伐波斯匿王，而其中一位大臣建议先派遣使者与波斯匿王交涉。于是，罽宾宁王派遣达舍迦作为使者前往舍卫城。第五章描写罽宾宁王的一位持明朋友邀请他去摩罗耶山游乐。罽宾宁王应邀前往。这样，第六章至第十五章描写摩罗耶山的各种景色，诸如山林、采花、嬉水、日落、月夜、妇女与情侣相会、饮宴和欢爱等等。然后，第十六章至第二十章描写达舍迦作为罽宾宁王的使者向波斯匿王传话，要求他归顺罽宾宁王，而波斯匿王拒绝。于是，罽宾宁王率军向波斯匿王发起进攻，双方激烈交战。波斯匿王的军队败退。于是，波斯匿王向佛陀求助。佛陀前往战场，施展神通，用火焰遏制罽宾宁王的军队。罽宾宁王由此敬仰佛陀，希望成为比丘。而佛陀劝他暂不出家，而成为皈依三宝（佛、法和僧）的居士，继续统治国家。于是，罽宾宁王返回自己的都城，遵行佛法。

罽宾王的故事在佛教经典中早已存在，如《撰集百缘经》中第八十八则《罽宾宁王缘》，讲述佛陀在舍卫国祇树给孤独园时，南方的罽宾宁王派遣使者向波斯匿王传话："却后七日，将诸侍从，仰卿来至，达吾国土，朝跪问讯。若不尔者，吾当往彼，诛汝五族，使令灭尽。"波斯匿王闻听后，"甚怀惶怖，无以为计"。于是，他向佛陀求助。佛陀劝他不必忧惧，让使者来见他。佛陀化作转轮王，并让大目连化作典兵臣，带领军队围绕祇桓。使者见到这位"尊严可畏"的大王，"自念我君无状招祸"。他奉上王书，而这位大王将王书踩在脚下，吩咐他回去传话，让罽宾宁王带着侍从前来"朝拜见我，若违斯制，罪在不请"。使者回去报告后，罽宾宁王前来拜见，而觉得这位大王"形貌虽胜，力不如我"。佛陀知道他心中在想什么，于是，佛陀吩咐取来一张大弓，让罽宾宁王挽弓，罽宾宁王挽不开。而佛陀用手指就挽开弓，而且射出的箭"化为五拨，其诸箭头，各有莲花，一一花上，复有化佛，放大光明，照于三千大千世界"。罽宾宁王见此神变，"五体投地，心即调伏"。佛陀见他已经"调伏"，便恢复原貌，向众人说法。罽宾宁王"心开意解"，"得须陀洹果"，随即请求出家。此后，他"精勤修习，未久之间，得阿罗汉果"。

通过两相对照，可以发现《罽宾宁王成功记》和《罽宾宁王缘》之间的最大差别是《罽宾宁王缘》中没有发生罽宾宁王和波斯匿王的大战，也没有罽宾宁王游览摩罗耶山的情节。其中的原因是希沃斯瓦明遵照古典梵语大诗的模式写作叙事诗，诸如战斗、风光、景色、嬉水和欢爱之类场面是必不可少的，也是适合诗人铺张描写，展露诗艺的机会。因此，这部叙事诗的文体风格类似古典梵语诗人婆罗维和摩伽的叙事诗，但希沃斯瓦明善于运用诗律。他根据全诗二十章的不同题材，变换了十八种诗律。

觉音（Buddhaghoṣa）的梵语叙事诗《顶珠》（Padyacūḍamaṇi）描写佛陀的生平传说。作者觉音与巴利语佛教注释家觉音同名，但不是同一人。这部作品的成书年代不明，论者说法不一，早至三世纪，晚至十世纪。全诗共有十章，开篇第一首诗赞颂佛陀：

> 他的目光饱含慈悲，犹如
> 熄灭爱神傲慢火焰的雨云，
> 又仿佛是如意宝树的根茎，
> 我向这太阳族的光辉致敬！

第一章描写净饭王拜神求取儿子。第二章描写众天神让兜率天的国王降生人间，征服爱神，救护三界。第三章描写他出生在迦毗罗卫城净饭王家中，长成英俊的青年悉达多。第四章描写王子悉达多与戈利耶国王的女儿结婚。第五章描写净饭王为他建造适合三种季节居住的宫殿。悉达多也学习武艺，尤其是弓箭术。第六章描写春天来临，爱神开始施展威力。于是，众天神认为现在是王子悉达多觉悟的时机。在王子前往花园时，众天神向他显示老人、病人和死人。在引起王子内心激动后，又向他显示慈悲安详的出家人。第七章描写王子再次前往花园，看见林中的妇女以及她们在水池中嬉水。第八章描写日落和月亮升起。第九章描写晚上宫中妇女唱歌跳舞，王子对此毫无兴趣，而心中充满焦虑。于是，他在众天神护送下，前往三十里外的阿那婆摩河畔。在这里，王子辞别马夫，让他将马匹和自己的首饰带回宫去。这样，他成为出家人，坐在一棵菩提树下，准备击败爱神。爱神听到众天神赞扬这位王子，焦虑不安。第十章描写爱神向他发动进攻，发射花箭，毫无作用。爱神便派遣妇女上阵。这些妇女无论怎样施展魅力，都不能破坏王子沉思入定，羞愧地败下阵去。最终，王子觉悟成佛。

与现存通常的佛陀传记相比，这部叙事诗有些不同的内容细节。例如，佛陀出生在宫中，而非蓝毗尼花园。同时，佛陀的母亲也没有在他出生后不久死去。佛陀的妻子是戈利耶国公主，而非通常所说的释迦族的耶输陀罗或瞿波。此外，佛陀征服的对象是爱神，而非通常所说的摩罗，虽然这两者是相通的。这部叙事诗的现存抄本主要流传于印度南部，很可能是佛陀传记的又一种传本。在诗歌艺术上，这部叙事诗的文字比较简朴，不像通常的古典梵语叙事诗那样讲究文字技巧，也不像其他梵语佛陀传记作品那样含有过多的说教文字，因此是一部比较纯粹的叙事诗。

第三节　譬喻经

"譬喻经"中的"譬喻"一词的梵语是 avadāna，相当于巴利语的 apadāna。巴利语《小尼迦耶》中有一部《譬喻经》（Apadāna），讲述佛陀、辟支佛、长老和长老尼的业绩，尤其是五百四十七位长老和四十位长老尼的前生和今生故事。apadāna 在巴利语中的词义主要有两种：一是告诫或教诲，二是生平或传说。如巴利语长部中的《大本经》（Mahāpadāna suttanta）就是佛陀讲述七位过去佛的生平传说。

而在梵语佛经中，标称"譬喻经"的佛经主要有三种类型：一是纯粹的譬喻故事，即佛陀取譬喻理，也可称为"寓言故事"，如《百喻经》和《杂譬喻经》等；二是本生故事，即联系今生讲述前生故事，包括佛陀和其他人物的本生故事，如《生经》和《贤愚经》等；三是授记故事，即佛陀授记积累功德的善人未来成佛，如《百譬喻经》（Avadānaśataka）中包含本生和授记这两类故事。

在梵语中，avadāna 一词的词义主要是英勇行为或光辉业绩。梵语中也有与巴利语相同的 apadāna 一词，词义主要是纯洁的行为、崇高的事迹和涉及善恶报应的生平传说。这两个词比较适用于梵语"譬喻经"中的本生故事和授记故事，也就是这两类故事都是表彰故事主人公的业绩或功德。我们现在将 avadāna 一词译为譬喻，是沿用古代佛经的译法，它的涵义自然大于现代汉语中的譬喻一词。

《百譬喻经》（Avadānaśataka）是一部古老的譬喻经，属于小乘经文。它在三世纪上半叶由支谦译出，经名为《撰集百缘经》。全经分为十品，每品围绕一个主题，各有十个故事。

第一和第三品主要是佛陀预言各种人物如商人、婆罗门、王子和儿童等，凭借他们的功德，将来能够成佛。如第二十八则讲述一个婢女用檀香膏涂抹佛陀的双足，香气顿时弥漫全城。这个少女见此奇迹，惊喜不已，俯伏在佛陀脚下，祈求自己将来成为辟支佛。佛陀微笑着授记她将来会成为名为悦香的辟支佛。

第二和第四品主要是佛本生故事，讲述佛陀前生行善积德的事迹。如第三十一则讲述波罗奈城莲花王遵行正法，爱护臣民，乐善好施。后来，民众纷纷患上致命的黄疸病。医生们报告莲花王，只有用一种赤鱼作为药物，才能救治黄疸病人。国王的差役四处寻找，也找不到这种赤鱼。于是，莲花王发出真实誓言，愿自己变成一条大赤鱼，拯救患病民众。他从宫殿露台上跳下，死去后变成河中的一条大赤鱼。这样，民众得到这条大赤鱼，纷纷割取鱼肉，治愈黄疸病。第三十四则讲述尸毗王乐善好施，而且不满足于向民众施舍，也割开自己的皮肤，让小飞虫吸吮自己的血。天王因陀罗见此情景，幻化成一只兀鹰，装作攻击他的样子，而尸毗王友善地望着这只兀鹰，表示愿意献出他的身体。因陀罗又幻化成一个婆罗门，向他乞求双眼，尸毗王也表示愿意。最后，因陀罗显身，预言尸毗王将来会成佛。第三十六则讲述一个青年不孝敬母亲而堕入地狱。在地狱中，一只火热的铁轮始终在他的头上旋转。他被告知必须忍受这种折磨六万六千年，直至另一个人犯下同样的罪过，前来替换他。而他产生恻隐之心，为了不让其他任何人遭受这种痛苦，他愿意独自永远忍受这种折磨。由于他有这样的善念，铁轮顿时从他的头顶消失。

第五品讲述各种人物由于前生作恶而堕入地狱受苦。第六品讲述人和动物由于行善，死后升入天国。如第五十四则讲述频毗娑罗王建塔供奉佛陀给他的一些头发和指甲。王子阿阇世弑父篡位后，禁止供奉佛塔。而宫中一位名叫希利摩蒂的妇女不顾禁令，依然供奉佛陀，被残暴的阿阇世王处死。希利摩蒂临死时，思念佛陀，死后升入天国。

第七品讲述释迦族成员获得阿罗汉果。第八品讲述妇女获得阿罗汉果。如第七十五则讲述在王舍城的一个节日，来了一个南方戏班师傅。他的女儿名叫青莲，姿色迷人。每当她登上舞台，全场观众引颈观赏。后来，她闻听佛陀的名声，前往佛陀那里表演富有性感的歌舞，致使众比丘神魂颠倒。于是，佛陀施展神通，使她幻变成一个白发缺齿的佝偻老妪。由此，青莲悟解人生无常的道理，皈依佛门。然后，佛陀讲述自己的前生故事：他前生曾是王子，在雪山修行时，度化以歌舞向他献媚的紧那罗女，而这位紧那罗女就是现在的青莲。

第九品讲述品行高尚者获得阿罗汉果。第十品讲述有些人做过恶事，受过恶报，后来通过做善事，获得阿罗汉果。如第九十八则讲述波罗奈城王子恒吉迦品貌双全，养尊处优。但他具有善根，渴望出家。而父母不同意。于是，他发誓要舍弃生命，以便迅速再生，争取出家。然而，无论他喝毒、投火或跳河，都没有丧命。他转而想到阿阇世王生性残暴，便在夜晚前往王宫凿墙挖洞，故意让卫兵抓获。他希望阿阇世王立即将他处死。而阿阇世王得知他这样做的原因后，放走了他。然后，恒吉迦出家，精勤努力，获得阿罗汉果。佛陀称赞恒吉迦是自己的杰出弟子。众比丘询问佛陀，为何毒药、烈火和河流都不能伤害恒吉迦的身体？佛陀告诉众比丘，恒吉迦前生曾是盗贼，一次他劫得一个器皿，而其他盗贼追赶他。他躲藏在一个沉思入定的辟支佛附近，目睹那些盗贼的刀枪和火把无法伤害辟支佛。他躲过那些盗贼后，用饭团供养辟支佛，发愿以后要获得功德，像辟支佛一样免受一切怨敌伤害。此后他出家，恪守梵行，获得阿罗汉果。第一百则讲述阿育王认为儿子鸠那罗容貌俊美，世上无人可比。然而，他从犍陀罗商人口中得知，他们那里有个名叫孙陀罗的青年，不仅容貌俊美，而且，他所到之处，莲花池和花园会跃起。阿育王询问长老优波笈多，孙陀罗有什么善业？优波笈多回答说，孙陀罗前生是个农夫，佛陀进入涅槃后，摩诃迦叶和五百弟子完成佛陀的葬礼后，忧愁悲伤，身体疲惫。孙陀罗为他们安排沐浴和饮食。由于这个功德，他现在享有这个功果。

《天譬喻经》（Divyāvadāna）的成书年代晚于《百譬喻经》，可能在三、四世纪。虽然其中也含有一些大乘经文的痕迹，但在总体上属于小乘经文。全书共有三十八个故事，绝大多数源自小乘的律藏和经藏。其中尤为著名的故事是第三十二则《茹波婆蒂譬喻》、第三十三则《虎耳譬喻》和第二十六至第二十九则关于阿育王的一组譬喻。

《茹波婆蒂譬喻》讲述茹波婆蒂看见一个濒临饿死的妇女，准备吞噬自己的孩子。为了拯救这个孩子，她亲自用刀割取自己的乳房，用血和肉喂食这个妇女。因陀罗幻化成乞食的婆罗门，询问她为何要这样做时，她回答说："我为救孩子而割取自己的乳房，这样做不是为了求取王权或享受，不是为了求取升入天国或成为天王，也不是为了求取成为转轮王，我只是为了求取获得无上正等菩提。这样，我就可以调伏未调伏者，解脱未解脱者，让未安宁者获得安宁，让未涅槃者获得涅槃。如果我的誓愿真实不虚，就让我摆脱女性，成为男性。"话音刚落，她真的变成了男性，得名茹波婆多。后来，她又转生为婆罗门梵光，在森林中修苦行。一头母虎在他的茅屋附近产下虎崽后，出于饥饿，想要吞噬虎崽，梵光便以身饲虎，拯救虎崽。

《虎耳譬喻》讲述佛陀住在舍卫城时，阿难天天出外乞食。一天，返回途中，看见一个旃陀罗少女从井中打水，他上前向她讨水喝。少女告诉他自己是旃陀罗女子。阿难回答说："我不问你家庭和种姓，我只是向你讨水喝。"少女给他水喝，并爱上了他。少女把自己的心愿告诉母亲。她的母亲施展咒术将阿难送进少女屋中。情急之下，阿难向佛陀祈祷求救。佛陀也使用咒术将阿难接回寺院。然而，这位少女不死心，天天在阿难出来乞食时，跟随其后。阿难又向佛陀求救。于是，佛陀引导这位少女皈依佛法，削发为尼。而城中婆罗门、刹帝利和市民听说佛陀接纳一个旃陀罗少女为尼姑，群情激愤，报告波斯匿王。国王前来询问佛陀缘由，佛陀当着所有大众的面，讲述自己的前生故事：有个旃陀罗首领，为儿子虎耳求娶一个婆罗门的女儿，这个高傲的婆罗门拒绝他，嘲笑他。而这个旃陀罗首领给他讲道理：种姓之间不存在动物或植物之间那样的区别，而按照善恶报应和生死轮回，也无所谓什么种姓，因为每个人都是按照自己的业再生。这个婆罗门终于被说服，同意这桩婚事。最后，佛陀指出这个前生故事中，那个旃陀罗首领就是他本人，那个婆罗门的女儿就是现在这个旃陀罗少女，虎耳就是阿难。

关于阿育王的一组譬喻中，第二十六则《献尘譬喻》讲述阿育王在前生年幼时，曾经在游戏玩耍时，遇见一位过去佛。他将一捧尘土放在盘中，表示向佛供奉面粉。正是前生种植有这个善根，他得以转生成为转轮王。第二十七则《鸠那罗譬喻》讲述王子鸠那罗年轻貌美，尤其是长有一双美丽的眼睛。由此，他的异母王后爱慕他，居然向他求欢，而遭到他拒绝。这位王后恼羞成怒，利用阿育王给她治理王国一周的机会，背着阿育王下令挖去鸠那罗王子美丽的双眼。阿育王得知实情后，下令处死这个王后。而鸠那罗王子不怀怨恨之心，请求阿育王宽恕王后，并且发誓说，如果自己说的是真心话，就让自己的眼睛复原。果然，他的真实誓言兑现，双眼复明。第二十八则《毗多输迦譬喻》讲述阿育王的弟弟毗多输迦原先信奉外道，后来，皈依佛教，获得阿罗汉果。那时，一个外道师亵渎佛陀，阿育王悬赏要他的头。一个牧人错把毗多输迦误认作外道师，砍下他的头颅来领赏。阿育王一见是自己弟弟的首级，顿时昏倒在地，大臣们泼水救醒他。然后，长老优波笈多讲述毗多输迦的前生故事：毗多输迦前生曾是猎人，在林中安放套索和设置陷阱捕鹿。一次，他发现鹿群都跑到一位在树下结跏趺坐的辟支佛那里去了。于是，他认为这个辟支佛妨碍他捕鹿，便拔刀杀死了这位辟支佛。正是由于前生犯下这个恶业，今生遭到杀身之祸。第二十九则《阿育王譬喻》讲述阿育王晚境凄凉，那时他已经成为名存实亡的国王，无权支配财物。他用餐的金盘和银盘也被换成泥盘，以防他把金盘和银盘施舍给寺院。这组譬喻故事构成比较完整的阿育王生平传说。在汉译佛经中，记载阿育王传说的经文有《阿育王经》（西晋安法钦译）和《阿育王传》（梁僧伽婆罗译）。

圣勇（Āryaśūra，约三、四世纪）的《本生鬘》（Jātakamālā）讲述佛本生故事，采用韵散杂糅的梵语"占布"文体。全书共有三十四则佛本生故事，颂扬佛陀前生作为菩萨具有的高尚品德和各种卓绝非凡的善举。如第一则《母虎本生》讲述一位出身豪族的婆罗门青年，天资聪颖，内心清净，摒弃在家生活，进入森林成为苦行者。一次，他看见山洞中一头母虎分娩，生下一些虎崽。而这头母虎饥肠辘辘，肚子干瘪，想要吞噬虎崽充饥。于是，他心生慈悲，决心用自己的身体拯救那些虎崽的生命。他从山崖滚落下来。母虎

看到他失去生命气息的身体，便放弃虎崽，而吞噬这位苦行者。这
位苦行者的学生满怀崇敬，赞叹道：

> 啊，这位心灵伟大者怜悯受苦
> 受难的众生，漠视自己的幸福！
> 啊，他将善人的境界推向极致，
> 彻底碾碎其他人的名声和光辉！

第二则《尸毗王本生》讲述尸毗王乐于施舍，在城中各处设置
施舍堂，长期施舍来自四面八方的乞求者。天王帝释天为了考验他
施舍的诚心，一天，幻化成一个瞎眼婆罗门，前来乞求尸毗王施舍
给他一只眼睛。尸毗王慷慨答应，不仅施舍他乞求的一只眼睛，也
将另一只眼睛也施舍给他。大臣满怀忧伤，询问国王你已经获得所
有一切，这样做究竟还想获得什么？尸毗王回答说，他不是为了获
得整个世界或升入天国，也不是为了赢得声誉，而只是想要救护众
生，不让苦苦乞求者的愿望落空。帝释天亲眼目睹尸毗王行善的决
心如此坚定，感叹不已。最后，帝释天让尸毗王双眼复明。

第六则《兔子本生》讲述在森林中，一只兔子品德高尚，特别
尊重和关怀其他动物。它与水獭、豺狼和猴子结为亲密的朋友。在
一个布萨日，他与这三位朋友商定，要准备好食物，招待任何前来
的客人。于是，帝释天幻化成一个在森林中迷路的婆罗门，疲惫不
堪，饥饿难忍，来到这里。这样，水獭送给这个婆罗门七条鱼，豺
狼送给他一条蜥蜴，猴子送给他一些芒果，而兔子是食草动物，决
定献出自己的身体。于是，它跳进火堆中，供婆罗门食用。帝释天
惊奇不已，为兔子降下天国花雨，同时为了表彰兔子的功德，用兔
子的影像装饰月亮。从此，兔子的影像永远留在月亮中。

第二十四则《大猴本生》讲述一个人为寻找一头丢失的牛，在

森林中迷路。他身体疲乏，又饥又渴，爬上一个大树摘果子吃。不料树枝断裂，他坠落悬崖，掉在一个水坑里。他爬出水坑后，发现四周是悬崖峭壁，没有出路。他陷入绝境，充满死亡的恐惧。这时，大猴在林中漫游，发现这个人，决心救他。它拼足全力背上这个人，带他脱离绝境。大猴身体劳累，躺在石板上瞌睡休息。然而，这个人心想，在这里，只能吃到果子，无法恢复体力，走出森林。他忘恩负义，居然想用石头砸死大猴，吃猴肉。结果，慌乱中石头砸偏，只是砸伤大猴的头皮。大猴醒来，明白这个人的邪恶用心。但是，大猴慈悲为怀，以德报怨，主动带领他走出森林，回到林边村庄。

第二十七则《猴王本生》也是讲述一个猴王的高尚行为：在雪山的一座森林里，有一棵大无花果树，果子芳香甜美。伸向河流的枝头掉落一个果子，随流而下，被在河流下游嬉水的国王和嫔妃捡到。国王品尝果子美味后，带领军队溯流而上，发现这棵大无花果树。这时，猴子们正在树上吃果子。国王下令军队射杀这些猴子。在这危急关头，猴王决心拯救猴子们。它勇猛地纵身一跃，跳到河流对岸，将一根扎根很深的超长蔓藤，系在自己脚上，再跳回这边河岸。可是，蔓藤长度不够，不能系在树上。于是，它用手抓住树枝，让所有的猴子踩着它的背，沿着蔓藤，逃往对岸。而它自己精疲力竭，昏倒在地。国王钦佩猴王的高尚和勇武，救护猴王。猴王苏醒过来后，与国王交谈，向国王宣说为王之道。最后，猴王伤势过重，气殒命绝，升入天国。

第九则《毗输安多罗本生》讲述尸毗国王子毗输安多罗乐善好施，甚至将镇国御象也施舍给求乞的婆罗门，引发臣民强烈不满，逼迫国王放逐王子。这样，毗输安多罗带着妻子和幼小的一对儿女，前往苦行林。而在路途中，将马匹和车辆先后施舍给求乞的婆罗门，一家人徒步到达苦行林。在苦行林中，又有一个婆罗门前来求乞他的一双儿女，他也强忍悲痛施舍。于是，帝释天幻化成婆罗门，前来求乞他的妻子，他同样强忍悲痛施舍。为此，帝释天惊讶至极，交还他的妻子，并施展威力，让他的一双儿女回到他的身边。最后，毗输安多罗王子回国继承王位。

第二十八则《忍辱本生》讲述一个国王带着后宫嫔妃来到林中花园娱乐游玩。国王酒后疲倦而入睡。嫔妃们进入一座景色迷人的苦行林，见到一个苦行者结跏趺坐，宁静安详，便围坐在他的身边，听他宣说忍辱法。国王醒来后，发现嫔妃们围坐在苦行者身边，妒火中烧，拔剑要杀害苦行者。嫔妃们劝慰国王说，苦行者是在宣说忍辱法。而苦行者面对国王的威胁，镇定自若，国王更加愤怒，说要看看他的忍辱法。他先后砍下苦行者的双手、双足、鼻子和双耳，而这个苦行者始终保持忍辱。最后，大地裂开，喷出火焰吞噬国王，而这个苦行者升入天国。

《本生鬘》中的本生故事绝大多数见于巴利语《本生经》和《所行藏经》，如上引的第二、第六、第九和第二十七则见于这两部经，第二十八则见于《本生经》。而这些现成的佛本生故事经过圣勇的改写，更富有艺术表现力和感染力。《本生鬘》使用的语言是古典梵语。圣勇具有娴熟的诗歌技巧，诗律多变，修辞丰富，措辞简约。散文部分也与古典梵语散文一样，时常采用较长的复合词句。故事中的情节内容、人物心理刻画、感情渲染和风景描写远比巴利语本生故事丰富和细致。因此，《本生鬘》问世后，不仅在佛教徒中广为传颂，也受到婆罗门教文人的赏识。例如，宝吉智在为檀丁的《诗镜》所作的注释中，将《本生鬘》视为"占布"文体的典范，并多次引用这部作品中的例子说明檀丁的诗学观点。例如，檀丁认为诗人具有天生的想象力，宝吉智引证《本生鬘》第十五《鱼王本生》中第一首偈颂：

人们长期行善或作恶，

便会成为各自的习性，

在另一生也照样如此，

轻而易举如同在梦中。

王顶在《诗探》第十章中论及古代国王在优禅尼城举行诗人评议会时，将圣勇与迦梨陀娑、阿摩罗和婆罗维等并列为优秀的古典梵语诗人。维迪亚迦罗编选的《妙语宝库》第 1698 首诗中，称赞圣勇的诗歌"语言纯洁"，也将他与迦梨陀娑、婆罗维和薄婆菩提等并列为优秀的古典梵语诗人。同时，《妙语宝库》中也收入了《本生鬘》第三十三则《水牛本生》中第四首偈颂：

恶人遇到慈悲善良者，

趾高气扬，坏事做绝，

而对稍许令他惧怕者，

则一副谦卑可怜模样。

唐义净在《南海寄归内法传》卷第四中也提到这部作品，说《社得迦摩罗》（即《本生鬘》的梵语书名 Jātakamālā 的音译）"取本生事，而为诗赞，欲令顺俗妍美，读者欢爱"。"南海诸岛有十余国，无问法俗，咸皆讽诵。"

汉译佛经中有一部署名为"圣勇等造"的《菩萨本生鬘论》（宋绍德、慧询等译），共有十六卷，前四卷收有十四则本生故事，其中只有四则与梵本《本生鬘》取材相同，而故事中的人物和情节以及文字表述差异极大，因此，绝不可能出自同一作者之手。同时，后面十二卷是关于护国本生的论释。梵本《本生鬘》中并无这个护国本生。从译文中可以看出论释共有三十四段，而这个译本却缺失前十段。明智旭《阅藏知津》卷第三十八中提到《菩萨本生鬘论》时说："后十二卷是寂变、胜天论菩萨施行庄严，尊者护国本生之义，共有三十四段，殊胜难解。"《菩萨本生鬘论》这个译本怎么会出现这样的情况，因无案可查，难以作出确切解释。

安主（Kṣemaendra，十一世纪）是一位古典梵语诗人和诗学家，著有《譬喻如意藤》（Avadānakalpalatā）。这部著作含有一百零八个譬喻故事，讲述有关佛陀释迦牟尼的生平传说和前生故事以及其他人物的前生和今生故事。可以说，这是现存梵语譬喻经中收有譬喻故事最多的一部。这部著作采用叙事诗体，安主对以往累积的各种譬喻故事素材进行提炼和改编，重视故事的趣味性和感染力。

其中，关于佛陀的生平传说，有几个讲述佛陀的妻子耶输陀罗的故事，如第六十五则讲述耶输陀罗前生是迦尸国王的女儿，名叫莲花。国王没有儿子，便与大臣们商定为莲花公主招女婿。那时，恒河边一个苦行林中，迦叶仙人有个儿子，名叫独角（或称鹿角），是一头母鹿偶尔舔食了迦叶仙人的尿而生下的。国王认为独角在林中长大，生性纯洁，能成为公主的好丈夫，以后可以继承王位。于是，国王让莲花公主前往苦行林，去会见独角。独角长期与父亲隐居苦行林，没有见过女性，以为她是哪个苦行林中仙人的儿子，希望看看她居住的苦行林。莲花公主回去禀告父亲。国王便安排一条大船，装饰成苦行林的模样，停在恒河边，让独角上船。就这样，国王将独角带回宫中，让他与莲花公主举行婚礼，结为夫妻。后来，独角成为迦尸国国王。这个故事中的独角也就是佛陀的前生。

第三十七则讲述佛陀的另一个前生故事：他曾经是波罗奈城国王梵授的儿子，名叫优陀迦。梵授王准备让他继承王位，但他记起自己前生曾经是国王，由于执掌王权，实施暴力，死后下地狱。因此，他决心摒弃王权，出家修行。于是，他装成哑巴和瘸子。国王请御医为他治疗。御医建议让王子受惊吓，激起他突然站直和开口说话。然而，即使王子被带往刑场和坟地，回来后依然又哑又瘸。最后，王子向国王表示只要同意赐予他一个恩惠，他就会既不哑，也不瘸。国王答应后，王子说明因为记得前生，而害怕继承王位，故意装成哑巴和瘸子，现在的愿望是出家。国王再三劝说无效，但想到王子说的话也有道理，便同意他出家。

第三十九则讲述毗舍离城一些渔夫捕到一条长有十八个动物脑袋的大鲨鱼，惊恐不已。而佛陀看到后，询问这条大鲨鱼："迦比罗啊，你记得自己前生的罪过吗？你的母亲现在在哪里？"大鲨鱼顿时记起自己前生的罪过，母亲也已经下地狱，哭泣流泪。应阿难的请求，佛陀讲述这条大鲨鱼前生是一个婆罗门的儿子，名叫迦比罗，能言善辩而受到国王奖赏。父亲临终时告诫他不要逞能，与佛教比丘辩论。而父亲死后，他的母亲一再怂恿他与比丘辩论。他记得父亲的告诫而不愿意。母亲发怒责备他。于是，他试着与一个比丘辩论，但他不懂佛教义理，无言以对。然而，他的母亲依然逼迫他。后来，他在一次与比丘辩论中，居然谩骂十八位比丘是驴子、猴子、野猪等等。由此，他的母亲死后下地狱，而他转生为长有十八个动物脑袋的大鲨鱼。

第七十二则讲述阿育王的国师优波笈多的故事：他出生在摩突罗城一个香料商家中，年轻时就向往出家，而暂时协助父亲出售香料。城里有个妓女，名叫仙赐，得知他相貌俊美，派使女邀请他。而优波笈多予以拒绝。仙赐怨恨这是妓女的命运，她接待的一个商人钱财已经化完，仍然赖着不走，而她喜欢的人却拒绝她。后来，她和母亲杀死那个商人，接待一个新客人。那个商人的亲友发现尸体后，报告国王。国王下令处死仙赐。仙赐被砍掉手脚，割掉耳鼻。优波笈多听到她的哀叫声，前来观看。仙赐见到他，羞愧地低下头，而抱怨她当时邀请他，他不来，现在来了，又有什么用？优波笈多开导她，说她当时那么美丽，现在变成这样，其实这肉体如同可怕的坟场，祸患无穷，人们只是出于愚痴才迷恋它。最后，优波笈多劝说她皈依三宝。仙赐听后，摒弃欲望，皈依三宝。她死后，升入天国。优波笈多随即出家拜师修行，成为阿罗汉。

这部著作中也有一组关于阿育王的故事。除了前面介绍《天譬喻经》时提及的阿育王晚年生活和王子鸠那罗的故事，这里第七十三则讲述出海经商的商人回来向阿育王求助，说是航船在海中沉没，财宝都被龙王取走了。于是，阿育王给龙王写信，刻在铜牒上，扔进大海，请求龙王交还财宝，而龙王拒绝。后来，阿育王听从一位天神忠告，虔敬佛陀。这样，再次给龙王去信后，龙王亲自送回财宝。阿育王又听说优波笈多模样与佛陀相像，便派遣使者前去摩突罗城接来优波笈多。从此，阿育王虔诚皈依三宝。第六十九则讲述阿育王从各地收集佛舍利，建造八万四千座塔，供奉佛舍利。

现存其他梵语佛教譬喻经还有《如意树譬喻鬘》（Kalpa-drumāvadānamālā）、《宝譬喻鬘》（Ratnāvadānamālā）、《阿育王譬喻鬘》（Aśokāvadānamālā）和《律仪譬喻鬘》（Vratāvadānamālā）等。在汉译佛经中，除了上面提到的《撰集百缘经》和《菩萨本生鬘论》，还有《佛五百弟子自说本起经》（西晋竺法护译）、《生经》（西晋竺法护译）、《贤愚经》（元魏慧觉等译）、《杂宝藏经》（元魏吉迦夜共昙曜译）、《杂譬喻经》（后汉支娄迦谶译）、《百喻经》（萧秦求那毗地译）、《六度集经》（吴康僧会译）和《菩萨本缘经》（吴支谦译）等。

第四节　马鸣的诗歌和戏剧

马鸣（Aśvaghoṣa）是著名的佛教诗人和戏剧家。据后秦鸠摩罗什译《马鸣菩萨传》，马鸣是中天竺人，原本信奉婆罗门教，"世智慧辩，善通言论"。后来，他在一次辩论中败于北天竺高僧长老胁，于是皈依佛教，在中天竺弘通佛法。他"博通群经，明达内外，才辩盖世，四辈敬伏"。后来，北天竺小月氏王进犯中天竺。中天竺王被迫答应小月氏王提出的议和条件，把马鸣交给小月氏王。此后，马鸣在北天竺"广宣佛法，导利群生"。而据元魏吉迦夜共昙曜译《付法藏因缘传》，马鸣是在辩论中败于胁比丘的弟子富那奢而皈依佛教。富那奢在临涅槃时，以法付嘱马鸣。同时，还提到马鸣"于华氏城游行教化，欲度彼城诸众生故，作妙伎乐名赖吒和罗，其音清雅，哀婉调畅，宣说苦空无我之法"。马鸣还亲自粉墨登场，与演员们一起表演。后来，他被月氏国旃檀罽昵吒王索去。

关于马鸣出生年代，汉文史料中有佛灭后三百年至六百年多种说法，而以佛灭后五百年说居多，相当于公元一、二世纪。关于马鸣的著作，依据汉文佛经史料，归在他名下的有八部：《佛所行赞》、《大庄严经论》、《大乘起信论》、《大宗地玄文本经》、《事师法五十颂》、《十不善业道经》、《大趣轮回经》和《尼乾子问无我义经》。而据藏文佛经史料，归在他名下的有十多部。学界普遍认为这些经文不可能是同一马鸣所作，但因缺乏足够的史料，难以一一考证厘定。

然而，马鸣作为佛教诗人和戏剧家，则是确定无疑的。他享有盛名的梵语叙事诗《佛所行赞》，虽然现存梵本残存前半部，但有汉文和藏文全译本，都标明"马鸣菩萨造"。唐义净《南海寄归内法传》卷四中也记载"尊者马鸣""作佛本行诗"，"意述如来始自王宫，终乎双树，一代佛法，并辑为诗，五天南海，无不讽诵"。马鸣的另一部梵语叙事诗《美难陀传》末尾的题署作者名为"圣金眼之子、萨盖多比丘、导师、尊者、大诗人、大论师马鸣造"。

此外，在我国新疆吐鲁番出土的三个梵语戏剧残卷，其中一部是名为《舍利弗剧》的九幕剧，残存最后两幕，末尾题署作者名为"圣金眼之子马鸣"。

《佛所行赞》（Buddhacarita）现存抄本只有前十四品，而据现存汉译本和藏译本，全诗共有二十八品。汉译本的译者署名北凉昙无谶。下面依据梵本前十四品和昙无谶译本后十四品介绍《佛所行赞》的主要内容。

第一品《世尊诞生》讲述释迦族净饭王的王后摩耶夫人怀孕，在蓝毗尼园从自己胁部生下王子。这位王子一生下就光辉灿烂如同太阳。

> 迈着狮步，环视四方，
> 他说出意义吉祥的话：
> "这是我最后一次出生，
> 为求觉悟，造福世界。"（1.15）

阿私陀仙人来访，预言这位王子将来会努力修行，达到觉悟，掌握真谛，以至高妙法为世界解除束缚，拯救世人出苦海。

第二品《后宫生活》讲述王子诞生后，释迦族国泰民安，繁荣富强，净饭王为王子取名"悉达多"（意为"一切义成"）。王后摩耶夫人逝世升天，王子由姨母乔答弥抚养。净饭王为防王子出家，让他住在宫楼深处，宫女成群，侍奉他消遣娱乐。王子成年后，净饭王为他迎娶名门淑女耶输陀罗，婚后生子罗睺罗。

第三品《王子忧患》讲述王子出宫游园，第一次遇见一位老人，得知人人都会衰老。第二次和第三次分别遇见病人和死人。这样，他亲眼目睹世人受老病死束缚折磨，引起他内心震动和忧虑。

第四品《摒弃妇女》讲述车夫遵奉净饭王的旨意，将王子拉到城市花园。花园中安排有众多妇女，以种种媚态挑逗和引诱王子，而王子始终保持坚定，毫不动心。祭司之子优陀夷竭力用世俗观念劝说王子，而王子向优陀夷表达自己绝不耽迷爱欲的决心。净饭王得知王子的决心后，与大臣们商量对策，一致认为只能用爱欲束缚王子的心，别无办法。

第五品《离城出家》讲述王子渴望宁静，出城观赏林地。他看到农夫和耕牛艰辛劳累，而耕地的犁头割碎青草和昆虫，心生悲悯。他在一棵阎浮树下修禅入定，获得寂静产生的至高喜乐。一位比丘出现在他的身旁，向他说明自己是出家求解脱的沙门。由此，王子决定出家。而净饭王不准许他出家。一天夜晚，王子目睹宫中妇女们种种丑陋的睡相，便毅然决然让车夫牵马，离宫出家。出城后，

> 他的大眼睛如同纯洁的莲花，
> 望着这座城市，发出狮子吼：
> "如果我不看到生死的彼岸，
> 就再也不返回这座迦毗罗城！"（5.34）

第六品《阐铎迦返城》讲述在太阳升起时，王子到达一处净修林。他吩咐车夫阐铎迦牵马返城，请他转告净饭王和其他亲人不要挂念他，并表明他追求解脱的决心。然后，王子拔剑削去头发和顶冠，又将身上的白绸衣换取一位猎人的袈裟衣。车夫阐铎迦无法劝回王子，只得满怀忧伤，牵马返城。

第七品《入苦行林》讲述王子进入净修林。他住在那里观察苦行者们修炼的各种苦行。他发现他们只是依靠折磨身体的方式企盼升入天国，毫不察觉生死轮回的弊端，实际是依靠痛苦追求痛苦。于是，他决定离开这个苦行林。

第八品《后宫悲伤》讲述阐铎迦牵马返城后，城中居民见王子没有返回，满怀忧伤。宫中的妇女们、乔答弥、耶输陀罗和净饭王悲痛欲绝，发出痛苦的哀诉：

> 这时王后乔答弥流着眼泪，
> 犹如慈爱的母牛失去牛犊，
> 她紧抱着双臂，跌倒在地，
> 犹如树叶晃动的金色芭蕉。(8.24)

> 而后耶输陀罗跌倒在地，
> 犹如雌轮鸟失去雄轮鸟，
> 惶惑迷乱，缓慢地诉说，
> 而话音梗塞，一再喧住。(8.60)

大臣和祭司安慰净饭王，并表示愿意前去林中，尽力劝回王子。

第九品《寻找王子》讲述大臣和祭司在前往阿罗蓝净修林的路上找到王子。祭司向王子描述净饭王、乔答弥、耶输陀罗以及罗睺罗思念他的凄苦情状，试图用亲情打动他。大臣则依据世俗经典，试图用道理说服他。但王子对他俩的劝说，都作出合理有力的回答，并表达自己的坚强决心：

> 即使太阳会坠落大地，
> 即使雪山会失去坚定，
> 我若是贪恋感官对象，
> 不见真谛，绝不回家。(9.78)

第十品《频毗沙罗王来访》讲述王子越过恒河，来到王舍城，住在般度山。摩揭陀王频毗沙罗得知他是离宫出家的释迦族王子，前来拜访他。频毗沙罗王竭力劝导他遵循传统的人生目的——法、利和欲，放弃出家，接受王权。

第十一章《谴责贪欲》讲述王子婉拒频毗沙罗王的好意，并向他阐述贪欲是一切祸患的根源，说明人生的最高目的不是法、利和欲。最后，王子表明自己追求的人生最高目的是达到无生老病死、无苦和无惧的无为境界。频毗沙罗王受到感化，祝愿王子顺利达到目的。

第十二品《拜见阿罗蓝》讲述王子进入阿罗蓝仙人的净修林，向他求教解脱之道。阿罗蓝为他讲解数论原理，分别自我和身体，通过出家、持戒和修禅，逐步认识真谛，达到自我摆脱身体。而王子认为这并非解脱之道，因为处在缘起生存中，自我不可能摆脱身体。王子离开阿罗蓝，又来到郁陀蓝仙人的净修林。而郁陀蓝也执取自我。王子又离开郁陀蓝，来到伽耶净修林，在尼连禅河边，与五位比丘一起修炼苦行。他修炼了六年严酷的苦行，乃至身体消瘦，只剩下皮包骨。由此，他确认苦行也不是解脱之道。于是，他接受牧女布施的牛奶粥。恢复体力后，他前往一棵菩提树下，决心修禅获取菩提。那五位跟随他修炼苦行的比丘认为他已退转，离他而去。而他在菩提树下，结跏趺坐，寂然不动，发誓不达目的，绝不起座。

第十三品《降伏摩罗》讲述魔王摩罗发现这位王子发誓追求解脱，对自己统治的领域构成威胁。于是，他率领魔女和魔军前来破坏王子的苦行。而王子坚如磐石，战胜魔女的诱惑和魔军的围攻，降伏摩罗。

第十四品《成正觉》讲述降伏摩罗后，王子进入禅定，寻求第一义。他获得宿命通和天眼通，明白众生在生死轮回中受苦，而苦的根源在于十二因缘，而灭寂这种缘起的方法是遵行八正道。由此，王子觉悟成佛。而他顾虑众生受贪、瞋和痴蒙蔽，恐怕难以理解这种深邃的解脱法，但又想到自己原本立下的誓愿，觉得应该宣法。此时，梵天前来劝请佛陀说法。于是，佛陀动身前往迦尸城。

依据昙无谶译本，后十四品的主要内容是佛陀在波罗奈城初转法轮，度化五位比丘。此后，佛陀在各地宣教，度化了青年耶舍、迦叶三兄弟、舍利弗、目犍连和给孤独长者等。然后，佛陀返回故乡迦毗罗度化父亲净饭王和释迦族众多弟子。期间，提婆达多企图谋害佛陀，结果他为此恶行而堕入地狱。佛陀完成自己的使命后，准备进入涅槃。他安慰阿难，说自己今后安住"法身"，佛身有存亡，而"法身长存"。佛陀嘱咐众比丘今后要以自己为岛屿，以法为岛屿，要依法、依经和依律。最后，佛陀在双林间绳床上，头朝北方，右胁侧卧，进入涅槃。他的遗体火化后，舍利分送各地，建塔供奉。

对于《佛所行赞》这部叙事诗的艺术成就，可以将它放在梵语文学史中加以考察。《佛所行赞》符合自七世纪开始出现的梵语诗学著作对古典梵语叙事诗作出的艺术规范。实际上，这些艺术规范也是梵语诗学家依据自马鸣至七世纪之间出现的古典梵语叙事诗的理论总结。古典梵语叙事诗要求分章，《佛所行赞》分成二十八品。内容通常含有情爱、政治和战斗等，《佛所行赞》第四品中描写后宫妇女竭力引诱王子沉湎情爱欢乐，例如，

> 有个妇女手臂柔软，
> 犹如蔓藤从斜肩垂下，
> 她假装走路时绊倒，
> 趁势用力抱住王子。(4.30)

有个妇女嘴唇赤红，

口中散发蜜酒香气，

凑近到王子的耳边，

悄悄说："请听秘密。"（4.31）

另一个妇女佯装醉酒，

蓝绸衣时不时滑下，

显露腹部腰带，犹如

夜空展现一道闪电。（4.33）

　　第九品描写净饭王的大臣用婆罗门教的教义和仪轨劝说王子，例如：

生育后代偿还父亲的债务，

诵习吠陀偿还仙人的债务，

举行祭祀偿还天神的债务，

摆脱这三种债，就是解脱。（9.65）

而王子回答说：

世上存在有和无的争议，

而我不依靠他人的话做出

决定，我依靠苦行和寂静，

获知真谛，自己做出决定。（9.73）

我不会接受充满疑惑的见解，

那些见解含混不清，互相矛盾；

哪个智者会依靠他人指明方向，

如同盲人在黑暗中由盲人引路？（9.74）

第十品频毗沙罗王劝说王子履行治国职责，并指出"完整获得法、利和欲，这是实现完整的人生目的"。第十一品中，王子向频毗沙罗王阐明一切罪恶的根源是贪欲：

毒蛇，空降的雷电，

还有借助风势的烈火，

对它们的惧怕，比不上

我对感官对象的惧怕。（10.8）

世上的贪欲是盗宝贼，

无常而空虚，如同幻影；

对贪欲的渴望会使人们

头脑愚痴，何况身处其中？（10.9）

世上没有能与贪欲相比的

祸患，人们愚痴而沉迷其中，

智者惧怕祸患，了解真谛，

怎么自己会追求这种祸患？（10.11）

自我放纵，贪欲撕心，

失去安乐，走向毁灭，

把握自我者怎么会喜欢

如同暴戾毒蛇的贪欲？（10.24）

第十三品中描写王子战胜魔女和魔军，降伏摩罗，例如，

这位大仙看到摩罗军队

在前面阻扰他实施正法，

他毫不慌乱，也不激动，

犹如狮子安坐在牛群中。（13.33）

有个鬼怪向牟尼的上空投出

燃烧的铁杵，高耸如同山峰，

而一投出，它就停留在空中，

牟尼施展威力，将它碎成百块。（13.40）

有个鬼怪跃起，如同燃烧的

太阳，从空中降下火炭大雨，

犹如在劫末大火中，燃烧的

须弥山喷射出金峡谷的粉末。（13.41）

而由于大仙慈悲为怀，

这些火炭雨带着火星，

洒落在菩提树下时，

变成了红莲花瓣雨。（13.42）

有些鬼怪变成庞大的乌云，

携带着闪电和轰隆的雷鸣，

在菩提树上空降下石头雨，

却变成五彩缤纷的花雨。（13.45）

还有，古典梵语叙事诗注重藻饰，讲究诗律和修辞。《佛所行赞》也具备这些艺术特征，使用多种诗律，语言纯朴优美，明喻、隐喻、夸张、奇想、用典和谐音等等修辞手段丰富，人物形象生动，并注重传达各种情味。而且，这些艺术手法的运用都与主题和情节结合紧密，而无枝蔓和繁缛的迹象。唐义净在《南海寄归内法传》中评价《佛所行赞》说："意明字少而摄义能多，复令读者心悦忘倦，又复纂持圣教能生福利。"确实把握住了《佛所行赞》的思想内涵和艺术特点。

《佛所行赞》是叙事诗，昙无谶的汉译也采用诗体。《佛所行赞》梵本中使用多种诗律，而昙无谶通篇采用汉语五言诗体。统观昙无谶的译文中，常有删略或增添，其中的原因也不能完全归于梵汉诗律不同。因为译者本身在主观上就没有一定要依照原文逐字逐句译出的想法，而更多考虑的是怎样适应汉语的表达方式，便于读者理解和接受。所以，文字表述大多会有不同程度的变易，甚至索性按照原诗大意，加以改写。昙无谶译文中还有明显删略原文的现象，如第二品中描写宫中妇女以种种媚态取悦王子，其中有两首完全删略；第三品中描写王子出宫游园，城中妇女争相观看王子，有些描写带有艳情色彩，完全删略；第四品中描写园林中妇女们挑逗和引诱王子，完全删略，而代之以简略描述；第五品中描写王子目睹宫中妇女们种种丑陋的睡相，也予以压缩，删略了那些带有艳情色彩的词语。显然，这些删略更是无关乎诗律，而完全是顺应汉地的伦理观念和心理习惯。

《美难陀传》（Saudarananda）共有十八品，讲述释迦牟尼度化异母兄弟难陀的故事。释迦牟尼得道成佛后，返回故乡迦毗罗城宣教。难陀和美丽的妻子孙陀利沉溺在爱欲之中。在佛陀的劝诫下，难陀勉强出家。但他念念不忘孙陀利，心中充满苦恼。一次，趁佛陀出外乞食，他返俗回家。于是，佛陀带领他漫游天国。难陀迷上比孙陀利更美的天女，渴望再生天国。佛陀告诉他，只有修炼苦行，才能再生天国。这样，返回人间后，难陀开始修炼苦行。然后，佛陀的弟子阿难前来向他阐明情爱不可能给人带来真正的幸福，甚至天国的欢乐也是暂时的，因为世上一切人都受缚于生老病死和五道轮回。难陀由此醒悟，向佛陀表示不再渴望再生天国，求取天女。于是，佛陀向他宣讲佛法。以后，难陀隐居森林，实践四禅定，最终成为阿罗汉。

《美难陀传》这部叙事诗的艺术成就与《佛所行赞》相同，结构严谨，语言纯净，修辞丰富，文体优美。但是，这两部叙事诗具有共同的缺点是后半部中说教的成分多了一些，虽然这些说教内容并不完全是抽象的说理文字，常常含有形象生动的比喻。这与马鸣本人的创作思想有关，正如他在《美难陀传》的结尾部分写道：

> 这部作品蕴含解脱的主题，求平静，而非求欲乐，
>
> 采用诗歌形式是为了吸引那些驰心旁骛的听众，
>
> 我按照诗歌规则，在诗中除了解脱，也描写其他，
>
> 是为了打动人心，犹如苦药伴有蜜汁，便于喝下。
>
> （18.63）

在我国新疆吐鲁番曾出土三个梵语戏剧残卷，于 1911 年由德国学者吕德斯（H. Lüders）整理出版。其中一部是名为《舍利弗剧》（Śāriputraprakaraṇa）的九幕剧，残存最后两幕，剧本末尾题署作者名为"圣金眼之子马鸣"。这个剧本描写舍利弗和目犍连皈依佛陀的故事。最后两幕的内容是：舍利弗尊佛陀为师，他的朋友（丑角）劝说道：刹帝利的学说对婆罗门不适宜。舍利弗驳斥道：难道低级种姓配制的药方就不能救治病人？难道低级种姓提供的清水就不能解渴提神？目犍连见舍利弗喜形于色，问明原因后，与舍

利弗结伴皈依佛陀。佛陀预言他俩将会成为他的大弟子。

东晋法显于 399 年赴印求法。他在《佛国记》中记述中印度"众僧大会说法，说法已，供养舍利弗塔，种种华香，通夜燃灯，使伎乐人作舍利弗大婆罗门时，诣佛求出家，大目连、大迦叶亦如是"。这说明马鸣的《舍利弗剧》问世后。以舍利弗、大目连（即目犍连）和大迦叶出家为题材的戏剧在印度佛教僧团久演不衰。我国唐代的两种乐曲名为"舍利弗"和"摩多楼子"（即目犍连）可能与这类戏剧（尤其是马鸣的《舍利弗剧》）传入中土有关。

其他两部戏剧残卷只剩零星片断，剧情难以判断。其中一部的剧中人物都是抽象概念："菩提"（觉悟）、"持"（坚定）和"称"（名誉），戏文中有赞颂佛陀的对话。另一种的剧中人物有舍利弗和目犍连等。这两部戏剧残卷的剧名和作者名均已失佚，但它们是与《舍利弗剧》一起发现的，而且文体一致，内容都与佛教有关，所以也被归在马鸣名下，统称为马鸣的三部戏剧残卷。

这三部戏剧残卷具有古典梵语戏剧的大部分艺术特征：戏文韵散杂糅，剧中有喜剧性丑角，地位高的角色说梵语，妇女、丑角和其他地位低的角色说俗语，有"上场"、"退场"等舞台提示，剧终有祝福诗。这些艺术特征符合印度现存梵语戏剧学《舞论》中的戏剧规则。

在七世纪印度佛教哲学家法称的著作《说正理》中，曾提到马鸣写有一部名为《护国》（Rāṣṭrapāla）的剧本。上引《付法藏因缘传》中提到马鸣"作妙伎乐名赖吒和罗"。这里的"赖吒和罗"就是梵语"护国"（人名）一词的音译。这两条材料证明马鸣的戏剧创作中，还有一部现已失传的《护国》。

马鸣的这两部叙事诗和三种戏剧残卷都属于古典梵语文学范畴。鉴于马鸣与四、五世纪著名的古典梵语诗人和戏剧家迦梨陀娑相隔两三百年，其间的古典梵语叙事诗和戏剧作品均已失传，因此，马鸣不仅在印度佛教史上，也在梵语文学史上享有崇高的地位，被视为古典梵语文学时代的先驱。

除了马鸣的戏剧残卷外，至今没有发现其他梵语佛教戏剧文本。佛教唯识学家和语法家月官（Candragomin，四世纪）著有一部戏剧《世喜记》（Lokānanda），梵语原本也已经失传，但保存有藏译本。这是一部五幕剧，取材于佛本生故事，颂扬佛教的布施波罗蜜。第一幕描写拘萨罗国王子名为顶珠（Cūḍamaṇi），因为前生积有功德，头顶上天生长有顶珠，这个顶珠具有驱病解毒的神奇力量。而他摒弃世俗欲乐，热爱苦行。雪山上一个苦行林中有个苦行者的女儿名叫有莲，一个持明女向她展示王子顶珠的画像。她爱上这位王子。有莲的父母同意将女儿嫁给王子顶珠。持明女便将有莲的画像展示给国王和王后看，他们也同意接受这位儿媳。然而，顶珠不感兴趣，拒绝结婚，继续在林中修苦行。第二幕描写弄臣（即丑角）劝说顶珠结婚，顶珠表示自己决心为众生谋福，即使舍弃身体，也在所不惜。持明女听到他俩的交谈，便趁机请求顶珠以他的身体拯救陷入相思病中的有莲。顶珠表示同意，持明女便将顶珠带往雪山。第三幕描写顶珠和有莲成婚。第四幕描写顶珠和有莲生下儿子。国王让顶珠继承王位。然后，顶珠举行大祭，向民众布施一切财物。突然来了一个罗刹，乞求肉食。祭司建议顶珠施舍牛肉。而顶珠反对杀生祭祀，便决定施舍自己的身体，从身上割肉给罗刹，最后昏倒在地。随即，这个罗刹显身，原来他是天王因陀罗。因陀罗说他这样做是为了向民众表明顶珠的布施出于真心。大地女神也显身，使用药草，让顶珠的身体复原。因陀罗表示要将顶珠带往天国，而顶珠不愿意，因为天国中没有求乞者。这时，有个苦行者前来代表摩利支仙人求取顶珠的妻子有莲和儿子，顶珠也同意，并表示自己此后隐居森林。第五幕描写顶珠在森林中的住处离摩利支仙人的苦行林不远。一天，顶珠和随身的弄臣在林中发现有两个歹徒追逐有莲。他和弄臣赶走那两个歹徒后，准备送有莲回到摩利支苦行林。这时，来了一个婆罗门，说是俱卢国（即拘萨罗国的敌国）发生瘟疫，天神说顶珠王头顶的顶珠能驱除瘟疫，故而前来求取。顶珠为救护众生，便撕下头顶的顶珠，交给这个婆罗门，而自己昏迷倒地。就在这时，他的儿子遭遇蛇咬。侍从前来寻找顶珠王，希望用他的顶珠救活他的儿子，却发现顶珠王已经失去顶珠而昏迷，有莲在他身边悲痛哭泣。随即，天上降下花雨，顶珠苏醒过来。虽然他已经无法救活儿子，但不后悔施舍自己的顶珠。然后，他发出真实誓言："如果我的不后悔是真实的，我的慈悲和布施也是真实的，那就让我的顶珠重新出现！"果然顶珠重新出现，他救活了儿子。随后，摩利支仙人把有莲和他的儿子交回顶珠，要求他回国统治国家，并向他说明当时他求取有莲和他的儿子是为了保护他俩，以防被别人取走。这时，因陀罗派来天国飞车，送顶珠全家返回拘萨罗国。

唐义净《南海寄归内法传》中记载说："东印度月官大士作毗输安怛啰太子歌词，人皆舞咏。"可能指的就是这部戏剧，因为巴利语《本生经》中的毗输安怛啰（Vessantara）太子的超凡施舍精神与顶珠太子相似。

第 四 章

耆那教文学

耆那教文献分成经典和非经典两大部分。

耆那教经典文献统称"阿笈摩"（Āgama，又译"阿含"）或"悉檀多"（Siddhanta）。现存经典是在大雄死后一千年即五、六世纪编定的，分成六类。

第一类是十二支（Aṅga）。一、《所行支》（Āyāraṅgasutta），讲述僧侣的生活方式，强调不杀生和不妄语。二、《分辨支》（Sūyagaḍaṅga），告诫年轻僧侣摆脱种种异教学说，远离种种诱惑，坚定信念，追求至高目标。三、《增一支》（Thāṇaṅga），像佛教的《增一尼迦耶》一样，按照数目一至十的次序，论述各种宗教问题。四、《数目支》（Samavāyaṅga），继续上一支的内容，但数目远远超出十。五、《圣训支》（Bhagavatī viyāhapannatti），采用问答和对话的方式，详细阐述耆那教教义。其中也讲述大雄和大雄之前以及与大雄同时代圣者的事迹。六、《法记支》（Nāyādhammakahāo），讲述耆那教传说和故事。七、《十居士支》（Uvāsagadasāo），讲述在家信徒的戒规。这些信徒大多是富商，皈依耆那教，实施苦行，死后升入天国。八、《十终极支》（Antagaḍadasāo）和九、《十升天支》（Anuttarovavāiyadasāo），论述虔诚的苦行僧。十、《释问支》（Paṇhāvāgaraṇāim），论述五戒和相应的五德。十一、《果报支》（Vivāgasuyam），讲述善恶报应的传说。十二、《见支》（Diṭṭhivāya），论述耆那教各种教义，说明正见，批驳邪见。

第二类是十二"次支"（Uvaṅga）。一、《所至》（Uvavāiya），讲述善恶报应以及僧侣和在家信徒的职责。二、《波斯匿王》（Rāyapaseṇaijja），讲述国王巴亚希和僧侣盖希讨论有无灵魂的问题，最后巴亚希皈依耆那教。三、《命非命说》（Jīvājīvābhigama）和四、《陈述》（Pannavaṇā），讲述生物的分类，描述大洋、大洲、天国以及地区和人种。五、《太阳》（Sūrapaññati）、六、《瞻部洲》（Jambuddīvapaññati）和七、《月亮》（Candrapaññati），讲述天文地理、瞻部洲以及国王婆罗多的传说。八、《地狱》（Nirayāvaliyāo），讲述十兄弟反对祖父，堕入各种地狱。九、《天国》（Kappāvaḍaṃsiāo），讲述上述十兄弟的十个儿子出家当苦行僧，升入各种天国。十、《飞车》（Pupphiāo）和十一、《飞车续》（Pupphacūliāo），讲述天神乘飞车来到人间，向大雄致敬。十二、《十婆利湿尼》（Vaṇhidasāo），讲述耆那教第二十二位祖师阿利特奈密度化婆利湿尼王朝的十二位王子。

第三类是十"杂"（Paiṇṇa）。一、《四庇护》（Causaraṇa），讲述可以获得四种庇护的祷词。二、《病弃生》（Āurapaccakkhāṇa），三、《绝食》（Bhattaparinnā），四、《草席》（Samthāra）和九、《大弃生》（Mahāpaccakkhāṇa），都是宣传圣人的自愿弃生。五、《谷粒》（Taṃdulaveyāliya），是大雄和弟子乔耶摩关于生理和解剖的对话。六、《穿瞳》（Caṃdāvijjhaya），讲述师徒关系和一般戒律。七、《天王赞》（Devindatthaa），讲述天神分类。八、《占星学》（Gaṇivijja），讲述占星术。十、《大雄赞》（Vīratthaa），罗列大雄的名号。

第四类是六"惩戒经"（Cheyasutta）。一、《禁忌经》（Nisīha），关于违反日常生活戒律的惩治条例。二、《大禁忌经》（Mahānisīha），关于忏悔和赎罪的条例。三、《量刑经》（Vavahāra），关于犯戒的量刑方法。四、《十所行经》（Āyāradasāo），其中第八部分称作《劫波经》，含有大雄传记、教派名单和僧侣在雨季的戒律。五、《劫波经》（Kappa，或称《大劫波经》），关于男女僧侣的戒律。六、《胜劫波经》（Jīyakappa），关于僧侣犯戒的案例。

第五类是四"根本经"（Mūlasutta）：一、《后学经》（Uttarajjhyaṇa），包含不同时期的各种经文，其中最古老的核心部分是箴言诗、寓言诗和对话诗，类似巴利语经藏中的《经集》。二、《常规经》（Āvassaya），讲述僧侣的六种日常职责：戒绝罪恶、赞美祖师、尊敬导师、忏悔、苦行和摒弃感官享乐。三、《十缺经》（Dasaveyāliya）和四、《饭释经》（Piṇḍanijjutti），讲述僧侣的生活和戒规。

第六类是两部百科全书式的著作《吉祥经》（Nandīsutta）和《问答经》（Anuyogadāra），涉及耆那教徒须知的一切知识。

以上耆那教经典文献使用的语言是半摩揭陀语，文体有诗歌、散文和诗文并用。虽然这些经典主要是阐述教义和戒律，但与佛教一样，大雄及其弟子在说教时，喜欢引用传说和故事。例如，《法记支》第七章中有个故事，用四个妇女怎样保管稻种比喻僧侣对待"五戒"的态度：有个商人为了考验四个儿媳，让她们每人保存五颗稻种。结果，大儿媳把稻种扔了。二儿媳把稻种吃了。三儿媳把稻种藏在首饰盒里。四儿媳反复播种收获，五年后，五颗稻种变成大堆稻谷。最后，这个商人惩罚前两个儿媳，而委托三儿媳保管财产，四儿媳主持家业。

又如，第八章中有个故事讲述密提罗国王的女儿摩莉美貌绝伦，六个王子追求她，都遭到拒绝。于是，六个王子联合举兵围攻密提罗国。而摩莉劝说父王邀请这六个王子进城。摩莉将他们带进自己早已建造的一个"迷宫"中。里面有一座她的塑像，顶部有空穴。此前，她经常把吃剩的饭菜从这空穴中倒进塑像，而用莲花盖住这空穴。就在六个王子对塑像赞不绝口时，摩莉打开顶部空穴，顿时恶臭扑鼻而来，六个王子掩面躲开。随即摩莉向他们指出，她的美丽的躯体中藏有的污秽比这塑像更恶臭。她告诉他们自己已经决定出家当尼姑，六个王子由此醒悟，也决定抛弃世俗生活。

当然，这类故事更多出现在耆那教的非经典文献中。耆那教非经典文献种类很多，几乎涉及印度古代文学和学术的所有领域。这些非经典文献（包括经典注疏作品）主要使用耆那教摩诃刺陀语、阿波布朗舍语和梵语。

第一节　叙事文学

耆那教在文学领域里的贡献首推叙事文学。大量的故事和传说不仅散见于经典注疏作品，也独立成书。而且，有些故事已经发展成长篇传奇，最早的一部长篇传奇小说是波陀利多（Pādalipta）的《多浪迦维》（Taraṅgavai），使用的语言是摩诃刺陀语。写作年代一般认为在五世纪前，或在一世纪至三世纪之间。可惜原著已经失传，仅存缩写本。这部传奇的主人公多浪迦维是富商的女儿，一天前往城郊花园，见到莲花池里一对轮鸟，顿时记起自己前生是雌轮鸟，她的丈夫雄轮鸟偶尔被一个猎人杀死。她先是昏厥过去，醒来后，殉情自焚。记起前生后，多浪迦维渴望与前生的丈夫团圆，凭记忆画了一卷图画，展示前生她和雄轮鸟的生活。最终，她找到了前生的丈夫，现在是一个年轻商人。而她的父亲认为这个年轻商人不够富裕，不同意他俩成婚。于是，他俩私奔，不幸在途中遭到强盗掳掠，并准备杀死他俩祭神。而有个侍卫听了多浪迦维讲述自己的遭遇，深深同情，偷偷放走他俩。他俩逃回家中后，多浪迦维的父亲深感愧疚，同意他俩成婚。若干年后，他俩在一个花园里遇见一个耆那教徒。他就是以前放走他俩的强盗侍卫。原来他当时听了多浪迦维的生平遭遇，顿时记起自己前生就是那个猎人。而且，当时他无意中杀死那只雄轮鸟，就感到自己犯下罪恶，在多浪迦维殉情自焚后，他也投火自焚。此后，他转生在商人家庭，可是他痴迷赌博，最后沦落为强盗。在记起自己的前生后，便决定弃世出家，皈依耆那教。听了这位耆那教徒的自述，他俩也效仿他，弃世出家，皈依耆那教。

耆那教也热衷于利用或改造婆罗门教的史诗、故事和传说。维摩勒（Vimala，约三、四世纪）的《波摩传》（Paumacariya）是耆那教的一部早期叙事诗，使用摩诃刺陀语，共有一百十八章。主要情节取自《罗摩衍那》，主人公波摩就是罗摩。但维摩勒以耆那教观点改造《罗摩衍那》，而成为一部反《罗摩衍那》的叙事诗。在诗的开头部分，称《罗摩衍那》的作者蚁垤是"撒谎者"。在维摩勒笔下，罗波那不是魔王，而是属于半神的持明王，信仰耆那教。罗波那之所以称为"十首王"，并非有十个头，而是他脖子上的珍珠项链呈现他的面孔的九个映像。维摩勒认为真正的恶魔是从事杀牲祭祀的婆罗门。诗中的猴族也不是真正的猴子，而是来自猴岛的持明族。波摩最后皈依耆那教，弃绝世俗生活，达到涅槃。对于这部叙事诗，还有一点值得注意的是，维摩勒在作品开头提到具有情味的诗永久流传，如同太阳、月亮和行星永久运转。这部叙事诗传达的情味主要是英勇味和平静味。

七世纪罗维塞纳（Ravisena）用梵语将这部叙事诗改写为《波摩往世书》（Padmapurāṇa），故事情节相同，而增添了许多耆那教的说教内容。八世纪斯伐延菩（Svayambhū）则用阿波布朗舍语将这部叙事诗改写为《波摩传》（Paumacariu）。此外，雪月（Hemacandra，十二世纪）的《六十三伟人传》中也有《罗摩衍那》的故事，称为"耆那罗摩衍那"。

僧伽陀娑（Saṅghadāsa，约五世纪）的《婆娑提婆游记》（Vasudevahiṇḍi）以黑天的父亲婆娑提婆游历各地为线索，大量采用德富《伟大的故事》中的故事，使用摩诃剌陀语。僧伽陀娑将《伟大的故事》的主人公持明王那罗婆诃那达多改换成婆娑提婆，书中涉及的人物只有少数与原著人物同名，大多已经更名。而且，书中呈现耆那教的历史背景。这部作品本身并无多少创造性，但对于探索失传的《伟大的故事》的原貌有参考价值。

贾吒辛诃南丁（Jaṭasiṃhanandin，约七世纪）的叙事诗《沃兰伽传》（Varāṅgacarita）有三十一章，使用梵语。这部叙事诗讲述在毗尼多国首都乌多摩城，国王达摩塞纳后妃成群。他与最宠爱的王后生下儿子沃兰伽。这个儿子成人后，具备一切美德，通晓各种技艺，与邻国的公主阿努波摩成婚。一位耆那教导师来到乌多摩城，宣说耆那教教义，教导通向涅槃的道路。沃兰伽接受这位导师的教诲，信奉耆那教，发誓遵循正道。于是，国王指定他为王位继承人。而另一个王后想要让自己的儿子获得王位，串通一个大臣，设计谋害沃兰伽。一次，在郊外竞技场，这个大臣让沃兰伽骑上一匹疯马。结果，疯马狂奔不止，最后冲进荒野的水池中。沃兰伽侥幸抓住蔓藤而游回岸上。然后，他在森林中躲过老虎和鳄鱼的侵袭，又躲过山中土匪的杀害。而后，他遇见一个商队，得到商队主的保护，住在商队营地。土匪前来进攻商队，沃兰伽帮助商队主击退土匪。商队返城后，沃兰伽住在商队主家中。而在乌多摩城，阿努波摩以为沃兰伽已经丧命荒野，悲痛至极，准备殉情自尽，而被国王劝阻。在这期间，沃兰伽帮助他的舅父提婆塞纳王战胜敌国因陀罗塞纳王。后来，勃固罗王入侵毗尼多国。达摩塞纳向提婆塞纳求援，提婆塞纳告知沃兰伽。于是，沃兰伽帮助父王达摩塞纳击败入侵之敌。这样，沃兰伽返回故国，与阿努波摩团圆。他宽恕自己的敌人，认为自己过去的遭遇是自己前生的业报。他新建一座城市，成为那里的国王，恪守耆那教教义，遵循正道。他与阿努波摩生下一个漂亮的儿子。后来，在一个夏天夜晚，沃兰伽看到一颗彗星陨落，得到启发，决定弃绝世俗生活。他让儿子继承王位，并教导他遵行国王职责，然后进入山林，成为耆那教僧侣，王后和许多臣仆也跟随他出家。

耆那教也改写《摩诃婆罗多》，其中最早的是耆那塞纳（Jinasena，八世纪）的叙事诗《诃利世系往世书》（Harivaṃśapurāṇa），使用俗语，有六十六章。故事的背景改换成耆那教背景，叙事者改成大雄的弟子乔答摩，讲述俱卢族、般度族和黑天的故事，插入许多耆那教说教和耆那教祖师的传说。最后，俱卢族和迦尔纳都皈依耆那教，般度族也都成为苦行者，达到涅槃。黑天临死前，说自己将来会成为耆那教教主。

同样，斯伐延菩（Svayambhū，八世纪）也用阿波布朗舍语将《摩诃婆罗多》改写为《利吒奈密传》（Riṭṭhanemicariu），故事内容的基本架构与耆那塞纳的《诃利世系往世书》相同。类似的《摩诃婆罗多》改写本还有达婆罗（Dhavala，十一世纪）的摩诃刺陀语《诃利世系往世书》（Harivaṃśapurāṇa）和提婆波罗跋（Devaprabha，十三世纪）的梵语《般度族传》（Pāṇḍavacarita）等。

师子贤（Haribhadra，八世纪）的长篇小说《娑摩奈遮》（Samaraiccakahā）采用框架式叙事结构，讲述主人公轮回转生和善恶报应的故事。这部小说使用摩诃刺陀语，文体是散文，夹杂有诗歌。主人公的名字是娑摩奈遮，最初他是阿婆罗毗提诃国的王子古纳塞纳，当时他戏弄祭司的残疾儿子阿奇萨摩，让他跳舞和骑驴等。阿奇萨摩感到屈辱，进入苦行林修炼苦行。后来，古纳塞纳成为国王。在拜访苦行林时，认出这个苦行者就是阿奇萨摩，心中愧疚，便邀请他来宫中吃饭。可是，几次都遇到急事，而没有兑现这个承诺。阿奇萨摩为此怀恨在心，决意报复。即使古纳塞纳再次邀请他，他也予以拒绝。其间，古纳塞纳遇见一个耆那教徒，促成他信奉耆那教。而在他修炼苦行，沉思入定时，被阿奇萨摩杀死。他死后升入天国。在此后的八次转生中，第一次他是王子，后者是他的儿子；第二次，后者是婆罗门的女儿，他是她的儿子；第三次他是商主的儿子，后者是他的妻子；第四次他是王子，后者是他的弟弟；第五次他是商主的儿子，后者是他的妻子；第六次他是王子，后者是他的堂弟；第七次他是王子，后者是持明；第八次他是王子，后者是旃陀罗贱民。在这八次转生中，每次都是后者谋害他，结果他升入天国，后者堕入地狱。小说最后以婆摩奈遮获得解脱，受到众天神敬拜结束。

师子贤的另一部作品《骗子传》（Dhūrtākhyāna）是叙事诗，描写五个骗子团伙，在雨季不能出外行骗，在一个花园里相聚。为了消磨时间，五个骗子头领轮流编造见闻。他们事先约定：一个人讲完见闻，如果谁听了之后表示不信，说"这是胡编的"，就要受罚，而如果能举出婆罗门教史诗和往世书中的类似故事加以附会，就不必受罚。五个骗子团伙中有一个女骗子团伙，它的头领高出一筹，在她编造的见闻中，将其他几个男骗子说成是她的奴仆，致使他们处境尴尬。既不能表示相信，又不能表示不信。最后，其他四个头领甘拜下风，承认她最聪明。而这部作品的实际用意是揭露婆罗门教史诗和往世书中的故事和传说的荒谬性。

胜财（Dhanañjaya，八世纪）的《罗摩和般度族》（Rāghava-pāṇḍavīya）是一部梵语叙事诗，分成十八章，施展文字技巧，其中的诗行按照一定的读法，既讲述罗摩的故事，也讲述般度族的故事，也就是梵语诗歌中一种名为"叠合诗"（Dvisandhānakāvya）的特殊文体。自然，罗摩故事和般度族故事的具体内容沿袭耆那教改编《罗摩衍那》和《摩诃婆罗多》的模式。

关于六十三位伟人（即二十四位耆那教祖师、十二位转轮王和二十七位古代英雄）的传说作品在耆那教徒中颇为流行。这类作品天衣派称为"往世书"，白衣派称为"传"。天衣派的代表作是耆那塞纳（Jinasena，与《诃利世系往世书》的作者同名）和古纳跋德罗（Guṇabhadra）的《六十三伟人大往世书》（Triṣaṣṭilakṣaṇa-mahāpurāṇa，九世纪，简称《大往世书》）。这部《大往世书》使用梵语，前半部分讲述耆那教第一位祖师利舍跋和第一位转轮王的传说，后半部分讲述其他伟人的传说，围绕这些传说，穿插进各种说教内容以及其他各种传说和故事。这样，同婆罗门教往世书一样，也具有百科全书的性质。补希波丹多（Puṣpadanta）依据这部《大往世书》，用阿波布朗舍语撰写了另一部《六十三伟人德庄严》（Tisaṭṭhimahāpurisaguṇālaṅkāra，十世纪，也简称《大往世书》）。白衣派的代表作是雪月（Hemacandra）的《六十三伟人传》（Triṣaṣṭiśalākāpuruṣacarita，十二世纪）。这部作品的文字具有古典梵语叙事诗的风格。作品注重宗教和伦理教诲，许多伟人生平传说都涉及前生故事，以说明善恶因果报应。以上三种属于综合性传记作品，另有许多以单个人物为传主的传记作品。

阿沙伽（Asaga，九世纪）的《筏驮摩那传》（Vardhamānacarita）是一部梵语叙事诗，分为十八章，讲述耆那教教主大雄的生平传说。前十六章讲述大雄的前生传说。最后两章讲述大雄诞生为毗提诃国的王子，出于天性，摒弃欲情，出离世界，修炼苦行，由于前生的经验积累，经过十二年修行，便达到圆满。众天神为他建造精美的寺院，举行集会，天帝因陀罗为他诵唱赞歌。

诃利跋德罗（Haribhadra，十二世纪）的《奈密纳特传》（Nemināhacariu）是一部摩诃剌陀语叙事诗，讲述耆那教第二十二位祖师奈密纳特的生平传说。其中前半部分讲述奈密和罗吉摩蒂的前生故事，插入第四位转轮王萨那特鸠摩罗的传说，充满爱情和战斗描写。这位转轮王寿命长达三十万年，后来老年突然来临，他便抛弃世界，修习严酷的苦行，最后升入天国。

跋婆提婆（Bhāvadeva，十二世纪）的《巴尔希婆纳特传》

（Pārśvanāthacarita）是一部梵语叙事诗，讲述耆那教第二十三位祖师巴尔希婆纳特的生平传说，包括他的九次前生的故事。以这位祖师的生平传说为框架，插入了大量的寓言和故事。这些寓言和故事的来源既有耆那教传统的，也有世俗传统的，如《五卷书》和《僵尸鬼故事》等，故事中还插入许多宗教教诲诗和世俗格言诗。

这类耆那教祖师的传记作品还有伐迪罗阇（Vādirāja，十一世纪）的梵语叙事诗《巴尔希婆纳特传》（Pārśvanātahacarita）、德月（Guṇacandra，十一世纪）的俗语叙事诗《大雄传》（Mahāvīracariyam）、苏罗遮利耶（Sūrācārya，十一世纪）的梵语叙事诗《奈密纳特传》（Nemināthacarita）、提婆苏利（Devasūri，十二世纪）的梵语叙事诗《香底纳特传》（Śāntināthacarita）、苏摩波罗跋（Somaprabha，十二世纪）的俗语叙事诗《苏摩提纳特传》（Sumatināthacaritra）和罗什曼那·伽宁（Lakṣamaṇa gaṇin，十二世纪）的俗语叙事诗《苏波萨纳特传》（Supāsanāthacariyam）等。

悉达希（Siddharṣi，九世纪）的长篇小说《人生寓言》（Upamitibhavaprapañca）也是采用框架式叙事结构，分为八篇，讲述主人公轮回转生的故事，使用梵语，散文和诗歌并用，属于梵语文学中的"占布"文体。故事的叙述与比喻紧密结合，因此，可以称为寓言小说。这里以第一篇的故事为例：在"无始无终"城，有个可怜的乞丐，浑身是病，名为"无德"。他每天乞讨得到的残羹剩饭不能填饱肚子，只能增添疾病。一天，他来到国王"坚定"的宫殿前，门卫"敬业"同情他，放他进入。厨子"觉醒"和他的女儿"慈悯"施予这个乞丐美味的食物。而这个乞丐从未见过这样的食物，怀疑能不能吃，想要扔掉。厨子十分惊讶，于是决定治疗这个乞丐的病。他给乞丐涂眼药膏，让他喝洁净水，国王"坚定"是耆那教教主，终于治愈他的病。乞丐也习惯吃美味的食物，由"无德"变成"有德"。最后，作者解释说，"无始无终"城是轮回转生，宫殿是耆那教，国王"坚定"是耆那教教主，厨子"觉醒"是导师，眼药膏是知识，洁净水是真实的信仰，美味的食物是良好的生活。其他七篇中的故事也是同样的叙事方式。

达纳伐罗（Dhaṇavālu，约十世纪）的叙事诗《跋维萨耶多传奇》（Bhavisayattakahā），使用阿波布朗舍语，分成二十二章。这部叙事诗讲述主人公跋维萨耶多的传奇经历。他是商主达纳维和妻子莲美的儿子。达纳维怀疑莲美的贞洁，又娶了第二个妻子沙露，生子般度图。跋维萨耶多知道母亲的苦衷，安慰母亲，将来会独立成家。后来，般度图带领商队出海经商，跋维萨耶多也随同前往。途中，狂风将航船吹到一个荒岛。他们在岛上取水和采集果子。而般度图趁跋维萨耶多在远处森林中采集果子之机，下令商队起航出发。跋维萨耶多独自在森林中度过恐怖的一夜后，早晨沿着一条古道，穿过山洞，发现一座废城。他在城中寺庙中住宿，得到神灵帮助，在寺庙里的一间屋子中发现一个少女，得知她是这座城市中商人的女儿，名叫跋维萨努娃，是城市遭到恶魔屠杀后的幸存者。这样，他俩在这座城市里快乐地生活了十二年。然后，跋维萨耶多盼望回家，带着财宝，与跋维萨努娃在海边等待过路的航船。而般度图经商失败，航船又一次来到这个荒岛。他假意要带跋维萨耶多和跋维萨努娃回家，然而又故伎重演，趁跋维萨耶多独自在岸上举行航海前的祭神仪式之机，带着财宝和跋维萨努娃，下令商队起航出发。萨维萨耶多绝望地返回城中的寺庙。般度图回家后，谎称跋维萨耶多想要继续赚钱，而没有回来。然而，跋维萨耶多又得到神灵帮助，带着大量财宝，乘天车返回故乡，与母亲和跋维萨努娃团聚。真相大白后，国王放逐般度图和他的母亲沙露。此后，跋维萨耶多帮助国王击退入侵之敌。国王把儿女苏蜜多嫁给他，并分给他半个王国。接着，这部叙事诗以大量篇幅讲述以上主要人物的前生故事。最后，跋维萨耶多将王位让给儿子，与母亲和妻子跋维萨努

娃一起弃世，死后升入天国。这部叙事诗有十七世纪梅卡维遮耶
（Meghavijaya）的梵语缩写本《跋维萨耶多传》（Bhavisyattacarita）。

苏摩提婆（Somadeva，十世纪）的《耶娑迪罗迦》（Yaśastilaka）
使用梵语，采用散文和诗歌并用的占布文体，分成八章。这部作品
取材于《六十三伟人大往世书》后半部分中的耶娑达罗传说，讲述
国王摩利达多听从湿婆教导师的意见，准备杀生祭祀女神钱迪摩
哩，祭品中需要两个活人。这时，一位耆那教导师苏达多带着两个
弟子来访，故意将这两个弟子送给国王作为祭品。国王询问他俩的
身世，结果得知他俩是他的妹妹古苏摩婆哩（即优禅尼国王耶娑摩
提的王后）的儿子阿跋耶如吉和女儿阿跋耶摩蒂。于是，国王放弃
杀生祭祀。接着，阿跋耶如吉讲述耶娑摩提的父亲耶娑达罗的生平
故事：他遵循婆罗门教规定的种姓制度和人生四阶段生活，恪守国
王的职责。一天晚上，耶娑达罗与王后阿摩利朵欢爱后入睡。但他
没有完全睡着，发现王后悄悄起床，溜出房间。他暗中跟随到达庭
院，居然发现王后与一个驼背象夫私通。他准备拔剑，又立即克制
住冲动。由此，他厌弃尘世，决心抛弃王国，隐居森林。但考虑到
儿子耶娑摩提的母亲是阿摩利朵，不宜张扬阿摩利朵的丑事。他假
称梦中指示他隐居森林，禀告母后。母后不同意，要他举行祭祀，
消除梦中之事。耶娑达罗不愿意杀生祭祀。而母后坚持，并提出只
使用面粉制作的小公鸡作为象征。耶娑达罗心想只要自己不杀生，
也就没有危害。这样，商定此事。而阿摩利朵怀疑耶娑达罗已经发
觉她不贞洁，于是假意愿意自己作为祭祀的祭品，或者愿意陪伴耶
娑达罗隐居森林。她安排与耶娑达罗和母后一起吃一顿告别午餐。
而她在饭菜中下了毒，耶娑达罗和母后随即死去。然而，由于他俩
举行了一次杀生祭祀（即使是象征性的），他俩一次又一次转生为
各种动物，受尽苦难。然后，阿跋耶如吉又讲述自己的导师苏达多
的生平：他原本是一位国王，而由于国王要担负残酷的职责，即处

死罪犯等等，于是弃绝世俗生活，成为耆那教徒。国王摩利达多听完阿跋耶如吉的讲述，希望拜访苏达多。而苏达多得知摩利达多的愿望，亲自前来。最后两章是苏达多宣讲耆那教教义，并穿插相关的故事和传说。

以耶娑达罗传说为题材的耆那教作品还有补希波丹多（Puṣpadanta，十世纪）的阿波布朗舍语叙事诗《耶娑达罗传》（Jasaharacariu）、马尼吉耶（Māṇikya，十一世纪）的梵语叙事诗《耶娑达罗传》（Yaśodharacarita）和伐迪罗阇（Vādirāja，十一世纪）的梵语叙事诗《耶娑达罗传》（Yaśodharacarita）等。

诃利旃陀罗（Haricandra，十世纪）著有《持命占布》（Jīvandharacampū），使用梵语。这部占布作品讲述持真王被大臣谋杀，王后幸免于难，在火葬场生下王子持命。持命成年后，经历多次冒险生活，娶了八个妻子。最后，他杀死那个大臣，夺回王位。后来，他与母亲和妻子都皈依了耆那教。

财护（Dhanapāla，十世纪）的《迪罗迦曼遮丽》（Tilakamañjari）是长篇传奇小说，使用梵语。小说讲述阿逾陀城国王梅卡婆诃那坐在王宫阳台上，看见一位持明仙人从空中来到他的王宫。他和王后一起接待这位仙人。在交谈中，国王说起自己没有后嗣，准备前往森林祭神求子。这位仙人经过沉思，告诉他很快就会有儿子，因而不必前往森林祭神，只需要在自己宫中祭拜吉祥女神。于是，他听从这位仙人的忠告。期间，他在耆那教祖师的神殿中，遇见一位天神。这位天神赐予他一串名为月光的珍珠项链，请他保存好，说这是自己妻子的项链，她就要转生人间，将来看到这条项链，会记起前生。国王回宫祭拜吉祥女神时，将这条项链献给女神。这时出现一个可怕的僵尸鬼，说他献祭女神的方式不对，而应该献祭头颅。国王说没有现成的头颅，如果必要，他可以献祭自己的头颅。说罢，用剑割自己的头颅，但割不下。于是，吉祥女神显身告诉他，这个僵尸鬼是她的门卫乔装的，意在考验他的诚心。然后，女神告诉国王，他会得到一个儿子，并且将来会成为持明王，又告诉国王要保存好这条项链，将来对儿子有用。最后，女神赐予他一枚名为曙光的戒指。此后不久，王后怀孕生子，取名诃利婆诃那。后来，国王的军队统帅在南方征战中，俘虏锡兰王的儿子萨摩罗盖杜。统帅将这位王子带回，国王让这位王子与自己的王子诃利婆诃那做伴。这两位王子结为亲密的朋友。以上只是这部小说的开头，引出后面诃利婆诃那和迪罗迦摩丽以及萨摩罗盖杜和摩罗耶孙陀丽两对情人的爱情故事。他们历尽艰难坎坷，终成眷属。这部长篇小说故事人物众多，情节曲折复杂，经常设置伏笔，悬念迭出，又与前生故事交织，风格类似古典梵语小说家波那的长篇小说《迦丹波利》。

贾耶罗摩（Jayarāma，九、十世纪）的俗语叙事诗《法鉴》（Dhammaparikkhā）立意与师子贤的《骗子传》相似，描写一个耆那教徒通过做各种蠢事或讲各种荒谬故事，说明婆罗门教的故事和传说比他所做和所说的更荒谬。在这部作品的原著已经失传，但有诃利塞纳（Harisena，十世纪）阿密多揭提的摩诃剌陀语改写本和阿密多揭提（Amitagati，十一世纪初）的梵语改写本。依据梵语改写本《法鉴》（Dharmaparīkṣa），全诗分成二十章，讲述持明摩诺吠伽信仰耆那教，与朋友波婆那揭提乘坐飞车，降落在优禅尼城，听取一位圣贤讲述轮回转生的苦难。摩诺吠伽为了让他的朋友获得正见，请教这位圣贤后，带着朋友游历。他具有幻变的神通力。他俩首先来到华氏城，扮作挑担贩卖柴薪，而身上佩戴珠宝，来到婆罗门的会堂前。他俩的模样引起众婆罗门好奇围观。摩诺吠伽与婆罗门头领交谈，说明他俩的模样没有什么可奇怪的，因为早已见于婆罗门教史诗和往世书。婆罗门头领请他说明道理。他指出按照耆那教祖师的教导，世上有十种傻瓜。若是与这些傻瓜讲道理，就像给毒蛇喂食牛奶那样危险。婆罗门头领请他不必害怕，尽管说。于是，摩诺吠伽指出，大神毗湿奴成为放牛的牧童，又成为乞讨三步之地的侏儒，如此等等，那么，他俩虽然富有，为何不能挑担卖柴？他的这番言论引起婆罗门对毗湿奴行为产生困惑。就这样，摩诺吠伽带领他的朋友游历各地，一次又一次以各种荒谬行为比附婆罗门教的故事和传说，引导他的朋友获得正见。

耆奈希婆罗（Jineśvara，十一世纪）的长篇小说《丽拉涅槃记》（Nivvāṇalilāvai）的原著现已失传，但有耆那罗德纳（Jinaratna，十三世纪）的缩写本《丽拉涅槃记精华》（Nirvāṇalilāmahākathaoddhāra）。这部长篇小说的主旨是说明人的五种污垢即愤怒、傲慢、狡诈、愚痴和贪婪，与杀生、妄言、偷盗、邪淫和占有相结合，执著五种感官享乐。小说描写这些污垢主宰十个人在轮回转生中的命运，最后，他们摆脱这些污垢，达到涅槃。

佚名作者的《迦罗迦传》（Kālakācaryakathānaka，十世纪）是俗语叙事诗，描写迦罗迦王子皈依耆那教，在僧团中取得很高地位。优禅尼王拐走他的尼姑妹妹，纳入后宫。迦罗迦伪装成疯子，煽动百姓反叛优禅尼王。最终，他促成塞种人攻克优禅尼城。

耆那跋德罗（Jinabhadra，十二世纪）的《摩陀那莱卡》（Madana-rekhā）使用梵语，采用散文和诗歌并用的占布文体，分成五章。第一章描写妙见国国王摩尼罗特已经指定弟弟优伽跋呼为王位继承人。然而，摩尼罗特缺乏自制力。第二章描写摩尼罗特有一次从窗户看见弟弟的妻子摩陀那莱卡，起了邪念。他送给摩陀那莱卡许多礼物，摩陀那莱卡以为他出于对弟弟的挚爱。然后，他派一个女出家人充当说客，而摩陀那莱卡信奉耆那教，具有忠贞的美德，将女出家人赶出去。第三章描写摩尼罗特故意安排弟弟出外办理事务。然后，他直接去向摩陀那莱卡求爱。摩陀那莱卡拒绝他，并劝说他遵行正道，保护自己的名声。他只得悻悻离去。优伽跋呼回来后，摩陀那莱卡告诉他，她梦见月亮。优伽跋呼说她会得到一个儿子。

随即，摩陀那莱卡怀孕。春天来到，优伽跋呼带着她，与朋友们一起游园。第四章描写天黑后，他俩停留在凉亭中。摩尼罗特趁此机会，摸黑前往凉亭，拔剑砍向优伽跋呼的脖子。优伽跋呼倒在地上，摩陀那莱卡发出惊呼，卫兵们赶来。而摩尼罗特谎称自己不小心，剑从剑鞘中滑落，掉在优伽跋呼身上。摩尼罗特返回宫中，也告知优伽跋呼的儿子旃陀罗耶娑这个消息。在优伽跋呼临终前，摩陀那莱卡劝慰他克制愤怒，坚持忍耐，怀抱平等心，优伽跋呼接受这一切，在沉思入定中死去，达到涅槃。而摩陀那莱卡认为这一切是自己的美貌造成的结果。于是，她决定隐居森林，认为这样做也对他的儿子有利。她在森林依靠野果子生活，沉思轮回转生的苦难，不惧怕野兽出没。一天夜晚，她感到腹痛，生下腹中的胎儿。他将优伽跋呼的印章放在儿子手中，自己前往湖中沐浴。不料，湖中的大象用鼻子卷起她扔往空中。她从空中坠落时，一个持明接住她。这个持明要求娶她。而她说明自己是别人的妻子，已经在林中生下一个儿子。这个持明告诉她，他名叫摩尼波罗跋，父亲是持明王摩尼楚吒。父亲已经让位于他，出离尘世，成为苦行者。他也告诉摩陀那莱卡不必担心她的儿子，他凭神通力知道她的儿子已被密提罗国国王取走。摩陀那莱卡要求他带她去看望摩尼楚吒。他们见到摩尼楚吒，这位圣人向他们宣讲宗教伦理，并指出追逐他人妻子者会下地狱。摩尼波罗跋幡然悔悟，请求摩陀那莱卡原谅他。摩陀那莱卡询问这位圣人关于她的儿子的命运。圣人讲述她的儿子的前生故事。她又询问摩尼罗特的情况。圣人告诉她，摩尼罗特作恶多端，已被眼镜蛇咬死，堕入地狱，大臣们已经拥戴他的儿子旃陀罗耶娑为王。她又询问自己的丈夫优伽跋呼的情况。这时，空中降下飞车，从车上下来的正是优伽跋呼，他已经成为天神。他询问摩陀那莱卡需要为她做什么。她希望带她去见在密提罗国的儿子。第五章描写他俩在密提罗国看到儿子后，摩陀那莱卡表示要出离尘世，优伽跋呼敬拜她后，返回天国。此后，摩陀那莱卡在密提罗国出家成为尼姑。密提罗国王已经给她的儿子取名纳密。现在，这位国王让纳密继承王位，自己出离尘世。一次，纳密的大象独自出奔，跑到妙见国。旎陀罗耶娑收养这头大象。纳密派遣使者前来索回大象。然而，旎陀罗耶娑不同意，由此引发两国交战。摩陀那莱卡看到这种情况，分别去见纳密和旎陀罗耶娑，讲述往事，说明他俩是亲兄弟。于是，纳密拜见哥哥旎陀罗耶娑，并将自己的王国也交给哥哥统治。此后，纳密征战四方，统一天下。

苏摩波罗跋（Somaprabha，十二世纪）的《鸠摩罗波罗觉悟记》（Kumārapālapadibodha）使用俗语，也间杂使用阿波布朗舍语和梵语，采用诗歌和散文并用的占布文体。这部作品讲述一位导师运用各种故事向国王鸠摩罗波罗宣说耆那教的宗教伦理，最后这位国王皈依耆那教。作品分成五章。第一章宣说不杀生、不赌博、不邪淫、不酗酒和不偷盗。第二章宣说尊敬天神和导师。第三章宣说布施、持戒、苦行和禅定。第四章宣说居士遵守的戒律。第五章宣说戒绝愤怒、骄慢、欺骗和贪婪。

这里可以举其中的一个故事为例：斯杜罗跋德罗是宰相的儿子，然而他迷恋妓女高莎，长期住在高莎家中。后来，父亲被一个邪恶的婆罗门害死，国王让他继承父亲的职位。而他这时冷静下来，认真思考人生。他已经厌倦欲乐，而掌握权力，有碍于遵行正法。国王凭借权力攫取他人的财富，甚至剥夺他人的生命。如果为国王效力，必定会沾染罪恶，而堕入地狱受苦。于是，他离开城市，出家拜师成为苦行者。在雨季安居期，有三个苦行者分别发愿在狮子洞、蛇穴和轮子前静坐。而斯杜罗跋德罗决定回到高莎身边，考验自己。在高莎家中，无论高莎施展各种女性魅力，他都毫不动心，而向高莎宣教。高莎受到感化，从此放弃妓女生活。雨季安居结束，导师夸奖那三个苦行者，而更夸奖斯杜罗跋德罗。其中一个苦行者心生妒忌。到了下一年雨季安居期，这个苦行者也前往高莎家中。而这个苦行者失去自制力，迷上高莎。高莎假意要他支付一百万才接纳他。他说自己哪能取得这么多钱。高莎叫他去尼泊尔拜见国王，国王赏给他一条围巾，就值一百万。于是，他不辞辛劳，得到围巾回来，交给高莎。而高莎将这条围巾扔进污水沟。这个苦行者问她这是为什么？高莎质问他："你为这条围巾担心，怎么不为你失去如同珠宝的戒律担心？你已经修行多年，调伏感官，控制愤怒、骄慢、欺骗、贪婪和妒忌，为何你现在产生动摇，仿佛大火烧毁一座园林？为何要让你的苦行之船沉没在尘世苦海中？"高莎的教诲顿时熄灭这个苦行者的欲火，他幡然悔悟，请求高莎宽恕。雨季安居结束后，这个苦行者向导师表示忏悔，说是自己的妒忌心造成这个恶果。

　　耆那教也汇编各种故事集，如佚名作者的梵语《故事宝库》（Kathākośa）含有四十一个故事。这些故事的主旨是宣说耆那教的宗教伦理，为祈福禳灾而敬拜的神则是耆那教的祖师。其中常用的手法是与前生故事结合，说明人生遭遇的祸福苦乐都是轮回转生中的善恶因果报应。而其中不少故事是利用流传于民间的故事和传说，加以适当改编。例如，第二十一则故事讲述青年婆森多提婆和商人的女儿盖娑拉倾心相爱，而盖娑拉的父亲将女儿许配他人。婆森多提婆感到绝望而准备上吊自尽，而另一个青年迦摩波罗救下他，并为他出谋划策。这样，在盖娑拉结婚之日，他俩预先藏在神庙中。盖娑拉在成婚前按照惯例来到庙中拜神，她也为不能与心上人结合而绝望，拜完神，准备上吊自尽。这时，他俩立即上前救下她。迦摩波罗与盖娑拉换穿衣服，让婆森多婆提和盖娑拉出逃，自己假扮新娘前去成婚。在洞房里，盖娑拉的堂姐妹摩依拉前来安慰"盖娑拉"，诉说自己也是为不能与心上人结合而忧伤。这个心上人曾经勇敢赶走一头疯象，救过她的命，而在当时混乱情况下而失散。这时，迦摩波罗立即卸下婚装，与摩依拉相认，原来他就是摩依拉朝思暮想的心上人。于是，他俩也立即出逃，与婆森多提婆和盖娑拉在花园中会合。两对恋人终成眷属。这个故事也见于依据俗语故事集《伟大的故事》改写的梵语故事集《故事海》第十三卷中的两个朋友的故事。又如，第二十五则利希妲多的故事与《故事海》第六卷中的迦陀利伽尔芭故事相似。还有，最后一则故事则是取材于《摩诃婆罗多》中的插话那罗和达摩衍蒂的故事。

其他的耆那教故事集还有吉祥月（Śrīcandra）的阿波布朗舍语《故事宝库》（Kathākośa）、吉奈希婆罗（Jineśvara）的梵语《故事宝库》（Kathānakakośa）和王顶（Rajaśekhara）的梵语《故事集》（Antarakathāsaṃgraha）和苏摩月（Somacandra）的俗语《故事大海》（Kathāmahodadhi）等。

第二节　诗歌和戏剧

耆那教的诗歌创作除了上面介绍的叙事诗外，还有赞颂诗和教诲诗。摩纳登伽（Mānatuṅga）的《虔信甘露颂》（Bhaktāmara-stotra，成书年代说法不一，早至三世纪，晚至九世纪）是一部具有咒语性质的颂诗集，在天衣派和白衣派两派教徒中广为流行。内容是赞颂耆那教第一位祖师利舍跋，将他置于最高神灵地位。例如：

> 世上千百个母亲生出千百个儿子，
> 没有一个母亲生出你这样的儿子，
> 正如天空四面八方有无数星星，
> 唯有东方产生千道光芒的太阳。(22)

谁铭记你如同解毒咒语的
名字，他能赤脚践踏毒蛇。

谁敬拜你的这双莲花脚，
他能勇敢战胜成群敌人。

谁专心致志沉思冥想你，
他能无所畏惧渡过大海。（38—40）

按照耆那教的传说，摩由罗创作《太阳神百咏》，治愈了自己的麻风病；波那剜去自己的四肢，创作《尊提百咏》，使自己的四肢复原。这样，摩纳登伽为了证明耆那教也能创造奇迹，将自己捆上铁链，锁在屋里，创作了这部《虔信甘露颂》，结果自动摆脱锁链，获得自由。这个传说的出处便是这首诗：

千条铁链锁双腿，
从头到脚受桎梏，
只要呼唤你名字，
顷刻摆脱囹圄苦。（42）

其他许多颂诗集也大多是颂扬耆那教祖师的。例如，悉达塞纳·提伐迦罗（Siddhasena Divākara，五、六世纪）的《福寺颂》（Kalyanamandirastotra）、南迪塞纳（Nandisena，约八世纪）的《阿耆多香提颂》（Ajiyasantithaya）、伯波跋底（Bappabhaṭṭi，八、九世纪）的《二十四耆那颂》（Caturviṃśatijinastuti）和索薄纳（Śobhana，十世纪）的《索薄纳颂》（Śabhanasuti）等。

教诲诗经常与故事相配合，出现在经典、经典注疏和各种叙事文学中，但也有许多独立成书。佚名作者的《问答宝鬘》（Praśno-ttararatnamālā，年代不详）以问答方式宣传一般的伦理道德。例如：

> 人们惧怕什么？死亡。
>
> 谁不如盲人？欲望者。
>
> 谁是英雄？能够抵御
>
> 美妇释放的秋波之箭。

> 何谓地狱？依赖他人。
>
> 何谓幸运？弃绝欲望。
>
> 何谓真理？众生幸福。
>
> 众生酷爱什么？生命。

佛教和婆罗门教也声称这部教诲诗集是他们的作品。这部作品有藏译本，收在《丹珠尔》中。

阿密多揭提（Amitagati，十世纪）的《妙语宝集》（Subhāṣita-ratnasandoha）使用梵语，分成三十二章，每章一个论题，宣传天衣派的伦理道德。例如，这首诗描写贪婪的劣根性：

> 太阳变冷，月亮变热，云彩变硬，
>
> 大海只满足于那些小溪的流水，
>
> 狂风静止不动，烈焰黯然失色，
>
> 贪婪之火也绝不会减却光辉。

这首诗教诲不杀生：

> 巍巍高山可以移动，

熊熊烈火可以变冷，
月亮可以释放热光，
太阳可以升起西方，
而在耆那教中永远
不可能包含有杀生。

阿密多揭提的《瑜伽精华》（Yogasāra）分成九章，也主要是
一部教诲诗集。例如：

出于愤怒或激情的行动，
被视为灵魂的所作所为，
犹如士兵赢得战争胜利，
被视为国王赢得的胜利。（2.34）

智慧者不会沾染罪恶，
胜似遭遇日食的太阳，
智慧不接触感官对象，
胜似敌人刺穿的铠甲。（9.30）

尽管奶牛模样有区别，
而挤出的牛奶无区别，
尽管人们品质有区别，
而真实的知识无区别。（9.77）

雪月（Hemacandra，十二世纪）的《瑜伽论》（Yogaśāstra）也
是一部教诲诗集，使用梵语，采用诗歌结合注疏的形式。这里所谓
瑜伽不仅指沉思入定，也指宗教实践。诗集中激烈批判婆罗门教，

教诲耆那教的伦理道德。例如，这首诗赞扬不杀生：

> 不杀生犹如众生可爱的母亲，
> 不杀生犹如轮回沙漠中的甘泉，
> 不杀生犹如苦难烈火的雨云，
> 不杀生是患病众生的仙丹灵药。

这首诗揭示世俗人生变幻无常：

> 命运摇摆不定如同波浪，
> 朋友短暂相聚如同幻梦，
> 青春如同草叶上的小花，
> 一阵狂风吹得无影无踪。

这类教诲诗集还有达摩陀娑（Dharmadāsa）的《嘉言花鬘》（Uvaesamālā）、贾耶吉尔底（Jayakīrti）的《持戒嘉言花鬘》（Śilovaesamālā）、补吉耶波陀（Pūjyapāda）的《如愿嘉言》（Iṣṭopadeśa）和《入定百咏》（Samādhiśataka）、古纳跋德罗（Guṇabhadra）的《自我训诫》（Ātmānuśāsana）、苏摩波罗跋（Somaprabha）的《解脱妙语珠串》（Sūktimuktāvalī）和牟尼月（Municandra）的《偈颂宝库》（Gāthākośa）等。

耆那教也创作戏剧。其中，罗摩月（Rāmacandra，十二世纪）创作有多种梵语戏剧。《那罗传》（Nalavilāsa）是七幕剧，取材于那罗和达摩衍蒂的传说。第一幕描写尼奢陀王那罗做了一个梦，占相师解释说他会获得一个女宝，但会遇到一些障碍。然后，来了一个游方僧（实际是车底王的间谍），国王的弄臣（丑角）与他发生争吵。国王的朋友迦罗杭娑捡到这个游方僧掉落的一幅美女画像。

游方僧假称这幅画像是在林中捡到的。而国王的一个侍从认出这美女是维达巴国的公主达摩衍蒂。于是，那罗安排迦罗杭娑和那个侍从前去维达巴国向达摩衍蒂传情。第二幕描写他俩回来报告那罗，已经在维达巴国见到达摩衍蒂，她愿意设法与那罗结为姻缘。那罗心中喜悦：

> 就让智者们谴责任何
> 施展计谋的行为吧！
> 然而，世上有些好事，
> 缺少了它，实在不行。

迦罗杭娑为那罗给达摩衍蒂送去那罗的画像。而这时，车底王也派遣使者向维达巴国王求娶达摩衍蒂。第三幕描写维达巴国宣布达摩衍蒂要举行选婿大典。那罗来到维达巴国，在一个花园里见到达摩衍蒂，互表衷情。第四幕描写在选婿大典上，达摩衍蒂在众多的候选国王中，选取那罗。第五幕描写那罗在与古勃罗的赌博中输掉王国，准备独自流亡，让达摩衍蒂回到父亲身边。而达摩衍蒂决意伴随他。途中，为了解除达摩衍蒂的疲倦，那罗为她描述山中风景和飞禽等。达摩衍蒂说自己在快乐时，听取这些感到新奇，而不快乐时，听取这些会感到烦恼。那罗回答说：

> 心中快乐，世界流淌甘露，
> 心中痛苦，世界如同毒药，
> 世界让人高兴或者烦恼，
> 完全在于人自己的心态。

那罗为达摩衍蒂去找水解渴，在一处净修林遇见一个苦行者

（实际是车底王的间谍）。这个乔装的"苦行者"假意忠告那罗抛弃达摩衍蒂。于是，趁达摩衍蒂入睡时，那罗独自出走。第六幕描写那罗在达提波尔那宫中充当厨师。后来，维达巴国王派遣使者邀请达提波尔那王前去参加达摩衍蒂的选婿大典。第七幕描写达提波尔那王和那罗一起赶往维达巴国。而面对的并非举行选婿大典，却是达摩衍蒂听说那罗已经死去（实际是车底王的乔装苦行者的间谍散布的谣言），准备投火自焚。正当达摩衍蒂要登上火堆，那罗及时救下她。然后，真相大白，那罗和达摩衍蒂遭受的磨难（包括那个设计赌博骗局的古勃罗）都是车底王一手策划造成的。

《茉莉和花蜜》（Malikāmakaranda）是六幕剧，也是描写一对恋人的故事。第一幕，描写花蜜嗜好赌博，现在悔恨自己染上这种恶习，决心改过自新：

> 衣服只剩围腰布，吃粗食，睡泥地，
> 逛妓院，与浪荡子为伍，语言粗鲁，
> 习惯于骗人，结交窃贼，仇视善人，
> 这些是赌徒们在尘世中的生活方式。

为了躲避赌徒追债，花蜜在一座爱神庙中过夜。然而，来了一位少女，还有两个侍从陪伴。花蜜吹熄灯，躲在一旁。这位少女要敬拜爱神，吩咐两个侍从去取灯和采摘莲花。趁两个侍从不在身边，这个少女在一棵芒果树上系上套索，准备自尽。花蜜立即上前，用剑割断套索，救下少女。然后，两个侍从赶来，将少女带回家。第二幕描写在一个商主家中，女儿得了相思病而发烧。她就是茉莉，已经爱上花蜜。侍从在街头宣告，悬赏能保护他家小姐不被神怪劫走者。花蜜决心做好事，自告奋勇，愿意保护这位小姐。他进入商主家后，商主告诉他事情原委：在十六年前，他在一个茉莉花丛中捡到一个女婴，故而取名茉莉。留在这个女婴手指上的戒指刻有一个持明王的名字，另有一张桦树皮上写明十六年后取回她，并杀死她的丈夫。花蜜得知他在庙中救下的那个少女就是茉莉。他明知难以与持明王抗衡，但决心信守承诺。他告诉商主，自己掌握一种咒语，能保护茉莉。他见到茉莉，两人互表忠心。茉莉称呼花蜜为夫君，并担心他处境危险。而花蜜表示：

> 可怜的生命肯定会消逝，
> 但为心上人死去也值得。

然而，即使他施展咒语，茉莉依然被劫走。花蜜绝望地返回爱神庙。第三幕描写花蜜昏厥后苏醒，发现自己在一座山上。这里住着持明王和他的王后。茉莉正是这个王后从前的私生女，故而长期遗弃在人间。现在取回茉莉，王后要求茉莉嫁给一位名叫吉多兰伽陀的持明王子，而茉莉坚决不允。花蜜进入一座耆那教寺庙，得到一个侍女保护。王后得知有人来到寺庙，肯定他为追寻茉莉而来，准备杀死他。而那个女侍帮他躲避。第四幕描写花蜜得知因为茉莉念念不忘他，而遭到王后鞭打。花蜜觉得自己救不了茉莉，准备自尽。而空中传来话音，告诫他不能在耆那教寺庙中自尽。其间，花蜜看到一只被关在笼中的鹦鹉，闻听它的遭遇后，放它出笼。这只鹦鹉恢复人形，原来他是那个女侍的丈夫。由此，这夫妇俩极力帮助花蜜。第五幕描写王后逼迫茉莉同意嫁给吉多兰伽陀，吉多兰伽陀也向茉莉指明持明和凡人不同类，而茉莉誓死不从。于是，吉多兰伽陀吩咐侍从抓来花蜜，责骂花蜜。花蜜表示甘愿为心爱之人牺牲生命。茉莉也表示即使今生不能成为花蜜的丈夫，也要等待来世。吉多兰伽陀举剑准备杀死花蜜，而茉莉要求先杀死她。这时，那个侍女已经前去请求她的姑母帮助。这个姑母赶来，指出杀死任何人，先要向耆那神像展示，并说这件事由她来执行。第六幕描写吉多兰伽陀以为花蜜已经被处死。然后，准备进行吉多兰伽陀和茉莉的结婚仪式。众人前往寺庙中一个昏暗的石窟，按照规则，茉莉先要握住神像的手，然后握丈夫的手。这样，那位姑母吩咐吉多兰伽陀抬着神像，与茉莉一起围绕祭火行走。而行走完毕，神像一直握住茉莉不放手。众人惊慌，王后取来灯，照亮一看，原来这神像是花蜜扮装的。这样，花蜜和茉莉在火神见证下成婚，王后和吉多兰迦陀只能接受这个既成事实。

《月光和友喜》（Kaumudīmitrānanda）是十幕剧，故事同样富于传奇色彩，但情节更为曲折复杂。下面提供这部戏剧的粗略梗概，无法充分说明其中许多复杂的细节。第一幕描写商队主友喜航海沉船，与同伴梅特雷耶流落在一个海岛上。而他们的另一个同伴摩迦伦德不知下落。他俩在岛上净修林中遇见苦行者首领。他的女儿月光爱上友喜。苦行者首领同意将女儿嫁给友喜。第二幕描写友喜和梅特雷耶在岛上海神庙中，发现一个人被钉在芒果树上。询问之下，得知他是一位持明，名叫阿难伽陀娑，犯有过失，而遭海神惩治。友喜掌握家传的拔箭的咒术，为他拔除钉子，释放了他。第三幕描写月光前来看望友喜。友喜赞美她的"脸庞是月亮，言语是甘露，目光是蜜酒，嘴唇是宝石，形体是幸运女神"。月光表示愿意永远伴随他。月光还建议友喜向她的父亲求取解除蛇毒的咒术，作为他俩结婚的礼物。这样，他俩举行结婚仪式，友喜也得到解除蛇毒的咒术。第四幕描写友喜和月光带着一箱珠宝，前往锡兰岛。到达那里，他俩在首都郊外的树下休息。友喜望着疲惫不堪的月光，感怀她的忠诚。而月光说：

女性对心爱之人一见钟情，
这种强烈的感情压倒一切，

> 哪怕抛弃所有亲友也心甘，
> 这实在是她们的天性使然。

　　这时，城中卫兵正在搜捕盗贼。卫兵首领见到他俩带着一箱珠宝，便认定他俩是盗贼，抓去见国王。第五幕描写国王审问他俩，他俩申辩自己的清白。然而，大臣觊觎容貌美丽的月光，极力劝说国王下令处死友喜。这时，女侍前来报告王子遭到蛇咬。危急之中，友喜运用解除蛇毒的咒语，救活王子。国王感激他，下令保护友喜和月光。第六幕描写国王的战将胜铠在征战中受重伤。而他的部下抓住一个间谍，来见他。其实抓来的这个人是梅特雷耶，被误认是间谍。梅特雷耶是祭司的儿子，通晓咒术。他立即说自己能用药草为胜铠治伤。这样，他治愈胜铠。胜铠询问怎样酬谢他，他说只想求胜铠帮他找到失散的朋友友喜。胜铠又表示将一个俘获的商人的女儿苏蜜多罗送给他。而他说自己是婆罗门，不适合接受商人的女儿，建议把她送给他的朋友友喜。而这时，友喜被胜铠的部下抓来，送往药叉庙，作为祭神的祭品。胜铠和梅特雷耶来到药叉庙。梅特雷耶认出友喜。于是，胜铠释放友喜，并表示将苏蜜多罗送给他。而友喜表示自己已经娶妻月光，建议把苏蜜多罗送给他的朋友摩迦伦德。第七幕描写那位大臣的妻子知道丈夫觊觎月光，便放走月光，并让一位老人扛着一箱珠宝伴随她。月光和苏蜜多罗一起出走。途中遇见强盗，要抢劫珠宝。这时，有强盗报告强盗首领，已经截获一个商队。商队长被带来，受到强盗首领盘问。月光和苏蜜多罗得知他就是摩迦伦德。第八幕描写摩迦伦德被强盗夺走所有货物后，与月光和苏蜜多罗一起出走。途中摩迦伦德险遭一个伪苦行僧谋害，只是凭借他掌握一种咒语而脱险。他听说原先与他同行的一个商人那罗达多夺走他的货物后，返回吠兰达罗城。第九幕描写摩迦伦德前往那里，在城主面前与那罗达多对质，以有力的证据证明这些货物是他的。第十幕描写在宝峰山上，持明王阿难伽陀娑准备祭神，部下已经抓来一个活人作祭品，送进神庙。他全身被涂抹红颜料，失去原貌。而此前，月光和苏蜜多罗也已被劫掠到这里。在献祭前，阿难伽陀娑让他思念某位神，他思念耆那教祖师利舍跋。阿难伽陀娑又让祈求世上某人庇护。他祈求阿难伽陀娑，因为他在海岛救过阿难伽陀娑。阿难伽陀娑立刻认出他原来是自己的恩人友喜，请求他原谅。于是，友喜与月光团圆。友喜也说明苏蜜多罗是摩迦伦德的妻子。这时，侍从报告有个旅行者来到这里。原来这个旅行者就是摩迦伦德。他也与苏蜜多罗团圆。恰好梅特雷耶也在这里充当巫师。这样，以大团圆结局。

从罗摩月的以上三部戏剧可以看出，他虽然是耆那教戏剧家，但这些戏剧的宗教性并不突出，而更具有世俗性，其中涉及的航海沉船、商队遇险、持明王、咒语、咒术、强盗劫掠、神庙和人祭等等也是印度古代故事文学中惯用的传奇因素。

名月（Yaśaścandra，十二世纪）的《哑口无言》（Mudrita-kumudacandra）是五幕剧，描写天衣派论师古摩德旃陀罗辩才无碍，在各地战胜许多论师。现在来到阿夏波利城。白衣派论师提婆苏利决定接受挑战，与他一起前往王宫，在国王面前辩论。在达到王宫时，提婆苏利与婆罗门大臣发生争辩。大臣认为觐见国王前，要保持洁净。而提婆苏利认为重要的是内心保持纯洁，而非外在的形式。在争辩中，他也批评婆罗门教认为必须生子还清祖先的债，因为更重要的是遵行正法。然后，他和古摩德旃陀罗在国王面前进行辩论。提婆苏利提出妇女也能达到涅槃，而古摩德旃陀罗对此不理解，不作回答，被判失败。古摩德旃陀罗挑剔提婆苏利用词有错误，然而，提婆苏利的用词符合波你尼语法。结果，古摩德旃陀罗哑口无言。

罗摩跋德罗（Rāmabhadra，十三世纪）的《大盗悔悟记》

（Prabuddharauhiṇeya）是六幕剧，描写大盗劳希奈耶皈依耆那教的故事。第一幕描写劳希奈耶在王舍城附近的花园里劫走一个商人的女儿。第二幕描写劳希奈耶劫走另一个商人的儿子。第三幕描写商人们觐见国王，抱怨遭到强盗劫掠。国王责备卫队长。王子阿跋耶表示要在五六天内抓获强盗头领。第四幕描写劳希奈耶在进城途中，路过花园，看见耆那教导师大雄正在向信众宣教。他立即捂住耳朵。而这时脚上扎了刺，他用手去拔刺。这样，他听到大雄的教导。然后，他溜进城中，企图盗窃王宫财物，最后被卫队抓获。第五幕描写行刑队准备处死劳希奈耶。而阿跋耶认为需要获得证据和赃物，才能处死他。然而，由国王审讯，但劳希奈耶不肯坦白认罪。第六幕描写阿跋耶看到用各种办法都无效，于是，请国王首先保证他的安全，然后要求他说实话。而劳希奈耶表示他已经听到大雄的教诲，愿意坦白认罪，并带着大家前往他的巢穴，交出偷盗来的大量财宝以及劫掠来的两个商人的女儿和儿子。国王称赞他接受耆那教导师的庇护。

名护（Yaśaḥpāla，十三世纪）的《征服痴迷记》（Mahā-rājaparājaya）是五幕剧。这是一部宗教讽喻剧，剧中人物都使用象征性名称。第一幕描写童护王的侦探智镜回来报告说，痴迷王围攻心城，辨月王带着王后宁静和女儿慈美出走，不知去向。第二幕描写童护王的大臣德旗从占卜师那里得知童护王若是娶下辨月王的女儿慈美，便能战胜痴迷王。而辨月王在耆那教导师雪月的苦行林中避难，童护王拜访那里时，已将辨月王接回自己的宫中。童护王和慈美互相爱慕。王后发现后，祈求家庭女神让慈美变丑。而大臣德旗已安排他的妻子藏在女神像后面，以甜蜜的话音回答王后说，国王娶下慈美，便能战胜敌人痴迷王。这样，王后改变主意，同意国王与慈美成婚，而且她想到慈美是自己的姑姑的女儿，她俩实际是表姐妹，以后不会互相妒忌。第四幕描写卫队长抓获痴迷王的信使轮回，搜出一封密信，是痴迷王给这里城中的盟友恶芽下达指示。于是，童护王下令肃清隐藏城中的愤怒、骄慢、狡诈、贪婪、赌博、食肉和酗酒等所有罪恶人物。第五幕描写童护王和慈美成婚。耆那教导师雪月送给童护王一件名为瑜伽论的铠甲和一些名为清净颂的隐身药丸。于是，童护王带着辨月王、大臣德旗和侦探智镜，隐身进入痴迷王的营地。然后，童护王现身向痴迷王发出挑战。痴迷王的武器面对童护王的铠甲而失效。这样，童护王战胜痴迷王，众天神为他降下花雨。最后，童护王请辨月王继续统治心城。

最后，还应该提到耆那教作家也对梵语诗学作出了一定的贡献。早在耆那教经典《问答经》中就已经出现对诗歌九种味的阐释。而现存耆那教作家的梵语诗学著作都出现在十二世纪之后。

雪月（Hemacandra，十二世纪）著有《诗教》（Kāvyānuśāsana）。这是一部综合性诗学著作，共分八章。第一章论述诗的目的、原因和定义，音和义的性质和功能。第二章论述味。第三章论述词病、句病、义病和味病。第四章论述三种诗德。第五章论述六种音庄严。第六章论述二十九种义庄严。第七章论述男女主角。第八章论述诗的分类。雪月这部诗学著作并无多少创见，其中的观点和材料主要来自曼摩吒的《诗光》、欢增的《韵光》、新护的《韵光注》、婆罗多的《舞论》、新护的《舞论注》、恭多迦的《曲语生命论》和王顶的《诗探》等。

伐格薄吒（Vāgbhaṭṭa，十二世纪）著有《伐格薄吒庄严论》（Vāgbhaṭṭālaṅkāra）。这是一部通俗的诗学著作，共分五章。第一章论述诗的定义。第二章论述诗的语言、形式和文体，词病、句病和义病。第三章论述十种诗德。第四章论述四种音庄严、三十五种义庄严、两种诗德和两种风格。第五章论述九种味和男女主角。

另一位耆那教作家也叫伐格薄吒（Vāgbhaṭṭa，约十三、十四世纪），著有《诗教》（Kāvyānuśāsana，与雪月的《诗教》同名）。这也是一部通俗的诗学著作，共分五章。第一章论述诗的目的、原因、文体和类型。第二章论述十六种词病、十四种句病和义病、三种诗德和风格。第三章论述六十三种义庄严。第四章论述六种音庄严。第五章论述九种味、男女主角和味病。

阿利辛赫（Arisiṃha，十三世纪）和阿摩罗旃陀罗（Amaracandra）著有《诗如意藤》（Kāvyakalpalatā），又名《诗人的奥秘》（Kavitārahasya）。这是一部诗人实用手册，类似王顶的《诗探》。全书共分四章。第一章是诗律学，介绍各种诗律、衬词、惯例以及如何描写国王、大臣、王子、军队、战斗、狩猎、城市、村庄、花园和湖泊等。第二章是词音学，介绍词源、惯用义、谐音用词、表示义、转示义和暗示义等。第三章是双关学，介绍各种双关技巧。第四章是词义学，介绍明喻、隐喻和奇想等修辞技巧。

第 五 章

俗语文学

　　俗语（Prākṛta）是相对梵语而言的中古印度雅利安语群。俗语一词本义"自然"，指在民间自然产生的方言。梵语（Saṃskṛta）一词本义"修饰"，指的是上层社会和文学作品中使用的雅语。俗语在上古时代就已存在。佛陀和大雄用以宣教的半摩揭陀语，小乘佛教经典使用的巴利语，都是俗语。随着佛教和耆那教广为流传，俗语逐渐发展成文学语言，产生各种宗教和世俗的俗语文学作品。同时，在梵语戏剧中，妇女以及出身和地位低微的人物通常都使用俗语。中古文学俗语主要有以下几种。

　　一、摩诃剌陀语（Māhārāṣṭrī），即起源于摩诃剌陀国（今德干高原西北地区）的俗语。一般认为这是最优秀的文学俗语，因而称之为"标准俗语"，通常用来写作诗歌，尤其是抒情诗。

　　二、耆那摩诃剌陀语（Jinamāhārāṣṭrī）是耆那教经典注疏作品和非经典诗歌中大量使用的俗语。

　　三、修罗塞纳语（Śaurasenī），即起源于修罗塞纳国（今北方邦摩度罗周围地区）的俗语。在梵语戏剧对白部分，妇女和丑角说这种俗语。

　　四、摩揭陀语（Māgadhī），即起源于摩揭陀国（今比哈尔地区）的俗语。在梵语戏剧中，出身和地位低微的人物说这种俗语。

　　五、毕舍遮语（Paiśācī）也称"鬼语"，可能是流行于文底耶山脉的俗语。

六、阿波布朗舍语（Apabhraṃśa）属于晚期俗语，在六世纪以后的世俗诗歌和耆那教故事中大量使用。以它为基础，中古印度雅利安语过渡到近代印度雅利安语——印地语、古吉拉特语、马拉提语和孟加拉语。

俗语文学作品大致可以分成四类：抒情诗、叙事诗、故事和戏剧。耆那教的俗语文学作品已经在前一章中介绍，下面介绍其他俗语文学作品。

俗语抒情诗的出现早于梵语抒情诗。最早的一部摩诃剌陀语抒情诗集是哈拉（Hāla）的《七百咏》（Gāhāsattasaī）。哈拉是二世纪（也有论者推前至一世纪或推迟至三世纪后）德干地区的一位国王，又名娑多婆诃那（Sātavāhana）。这部抒情诗集并非由他创作，而是由他（或以他的名义）编选的。现存多种传本，内容互有歧异。综合各种传本，诗歌总数约有一千首，而互相共同的只有四百多首。

《七百咏》反映摩诃剌陀地区的乡村生活，其中以爱情诗居多。例如，描写情窦初开的少女：

> 倘若不是你情人，
> 为何一提他名字，
> 犹如太阳照莲花，
> 你的脸儿泛红晕？

描写初次出去幽会的少女：

> "他来之后，我做什么？
> 说什么？结果会如何？"

> 这位行动大胆的少女，
> 初次赴约，心儿颤抖。

描写思念情人的女子：

> 纵然人不在身边，
> 昔日欢情铭心间，
> 闻听新云隆隆响，
> 犹如鼓声频召唤。

《七百咏》中描写乡村日常生活和自然风光的诗歌，也被一些传统注家一律解作爱情诗或与爱情有关。例如，这首诗描写贫苦农民的冬季生活：

> 牛粪火散发甜味，
> 黑烟雾熏黄皮肤，
> 旧衣衫线脚脱落，
> 他冬天处境困苦。

而按照注家的解释，是一位妇女劝告一位少女不要与这个穷汉相爱。

《七百咏》中也有一些总结人生经验的格言诗。例如：

> 活在这个人世间，
> 耳聋眼瞎有福气，
> 听不见恶言恶语，
> 看不见小人得势。

又如：

> 什么不平坦？命运之路。
> 什么为可取？赏识美德。
> 什么是幸福？有个贤妻。
> 什么难把握？艰难世界。

还有一首诗赞美蕴含情味的诗歌：

> 既没有看到，也没有听说，
> 有什么东西，哪怕一点儿，
> 能像蕴含情味的诗歌那样，
> 为所有感官提供憩息至福。

《七百咏》采用接近民间曲调的阿利耶诗律，语言生动，感情真挚，富有乡土气息。显然，这些抒情诗受到乡村民歌的强烈影响。其中有些可能直接采自民歌，或脱胎于民歌。《七百咏》不仅确立了摩诃剌陀语作为最优秀俗语的地位，同时也对梵语抒情诗产生深刻影响。许多梵语诗学著作也从《七百咏》中撷取范例。例如，曼摩吒的《诗光》中，以这首诗说明诗中含有微妙的暗示义，即女主人公对情人说的这些话中，寂然不动暗示安全，由此暗示无人打扰，是幽会的好地方：

> 你看白鹭寂然不动，
> 停留在这荷花叶上，
> 就像是贝螺安放在
> 光洁的翡翠盘子上。

以这首诗说明夸张修辞：

> 她有别样的可爱，
> 她有别样的魅力，
> 这女子不是普通
> 创造主的创造物。

以这首诗说明一种称为"互为原因"的修辞：

> 湖泊为天鹅增美，
> 天鹅为湖泊添色，
> 湖泊和天鹅互相
> 抬高自己的身份。

贾耶婆罗跋（Jayavallabha，约八世纪）也编有一部摩诃剌陀语诗集《世道》（Vajjālaggam）。最初这部诗集可能收有七百首诗，而经过后人添加，现存大约一千首。这部俗语诗集咏唱尘世生活的方方面面。例如，这首诗哀叹穷人的不幸：

> 母亲啊，你不要再生下
> 注定会向人乞讨的儿子，
> 母亲啊，也不要再生下
> 注定要求助他人的儿子。

> 造物主造出的那些乞丐，
> 比棉絮和草芥还要轻微，
> 然而风儿不愿吹走他们，

　　害怕他们会向自己乞讨。

　　云从大海中取水而变黑，
　　而向大地降雨后则变白，
　　母亲啊，你看，这就是
　　求取和施舍之间的区别。

　　贫穷的奴仆睡在泥地上，
　　身穿褴褛衣，光棍一条，
　　像苦行者那样四处乞讨，
　　天啊！不能施舍积功德。

这首诗谴责守财奴：

　　他们从来不施舍他人，
　　而且也阻止别人施舍，
　　我们要问：难道钱财
　　喜欢沉睡守财奴家中？

　　大象的颞颥中藏有珍珠，
　　被狮子撕开后才能发现，
　　守财奴守护的大量钱财，
　　也是到他死后才能发现。

这首诗谴责恶人，赞赏善人：

　　哪座住宅、庙堂和宫殿中

没有动辄无故发怒的恶人？
世上的瞎子和聋子有福气，
看不见恶行，听不见恶言。

高尚的人取得真正的成就，
听到别人赞扬却面露羞涩，
浅薄的人听到几句奉承话，
就会得意忘形，趾高气扬。

这首诗描写相思病重的少女：

美男子啊，她思念你，
身体一天比一天消瘦，
她行走时需要抬起手，
以防手镯从手臂滑落。

她已经如此憔悴衰弱，
即使你现在来看望她，
她也可能不会凝视你，
因为她无力睁开眼睛。

这首诗赞美檀香树的品格，暗喻高尚的人物：

即使遭到斧子砍伐，
或者遭到石头刮擦，
你绝不抛弃芳香本性，
檀香树啊，向你致敬！

梵语诗学著作中也经常引用俗语诗，用作诗学理论的范例。这
里可以从欢增（九世纪）的《韵光》中选录几首俗语诗。欢增用
这首诗说明诗中的暗示义：

> 看到自己妻子的嘴唇受伤，
> 你想哪个丈夫会不生气？
> 不听劝，噢有蜜蜂的莲花，
> 你现在就只好忍着点吧！

这首诗是女主人公的女友故意说给女主人公的丈夫听的，以掩
饰女主人公的嘴唇被情人咬伤的事情。

> 受到知音赏识，品德才成为品德，
> 受到阳光宠爱，莲花才成为莲花。

这首诗中，两个"莲花"用词中，后一个暗示绽开的莲花。

> 夜晚靠皎洁的月亮而增色，池塘靠莲花，
> 蔓藤靠花簇，秋天靠天鹅，诗歌靠知音。

这首诗中"增色"一词为诗中五个短句共用，称为"明灯"
修辞，同时诗中也使用比喻修辞。

> 我宁可成为林中一棵弯曲无叶的树，
> 也不要成为渴望施舍却又贫穷的人。

这首诗使用比喻修辞，而这个比喻又暗示这样的人比这样的树

还不如。

耆那教诗人雪月（Hemacandra，十二世纪）的语法著作《声教》（Śabdānaśāsana）前七章论述梵语语法，第八章论述俗语语法，其中引用了一些阿波布朗舍语抒情诗，风格类似《七百咏》。例如：

> 少女啊，我已说过，
> 不要向我送秋波，
> 犹如锐利的长矛，
> 你的秋波刺人心。

又如：

> 朋友啊，带回我情人，
> 尽管他已经得罪我，
> 正如人们总是需要火，
> 尽管它曾经烧毁房屋。

阿陀诃曼努（Addahamāṇu，十二世纪）的《传信记》（Saṃ-neharāsayu）是一部阿波布朗舍语长篇抒情诗。在诗的开头，作者向读者表示祝福，然后自我介绍，并向前辈诗人致敬。他谦虚地表示自己不如前辈诗人，依然从事创作，犹如太阳落山后，月亮升起有什么错？犹如恒河流经三界入大海，其他小河也流淌。然后，诗歌进入正题，描写一位妇女的丈夫出外谋生，久久未归。这天，她看见一位路过的旅行者，便上前请求他停留片刻，询问他来自哪里，前往哪里？旅行者回答她，自己是一位信使，来自牟勒斯坦，奉主人之命，前往坎贝都送信。而坎贝都正是这位妇女的丈夫的滞留地。于是，她顿时哭泣，然后擦拭眼泪，说道：
"旅人啊，这坎贝都地名折磨我身体，
我的丈夫滞留那里，我受离愁之火折磨，
这无情之人已经出离太久，至今未归。"

然后，她请这位信使向她的丈夫传话，表达她的炽热思念：
"离愁之火燃烧我，而我无法用泪水熄灭。""虽然我的眼睛涌满泪
水，可是叹息烤焦我。""幸运的妇女能在梦中拥抱远游的爱人，而
我彻夜难眠，连梦也做不成。"

这位信使闻听她的凄楚哀婉的倾诉，深表同情，一再劝慰她保
持坚定。他也询问她怎样度过这些漫长的日子？于是，她讲述自己
在六季中的痛苦感受。例如，在夏季：

天空伸出死亡的雷电舌头，
大地龟裂，不能承受酷热，
风儿灼热，在四周吹拂，
接触和燃烧离妇的身体。

在寒季：

我的无情的夫君仍在远方，
凛冽的寒风在天空中呼啸，
已经剥夺所有树木的绿叶，
我怀着离愁艰难熬过冬季。

度过了夏季、雨季、秋季、霜季和寒季，到了春季，面对春意
盎然的各种情景，日子更是难熬。最后，她嘱咐这位信使，告知她

的丈夫，她并不对丈夫怀有怨恨和愤怒。她向这位信使表示祝福，送他上路。她望着信使远去，而仿佛看见丈夫已经来到身边，心中涌起喜悦。

最早的一部摩诃剌陀语叙事诗是沙尔婆塞纳（Sarvasena）的《诃利胜利记》（Harivijaya），成书年代可能在三、四世纪。这部作品现已失传，但是，梵语诗学家经常引用他的这部作品，尤其是波阇的诗学著作《艳情光》和《辩才天女的颈饰》引用数量最多。据此，可以知道这部叙事诗主要描写诃利（即毗湿奴的化身黑天）与他的两个妻子艳光和真光的感情周旋。他需要抚慰两个妻子互相产生的妒忌心理。例如：

> 诃利送给艳光天国花环，
> 散发着诱人的浓郁芳香，
> 而这不是艳光主动要求，
> 于是引起真光内心痛苦。

然后，诃利需要安慰真光，另外对她说：

> 我要为你取来天国花树，
> 树叶上沾有天王因陀罗
> 乘坐的大象颞颥的液汁，
> 蜜蜂贪婪吸吮树上花蜜。

又如，这首诗表现艳光的复杂心态：

> 艳光见丈夫来看她，抑止不住
> 内心喜悦，浑身颤动，虽然

> 她有理由对他表示不满，因为
> 他身上有与真光调情的痕迹。

这首诗描写诃利向真光求情时两人的情态：

> 真光的心顿时被喜悦压倒，
> 激动不已，泪珠涌满眼眶，
> 尽管她努力克制，依然滴落
> 在俯伏在她脚下的诃利背上。

梵语诗学家欢增在《韵光》中论述作品中传达情味的方式时，提及这部摩诃剌陀语叙事诗："例如，迦梨陀娑的作品，以及沙尔婆塞纳的《诃利胜利记》和我的《阿周那传》。诗人创作作品时，应该全神贯注，致力于味。如果发现故事情节中有不适合味的地方，那就应该主动抛弃它，而创造另一种适合味的故事成分。因为仅仅讲述故事情节已有历史传说等等完成，而非诗人的创作目的。"《韵光》在论述出于诗人的想象的表述一类诗中，依靠词义暗示情味，以《诃利胜利记》中的这首诗为例：

> 即使没有受到邀请，爱神也捧住春季女神的脸，
> 脸上装饰芒果嫩芽，散发即将流出的蜜汁芳香。

欢增指出诗中的"没有受到邀请"这个短语依靠词义的力量，暗示爱神强行捧吻。此外，梵语诗学家恭多迦在《曲语生命论》中论述风格时，指出"迦梨陀娑和沙尔婆塞纳的诗呈现天然的柔美，应该认为是柔美风格"。这些可以说明沙尔婆塞纳的这部早期俗语叙事诗对此后的俗语和梵语叙事诗产生深远的影响。

最著名的摩诃剌陀语叙事诗是钵罗婆犀那（Pravarasena，约五世纪）的《架桥记》（Setubandha），又名《十首王伏诛记》（Dahamuhavaha）或《罗波那伏诛记》（Rāvaṇavaha）。全诗共分十五章，内容相当于《罗摩衍那》的第四、第五和第六篇，即罗摩杀死魔王罗波那，救回妻子悉多的故事。耆那教徒用耆那摩诃剌陀语写作的《波摩传》任意篡改《罗摩衍那》原著。钵罗婆犀那则不同，他的《架桥记》在故事内容上严格依据《罗摩衍那》原著，只是在主题思想上突出宣扬忠诚——忠于爱情和忠于友情。正如在这部作品的开头所说：

> 请听十首魔王伏诛记，悉多
> 女神的痛苦结束，重获自由，
> 扎在世界心中的铁箭被拔除，
> 这部作品的明显标志是忠诚。

第一章讲述悉多已被十首魔王罗波那劫走，罗摩悲痛欲绝。罗摩与猴王须羯哩婆结盟。神猴哈努曼纵身跃过大海，在楞伽岛找到悉多，回来报告悉多还活着的消息。此时雨季结束，秋季来到，适合征战。罗摩与猴军出发，来到海边。第二和第三章描写浩瀚的大海，猴王须羯哩婆鼓动猴军，发誓无论怎样艰难，也要架桥渡海。第四章描写罗摩的另一位盟友熊罴王阇婆梵勉励罗摩鼓起勇气。魔王罗波那的弟弟维毗沙那对兄长的恶行不满，前来投奔罗摩。第五章描写罗摩对大海挡住去路，感到愤怒，向大海射箭。第六章描写海神显身，赞同他架桥渡海。于是，罗摩命令猴军拔山填海架桥。第七章描写猴军填海引起汹涌波涛，累得筋疲力尽，一时难以完成任务。第八章描写猴王须羯哩婆吩咐另一位神猴那罗即工巧大神的儿子协助架桥，这样，那罗将两座大山固定在大海中。第九章描写固定在大海中的大山。第十章描写楞伽城。罗波那渴望赢得悉多的爱，悉多坚贞不屈。于是，罗波那让侍从制造罗摩被杀死的假象。第十二章描写悉多看到罗摩的头颅，昏厥过去。而一个同情悉多的女罗刹安慰悉多，告诉她那是幻术。第十三章至第十五章描写罗摩率领猴军攻打楞伽城。战斗激烈，其间，罗波那的儿子因陀罗耆施展"蛇网"武器，套住罗摩和弟弟罗什曼那。他俩受伤倒下。在这危急关头，猴王须羯哩婆吩咐猴军将罗摩和罗什曼那送回城去，并发誓要亲自杀死罗波那，救回悉多。而罗摩听维毗沙那告诉他，击倒他的武器是"蛇网"，立即想起蛇的天敌金翅鸟。于是，他召来金翅鸟，破除"蛇网"。这样，他和罗什曼那重新投身战斗。罗摩杀死罗波那的弟弟鸠槃羯吶拿，罗什曼那杀死罗波那的儿子因陀罗耆。而罗什曼那遭到罗波那袭击，受了重伤。神猴哈努曼取来山中仙草，治愈罗什曼那。最后，罗摩杀死罗波那，砍下这个魔王的十个脑袋。悉多自愿接受投火考验，火神托出悉多，证明她对罗摩的忠贞。猴王须羯哩婆也感到自己报答了罗摩的友情。

《架桥记》虽然是一部俗语叙事诗，但注重艺术技巧，具有古典梵语叙事诗的风格，因此也受到梵语诗学家们的赞赏。檀丁（七世纪）在《诗镜》中说："人们认为摩诃剌陀语是最优秀的俗语。用它创作的《架桥记》等是妙语珠宝之海。"欢增在《韵光》中提到《架桥记》中悉多看到罗摩的头颅被砍下的幻景而恐惧，是展示情味的出色描写。波阇（十一世纪）在《辩才天女的颈饰》和《艳情光》中引用《架桥记》中许多诗句作为修辞范例。

古杜诃罗（Koutuhala，八世纪）的摩诃剌陀语叙事诗《丽拉婆蒂》（Lilāvai）充满神奇色彩，情节曲折复杂。全诗开头是颂神诗，然后作者讲述在一个秋天的夜晚，他和妻子坐在屋顶露台上欣赏夜色，妻子赞美说："月亮因秋天而更美，夜晚因月亮而更美，晚莲因夜晚而更美，河滩因晚莲而更美，天鹅因河滩而更美。"

在这样可爱的夜晚，她想听丈夫讲故事。作者告诉她，故事有三种：天神、凡人、天神和凡人混合，使用的语言也有三种：梵语、俗语、梵语和俗语混合。妻子表示愿意听用俗语讲述天神和凡人混合的故事。于是，作者为妻子用俗语讲述利拉婆蒂的故事：

阿湿摩迦国国王沙罗诃那已经派遣维遮耶难陀和波底沙率军前去征伐南方和锡兰岛。不久，维遮耶难陀独自返回，国王询问他发生了什么事。维遮耶难陀禀告国王说，他们已经征服南方，准备攻打锡兰岛时，大臣波底沙听说锡兰王希罗梅诃的女儿名叫丽拉婆蒂，当初出生时，空中传来天神的话音，说是将来谁娶这个公主，会成为统一天下的转轮王。于是，波底沙决定放弃攻打的计划，让他作为使者，前去锡兰岛为国王求娶公主丽拉婆蒂。而在前往锡兰岛途中，航船触礁沉没。他幸运抓住一块木板，游到岸上。

然后，他在一个苦行林中遇见两个女苦行者，一个名叫摩诃努摩依，另一个名叫古婆罗雅婆利。经他询问，古婆罗雅婆利讲述她俩成为女苦行者的原因：摩诃努摩依是药叉王那罗古婆罗的女儿，一天带着她前往摩罗耶山游玩，遇见一个持明王的儿子摩诃伐尼罗。摩诃努摩依和这位持明王子一见钟情，持明王子送给她一个能防蛇的魔戒，她送给持明王子自己的珍珠项链，并准备自主结婚。事后，古婆罗雅婆利告诫摩诃努摩依，结婚先要征得父母同意，并向她讲述自己的教训：她的父亲是国王，后来隐居森林，成为苦行者。因陀罗派遣天女诱惑他，破坏他的苦行，于是，生下她，也成为一个天女。后来她遇见一个健达缚王子吉丹伽耶，没有征得父亲同意，就自主结婚。父亲知道后，指责这个健达缚王子拐走他的女儿，诅咒他变成罗刹，直至将来在战斗中遭到杀戮。她悲痛欲绝，而母亲劝慰她，将她带到药叉王那罗古婆罗那里，而成为摩诃努摩依的朋友。摩诃努摩依听从她的劝告，请她前去通知持明王子这样做。然而，她到达持明王子的住地，发现他已经失踪。而持明王悲痛绝望，将王位让给内弟，自己隐居森林。于是，摩诃努摩依与她一起来到这个苦行林，成为苦行者，祈求女神帮助。后来，她俩遇见一位公主在侍女们陪同下，来到这里敬拜女神。她俩听侍女介绍这位公主名叫丽拉婆蒂以及她的出生故事。摩诃努摩依听后，发现丽拉婆蒂原来是她的表妹。同时，天神已经预言她的丈夫会成为转轮王。她的父亲已经收集各地著名国王的画像，让她挑选，而她选中的正是阿湿摩迦国王沙罗诃那。但是，现在得知表妹的情况，表示自己一定按照习惯，等表姐结婚后，她才结婚。

维遮耶难陀了解这些情况后，告诉古婆罗雅婆利自己是国王沙罗诃那的大臣，现在就回去禀告国王。沙罗诃那听完维遮耶难陀的讲述，将信将疑。这时，大臣波底沙带着征服南方的战利品返回。于是，国王委派维遮耶难陀前去锡兰岛，并从战利品中挑选一串珍珠项链作为送给丽拉婆蒂的礼物。而维遮耶难陀从锡兰岛返回后，禀告国王说，他将珍珠项链献给丽拉婆蒂时，摩诃努摩依认出这是她送给持明王子的珍珠项链，询问他怎么得到的。他告诉她这是征服摩罗耶山国王的战利品。摩诃摩努依认为持明王子可能已经死去，想要自尽。但她劝说丽拉婆蒂不要受这件事妨碍，照旧结婚。她还请他将那只魔戒作为礼品，转交国王沙罗诃那。

国王明白丽拉婆蒂高尚的品性，难以改变她的决定，感到绝望。然而，他的导师劝慰他，并带他前往地下世界求取神通力。他俩在地下世界经过一道道关卡，发现有一处关押着一个青年，门前有群蛇守卫。而当他俩走近这个青年时，群蛇立即逃散。国王意识到这是因为他带着那只防蛇的魔戒。经过询问，得知这个青年就是摩诃努摩依的情人持明王子，也得知那串珍珠项链是他被群蛇抓住时，扔在摩罗耶山的。这样，国王救出这个持明王子，一起返回地上。此后，国王又率军与罗刹交战。他用剑砍下一个罗刹的脑袋。而这个罗刹倒地后，忽然变成一个青年，向他表示感谢。原来他就是遭到古婆罗雅婆利的父亲诅咒的那个健达缚王子。这样，国王和丽拉婆蒂、摩诃努摩依和持明王子摩诃伐尼罗、古婆罗雅婆利和健达缚王子吉丹伽耶终成眷属。

另一部重要的摩诃剌陀语叙事诗是伐格波提罗阇（Vākpatirāja，八世纪）的《高达伏诛记》（Gauḍavaha）。伐格波提罗阇是曲女城国王耶索沃尔曼的宫廷诗人，自称是著名梵语戏剧家薄婆菩提的学生。这部叙事诗是颂扬耶索沃尔曼征伐四方的业绩。但在叙事中，夹杂大量自然风光和六季景色的描写，并穿插许多神话传说，艺术上具有古典梵语叙事诗风格。诗中有不少关于乡村生活的描写在早期叙事诗中也是难得的。这部俗语作品也受到梵语诗学家们的赞赏。王顶（九、十世纪）的《诗探》和恭多迦（十世纪）的《曲语生命论》都引用《高达伏诛记》中的这首诗，说明诗歌语言的创造性潜力无穷无尽：

> 自古以来，即使优秀的诗人天天都在汲取
> 语言精华，而语言宝库仿佛至今仍未启封。

欢增在《韵光》中引用这首诗：

> 天空布满醉云，阿周那树林在暴雨中摇曳，
> 月亮失去骄傲，这样的黑夜依然令我着迷。

欢增说明诗中的"醉"和"失去骄傲"这两个词具有暗示义。恭多迦则在《曲语生命论》中认为这是叠合有生物的性质，体现隐喻的曲折性。恭多迦还引用《高达伏诛记》中的这首诗作为一种称为"奇想"的修辞范例：

> 即使与他分离片刻时间，
> 情人也发出芳香的叹息，
> 好像是爱神的花箭射中
> 她的心后，滴淌的蜜汁。

在戏剧领域，俗语一般用作妇女和地位低下的角色的语言。完全用俗语创作的戏剧除了前一章中介绍的耆那教戏剧外，有一部王顶（Rājaśekhara，九、十世纪）创作的四幕剧《迦布罗曼阇利》（Karpauramañjalī），剧中散文使用修罗塞纳语，诗歌使用摩诃剌陀语。全剧开头的献诗是：

> 向语言女神致敬！愿诗人毗耶娑感到高兴！
> 愿其他诗人的美妙言辞也得到知音们赏识！
> 愿维达巴、摩揭陀和般遮罗风格照亮我们，
> 让知音们品尝这些风格如同鹧鸪品尝月光！

第一幕描写春天来临，国王旃陀波罗和王后维帕莱卡心情愉快。弄臣（即丑角）报告来了一位巫师。巫师进来后，询问国王需要他做什么。国王说希望看到奇迹。巫师说自己无所不能。国王询问弄臣是否见到过空前未有的女宝。弄臣说在南方一个城市见到过。于是，巫师沉思入定，说："她来了。"随即，迦布罗曼阇利进入。王后询问这位少女是谁？少女回答说是国王恭多罗的女儿。王后立即认出她原来是自己的表妹迦布罗曼阇利。她感谢巫师让她见到表妹，表示让表妹住上一段日子，再请巫师施展幻力将她送回去。

第二幕描写举行秋千节，迦布罗曼阇利表演荡秋千，国王坐在亭台上观看，赞美迦布罗曼阇利的优美姿态：

这个圆臀少女荡秋千，
满怀喜悦，笑声朗朗，
伴随珍珠项链叮当声。

珍珠项链随同秋千摆动，
明晃晃犹如波动的水流，
传送着爱神的光辉名声，
仿佛水流携带蔓藤漂流。

她的衣裳随着风儿飘拂，
能够稍许瞥见她的玉体，
召唤爱神来到她的身边。

她的耳坠拍击她的脸颊，
仿佛记录秋千摇摆次数，
她突然睁开她的大眼睛，
仿佛发射爱神的莲花箭。

　　第三幕描写王后明白国王爱上她的表妹，已将迦布罗曼阇利软禁在后宫。国王和弄臣偷偷前去会见迦布罗曼阇利。弄臣说屋内炎热，为迦布罗曼阇利扇风，而扇灭了灯。弄臣便带着他们通过地道进入花园。国王和迦布罗曼阇利在月光下交谈，忽然听到嘈杂响声。于是，迦布罗曼阇利又从地道返回屋中。

　　第四幕描写巫师向王后建议说，按照星相，罗吒国的公主注定要嫁给国王旃陀波罗，而国王也注定会成为转轮王，因此，应该娶下这位公主。王后表示同意。而在举行婚礼时，王后发现新娘是迦布罗曼阇利。她将信将疑，借口离开，前去迦布罗曼阇利的居室查看。而巫师让迦布罗曼阇利迅速从地道返回居室，等王后见到她在居室后，再迅速赶回。这样，婚礼得以举行，国王和迦布罗曼阇利正式成婚。

这部戏剧的题材类似迦梨陀娑的《摩罗维迦和火友王》，并无多少新意。但它充分显示了俗语的艺术表现力。王顶本人主要是梵语戏剧家，著有梵语戏剧《小罗摩衍那》、《小婆罗多》和《雕像》。他在《迦布罗曼阇利》序幕中，借舞台助理之口说明此剧为何完全使用俗语：

> 梵语诗歌生硬，俗语诗歌柔和，
> 两者之间差别，犹如男人女人。
>
> 题材不离其宗，词汇大同小异，
> 无论何种语言，诗歌表现特殊。

虽然王顶表现出对俗语的偏爱，但也正确地认识到诗歌的成败不在于所用哪种语言，而在于诗歌本身的特殊表现方式和技巧。在王顶所处的时代，梵语戏剧已有衰落的趋向。他试图完全使用俗语创作戏剧，未尝不是一种新的征兆，预言梵语戏剧终将为新兴的各地方言戏剧所取代。

第 六 章

古典梵语诗歌

第一节　迦梨陀娑的诗歌

迦梨陀娑（Kālidāsa）是在印度国内外享有最高声誉的古典梵语诗人和戏剧家，有一首流行的梵语诗歌称颂迦梨陀娑：

> 自古屈指数诗人，迦梨陀娑属小指，
> 迄今仍无媲美者，无名指儿名副实。

另一首流行的梵语诗歌称颂迦梨陀娑的名剧《沙恭达罗》：

> 一切语言艺术中，戏剧最美；
> 一切戏剧中，《沙恭达罗》最美。

在古代，迦梨陀娑的一些作品就已传入亚洲许多国家，大约在三世纪，迦梨陀娑的名诗《云使》被译成我国藏文，收在藏语佛典《丹珠尔》中。在近代，英国学者威廉斯率先于 1789 年将迦梨陀娑的《沙恭达罗》译成英语出版，并称颂迦梨陀娑为"印度的莎士比亚"。此后，迦梨陀娑的戏剧和诗歌作品相继被译成各种欧洲文字，在欧洲文学界备受推崇。我国自二十世纪二十年代以来，也出现过多种根据英译本和法译本转译的《沙恭达罗》汉译本。1956年，世界和平理事会将迦梨陀娑列为该年纪念的世界文化名人之一，我国首次出版依据梵语原著翻译的《沙恭达罗》（季羡林译）和《云使》（金克木译）汉译本，以示纪念。

可是，这样一位蜚声世界文坛的伟大诗人和戏剧家，我们对他的生平事迹几乎一无所知。自十八世纪以来，印度国内外梵语学者对迦梨陀娑的出生年代进行了多方面的探讨，提出了种种推测性的论断。如果将这些纷繁歧异的论断排列一下，那么早到公元前八世纪，晚至公元十二世纪，差距可达两千年。不过，多数学者的论断集中在两个年代，公元前一世纪和公元四、五世纪。持前一种年代的以印度学者居多，持后一种年代的以西方学者居多。按照印度传统说法，迦梨陀娑是超日王宫廷的"九宝"之一。迦梨陀娑的一部剧本名叫《优哩婆湿》（Vikramorvaśīya），其中就很可能隐含着超日王（Vikramāditya）的名字。因而，以上两种观点都以超日王的年代作为立论基点。但前一种观点主要运用月天的《故事海》和哈拉的《七百咏》等一些文学作品中出现的超日王来确定年代，缺乏确凿的历史证据。后一种观点认为这位超日王应该是笈多王朝的旃陀罗笈多二世（380—413 年在位）或室建陀笈多（455—467 年在位），因为他俩的钱币上刻有超日王的徽号。而在持这种观点的学者中，多数倾向于认为迦梨陀娑是旃陀罗笈多二世的宫廷诗人，在曼陀娑尔的太阳神庙中，有一块立于 473 年的纪念碑。碑文作者是一位不知名的诗人婆荼跋底（Vatsabhaṭṭi）。碑文中的某些诗句明显模仿迦梨陀婆的《时令之环》和《云使》中的诗句。因此，我们认为，将迦梨陀娑的生平年代确定为四、五世纪是比较妥当的。从那时起，迦梨陀娑成为古代印度举世公认的大诗人。波那（七世纪上半叶）的《戒日王传》开头部分是一组序诗，其中有一首写道：

> 一旦诵出迦梨陀娑的
> 那些美妙言辞，如同
> 这些饱含蜜汁的花簇，
> 有谁会不心生喜悦？

另外，在634年的一份铭文中，作者日称（Ravikīrti）渴望自己的诗名赛过迦梨陀娑。还有，十二世纪的诗歌总集《妙语宝库》中也有赞美迦梨陀娑的诗：

> 《罗怙世系》作者迦梨陀娑，
> 犹如诗人颈脖上的珍珠项链，
> 他用思想镰刀收割知识谷田，
> 而其他的诗人仿佛捡拾谷穗。

关于迦梨陀娑的具体生平事迹，现在只有一些不足凭信的传说和难以定夺的推测。一般认为他出生在优禅尼城，因为他在《云使》中对优禅尼城作了极其生动细致的描绘。在流行的迦梨陀娑传说中，有两个故事比较著名。一个故事说迦梨陀娑原本是个婆罗门孤儿，从小由一位牧人收养而成为青年牧人。当时贝拿勒斯公主是位才女，想找一位比自己更有学问的丈夫。求婚者纷纷前往应试，无一入选。于是，这些落选的求婚者决心报复。他们施展计谋，让这位青年牧人冒充智者，与公主成婚。公主婚后发现真相。但木已成舟，她只得劝这位青年牧人去迦梨女神寺庙祈祷，乞求恩惠。青年牧人照她的话做了，果然获得迦梨女神恩赐，成了大学者和大诗人。这个故事显然是后人根据迦梨陀娑（意思是"迦梨的奴仆"）这个名字所做的文字游戏。另一个故事说迦梨陀娑晚年访问斯里兰卡，在一个名妓宅第的墙上看见斯里兰卡国王鸠摩罗陀娑题写的半首诗：

> 只是耳闻而未目睹长在莲花上的莲花，

于是，他信笔续写了下半首：

> 女郎啊，你的莲花脸上长着一对莲花眼。

由于鸠摩罗陀娑出重金悬赏下半首诗，那位妓女企图冒领赏金，当夜害死了迦梨陀娑。后来，鸠摩罗陀娑查明真相，为迦梨陀娑举行隆重葬礼。当迦梨陀娑的火葬堆熊熊燃烧时，鸠摩罗陀娑也投身火中，自焚而死。

署名迦梨陀娑的作品很多。据有的学者统计，总共有四十一部。但其中大多是伪托的或同名作者的作品。一般公认的迦梨陀娑作品有以下七部：抒情短诗集《六季杂咏》，抒情长诗《云使》，叙事诗《鸠摩罗出世》和《罗怙世系》，剧本《摩罗维迦和火友王》、《优哩婆湿》和《沙恭达罗》。

一 《六季杂咏》

《六季杂咏》（Ṛtusaṃhāra，或译《时令之环》）共分六章，包含六组抒情短诗，分别描绘印度六季（夏季、雨季、秋季、霜季、寒季和春季）的自然景色以及男女欢爱和相思之情。每章诗歌数目不等，少至十六首，多至二十八首，总共一百四十四首（据迦莱注本）。

第一章《夏季》描绘夏天的酷热，"炽热的太阳光焰折磨大地，灼热的风扬起一圈圈尘土"，最称人心的是池塘和夜晚。兽类焦渴难忍，以致改变了弱肉强食的本性，相安无事："蛇躺在孔雀脚下"，"青蛙坐在似伞的蛇冠下"，"狮子不捕杀近在眼边的大象"。森林大火的景象尤其壮观：

> 大火借助风力在森林各处游荡，
> 在木棉树林里仿佛越烧越炽烈，
> 在那些树洞里似黄金闪烁光芒，
> 在枝叶沉甸的大树上升腾跳跃。（1.26）

第二章《雨季》描绘乌云、雷鸣、大雨、急流、萌发生机的花草树木和发情的动物。雨季激发恋人的情爱，也激发游子闺妇的愁思：

> 乌云发出雷鸣如同战鼓，
> 张开彩虹神弓，闪电为弦，
> 降下瓢泼大雨如同利箭，
> 迅猛地扎进旅人的心田。（2.4）

> 乌云密布，响雷不绝，
> 尽管这夜晚漆黑一团，
> 多情女子依然赴约，
> 阵阵闪电照亮路面。（2.10）

第三章《秋季》描绘缓缓流动的河流、微波荡漾的池塘、沉甸低垂的稻子、清凉的晨风、盛开的花朵、吮蜜的狂蜂以及美丽的秋夜。诗人将秋季比作"可爱的新娘"：

> 秋天来了，宛如一位美丽可爱的新娘，

绽放的莲花是迷人的脸，迦舍花是衣，
天鹅激动的鸣叫如同脚镯声而可爱，
半熟的稻子是优美弯曲的苗条肢体。（3.1）

秋夜日益增长，似少女日益成熟，
闪烁的繁星，犹如她优美的装饰，
破云而出的明月，犹如她的面庞，
轻柔皎洁的月光，犹如她的绸衣。（3.7）

第四章《霜季》描绘在这个季节，"稻子成熟，莲花凋谢零落，霜季降临"，妇女们不再佩戴各种装饰品，而醉心于欢爱，诗人着重描绘她们在欢爱后的种种情状：

欢爱后疲惫慵倦，面容苍白，
少妇的下嘴唇已被齿尖咬伤，
时不时感觉疼痛，因而遇到
可笑的事情也不敢放声大笑。（4.6）

第五章《寒季》的主题和内容与第四章类似，正如结尾的一首诗中所说，

但愿这个寒季经常带给你们快乐！
有甜蜜糖果，美味的稻谷和甘蔗，
充满纵情的欢爱，爱神大显身手，
也是与爱人分离之人忧愁的缘由。（5.16）

第六章《春季》描绘缀满红芽的芒果树、盛开红花的无忧树、

在微风中摇曳的蔓藤、低声鸣叫的杜鹃、嘤嘤嗡嗡的蜜蜂和春心荡漾的男女。他歌唱道：

> 树上有鲜花，水面有青莲，
>
> 女子有激情，风中有香味，
>
> 夜晚多快乐，白昼多可爱，
>
> 亲爱的，春天一切更加美！（6.2）

一般认为，《六季杂咏》是迦梨陀娑初露才华的早期作品，其中许多诗歌表现出诗人对自然景色和情人心理的细致观察，也不乏优美动人比喻。但与迦梨陀娑的其他诗作相比，显出它在艺术上还存在稚拙之处。有些风景诗过于客观，缺乏意蕴；有些爱情诗稍嫌浅露，缺乏韵致；也有些诗歌互相之间意境雷同，词句重复。

二 《云使》

《云使》（Meghadūta）是一部抒情长诗，共有一百十一节（据印度文学院校刊本）。诗的内容是：有个药叉（印度神话里的一种小神仙，是财神俱毗罗的侍从）玩忽职守，受到俱毗罗诅咒，被贬谪一年。他谪居在南方罗摩山苦行林中，忍受与爱妻分离的痛苦，已有八个月。现在，正是雨季来临的六月中，他看到一片由南往北的雨云飘上罗摩山顶，激起了他对爱妻的无限眷恋。于是，他向雨云献礼致意，托它带信："云啊！你是焦灼者的救星，请为我带信，带给我那由俱毗罗发怒而分离的爱人。"[1] 他向雨云指点到达他爱人居住地阿罗迦城的路线：由这里往北，一路上要经过蚁垤峰、玛罗高原、芒果山毗地沙城、优禅尼城、尼文底耶河、信度河、恒

---

[1] 本节中《云使》引诗均采用金克木译《云使》。

河、玛那莎湖等等许多地方。他对每一处的秀丽景色和旖旎风光，都作了富于感情的生动描绘。最后，便到了阿罗迦城（以上部分传统注释家一般称作"前云"）。接着，他向雨云描述阿罗迦城里药叉们的欢乐生活，指出他家在阿罗迦城里的方位、标志，他爱妻的容貌，并想象他爱妻满怀离愁的种种情状。他委托雨云向他爱妻倾诉他的炽热相思，并安慰她说不久便可团圆。最后，他向雨云致谢，祝愿雨云和它的闪电夫人水不分离（以上部分，传统注释家一般称作"后云"）。

《云使》是印度文学史上第一部抒情长诗，同时也代表了印度古代抒情诗歌的最高艺术成就。它充分发挥了抒情诗歌的艺术因素，强烈的感情，丰富的想象，优美的语言，和谐的韵律，并具备当时历史条件下的进步思想。《云使》中的药叉因受贬谪而与妻子分离，所以他的相思之情较之一般出外赴职或经商的旅人更为凄苦炽烈。诗中写道："他为噩运阻隔在远方，怀着心心相印的愿望"，"清癯消瘦，凄怆悲痛，频频叹息，热泪纵横，焦灼不安"。药叉在委托雨云向爱妻转达的话中，也自我描绘道：

> 我用红垩在岩石上画出你由爱生嗔，
> 又想把我自己画在你脚下匍匐求情，
> 顿时汹涌的泪水模糊了我的眼睛，
> 在画图中惨忍命运也不让你我亲近。（105）

> 我有时向空中伸出两臂去紧紧拥抱，
> 只为我好不容易在梦中看见了你；
> 当地的神仙们看到了我这样情形，
> 也不禁向枝头洒下了珍珠似的泪滴。（106）

　　正是这种炽热的相思之情，激发了药叉托雨云捎信的奇特想象，"因为苦恋者天然不能分别有生与无生"。他展开想象的翅膀，向雨云描述一路上要经过的山川城池，而每一处的风光都染上了药叉浓郁的感情色彩，有些简直成了他朝思暮想的爱妻的化身，如"尼文底耶河以随波喧闹的一行鸟为腰带，露出了肚脐的旋涡，妖媚地扭扭摆摆"；"信度河缺水瘦成发辫，岸上树木枯叶飘零衬托出她苍白的形影"。可以说，在《云使》中，印度的许多自然景色被迦梨陀娑女性化了。在迦梨陀娑笔下，药叉的想象不仅高远，而且细微。药叉向雨云诉说自己想象中的爱妻的相思病态，说得惟妙惟肖，哀婉动人。例如：

> 想那可爱的人一定由悲泣而肿了双眼，
> 嘴唇为叹息的热气所熏，而颜色改变，
> 手托着的脸为下垂头发所掩，不全显现，
> 正如明月的光辉为你所掩时一样可怜。（84）

> 她由忧思而消瘦，侧身躺在独宿的床上，
> 像东方天际的只剩下一弯的纤纤月亮，
> 和我在一起寻欢取乐时，良宵如一瞬，
> 在热泪中度过的孤眠之夜却分外悠长。（89）

> 她发出使花苞嘴唇变色的叹息，掠开了
> 因沐浴不用香膏而粗糙的垂到颊上的发卷，
> 想只有在梦中才能与我相会，便渴望睡眠，
> 可是，泪水的滔滔流泻又使她不能如愿。（91）

　　《云使》的语言凝练优美，精妙的比喻触目皆是。属于明喻的，

如"我想那少女在这些沉重的日子里，满心焦急，已如霜打的荷花姿色大非昔比"。这里，药叉的妻子被比作霜打的荷花。属于隐喻的，如"但愿你能努力加快步伐，如果见到有孔雀向你以声声鸣叫，表示欢迎而珠泪盈眸"。这里，药叉的妻子被比作欢迎交配期来临的孔雀。还有博喻，如药叉用一连五个比喻形容妻子的美貌：

> 我在藤蔓中看出你的腰身，在惊鹿的眼中
> 看出你的秋波，在明月中我见到你的面容，
> 孔雀翎中见你头发，河水涟漪中你秀眉挑动，
> 唉，娇嗔的人啊！还是找不出一处和你相同。（104）

《云使》的韵律也别具一格。它通篇采用一种叫做"缓进"的韵律，完全适合表达药叉的离愁。每节诗由四行（即两联）组成，每行十七个音节。前四个是长音节，表示思念；接着五个是短音节，表示焦急；最后是三组切分音节（一短二长），表示既思念又焦急，前途未卜，忧心忡忡。

综观《云使》全诗，可以说，迦梨陀娑的爱情观是比较健康的。他欣赏夫妻之间相亲相爱，忠贞不贰。只有这样的爱情，才经得住生活的风浪，在患难中愈见纯洁，愈加甜蜜。而且，药叉是个"隶属于他人"的受难者，诗人倾注在他身上的无限同情，也蕴含着对天下一切受难者的关切。

可见，《云使》能成为众口交誉的传世之作，绝不是偶然的。它确实达到了内容和形式的完美统一。在印度古代，自从《云使》问世后，不断出现后人模仿《云使》的诗作，如《风使》、《鹦鹉使》、《蜜蜂使》、《天鹅使》、《月使》、《杜鹃使》和《孔雀使》等等，文学史家统称为"信使诗"。

《云使》于1813年首先由英国学者威尔逊译成英语，此后相继

出现德、法等其他欧洲语言译本。歌德曾写诗赞美道："这云彩使者，谁不愿意把它放进我们的灵魂。"歌德还说过："接触到这样的作品（指《云使》），常常是我们生活中的重大事件。"

三 《鸠摩罗出世》

《鸠摩罗出世》（Kmārasambhava）是叙事诗。现存抄本共有十七章，但一般认为前八章（据迦莱注本，共有六百十三节）是迦梨陀娑的原作，后九章是他人的续作。其理由归纳起来主要有三点：一、现存《鸠摩罗出世》的注本，多数只注到第七或第八章；二、历代诗论著作中引用的《鸠摩罗出世》诗句全都属于前八章；三、后九章的艺术性低于前八章。

《鸠摩罗出世》取材于印度古代神话传说，故事背景是在喜马拉雅山。

第一章描写山神夫妇生了个女儿，名叫波哩婆提（她前生是梵天之子达刹的女儿，名叫萨蒂，因达刹歧视她的丈夫湿婆，愤而自焚）。波哩婆提长成一个美貌绝伦的少女：

> 她到达了跨越童年的年龄，
> 那是苗条身材的天然装饰，
> 不称作酒，也能够令人迷醉，
> 不称作花，也成为爱神武器。（1.31）

> 创造主汇集了一切喻体，
> 逐一安排在合适的部位，
> 仿佛希望看到天下之美，
> 集于一身，精心将她创造。（1.49）

一天，那罗陀大仙来到喜马拉雅山，预言波哩婆提将成为大神湿婆的妻子。山神虽然愿意将女儿嫁给湿婆，但不好意思直接向湿婆求亲，只是派女儿去侍奉湿婆。而湿婆自从失去爱妻萨蒂后，已经摒弃世俗执著，在喜马拉雅山的个山峰上潜心修炼苦行。他毫不为波哩婆提的美色动心。

第二章描写天界受到魔王多罗迦扰害，因陀罗率领众天神向大梵天诉苦求救。大梵天告诉他们说，多罗迦的威力正是他赐予的，因而不宜由他亲自出面干预。他建议众天神设法让波哩婆提迷住湿婆，结成姻缘，因为唯有湿婆的儿子能降伏魔王，拯救天界。

第三章描写因陀罗派遣爱神去破坏湿婆的苦行，让湿婆爱上波哩婆提。爱神携带妻子罗蒂和朋友春神来到喜马拉雅山。他们所到之处，顿时春光明媚，鸟语花香，一切有生之物无不春情荡漾：

> 蜜蜂紧跟着自己的女伴，
> 同饮一个花杯中的花蜜，
> 黑斑鹿伸角为雌鹿搔痒，
> 雌鹿感到舒服，闭上眼睛。（3.36）

> 那些树木受到蔓藤新娘拥抱，
> 下垂的枝条犹如柔软的手臂，
> 盛开的花朵犹如丰满的乳房，
> 颤动的花蕾犹如迷人的嘴唇。（3.39）

而唯独湿婆修炼苦行的地方毫无变化，万籁俱寂。湿婆结跏趺坐，沉思入定：

> 他抑止体内活动的风，

> 犹如不降雨水的乌云，
> 犹如不起波浪的大海，
> 犹如无风处不晃的灯。（3.48）

正当爱神一筹莫展之时，美丽的波哩婆提前来侍奉湿婆。爱神抓住这个机会，举弓搭箭。这时，

> 湿婆的坚定有点儿动摇，
> 犹如月亮初升时的大海，
> 他的目光望着乌玛的脸，
> 看见频婆果似的下嘴唇。（3.67）

> 而此时雪山之女的肢体，
> 宛如娇嫩颤动的迦昙婆花，
> 也展露真情，她侧脸站着，
> 脸上眼珠转动，更添妩媚。（3.68）

湿婆克制住自己的感官骚动，环视四周，发现爱神正瞄准他，挽弓欲射。他怒不可遏，长在额上的第三只眼睛喷出烈焰，当即将爱神化为灰烬。随后，湿婆不知去向。波哩婆提感到羞愧和迷茫，返回父母家中。

第四章描写爱神的妻子罗蒂望着自己丈夫的灰烬，发出凄厉的哭声和哀婉的悲悼：

> 我的生命依靠你，可是你
> 刹那间恩断义绝，抛弃我，
> 跑向哪里？如同河水冲破

> 堤岸，抛弃莲花，奔腾而去。（4.6）

> 我身上装饰的这些时令鲜花，
> 由你亲手安排，它们都还在，
> 可是，你这位精通爱情者啊！
> 你的可爱的形体已消失不见。（4.18）

最后，她对春神说，她要把爱神的这些灰烬抹在自己胸脯上，投火自焚。这时，天上传来话音，劝她保重身体，一旦湿婆与波哩婆提成婚，爱神就会恢复原形。

第五章描写波哩婆提发觉凭自己的美貌不能获取爱情，便决心用苦行来获取。她修炼的苦行无比严酷：

> 夏季，这妙腰女笑容灿烂，
> 站在四堆燃烧的祭火中间，
> 她战胜明亮刺眼的阳光，
> 目不转睛，久久凝视太阳。（5.20）

在雨季，她睡在石板上，任凭风吹雨打。在冬季，

> 她坚持站在水中度过
> 雪花纷飞的寒冬之夜，
> 眼望着夜晚分离的轮鸟
> 互相哀鸣，她满怀同情。（5.26）

她长期只靠雨水和月光维持生命，甚至不吃飘落在自己身边的树叶。一天，一位婆罗门青年来到这里，询问她修炼苦行的目的。

她示意女友代她回答。婆罗门青年听后劝说道：湿婆不值得她追求，因为他形象不雅观，长有三只眼，出身不可知，穷得光身子，选婿所要求的条件，一点也不具备。波哩婆提听后，气得嘴唇哆嗦，严厉驳斥道：湿婆是宇宙的化身，世界的救主，财富的源泉，不仅诋毁他是罪孽，就是听到这种诋毁也是罪孽！在波哩婆提准备转身离开之际，这位婆罗门青年显现湿婆真形，拉住她，说道："从今天起，我是你用苦行买下的奴仆。"原来这位婆罗门青年是湿婆乔装的，波哩婆提的心愿终于获得实现。

　　第六章描写波哩婆提委托女友要求湿婆向她父亲正式求亲。湿婆委托七仙人前去做媒。七仙人向山神提亲时，波哩婆提在一旁羞答答听着：

仙人说着这些话，
波哩婆提低下头，
靠在父亲的身旁，
数着玩耍的莲花。（6.84）

　　第七章描写湿婆由众天神陪同来到喜马拉雅山都城，与波哩婆提举行结婚仪式。

这位腰肢苗条的少女进入圣坛，
面朝东方，侍女们坐在她面前，
准备为她装饰，而被她天然的
姿色所吸引，延宕了片刻时间。（7.13）

女友染红她的脚，笑着祝福：
"用它接触你丈夫头顶月牙！"

听了这话，她不声不响，

举起花环，将女友拍打。(7.19)

他俩的婚礼壮观、热烈和隆重。

第八章描写湿婆在喜马拉雅山都城住了一个月，与波哩婆提共享新婚之乐。而后，他偕同波哩婆提漫游名山大川和天国乐园。最后，他俩定居在香山，纵情欢爱，度过二十五年如同一夜。

后九章的故事内容主要是讲：一天，火神化作一只鸽子飞进湿婆和波哩婆提的洞房，代表众天神恳求湿婆赐给他们一个儿子，作为天兵统帅。湿婆便将自己的精子喷射给他。火神忍受不了精子的光和热，因陀罗吩咐他进入恒河，泡在水中。这时，昴星团六颗明星来恒河沐浴，精子进入她们身子，生下了战神鸠摩罗。恒河女神满怀喜悦哺育这婴儿。然后，湿婆和波哩婆提来恒河领回自己的孩子。鸠摩罗在六天之内就长成一个健壮的青年，精通一切经典和武艺。湿婆同意因陀罗和众天神的请求，让鸠摩罗担任天兵统帅。鸠摩罗辞别父母，来到天界。他率领众天神向魔王多罗迦进军。多罗迦不顾种种恶兆，拼死出来迎战。他用神奇的武器击败众天神，然后，傲慢地劝说鸠摩罗道："不要帮助这些天神。你是你父母的独生子，为什么要来找死？快回到你父母的膝上去享受天伦之乐。"鸠摩罗威武地回答道："拿起你的武器，让我见识见识你的本领！"他俩展开激战，天地为之摇撼。鸠摩罗破了多罗迦的一切法宝，最后将多罗迦杀死。天上普降花雨，众天神欢欣鼓舞，称颂鸠摩罗是天国的救主。这样，鸠摩罗的光辉驱散了天国愁雾，因陀罗重新登上天庭御座。

关于战神鸠摩罗出世的神话传说，最早见于两大史诗，但都相当简略。在一些往世书中，故事较为详细。尤其在《湿婆往世书》中，故事情节和语言表达与迦梨陀娑的《鸠摩罗出世》颇多相似之处。但由于往世书成书年代较晚，一般认为是往世书作者袭取迦梨陀娑，而不是相反。

迦梨陀娑的《鸠摩罗出世》表现了爱情战胜苦行、入世战胜弃世的主题。湿婆远离尘嚣，隐居在喜马拉雅山修炼苦行。波哩婆提并不在乎湿婆的长相、出身和财产条件，认定湿婆是救世的英雄，一心要与他结成良缘。湿婆修炼苦行是为了回避现实，而波哩婆提修炼苦行是为了追求爱情。波哩婆提终于凭着一片真情和顽强毅力，感动湿婆，实现了自己的心愿。迦梨陀娑在诗中不吝笔墨，尽情描写自然风光的美和波哩婆提的美，并极力渲染湿婆和波哩婆提婚后的欢爱生活，这些都是对世俗生活的充分肯定。第四章"罗蒂哭夫"也是公认的佳篇。它虽然表现罗蒂悲痛欲绝的心情，但也是迦梨陀娑对世俗感情的欣赏和赞美。当然，由于这部叙事诗以神话传说为题材，富有象征意义。对于它的主题，我们还可以从其他的角度去理解。

四 《罗怙世系》

《罗怙世系》（Raghuvaṃśa）是叙事诗，共有十九章，一千五百六十九节（据南达吉迦尔注本）。它取材于印度史诗和往世书中罗怙世系的帝王传说。罗怙世系属于太阳族，他们的祖先可以追溯到吠陀时代的甘蔗王。迦梨陀娑的《罗怙世系》是以罗摩故事为重点，描写罗摩在位前后的帝王传说。

在作品开头，迦梨陀娑谦虚地表示即使自己语言才能浅薄，也要赞颂太阳族罗怙世系：

> 太阳族的世系在哪儿？
> 我的渺小智慧在哪儿？
> 由于愚痴，我居然想用

小舟渡过难渡的大海。(1.2)

即使我的语言才能浅薄，
我也要讲述罗怙族世系，
他们的品德进入我耳中，
激励我不自量力这样做。(1.9)

让善于鉴别真伪的
有识之士们听听它，
因为金子纯或不纯，
放在火中就能显出。(1.10)

第一、二章描写迪利波王（罗摩的高祖）的传说。迪利波是位贤明的君王，在他的治理下，国家和平繁荣。他的唯一缺憾是没有子嗣。于是，他偕同王后前往净修林，向极裕仙人求教。极裕仙人向他指出：他之所以没有子嗣是因为曾经怠慢如意神牛苏罗毗。如今只要精心侍奉神牛的女儿南迪尼，就能获得子嗣。于是，迪利波亲自在森林里放牧南迪尼。

国王尽心竭力侍奉母牛，
喂她一把把美味的青草，
为她搔痒，替她驱赶蚊蝇，
让她不受干扰，自由行走。(2.5)

国王跟着母牛，如影随形，
随她而站住，随她而行走，
她坐下，国王也盘腿稳坐，

她喝水，国王也渴望喝水。(2.6)

一天，南迪尼为了考验迪利波的诚心，幻化出一头狮子。这头狮子企图吞噬南迪尼。迪利波抵挡不住狮子，便恳求狮子以他的肉身替代南迪尼。在迪利波投身狮口之际，狮子的幻象消失。南迪尼向迪利波说明真相，并答应满足他求子的心愿。

第三至第五章描写罗怙王（罗摩的曾祖）的传说。由于南迪尼的恩惠，迪利波和王后生下儿子罗怙。罗怙成年后，被指定为王位继承人。迪利波开始举行第一百次马祭。罗怙护卫祭马周游四方途中，因陀罗盗走祭马。为此，罗怙与因陀罗发生激战。因陀罗钦佩罗怙的勇武，答应实现迪利波马祭的功果。此后，迪利波立罗怙为王，自己隐居森林。罗怙治国有方，政绩辉煌。他征伐四方，完成统一世界大业。然后，他举行"全胜祭"，全数施舍自己的所有财富。正当他施舍完毕自己的财富，又有一位名叫憍蹉的婆罗门前来乞求一笔巨资，用以支付老师的酬金。为了不使憍蹉失望，罗怙决定劫掠财神。财神得知这一情况，主动降下一阵金雨。憍蹉的要求获得满足，祝福罗怙王："但愿你获得一个符合你的品德的儿子，如同你的父亲获得你这个值得称赞的儿子。"由于憍蹉的祝福，罗怙和王后生下儿子阿迦。阿迦成年后，应邀前去参加毗达尔跋国王的妹妹英杜摩蒂的选婿大典。途中，阿迦遭到一头野象攻击。这头野象原是一个健达缚，因受一位大仙诅咒而变成野象。阿迦放箭射中野象的颞颥。野象由此摆脱诅咒，恢复健达缚原形，并赠给阿迦一件神奇的武器。

第六至第八章描写阿迦王（罗摩的祖父）的传说。在毗达尔跋国的选婿大典上，英杜摩蒂选中阿迦。毗达尔跋王为阿迦和英杜摩蒂举行隆重的婚礼。在阿迦返国途中，落选的各国王子结伙围攻阿迦，企图掠走英杜摩蒂。阿迦用健达缚赠给他的神奇武器，击败众王子。阿迦回国后，罗怙让他继承王位，自己隐居森林。

> 老国王罗怙安于寂静，
> 新国王阿迦朝气蓬勃，
> 这个家族如同天空，
> 月亮沉寂，太阳升起。(8.15)

> 阿迦与精通治国论的大臣，
> 一起谋划征服尚未征服者，
> 罗怙与虔诚可靠的修行者，
> 一起追求永恒不灭的境界。(8.17)

> 年轻的国王坐在正法的
> 宝座上，监督他的臣民，
> 年老的国王坐在圣洁的
> 拘舍草座上，凝思静虑。(8.18)

　　阿迦和英杜摩蒂是一对恩爱夫妻，生下儿子十车。一天，阿迦和英杜摩蒂在花园游乐。那罗陀大仙途经花园上空。不料一阵狂风吹落那罗陀大仙琵琶上的花环，恰好击中英杜摩蒂的胸口。英社摩蒂倒地身亡。阿迦悲痛欲绝，哀悼不已（共有二十六节诗）：

> 如果那些花儿接触身体，
> 也能夺走人的性命，天啊！
> 一旦命运想要打击，还有
> 什么不能成为它的工具？(8.44)

如果这个花环能够夺人性命，

放在我心口，为何不毁灭我？

这一切都按照自在天意愿，

毒药变甘露，甘露变毒药。(8.46)

或许由于我的时运倒转，

创造主创造出这种雷电，

它没有击倒大树本身，

却击毁依附大树的藤蔓。(8.47)

他痴心盼望英杜摩蒂能起死回生：

大腿宛如象鼻的夫人啊！

风儿吹拂你鬈曲的头发，

色泽似黑蜂，佩戴着花朵，

不由得我猜想你已经复活。(8.53)

因此，请你赶快醒来，

爱妻啊，消除我的忧愁，

就像药草在夜晚发光，

驱除雪山山洞的黑暗。(8.54)

夜晚能与月亮重逢，雌轮鸟

能与相伴而行的雄轮鸟会合，

这样，双方能忍受暂时的分离，

而你永远离去，怎不令我心焦？(8.56)

阿迦对爱妻发出的这些哀悼，"甚至使那些树木也沾满树汁泪水，沿着树枝流淌"。极裕仙人派徒弟前来劝慰阿迦，也无济于事。阿迦在忧伤中度过八年，最后将十车扶上王位，自己绝食而死，升入天国与英杜摩蒂团聚。

第九章至第十五章描写十车王及其儿子罗摩的传说，故事情节与史诗《罗摩衍那》基本相同，也是全诗的叙事重点。其中，第九章描写十车王也是一位贤明的国王，但他有个缺点，即酷爱狩猎。一次在林中狩猎，听到远处河中传来汩汩声，误以为是野象在喝水，结果射杀了一位正在用水罐汲水的少年。这个少年的父母是双目失明的苦行者。十车王深感痛苦，"仿佛自己心窝中箭"。少年的父亲满怀忧伤，诅咒十车王说："你到了老年，也会像我这样，为儿子忧伤而死。"十车王听到这样的诅咒，回答的话语中含有对这位苦行者的感谢：

> 对于我这个尚未见到儿子可爱的
> 莲花脸的人，尊者对我的这个诅咒
> 带着恩惠，犹如柴薪点燃的大火
> 焚烧耕地，依然让种子发芽生长。(9.80)

第十章描写十车王举行求子祭祀仪式。恰巧这时，众天神受到十首魔王罗波那侵扰，请求毗湿奴大神保护。毗湿奴决定分身下凡，投胎十车王的三个王后。这样，大王后生下罗摩，二王后生下婆罗多，小王后生下罗什曼那和设睹卢祇那。

第十一章描写罗摩少年时代就显示非凡威力。他帮助憍尸迦仙人消灭侵扰净修林的妖魔。然后，憍尸迦仙人带着他去参加弥提罗王的祭祀仪式。在那里，他挽开一张无人能挽开的神弓，于是，弥提罗王将女儿悉多嫁给他。

第十二章描写十车王进入老年，准备将王位交给罗摩。而二王后利用十车王曾允诺赐给她两个恩惠，提出两个要求：一是让他的儿子继承王位，二是流放罗摩十四年。罗摩为了让父王不失信义，自愿放弃王位，与妻子悉多和弟弟罗什曼那前往森林。罗摩离开后，十车王抑郁而死，应验了过去苦行者对他的诅咒。罗摩在流亡森林期间，十首魔王罗波那施展诡计，劫走悉多。罗摩与猴王结盟，架桥渡海，战胜罗波那，救出悉多。

第十三章描写罗摩偕同悉多和罗什曼那，乘坐从罗波那那里缴获的飞车回国。在飞车上，罗摩向悉多指点大海和陆地上的种种美景，并触景生情，回忆他与悉多在流放生活期间的种种往事：

> 就是在这里，我寻找你，
> 在地上发现一只你失落的
> 脚镯，它仿佛因脱离你的
> 莲花脚而痛苦，沉默无声。(13.23)

> 暴雨泼洒池塘散发出香味，
> 迦昙波花蕾已经半吐花蕊，
> 孔雀鸣声温柔，而缺了你，
> 所有这一切我都无法忍受。(13.27)

> 胆怯的女郎啊，我回想起
> 曾享受你浑身颤抖的拥抱，
> 当时好不容易熬过山洞中
> 盘旋回响的隆隆雷鸣声。(13.28)

> 岸边这棵无忧树的细嫩枝条，

> 长有美如乳房的花簇而下垂，
> 我以为找到了你，流着眼泪，
> 想要拥抱，罗什曼那劝阻我。（13.33）

> 我沿着戈达瓦利河打猎回来，
> 波浪吹来的风解除我的疲劳，
> 记得我俩单独住在藤萝屋中，
> 我的头枕在你的怀抱中入睡。（13.35）

第十四章描写罗摩登基为王后，依法治理国家，并与悉多共享欢乐。不久，悉多怀孕。而这时罗摩却得知市民中流传说他不该接受在魔王宫中居住过的悉多。罗摩内心纠结：

> "我不理睬对我的流言蜚语，
> 还是抛弃我的无辜的妻子？"
> 不知道应该做出哪种抉择，
> 他的心如同秋千摇摆不定。（14.34）

最终他认为没有别的办法能消除流言，为了不违反民意，只能抛弃悉多。他吩咐罗什曼那将悉多送往蚁垤仙人的净修林。直至悉多到达净修林后，罗什曼那才告知她罗摩的决定。

> 悉多遭灾难打击，似蔓藤
> 遭狂风袭击，跌倒在赋予
> 自己形体的母亲大地怀中，
> 身上的首饰如同花朵散落。（14.54）

　　她失去知觉，不知道痛苦，
　　待气息恢复后，内心烧灼；
　　是罗什曼那努力让她苏醒，
　　而苏醒过来比昏迷更痛苦。(14.56)

　　孔雀不跳舞，树木抛弃花朵，
　　母鹿吐出衔在嘴里的达薄草，
　　整个森林处在于悉多同样的
　　痛苦状态，出现一片哭泣声。(14.69)

　　蚁垤仙人收留了悉多，并对罗摩的残酷行为表示愤慨。

　　第十五章描写悉多在净修林中生下孪生子俱舍和罗婆。蚁垤仙人培养他俩，教他俩学习吠陀，也教他俩诵唱自己创作的《罗摩衍那》。后来，罗摩举行盛大的马祭。蚁垤仙人让俱舍和罗婆与罗摩相见，告知他这是他的孪生子，并请他接回悉多。然而，罗摩表示先要让悉多亲自向民众证明自己的贞洁。这样，悉多在民众集会上，发出誓言说：

　　如果我的言语、思想和
　　行为没有违背自己丈夫，
　　支撑世界的大地女神啊，
　　那就请你把我藏起来吧！(15.81)

　　贞洁的悉多这样说罢，
　　大地顿时裂开一道缝，
　　从里面闪出一个光圈，
　　犹如光芒耀眼的闪电。(15.82)

大地女神在这光圈中显身，

她把目光凝视着丈夫
罗摩的悉多抱入怀中，
就在罗摩说出"不要，
不要"时，进入地下。（15.84）

罗摩虽然于心不忍，也只能接受命运的安排。而后，罗摩和三位弟弟安排各自的儿子统治各自的地区。罗摩完成化身下凡的使命，与三位弟弟一起返回天国。

第十六章描写罗摩的儿子俱舍王的传说。罗摩让自己的孪生子俱舍和罗婆分治俱舍婆提城和娑罗婆提城。罗摩升天后，阿逾陀城荒芜。俱舍应阿逾陀女神的请求，迁回阿逾陀城。这样，阿逾陀城重放光彩。在夏季的一天，俱舍和众王后在娑罗优河中沐浴玩耍，不慎将自己臂上的宝钏失落水中。渔夫们在水中遍寻不得，怀疑宝钏已被河中蛇王窃走。俱舍举弓搭箭，准备射死河中蛇王。此刻，蛇王从水中出现，交还俱舍失落的宝钏，并献上自己的妹妹。俱舍和蛇王的妹妹成婚，生下儿子阿底提。第十七章描写阿底提王的传说。俱舍在协助因陀罗与妖魔的战斗中身亡。于是，阿底提登基。他是一位贤明的君王，具备种种品德，平等对待法、利和欲三大人生目的，恪尽国王职责，受民众爱戴。第十八章扼要地描写阿底提之后的二十一代国王的传说。他们都能继承罗怙家族传统，遵照经典治理国家，凭借威力统治天下，在年老时把王位交给儿子，自己前往林中隐居。

最后一章描写火色王的传说。这是一位背离罗怙家族传统的国王，荒淫无道的昏君。他不理朝政，耽迷声色。如果臣民前来拜谒，他也只是将双脚伸出窗外。他长期纵欲，漫无节制，结果身患重病，折寿崩逝。大臣们在御花园里秘密为火色王举行葬礼，并为王后腹中怀着的胎儿举行灌顶仪式。臣民们热切地期待着王子的诞生。

全诗至此结束。然而，有些学者认为《罗怙世系》是未竟之作，迦梨陀娑没有写完而去世。这种猜测未必能够成立，因为迦梨陀娑并非是在写作太阳族通史，他既然可以略去迪利波王以前的帝王传说，自然也可以略去火色王以后的帝王传说。而且，目前这样结束全诗，意味深长，正是迦梨陀娑的妙笔。

《罗怙世系》采用帝王谱系的形式，不存在贯穿全诗的统一情节。它总共描写了以摩奴为首的太阳族罗怙世系二十九位帝王的传说。但迦梨陀娑凭借他的卓越诗才，弥补了这一天然缺陷。他以诗人的眼光提炼和剪裁历史传说，着重描写一些著名帝王的主要事迹。而在这些事迹中，又突出某一侧面，或重彩描绘，或充分抒情。一个又一个生动插曲，如迪利波求子嗣不惜以身饲狮、罗怙勇战因陀罗和施舍憍蹉、阿迦奋战众王子等；一篇又一篇优美诗章，如迪利波前往极裕仙人净修林的沿途风光、极裕仙人净修林的黄昏景象、英杜摩蒂的选婿大典、退隐的罗怙和在位的阿迦之间的对比、阿迦哭妻、罗摩和悉多乘坐飞车回国、罗摩升天后阿逾陀城的荒芜景象等等，令读者应接不暇。尤其是第八章中阿迦哭妻，一向被认为是梵语诗歌中最动人的名篇之一。

受史诗和往世书传说的影响，《罗怙世系》中的帝王形象有些带有神性。但迦梨陀娑着重刻画的是他们的人性。他借助这些帝王传说，表达自己的社会和道德理想：国王应该恪守正道，依法治国，为臣民谋利益。

> 只是为臣民利益，
>
> 他才向臣民收税，

> 这好比太阳吸水,
> 是为了千倍洒回。(1. 18)

> 举世皆知刹帝利称号高贵,
> 词义是保护臣民免遭伤害,
> 与此相违背,王国有何用?
> 名声已败坏,生命有何用?(2. 53)

即使征伐四方,也是为了实现统一天下的理想,而不热衷杀戮。同时,国王应该有自制力,享乐适度,一旦年老就退位隐居。在婚姻方面,迦梨陀娑特别推崇夫妻之间的真挚爱情和互相忠诚,他倾心塑造的阿迦夫妇形象和依据《罗摩衍那》再创造的罗摩夫妇形象就是这样的楷模。

长期以来,《罗怙世系》以它绚丽多彩的画面和情味,优美的语言和韵律,温和的教诲,在印度被奉为古典梵语叙事诗的典范之作,古典梵语诗学著作普遍将它作为诗歌语言艺术的范例引用。因而,它在印度世世代代广为传诵,至今仍是学习梵语的基本读物。

第二节　古典梵语抒情诗

古典梵语诗歌一般可以分作"大诗"(Mahākāvya)和"小诗"(Khaṇḍakāvya)两大类。"大诗"指的是叙事诗,如迦梨陀娑的《鸠摩罗出世》和《罗怙世系》;"小诗"指的是抒情诗,如迦梨陀娑的《时令之环》和《云使》。

古典梵语抒情诗起源于吠陀诗歌和两大史诗中的抒情成分。现存古典梵语抒情诗,部分散见于各种古典梵语戏剧和故事集中,部分独立成集。前者的年代可以依据各种古典梵语戏剧和故事集而定。后者的年代大多属于迦梨陀娑之后。

古典梵语抒情诗大致可以归纳为四类：一、颂扬神祇的赞颂诗，二、描绘自然风光的风景诗，三、描写爱情生活的爱情诗，四、表达人生哲理的格言诗。而其中占据优势地位的是爱情诗，按照印度传统术语，也可称作"艳情诗"。这与古典梵语戏剧中爱情题材居多相一致。古典梵语爱情诗的优点是感情浓烈，比喻优美，缺点是情爱描写有时过于直露，在现代读者看来，有损于纯正的审美享受。

除迦梨陀娑的《六季杂咏》和《云使》之外，其他著名的古典梵语抒情诗有：伐致呵利的《三百咏》、阿摩卢的《百咏》、摩由罗的《太阳神百咏》、毗尔诃纳的《偷情五十咏》、希尔诃纳的《寂静百咏》、牛增的《阿利耶七百首》和胜天的《牧童歌》等。

伐致呵利（Bhartṛhari）的《三百咏》（Śatakatraya）在印度流传很广，抄本极多。各种抄本诗歌数目不一。如果汇编各种抄本，诗歌总数可达八百多首。这说明《三百咏》在长期流传过程中，窜入了不少其他诗人的作品。印度学者高善必于1948年出版了由他校勘的《三百咏》精校本。他校出各种抄本中共有的、可以确认为伐致呵利原作的诗歌二百首，另外还有一百五十二首存疑。

伐致呵利的生平年代难以确定。现存一部梵语语言哲学著作《薄伽论》（Vākyapadīya，《句词论》）的作者署名伐致呵利。据义净《南海寄归内法传》记载，这位文法家伐致呵利是佛教徒，已于义净到达印度前四十年逝世。那么，这两位伐致呵利是不是同一人？但《三百咏》表明诗人伐致呵利信奉湿婆神和吠檀多哲学，从中找不出他信奉佛教的迹象。因而，目前还不能单凭义净的记载断定《薄伽论》和《三百咏》的作者是同一人，并由此确定诗人伐致呵利是七世纪人。尽管如此，现在多数学者仍将诗人伐致呵利的年代姑且确定为七世纪。

伐致呵利的《三百咏》分作《世道百咏》、《艳情百咏》和《离欲百咏》，分别表达诗人对社会、爱情和弃世的看法。据《三百咏》本身判断，伐致呵利是一位满腹文才而得不到宫廷赏识的落拓诗人，例如①：

> 能识者满怀妒意，
> 有权者骄气凌人，
> 其他人不能赏识，
> 好诗句老死内心。(4)

又如：

> 非舞伎，非供奉，非歌童，
> 又不会一心嫉害他人，
> 又不是乳房重得弯腰的少女，
> 王廷中哪能容下我们？(165)

然而，"诗必穷而后工"，伐致呵利不食俸禄，写出了一般宫廷诗人写不出的许多好诗。他在《世道百咏》中揭示世态炎凉，还敢于辛辣地嘲讽帝王权贵。例如：

> 又真诚，又虚假；又严厉，又甜言蜜语；
> 又残忍，又仁慈；又贪婪，又慷慨大方；
> 又不断花费，又有大量钱财滚滚来，
> 帝王行为像妓女，有不止一种形相。(59)

---

① 以下《三百咏》引诗均采用金克木译《伐致呵利三百咏》。

他虽然生活贫困，但以富有学问而自豪。他反对卑躬屈膝，而颂扬贫士傲骨。例如：

> 唯爱正当的生活，宁死也不陷污浊，
> 决不向恶人乞讨，不对穷朋友求告，
> 灾难中高自位置，追随圣人的行迹，
> 这苦行如卧利刀，有谁人曾经称道？（18）

《艳情百咏》中，既描写女性的娇美和爱情的甜蜜，例如：

> 忽而眉头紧皱，忽而满面含羞，
> 忽而似含惊恐，忽而笑语温柔，
> 少女们的如此面容，眼波流动，
> 正像四面八方绽开着簇簇芙蓉。（89）

也描写贪恋女色的祸患，例如：

> 疑虑之漩涡，无礼之大厦，惊险之城堡，
> 过失之聚集，欺骗之渊薮，无信之窠巢，
> 天堂之障碍，地狱之城门，众幻之住所，
> 甘露毒药，生人网罗，这女人巧机关是谁创造？（94）

他饱尝人生的忧患痛苦，感到这世界充满愚痴，遍布罗网，因而在《离欲百咏》中劝导人们据弃世俗欲乐，出家修行，寻求精神解脱。例如：

> 心啊！离开这声色密林，烦恼聚集处，

趋向那寂静本性，幸福道路，刹那消除
一切痛苦，放弃自己的波浪般不定生涯，
勿再迷恋浮生欢乐，此刻就该将心定住。（180）

总之，伐致呵利能够比较清醒地看取现实，《三百咏》中不少
诗歌唱出了印度古代社会中下层人民的心声。而且，他的诗歌语言
朴素自然，含意隽永深刻，所以在古典梵语百咏体诗歌中，他的
《三百咏》传诵最广，不是偶然的。

伐致呵利的《世道百咏》和《离欲百咏》也可称作格言诗。
这类格言诗在梵语文学中十分丰富，两大史诗、佛教和耆那教经典
以及各种寓言故事集中，都含有许多格言诗。它们或宣传政治、宗
教和伦理道德，可称作教诲诗；或总结社会和人生经验，可称作哲
理诗。

阿摩卢（Amaru，七世纪）的《百咏》通常称作《阿摩卢百
咏》（Amaruśataka）。它至少有四种传本，所收诗歌虽然都在一百
首上下，但具体作品互相出入很大，相同者只有五十一首。阿摩卢
的生平年代不详，一般估计他是七世纪人，因为古典梵语诗学著作
从八世纪开始征引他的诗歌。这部诗集专门描写情人或夫妻之间的
爱情生活，一首短诗表现一种情状。阿摩卢的这些艳情诗的特点是
一般不渲染自然景色，也不借用神话传说，而是以真实、细腻和生
动的笔触直接描写爱情本身。例如，描写新婚女子的种种害羞
情态：

看到卧室空寂无人，新娘轻轻从床上起身，
久久凝视丈夫的脸，没有觉察他假装睡着，
于是放心地吻他，却发现他脸上汗毛直竖，
她羞涩地低下头，丈夫笑着将她久久亲吻。（74）

鹦鹉夜里偷听了洞房话，
天明后竟在长辈前学舌，
羞愧的新娘忙堵鹦鹉嘴，
红宝石耳坠充作石榴籽。（15）

描写夫妻之间互相生气又真心相爱的情态：

这对夫妻躺在床上，背对背，不说话，
即使心里已经和解，仍然维持着骄傲，
而互相斜眼悄悄窥视的目光突然相遇，
傲慢防线顿时破碎，嬉笑着紧紧拥抱。（21）

嗨，对待犯错误的爱人，她的这双眼睛多么善变！
远离她，焦急；走近她，又转开；谈话时，睁大；
拥抱她时，变红；拉扯她的衣服时，眉头紧皱；
拜倒在她的脚下，作揖求情时，顿时涌满泪水。（44）

远远起身相迎，以免与他同坐，
借口去取蒟酱，以免与他拥抱，
吩咐仆从侍奉，以免与他交谈，
这聪明的女子用礼仪报复爱人。（17）

描写分离的夫妻互相思念的情态：

忧愁的妻子远望旅人归家之路，
空荡无人，白日消逝，夜色笼罩；
她失望地返转家门，刚走一步，

忽又回首，想他或许此刻来到。(91)

即使知道远隔重重山丘、河流和树林，

无论怎么努力，爱人也不会进入视线，

这旅人依然踮脚伸脖，眼中涌满泪水，

朝着那个方向，若有所思，久久眺望。(92)

在十四世纪的一部描写吠檀多哲学家商羯罗生平事迹的叙事诗中，记载有这样一个传说：商羯罗是位苦行者，对爱情这门学科一窍不通。为了弥补学问上的这个缺陷，他将自己的灵魂移入一位名叫阿摩卢的国王体内，体验爱情生活，并以阿摩卢的名义写下《百咏》。此后的《阿摩卢百咏》注本经常沿用这个传说，甚至将阿摩卢确指为克什米尔国王。这个传说显然是虚构的，但多少能说明《阿摩卢百咏》主要是表现印度上层社会的爱情生活，符合帝王和贵族的口味。确实，阿摩卢对笔下的女主人公怀有温柔的同情心。但是，他也将男主人公在爱情上的轻薄和不忠，视为理所当然。例如，他在这首诗中，以欣赏的态度描写一个男子与两个女子调情：

悄悄走近两个可爱女子的座位背后，

捂住一个女子的双眼，佯装做游戏，

这滑头汗毛直竖，扭过脖子，亲吻

另一个心儿扑腾、脸儿微笑的女子。(18)

摩由罗（Mayūra，约七世纪）的《太阳神百咏》（Sūryaśataka）是赞颂诗。传说摩由罗是戒日王的著名宫廷诗人波那的岳父。这部诗集分别赞颂太阳神及其乘坐的车、拉车的马和驾车的车夫，祈求太阳的恩惠和庇护。例如，这首诗祈求太阳治病：

一些人鼻子手脚溃烂，满身恶臭，嗓音嘶哑，

这由深重的罪孽造成，唯有太阳能使他们康复；

凭借心中的大慈大悲，太阳的行动不受阻碍，

但愿圣仙崇拜的阳光，迅速将你们的罪孽消除。（6）

这首诗赞颂太阳是渡过轮回苦海之船：

太阳的光芒白天照耀四方，夜晚消失，

及时地吸收和释放雨水，令众生喜欢，

也是渡过充满恐怖的轮回苦海之船，

愿它们带给纯洁的人们无限的幸福。（9）

上面这首诗中的"光芒"也可以读作"奶牛"；"雨水"也可以读作"乳汁"，也就是以奶牛暗喻太阳的光芒。下面这首诗赞美太阳的光焰，其中含有与灯焰的比较：

愿灯芯独特的世界之灯焰保佑你们幸福！

劫末的狂风能摧毁群山，也不能将它吹灭，

在白天也闪耀强烈光辉，也不沾染黑油烟，

纵然出自太阳，也不在太阳面前显得暗淡。（23）

后世梵语诗学家常常称引摩由罗，主要是欣赏他的文字技巧。摩由罗偏爱冗长的复合词和复杂的句法，刻意追求夸张、比喻、双关和谐音等修辞效果，如上面所引第六首诗，梵语原文中就间隔使用了三十二个辅音 gh，念起来确实悦耳。

摩由罗也写艳情诗，现存八首，集为《摩由罗八咏》（Mayūrāṣṭaka），描写一位幽会归来的美妇。传说摩由罗诗中描写的这位美妇就是他的女

儿。为此，他遭到女儿诅咒，得了麻风病。于是，他精心创作《太阳神百咏》，获得太阳神恩惠，病体康复。这可能是依据上面所引《太阳神百咏》中的第六首诗形成的传说。

波那（Bāṇa，七世纪）的文学成就主要表现在古典梵语小说领域，但也写有一部《尊提百咏》（Cāṇḍīśataka），赞颂湿婆的妻子尊提女神。每首诗从不同的角度描写尊提女神杀死化作公牛的恶魔，并以祈求尊提女神庇护的祷词收尾。它们的文字风格与摩由罗的《太阳神百咏》相似。

跋罗吒（Bhallaṭa，九世纪）的《跋罗吒百咏》（Bhallaṭaśataka）是一部讽喻诗集，采用暗喻手法，或褒或贬，或明褒暗贬，或明贬暗褒，表达作者对社会和人生的看法，旨在抑恶扬善。例如，这首诗鞭挞恶人：

> 毒药啊，不知是谁指导你，
> 让你身处的地位越来越高？
> 最初在海底，后来在湿婆
> 脖颈，现在在恶人的舌尖。(5)

这首诗中所说的毒药是古时候天神和阿修罗从乳海中搅出的一种能毁灭世界的毒药，当时大神湿婆为了保护世界而吞下这种毒药，因而他的脖颈被毒药烧成青黑色。以下两首诗赞扬善人：

> 善良的树啊，你为何长在十字路口？
> 为何树荫浓密？为何结满甜蜜果子？
> 这是你咎由自取，现在你必须忍受
> 这些人弯曲、摇晃和折断你的树枝。(37)

　　为他人承受压榨，破碎仍甜蜜，

　　即使已变形，依然为众人喜爱，

　　如果栽错土地而不茁壮成长，

　　难道是甘蔗而不是沙漠的错？（53）

下一首诗谴责贪欲：

　　除了天神，谁会有不眨的眼睛？

　　而你居然也能获得这样的眼睛，

　　可是蠢鱼啊，你张嘴吞食诱饵，

　　为何看不清吊钩进入你的体内？（75）

　　按照印度神话，不眨眼睛是天神的特征之一。这里意谓鱼儿虽
然长有不眨的眼睛，依然被贪欲蒙蔽，诗人以此警示人们要戒绝
贪欲。

　　即使会失去男性的尊严，

　　即使会入地，会屈膝乞求，

　　他仍会拯救这整个世界，

　　这是人中俊杰展现的路。（76）

　　这首诗的隐含义是大神毗湿奴曾化身美女迷惑众阿修罗，为众
天神夺回甘露；曾化身野猪，从地下救出被阿修罗希罗尼亚刹拖入
海底的大地；曾化身侏儒，向夺得三界统治权的阿修罗钵利，乞求
三步之地，从而跨出三大步，夺回三界，并将钵利踩入地下。

　　毗尔诃纳（Bilhaṇa，十一世纪）的《偷情五十咏》（Caurapañcaśikā）

以第一人称回忆的方式，描写主人公与一位公主秘密相爱的生活。每
首诗都以"甚至今日……"开头，例如：

> 甚至今日，我仍记得在幽会中，
> 她窈窕妩媚，眼圈描有黑眼膏，
> 眼珠滴溜转动，牙齿明亮似珍珠，
> 头发插满鲜花，手腕带着金手镯。（16）

> 甚至今日，我记得我的情人，
> 纵情欢爱而疲惫慵倦，却依然
> 喃喃自语，诉说着甜言蜜语，
> 吐字含糊不清，意义似有若无。（21）

> 甚至今日，我临死之际，乃至来世，
> 仍然会记得她在欢爱中闭上眼睛，
> 身体颤抖，衣服脱落，头发披散，
> 我的这位爱情莲花池中的雌天鹅。（22）

> 甚至今日，我仍记得我的情人，
> 听说我就要与她永别的那一刻，
> 目光惊恐不安，似胆怯的雌鹿，
> 痛苦垂首，眼泪扑簌簌往下流。（28）

> 甚至今日，即使活着也无法
> 与我的美人儿享受片刻欢爱，
> 唯有死亡才能平息我的痛苦，
> 因此，请求你们立即处死我。（49）

这部诗集感情浓烈，描写种种欢爱情态，语言纯朴。它至少有三种传本，而在长期流传中，文本之间产生较大差异。关于诗中的主人公有多种说法，其中之一是说主人公就是作者毗尔诃纳本人。他受聘担任公主的教师，却与公主私通。国王得知后，判他死刑。他在临死前，写了这五十首诗。国王受感动，下令赦免他，让他与公主成婚。

希尔诃纳（Śilhaṇa，十二世纪）的《寂静百咏》（Śāntiśataka）是教诲诗集。据学者们考证，这部诗集中，除了作者本人的诗作，收有其他一些诗人的作品。诗集的主旨是摒弃世俗欲望，赞美苦行生活，追求平静和解脱。例如：

> 与圣者共同生活自由自在，食物不必
> 卑微地取得，勤勉的唯一成果是平静，
> 我内心激动，久久思索，不知道前世
> 修习哪种苦行，能够获得这样的福气？

> 草地，溪流，周围有鹿儿足印，
> 树木枝头结缀花朵，随风摇曳，
> 各种鸟儿欢快的鸣声交响回荡，
> 这安详的林地怎会不令人喜悦？

> 身披树皮衣，居住在树下，嫩草铺作床，
> 根茎可充饥，溪水可解渴，与鹿儿嬉戏，
> 与鸟儿交友，夜晚空中高挂着月亮明灯，
> 林中生活安乐自足，奇怪还有人游荡乞食。

> 满足求告者的愿望，

> 对仇人也以德报怨，
> 抵达学问之河彼岸，
> 有福之人遁居林间。

> 父亲是坚定，母亲是忍辱，妻子是宁静，
> 儿子是诚实，姐妹是同情，兄弟是自制，
> 大地是卧床，虚空是衣裳，知识是甘露，
> 智者有这样的家庭，心中怎会怀有恐惧？

牛增（Govardhana，十二世纪）的《阿利耶七百咏》（Āryā-saptasati）是模仿俗语诗人哈拉的《七百咏》。这七百首诗的次序按字母排列，内容以艳情为主。例如：

> 妙腰女啊，你的腹部
> 有一行诱人的汗毛线，
> 像放在某处一株蔓藤，
> 以标明地下埋有宝藏。（338）

> 在这雨天的电闪雷鸣中，
> 你放弃山坡圆臀，移向
> 别处，云儿啊，这说明
> 你不能自主，受风控制。（370）

牛增自己夸口说他要用梵语提升俗语诗的情味，"犹如将阎牟那河送上天国"。而实际上，他的这部诗集中虽然也有一些好诗，但从总体上衡量，艺术成就远不能与哈拉的《七百咏》相比。不过，这部诗集后来启发十七世纪的印地语诗人比哈里·拉尔写出著

名的印地语《七百咏》。

胜天（Jayadeva，十二世纪）与牛增同是孟加拉国王勒克什曼那森纳的宫廷诗人。他是古典梵语文学时期最后一位重要的抒情诗人，流传下来的作品主要是《牧童歌》，另外还有一些歌颂帝王治国和征战业绩的短诗。一般认为西孟加拉比尔菩姆地区的根杜利就是《牧童歌》中诗人自我介绍的出生地金杜比尔沃。那里至今仍是一个重要的毗湿奴教朝拜圣地，每年举行纪念胜天的宗教集会。

《牧童歌》（Gītagovinda）是一部抒情长诗，描写牧童黑天和牧女罗陀的爱情生活。全诗分作十二章，共有二百六十四节（据密勒校刊本）。第一章《快乐的黑天》：开头四节开场白，说明本诗的主题是歌唱黑天和罗陀的爱情。接着歌颂大神毗湿奴的十次化身下凡以及其他事迹，然后进入正题，描写沃林达森林春意盎然，众牧女和黑天调情取乐。第二章《无忧的黑天》：罗陀出于妒忌，离开黑天，向女友诉说自己的哀怨，回忆自己与黑天幽会的欢乐，请求女友去找来黑天。第三章《迷乱的黑天》：黑天撇下众牧女，寻找罗陀，由于找不到而忧伤悲叹，后悔自己不该冷落罗陀。第四章《欣慰的黑天》：罗陀的女友来到黑天身边，向黑天叙述罗陀焦灼的相思。第五章《渴望的黑天》：罗陀的女友遵照黑天的吩咐，回去向罗陀传达黑天的痛苦心情，约罗陀在阎牟那河边树林幽会。第六章《懒散的黑天》：罗陀的女友报告黑天说，罗陀相思成病，体力不支，不能赴约，热切盼望黑天前去相会。第七章《狡猾的黑天》：罗陀焦急地等待女友带来黑天，结果女友单身回来。罗陀的眼前呈现一幅幅画面——黑天正在与其他牧女寻欢作乐。第八章《惊诧的黑天》：第二天早晨，黑天来到罗陀跟前，请求罗陀原谅，而罗陀痛斥黑天负情，赶走黑天。第九章《颓丧的黑天》：黑天走后，女友劝说罗陀不要过于骄傲，应该让黑天回来。第十章《机灵的黑天》：晚上，黑天来到罗陀跟前，极力赞美罗陀，向罗陀求情。第十一章《欢悦的黑天》：黑天安抚罗陀后，躺在凉亭的花床上等候罗陀，女友催促罗陀去与黑天合欢。第十二章《狂喜的黑天》：黑天和罗陀同享床笫之乐。

牧童黑天是毗湿奴大神的化身之一。这首长诗是在颂神的名义下讴歌尘世的爱情。在胜天的笔下，黑天完全是一位多情的风流公子，许多牧女追求他，他也喜欢与她们调情。但罗陀是一位要求爱情专一的女性。她热恋黑天，看见黑天与其他牧女调情，便心生忌恨，离开黑天。然而，身子离开，心儿离不开，陷入了相思的痛苦。通过女友从中周旋，她与黑天重新约会。可是，黑天让她苦苦等了一夜，才来相会。她断定黑天迷上了其他牧女，愤怒地责备黑天，赶走黑天：

> 黑天啊！你的心肯定比你的皮肤还要黑，
> 你怎能欺骗一个受爱情之火煎熬的女子？
> 走吧，摩陀沃！走吧，盖瑟沃！别对我撒谎！
> 去找你的情人，黑天！她会解除你的忧伤！（8.7）

黑天的行为确实有点放荡不羁，但他最钟情的还是罗陀。为了平息罗陀的嗔怒，他甚至拜倒在罗陀脚下倾诉衷肠：

> 你的莲花脚胜似莲花，它们迷住
> 我的心，是爱情欢乐的最高源泉，
> 请说吧，言语温柔的女郎！让我
> 用滋润明亮的红颜料将它们涂染。（10.7）

> 你这双美妙的嫩芽脚能消除
> 爱情的毒药，请放在我头上！

情火似骄阳，在我体内焚烧，

请用你的脚，驱除这种伤痛！（10.8）

　　这部抒情长诗主题单一，通篇描写黑天和罗陀之间的爱情，胜天的高超之处在于他能把这样一个简单的主题，写得跌宕起伏，绚丽多彩。情人之间的热恋、妒忌、分离、相思、嗔怒、求情、和好、欢爱应有尽有，惟妙惟肖。歌德曾经读过这部长诗的威廉·琼斯的英译本和达尔伯格的德译本，他在给席勒的一封信中评论道："令我惊叹的是，通过极其多变的色调，一个极其简单的主题被表现得无有止境。"

　　《牧童歌》在诗歌形式上也有独创性。它的诗节分成吟诵的和歌唱的两类。吟诵的诗节运用古典梵语诗歌韵律，而歌唱的诗节（也就是歌词）运用阿波布朗舍俗语和新兴的方言诗歌韵律。《牧童歌》中共有二十四组歌词，每组都标明曲调。例如，下面这组歌词（第九歌）是罗陀的女友向黑天传达罗陀的相思：

即使是戴在胸前的美丽花环，

她肢体憔悴，也觉得难以承担。

黑天啊，罗陀与你分离！

即使是抹在身上的滋润檀香膏，

在她看来也仿佛是可疑的毒药。

黑天啊，罗陀与你分离！

发出无比强烈的长吁短叹，

她仿佛承受着燃烧的情焰。

黑天啊，罗陀与你分离！

滴滴眼泪洒落在各处，
犹如断枝荷花的露珠。
黑天啊，罗陀与你分离！

近在眼前的嫩枝床铺，
在她幻觉中火焰燃遍。
黑天啊，罗陀与你分离！

她的手掌紧贴着面庞，
腮颊似黄昏惨淡月亮。
黑天啊，罗陀与你分离！

满怀恋情念叨诃利诃利，
仿佛注定她要失恋而死。
黑天啊，罗陀与你分离！

但愿胜天吟唱的这支歌，
给崇拜黑天者带来快乐。
黑天啊，罗陀与你分离！

下面这组歌词（第十歌）是罗陀的女友向罗陀传达黑天的相思：

摩勒耶风吹拂，播送爱情，
鲜花盛开，撕裂离人的心。
朋友啊，那位佩戴花环的人，
由于与你分离而抑郁烦闷。

甚至那月光，也能将他烧死，
爱神之箭命中，他颓丧哀泣。
朋友啊，那位佩戴花环的人，
由于与你分离而抑郁烦闷。

蜜蜂嘤嘤嗡嗡，他捂住双耳，
心中充满离愁，他夜夜悲戚。
朋友啊，那位佩戴花环的人，
由于与你分离而抑郁烦闷。

抛弃快乐之家，定居在密林，
以地为床，辗转反侧呼你名。
朋友啊，那位佩戴花环的人，
由于与你分离而抑郁烦闷。

诗人胜天歌唱这首相思曲，
但愿诃利跃现在恋人心里。
朋友啊，那位佩戴花环的人，
由于与你分离而抑郁烦闷。

　　歌词每节前两行押脚韵，最后一行或两行是重复的副歌。这样一种与民间歌唱艺术相结合的诗歌形式，在古典梵语文学中是前所未有的。胜天不仅在《牧童歌》中融入民间歌唱艺术，而且也吸收了民间歌舞剧艺术的因素。全诗的主要角色是黑天、罗陀和罗陀的女友。二十四组歌词均由他们三人轮唱，形成全诗的核心部分。因此，这部长诗完全能用作民间歌舞剧的脚本。事实也是如此，据1499年的一份奥里雅语铭文记载，国王普拉达波鲁德鲁规定各地舞伎必须学会演唱《牧童歌》，在祭祀毗湿奴大神的节日上演。

《牧童歌》问世后，恰逢印度中世纪虔信运动蓬勃发展。从此，这首艳情诗被视作颂扬毗湿奴大神的虔信诗，在印度各地广泛流传。模仿作也层出不穷，形成一种叫做"歌诗"的诗体。这些"歌诗"大多是赞颂黑天和罗陀的爱情，也有一些是赞颂罗摩和悉多或湿婆和雪山女神的爱情。十六世纪末的虔信诗人纳帕吉陀娑称颂"胜天是诗人中的皇帝，其他诗人都是诸侯；他的《牧童歌》辉映三界"。

除了以上主要诗人的代表作品外，大量的古典梵语抒情诗还保存在各种"妙语集"中。所谓"妙语"（Subhāṣita）也就是"措辞巧妙的短诗"。这类"妙语集"是从十世纪以后开始编纂的。现存最早，也是最著名的一部"妙语集"是《妙语宝库》（Subhāṣitaratnakośa）。它有两种传本，较早的传本收有一千余首短诗，较晚的收有一千七百余首。编者维迪亚迦罗（Vidyākara）大约生活在十一世纪下半叶和十二世纪上半叶。

《妙语宝库》中的诗歌按题材分成五十组。第一至第七组是赞颂诗，分别赞颂佛陀、观世音、文殊、湿婆、毗湿奴和太阳神。例如，赞颂大神湿婆：

> 湿婆盘腿而坐，膝盖上缠绕着蛇，
> 沉思入定，屏住呼吸，止息感官，
> 真实眼光观看自我中沉寂的自我，
> 沉浸在刹那刹那空无所有的梵中。(57)

第八至第十三组是风景诗，分别吟咏印度六季的自然景色以及各季中人们的生活和情态。例如，描写雨季：

> 阵雨过后，微风习习，乌云覆盖天空，
> 天边忽而掠过闪电，月亮和星星入睡，
> 雨水浇湿的迦昙波花散发醉人的香味，
> 黑暗中青蛙齐鸣，游子如何度过夜晚？（220）

描写寒季：

> 猴子浑身颤抖，牛和羊萎靡不振，
> 狗儿趴在火灶内，赶它也不离开，
> 这穷人忍受不住寒冷折磨，盼望
> 如同乌龟将所有肢体缩进身体内。（313）

第十四至第二十五组是艳情诗，描写爱情生活的诸种形相：情窦初开的少女、春情荡漾的女子以及男女相思、欢爱、怨恨和离愁等。例如，描写青春少女：

> 面露天真微笑，眼光甜蜜地颤动，
> 话语新鲜有味，似溪水欢快流淌，
> 移动的步子散发嫩芽绽开的清香，
> 青春期的鹿眼少女怎么会不迷人？（367）

描写女子的相思：

> 狠心人啊，你看，她盼望你，
> 不断扳指计算着相会的日期，
> 她的身体已像手指那样瘦削，
> 而你的心却像指骨那样坚硬！（558）

女友们询问她为何像凋谢的茉莉花？
她明明受分离折磨，而羞于说出口，
强忍住眼中涌满的泪水，转过脸去，
望着院子里花蕾刚刚绽开的芒果树。（741）

第二十六至第三十一组也是风景诗，描写黄昏、黑暗、月亮、黎明和中午等。例如，描写黑暗：

这青年的幽会地点笼罩在浓密的黑暗中，
他徒劳地一再睁大眼睛观望周边的道路，
稍微听到一点儿响声，便以为情人已经
悄悄来到，赶紧伸出双臂，扑空而懊恼。（890）

描写月光：

猫儿伸舌舔取盘中的月光，以为是牛奶，
树林空隙透出的月光，大象以为是莲藕，
妇女欢爱后抓取床上月光，以为是绸衣，
啊，月亮为自己的光芒迷惑世界而骄傲。（905）

第三十二至第五十组描写社会的诸种形相，题材多种多样。例如，描写乡村妇女舂米：

这些妇女吟唱舂米歌曲，音调
优美悦耳，双臂柔嫩如同芭蕉，
手镯随着木杵起落发出叮当声，
夹杂着胸脯起伏发出的嗯嗯声。（1178）

描写贫穷：

孩子们忍饥挨饿，瘦骨伶仃，亲友冷落我，
水罐贴满树胶补丁，这些还不算最大伤害，
唯有看见妻子向邻家妇女借针缝补破衣裳，
受到嘲笑和讽刺，我心似刀绞，难以忍受。(1307)

"孩子今天总算没挨饿，
可是明天不知怎么过?"
贫穷的主妇满面泪痕，
盼望这夜晚不要结束。(1311)

穷人的身体很快就会垮掉，
梦想的绳索无法将它系牢。(1319)

强调人的品性比出身重要：

应该仔细地考察一个人的品性，
谈论他的出生地优劣毫无用处，
谁会称赞出生在大海的剧毒?
谁会贬斥出生在污泥的莲花? (1342)

赞美慷慨布施：

你看这乌云，前往大海，一路上
常会遭遇大风袭击，甚至被撕裂，
而辛辛苦苦获得的水，毫不吝啬，

一视同仁，慷慨布施给一切众生。（1379）

另一部年代较早的"妙语集"是沃勒帕提婆（Vallabhadeva）编选的《妙语串》（Subhāṣitāvali），年代可能稍晚于《妙语宝库》，但现存抄本经过后人扩充，共收有三千五百多首短诗，分成一百零一组。其他比较重要的"妙语集"有希利达罗陀婆（Śrīdharadāsa）于1206年编选的《妙语悦耳甘露》（Saduktikarṇāmṛta），收有两千三百多首短诗。遮尔诃纳（Jalhaṇa）于1257年编选的《妙语珠串》（Subhāṣitamuktāvali），收有两千七百多首短诗。夏恩揭达罗（Śṛṅgadhara）于1336年编选的《夏恩揭达罗妙语集》（Śṛṅgadharapaddhati），收有四千六百多首短诗。

这类"妙语集"的价值在于它们不仅收入著名诗人的作品，也大量收入不太著名或无名诗人的作品，而且所收短诗的类别题材和内容十分广泛。这有助于我们了解古典梵语抒情诗的全貌。其中特别值得一提的是，这些"妙语集"中保存了不少反映古代印度社会底层人民的生活状况和思想感情的作品。这类诗歌往往出自熟悉底层生活的无名诗人之手，如果不是被收入"妙语集"中，恐怕早已失传。

第三节　古典梵语叙事诗

古典梵语叙事诗导源于印度两大史诗，尤其是《罗摩衍那》。有证据表明，早在公元前四世纪，语法学家波你尼就著有一部名叫《占婆沃提胜利记》（Jāmbavatījaya）的叙事诗。另外，公元前二世纪的语法学家波颠阇利在《大疏》中记载说，婆罗卢吉（Vararuci，一说即是语法学家迦旃延那）著有一部叙事诗。但是，现存最早的古典梵语叙事诗是公元一、二世纪佛教诗人马鸣的《佛所行赞》和

《美难陀传》。迦梨陀娑的《罗怙世系》和《鸠摩罗出世》是古典梵语叙事诗的典范。印度传统将迦梨陀娑的这两部"大诗"和婆罗维的《野人和阿周那》、摩伽的《童护伏诛记》和室利诃奢的《尼奢陀王传》列为五部主要的"大诗"。大约从七世纪起，印度诗学家依据前人（主要是蚁垤、迦梨陀娑和婆罗维）的创作经验，对"大诗"的内容和形式作了理论概括。例如，檀丁在《诗镜》中指出："大诗"分成若干章，开头祝愿、颂神或直接进入主题，故事取材于传说或真实事件，主角是勇敢高尚的人物，诗中应该描写风景、爱情、战斗和主角的胜利，讲究修辞和韵律，每章最后一节诗变换格律。但恰恰也是从七世纪起，"大诗"创作中出现形式主义倾向，始作俑者是婆罗维。形式主义倾向的一般表现是：一、片面追求修辞技巧；二、文体雕琢繁缛；三、脱离情节需要，铺张描绘，卖弄诗才。迦梨陀娑"大诗"艺术的成功在于内容和形式的和谐统一。而他的后继者们都在不同程度上受到华而不实的形式主义文风影响，或多或少削弱了"大诗"创作艺术的完整生命力。

除了迦梨陀娑之外，主要的古典梵语叙事诗人有婆罗维、跋底、摩伽、鸠摩罗陀娑、阿毗难陀、罗德那迦罗、室利诃奢、毗尔诃纳和迦尔诃纳等。

婆罗维（Bhāravi）的生平事迹不详。634年南印度的一份遮娄其铭文将他的名字与迦梨陀娑并列。另一份南印度铭文提到有位名叫杜尔维尼多的国王曾为婆罗维的《野人和阿周那》的第十五章作注。印度史家一般认为这位国王于六世纪上半叶在位。这样，根据以上两份铭文材料，可以大体确定婆罗维是五、六世纪人。

《野人和阿周那》（Kirātārjunīya）是婆罗维留传下来的唯一作品。这部叙事诗共分十八章，取材于《摩诃婆罗多》中阿周那向天神求取法宝的故事。主要情节如下：般度族流亡森林，探子前来报告坚战，难敌一方政局稳定。黑公主责备坚战软弱，要求他向难敌宣战（第一章）。怖军支持黑公主的意见，认为不能让难敌的统治得到进一步巩固。而坚战不愿意违背诺言，主张忍耐。这时，毗耶娑仙人来到（第二章）。毗耶娑认为，战争最终不可避免，但难敌一方有毗湿摩、德罗纳和迦尔纳这样一些武士，难以战胜。因此，他建议阿周那前往雪山修炼苦行，取悦天神，求取克敌制胜的法宝。然后，一位药叉带领阿周那前往雪山（第三章）。一路上是秋天的景色（第四章）。药叉带领阿周那到达雪山，告诉阿周那在因陀罗吉罗山上修炼苦行（第五章）。阿周那登上因陀罗吉罗山，在山顶附近一个树林里修炼苦行。因陀罗得知后，决定考验阿周那。他派遣天国仙女去破坏阿周那的苦行（第六章）。天兵在空中行进，降落在因陀罗吉罗山（第七章）。众仙女在森林里游荡，在天河里沐浴（第八章）。暮色降临，月亮升起，众仙女与众健达缚饮酒作乐（第九章）。众仙女施展魅力，竭力诱惑阿周那，但阿周那毫不动心。于是，众天女让六个季节的美景同时呈现，同时众健达缚演奏音乐，依然不能诱惑阿周那（第十章）。因陀罗乔装仙人，前来与阿周那讨论人生目的。阿周那讲述自己的境遇，坚决表示他不想追求财富或解脱，只是想消灭敌人，维护家族的尊严。于是，因陀罗显示自己的真实身份，嘱咐他向湿婆求取恩惠（第十一章）。阿周那修炼严酷苦行，以抚慰和取悦湿婆。一个妖魔化作一头野猪，企图杀害阿周那。湿婆及其随从乔装林中野人，前来保护阿周那（第十二章）。阿周那和湿婆同时用箭射死野猪。湿婆的箭射穿野猪后，消失在地下。阿周那从野猪身上取回自己的箭。但一个野人坚持说这箭是他的主人的（第十三章）。阿周那拒绝这个野人的无理要求。然后，湿婆命令众野人向阿周那发动进攻，但被阿周那击退（第十四章）。湿婆的儿子室建陀阻止众野人溃逃。湿婆亲自上阵与阿周那交战（第十五章）。阿周那使用箭和其他神奇武器，未能奏效（第十六章）。阿周那的剑也被湿婆用箭射碎。阿周那继续顽强地用石块和连根拔起的大树作战（第十七章）。最后，阿周那和湿婆徒手搏斗。湿婆腾入空中，阿周那紧紧抱住他的双脚（这无意中是对湿婆的崇拜）。湿婆钦佩阿周那的勇武，向他显示自己的真实身份，赐给他自己的法宝。因陀罗和其他天神也赐给他各种武器（第十八章）。

这部叙事诗基本遵循《摩诃婆罗多》原作中的故事主线，但为了适应"大诗"艺术的需要，在细节上作了许多增补和加工。在《摩诃婆罗多》中，阿周那以思想一般的速度飞到因陀罗吉罗山。而在这里，由一位药叉带领他前往。这样，诗人得以详细描绘沿途秋色和雪山风光。在《摩诃婆罗多》中，阿周那到达因陀罗吉罗山后，因陀罗随即乔装为苦行者前去会见阿周那。而在这里，因陀罗预先派遣天国仙女去破坏阿周那的苦行。诗人几乎用了四章篇幅描写仙女的魅力以及她们对阿周那的诱惑。在《摩诃婆罗多》中，阿周那和乔装野人的湿婆之间的战斗始终是在他们两人之间进行的。而在这里，阿周那先是与众野人交战，然后与湿婆单独交战。总之，风景、艳情和战斗是"大诗"不可或缺的内容，也是"大诗"诗人借以发挥诗艺的重要地盘。因而，婆罗维对《摩诃婆罗多》原始故事的增补和加工也主要表现在这些方面，并确实提供了许多生动形象的诗句。例如，描写日落：

> 仿佛借助光芒之手，
> 吸吮过量莲花蜜汁，
> 太阳浑身红通通，
> 醉醺醺回家去休息。（9.3）

描写无忧树嫩枝：

> 蜜蜂们吸吮花簇，无忧树
>
> 树枝上，柔嫩的枝条晃动，
>
> 看似模仿新娘摆动手臂，
>
> 因为自己的嘴唇被咬痛。(8.6)

但是，婆罗维喜欢炫耀诗才，有时过分追求修辞技巧，甚至玩弄文字游戏。谐音是一种正常的修辞手段，而婆罗维把它推到形式主义的极端。例如，第十五章第五节诗，每个诗步除各种元音外，只使用一种辅音或半元音。而同一章的第十四节诗，整个诗节除各种元音外，只使用辅音 n。这类诗句念起来确实悦耳动听，但这种谐音效果是人为的，往往以语义生硬和诗意滞涩为代价。在婆罗维笔下，还有一些类似中国回文诗的诗节。例如，第十五章第二十三节诗是按音节倒排的第二十二节诗。而同一章的第二十五节诗，四个音步按音节正排和倒排之后，自左至右或自右至左，自上而下或自下而上，竖读或横读，完全一样。

尽管婆罗维的《野人和阿周那》存在一些形式主义缺陷，但总的说来，仍不失为一部优秀的古典梵语叙事诗。它以刚健的英雄情味、生动的人物性格、有力的语言风格和精湛的诗歌技巧赢得后世梵语诗学家的赞赏。

恭多迦在《曲语生命论》中论述作品章节以及整部作品的曲折性时，也以《野人和阿周那》为例证。如恭多迦指出："《野人和阿周那》中阿周那和湿婆徒手搏斗那个章节。般度之子阿周那没有护身的铠甲等和其他装备，赤手空拳，投入一场无与伦比的战斗，为能展示自己天生的臂力而满心喜悦。这里突显英勇味，也就是说，知音们此时不注意其他一切。还有，这位至高大神居然被一个凡人凭借臂力抛入空中。这也是诗人的创造，构成魅力的另一个原因。"

关于整部作品的曲折性，恭多迦认为"优秀诗人以历史传说中的某个部分，创作一部完整的作品，以新颖的手法突出主角在三界中的非凡形象"。"旨在避免故事后面部分乏味，这种奇妙性形成作品的曲折性。"恭多迦指出，阿周那"是一位杰出的勇士。他忍受着赌博骗局的屈辱。黑公主遭受的奇耻大辱点燃他心中的怒火"。"为了求得'兽主'法宝，他修炼苦行。而通过描写他与野人交战，展示他无与伦比的勇力，表明作者的特殊意图。"恭多迦所说"避免故事后面部分乏味"，是指阿周那后来在与俱卢族交战过程中，存在使用违反战斗规则的不当行为，有损于阿周那的英雄形象。

恭多迦在论述修辞手法时，也多次称引《野人和阿周那》中的诗例。如奇想修辞：

> 月亮缓慢地升上天空，仿佛惧怕
> 沾上那些美女满含热泪的眼光。（9.26）

富于想象力的怀疑修辞：

> 沐浴的妇女们在情人身边，
> 眼睛半闭，目光转动不定，
> 肢体颤抖，胸脯喘息起伏，
> 这究竟表示疲倦还是爱欲？（8.53）

> 难道大地和高山已被涂黑？
> 难道天空已经弯下和闭合？
> 难道大地的坑洼已被填满？
> 难道四方已在黑暗中合拢？（9.15）

跋底（Bhaṭṭi）著有《跋底的诗》（Bhaṭṭikāvya）。这部叙事诗
注本很多，又名《罗波那伏诛记》（Rāvaṇavadha）或《罗摩传》
（Rāmacarita）。跋底的生平事迹不详，只是从这部叙事诗本身得知，
他受到伐腊毗国王室利达罗森纳的恩宠。但从五世纪末至七世纪中
叶，有四位名叫达罗森纳的国王。一般认为其中的第二和第四位国
王的可能性较大。因此，我们目前只能将跋底的生平年代笼统地定
为六、七世纪。

《跋底的诗》共分二十二章，取材于《罗摩衍那》的前六篇，
即从罗摩出生写到罗摩登基为止。这部叙事诗有双重目的：一是描
写罗摩生平，二是介绍语法修辞。就前一目的而言，跋底将二万多
颂的《罗摩衍那》，依据故事主线缩写成一千六百五十节诗，略去
各种细节和插曲，语言简洁流畅。就后一目的而言，全诗分成四部
分：第一至第四章介绍各种语法规则，第五至第九章介绍主要的语
法规则，第十至第十三章介绍修辞方式，第十四至第二十二章介绍
语气和时态。由此，跋底在梵语文学中开创了"经论大诗"
（Śāstrakāvya）这种特殊的体裁。

从艺术上说，《跋底的诗》完全符合"大诗"的格式，但由于
它同时是一部语法修辞著作，读者必须具备相当的语法修辞理论知
识方能阅读。跋底本人就在诗中宣称道：

> 对于有语法眼光的人，
> 这部著作犹如一盏明灯，
> 而如果缺乏语法修养，
> 那就像盲人手中的明镜。（22.33）

《跋底的诗》在印度古代流传很广，它的注释本有二十余
种。继《跋底的诗》之后，这类兼论语法的"经论大诗"还有

赫 拉 由 达 （Halāyuddha, 十 世 纪） 的 《诗 人 的 奥 秘》
（Kavirahasya）、保摩迦（Bhaumaka, 十一世纪） 的 《罗波那和阿
周那》（Rāvaṇārjunīya） 和雪月（Hemacandra, 十二世纪） 的 《鸠
摩罗波罗传》（Kumārapālacarita） 等。

　　摩伽（Māgha） 著有叙事诗《童护伏诛记》 （Śiśupālavadha）。
他的生平事迹不详。从《童护伏诛记》中得知，他的祖父是一位名
叫沃尔摩拉（Varmala） 的国王的宰相。沃尔摩拉在有的抄本中写
为沃尔摩拉多（Varmalāta） 或尼尔摩拉多（Nirmalāta）。现存一份
沃尔摩拉多的铭文，年代为 625 年。一般据此将摩伽的年代定为七
世纪下半叶。

　　《童护伏诛记》共分二十章，取材于《摩诃婆罗多》中黑天杀
死在般度族王祭大典上寻衅滋事的车底王童护的故事。显然，摩伽
创作这部叙事诗是以婆罗维的《野人和阿周那》为楷模，并有意在
诗歌技巧上与婆罗维比美。

　　第一章描写那罗陀仙人访问黑天，向他传达大神因陀罗的旨
意——消灭扰害人类和天神的车底王童护。第二章描写黑天与大力
罗摩和大臣乌达婆商议。大力罗摩主张立即发动战争，消灭童护。
而乌达婆建议接受般度族王祭大典的邀请，因为童护也将出席这次
大典。黑天接受乌达婆的建议。第三章描写黑天率领雅度族军队前
往般度族的首都天帝城。从这一章开始，直至第十二章，与《野人
和阿周那》相似，摩伽延宕故事情节的进展，大量描写风景和艳
情。黑天到达梨婆多迦山，车夫向他详细描绘山景。军队安营扎寨
后，雅度族将士和随军出征的雅度族妇女沐浴、宴饮和欢爱。天亮
后，雅度族军队渡过阎牟那河。从十三章起，故事进入正题。黑天
到达天帝城，受到坚战欢迎。坚战举行王祭大典。大典结束后，向
客人献礼。坚战接受毗湿摩的建议，将黑天视为最尊贵的客人。童
护对此提出抗议，遭到毗湿摩指责。童护纠集军队，准备与黑天决

战。童护的使者前来宣战。然后，两军展开激烈交战。最后，黑天与童护决斗，使用飞轮，砍下童护头颅。这最后八章也与《野人和阿周那》的最后八章相似，重点是描写战斗。

在诗歌技巧方面，摩伽也继承和发展了婆罗维的形式主义倾向。这主要表现为：一、片面追求谐音，在有些诗节的四个诗步中只使用一种、两种或四种辅音。二、刻意追求双关，例如童护的使者向黑天传达的照会，表面上仿佛是求和，而实际意思是宣战。三、玩弄文字游戏，有些诗节可以倒读，还有些诗节排列成图案形状。在多数情况下，这些手法只能供作者炫耀自己的才智。可是，为了追求这种形式上的奇巧，常常人为地采用僻字，颠倒词序，造成词义晦涩，句义牵强。尽管如此，我们也不能否认，这部叙事诗在艺术上还是有不少可取之处，如词汇丰富、修辞巧妙、诗体华丽、富于想象和韵律多变等，因而受到梵语诗学家的赏识。

恭多迦在《曲语生命论》中论述作品的曲折性时，提到"别的事件插入主要情节，故事受阻，其中的味出现断裂，而它最后能保持味的光彩，赋予作品某种新鲜的曲折性"。他也以《童护伏诛记》为例，加以说明："在《童护伏诛记》这部大诗中，黑天的双臂担负保护三界的责任。他从神仙那罗陀口中得知因陀罗委托的使命。"当时，黑天"答应要完成使命。然后，他没有直接去消灭车底王童护，而是前往天帝城，将英雄的使命完全搁置了下来。后来，在所有国王出席的法王坚战的王祭大典上，车底王童护不能忍受黑天获得最高礼遇，说出一连串尖刻难听的侮辱言辞，黑天由此得以完成应该完成的使命。"

曼摩吒在《诗光》中论述修辞中时，多次引用《童护伏诛记》中的诗例。例如，增益修辞指"容纳者和被容纳者很大，各自的被容纳者和容纳者较小，却被说成更大"。《童护伏诛记》第一章中这首诗描写黑天见到神仙那罗陀时的喜悦心情：

时代毁灭之时，黑天撤回自我，

万物在他的身体在自由存在；

在这样的身体中，也容纳不下

因苦行者到来而产生的喜悦。（1.23）

又如，借用修辞指"此物与彼物接触，抛弃自己的特征，而借用彼物更强烈的特征"。《童护伏诛记》中第四章中这首诗描写宝石：

御者阿鲁那光芒四射，

改变太阳之马的颜色，

然而青如竹笋的宝石，

恢复太阳之马的本色。（4.14）

这里，太阳之马为青色，阿鲁那为红色。与太阳之马比较，阿鲁那的颜色更强烈，而与阿鲁那比较，绿宝石的颜色更强烈。

毗首那特的《文镜》中以这首诗作为疑问修辞的诗例：

刹那间怀疑这是湖中的

莲花，还是少女的脸庞？

随即凭借莲花缺乏故作

冷淡的娇态，得到确认。（8.29）

又以这首诗作为醉意情态的诗例：

喝过三杯酒后，这些

秀眉女郎的智慧闪光，

　　说笑逗乐，话语巧妙，

　　透露心中深藏的秘密。（10.12）

　　鸠摩罗陀婆（Kumāradāsa）著有《悉多被掳记》（Jānakīharaṇa）。这部叙事诗的原作已佚。斯里兰卡保存有一部用僧伽罗文逐字译注的本子，但只有前十四章和第十五章的部分。据这个本子得知，原诗共有二十五章。按斯里兰卡的传统说法，鸠摩罗陀婆是斯里兰卡六世纪的一位国王。后来，在南印度发现了这部叙事诗的一个抄本，共有二十章。这个抄本的最后一节诗也声称作者鸠摩罗陀婆是斯里兰卡国王，但这种说法不一定可信。据现有文献，诗人鸠摩罗陀婆于九、十世纪闻名于世，因而一般认为他是八、九世纪人。

　　《悉多被掳记》取材于《罗摩衍那》，基本故事情节忠实于史诗原著，从罗摩诞生写到罗摩登基。在诗歌艺术上，鸠摩罗陀婆显然以迦梨陀娑为楷模。诗中关于季节风景的描绘以及悉多婚前对罗摩的相思和婚后与罗摩的欢爱，都令人想起迦梨陀娑的《罗怙世系》和《鸠摩罗出世》中的有关章节。而且，这些风景和艳情描写是有节制的，并不像摩伽的《童护伏诛记》那样偏离故事主线。当然在修辞技巧方面，鸠摩罗陀婆也受到后期"大诗"形式主义风尚的影响，但相对地说，还不算严重。这一切无疑与他在"大诗"创作上蹱武迦梨陀娑有关，使他得以在一定程度抵消形式主义风尚对自己的影响。也正是由于他与迦梨陀娑在创作上存在这种继承关系，在斯里兰卡流行的传说中，甚至把鸠罗摩陀娑说成是迦梨陀娑的同时代人，而且是朋友。

　　这里可以选译其中的四首诗，略微领略鸠摩罗陀娑的诗歌风格。

　　这位年老苦行者长时间

静坐不动而身子骨酸痛，
因为他害怕惊醒躺在
自己怀中酣睡的小鹿。(5.4)

我觉得悉多的话音
甜蜜迷人，胜过杜鹃，
以致会让杜鹃气得
浑身发黑，眼睛血红。(7.17)

风儿吹拂，携带清凉水雾，
爱神仿佛怕冷，迅速进入
独自守着空房的妇女心中，
靠近她们的离愁之火取暖。(11.66)

夜晚夫人将这月亮
银盘抛入天空之湖，
驱散四周浓密黑暗，
犹如波浪驱散浮萍。(16.21)

　　阿毗难陀（Abhinanda，九世纪）著有《罗摩传》（Rāmacarita）。现存抄本中分成三十六章和四十章两种。而四十章抄本的最后四章是后人续写的。这可能说明原作在传抄过程中曾经遗失后四章。这部叙事诗取材于《罗摩衍那》，故事从罗摩与猴王须羯哩婆结盟开始。第一至第七章描写罗摩和弟弟罗什曼那焦急地等待猴王带领猴军来到。同时，罗摩不知妻子悉多下落，忧心如焚，而罗什曼那安慰罗摩。猴王带领猴军来到后，命令猴军全体出动，前往各地寻找悉多。第八至第十四章描写猴军分头寻找悉多，最后终于得知悉多

已被魔王罗波那劫往楞伽城。第十五至第二十二章描写风神之子神
猴哈努曼纵身跃过大海，到达楞伽城。他在魔王的无忧园中找到悉
多。正在这个夜晚，悉多准备上吊自尽，哈努曼救下她，将罗摩的
信物戒指交给她。罗刹们追捕哈努曼，而哈努曼凭借自己的勇力和
智慧击败罗刹们，火烧楞伽城，安全返回。第二十三和第二十四章
描写罗波那得知罗摩准备攻打楞伽城，与儿子和大臣商量对策。罗
波那的弟弟维毗沙那规劝哥哥放走悉多，与罗摩和解。而罗波那嘲
笑他，赶走他。于是，维毗沙那决定投奔罗摩。第二十五至第四十
章描写工巧大神之子神猴那罗在海上架桥，罗摩率领猴军过海围攻
楞伽城。经过激烈交战，最终罗摩杀死罗波那，救出悉多，返回阿
逾陀城。

　　整个故事相当于《罗摩衍那》全书七篇中的第四、第五和第六
篇，具体情节与《罗摩衍那》一致，没有重大改动。阿毗难陀主要
是将史诗文体改写为古典梵语叙事诗文体。这部叙事诗的语言风格
类似鸠摩罗陀娑的《悉多被虏记》，没有像后期梵语叙事诗那样过
分追求文字技巧。同样，这里也可以选译其中的四首诗，略微领略
阿毗难陀的语言风格。

　　描写罗摩思念妻子悉多：

　　　　山坡上空的乌云已停止降雨，
　　　　而罗摩的泪溪依然哗哗流淌。（1.2）

　　　　罗摩看到一群嬉戏的鹬鸰鸟，
　　　　立即想起爱妻的眼睛而叹息。（1.19）

　　描写神猴哈努曼纵身跃过大海，前往楞伽城：

尾巴卷住太阳，顶冠刺破月亮，

毛发搅乱云朵，牙齿攻击星星，

就在大海眼前，海浪哈哈大笑，

神猴跃过魔王遍布四方的怒火。（15.64）

描写悉多愤怒抗拒魔王的情态：

魔王刺耳的话语似灼热阳光，

悉多尽管生性温柔，而此时

也变得刚强，她的回话犹如

太阳石突然冒出炽烈的火焰。（19.89）

罗德那迦罗（Ratnākāra，九世纪）著有《诃罗胜利记》（Haravijaya）。这部叙事诗取材于往世书，讲述阿修罗安陀迦天生目盲，通过修炼苦行，赢得梵天恩惠，不仅双目复明，而且勇力无比。他剥夺因陀罗的天王地位，统治三界。因陀罗向大神湿婆（即诃罗）求助。湿婆派遣使者与安陀迦谈判，而安陀迦拒绝让位。于是，湿婆向安陀迦发起进攻。两军展开激烈交战，最终湿婆第三只眼睛中喷出火焰，将安陀迦化为灰烬。因陀罗恢复天国王位。

整个故事本身并不复杂，而《诃罗胜利记》全诗共有五十章。罗德那迦罗依照古典梵语叙事诗的惯例，在有关风景、情爱、政治和战斗的内容方面，花费大量笔墨，展示他的渊博学识和艺术才华。例如，因陀罗向湿婆求助后，湿婆与他的侍从们商量对策。侍从们各自发表政治见解，最终确定先礼后兵，先派遣使者与安陀迦交涉，探明对方情况，然后再作最后决定。这部分内容占据第七至第十六章篇幅。然后，侍从们与妇女们在山上采花，在水中嬉戏。太阳落山，月亮升起，湿婆和妻子波哩婆提享受欢爱，侍从们也与妻子或情人饮酒作乐，享受欢爱。这部分内容占据第十七至第二十七章篇幅。使者与安陀迦交涉过程占据第二十八至第三十九章篇幅。最后，两军交战过程占据第四十至五十章篇幅。

罗德那迦罗诗艺娴熟，语言顺畅，修辞丰富，尤其擅长谐音修辞。例如：

> 世界充满芳香，吉祥美丽，
> 成行的蜜蜂征服美女的心，
> 绵延的棕色芒果树林鲜花
> 盛开，莲花也不凋谢枯萎。(3.2)

这首诗的原文中使用叠声修辞，即第一行中有两个间隔的 rāji，第二行中有两个间隔的 mana，第三行中有两个间隔的 vāri，第四行中有两个间隔的 tāmra。

> 这山坡光彩熠熠，回响奔腾的
> 流水声，妖魔的吼声已平息，
> 毁坏森林的象群不断流淌液汁，
> 威严显赫，保护自己的队伍。(5.137)

这首诗的原文中，第三和第四行使用叠声和顺逆（回文）两种修辞手法。

> 日莲有展开的花苞日轮，闪耀花蕊光芒，
> 黄昏时分收拢八方花瓣，封闭黑夜蜜蜂。(19.1)

这首诗的原文中有两个长复合词，同时含有隐喻和谐音。

　　室利诃奢（Śrīharṣa）是最后一位重要的"大诗"诗人，著有《尼奢陀王传》（Naiṣadacarita）。据《尼奢陀王传》末尾附加的四首诗中的记载，室利诃奢受到曲女城国王的恩宠。这一记载与十四世纪一部耆那教著作中的说法一致。因而，一般认为室利诃奢生活在十二世纪下半叶。他也是一位哲学家，著有一部宣扬不二论吠檀多的哲学著作。

　　《尼奢陀王传》共分二十二章，取材于《摩诃婆罗多》中的插曲《那罗传》，但只写到那罗和达摩衍蒂结婚为止。故事情节主要是讲：尼奢陀王那罗抓住一只金天鹅，然后又放掉了它。金天鹅为报答他的恩情，向他讲述维达巴国公主达摩衍蒂的故事，并愿意为他俩做媒。他俩在金天鹅穿针引线下，互相思恋。达摩衍蒂向金天鹅表白：

> 我心中唯独贪求和爱恋他，
> 不稀罕无价的如意摩尼珠，
> 我认定莲花脸那罗是我的
> 唯一珍宝，价值等同三界。（3.81）

> 我在幻觉中处处看见他，
> 我心中时时刻刻思念他，
> 如今我获得他或失去生命，
> 这两者全都掌握在你手中。（3.82）

　　而在达摩衍蒂举行选婿大典时，因陀罗、阿耆尼、伐楼那和阎摩四位天神也来应选，而达摩衍蒂依然挑选那罗为夫。故事情节与《那罗传》原作基本一致。其中有一个比较突出的变更之处：在选婿大典前夕，那罗奉四位天神之命，作为他们的使者前往维达巴国首都恭底那，要求达摩衍蒂选天神为夫。在《那罗传》中，那罗向达摩衍蒂直接讲明自己的身份，并传达天神的要求。而在《尼奢陀王传》中，那罗觉得天命难违，竭力掩藏自己的身份，向达摩衍蒂传达天神的心愿：

> 夜夜我们梦见你，目光沉醉于你的美貌，耳朵
> 沉浸在你的歌声中，肢体接触你柔软似花肌肤，
> 舌头吸吮你的唇蜜，思想紧随你的一举一动，
> 妙腰女啊，我们的感官之鹿无法跳出你的罗网。（8.106）

而达摩衍蒂向他表明自己已经选定那罗。而那罗表示天神从中作梗，凡人能有什么办法对付。达摩衍蒂听后，伤心哭泣。这时，那罗经不住爱情烈火的煎熬，向达摩衍蒂透露自己的真实身份：

> 哎呀，亲爱的！你为何忧伤，
> 泪流满面？你斜睨的目光
> 难道没有看见站在你的面前
> 俯首弯腰的使者就是那罗？（9.103）

最终，在选婿大典上，达摩衍蒂如愿选择那罗为夫。

与其他后期许多梵语"大诗"一样，室利诃奢注重的不是故事情节，而是铺张描写和文字技巧。上述情节在《那罗传》中只不过用了一百四十多节诗，而《尼奢陀王传》总共有二千八百多节诗。而且，就故事情节而言，在《那罗传》中，那罗和达摩衍蒂婚后的坎坷遭遇更加曲折动人，而《尼奢陀王传》中没有涉及。在铺张描写中，室利诃奢最感兴趣的是艳情描写，诸如达摩衍蒂的美貌、达摩衍蒂和那罗的相思以及他俩婚后的欢爱生活，都是占据成章成章

的篇幅。有些篇章简直是印度古代性爱著作的图解。这也是后期梵语"大诗"创作中风行的一种趣味。另外，室利诃奢还喜欢卖弄学问，在诗中经常涉及哲学理论，甚至有一章专门以哲学为主题，用一些天神代表各种哲学派别。

在文字技巧方面，室利诃奢擅长双关。例如，在达摩衍蒂的选婿大典上，四位天神都化作那罗的模样。这样，达摩衍蒂面对四位假那罗和一位真那罗。语言女神在向达摩衍蒂一一介绍这些求婚者时，每节诗都有两种读法，既适用于那罗，也适用于某位天神，而最后一节诗，居然可以有五种读法，分别适用于这五位求婚者。因此，室利诃奢被后人称作"双关诗人"（Śleṣakavi）。另外，室利诃奢还喜欢使用僻字和已经废弃的古字。这一切都增加了文字的难度，所以这部"大诗"的注本很多，不下五十种。

在古典梵语叙事诗中，还有一类"历史大诗"，即取材于历史的"大诗"。在俗语文学中，八世纪上半叶的《高达伏诛记》就是一部历史叙事诗。梵语"历史大诗"大约也产生于这一时期。据迦尔诃纳的《王河》记载，克什米尔诗人商古迦（Śaṅkuka，八世纪上半叶）著有《世界诞生记》（Bhuvanābhyudaya），描写克什米尔两位统治者之间的激烈斗争，但这部叙事诗已经失传。现存最早的梵语"历史大诗"是波德摩笈多（Padmagupta）的《纳婆娑诃商迦传》（Navasāhasaṅkacarita），大约成书于十一世纪初。这部叙事诗主要描写达罗国国王和那伽国公主成婚的故事。虽然诗中的国王纳婆娑诃商迦是真实人物（即诗人的恩主），但整个故事富有童话色彩，与那些取材于神话传说的"大诗"相仿佛。

梵语"历史大诗"的代表诗人是毗尔诃纳和迦尔诃纳。毗尔诃纳（Bilhaṇa，十一世纪）著有《遮娄其王传》（Vikramāṅkadevacarita）。全诗共分十八章，在最后一章中，诗人介绍了自己的生平。他出生在克什米尔的一个婆罗门家庭，父亲是一位语法学家，他自小受到良好教育，精通语法和诗学。后来，他离开家乡，漫游各地，最后来到南印度遮娄其王朝宫廷，受到超日王六世（1076—1126 年在位）的恩宠。为此，他写了《遮娄其王传》，颂扬超日王六世及其祖先。一般认为这部作品写于 1088 年之前，根据是诗中没有写到超日王六世 1088 年以后的事迹，同时，诗中的克什米尔国王曷利沙（1089—1101 年在位）还是王子。除了这部大诗外，毗尔诃纳还著有抒情诗集《偷情五十咏》和剧本《迦尔纳和松陀利》（Karṇasundarī，四幕剧）。

《遮娄其王传》追溯了遮娄其王朝的起源，但早期的历代帝王写得十分简略。从超日王的父亲阿诃婆摩罗开始，才比较具体详细。阿诃婆摩罗赢得湿婆恩惠，生下月主、超日和胜狮三个儿子，其中超日有成为伟人的征兆。三个儿子长大后，阿诃婆摩罗准备立超日为王位继承人，但超日不愿僭取哥哥月主的权利。超日外出征战，频频获胜。阿诃婆摩罗去世，超日回到首都。起初，他与月主相安无事，后来产生嫌隙。他和弟弟胜狮离开首都，与朱罗王结盟。月主勾结罗吉揭反对超日。湿婆鼓动超日发动战争，击败月主。此后，超日王娶一位拉其普特公主为妻。毗尔诃纳抓住这个机会，用了将近八章篇幅（第七至第十四章）描写超日王的成婚过程，诸如迷人的春色、新娘的美貌、选婿大典和婚后的欢乐生活。最后几章描写超日王平息胜狮的叛逆以及征服朱罗人。

虽然《遮娄其王传》是一部"历史大诗"，但它提供的史实既不全面，也不精确。毗尔诃纳受传统"大诗"风格的影响，虚构、想象和铺张描写成分较多，甚至在历史事件中引进大神湿婆。这表明这部"历史大诗"所反映的"历史"，与现代意义上的"历史"还相距甚远。

迦尔诃纳（Kalhaṇa，十二世纪）著有《王河》（Rājataraṅginī）。根据作者本人在《王河》中提供的材料，我们得知他的父亲是克什米尔国王曷利沙的宰相。曷利沙在 1101 年死于宫廷阴谋，迦尔诃纳的父亲下野隐居。迦尔诃纳信奉湿婆教。但他不是狭隘的宗派主义者，也赞赏佛教的"不杀生"原则。他学识渊博，熟悉两大史诗和各种"大诗"。他于 1148—1150 年写成《王河》。这是一部克什米尔王朝史，共有七千八百多节诗，分作八章。迦尔诃纳的写作态度是认真的。他参考了十一种前人的同类著作，同时亲自收集第一手材料，考察各种铭文、钱币、抄本和历史建筑。

这部"历史大诗"略古详今。前六章叙述从克什米尔王朝起源至十一世纪初的历史，共有两千六百多节诗，仅占全诗篇幅的三分之一。第七章叙述十一世纪的历史，共有一千七百多节诗。而第八章叙述十二世纪上半叶的历史，共有三千四百多节诗。由于前人没有提供可靠的历史资料，《王河》中叙述的克什米尔王朝早期历史也是以传说为主。例如，把克什米尔第一位国王说成与《摩诃婆罗多》中的坚战是同时代人，把阿育王的年代推前了一千年左右，等等。但是，越接近迦尔诃纳生活的时代，《王河》中的历史记叙越翔实，越精确。迦尔诃纳生活在一个充满宫廷阴谋和刀光剑影的动乱时代。而他由于置身政治漩涡之外，能够比较客观地反映现实。他揭露腐败的王室、毫无气节的官吏、怯懦的士兵、骄横的地主、奸诈的祭司和耽于享乐的市民。即使对于当时在位的胜狮王，他也没有采取歌功颂德的态度。可以说，迦尔诃纳在《王河》中对自己所处时代的记叙，其史料的丰富和可靠程度在梵语文学中是前无古人的。

当然，迦尔诃纳也有明显的局限性。他不能突破传统的历史和政治观念。他相信天命和业报，也相信魔法和征兆。他的政治和道德标准主要是依据各种陈旧的法论和憍提利耶的《利论》。这些都导致他对历史事件和社会现象常常不能作出正确的解释。

《王河》的语言简朴、自然、生动。迦尔诃纳不追逐繁缛雕琢的形式主义风尚，也不任意偏离主题铺张描绘，卖弄诗才。因此，他的文体风格比较适合"历史大诗"的需要。这也是《王河》有别于其他梵语"历史大诗"的一个突出优点。

第 七 章

古典梵语戏剧

第一节　古典梵语戏剧的起源和一般特征

　　印度古代戏剧起源较早，约在公元前后产生的戏剧学专著《舞论》就已对戏剧艺术作了详尽的论述。但现存剧本均在公元后，最早的是一、二世纪佛教诗人和戏剧家马鸣的三部戏剧残卷。从这三部戏剧残卷呈现的戏剧基本特征看，当时古典梵语戏剧已经处在成熟阶段。那么，印度戏剧究竟起源于何时，成了现代学者努力探讨的一个课题。

　　婆罗多的《舞论》对印度戏剧的起源提供了神话的解释：古时候，以因陀罗为首的众天神请求大梵天创造一种包括首陀罗在内的所有种姓均可分享的娱乐方式。于是，大梵天从《梨俱吠陀》中撷取"吟诵"，从《娑摩吠陀》中撷取"歌唱"，从《夜柔吠陀》中撷取"模仿"，从《阿达婆吠陀》中撷取"情味"，创造出第五吠陀——戏剧，并由婆罗多仙人付诸实践。第一部戏剧是在因陀罗的旗帜节上演的，表现因陀罗战胜阿修罗。阿修罗对此不满，进行扰乱。众天神向大梵天告状。大梵天吩咐工巧大神建造一座剧场，借以保护演出，阿修罗埋怨大梵天偏心。最后，大梵天作出决定——戏剧不仅表现天神，也表现阿修罗、国王和梵仙，向世界提供有益的教训。这虽然是个神话传说，但其中多少透露出关于印度戏剧起源的一些历史消息。一、印度戏剧最初起源于民间，故而《舞论》作者为了确立戏剧的地位，采用神话方式将戏剧抬高到第五吠陀，并特意强调包括首陀罗在内的所有种姓都能分享这第五吠陀。二、印度戏剧产生于吠陀时代之后，因为按照《舞论》作者的说法，大梵天是通过撷取四吠陀中的戏剧因素创造出戏剧的。三、最初的戏剧是在宗教节日上演的。四、戏剧产生后，在戏剧题材问题上发生过激烈的斗争。当然，这些"消息"依据目前掌握的史料还无法完全确证。

现代学者提出的印度戏剧起源说，主要有以下几种。

一、在《梨俱吠陀》中有十多首对话诗。有的学者认为这些对话诗具有表演性质，在祭祀仪式上由祭司边歌边舞扮演对话者，因而是原始的宗教剧。但这种说法仅是推测之辞，在吠陀文献中找不出证据。

二、公元前四世纪，希腊亚历山大曾经入侵印度，并在印度西北部建立了许多希腊人居留地。有的学者认为印度戏剧的产生是受了古希腊戏剧的影响。证据之一是梵语戏剧中的"幕布"（yavanika，源自 yavana）一词的原义是"希腊的"。但 yavana 在梵语中可以特指希腊人，也可以泛指外国人。而且，古希腊戏剧恰恰不使用幕布。所以，以"幕布"一词证明印度戏剧受希腊影响是难以成立的。更重要的是，梵语戏剧具有与古希腊戏剧迥然相异的风格。例如，不讲究地点和时间的统一，没有合唱队，缺少悲剧，等等。总的说来，古希腊戏剧属于古典型，而梵语戏剧属于浪漫型。

三、有的学者认为梵语戏剧起源于木偶剧或影子戏。证据之一是梵语戏剧中的"舞台监督"（或"戏班主人"）一词是 sūtradhāra（意思是"持线者"）。但这个词在梵语中也用作工匠，因而这里"线"（sūtra）的原义更可能是指度量用的线，而不是牵引木偶的线。而且，一般地说，木偶剧或影子戏是对舞台戏剧的模仿，应该产生在舞台戏剧之后。

四、有的学者认为印度戏剧的起源与史诗关系密切。在古代印度，吟诵两大史诗十分普及。这种吟诵后来发展成伴以音乐和人体姿势，愈益戏剧化。从早期的跋娑戏剧起，古典梵语戏剧始终保持着在题材上依赖两大史诗的传统。而且，古典梵语戏剧中的诗歌成分突出，尤其是剧中大量的叙事性质的诗歌，显然与史诗一脉相承。因此，古典梵语戏剧有可能与古典梵语叙事诗一样，导源于两大史诗。但即使如此，我们也无法最终确定印度戏剧究竟产生于公元前哪一世纪，并提供它的原始样品。

按照《舞论》，古典梵语戏剧分为十种类型。

一、传说剧（Nāṭaka）：由五幕至十幕组成，以著名的传说为情节，以著名的高尚人物为主角，描写受到神灵庇护的刹帝利王族的事迹。国王的行为产生于幸福或痛苦，表现为各种味和情。这是古典梵语戏剧的主要类型，如迦梨陀娑的《沙恭达罗》、《优哩婆湿》和《摩罗维迦和火友王》，薄婆菩提的《大雄传》和《罗摩后传》等。

二、创造剧（Prakaraṇa）：由五幕至十幕组成。诗人运用自己的智慧，创造情节，主要描写婆罗门、商人、大臣、祭司和侍臣等人物的事迹，伴随有仆从、食客和妓女等。这也是古典梵语戏剧的主要类型，如跋娑的《善施》和《宰羊》、首陀罗迦的《小泥车》、薄婆菩提的《茉莉和青春》等。

《舞论》在论述传说剧和创造剧后，接着论述一种名为那底迦（Nāṭika）的戏剧类型，是传说剧和创造剧的混合品种。它由四幕组成，主角是国王，情节是创造的，内容与后宫有关。这也是古典梵语戏剧中的一个重要类型，如戒日王的《妙容传》和《璎珞传》、王顶的《雕像》等。

三、神魔剧（Samavakāra）：由三幕组成，以天神和阿修罗为题材，主角著名而高尚。这种神魔剧可能是早期的戏剧类型，而且作品也都流失。现存的神魔剧只有十二世纪筏差罗阇的《搅乳海记》。

四、掠女剧（Īhāmṛga）：四幕或独幕，与男性天神有关，他们为夺取天女而斗争。这种戏剧类型与神魔剧的情况一样，现存的掠女剧只有十二世纪筏差罗阇的《鲁格蜜尼被掳记》。

五、争斗剧（Ḍima）：由四幕组成，情节著名，主角著名而高尚，剧中有天神、阿修罗、罗刹、精灵、药叉、蛇和人等人物，主要体现崇高和刚烈风格。这种戏剧类型与神魔剧和掠女剧的情况一样，现存的争斗剧只有十二世纪筏差罗阇的《火烧三城记》。

六、纷争剧（Vyāyoga）：这是独幕剧，主角著名，剧中含有战斗、格斗、摩擦和冲突。现存纷争剧也不多，主要有跋娑的《仲儿》和筏差罗阇的《野人和阿周那》。

七、感伤剧（Utsṛṣṭkaṅka）：未规定幕数，情节可以著名，也可以不著名，主角是普通人，不是天神，以悲悯味为主。现存古典梵语戏剧中没有感伤剧的样本，只有在毗首那特的《文镜》中提到一部失传的感伤剧《夏密希达和迅行王》。

八、笑剧（Prahasana）：未规定幕数，分为纯粹的和混合的两种。纯粹的笑剧含有尊敬的苦行僧和有学问的婆罗门之间的可笑争论以及低等人的可笑言辞。混合的笑剧含有妓女、侍从、阉人、无赖、食客和荡妇，外貌、衣著和动作不文雅，情节与世俗生活和虚伪行为有关，以滑稽味为主。这是比较流行的一种戏剧类型，但现存的古典梵语笑剧大多是七世纪之后的作品。

九、独白剧（Bhāna）：这是独幕剧，只有一个角色，或讲述自己的事情，或讲述别人的事情。通过与想象中的人物对话，以问答的方式，并借助形体动作，进行表演。这也是一种比较流行的戏剧类型，但现存独白剧也大多是晚期作品。

十、街道剧（Vīthī）：这是独幕剧，有两个或一个角色，与各类人物有关，体现雄辩风格。但现存古典梵语戏剧中，没有街道剧样本。

古典梵语戏剧的一般艺术特征是：

一、戏文韵散杂糅。一般地说，诗歌大约占据全部戏文的一半。而且，戏文的魅力也主要表现在诗歌上。

二、梵语和俗语杂糅。剧中社会地位高的人物使用梵语，而社会地位低的人物使用各种俗语，如修罗塞纳语、摩诃剌陀语和摩揭陀语等。剧中的丑角虽然是婆罗门，也使用俗语。妇女不管出身高低，一般都使用俗语。

三、剧中各幕的地点和时间可以自由变换。例如，这一幕在净修林，另一幕可在王宫；这一幕在人间，另一幕可在天上；这一幕在今天，另一幕可在十年后；一幕之中也可由早晨变成晚上。

四、剧中有丑角。这个丑角一般是国王的弄臣或富人的清客，出身婆罗门，相貌丑陋，贪吃，在剧中起插科打诨的作用。

五、剧本有开场献诗，然后是序幕，由舞台监督（或戏班主人）介绍剧本作者和主要剧情，引出剧中人物。幕与幕之间时常有插曲，向观众介绍幕后正在或已经发生的事件。剧末还有终场献诗。

六、剧情通常以"大团圆"收场，因此古典梵语戏剧绝大多数是喜剧或悲喜剧，缺少悲剧。

七、舞台呈方形、长方形或三角形，由幕布隔开前台和后台。布景似乎没有，道具也不多，这些都主要借助演员的描述、模拟和姿势呈现。

第二节　跋娑十三剧

1909 年，印度特拉凡哥尔梵文抄本出版部主任伽那波底·夏斯特里在南印度波德摩纳帕城附近的一座寺庙里发现了十一部无名作者的梵语戏剧抄本，即《惊梦记》、《负轭氏的誓言》、《五夜》、《善施》、《使者瓶首》、《宰羊》、《神童传》、《仲儿》、《迦尔纳出任》、《断股》和《黑天出使》。这些梵语戏剧抄本都是用马拉雅拉姆字体刻写在贝叶上的。此后，他又访求到同类性质的两部梵语戏剧抄本，即《灌顶》和《雕像》。经过考证，他确认这十三部剧本是久已失传的古典梵语戏剧家跋娑（Bhāsa）的作品，并于1912—1915年收入《特里凡得琅梵文丛刊》，公开出版。这一发现在印度国内外梵文学者中引起轰动，被誉为梵语文学史上的"划时代发现"。随即，梵文学界掀起了跋娑研究热潮。

伽那波底·夏斯特里和其他一些梵文学者将这十三部梵语剧本归诸跋娑的主要论据可以归纳如下。

首先，许多古典梵语作家都曾提到古代戏剧大师跋娑及其代表作《惊梦记》。例如，迦梨陀娑的《摩罗维迦和火友王》序幕中，戏班主人的助手说道："观众怎么会放弃负有盛名的跋娑、迦维补多罗和绍密罗迦等人的作品，而欣赏活着的诗人迦梨陀娑的作品？"波那在《戒日王传》中的序诗中写道：

> 跋娑以戏剧作品著称，
> 以戏班主人指示开场，
> 角色众多，插曲丰富
> 犹如旗幡飘扬的神庙。

迦尔诃纳编选的一部诗集中收有王顶的一首诗：

> 鉴赏家检验跋娑戏剧，
> 将它们全部扔进火里；

尽管火焰熊熊燃烧，

却没有烧毁《惊梦记》。

还有，罗摩月和德月合著的《舞镜》中也提到"跋娑著《惊梦记》"。

其次，这十三部梵语剧本在结构、语言和风格上有共同性，表明出自同一作者。例如：（1）这些剧本以舞台指示"诵献诗终，戏班主人上"开头，而不像其他古典梵语剧本那样以献诗开头。（2）这些剧本用作序幕的一词是 sthāpana，而不是其他古典梵语剧本通用的 prastāvana。（3）其中多数剧本的开场诗中暗含主要角色的名字，如《惊梦记》的开场诗中暗含四位主要角色的名字——优填王（Udayana），仙赐（Vāsavadattā）、莲花公主（Padmavatī）和丑角婆森德迦（Vasantaka）：

> udayanavendusavarṇāvāsavadattābalau balasya tvām
>
> padmāvatīrṇapūrṇau vasantakamrau bhujau pātām

大力罗摩的双臂酒后无力，
犹如春色妩媚，新月升起，
充满吉祥天女的光艳，
但愿他的双臂保护你！

（4）其中多数剧本的终场诗中都有"祝愿我们的王狮统治整个大地"这样的诗句。（5）这些剧本都含有古老的俗语成分。

但是，对上述"跋娑理论"，另有一部分梵文学者持反对或保留态度。他们提出辩驳和怀疑，其中有些意见也不无道理。看来，跋娑问题有待梵文学界继续深入研究和探讨。这十三部梵语戏剧抄本均非孤本，据 N. P. 温尼的《跋娑戏剧新问题》（特里凡得琅，1978 年）一书介绍，至今已发现的这十三部戏剧抄本共有二百三十一部，每部戏剧少则有五部抄本，多则有五十一部抄本。这些抄本全部出自南印度喀拉拉邦，绝大多数是用马拉雅拉姆字体刻写在贝叶上的。以往的跋娑研究只利用了其中的四十七个抄本。例如，新发现的《宰羊》抄本中，就有一部标明作者是迦〔旃〕延那（Kā〔tya〕yana）。因而，温尼认为有必要对跋娑问题"作出新的评价"，并强调跋娑研究应该与喀拉拉邦传统舞台艺术研究相结合。

　　目前，我们可以暂时接受假设的"跋娑理论"，将这十三部梵语戏剧归在跋娑的名下。至于跋娑的年代，学者们也是众说纷纭，早至公元前六世纪，晚至公元十一世纪。我们认为将跋娑的年代定在马鸣和迦梨陀娑之间，约公元二、三世纪，比较妥当。

　　跋娑十三剧可以按题材分成五组。一、取材于史诗《摩诃婆罗多》的六部——《仲儿》、《五夜》、《黑天出使》、《使者瓶首》、《迦尔纳出任》和《断股》。二、取材于史诗《罗摩衍那》的两部——《雕像》和《灌顶》。三、取材于黑天传说的一部——《神童传》。四、取材于优填王传说的两部——《负轭氏的誓言》和《惊梦记》。五、取材于其他传说的两部——《善施》和《宰羊》。

　　《仲儿》（Madhyamavyāyoga）是独幕剧，描写瓶首在森林里巧遇父亲怖军。那天，瓶首奉母亲（罗刹女希丁芭）之命，出来捕捉活人，被瓶首截获的婆罗门一家人，父母和三个儿子都愿意牺牲自己，救护全家。最后，父母无奈同意献出名叫"仲儿"的二儿子。这个婆罗门青年经瓶首许可，去附近池塘喝水。瓶首等候了许久，不耐烦地大声叫喊："仲儿，仲儿！快回来！"当时，怖军（他在般度族五兄弟中排行第二，也是"仲儿"）恰好就在附近，闻声前来。怖军希望瓶首释放那个婆罗门青年。瓶首不答应。于是，怖军与瓶首交战，打败瓶首。然后，他们一同去见希丁芭。希丁芭立刻认出丈夫怖军，让瓶首拜见父亲。希丁芭解释说，她吩咐瓶首出去捕捉活人，目的就是要找回怖军。《摩诃婆罗多》中有怖军娶希丁芭为妻，生子瓶首的故事，但这一剧情是剧作者的创造。这部戏剧着重宣传孝顺母亲、尊敬婆罗门和自我牺牲的伦理道德。

《五夜》（Pañcarātram）是三幕剧，描写在般度族兄弟乔装流亡摩差国期间，难敌举行大祭。大祭结束时，难敌慨然许诺教师爷德罗纳挑选一个恩惠。德罗纳表示希望般度族和俱卢族分享王国，难敌感到为难，但最后还是答应了这个要求，条件是德罗纳必须在五夜之内获得般度族五兄弟的消息。在老族长毗湿摩的暗示下，德罗纳接受了这个条件。随即，毗湿摩声称自己与摩差国毗罗吒王有仇，怂恿难敌发兵侵扰摩差国（第一幕）。般度族兄弟协助毗罗吒王击败俱卢族军队（第二幕）。毗湿摩猜想是般度族兄弟协助毗罗吒王击败俱卢族军队，随后从一支箭上刻有阿周那的名字证实了这一点。接着，毗罗吒的儿子代表坚战前来邀请俱卢族参加阿周那的儿子和毗罗吒王的女儿结婚典礼。德罗纳高兴地宣布五夜时限未过，难敌只得兑现自己的诺言，分给般度族一半国土（第三幕）。这部戏剧虽然取材于《摩诃婆罗多》，但具体情节改动很大。

《黑天出使》（Dūtavākyam，也可直译为《使者的话》）是独幕剧，描写黑天作为般度族使者，前往俱卢族与难敌谈判。难敌得知使者黑天来到，便起念趁此机会囚禁黑天，这样般度族失去主脑，他就可以独霸天下。他还故意让侍臣挂出悉多受辱的画像，以此羞辱使者黑天。黑天要求难敌按照原定的契约，归还属于般度族的国土。而难敌傲慢地回答说：

> 王国由战胜敌人的王子们享用，
> 在这世上，不靠乞求，也不靠怜悯，
> 如果他们渴求王位，请立刻开战，

否则去与隐士为伍，安居净修林。(24)

两人唇枪舌剑，针锋相对。黑天愤怒地警告难敌：

对亲友无情无义的骗子！斜眼猢狲！
俱卢族不久就会彻底毁在你的手里。(38)

最后，难敌企图捆绑黑天。于是，黑天施展神力，挫败难敌。剧中关于展示悉多受辱的画像的情节不见于《摩诃婆罗多》。

《使者瓶首》（Dūtaghaṭotkacam）是独幕剧，描写阿周那的儿子阵亡后，怖军之子瓶首奉黑天之命前往俱卢族，忠告持国作好思想准备，以承受他的一百个儿子即将灭亡的事实。难敌、难降和沙恭尼嘲讽黑天和瓶首。瓶首指责难敌的所作所为比罗刹还邪恶：

罗刹也不会燃烧在紫胶宫中入睡的兄弟，
罗刹也不会揪住自己兄弟媳妇的发髻，
罗刹也不会在战斗中起念杀死一个少年，
尽管他们面目狰狞，也非毫无怜悯心。(47)

难敌赶他回去。瓶首怒不可遏，准备当场与他们决斗：

我瓶首咬紧嘴唇，举着拳头，站在这里，
你们谁想进入阎王殿，就冲着我来吧！(50)

于是，持国出面安抚瓶首，劝他回去。这一剧情不见于《摩诃婆罗多》，也是剧作者的创造。

《迦尔纳出任》（Karṇabhāram）是独幕剧，描写迦尔纳和沙利耶前往战场，准备与阿周那决战。途中，迦尔纳向沙利耶讲述自己曾遭持斧罗摩诅咒，因而他的武器将在关键时刻失效。接着，天神因陀罗乔装婆罗门前来乞求施舍。迦尔纳慷慨无比，愿意施舍给婆罗门任何一切。结果，因陀罗骗走了迦尔纳护身的盔甲和耳环。当时，沙利耶曾劝阻迦尔纳，而迦尔纳回答说：

> 随着时间流逝，学问会消失，大树会倒下，
>
> 水池会干涸，而祭祀和施舍将永远存在。（22）

尽管预兆不祥，而听到战场上传来的号角声，迦尔纳依然勇敢奔赴战场，吩咐沙利耶驱车前往阿周那那里。

《断股》（Ūrubhaṅgam）是独幕剧，描写大战最后一天，怖军和难敌决战。难敌将怖军击倒在地，但他没有趁势杀死怖军，说道："怖军，别害怕！英雄在战斗中不杀害落难者。"这时，黑天在一旁用手拍拍自己的大腿，暗示怖军。怖军重新投入战斗，遵照黑天的暗示，违反战斗规则，用铁杵打断难敌的双腿。在一旁观战的大力罗摩愤愤不平，决心为难敌复仇。而难敌拖着断腿爬行，竭力劝阻大力罗摩。难敌与前来看望他的父母妻儿诀别。他嘱咐亲人们与般度族和解。但马嘶发誓要消灭般度族。难敌临死时，看见祖先、阵亡的兄弟和仙女，还有一辆飞车前来迎接他上天国。难敌死后，持国宣告结束尘世生活，前往净修林，而马嘶前去夜袭般度族。

《断股》这部独幕剧受到印度梵文学界高度评价和重视，认为是古典梵语戏剧中绝无仅有的一部悲剧。在这部悲剧中，难敌被刻画成尽责的儿子、可亲的丈夫、慈爱的父亲和高尚的武士。而他的惨死能够赢得观众同情，起到净化心灵的作用。剧中难敌与父母妻儿诀别的场面哀婉动人，尤其是难敌与天真无邪的儿子难胜的一番

对话：

国王：孩儿！你怎么来了？

难胜：你离开了这么久。

国王：天哪！尽管我落到这般地步，我的爱子之心仍在燃烧。

难胜：我要坐在你膝上。（向膝上爬）

国王：（阻止儿子）难胜！难胜！哦，天哪！

> 他是我心中希望，
> 他是我眼中欢乐，
> 为的是时运逆转，
> 月亮也成为火球。（43）

难胜：干吗不许我坐在你膝上？

国王：

> 孩儿啊！莫撒娇，
> 随便哪儿坐下吧！
> 往日坐在我膝上，
> 从今往后别再想。（44）

难胜：为什么？父王要上哪儿去？

国王：我要跟弟兄们相会。

难胜：那你带我一起去。

一般认为，以上六部戏剧是《摩诃婆罗多》连台戏的组成部分。有的抄本将《迦尔纳出任》的剧名写成《迦尔纳婆罗多》，《五夜》的剧名写成《五夜婆罗多》，也能说明这一点。

《雕像》（Pratimā）是七幕剧，描写罗摩从流亡森林直至登基为王的故事，基本情节与《罗摩衍那》相同，只是细节上有所创新。例如，第三幕描写婆罗多从母舅家返回阿逾陀。他在城郊的先人祠里看见父亲十车王的雕像。通过询问看祠人，他才知道父亲十车王去世，罗摩、悉多和罗什曼那流亡森林，而这一切起因于他的母亲吉迦伊。又如，第五幕描写流亡森林的罗摩和悉多正在商量次日如何祭供先父，罗波那乔装婆罗门游方僧前来做客。他自称精通祭祖仪式，指示罗摩以金鹿祭供。随后，他用魔力幻化出一只金鹿，趁罗摩前去追捕之机，劫走了悉多。此剧中的罗摩、悉多等人物性格较之《罗摩衍那》更加理想化。甚至吉迦伊要求流放罗摩，也不是出于贪图王国的自私动机，而只是为了履行一位大仙对十车王发出的诅咒。

《灌顶》（Abhiṣekanāṭakam）是六幕剧（有的抄本将最后一幕分作两幕，成为七幕剧），描写悉多被魔王罗波那劫走后，罗摩协助猴国须羯哩婆杀死其兄波林，须羯哩婆灌顶为王。然后，猴王须羯哩婆协助罗摩寻找悉多。神猴哈奴曼在楞伽城找到悉多。罗摩率领猴军越过大海，战胜魔王罗波那，救回悉多。罗摩返回阿逾陀城，灌顶为王。基本情节与《罗摩衍那》相同，其中一个突出的不同之处是越过大海的方式。《罗摩衍那》中是猴军架桥渡海，而此剧中是海神显身，让大海中间分开，为罗摩和猴军留出一条通道。

有些学者将这两部戏剧与舍格提跋陀罗（Śaktibhadra，年代不详）的《奇妙的顶珠》（Āścaryacūḍamaṇi，七幕剧，取材于《罗摩衍那》）统称为"罗摩衍那三部曲"，根据是有些抄本将这三部戏剧抄在一起。实际上，"三部曲"的称谓并不确切，因为这三部戏剧的主要情节是互相重复的。这些戏剧只能泛称为"罗摩戏"。

《神童传》（Bālacaritam）是五幕剧，描写黑天从诞生直至杀死暴君刚沙的神奇事迹，基本情节与《诃利世系》、《毗湿奴往世书》

和《薄伽梵往世书》中的黑天传说相同，只是细节上有些差异。一般认为，这些差异表明《神童传》中的黑天传说早于现存的《诃利世系》和往世书。

《负轭氏的誓言》（Pratijñāyaugandharāyaṇam）是四幕剧。第一幕描写阿槃提国大军王在边境安置一头人工制造的蓝色大象，引诱犊子国优填王前去捕捉。优填王中计，被大军王的伏兵俘获。优填王的宰相负轭氏发誓："如果我不救出国王，我就不再叫做负轭氏！"他表示：

> 摩擦木片能够获得火，
> 开掘地面能够获得水，
> 勇敢者什么事办不到？
> 努力施计必定会成功。（1. 18）

第二幕描写大军王和王后为女儿仙赐的婚事操心。侍臣前来报告俘获优填王的消息，大军王吩咐侍臣善待优填王。第三幕描写负轭氏带领官兵，乔装进入阿槃提国首都优禅尼。他的营救计划是：激怒一头大象，迫使人们请求驯象能手优填王出来制服疯象，这样，优填王可以借助这头大象逃跑。而优填王被俘后，受到大军王优待。他爱上大军王的女儿仙赐，不赞成负轭氏的这一营救计划。于是，负轭氏再次发誓，要同时救出优填王和仙赐：

> 如果国王不能带走她，
> 就像阿周那劫走妙贤，
> 或者像大象卷走莲花，
> 我就不再叫做负轭氏！（2. 8）

第四幕描写在负轭氏的精心策划和勇敢掩护下，优填王和仙赐一起出逃成功。负轭氏本人虽然被俘，但他无所畏惧，为实现了自己的誓言而自豪。最后，大军王宣布同意优填王和仙赐成婚，并用他俩的画像举行结婚仪式。

《惊梦记》（Svapnavāsavadattam，也可直译为《梦见仙赐》）是公认的跋娑代表作，描写犊子国遭到阿鲁尼王入侵，负轭氏施展计谋，促成优填王与强大的摩揭陀国联姻结盟，击败阿鲁尼王，收复国土。全剧共分六幕。

第一幕：负轭氏为了实现自己的计划，故意制造一场火灾，并放出谣言——仙赐王后已被烧死，他为了救王后也被烧死。随后，他乔装成婆罗门苦行者，带着仙赐前往摩揭陀国，住在一座净修林里。负轭氏安慰仙赐王后说：在尘世中，总是有所享受，有所舍弃，不必为此忧虑：

> 就像你以前那样，事事遂心如意，
> 随着丈夫获胜，你仍会获得称颂；
> 世上的种种幸运，随着时间流动，
> 犹如车轮的辐条，依次向前滚动。（1.4）

负轭氏在净修林里见到摩揭陀国莲花公主，假称仙赐是自己的妹妹，因其丈夫外出，希望莲花公主能照看她一段时间，莲花公主爽快地收留了仙赐。

第二幕：仙赐在花园里陪莲花公主玩球，莲花公主的乳母前来报喜，说优填王已同意娶莲花公主。仙赐抑制不住内心的隐痛。但从乳母口中得知，优填王是为了别的事情来到这里，婚事是由摩揭陀国王提出的，她才宽慰了些。

第三幕：优填王和莲花公主举行婚礼，仙赐独自来到花园，排遣心中的苦闷。宫娥奉王后之命前来吩咐仙赐为莲花公主编制结婚花环。仙赐感到命运待她实在残酷。她强忍悲痛编好花环，然后忧伤地回屋睡觉去了。

第四幕：仙赐陪伴新婚的莲花公主游园，从交谈中得知优填王仍然眷念自己。这时，优填王和他的弄臣（丑角）也来到花园。仙赐和莲花公主在凉亭里偷听优填王和弄臣的谈话。弄臣问优填王究竟更爱哪个王后，新的还是旧的？优填王竭力回避这个问题，但经不住弄臣纠缠，最后坦率承认他的心依然系在旧后身上：

> 尽管我十分钦佩莲花公主，
> 钦佩她的容貌、品德和甜蜜，
> 但她还是不能夺走我的心，
> 我的心依然系在仙赐身上。(4.4)

凉亭里，仙赐窃窃自喜："好了，好了。我的痛苦得到了回报。哎，没想到乔装隐居还有这么多好处！"宫娥对莲花公主说道："小姐！姑爷毫无情义。"莲花公主劝阻宫娥道："哎，不许这么说！夫王至今还记着仙赐后的恩情，这才是有情义哩！"凉亭外，优填王因悼念仙赐而潸然泪下，对弄臣说道：

> 根深蒂固的感情，难以排除，
> 回忆连绵不断，把痛苦唤醒；
> 人在这世上，从来就是这样，
> 以泪水还债，理智才能平静。(2.6)

弄臣赶忙去取洗脸水。这时，仙赐退走，莲花公主前去会见优填王。优填王为了不伤莲花公主的感情，谎称自己给花粉迷了眼睛。

第五幕：一天，莲花公主突然头痛，宫娥分别通知优填王和仙赐去看望。优填王先到，见公主不在，便躺在床上等候，渐渐睡着了。随后仙赐来到，误以为公主躺在床上睡着了，就坐在床边等候，不一会也躺下了。她刚躺下，忽听见优填王叫喊："啊，仙赐！"仙赐急忙起身，惊叹道："啊！这是夫王，不是莲花公主！他看见我了吗？要是看见了，尊贵的负轭氏的伟大誓愿就要落空了。"她欣喜地发现，优填王是在说梦话。她停留了一会，回答优填王在梦中的询问，在她转身离开之际，优填王醒了，高喊："仙赐站住，站住！"这时，弄臣来到，优填王对他说："告诉你个好消息，仙赐还活着。"弄臣说优填王肯定是刚才梦见了她。优填王将信将疑地说道：

> 如果这是在做梦，
> 永不醒来多幸福；
> 如果仅仅是幻觉，
> 但愿这幻觉永驻。(5.9)

说话间，侍臣前来报告：向阿鲁尼王收复国土的战斗即将开始，优填王立刻起身前往。

第六幕：在摩揭陀国协助下，优填王击败阿鲁尼王，收复国土。优填王偶然发现仙赐昔日心爱的琵琶，不禁触景生情，哀伤不已。他对弄臣说：

> 它是王后的心爱之物，
> 名为妙音，这把琵琶
> 唤醒了我沉睡的爱情，

可是我已经见不到她。(6.3)

这时，仙赐的父母派人前来庆贺优填王收复国土，并送来优填王和仙赐的画像。莲花公主看后，告诉优填王说，仙赐还活着。恰巧这时，乔装婆罗门苦行者的负轭氏也赶到了。于是，真相大白，皆大欢喜。

以上两部戏剧取材于印度古代广为流传的优填王传说。与现存《故事海》中的优填王传说相对照，在故事细节上有些差异。例如，在《负轭氏的誓言》中，大军王的伏兵藏在人工大象附近的丛林里，而在《故事海》中，则是藏在人工大象的身体里。在《惊梦记》中，仙赐乔装成负轭氏的妹妹在净修林里与莲花公主相遇，而在《故事海》中，则是仙赐乔装成负轭氏的女儿在花园里与莲花公主相遇。另外，在《故事海》中也没有贯穿以上两剧的优填王和仙赐的画像这一细节。但最重要的差异在于：一、《故事海》中的优填王是个风流天子，而这两部戏剧中的优填王是个爱情专一的人；二、负轭氏施计让优填王与摩揭陀国联姻结盟的目的在《故事海》中是称霸，而在《惊梦记》中是救国。可以说，这两点正是这两部戏剧的思想光彩之所在。

《善施》（Cārudattam）是四幕剧，描写妓女春军与一个穷婆罗门商人善施相爱的故事。此剧的内容和文字与首陀罗迦的十幕剧《小泥车》的前四幕基本相同（参阅下面第三节中介绍的《小泥车》情节）。这样，这两部戏剧之间的关系有两种可能：一、《善施》是《小泥车》的删节本，二、《小泥车》是《善施》的扩编本。虽然多数学者持后一种看法，即认为《善施》是原著，但还不能算是定论。另外，现存《善施》抄本没有开场诗和终场诗，与跋娑其他剧本的惯例不合。因而，有些学者怀疑《善施》不是全本。这种可能性是存在的，因为现在的《善施》结尾多少给人留下不知故事最终结局如何的悬念。

《宰羊》（Avimārakam）是六幕剧。宰羊是主人公绍维罗国王子毗湿奴犀那的诨名。由于一位大仙的诅咒，他和父亲变成贱民，居住在母舅贡提波阇王的都城。一次，公主古伦吉险遭疯象袭击，幸得宰羊救护（第一幕）。宰羊和公主互相思恋。宰羊独白道：

> 从那天起，我的眼睛旁若无物，
> 我时刻思念她，既兴奋又绝望，
> 我的脸色变得苍白，身体消瘦，
> 白天忧愁烦恼，夜晚痴心梦想。（2.2）

公主同样陷入相思，终日不思饮食，长吁短叹，暗自流泪。于是，公主的乳母和宫娥前来传情，请宰羊潜入王宫与公主相会（第二幕）。宰羊乔装成窃贼，携带匕首和绳索在午夜出发。他鼓励自己说：

> 如果作出努力，不成功有什么错？
> 如果害怕不成功，又怎么能成事？
> 人有勇气，就要作出最大的努力，
> 最终成功与否，也需要试试运气。（3.12）

这样，宰羊越墙潜入公主寝宫，与公主欢聚（第三幕）。后来，风声走漏，国王下令宫中加强禁卫。宰羊逃出王宫后，在绝望中企图自杀：先是投火未死，又准备跳崖。恰巧一对小神仙来到悬崖，赠给宰羊一只魔指环。宰羊戴上后，变成隐身人，返回公主寝宫（第四幕）。当时，公主正准备自缢而死。他显露原形，与公主重叙旧情（第五幕）。最后，大仙的诅咒期满，宰羊恢复王子身份，与公主正式成婚（第六幕）。

这部戏剧表面上是描写王子和公主的爱情奇遇，实际上是颂扬突破门第观念的自由恋爱，因为宰羊与公主相爱、幽会直至采取健达缚方式自由结婚，都是以贱民的身份进行的。

跋娑十三剧代表了古典梵语戏剧的早期成就。它们的艺术特点主要表现在以下几个方面。

一、戏剧性强。跋娑戏剧大多取材于两大史诗和现成的传说，但作者并不拘泥旧说，经常进行创造性的艺术加工。例如，在《五夜》中，跋娑别出心裁，将阿周那的儿子激昂留在俱卢族内。在俱卢族侵扰摩差国时，怖军在战斗中俘获激昂，并带他去见阿周那。由于激昂不认识自己的叔叔和父亲，形成了绝妙的戏剧性场面。古典梵语戏剧在形式上都是诗剧。而跋娑从不脱离剧情需要，盲目炫耀诗才。《惊梦记》第三幕中甚至没有一首诗，完全通过特定戏剧情境中的人物对白和动作，将仙赐的凄苦心情表达得哀婉动人。另外，古典梵语戏剧论著《舞论》禁止舞台上直接表演暴力、死亡和睡觉。而跋娑为了追求戏剧性，没有遵守这种成规。由于跋娑戏剧结构严谨，情节紧凑，富于戏剧冲突和动作，特别适宜舞台演出。

二、人物性格鲜明。跋娑十三剧总共有二百多个角色，其中大多具有鲜明的个性，如智勇双全的忠臣负轭氏、爱情专一的优填王、富于自我牺牲精神的仙赐王后、甘愿以死殉情的宰羊、傲慢刚强的难敌和慷慨大度的迦尔纳等。而且，跋娑善于准确地把握和表达各种人物的微妙心理。《宰羊》中，古伦吉公主初次萌发爱情，自白道："我过去从未得过这种病，我一想起他，就兴奋不已，我无心赏花，不爱谈话。这种病既痛苦，又愉快。"《惊梦记》中，仙赐询问莲花公主："你爱你的丈夫吗？"莲花公主带着新婚少女的羞涩，回答道："我不知道。只是夫君一离开我，我就心神不定。"

三、场景描写生动。在古典梵语戏剧中，舞台场景主要靠剧中人物用言语描写。跋娑戏剧中的自然景色描写十分出色。例如，《神童传》中描写漆黑的夜晚：

> 黑暗仿佛裹在我身，
>
> 天空仿佛下着烟子，
>
> 犹如白白侍候恶人，
>
> 我的视力毫无收益。（1.15）

这首诗也见于《善施》（1.19）和《小泥车》（1.34）。又如，《惊梦记》中描写飞翔在秋天晴空的一行仙鹤：

> 上升，下降，成行，分散，
>
> 拐弯时，犹如星座七仙，
>
> 天空洁净犹如蛇肚蜕皮，
>
> 这行仙鹤犹如空中界线。（4.2）

而且，跋娑善于用自然景色衬托角色的心情，达到情景交融。例如，宰羊即将会见公主时，他觉得世界在夜色中多么美妙，仿佛"换上一套服装"。而当他被迫与公主分离后，他感到夏日的中午难以忍受：大地发烧，树木枯焦，山岳哀号，整个世界仿佛"中暑晕倒"。跋娑戏剧中一些战斗场面的描写也十分生动，如《灌顶》中借三个小神仙之口描述的罗摩和罗波那的战斗，《断股》中借三个士兵之口描述的怖军和难敌的战斗。

四、语言朴素自然。跋娑戏剧中的散文对白比较简洁，不讲究文采，而注重感情色彩和戏剧效果。诗歌的韵律大多采用比较简易的输洛迦体，语言也接近史诗梵语，一般不使用复杂的长复合词。朴实无华的诗句中常常饱含丰富的情感，并不流于平淡。例如，

《雕像》中罗摩描写十车王最初宣布由他继承王位时，父子两人的激动心情：

> 父亲在上我在下，
> 两人眼泪同时流，
> 我泪沾湿他的脚，
> 他泪沾湿我的头。(1.6)

另外，跋娑喜欢使用警句和格言，也是语言简练的又一因素。

总之，跋娑十三剧以丰富多样的题材和简朴有力的表现手法，奠定了古典梵语戏剧发展的基础。可以说，《负轭氏的誓言》预示毗舍佉达多的《指环印》，《雕像》和《宰羊》预示薄婆菩提的《罗摩后传》和《茉莉和青春》，《惊梦记》预示迦梨陀娑的《摩罗维迦和火友王》以及戒日王的《璎珞传》和《妙容传》。迦梨陀娑戏剧中的某些场景和细节描写与跋娑戏剧有相似之处。这说明迦梨陀娑不仅尊跋娑为戏剧大师，而且确实从跋娑戏剧中吸取了营养。

第三节 首陀罗迦的《小泥车》

首陀罗迦（Śudraka）是古典梵语名剧《小泥车》（Mṛcchakaṭika）的作者。但关于这位作者的真实生平至今仍是个谜。《小泥车》的序幕宣称该剧的作者是诗人首陀罗迦王，并用三首诗介绍了他的事迹：他是杰出的刹帝利（"再生族"），精通《梨俱吠陀》、《娑摩吠陀》、数学、艺术和驯象术。他勇敢善战，喜欢徒手搏击大象。他活了一百岁零十天，见到儿子登上王位，并举行了无上荣耀的马祭。显然，这三首诗中包含有首陀罗迦王的精确寿数，不可能是作者自叙。而且，刹帝利帝王的作者身份也与该剧的政治思想倾向不符。所以，现代学者一般认为这三首诗是后人添加的。退一步说，即使我们撇开这三首诗是否伪作的问题，而相信这三首诗中的说法，也无法找到有关首陀罗迦王的确凿史实。在梵语作品《室建陀往世书》、《迦丹波利》、《戒日王传》、《十王子传》、《故事海》和《王河》中，都曾提及有个名叫首陀罗迦的帝王，但都属于传说性质，也没说起他是《小泥车》的作者。因此，有些学者认为《小泥车》的作者首陀罗迦与传说中的帝王首陀罗迦同名，后人将两者混淆了。也有可能是，《小泥车》的作者为了便于自己作品流传，故意假托传说中的帝王首陀罗迦。基于这种情况，《小泥车》的成书年代也只能加以推测。依据作品本身及其与跋娑的《善施》的关系，现在一般将它排在跋娑戏剧和迦梨陀娑戏剧之间，即三世纪左右。

《小泥车》是十幕剧，描写在暴君波罗迦王统治下的优禅尼城，有个妓女春军，爱上穷婆罗门商人善施。国舅霸占春军不成，下毒手陷害春军和善施。牧人阿哩耶迦起义，推翻波罗迦王暴政，建立新王朝。春军和善施如愿以偿，结为夫妻。

在序幕中，戏班主人开宗明义，向观众指出本剧是表现贫穷的婆罗门青年善施和美丽的妓女春军之间"正当的爱情、法律的腐败、恶人的本性和必然的结果"。

第一幕：黄昏时分，国舅带着两名随从在街上追逐春军。春军走投无路，躲进善施的住宅。善施的朋友慈氏打发走国舅。春军和善施会面。春军临走时，把自己的一盒首饰寄放在善施家，说那几个流氓就是为了这个才追赶她的。其实这是借口，为以后再与善施会面准备由头，因为春军有心从良，早已爱上品德高尚的善施。

第二幕：有个赌徒逃进春军住处，这个赌徒原先是善施家的按摩匠。善施家道中落后，这个按摩匠离开善施，沦落为赌徒。现在，他输了钱，赌场老板和赢家正在追赶他，殴打他，逼他还债。

春军对他深表同情，当即脱下手镯，替他还了赌债。按摩匠幡然悔悟，决心戒除赌博恶习，出家当和尚去了。

第三幕：穷婆罗门青年夏维罗迦爱上春军的丫环摩德尼迦。为了用钱赎出摩德尼迦，他当上窃贼。恰巧，他偷了春军寄放在善施家的那盒首饰。善施发现首饰被盗，焦急万分。善施的妻子拿出自己仅存的一串项链，让善施用作赔偿物，善施派慈氏去送给春军。

第四幕：夏维罗迦带着那盒首饰来到春军住处，准备为摩德尼迦赎身。摩德尼迦认出那是春军的首饰，劝说夏维罗迦装作是善施的使者，将首饰送回春军。春军在暗中听到了这对情人的谈话。但她佯作不知，收下首饰，并让夏维罗迦带走摩德尼迦。正当这对情人满怀感激之情向春军辞别时，忽听外面传来起义领袖阿哩耶迦被捕的消息。夏维罗迦当即送走摩德尼迦，自己赶去设法营救好友阿哩耶迦。随即，慈氏来到春军住处，交给她那串项链。春军收下项链，并请慈氏转告善施，她今晚要拜访善施。

第五幕：当晚，春军冒着狂风暴雨，来到善施家。她把那盒首饰交还善施保存，善施如释重负。春军和善施共度良宵，结成姻缘。

第六幕：次日清晨，善施去公园，并吩咐仆人备好车，等春军醒后，接她去公园。春军醒后，见善施的小儿子吵着向丫环要小金车玩。春军问明情况，才知道善施的小儿子曾经玩过邻居家孩子的小金车，后来丫环捏了一辆小泥车给他玩，他不满意，非要小金车不可。于是，春军取下自己身上的全部首饰，放在他的小泥车里，让他去买一辆小金车。这时，仆人通知春军上车，春军为了梳洗打扮，耽搁了一些时间。她出门坐车，误上了暂时停在善施家门口的国舅的车子，而越狱逃出的阿哩耶迦坐上了等候春军的善施的车子。

第七幕：善施的车子到达公园，善施发现车子里坐着的不是春军，而是阿哩耶迦。善施慷慨赠车，放他逃走。随后，善施赶紧回家。

第八幕：春军误乘国舅的车子到达公园。国舅喜出望外，向春军大献殷勤。春军怒斥国舅。国舅恼羞成怒，掐死春军，逃之夭夭。这时来了一位和尚，也就是受过春军帮助的那位按摩匠。他救活春军，并把她带到附近庙里休息。

第九幕：恶人先告状。国舅上刑部衙门诬告善施贪图钱财，害死春军。法官传讯善施。善施辩白不清，被法官判处流放。可是，暴君波罗迦王忌恨善施这样的有德之士，下令改判斩刑。

第十幕：善施被押往刑场。慈氏带着善施的儿子前来与善施诀别。正当刽子手举刀欲斩善施，和尚带着春军赶到，救下善施。这时，阿哩耶迦起义成功，杀死暴君波罗迦王，建立新王朝。夏维罗迦奉阿哩耶迦之命前来传旨，封善施为拘舍波底王，恩准春军为善施的正式妻子。

《小泥车》前四幕的情节与跋娑的《善施》基本相同。多数学者认为《小泥车》是在《善施》的基础上进行加工和续写而成。主要理由是：《善施》中的俗语比《小泥车》古老，而《小泥车》中的诗艺比《善施》纯熟。事实上，即使我们最终确认了《善施》在前，《小泥车》在后，也丝毫不会降低首陀罗迦的戏剧天才。首陀罗迦以春军和善施的爱情为主线，交织进牧人阿哩耶迦起义这条副线。为了给后六幕情节发展埋下伏笔，首陀罗迦对前四幕即跋娑的《善施》作了必要的艺术加工，增写了一些细节。例如，第二幕中，另一个赌徒达杜罗迦挡驾赌场老板和赢家，掩护按摩匠逃跑。他因此得罪赌场老板，决定投奔阿哩耶迦。第四幕中，夏维罗迦得悉阿哩耶迦被捕，当即告别情人，前去营救。这样，《小泥车》全剧浑然一体，天衣无缝。若不是后来发现了跋娑的《善施》，谁也不会怀疑《小泥车》前四幕的原作者问题。而且，在《善施》基础上加工和续写成的《小泥车》的思想深度已远非《善施》可比，真可谓"点铁成金"。

《小泥车》向我们展示了印度古代社会中下层人民生活的生动画面。首陀罗迦站在被压迫人民的立场，无情揭露统治阶级的暴虐无道，热烈颂扬推翻暴君的人民革命。在古典梵语文学中，具有如此鲜明的进步政治倾向的作品实在不可多得。

《小泥车》中人物众多，男角二十七个，女角七个，还有群众。其中三个主要角色是善施、春军和国舅。

善施是个婆罗门商人，乐善好施，家产因此散尽。但他人穷志不移，依然把名誉和情谊看得高于一切。当他收下妻子的项链，吩咐慈氏拿去赔给春军时，说道：我不是穷人，我的——

> 妻子与我共命运，
> 朋友与我同忧乐，
> 我也从不失信用，
> 这种穷人实难得。(3.28)

他的贫困处境使他同情起义领袖，因而能在关键时刻，冒险协助阿哩耶迦逃跑。当善施遭国舅陷害，被暴君判处死刑时，他发出了抗议的呼声：

> 已用毒药、水、天平和火验证，
> 现在，你可以在我身上开锯；
> 凭一面之词处死我这婆罗门，
> 你和你的子孙都将堕入地狱！(9.43)

当他被押往刑场，即将伏诛时，国舅的一个车夫当众揭发春军遇害的事情真相。虽然这位奴仆的勇敢举动未能救下善施，但善施感到莫大宽慰。他说道：

> 我并不惧怕死亡，
> 怕的是名誉受损伤，
> 如今罪名得到洗刷，
> 死亡即与生子相仿。（10.27）

　　阿哩耶迦起义成功，善施最终得救。但看来善施并未从严酷的现实生活中吸取应有的教训，他依然故我，慈悲为怀，宽恕了那个十恶不赦的国舅。

　　春军是个职业妓女。她住在豪华的宅第，有自己的大象、车夫和男女奴仆，但她渴望过良家妇女的生活。她仰慕善施的品德，明知他贫穷，也愿与他结合。国舅追逐她，向她求爱。她严词拒绝，说道："爱情依靠品德，不能用暴力强夺。"她心地善良，慷慨救助走投无路的按摩匠，又无偿解除摩德尼迦的婢女身份。国舅向她下毒手时，她宁死不屈，呼喊着心爱的善施的名字晕死过去。最后，阿哩耶迦满足她的愿望，恩准她为善施的正式妻子。她摆脱了妓女生涯，感到自己"这才获得了生命"。

　　国舅也是《小泥车》中塑造得十分成功的角色。他既愚蠢无知又阴险狠毒，既张牙舞爪又胆小如鼠。他发音器官不全，将齿丝音都念成了腭丝音。他不学无术，引用典故总是张冠李戴。他思维混乱，说话常常颠三倒四。首陀罗迦运用讽刺和幽默的喜剧手法，把国舅可笑、可鄙和可恶的性格揭露得淋漓尽致。

　　在《小泥车》的次要角色中，多数是社会地位低下的人物，如丫环、奴仆、清客、帮闲、窃贼、赌徒和刽子手等。首陀罗迦对这些人物充满同情，努力发掘他们心灵中积极的和美好的成分。例如，国舅的一个帮闲曾同国舅一起追逐调戏春军，后见国舅下毒手掐死春军，便与国舅决裂，前去投奔义军。两个刽子手（属于旃陀罗低级种姓）也同情善施，一再向善施解释："尊者善施啊，这完全是国王的罪过，而不是我们两个旃陀罗。"他俩尽量拖延开斩时间，盼望善施得救。这些也从另一个侧面说明暴虐无道的旧王朝已经彻底失却民心。因而，人民发动起义，推翻暴君统治，建立新王朝，是"必然的结果"。

《小泥车》情节复杂曲折，但变化有致。剧中既充满矛盾冲突和紧张气氛，又时时洋溢幽默情趣和诗情画意。首陀罗迦杰出的幽默才能不仅表现在机智诙谐的人物对话中，也表现在风趣发噱的戏剧动作上。剧中不少情景交融的抒情诗堪称古典梵语文学中的上乘之作。例如，第五幕中，春军冒着狂风暴雨前去会见善施，一路上借雷雨闪电抒发自己的爱情：

> 天帝啊！任你打雷下雨，
> 任你千百次放射霹雳，
> 无论你怎样，也挡不住
> 前去与情人相会的女子！(5.31)

> 如果乌云打雷，随它去吧，
> 因为它是男性，势必粗鲁；
> 可是闪电啊，你也是女性，
> 为何也不理会妇女的痛苦？(5.32)

善施与春军相会，也以同样的方式表达激情：

> 任凭暴雨下它一百年！

任凭雷电闪烁个不停！
可爱的人儿将我拥抱，
这机会实在千载难逢！（5.48）

情人冒雨来相会，
衣衫儿湿透侵肤冷，
紧紧拥抱在怀里，
这样的男子真幸运！（5.49）

《小泥车》的语言质朴明快，自然流畅。与其他古典梵语剧本相比，《小泥车》中使用的俗语品种最多，共有修罗塞纳语和摩揭陀语等七种。这些俗语的使用对象与《舞论》中的规定基本相符。

有些学者认为另一部多幕剧《琵琶和仙赐》（Vīṇāvāsavadatta）也是首陀罗迦的作品。主要根据是在沃勒帕提婆编选的《妙语串》中，发现收有此剧开场的献诗，并标明作者是首陀罗迦。此剧取材于优填王传说，主题与跋娑的《负轭氏的誓言》相似。所不同的是，在此剧中优填王是主角，发挥主要作用。现存全剧共有八幕，从优填王中计被俘，写到他在大军王宫中赢得仙赐的爱情。但故事至此显然还没结束，因而可能是残本。

第四节　迦梨陀娑的戏剧

古典梵语戏剧本质上是诗剧，因而作为一个戏剧家，他必须具备诗歌和戏剧两方面的艺术才能。迦梨陀娑不仅在梵语诗歌领域，而且在梵语戏剧领域也取得了空前绝后的成就。因为与在他前后的梵语戏剧家相比，诗歌和戏剧在他的诗剧中达到最完美的统一。按照戏剧艺术的要求，他善于安排情节，设计戏剧性场面，塑造人物性格，揭示人物心理。同时，他在戏剧艺术许可的范围内，充分发挥他的诗歌才能。他善于描绘景色和抒发感情，又严格切合剧中人物的环境和心理；善于驰骋想象，又完全根据剧情的需要；善于修辞炼句，又不故意卖弄诗才。总之，他最能掌握艺术"火候"，使他的诗剧，尤其是《沙恭达罗》，达到"炉火纯青"的境界。

迦梨陀娑传世的三部戏剧《摩罗维迦和火友王》、《优哩婆湿》和《沙恭达罗》都是以宫廷生活为背景，以爱情为主题，而且男主角都是国王。这显然与迦梨陀娑作为宫廷诗人的身份有关。

一 《摩罗维迦和火友王》

《摩罗维迦和火友王》（Mālavikāgnimitra）是五幕剧，描写火友王和"宫娥"摩罗维迦的爱情故事。他可能是迦梨陀娑创作的第一部戏剧。在序幕中，有戏班主人与助手的对话。助手询问为何不演出久负盛名的跋娑等诗人的作品，而演出活着的诗人迦梨陀娑的作品？戏班主人回答说：

> 既非旧诗均是上品，
> 亦非新诗皆为下品，
> 智者善于鉴别抉择，
> 愚者只会人云亦云。

第一幕：维达巴国耶若塞纳和摩陀沃塞纳堂兄弟之间发生纠纷。摩陀沃塞纳与维底夏国火友王联姻，将妹妹嫁给火友王，但在护送妹妹前往维底夏途中，遭到耶若塞纳袭击被俘。火友王写信要求耶若塞纳释放摩陀沃塞纳及其妹妹，未能如愿，便下令国舅举兵攻打维达巴国。

一天，火友王在宫廷画室见到一幅王后与宫娥的群像，其中一位宫娥姿色非凡。她的名字叫摩罗维迦，是由新近在前方作战的国舅献给王后的。王后发觉火友王迷上摩罗维迦，便把摩罗维迦送到舞师那里学艺，不让火友王见到她。摩罗维迦的舞师夸赞她舞艺高超：

> 虽然我教给这个少女
> 表达感情的动作姿势，
> 而她的表演更加优美，
> 反过来成为我的老师。（1.5）

火友王陷入相思，弄臣为他出谋划策。在弄臣的安排下，王后的舞师和火友王的舞师各自夸口自己舞艺高超，争执不一，前来要求火友王评判。火友王为避偏心之嫌，也请王后到场，并由王后的随身尼姑憍希吉作仲裁人。憍希吉建议由两位舞师的徒弟出场赛舞，以判断师傅的本领。王后生怕火友王见到摩罗维迦，本不愿接受这个建议，但为了维护自己的舞师的荣誉，只得勉强同意。

第二幕：摩罗维迦出场献艺，火友王暗自赞美摩罗维迦：

> 双目修长，面容皎如秋月，双臂斜勾肩上，
> 胸脯结实，双乳丰满挺拔，双胁仿佛擦亮，
> 脚趾弯曲，臀部又大又圆，腰围不出一掬，
> 造物主创造这形体，按照舞师的心中理想。（2.3）

大家观赏了摩罗维迦精湛的歌舞表演，火友王大饱眼福，深深爱上摩罗维迦。

第三幕：火友王难以排遣相思的苦痛。这天，他应小王后之约，来到花园荡秋千。恰巧，摩罗维迦也来到花园，因为王后在荡

秋千时拐了脚,不能亲自踢无忧树,催促花开,便命令摩罗维迦代
她踢,并许诺如果踢后五天之内开花,就赐给她一个恩惠。在踢树
之前,摩罗维迦的女友一面帮她装饰双脚,一面按照弄臣的吩咐,
沟通火友王对她的恋情。装饰完毕,摩罗维迦开始踢树。这时,一
直躲在一旁观看的火友王忍不住走上前去与摩罗维迦相会,倾吐衷
肠。不料,小王后这时也正躲在另一旁观看。她妒火中烧,冲出来
搅散了这场相会。

第四幕:小王后把此事报告了王后。王后将摩罗维迦及其女友
打入地牢,并吩咐看守说,没有她的蛇记指环作凭证,谁也无权释
放这两个罪人。火友王听说后,哀叹道:

> 在鲜花绽放的芒果树上,
> 杜鹃和蜜蜂的鸣声甜蜜,
> 忽然刮来一阵狂风暴雨,
> 将它们驱赶到树洞里。(4.2)

弄臣见火友王垂头丧气,一筹莫展,便告诉了他一个锦囊妙
计。于是,火友王前去探望伤脚的王后。正和王后闲谈之间,弄臣
急匆匆跑进来,谎称自己的脚被毒蛇咬了。火友王让侍从带弄臣到
御医那里去治疗。一会儿侍从回来禀告:御医需要一个具有蛇像的
东西,以使"水罐"中的水产生疗效。为救弄臣的性命,王后不加
思索地取下手上的蛇记指环,交给侍从。然后,火友王借口国事在
身,告辞王后,来到花园。弄臣已利用蛇记指环骗取地牢看守的信
任,救出了摩罗维迦及其女友。火友王和摩罗维迦在花园相会。摩
罗维迦害怕激怒王后,神经紧张。而火友王鼓励她:

> 你不必为与我相会害怕,

美人啊，我长久爱慕你，

你应该像一株蔓藤那样，

缠绕拥抱我这棵芒果树。（4.13）

第五幕：国舅打败耶若塞纳，摩陀沃塞纳获释。耶若塞纳遣使向火友王进贡财宝和艺伎。此时适逢无忧花开，王后带着憍希吉和摩罗维迦来到花园，与火友王一起赏花。两位艺伎一见摩罗维迦，就称她为公主。原来摩罗维迦是摩陀沃塞纳的妹妹，而憍希吉是摩陀沃塞纳的大臣的妹妹。憍希吉向火友王和王后讲述了事情真相：当时摩陀沃塞纳被俘后，大臣带着摩罗维迦和憍希吉混在商队里逃跑。不料中途又遇强盗，大臣被杀死，憍希吉昏厥过去。她醒来后，摩罗维迦已不见。她火化了哥哥的尸体，来到维底夏国王后身边，当了尼姑。后来，摩罗维迦被国舅救出，送给王后，当了宫娥。但憍希吉一直没有说穿这个秘密，因为有位仙人曾经预言摩罗维迦命中注定要当一年女仆，然后才能获得一位高贵的丈夫。现在真相大白，摩罗维迦是位高贵的公主。王后同意她与国王结婚，也算是兑现了自己要赐给她一个恩惠的许诺。

迦梨陀娑这部戏剧中的男主角火友王是历史人物。他的父亲花友王原是孔雀王朝的将军，于公元前187年刺死孔雀王，篡夺政权，建立巽伽王朝。花友王在位时，火友王作为副王，统治南部地区，以维底夏为都城。但关于火友王的宫廷艳史，史无记载。剧中的故事内容可能是受跋娑《惊梦记》的影响，取材于民间流传的优填王传说。《惊梦记》描写优填王和莲花公主的姻缘故事，而《摩罗维迦和火友王》的故事与优填王的另一段风流韵事（见于《故事海》第二卷）相似：优填王和仙赐婚后，仙赐的哥哥将俘获的一位名叫般荼摩提的公主赠给仙赐。仙赐隐瞒这位公主的身份，将她改名为曼珠利迦。优填王在花园里看见曼珠利迦，迷上她的美色。

由弄臣牵线，优填王和曼珠利迦秘密结合。仙赐发觉此事，拘押弄臣。优填王请仙赐的女友抚慰仙赐。最后，仙赐同意这桩婚事，并释放弄臣。

虽然《摩罗维迦和火友王》和《惊梦记》同是描写宫廷艳史，但《惊梦记》中的优填王是误以为妻子亡故，又迫于国难当头，才与摩揭陀国联姻的。相比之下，《摩罗维迦和火友王》的主题思想比较肤浅，火友王只是个渔猎女色的帝王形象。但无可否认，这部戏剧结构严谨，情节生动，戏剧性强。一般认为，它是迦梨陀娑初露戏剧才华的早期作品。同时，它也是比较突出反映迦梨陀娑的思想局限性的一部作品。跋娑的《惊梦记》和迦梨陀娑的《摩罗维迦和火友王》奠定了古典梵语戏剧中描写帝王艳史的宫廷喜剧类型。只是由于迦梨陀娑的名望高于跋娑，在以后出现的这类宫廷喜剧中，多数是以《摩罗维迦和火友王》为模式，如戒日王的《璎珞传》和《妙容传》、王顶的《雕像》等。

二 《优哩婆湿》

《优哩婆湿》（Vikramorvaśīya，剧名全译是《凭勇力获得优哩婆湿》）取材于印度古代神话传说，描写天国歌伎优哩婆湿和人间国王补卢罗婆娑相爱的故事。全剧共分五幕。

第一幕：国王补卢罗婆娑礼拜太阳归来，途中遇见一个恶魔劫走天国歌伎优哩婆湿。他当即驱车追赶恶魔，救出优哩婆湿。优哩婆湿从昏迷中醒来，两人一见倾心，互相爱慕。

第二幕：国王回宫后，念念不忘优哩婆湿，得了相思病。一天，他在弄臣陪同下，来到后宫花园遣愁解闷：

> 爱神的花箭已经射中我的心，
> 我抑止不住难以实现的愿望，

更何况摩罗耶山风吹落花园

芒果树枯叶，枝头萌发嫩芽？(2.6)

而在天国的优哩婆湿也忍受不住爱情烈火的煎熬，这天在女友陪同下，偷偷来到人间看望国王。她在花园里偷听国王和弄臣的谈话，探明国王爱她，而埋怨她不理会他。于是，在贝叶上写了一首情诗，扔给国王。国王捡起贝叶，念诵这首情诗：

虽然你喜欢我，却不了解我，

主子啊，你把我想象成那样，

那么，我躺在花床上，为何

林中微风也会让我感到灼热？(2.12、13)

国王欣喜万分，激动得手心冒汗。优哩婆湿收起隐身术，同国王见面。国王刚拉住优哩婆湿的手，让她坐下，忽然远处传来天使的话音，催促优哩婆湿回天宫演戏。优哩婆湿只得服从天命，与国王快快而别。

第三幕：优哩婆湿在天宫演戏时，竟把剧中人物的名字补卢输陀摩错念成自己心上人的名字补卢罗婆娑。戏班师傅一怒之下，罚她下凡人间。大神因陀罗同情优哩婆湿，告诉她说：她可以到国王补卢罗婆娑那里去，一旦见到亲生儿子就返回天国。这样，优哩婆湿在一个月夜，下凡人间与国王相会，结成姻缘。

第四幕：一天，国王和优哩婆湿出外游玩。优哩婆湿发现国王老是瞅着一个在沙洲上玩耍的仙女，她心生妒忌，忘记了戒规，走进不准妇女入内的鸠摩罗林。结果，脚刚迈入，她就变成了一株蔓藤。国王在树林里到处寻找优哩婆湿，失魂落魄。

或许她生气而施展神力隐身，但怒气不会长久，
或许她已经升入天国，但依然会对我怀有柔情，
如果她在我面前，连天神的敌人也不能夺走她，
而我的双眼始终看不见她，难道这是命运作怪？（4.2）

林中沙地已被雨云浇湿，如果
这位妙腰女郎双脚踩过这地面，
就会发现她的抹有红色颜料的
脚印，因臀部沉重而脚跟深陷。（4.6）

翻腾的波浪似眉毛，成行飞鸟似腰带，
甩开的泡沫似慌乱中松懈滑落的衣服，
曲折摇晃着向前行进，我的爱人肯定
是不能忍受我的行为，变成了这河流。（4.28）

　　他向孔雀、杜鹃、天鹅、鸳鸯、蜜蜂、大象、山岳、河流、鹿和花等，一一倾诉自己的忧伤，打听优哩婆湿的下落。后来，他捡到一块红宝石，这是一块神奇的"团圆宝"。接着，他看见一株蔓藤，隐隐约约觉得像是优哩婆湿，便走上前去搂抱。他手中的那块"团圆宝"一触到蔓藤，蔓藤立即恢复了优哩婆湿的原形。两人互相安慰了一番，高高兴兴返回王宫。

　　第五幕：一天，一只兀鹰突然把国王送给优哩婆湿的那块红宝石，当作一块鲜肉叼走了。等国王命令侍从拿来弓箭，那只兀鹰已经飞远。没隔多久，侍从送来一支箭和那块红宝石，说是那只兀鹰已被人射死。国王接过箭来，发现箭上刻着的字母表明箭主人是他和优哩婆湿所生的儿子阿优娑。国王惊诧不已，因为他从未见优哩婆湿怀孕分娩。这时，一个女苦行者送来一个男孩，告诉国王说：

这是优哩婆湿托她抚养的孩子。他已经念完书，也学会了射箭。今天，他违犯净修林戒规，射死了一只兀鹰。所以，净修林师尊吩咐她把这孩子送回优哩婆湿。国王让侍从找来优哩婆湿。优哩婆湿见到儿子，又喜又悲：喜的是终于与亲生儿子会面，悲的是自己马上就要返回天国。优哩婆湿向国王坦露了真情：她是害怕兑现因陀罗的诺言，与国王分离，才瞒着国王，把刚生下的儿子偷偷交给女苦行者抚养。国王听后，明白自己就要与优哩婆湿分离，悲痛难忍，昏厥过去。醒来之后，他决定把阿优娑扶上王位，自己从此退隐山林，过遁世生活。就在这时，天国仙人那罗陀前来向国王传达天王因陀罗的命令，恩准优哩婆湿和国王白首偕老。于是，皆大欢喜。

优哩婆湿和补卢罗婆娑的故事是印度最古老的神话之一，在《梨俱吠陀》、《百道梵书》、两大史诗和许多往世书中均有记载。《梨俱吠陀》中的这个故事带有母系社会色彩，描写优哩婆湿与补卢罗婆娑同居怀孕后，绝情地离开补卢罗婆娑。在《百道梵书》中，这个故事有所发展：经补卢罗婆娑再三恳求，优哩婆湿心生怜悯，设法让补卢罗婆娑变成一个健达缚，与自己永远生活在一起。《毗湿奴往世书》中的这个故事与《百道梵书》大体相同。而迦梨陀娑根据自己所处的社会，进行创造性改编，赋予这个古老神话传说全新的意义。他着重歌颂优哩婆湿冲破天国罗网，大胆追求自由恋爱和世俗幸福的叛逆精神。在迦梨陀娑的时代，妇女社会地位低下。优哩婆湿虽然是天女，但她作为歌伎，身子和命运全都掌握在天帝手中，正如陪随优哩婆湿一个天女所说："她这个人是要听命他人吩咐的。"实际上，这种听命他人主宰的人身依附关系正是人间歌伎地位的反映。优哩婆湿热烈向往自由幸福，与人间帝王补卢罗婆娑一见钟情。正如补卢罗婆娑所说："虽然身子隶属他人，她的心却是自由的，安放在我身上。"当她偷偷从天上来到人间看望国王时，她的女友劝她慎重考虑这一举动，而她回答道："朋友啊！

爱神指使我来，我有什么办法呢?"她被逐出天国时，因陀罗出于怜悯而许诺她见到亲生儿子的面孔后重返天国。而她根本不愿重返天国。为此，她一生下儿子，看也不看一面，就忍痛托给别人抚养。当然，优哩婆湿身子和心的矛盾的最终解决还是靠因陀罗开恩。这是迦梨陀娑的时代局限。但优哩婆湿这个敢于冲击不合理制度的"叛逆的女性"形象已经树立起来，迦梨陀娑是完成了自己的历史使命的。

迦梨陀娑在剧中还塑造了另一个女性形象——王后，虽然着墨不多，但逼真动人。她最初发现国王和优哩婆湿之间的私情时，自然十分恼火。尽管国王向她认罪，也无法消除她的怒气。她确实看透了国王好色的本性，但又害怕自己"若是对国王不礼貌，以后会后悔"。事后，她还忍气吞声，向国王请罪，并表示:"不管哪个女人喜爱夫君，愿意与夫同居，我都会与她和睦相处。"显然，迦梨陀娑既歌颂国王补卢罗婆娑凭自己降妖伏魔的勇力赢得优哩婆湿的爱情，也通过王后这个形象，客观地揭示他的渺小的一面。

《优哩婆湿》全剧富于浪漫色彩，诗情洋溢，风格爽健明朗，文字朴素、生动、优美，结构紧凑。其中的第四幕尤为著名。在这一幕中，迦梨陀娑充分发挥自己的诗歌天才，通过补卢罗婆娑向自然界生物和无生物探问优哩婆湿的下落，将补卢罗婆娑失魂落魄的情状、他对优哩婆湿真挚的爱以及优哩婆湿的形体美，表达得淋漓尽致，具有极强的艺术感染力。

三 《沙恭达罗》

《沙恭达罗》(Abhijñānaśakuntalā，剧名全译是《凭表记认出沙恭达罗》)是迦梨陀娑最杰出的作品，代表古典梵语戏剧的最高成就。此剧取材于印度古代传说，描写国王豆扇陀和净修林女郎沙恭达罗的恋爱故事。全剧共分七幕。

第一幕：国王豆扇陀来到郊外狩猎。在一座净修林里，他见到净修林尊师干婆的养女沙恭达罗。沙恭达罗是王族仙人憍尸迦和天女弥那迦的女儿，美貌绝伦。豆扇陀看到她身穿树皮衣，赞美道：

> 莲花即使长有苔藓，依然可爱，
> 月亮即使有黑斑，也增添光彩，
> 这细腰女身穿树皮衣愈发迷人，
> 天生美物有什么不能成为装饰？（1.20）

他渴望接近沙恭达罗，而妒忌一只蜜蜂：

> 你一再接触她移动的眼角，颤抖的眼睛，
> 在她的耳边飞来飞去，仿佛悄悄诉说柔情，
> 不顾她挥舞双手，狂饮那欢乐的源泉嘴唇，
> 蜜蜂啊，我们未能探明秘密，你却获得成功。（1.24）

而沙恭达罗正当青春妙龄，渴求爱情，也对豆扇陀一见钟情。

第二幕：豆扇陀为了追求沙恭达罗，一时不想回京城去了。太后派人召唤他回去过节，他就把随从人员打发回去，自己留下，借口要先尽国王的责任，保护净修林，然后再尽儿子的责任，伺候母亲。

第三幕：一天，豆扇陀在树林里，看见沙恭达罗病态恹恹，斜倚在一块铺满花朵的石头上，忍受着爱情之火的煎熬。在两位女友追问下，她吐露了自己的心声，用指甲在荷叶上写一首情诗，并念给女友听：

> 我不知你的心，爱人啊！

> 可是，无论白天或黑夜，
>
> 残酷的人呀！我思念你，
>
> 爱情似烈火燃烧我肢体。(3.15)

这时，躲在一旁的豆扇陀激动地走上前来，也向沙恭达罗表白了自己的炽热爱情。沙恭达罗的女友希望豆扇陀不要欺骗沙恭达罗，说道："听说国王们都有许多后妃，你必须做到不要让亲人们为我们亲爱的女友担心。"豆扇陀信誓旦旦地说：

> 尽管我后宫佳丽众多，
>
> 我只有两个家族瑰宝，
>
> 一是大海环绕的大地，
>
> 二是你们的这位女友。(3.19)

然后，豆扇陀一再向沙恭达罗表白爱情，而沙恭达罗羞涩胆怯，生怕做出越轨之事。天黑后，沙恭达罗返回净修林住处。豆扇陀叹息道：

> 这位睫毛美丽的女郎一再用手指
>
> 遮住嘴唇，含混地说着拒绝的话，
>
> 妩媚可爱，我好不容易抬起她的
>
> 转向肩头的脸，可是没能吻到她。(3.24)

第四幕：沙恭达罗和豆扇陀按照婆罗门教法典允许的健达缚方式自主结婚。婚后不久，豆扇陀启程回京城。临别时，他将刻有自己名字的戒指作为信物交给沙恭达罗，说是以后派人来接她。豆扇陀离去后，沙恭达罗终日相思绵绵。一天，一位以脾气暴躁闻名的大仙来到净修林。沙恭达罗心不在焉，怠慢了他。大仙当即发出咒语：

> 你心中没有旁人，唯独想念他，
> 不知道我这个苦行者站在面前；
> 即使受到提醒，他也不会记起你，
> 就如同醉汉记不起原先的谈话。(4.1)

沙恭达罗的女友着了急，跪倒在大仙脚下，恳求他宽恕。大仙总算发了点善心，说道："一旦那个人看到他给她的作为信物的首饰，我的咒语就会消失。"这时，净修林尊师干婆巡礼圣地回来。干婆是沙恭达罗的养父，舍不得养女离开净修林：

> 沙恭达罗今天就要走了，我的心充满忧愁，
> 喉咙含泪而话语哽咽，焦虑而视觉模糊，
> 唉，我这林居者出于爱心，尚且这样难受，
> 真不知在家人与女儿分离如何承受痛苦？(4.5)

但是，他仍然祝贺沙恭达罗同国王结婚，并派两名徒弟陪送沙恭达罗到国王那里去。沙恭达罗已经怀孕在身，依依不舍地与净修林里的小鹿、蔓藤、可爱的众女友和慈祥的养父干婆一一告别。干婆衷心祝福沙恭达罗：

> 你将与大地成为共同的王后，
> 为豆扇陀生下所向无敌的儿子，
> 等丈夫把治国重担交给儿子后，
> 你就能与他再次回到这净修林。(4.19)

第五幕：干婆的两个徒弟带着沙恭达罗来到京城，见到了国王豆扇陀。但是，豆扇陀已经完全忘却沙恭达罗。沙恭达罗想用豆扇陀给她作为信物的戒指破除他的疑惑，但突然发现自己手上的戒指已在途中失落。没有办法，沙恭达罗只得讲述他俩在净修林里共同生活的细节，想激起豆扇陀的回忆。干婆的徒弟也劝说豆扇陀道："她是在净修林里长大的，绝不会骗人。"不料豆扇陀竟说：

> 动物里也是雌性天生机灵，
> 更何况是脑子聪明的女人；
> 雌杜鹃将幼雏让别的鸟孵育，
> 直到长大后，能自己飞翔。(5.22)

沙恭达罗听了怒不可遏，责骂豆扇陀道："卑鄙无耻的人！你用自己的心忖度别人。有谁会像你这样，披着道德的外衣，却是一口覆盖着草的井！"最后，干婆的徒弟将沙恭达罗硬交给豆扇陀，辞别而去。沙恭达罗悲痛欲绝，向天求告。只见空中闪起一道金光，沙恭达罗的生母——天女弥那迦将她接回天国去了。

第六幕：一天，城里的巡检逮捕了一个渔夫，因为这个渔夫正在出售一枚刻有国王名字的戒指。渔夫辩白说自己不是窃贼，而是他抓到一条红鲤鱼，剖开鱼肚，发现里面有这枚戒指。巡检把戒指交给国王豆扇陀。豆扇陀见到这枚戒指，心情激动，他恢复了对沙恭达罗的记忆，痛悔自己的薄情。侍从向宫女描述国王的状况：

> 他厌弃可爱的事物，不再照常会见大臣，
> 在床上翻来覆去，度过一个个不眠之夜，
> 有时出于礼貌，也与后宫嫔妃寒暄几句，
> 却把她们姓名叫错，惹得自己羞愧不已。(6.5)

豆扇陀终日长吁短叹，泪水涟涟，在宫中画沙恭达罗的像，向侍从诉说沙恭达罗的美和自己对她的爱。侍从安慰他有希望与沙恭达罗团圆，而他感到绝望：

> 是做梦？是幻觉？是神经错乱？
> 或者是我积累的功德已经耗尽？
> 这段姻缘已成往事，不会复还，
> 我的希望像是从悬崖坠入深渊。(6.10)

他还望着画像中的蜜蜂，痴情地说道：

> 我的爱人的嘴唇宛如幼嫩未伤的树芽，
> 即使在爱的狂欢中我也是温柔地吸吮，
> 蜜蜂啊！如果你敢触动这殷红的嘴唇，
> 我就会把你紧紧地关闭在这莲花瓣中。(6.20)

第七幕：不久，天神因陀罗派遣使者前来邀请豆扇陀去天国协同战胜恶魔。豆扇陀完成这个使命后，乘天车回国。途经金顶山，那里有天国仙人们的苦行林，豆扇陀下车礼拜。在苦行林，他见到一个长有王相的小孩。从两个女苦行者和这孩子的交谈中，他得知这孩子是沙恭达罗的儿子。恰好这时，沙恭达罗来到，豆扇陀上前相认，下跪求情，破镜重圆。他们一起拜见苦行林的尊师，接受尊师的祝福。然后，豆扇陀偕同沙恭达罗和儿子婆罗多返回京城。

关于豆扇陀和沙恭达罗的恋爱故事，最早见于《摩诃婆罗多》中的插话《沙恭达罗传》和巴利文《佛本生故事》中的《捡柴女本生》。它们的故事情节与迦梨陀娑的《沙恭达罗》大体一致，主要的不同是《沙恭达罗传》中没有仙人诅咒和失落戒指之事。《捡柴女本生》中虽有以戒指作信物这一细节，但也没有仙人诅咒和失落戒指之事。《莲花往世书》中的沙恭达罗故事在情节上几乎与迦梨陀娑的《沙恭达罗》完全一致。由于往世书成书年代较晚，一般认为迦梨陀娑的《沙恭达罗》主要取材于《摩诃婆罗多》，仙人诅咒和失落戒指完全可能是迦梨陀娑的创新。

恭多迦在《曲语生命论》中也对迦梨陀娑的这种创造性的改编极为赞赏："如果这部戏剧中没有这个具有创新之美的插曲，国王无缘无故失去记忆，那么，就会像历史传说（《摩诃婆罗多》）中的那个插话一样存在缺陷。"

迦梨陀娑的伟大之处在于他具有这种"点铁成金"的本领，能将古已有之的平凡故事改造成独具匠心的非凡诗篇。在《摩诃婆罗多》中，沙恭达罗的性格比较粗犷。豆扇陀在净修林里遇见她时，她亲口向豆扇陀讲述自己的身世。豆扇陀向她求爱时，她又提出条件——将来由她生下的儿子当王位继承人。而迦梨陀娑在《沙恭达罗》的前四幕中，着意刻画沙恭达罗的天真、善良和温柔。在第一幕中，她最初见到豆扇陀，先是惊恐不安，后又含情脉脉。当她的女友向豆扇陀介绍她的身世时，她羞羞答答，低头站在一旁，还佯装生女友的气。第三幕中，她向女友吐露了自己对豆扇陀的相思之情，而豆扇陀当面向她表白爱情时，她又满脸羞涩。她的女友故意撇下她，让她与豆扇陀谈情说爱。豆扇陀步步紧逼，而她却生怕做出越轨之事，处于一种进退两难的复杂心理状态。后来，她与豆扇陀以健达缚方式自主结婚。在第四幕中，她怀有身孕，惜别净修林，准备前去京城与豆扇陀相会。她对养父、女友和净修林中的蔓藤、小鹿怀有无限深情，依依难舍。这一幕充满哀婉动人的离情别意，一向被印度传统认为是《沙恭达罗》中最美的一幕。一首流行的梵语诗歌说道："《沙恭达罗》是迦梨陀娑的精华，而沙恭达罗离别的第四幕是《沙恭达罗》的精华。"

第五幕是全剧的高潮。沙恭达罗尽管天真、善良和温柔，但面对豆扇陀的忘情，她敢于抗争。她先是机智地追述与豆扇陀共同生活的细节，见豆扇陀仍不相认，便愤怒谴责豆扇陀"卑鄙"。沙恭达罗性格中的这一面，既是对《摩诃婆罗多》中的沙恭达罗性格的继承，也是合乎实际生活逻辑的发展。沙恭达罗被遗弃后，虽然身在天国，仍没有弃绝尘世旧情。在第六幕中，她委托天女察看豆扇陀的情况。最后，在第七幕中，豆扇陀向沙恭达罗认错，沙恭达罗尽管饱尝辛酸，但她宽容大度，不咎既往，与豆扇陀重归于好。

总之，在迦梨陀娑的笔下，沙恭达罗的形象是丰满的，性格是完整的。可以说，他成功地塑造了一个后世不可企及的印度古典美的女性形象。她生长在大自然中，与大自然融为一体，具有自然质朴的美，没有世俗的虚伪，也不知人心的险恶和帝王的朝三暮四。她天真无邪，温柔多情，心地善良。因此，在印度人中间，只要一提起沙恭达罗，就意味是迦梨陀娑笔下的沙恭达罗，并自然地唤起一种妩媚温柔的形象和纯洁崇高的感情。

当然，就这部戏剧的表面情节而言，沙恭达罗的这场爱情波折的根源是仙人的诅咒，具有很大的虚幻性。然而，迦梨陀娑正是巧妙地利用了在印度古代特定历史条件下所允许的这种虚幻性，高度真实地反映社会现实。从《摩罗维迦和火友王》一剧中火友王对"宫娥"摩罗维迦的追逐和《优哩婆湿》一剧中王后的含垢忍辱都说明喜新厌旧、拈花惹草是这些帝王的共同本性。迦梨陀娑深切同情被损害、被侮辱的女性，但作为一个宫廷诗人，他不可能对于这种不合理的社会现象予以直接的揭露和抨击，而仙人的诅咒恰好为他提供一个艺术契机，使他能在虚幻性的掩护下，揭示真实，抒发胸臆。他不仅借沙恭达罗之口，痛斥国王"卑鄙无耻"，"口蜜腹剑"，而且还借护送沙恭达罗的苦行者之口，警告国王说：骗子的下场是"灭亡！"这应该说是迦梨陀娑的伟大艺术天才的表现。

《沙恭达罗》全剧闪烁着迦梨陀娑进步思想的光辉，它赞美纯真的爱情，颂扬下层人民的正直善良和他们对美好生活的向往，并以婉转曲折的方式批评统治阶级的荒淫。同时，迦梨陀娑充分施展自己的诗歌和戏剧才能，全剧诗意盎然，情节波澜起伏、曲折有致，人物性格鲜明，心理刻画细腻，风景描绘优美，语言丽而不华，朴而不质，达到了内容和形式的完美统一。

《沙恭达罗》在古代印度广泛流传，因而版本很多，大致分为四类：孟加拉本、克什米尔本、中印度本和南印度本。在中世纪，又被大量译成各种印度方言。在近代，也正是《沙恭达罗》首先为迦梨陀娑赢得了世界声誉。十八世纪末，《沙恭达罗》相继被译成英语和德语，在欧洲文学界，尤其在德国，引起巨大反响。歌德写诗赞美道：

倘若要用一言说尽——
春华秋实，大地天国，
心醉神迷，惬意满足，
那我就说：沙恭达罗！

歌德的名著《浮士德》开头的"舞台序曲"就是有意模仿《沙恭达罗》的序幕。席勒也对《沙恭达罗》推崇备至，说道："在古代希腊，竟没有一部书能够在美妙的女性温柔方面，或者在美妙的爱情方面与《沙恭达罗》相比于万一。"

在我国，自二十世纪二十年代起，出现过多种《沙恭达罗》译本——《失去的戒指》（第四、五幕，焦菊隐译，《京报·文学周刊》，1925 年）、《沙恭达娜》（王哲武译，《国闻周报》第六卷）、《沙恭达罗》（王维克译，1933 年）、《孔雀女金环重圆记》（卢前译，1945 年）、《沙恭达罗》（王衍孔译，1947 年）和《莎昆妲萝》

（糜文开译，1950 年）。这些译本都是根据英译本或法译本转译的。1956 年，我国首次出版依据梵文原著翻译的《沙恭达罗》（季羡林译）。中国青年艺术剧院还先后两度将《沙恭达罗》搬上舞台，受到我国观众欢迎。

第五节　戒日王的戏剧

戒日王（Śīlāditya，590—647 年）本名喜增（Harṣavardhana），是印度古代著名帝王。由于玄奘《大唐西域记》、慧立《大慈恩寺三藏法师传》和道宣《释迦方志》等中国佛教典籍以及波那的《戒日王传》所提供的史料，我们才对戒日王的生平事迹有较为详细的了解。喜增属于吠舍种姓。父亲名叫光增，是萨他泥湿伐罗国的国王。六世纪时，北印度王国林立，光增王将女儿阇罗室利嫁给曲女城王子哥罗诃伐剌曼，两国结成联盟。604 年，光增王病故。605 年，摩腊婆国入侵曲女城，杀死哥罗诃伐剌曼。喜增的哥哥王增立刻率兵前去复仇，击败摩腊婆王，但没有找到妹妹罗阇室利。606 年，王增被摩腊婆国盟友设赏迦王害死。于是，喜增登位，自号"戒日王"。他告诫诸臣说："兄仇未报，邻国不宾，终无右手进食之期。凡尔臣僚，同心协力。"此后，他"总率国兵，讲习战士。象军五千，马军二万，步军五万，自西徂东，征伐不臣。象不解鞍，人不释甲"，用了六年时间，统一北印度。在此期间，他也找回避入文底耶森林的妹妹罗阇室利，与她"共知国事"。这时，罗阇室利已经皈依佛教。戒日王的祖先崇拜太阳神，他本人崇拜湿婆神，可能是在他的这位妹妹的影响下，也兼信佛教。玄奘在戒日王在位期间访问印度。他和戒日王的交往和友谊肯定是对戒日王兼信佛教起了很大促进作用。因而，戒日王对宗教实行宽容政策，对婆罗门教和佛教采取兼收并蓄的态度。就在他特邀玄奘参加的第六次"无遮大会"上，也是第一天崇拜佛陀，第二天崇拜太阳神，第三天崇拜湿婆神。

戒日王在位期间大力提倡和奖励文化学术活动，当时著名的古典梵语小说家波那、诗人摩由罗和地婆迦罗都受到他的恩宠。他本人也是一位诗人和戏剧家，现存作品有诗歌《八大灵塔梵赞》（即《八大灵塔名号经》，宋法贤译），戏剧《妙容传》、《璎珞传》和《龙喜记》。在戒日王死后不久访问印度的义净，在《南海寄归内法传》中曾记载说："戒日王取云乘菩萨以身代龙之事，辑为歌咏，奏谐弦管，令人作乐，舞之蹈之，流布于代。"指的就是戒日王的戏剧《龙喜记》。

长期以来，有学者怀疑戒日王是这些剧本的真正作者。主要根据是，曼摩吒（约十一、十二世纪）的诗学著作《诗光》在论及诗歌的功用之一"获得财富"时，举例说是像陀婆迦（另一版本是波那）等人从戒日王那里获得财富那样。随后有些《诗光》注家加以诠释，说陀婆迦（或波那）因创作《璎珞传》而从戒日王那里获得财富。这些证据缺乏足够的说服力。首先，它们是十分晚出的说法；其次，按《诗光》本文，也只能理解为泛指戒日王赏赐诗人钱财，而不能够确指戒日王收买诗人创作权。因此，我们目前仍然可以依据这三部剧本的署名，确定它们是戒日王的作品。

《妙容传》和《璎珞传》这两部戏剧都取材于优填王传说，被后世学者称作是"姐妹剧"。

《妙容传》（Priyadarśikā）是四幕剧。

第一幕：羯陵伽王多次求娶盎伽国公主妙容，但盎伽王将妙容许给了犊子国优填王。于是，羯陵伽王举兵进犯盎伽国，俘虏了盎伽王。盎伽王的侍臣带着妙容逃往文底耶森林避难。不料，文底耶国遭到犊子国进攻，文底耶王被杀，妙容被当作文底耶王的女儿，掠回犊子国。优填王吩咐王后仙赐照管这位公主。

第二幕：一天，优填王和弄臣来到御花园，看见妙容（现在名叫林女）和一位侍女正在采集莲花。优填王为林女的美貌所迷，怀着惊喜的心情，躲在一旁观看：

难道她是蛇女，从地下出来观看人间？
这不可能，地下哪有这样美丽的蛇女？
或者是月光化身，而白天怎么能看见？
她是谁？看来是手持莲花的吉祥天女。（2.6）

忽然，林女遭到蜜蜂围攻。她撩起衣服捂住脸，向远处的侍女呼救。优填王趁此机会，冒充侍女上前搂抱妙容，为她驱赶蜜蜂。随即，林女发现这人不是侍女，惊恐地躲开。但从弄臣口中得知这人就是优填王，她又暗暗高兴。

第三幕：此后，林女和优填王互相思恋。一天，宫廷戏院准备演出仙赐和优填王相爱的故事，由林女扮演仙赐，另一位侍女扮演优填王。而在演出时，优填王暗中替代侍女，亲自登场。仙赐起初只是感到"优填王"的表演过火，后来发现事情真相，怒不可遏，立即打断演出，带走林女。优填王哀叹道：

我的眼前呈现王后和心上人两张面孔：
王后发怒，双眉紧皱，双颊冒出汗珠，
而林女莲花眼惊恐，犹如慌张的雌鹿，
我既害怕，又渴望，陷入了两难境地。（3.14）

第四幕：从此，林女被王后囚禁起来。她出于绝望，企图自尽。这天，仙赐正在为自己的姨夫盎伽王的命运担忧。优填王前来安慰她说，他已经派兵前去攻打羯陵伽国，拯救盎伽王。随即，优填王的统帅和盎伽王的侍臣前来报告胜利消息：羯陵伽王已被杀死，盎伽王已经复位。同时，侍臣向仙赐和优填王诉说妙容失踪的经过。这时，侍女前来报告林女已经服毒。仙赐命令将林女带来，让优填王用咒术救活她。这样，侍臣认出林女就是妙容。而仙赐得知林女是自己的表妹，也就同意她与优填王成婚。

《璎珞传》（Ratnāvalī）也是四幕剧。在序幕中，戏班主人在开场白中称赞剧作者、观众和戏班演员：

> 戒日王是精巧的诗人，这儿的观众是知音，
> 优填王事迹人人着迷，我们演戏个个在行，
> 这每一项都保证愿望实现，还要别的什么？
> 一切有利条件均已具备，我真是福星高照。(1.5)

同时，他也点示剧情：

> 心爱之物即使远在异国他乡，天涯海角，
> 只要命运开恩，就会立即送到我们手中。(1.6)

第一幕：犊子国宰相负轭氏为了扩大优填王的势力，决定让优填王与锡兰国联姻。他放出仙赐王后死于火灾的谣言，诱使锡兰王同意将女儿璎珞嫁给优填王。锡兰王的大臣婆苏菩提陪同璎珞渡海前往犊子国。途中不幸沉船，璎珞被一位犊子国商人救起，转送到仙赐那里。因为她是从海中得救的，从此得名海女。在春节庆典中，海女见到优填王，激发爱慕之情。

第二幕：一天，海女画了一幅自己和优填王的画像，并向女友吐露自己对优填王的爱情。优填王听到八哥学说海女的话语，又看见这幅画像，得知海女的真心。他望着画像，对弄臣说道：

我的目光艰难越过她的双腿，在她的圆臀
游荡良久，徘徊在她腰部三道波浪皱褶中，
然后，怀着渴望缓缓登上她的高耸的胸脯，
一再热切地凝望她的双眼流出晶莹的泪珠。(2.11)

他又望着凉亭中海女的荷叶床说道：

两头在丰满的胸脯和臀部压迫下褪色，
中间接触不到她的腰部，依然保持翠绿，
这里因柔弱的手臂不断摆动，凌乱不堪，
这张荷叶床表明这位细腰女郎内心焦灼。(2.13)

这样，海女从优填王和弄臣的谈话中，也得知优填王的真心。

第三幕：弄臣出谋划策，让海女扮作仙赐王后与优填王幽会。不料，这个计谋被人偷听。仙赐先于海女来到幽会地点。优填王以为是海女来到，满怀激情说道：

你的脸庞似清凉的月亮，双眼似青莲，
双手似红莲，双腿似芭蕉，手臂似莲藕，
全身肢体令人愉悦的人啊，赶快拥抱我！
来吧，我受爱神折磨，解除我全身的灼热。(3.11)

结果，他遭到王后严厉责备。海女到达后，明白优填王的尴尬处境，便想自尽。她被弄臣及时发现，优填王及时救下她，说道：

你的这个举动实在是过于轻率，
赶快解下蔓藤套索，生命之主啊！

此刻你用双臂套索套上我的脖子，

紧紧拴住我这摇摆不定的生命。(3.17)

而这时仙赐本已离开，但觉得方才不该对优填王发火，又返回来想与优填王和解。这样，她撞见了海女和优填王。一怒之下，她带走海女，将她囚禁在后宫。

第四幕：一天，一个魔术师前来献艺。同时，婆苏菩提赶到，向优填王讲述他们沉船的遭遇。忽然，后宫起火（其实，这是魔术师施展的魔术）。仙赐惊恐地说，海女还在里面。优填王冲进后宫，救出海女。婆苏菩提认出海女就是璎珞。负轭氏此时承认：包括魔术师献艺在内，这一切都是他安排的计策。最后，仙赐欣然同意璎珞与优填王成婚。

显然，《妙容传》和《璎珞传》在主题、人物和情节上大同小异，都是描写宫廷风流韵事，而且有一种固定的格式——国王爱上一位宫女，弄臣牵线搭桥，而王后从中作梗，最后发现这位宫女的真实身份是公主，于是皆大欢喜。这是与迦梨陀娑的《摩罗维迦和火友王》同一类型的宫廷喜剧。这类喜剧的思想境界一般都很低，纯粹供帝王后妃娱乐消遣之用。在戒日王之后，仍有不少梵语作家依照这种模式创作这类戏剧，但大多被历史淘汰了。在戒日王的这两部剧本中，《璎珞传》的艺术性较高，语言简洁流畅，情节生动紧凑。而且，它恪守古典梵语戏剧的剧作规则，所以常在梵语诗学著作中受到称引。《妙容传》第三幕中的"戏中戏"（Garbhanāṭaka），可以说是戒日王在戏剧表现形式方面的一个创新。此后，薄婆菩提在《罗摩后传》和王顶在《迦布罗曼阇利》中都采用了这一表现手法。

在戒日王的三部戏剧中，较有特色的还是《龙喜记》（Nāgānanda）。这是一部五幕剧。

第一幕：持明国太子云乘将国家委托大臣治理，一心侍奉隐居山林的父母。他对弄臣说道：

> 我知道青春充满激情，也知道它稍纵即逝，
> 这世上谁不知道青春躁动不安，不辨是非？
> 即使青春受感官缰绳操纵，确实该受责备，
> 然而我真心孝顺父母，青春也带给我快乐。（1.6）

这天，他遵照父亲的吩咐，来到摩罗耶山寻找新的隐居地。在摩罗耶山的高利女神庙里，他遇见悉陀国美丽的公主摩罗耶婆提，心想：

> 如果她是天女，天王因陀罗的千眼大饱眼福，
> 如果她是蛇女，凭她的脸庞，地下有了月亮，
> 如果她是持明女，我们的种族胜过一切种族，
> 如果她是悉陀女，悉陀族也就随之闻名三界。（1.16）

同样，公主摩罗耶婆提也对云乘太子一见钟情。

第二幕：此后，两人互相思恋。一天，摩罗耶婆提在侍女陪同下，来到檀香藤凉亭，排遣相思的痛苦。随即，云乘也在弄臣陪同下，来到这个凉亭。摩罗耶婆提和侍女赶紧躲在无忧树后面。从云乘和弄臣的谈话中，摩罗耶婆提得知云乘爱上一位女子，并在石座上画了这位女子的像。摩罗耶婆提并不知道这位女子就是她自己，故而感到绝望。这时，她的哥哥密多罗婆苏也来到凉亭，告诉云乘太子说：悉陀国王愿将公主摩罗耶婆提嫁给他。而云乘太子不知道这位公主就是他心上的恋人，故而表示拒绝。摩罗耶婆提顿时昏厥，醒来后，准备在无忧树上自缢。侍女呼救，云乘应声前去援

救，对摩罗耶婆提说：

> 傻姑娘，你不该这样鲁莽行事！
> 放下你这双如同蔓藤嫩芽的手，
> 我觉得你的手这样柔软，甚至
> 不能采花，怎么还能系结套索？（2.11）

这样，双方解除了误会。

第三幕：云乘和摩罗耶婆提举行了结婚大典。次日，他俩同游御花园。云乘太子描述摩罗耶婆提新婚之日的羞涩情态：

> 我观看她，她目光垂下；
> 　　我对她说话，她不应答；
> 我带她到床边，她转身；
> 　　我拥抱她，她身体颤抖；
> 女友们告别离开洞房，
> 　　她也移步想跟随她们；
> 啊，我的新娘忸怩不安，
> 　　给我带来更大的喜悦。（3.4）

正当云乘太子一边游园，一边抒发新婚快乐的心情时，密多罗婆苏前来报告云乘，持明国已被摩登伽王侵占，他准备领兵前去收复。不料云乘表示反对，不愿为争夺王国而屠杀生灵。

第四幕：一天，云乘和密多罗婆苏在海边散步。云乘看见山峰上成堆的龙骨。密多罗婆苏告诉他说：龙王为避免龙族毁灭，每天主动选一条龙给金翅鸟吃，天长日久，残骸成堆。这天，恰好轮到龙太子作为牺牲品。云乘见到龙王哀号恸哭，不愿与龙太子分离的悲惨情状。他心生怜悯，毅然抢先上山，代替龙太子献身金翅鸟。
他表示：

> 今天，我为救护龙族，
> 舍弃身体而获得功德，
> 但愿我今后生生世世，
> 获得身体为他人谋福。(4.26)

第五幕：云乘的父母和摩罗耶婆提悲痛欲绝，与龙太子一起沿着路上的血迹上山找到云乘。云乘已经遍体伤残，奄奄一息。临死前，他教诲金翅鸟今后应该行善积德，不要杀生。金翅鸟受到感化，痛悔前非。在即将举行火葬仪式时，摩罗耶婆提向高利女神发出呼吁。高利女神顿时出现，用仙水救活云乘。同时，帝释天应金翅鸟的恳求，降下甘露，救活了过去死难的群龙。

据《龙喜记》的序幕可知，这部戏剧取材于佛经《持明本生》。《持明本生》原典已佚，但云乘的故事由《譬喻如意藤》和《故事海》保存了下来。佛经中著名的尸毗王割肉饲鹰和摩诃萨埵王子舍身饲虎等故事，与云乘太子以身代龙故事相似，都是宣扬佛教舍身求法的教义。尽管如此，《龙喜记》并不是一部纯粹的佛教戏剧，而是一部佛教和婆罗门教相混合的戏剧。在序幕中，开场的献诗是献给佛陀的，而戏班主人的开场白表明这部剧本是在因陀罗的节日上演的。剧情发展到最后，云乘和群龙得以死而复生，都借助高利女神（湿婆的妻子）和因陀罗的神力。这显然是戒日王本人对婆罗门教和佛教兼容并包的宗教思想在戏剧创作上的反映。

从戏剧艺术的角度看，《龙喜记》是有缺陷的。它的前三幕表现云乘和摩罗耶婆提恋爱和结婚的故事，后两幕表现云乘以身代龙的故事，而两者之间在主题、人物性格和情节发展方面缺乏有机的联系，给人一种前后剧情脱节的感觉。

第六节　毗舍佉达多的《指环印》

《指环印》（Mudrārākṣasa，剧名全译为《指环印和罗刹》或《凭指环印降伏罗刹》）的作者是毗舍佉达多（Viśākhadatta）。他的生平事迹不详。仅据《指环印》序幕中戏班主人的介绍，得知他的祖父是封建领主（sāmanta，相当于诸侯），他的父亲享有"摩诃罗阇"（Mahārāja，意谓"大王"）的称号。这说明他出身于贵族世家。另外，在《指环印》的终场诗中，称颂一位击退蔑戾车蛮族入侵者的月护王。一般说来，终场诗中称颂的国王是剧作者生活时代的国王。《指环印》剧中的月护王属于公元前四世纪，不可能是剧作者生活的时代。这样，一些学者认为这位月护王是笈多王朝的月护（Candragupta）二世，在位时间为公元四、五世纪。但是，在《指环印》的有些抄本中，终场诗中称颂的国王不是月护，而是阿凡提伐剌曼、丹提伐剌曼或兰提伐剌曼等。在印度历史上，名叫阿凡提伐剌曼的国王有两位，分别属于六世纪和九世纪。名叫丹提伐剌曼的国王属于八世纪。这样，又有一些学者据此确定剧作者的生活年代。总之，有关他的生平年代至今尚无定论。我们现在按照比较通行的说法，将毗舍佉达多的生平年代排在七、八世纪。

《指环印》是七幕剧，取材于公元前四世纪孔雀王朝兴起时期的历史。剧中的国王月护和宰相贾那吉耶（又名憍提利耶，即著名的治国论著作《利论》的作者）是历史人物，但他们的政敌——旧朝宰相罗刹史无记载，故事情节也可能纯属虚构。

根据此剧本身所提供的故事背景是：摩揭陀国难陀王在智勇双全的婆罗门宰相罗刹的辅佐下，国势强盛。难陀王有八个儿子。另外，他与一位首陀罗妇女生有一个儿子，名叫月护。难陀王傲慢粗

暴，一次当众羞辱精通政治的婆罗门贾那吉耶，剥夺他的首席荣誉
地位。为此，贾那吉耶发誓要摧毁难陀王朝。终于，他买通山区国
王波婆多迦，围攻摩揭陀国首都，杀死难陀及其八个儿子，拥月护
为王，建立了孔雀王朝。而罗刹忠于旧王朝，力图复辟。他先与波
婆多迦交朋友，为复辟做准备。但贾那吉耶施计毒死波婆多迦，扑
灭了罗刹的希望。于是，罗刹逃往国外，与波婆多迦的儿子摩勒耶
盖杜结盟，图谋推翻新王朝。《指环印》的剧情就从这里开始。

第一幕：贾那吉耶决心彻底粉碎罗刹的复辟阴谋，并争取罗刹
归顺新王朝。他认为智勇双全的忠臣罗刹是新王朝宰相的理想
人选：

> 倘若愚笨怯懦，忠诚有何用？
> 倘若聪明勇敢，不忠也不行，
> 其他臣仆如同妻子分享荣辱，
> 唯有智勇忠，才配辅佐王政。(1.15)

他已在全国各地布下密探。一个伪装游方僧的密探前来报告
说：他发现罗刹的妻子和儿子藏在珠宝商旃陀那陀娑家中，并在他
家门口捡到罗刹的指环印。于是，贾那吉耶利用这个指环印设计圈
套。他口授一封假信，派心腹西达尔特格去让罗刹的好友抄写员夏
格德陀娑抄录。然后，他把盖上罗刹指环印的假信和指环印一并交
给西达尔特格，向他面授机宜。同时，他下令逮捕夏格德陀娑和珠
宝商旃陀那陀娑。

第二幕：罗刹也安排许多密探潜伏在摩揭陀国内收集情报。一
个伪装耍蛇人的密探回来报告说，罗刹施展的种种计谋已被贾那吉
耶一一挫败，夏格德陀娑和珠宝商旃陀那陀娑也被逮捕。这时，西
达尔特格执行贾那吉耶的秘密计划，假装从刑场上救出夏格德陀

娑，前来投奔罗刹。罗刹信以为真。西达尔特格还将罗刹的指环印交还罗刹。罗刹吩咐夏格德陀娑保管。

第三幕：贾那吉耶假装与月护王为是否庆祝月光节一事发生争执。月护王向贾那吉耶表达种种不满情绪，乃至称赞罗刹。于是，贾那吉耶愤而辞职，月护王也表示今后要亲自治理王政。贾那吉耶以此迷惑敌方，为实施下一步计策做准备。贾那吉耶向月护说明采取这种策略的道理：

> 如果采取激烈的手段将他置于死地，
>
> 首陀罗啊，你就失去这样一位英才，
>
> 而牺牲你的将士，这也是重大损失，
>
> 故而应该设法制伏他，如林中野象。（3.25）

第四幕：贾那吉耶安插在敌方阵营中的间谍在摩勒耶盖杜面前挑拨离间，说罗刹仇恨的是贾那吉耶，而不是月护王，一旦月护王摒弃贾那吉耶，罗刹就会与月护王言归于好。这样，摩勒耶盖杜对罗刹产生怀疑。而罗刹听到贾那吉耶和月护王"关系破裂"的消息，十分高兴，对夏格德陀娑说："月护就会操在我的手心。这下，旃陀那陀娑会出狱，你也可以与妻儿团聚了。"摩勒耶盖杜偷听到并误解这些话，加深了对罗刹的怀疑。

第五幕：贾那吉耶安插的间谍又在摩勒耶盖杜面前造谣说，毒死他父亲波婆多迦的人不是贾那吉耶，而是罗刹，以煽动他对罗刹的仇恨。接着，西达尔特格假装企图逃回摩揭陀国，替罗刹为月护王送信。他被卫兵抓获后，交出那封盖有罗刹指环印的假信。信的内容是捏造罗刹与其他五位盟王密谋反叛摩勒耶盖杜。罗刹面对好友夏格德陀娑的笔迹和自己的指环印戳，辩白不清。摩勒耶盖杜中了离间计，下令处死与罗刹"勾结"的五位盟王。

第六幕：盟军阵营大乱，贾那吉耶安插在那里的一批间谍趁机捕获摩勒耶盖杜。贾那吉耶也及时出兵，全歼敌方盟军。罗刹想要解救朋友珠宝商旃陀那陀娑，潜回摩揭陀国。他听说月护王已经下令处死珠宝商旃陀那陀娑，于是决定牺牲自己，救赎朋友。

第七幕：刑场上，珠宝商旃陀那陀娑正与妻儿诀别。罗刹赶到，要求刽子手刀下留人。随即，贾那吉耶和月护王来到刑场。贾那吉耶向罗刹挑明他施展的一系列计谋，目的是为了争取罗刹担任新王朝的宰相。罗刹为了拯救忠诚的朋友珠宝商旃陀那陀娑，只得同意归顺新王朝，接受宰相职位：

> 难陀的仁慈铭感在心，
> 　　我却成了敌人的臣仆，
> 我亲手浇灌和培植的
> 　　那些大树已经被砍断，
> 为了拯救朋友的生命，
> 　　我不得不接受这把剑，
> 即使长期抗衡命运，
> 　　最终结果也只能如此。(7.16)

这是一部纯粹的政治剧。全剧情节复杂，但并不枝蔓凌乱，从头至尾紧紧扣住贾那吉耶施计降伏罗刹这一主题。剧中既无插科打诨的丑角，也无惊心动魄的战斗场面，更无缠绵动人的爱情插曲，甚至没有一个女主角，完全依靠步步深入的戏剧冲突本身吸引观众，显示了毗舍佉达多非凡的编剧才能。

剧中两位主角贾那吉耶和罗刹是印度列国纷争时代的政治家形象。贾那吉耶显然是一位擅长阴谋诡计的铁腕人物。但他协助出身低微的月护推翻难陀王朝，并非为了追求个人的荣华富贵。在月护登上王位后，他身为宰相，依然居住在一座简陋的房屋里。既然摧毁难陀王朝的誓愿已经实现，他决定退出政治舞台。可是在退出之前，他必须降伏罗刹，这样既能彻底消除复辟隐患，又能为新王朝招纳一个理想的宰相。他和罗刹是政敌，但不怀私仇。他不仅敬重智勇双全的忠臣罗刹，也赏识忠于罗刹的珠宝商旃陀那陀娑。这位珠宝商宁死也不肯出卖罗刹的妻儿。因而，在成功地迫使罗刹接受宰相职位后，贾那吉耶也指定这位珠宝商为统辖大地上所有商人的大商主。

如果说贾那吉耶这位政治家还有超脱现实的一面，那么，罗刹完全是位执著现实的政治家。他披肝沥胆，为自己的主子尽忠效劳。即使难陀王朝已被推翻，难陀王已被杀死，他仍然要为难陀王复仇，以告慰主子亡灵。他像贾那吉耶一样，擅长施展政治计谋。但与贾那吉耶相比，他的性格中含有较多的人情味，故而容易失于轻信，最终败在贾那吉耶手下。

从全剧的倾向看，作者没有以成败论英雄，而对这两位政治家同样推崇。需要指出的是，在作者笔下，政治斗争中运用阴谋诡计不仅是正当行为，而且是政治家智慧的具体表现。这与憍提利耶的治国论著作《利论》中的观点相符，反映了印度列国纷争时代统治阶级的政治和道德观念。

除了《指环印》外，毗舍佉达多还写有三部剧本《罗摩的欢乐》、《情网》和《王后和月护》。这三部剧本均已失传，仅从现存的一些梵语诗学著作中得知它们的大概内容。《罗摩的欢乐》取材于史诗《罗摩衍那》的故事。《情网》取材于优填王传说，描写莲花公主嫁给优填王以后，渐渐与大王后仙赐产生矛盾。而优填王偏爱仙赐，疏远莲花公主。忽然，优填王的儿子被人谋杀，莲花公主受到怀疑。她含冤逃入森林。后来，优填王在森林里与身穿山区部落妇女服装的莲花公主重逢，澄清事实，言归于好。《王后和月护》

取材于笈多王朝月护王的历史传说，描写月护的哥哥在位时，遭到塞种人围困，被迫答应献出王后。月护不甘忍受这种屈辱，挺身而出，乔装王后深入敌营，刺死敌王。月护由此名声大振。后来，他与哥哥发生冲突，为了保护自己而装疯。最后，他取代哥哥为王，并娶哥哥的王后为妻。

从《指环印》和现已失传的这三部剧本的内容看，毗舍佉达多是一位擅长描写宫廷和政治斗争的戏剧家。而将这四部戏剧放在整个梵语戏剧领域里加以考察，显然《指环印》最富特色，别具一格。这也许是唯独《指环印》得以完整流传下来的原因。

第七节　薄婆菩提的戏剧

薄婆菩提（Bhavabhūti）在古典梵语戏剧史上的地位仅次于迦梨陀娑。他著有三部戏剧：《茉莉和青春》、《大雄传》和《罗摩后传》。我们从这些剧本的序幕里戏班主人所作的介绍中，得知他的一些生平事迹。

薄婆菩提出生在印度西南部维达巴国波德摩普尔城的一个婆罗门世家。他的家族恪守吠陀仪礼，举行苏摩祭，并保存五堆祭火。他的前五代祖先享有"摩诃迦维"（Mahākavi，意谓"大诗人"）的称号。他的父亲名叫尼罗甘特（Nīlakaṇṭha，意谓"青项"）。他本人又名室利甘特（Śrīkaṇṭha，意谓"吉项"）。他的老师名叫智海（Vijñānanidhi）。薄婆菩提学问渊博，通晓吠陀、奥义书、数论、量论和瑜伽等许多婆罗门教经典，也熟谙戏剧、政治和情爱理论。他自称是"语言大师"，并将"语言女神"称为他的"温顺的妻子"。

薄婆菩提在早期没有获得朝廷恩宠，颇有怀才不遇之感。一些学者认为，薄婆菩提在波德摩普尔城创作了第一部戏剧《大雄传》。

但这部戏剧受到当地人士挑剔指摘。薄婆菩提愤愤不平，不久离开故乡，迁居印度北部的学术中心波德摩婆提城。他在那里创作了《茉莉和青春》和《罗摩后传》。在《茉莉和青春》的序幕中，他表白道：

> 确实有些人在贬低我们，
> 深知我的创作不为他们，
> 当今和未来会有我的知音，
> 因为时间无限，大地无垠。（1.6）

薄婆菩提的预言没有落空。这两部戏剧的演出获得成功，他的名声大振。最后，他成为曲女城国王耶娑沃尔曼的宫廷诗人。

关于薄婆菩提是曲女城宫廷诗人这一史实见于毗尔诃纳（十二世纪）的历史叙事诗《王河》："耶娑沃尔曼本人是诗人，由伐格波提罗阇和薄婆菩提侍奉。"（4.144）伐格波提罗阇是俗语叙事诗《高达伏诛记》的作者。《高达伏诛记》歌颂耶娑沃尔曼的征战业绩，其中也含有对薄婆菩提诗艺的赞美。这部作品无疑写于耶娑沃尔曼在位期间。据我国《旧唐书》（卷一九八）记载："（开元）十九年十月，中天竺国王伊沙伏摩遣其大德僧来朝贡。""开元十九年"即731年，"中天竺国王伊沙伏摩"即曲女城国王耶娑沃尔曼（Yaśovarman）。由此，我们可以将薄婆菩提的生平年代确定为七、八世纪。

《茉莉和青春》（Mālatīmādhava）是十幕剧，描写两对青年争取自由婚姻的故事。茉莉是波德摩婆提国宰相菩利婆苏的女儿，青春是维达巴国大臣提婆罗多的儿子。早在菩利婆苏和提婆罗多的求学时代，他俩已经发誓结下儿女亲家。如今儿女长大成人，提婆罗多表面上打发儿子青春到波德摩婆提求学，实际上是想提醒菩利婆苏兑现过去的誓约。然而，国王已经要求菩利婆苏将茉莉许给国王的幸臣南达纳。茉莉的教母——尼姑迦曼德吉早年与菩利婆苏和提婆罗多是同学。她决心从中撮合，成全茉莉和青春的婚事。剧情由此展开。

第一幕：茉莉和青春互不认识，也不知道父辈为他们订下的婚约。迦曼德吉在徒弟阿婆罗吉达和茉莉的女友罗宛吉迦的协助下，巧妙地为茉莉和青春提供互相照面的机会。茉莉和青春一见钟情，互相爱慕。青春心中思忖：

> 这位女郎睫毛修长，缓缓行走时，
> 脖子一再扭动，脸庞犹如茎秆上
> 摇晃的莲花，而眼角斜睨的目光
> 似涂抹甘露和毒药，扎进我的心。(1.30)

> 这种感情无法分辨，无法表述，
> 犹如今生不能感受来世的事物，
> 我堕入分辨不清的愚暗深渊中，
> 内心变得麻痹，却又引起灼热。(1.31)

后来，茉莉画了一幅青春的肖像。青春见到这幅肖像，明白了茉莉的心迹。他在自己的肖像旁画上茉莉的肖像，并题了一首诗：

> 世上有新月等等美景，
> 令人心醉，令人神迷，
> 但唯独目睹她的月貌，
> 才是我平生盛大节日。(1.37)

第二幕：茉莉见到画像和题诗，也明白了青春的心迹。她向罗宛吉迦倾诉自己相思的痛苦：

> 这爱情如同不停地扩散的烈性毒液，
> 又像借助风力猛烈燃烧的无烟之火，
> 又像灼热高烧，折磨我的全身肢体，
> 父亲或母亲，还有你，都不能保护我！(2.1)

罗宛吉迦鼓励她与青春结合，而她怕辱没家庭名声。随后迦曼德吉前来告诉她说，她的父亲已经同意将她许配给国王的幸臣南达纳。这消息对茉莉如同晴天霹雳。迦曼德吉暗示她效法古代的沙恭达罗、优哩婆湿和仙赐，与青春自由结婚。

第三幕：罗宛吉迦陪同茉莉在花园中采花。在迦曼德吉的安排下，青春也来到花园，躲在一旁偷看茉莉。青春第一次亲耳听到茉莉说话的声音，无比激动：

> 乍闻心上人的话音，
> 我浑身颤动汗毛竖，
> 犹如喜逢新雨普降，
> 迦昙波树顿时发芽。(3.7)

正当迦曼德吉、罗宛吉迦和茉莉谈话之间，忽然传来呼救声：老虎出笼，南达纳的妹妹摩德衍蒂迦生命危险！在场的人闻声前往。这时，青春的朋友摩格伦德已经杀死老虎，救出摩德衍蒂迦。

第四幕：南达纳的使者前来召唤摩德衍蒂迦回家，说是国王已经宣布将茉莉许配给她的哥哥。青春听此消息，万分懊丧。迦曼德吉安慰他，表示一定尽力促成他和茉莉的姻缘。茉莉也埋怨父亲残忍，哀叹自己命苦，失去了生存的愿望。

第五幕：青春来到火葬场叫卖人肉，意在取得妖魔的恩惠，实现自己的愿望。忽听火葬场附近的神庙里传来哭喊声，原来一对妖巫师徒已将茉莉抓来，准备用她祭神。茉莉在临死前表达对青春的眷恋。妖巫举刀欲斩之际，青春冲上前去，救出茉莉。青春愤怒地责骂妖巫：

> 你怎么竟然企图要让生活失去价值，
> 三界的瑰宝遭劫夺，人间失去美景，
> 亲人皈依死亡，爱神失去往日骄傲，
> 人们失去视觉，世界变成枯萎森林？（5.30）

> 即使亲密无间的女友们与她嬉闹开玩笑，
> 用希利奢花轻轻打她，她的身体也受不住，
> 而你现在举剑想要毁灭这个娇嫩的身体，
> 让我的手臂如同阎摩的刑杖落到你的头上！（5.31）

第六幕：茉莉就要嫁给国王的幸臣南达纳了。在举行婚礼之前，茉莉先到庙中拜神。迦曼德吉事先已布置青春和摩格伦德藏在庙中。茉莉在庙中向女友罗宛吉迦倾诉自己对青春的忠贞不渝的爱，表示要以身殉情。当她伤心地扑倒在罗宛吉迦脚下时，青春走出来，代替罗宛吉迦站在茉莉跟前。茉莉泪眼模糊，站起身来拥抱"罗宛吉迦"，而没认出是青春。后来，她把青春送给她的花环作为最后的纪念品佩在"罗宛吉迦"胸前时，才发现自己拥抱的原来是青春。趁此机会，大家说服茉莉与青春进行自由结婚。迦曼德吉对茉莉说道：

你俩一见钟情，心心相印，

你俩形容憔悴，同病相怜，

姑娘啊！面对情郎莫犹疑，

让爱神的智慧和愿望实现。（6.15）

迦曼德吉让茉莉和青春到她的寺院后面的花园里去举行婚礼，并让摩格伦德男扮女装，冒充茉莉去嫁给南达纳。

第七幕：摩格伦德冒充茉莉来到菩利婆苏家中茉莉的卧室，坚决拒绝俯就前来迎亲的南达纳，南达纳一怒而去。摩德衍蒂迦进屋来，想要申斥"茉莉"对她的哥哥的无礼行为。但罗宛吉迦和迦曼德吉的徒弟佛护巧妙地把话题引向摩格伦德，诱发摩德衍蒂迦吐露自己对摩格伦德的炽热爱情。于是，摩格伦德卸下扮装，拉住摩德衍蒂迦的手，也向她表白爱情。在佛护的鼓动下，他俩仿效茉莉和青春，逃到迦曼德吉的寺院进行自由结婚。

第八幕：国王派兵前来搜捕，摩格伦德和青春奋力抵御。国王目睹他俩英勇非凡，又得知他俩出身高贵，便说服菩利婆苏和南达纳承认既成事实。而那时茉莉因孤单一人留在一边，被一个小妖巫劫走。这个小妖巫就是青春在火葬场上杀死的那个大妖巫的徒弟。她为了替师傅报仇，准备将茉莉处以极刑。

第九幕：青春和摩格伦德四处寻找茉莉。青春心急如火，泪涌如泉，呼天抢地，两度昏厥。摩格伦德也哀伤不已，决定投河自尽。这时，迦曼德吉的徒弟绍达蜜尼赶到，拉住了他。绍达蜜尼是个瑜伽行者，具有无上法力，已从小妖巫手中救出茉莉。

第十幕：青春偕同茉莉而归。茉莉的父亲因忍受不了失去女儿的痛苦，已经上山准备自焚。茉莉听此消息，昏死过去。众人向绍达蜜尼求救。绍达蜜尼召来一阵急雨，浇醒茉莉，同时救下正要投身火堆的茉莉的父亲。最后，绍达蜜尼带来国王的信，信中表示应允茉莉和青春、摩德衍蒂迦和摩格伦德两对婚姻。

薄婆菩提在此剧中热情讴歌青年男女追求恋爱和婚姻自由的强烈愿望和勇敢精神。他认为"内因联系万物，爱情不靠外因"（1.24）。他指责"那些擅长政治计谋的人不关心儿女的幸福"（2.7）。青春和茉莉、摩格伦德和摩德衍蒂迦这两对青年为了实现自己的爱情，敢于冲破封建礼教的束缚，甚至发展到武装抗拒，迫使最高统治者让步。这样大胆泼辣，锋芒毕露，在古代印度描写爱情的剧作中是罕见的。

在《故事海》（第十三卷）中，有个故事与《茉莉和青春》的剧情相似。这个故事描写一个婆罗门青年与刹帝利少女摩蒂罗摩提相爱。而摩蒂罗摩提的父亲却将女儿许配给一个刹帝利青年。在摩蒂罗摩提成婚之日，这个婆罗门青年上吊自尽，被另一个婆罗门青年救下。在后者的建议下，他俩藏在庙中。摩蒂罗摩提进入庙中拜神，祈求与心上人在下世结合。然后，她准备上吊自尽，他俩出来救下她。另一个婆罗门青年让这个婆罗门青年和摩蒂罗摩提结伴出逃他乡，自主结婚。而他穿上摩蒂罗摩提的衣裳，乔装新娘，代她去完婚。当晚，他巧遇另一位刹帝利少女。他曾在一次疯象乱窜的危急场合救护过这位刹帝利少女，但不知她原来是摩蒂罗摩提的女友，现在前来与正要出嫁的"摩蒂罗摩提"话别。于是，他俩也出逃他乡，自主结婚。薄婆菩提创作《茉莉和青春》很可能是受了《故事海》（确切地说，是德富的《伟大的故事》）中这个故事的启示。《故事海》中含有许多反映新兴市民意识的故事传说。薄婆菩提是顺应时代潮流的，在恋爱和婚姻问题上表现出反封建的先进思想。

《茉莉和青春》一剧充分表明薄婆菩提才华横溢。他巧妙地将两对青年的爱情交织在一起，互相映衬，互相促进。他想象力丰富，善于添加插曲，制造巧合。男女主人公心理刻画细腻，感情色彩浓烈。全剧共有二百几十首诗歌，语言优美，韵律多变。但我们也应该看到，薄婆菩提有时过于放纵自己，对艺术的"分寸感"掌握不够。第五幕虽然场面恐怖，情节惊险，但并非情节发展所必需。第九幕和第十幕也有点节外生枝。另外，他喜欢使用冗长的复合句和艰涩的词语，而且不顾人物性格和场合。最典型的例子是第三幕中，幕后传来老虎出笼、摩德衍蒂迦生命危险的紧急消息，用了一大篇充满冗长复合词的俗语。

《大雄传》和《后罗摩传》都取材于史诗《罗摩衍那》，但作者依据自己的思想观点和戏剧艺术需要，对史诗故事作了一些创造性的改动。

《大雄传》（Mahāvīracarita）是七幕剧，描写罗摩和悉多结婚（第一幕），罗摩制服持斧罗摩（第二和第三幕），罗摩和悉多流亡森林（第四幕），十首王劫走悉多（第五幕），罗摩战胜十首王（第六幕），罗摩登基（第七幕）。薄婆菩提对史诗原作的改动主要表现在以下几处：一、按照史诗原作，罗摩在拉断神弓而赢得悉多前，并不认识悉多。而在《大雄传》第一幕中，罗摩与悉多在众友仙人的净修林里相遇，互相爱慕。罗摩杀死侵扰净修林的罗刹，然后拉断神弓，与悉多结成姻缘。这一改动表明薄婆菩提主张青年人自由相爱，反对缺乏爱情基础的包办婚姻，与《茉莉和青春》的主题思想一致。同时，在第一幕中，十首王派遣使者前来求娶悉多，未能如愿。这也是史诗原作中没有的。这一改动显然是为了使剧情发展和人物冲突更加统一和集中。二、在史诗原作中，小王后吉迦伊受侍女曼他罗煽惑，向十车王提出两个要求：立她的儿子婆罗多为王和流放罗摩十四年。而在《大雄传》中，是十首王的大臣摩哩耶凡施展诡计，让十首王的妹妹巨爪钻进曼他罗的体内，致使曼他罗无事生非。这一改动突出了十首王一方的邪恶。三、摩哩耶凡是剧情发展的一个关键人物。他先是挑唆持斧罗摩与罗摩决斗，后又胁迫猴王波林杀害罗摩。而在史诗原作中，持斧罗摩和罗摩的冲突，猴王波林和罗摩的斗争，都与摩哩耶凡无关。这样的改动增强了罗摩和十首王双方的戏剧冲突，更加有力地说明正义必胜，邪恶必败。

尽管薄婆菩提在《大雄传》中对史诗原作进行了一些创造性的改编，但我们不能不看到，由于作者企图在《大雄传》中再现《罗摩衍那》前六篇的主要内容，许多情节不得不依靠剧中人物的叙述加以串连，这样就降低了戏剧效果。

另外需要指出的是，现存《大雄传》中，从开头至第五幕第四十六首诗是薄婆菩提的原作，而第五幕的后面部分以及第六、第七幕是后人的续作。续作有北印度和南印度两种传本，内容互有差异。究竟是薄婆菩提没有写完此剧，还是后面那部分失传了，原因不明。

《罗摩后传》（Uttararāmacarita）是七幕剧，取材于《罗摩衍那》第七篇即《后篇》，描写罗摩休妻的故事。这是薄婆菩提艺术上最成熟的作品。

第一幕：罗摩完成登基仪式，悉多的父亲遮那迦和其他前来庆贺的客人都已离去。为排遣悉多与父亲分离的愁绪，罗什曼那带领悉多和罗摩观赏新完成的罗摩事迹画廊。一幅幅画面既展示罗摩坎坷崎岖的人生历程，又呈现罗摩和悉多是一对忧患与共的恩爱夫妻。罗摩向悉多回忆道：即使住在山溪边苦行林的茅屋中，

> 我俩情投意合，脸颊紧贴，随意
> 窃窃私语，温柔的感觉妙不可言，
> 一次又一次伸臂，互相紧密拥抱，
> 夜晚的时辰不知不觉中已经逝去。（1.20）

当悉多因观画疲倦而倚在罗摩臂上打盹时，罗摩深情地抚摸着悉多，说道：

> 同甘共苦，忠贞不渝，
> 内心安宁，人老情不移，
> 日积月累，感情醇厚，
> 获此爱情，堪称有福气！（1.39）

这时，内侍前来向罗摩汇报民情，说是城乡居民认为悉多王后在魔王宫中住过，而怀疑她的贞洁。罗摩听此消息，犹如雷电击顶，顿时昏厥。恢复知觉后，他决定顺从民意，遗弃悉多。他认为：

> 竭尽全力取悦民众，
> 这是贤者们的誓愿，
> 父亲抛弃我和生命，
> 就为实现这一誓愿。（1.41）

内侍责问罗摩怎能听信恶人的谣言，抛弃火神验明贞洁而又怀有身孕的悉多王后。而罗摩训斥他怎么能说城乡居民是恶人。但内侍一走，罗摩又自我谴责："天啊！我做出这种卑劣的事，多么残忍！"他满怀悲痛，撇下睡着的悉多，应阎牟那河边众仙人邀请，前去平妖。罗什曼那奉罗摩之命，在悉多醒后，将她丢弃在恒河岸边的森林里。

第二幕：十二年后，罗摩为了惩治一个擅自修炼苦行而造成婆罗门孩子死亡的首陀罗，来到弹宅迦林。这是罗摩和悉多过去流亡的地方。罗摩旧地重游，感慨万千：

在这巍峨的山顶上，居住着兀鹰王，

而我们愉快地住在山下的树叶屋中，

树林周边可爱，传来鸟儿的啁啾声，

墨绿的树木倒映在戈达瓦利河水中。(2.25)

犹如积压已久的剧毒开始发作，

犹如箭矢从某个方向飞速射来，

犹如心头致命处的伤疤又撕开，

旧愁愈益强烈似新愁，压垮我。(2.26)

第三幕：悉多十二年前被罗摩遗弃，在即将分娩时，纵身投入恒河，受到恒河女神和大地女神的庇护。恒河女神还将悉多生下的孪生子俱舍和罗婆交给蚁垤仙人抚养。今天，恒河女神得知罗摩来到弹宅迦林，便安排悉多隐身与他相会。罗摩在林中，看到林中熟悉的山川树木和动物，触景生情，一次又一次晕倒。悉多对罗摩产生恻隐之心，而森林女神依然谴责罗摩遗弃悉多的残忍行为：

你是我的生命，我的第二颗心，

你是我眼中的月光，体内的甘露，

你欺她纯朴，花言巧语说了多少，

够了，够了，事到如今还说什么？(3.26)

罗摩辩解说，那是民众不能容忍悉多。森林女神驳斥道：

狠心的人啊，你珍爱荣誉，

但有比这更可怕的耻辱吗？

你将鹿眼女郎遗弃在林中，

后果如何？你是怎么想的？(3.27)

最后，从罗摩的话语中，悉多得知罗摩正在举行马祭，以她的金像作为自己祭祀的伴侣。这说明罗摩忠于悉多，没有再娶。悉多感到莫大的欣慰，说道："啊，夫君拔除了我被抛弃的耻辱之箭。"

第四幕：在蚁垤仙人的净修林里，罗摩的母亲憍萨厘雅和悉多的父亲遮那迦回忆和悲悼悉多的不幸。他们遇见罗婆，但不知道他是悉多和罗摩的儿子。罗婆提到蚁垤仙人创作了《罗摩衍那》，故事结局是罗摩休妻。这又激起遮那迦心中的隐痛。他谴责市民残酷无情，罗摩行为鲁莽草率，甚至想用弓箭或诅咒惩治市民和罗摩。这时，罗摩的祭马来到，罗婆前去观看，与护送祭马的卫队发生争执。

第五幕：罗婆与卫队交战。这时卫队首领月幢（即罗什曼那的儿子）赶到。这两位堂兄弟互不认识。罗婆直言不讳地表明自己对卫队的傲慢态度不满，并指出罗摩的一些行为不合刹帝利武士规范。这激怒了月幢，两人准备决斗。

第六幕：正当罗婆和月幢激战之际，罗摩来到净修林。他制止两人的战斗。此时，俱舍也赶来，准备援助罗婆。罗摩根据各种迹象，认出罗婆和俱舍是他的孪生子，不禁潸然泪下。当罗婆和俱舍吟诵《罗摩衍那》选段时，又激起他的无限哀思：

> 无限信任的欢乐在哪里？相亲相爱
> 在哪里？又惊又喜在哪里？同甘共苦
> 在哪里？心心相印在哪里？即使如此，
> 我的生命仍搏动，我这罪人仍活着。(6.33)

第七幕：蚁垤仙人召集罗摩王室和全体城乡居民来到恒河岸边

看戏，由天国仙女演出罗摩休妻的故事。这场戏中戏再现悉多的贞洁和不幸，罗摩看完戏，昏厥过去。这时，恒河女神和大地女神送还悉多。在悉多手指的接触下，罗摩苏醒过来。他向恒河女神和大地女神行礼时，自称是"大罪人"。全体城乡居民也向悉多致敬。最后，蚁垤仙人让罗婆和俱舍与亲生父母罗摩和悉多相认，罗摩阖家团圆。

薄婆菩提在《罗摩后传》中，对《罗摩衍那》原作的情节作了许多重大的改动。例如，罗摩和悉多观赏罗摩事迹画廊，悉多隐身会见罗摩，罗婆与月幢交战，蚁垤仙人安排演出戏中戏，罗摩和悉多破镜重圆，这些都是原作中没有的。薄婆菩提大胆改编原作，旨在突破传统观念，重新评价罗摩休妻的故事。

他着力描写罗摩和悉多在患难生活中建立的夫妻恩爱，以衬托罗摩休妻的残酷无情。罗摩以前诛灭楞伽城魔王罗波那，救出悉多后，曾怀疑悉多的贞洁。当时，悉多愿投火自明。火神从烈火中托出她，证明她的贞洁。从此，罗摩坚信悉多的贞洁。而现在休妻的理由是维护家族名誉和顺从民意。薄婆菩提通过剧中人物之口，指出这是鲁莽轻率和残酷无情的行为。

薄婆菩提具有男女平等的思想萌芽。他在《茉莉和青春》中就已提出："丈夫和妻子互相是密友、亲人、愿望、财富和生命。"如今在《罗摩后传》中，他通过罗摩和悉多的悲欢离合，形象地展现这种理想的夫妻关系。薄婆菩提决心为悉多伸张正义。为此，他在剧终让罗摩自认是"大罪人"，让城乡居民向悉多致敬，并让悉多和罗摩破镜重圆。这在取材于《罗摩衍那》题材的古典梵语文学作品中是前所未有的。例如，在迦梨陀娑的叙事诗《罗怙世系》中，虽然也着力刻画罗摩和悉多之间无比真挚的爱情，但最后罗摩还是将顺从民意看得比悉多更重要，以致悉多只能怀着无限忧伤，返回大地母亲的怀抱。

恭多迦在《曲语生命论》中也对这个结局也极为赞赏:"在《罗摩后传》中,依据的原作《罗摩衍那》的主味是悲悯味。悉多不能忍受与丈夫分离的痛苦,进入地下世界;罗摩最后也与弟弟一起投河。而剧作者改变故事结局,使它成为与悉多团圆的会合艳情味。罗摩见到儿子罗婆精通一切天国武器,更增强这种味。由此,产生特殊的魅力,令高贵的观众们喜悦。"

同时,在艺术上,这部戏剧结构严谨,没有衍生的多余枝节。人物性格丰满,饱含感情。全剧的感情主调是悲悯味,哀婉动人。剧中共有二百五十多首诗,语言优美,韵律多变,风格刚柔相济,适应剧情需要,克服了前两个剧本中炫耀语言才华的浮夸文风。按照印度传统看法,薄婆菩提之所以能与迦梨陀娑并肩媲美,主要是依靠《罗摩后传》这个剧本。

第八节 跋吒·那罗延的《结髻记》

《结髻记》(Veṇīsaṃhāra)是古典梵语戏剧名著之一。作者跋吒·那罗延(Bhaṭṭa Nārāyaṇa)的生平事迹不详。据有的学者考证,他是曲女城的婆罗门,应孟加拉国王阿底修罗(七世纪)的邀请,前往孟加拉。但阿底修罗是一位传说中的国王,尚未由历史材料证实。迄今我们只能说跋吒·那罗延大约生活在七、八世纪,因为在八世纪伐摩那的《诗庄严经》和九世纪欢增的《韵光》这两部梵语诗学著作中都已称引《结髻记》。

《结髻记》取材于印度古代史诗《摩诃婆罗多》。这部史诗叙述婆罗多族两支后裔俱卢族和般度族争夺王位继承权的斗争。其中,俱卢族难敌设计掷骰子赌博骗局。般度族坚战出于礼节,接受难敌的邀请。结果在掷骰子赌博中,坚战接连输掉一切财产和王国,连同自己和四个弟弟以及他们的共同妻子黑公主。这样,他们都成了难敌的奴隶。于是，难敌命令自己的弟弟难降将黑公主拽来。难降揪住黑公主的发髻，强行将她拖到赌博大厅，当众横加羞辱。般度族五兄弟之一怖军怒不可遏，发誓要报仇雪恨。俱卢族和般度族最后爆发大战。《结髻记》便以十八天大战为背景，围绕怖军发誓为黑公主报仇雪恨这个主题展开情节。

《结髻记》这个剧名的梵语原文 veṇīsaṃhāra 是由 veṇī（发髻）和 saṃhāra（聚合或毁灭）组成的复合词，可以有三种读解方式。一、veṇyā saṃhāra，揪住发髻，意思是难降揪住黑公主的发髻，将她拖到赌博大厅。二、veṇyā saṃhāra，因发髻而遭到毁灭，意思是由于揪黑公主的发髻，俱卢族遭到毁灭。三、veṇyāḥ saṃhāra，挽起发髻，意思是怖军重新挽起黑公主被难降揪散的发髻。按通常的理解，以第三种读解为主，隐含前两种读解。因此，可以将这个剧名译为《结髻记》。《结髻记》是六幕剧，主要情节如下。

第一幕：黑天作为般度族使者，已经前往俱卢族谈判。怖军对此举不满，在与偕天的谈话中表示，如果坚战与俱卢族媾和，他将与坚战决裂。怖军说道：

> 我从小就和俱卢族结下深仇大恨，
> 这与长兄、阿周那和你俩都无关，
> 即使你们签订和约，愤怒的怖军
> 也要撕碎它，犹如撕碎妖连胸膛。(1.2)

偕天劝慰怖军，而黑公主竭力鼓动复仇。怖军向黑公主发誓：

> 王后啊，我将挥动手臂，抡起
> 可怕的铁杵，打断难敌的双腿，
> 我要用这双被他的稠密的鲜血

　　染红的手，重新挽起你的发髻。(1. 13)

　　黑天带回谈判失败的消息，大战不可避免。

　　第二幕：大战已经进行到第十四天。难敌的妻子梦见一只猫鼬杀死一百条蛇。这个梦预兆般度族五兄弟将杀死俱卢族一百个兄弟，因为猫鼬（nakula）与般度族五兄弟之一无种（nakula）同音。难敌起初不理解这个梦，而怀疑妻子与无种私通。后来明白这是个恶兆，仍掉以轻心。尽管战争处在危急关头，他依然纠缠妻子调情。

　　第三幕：大战第十五天，般度族施计杀死俱卢族统帅德罗纳。德罗纳的儿子马嘶决心为父亲复仇，向难敌请求担任全军统帅。可是，难敌轻信迦尔纳对德罗纳的中伤，拒绝马嘶的请求，任命迦尔纳担任统帅。马嘶与迦尔纳发生激烈争吵，并表示只要迦尔纳在任，他决不参战。

　　第四幕：大战第十七天，难敌在战斗中身负重伤，撤出战场。他恢复知觉后，得知难降战死。接着，又传来迦尔纳的儿子牛军战死的消息。难敌准备重新参战，援救迦尔纳。这时，他的父亲持国和母亲甘陀利到达。

　　第五幕：持国和甘陀利劝说难敌停战求和，难敌明知大势已去，依然刚愎自用，严词拒绝，并指责母亲：

　　　　母亲啊，你的言辞如此卑微，
　　　　与刹帝利妇女高贵身份不符，
　　　　你狠心忘却战死疆场的百子，
　　　　而关心和保护我这无用之人。(5. 3)

　　谈话之间，传来迦尔纳战死的消息，难敌准备前往战场。这时，阿周那和怖军来到。怖军利用向持国敬礼的机会，嘲骂持国：

> 怖军我俯首向你俩致敬！
> 我已经全歼俱卢族军队，
> 我已经痛饮难降的鲜血，
> 我还要打断难敌的双腿。(28)

难敌谴责怖军和阿周那，双方展开舌战。最后，阿周那和怖军被坚战召回。马嘶前来向难敌表示愿为俱卢族效力，扭转战局。而难敌依然意气用事，态度冷淡。马嘶自讨没趣，悻悻离去。难敌独自前往战场。

第六幕：大战第十八天，即最后一天。俱卢族统帅沙利耶战死，全军覆没。般度族找到躲藏在河中的难敌。怖军与难敌决战，最终杀死难敌。与此同时，有个罗刹（难敌的朋友）乔装牟尼，向坚战谎报军情，说是难敌已经杀死怖军和阿周那。坚战和黑公主感到绝望，准备投火自尽。在这紧要关头，怖军赶到，真相大白。怖军实现誓言，为黑公主重新挽起发髻。

《结髻记》着重揭露暴君难敌的荒淫无道和专横跋扈，颂扬怖军和黑公主不甘屈辱的复仇精神。全剧风格刚健，充满激动人心的戏剧场面和英雄情味。后来的梵语诗学著作普遍将此剧作为古典梵语戏剧和诗歌艺术的范例加以称引，除上面提到的伐摩那的《诗庄严经》和欢增的《韵光》，还有恭多迦（十一世纪）的《曲语生命论》、曼摩吒（十一世纪）的《诗光》和毗首那特（十四世纪）的《文镜》等。

其中，恭多迦在《曲语生命论》中，论述整部作品的曲折性时，指出"诗人抛弃原有故事情节中体现某种味的结局，换成体现另一种可爱的、令人喜悦的味的结局，形成作品的曲折性"。他以

《结髻记》为例，作出具体说明："在《结髻记》中，所依据的原作《摩诃婆罗多》充满摒弃一切俗念的弃世思想。而剧作者抛弃原作结尾的平静味，代之以英勇味，充满惊奇，光彩熠熠，适合般度族故事。在战场消灭所有敌人，遵奉正法的坚战最后获胜。作品充满成熟的曲折性魅力，令高贵的观众喜悦。因为他们会想：'尽管他们陷入如此艰难的困境，仍然依靠自己一方的顽强勇敢战胜敌人，赢得王国，享受幸福。'这样，他们即使遇到灾难，也会坚忍不拔，保持足够的勇气。"

"味"是梵语诗学中的重要概念，指文学作品传达的感情，也指读者获得的审美感受。梵语诗学确认味有九种：艳情味、滑稽味、悲悯味、暴戾味、英勇味、恐怖味、厌恶味、奇异味和平静味，并强调一部作品中，应该有一个主味贯穿其中，其他的味辅助和加强主味。梵语诗学家通常确认《摩诃婆罗多》这部史诗的主味是平静味。《结髻记》以十八天大战为背景，而略去十八天大战之后的悲剧结局，也就是恭多迦所说"抛弃原作结尾的平静味，代之以英勇味"。这一方面与剧作者跋吒·那罗延本人的创作宗旨和意图有关，另一方面也因为以英勇味为主味，相对容易安排戏剧冲突，更适合戏剧的艺术需求。

在波阇（十一世纪）的梵语诗学著作《艳情光》中，提到著名的古典梵语小说家波那（七世纪）也著有一部名为《踢碎王冠记》（Mukuṭatāḍita）的戏剧，还引用怖军的誓言："如果我不打断难敌的双腿，不踢碎他的宝石王冠，我就投身祭火。"这说明波那的这部戏剧与《结髻记》取材和主题相同。可惜，这部戏剧已经失传。这或许也能说明，相比之下，印度古代观众更赏识跋吒·那罗延的《结髻记》，故而，前者失传，而后者得以长期流传，保存至今。

第九节 摩特罗拉贾的戏剧

摩特罗拉贾（Mātrarāja，八世纪）著有《高尚的罗摩》和《苦行犊子王》两部戏剧，题材分别与跋娑的《雕像》和《惊梦记》相似，因此，这两部戏剧的创作可能是受跋娑戏剧的启发。

《高尚的罗摩》（Udāttarāghava）是六幕剧，取材于《罗摩衍那》。第一幕描写罗摩与妻子悉多和弟弟罗什曼那一起出发前往森林过流亡生活。第二幕描写在森林中，魔王罗波那幻化成年迈的部落主，与罗摩和悉多相遇。罗刹摩哩遮幻化成一头金鹿，罗什曼那前去追捕。远处传来罗什曼那的呼叫声。于是，罗摩请"年迈的部落主"照看悉多，前去救助罗什曼那。这样，罗波那得以劫走悉多。途中，金翅鸟王阻截罗波那，而被罗波那杀死。第三幕描写罗什曼那已经杀死罗刹摩哩遮。罗摩和罗什曼那此时明白他们中了妖魔诡计。这时，一个苦行者带来金翅鸟王临死时，用鸟喙沾血书写的一封信，告知罗摩悉多已被罗波那劫走。一位持明女告诉罗摩，可以请猴王须羯哩婆帮助寻找悉多。第四幕描写须羯哩婆由于找不到悉多，准备投火自尽谢罪。一个罗刹幻化成神猴哈努曼前来报告说罗波那已经杀死悉多。在这危急关头，神猴哈努曼来到，及时阻止须羯哩婆投火自尽。第五幕描写罗摩率领猴军在楞伽城与魔军展开大战，最终杀死罗波那。第六幕描写罗摩和悉多返回阿逾陀城。而罗波那的一个大臣要为罗波那复仇，幻化成那罗陀仙人，另一个女罗刹幻化成悉多，先于罗摩和悉多到达阿逾陀城，告诉罗摩的弟弟婆罗多说是罗摩已经被罗波那杀死。婆罗多准备自尽。而另一个罗刹幻化成罗摩父亲十车王的老臣，告诉罗摩说是婆罗多已经死去，罗摩也准备自尽。神猴哈努曼神速来回，先是阻止婆罗多自尽，后又阻止罗摩自尽。最后，极裕仙人解释说，这一切都是十车王以前遭到一位苦行仙人诅咒的结果。

这部戏剧的情节与《罗摩衍那》原作有不少差异。而摩特罗拉贾的改编受到梵语诗学家赞赏。恭多迦在《曲语生命论》中提到其中的一个重要情节的改编："在《罗摩衍那》中，罗摩去追逐摩哩遮幻化的金鹿。悉多远远听到罗摩悲惨的呼叫声，胆战心惊。她不顾自己的生命安全，责骂罗什曼那，派他去救罗摩。这些其实不合适。因为罗摩身边有随从，没有必要这样亲自去追金鹿。另外，按照描写，罗摩业绩非凡，却需要弟弟救他性命，也不合情理。正是考虑到这些，《高尚的罗摩》的作者聪明地加以改编，让罗什曼那去追杀摩哩遮金鹿，让焦急不安的悉多派罗摩去救罗什曼那。这就含有令知音喜悦的曲折性。"

《苦行犊子王》（Tāpasavatsarāja）是六幕剧。故事背景是犊子国遭到阿鲁尼王入侵，而优填王依然准备庆祝月光节。国难当头，宰相负轭氏想让优填王与摩揭陀国公主结婚，从而与摩揭陀国结盟，击败阿鲁尼王。但优填王笃爱王后仙赐，因此这个计划必须背着优填王执行。

第一幕描写宰相负轭氏以暗示的方式试探王后仙赐的态度：

> 我很明白，我们的憍赏弥城已经被卑劣的
> 敌人占领，然而国王厌恶谋略，苟且偷安；
> 与丈夫分离，妇女心中必定会痛苦，这方面
> 我不能多说什么，王后自己应该知道怎么做！（1.6）

而王后仙赐得知计划的具体实施方案后，强忍痛苦表示同意。然后，山中部落民前来报告优填王林中出现野猪。于是，优填王推迟月光节活动，连夜前往林中狩猎。

第二幕描写优填王第二天早上返回宫中，被告知王后仙赐已经

死于火灾。优填王悲痛欲绝，想要投火自尽，追随仙赐而去，被大臣劝住。他哀悼不已，想象仙赐被大火焚烧的惨景：

> 浑身颤抖，外衣在恐惧中滑落，
> 那双眼睛痛苦地向四面张望，
> 你突然遭到凶猛的烈火焚烧，
> 而它在黑烟笼罩下，看不见你。(2.16)

他望着被烧毁的树木，哀叹自己无情，没有像它们那样追随王后离去。然后，优填王前往摩揭陀国，进入王舍城附近的苦行林，成为苦行者。

第三幕描写负轭氏和王后仙赐乔装成婆罗门兄妹，来到摩揭陀国。负轭氏将仙赐托付莲花公主照看。莲花公主已经看到优填王的画像，爱上优填王。优填王和弄臣（丑角）一起出来游荡。弄臣安慰优填王，说仙人预言他需要再娶一位少女，然后会与王后仙赐重逢。而优填王认为这是虚无缥缈的希望。他依然怀念"死去的"仙赐，无法平息悲伤：

> 大火燃遍后宫，侍女们在惊恐中逃散，
> 可怜的王后吓得浑身颤抖，步步跌倒，
> 烈火烧身，一再呼救，喊叫"夫主啊！"
> 即使事情已过，大火至今仍然燃烧我。(3.10)

莲花公主知道优填王已经成为苦行者，肯定不会再娶。于是，她也成为苦行者，不愿嫁给其他人。莲花公主的侍女遇见苦行者打扮的优填王和弄臣，认出是优填王，立即前去报告莲花公主。这样，苦行者莲花公主和苦行者优填王在苦行林中相见。

第四幕描写优填王觉得自己爱上莲花公主，弄臣竭力怂恿他与莲花公主结婚。但他一想起仙赐，内心发愁，自言自语道：

> 他的眼睛离开你的脸，没有任何去处，
> 他的胸脯永远是你的休憩地，爱人啊！
> 他对你说过："没有你，世界顿时空虚。"
> 就是他，不信守誓言，现在要做这件事。(4.13)

而弄臣提醒他仙人的预言，并以古代著名妇女死而复生的事例说服他。莲花公主和优填王再次在苦行林相会。摩揭陀国大臣吩咐侍从们准备为优填王和莲花公主举办婚礼。大臣看到身穿苦行者服装的优填王和莲花公主，笑着说道：

> 他俩手握念珠，手腕激动颤抖，
> 发髻可爱，仿佛湿婆夫妇会合。(4.20)

第五幕描写优填王婚后依然怀念仙赐，觉得再也没有重逢的希望，自责道：

> 为何我当时不抛弃生命，追随你而去？
> 为何我不束起发髻，在旷野中游荡呼号？
> 与你相会的机会又一次落空，爱人啊！
> 我做错什么，令你发怒，至今不回答我？(5.25)

这时摩揭陀国王的使者带来消息，已经战胜阿鲁尼王。

第六幕描写仙赐准备投火自尽，以免事情暴露，给优填王造成麻烦。而优填王始终念念不忘仙赐，为再也不能与仙赐团聚而绝望：

> 有希望与你相会，大臣们让我保持生命，
> 考虑到这一点，我不抛弃生命，并非无情，
> 当时有机会追随你而去，而我坚持到如今，
> 可悲在那个可怕的时刻，我的心没有迸裂。(6.3)

这样，优填王也准备投火自尽，而莲花公主也愿意追随优填王而去。他们与仙赐在同一个火堆前相遇。负轭氏向优填王说明此前发生的这一切都是他的安排，目的是击败阿鲁尼王，并请求优填王原谅。莲花公主也请求王后仙赐原谅。而仙赐明白优填王始终爱她，也感到宽慰，摆脱忧伤。

这部戏剧受到梵语诗学家的高度赞赏。欢增在《韵光》中指出《苦行犊子王》整部作品"自始至终与主味保持联系"。恭多迦在《曲语生命论》中指出："《苦行犊子王》这部戏剧汇集了味的一切精华。同一种悲悯味，在各部分都显得新鲜可爱，富有魅力。"恭多迦在论述风格时，将风格分为柔美、绚丽和适中三类，而将摩特罗拉贾的作品归为适中风格，即柔美和绚丽混合的风格。

第十节　后期古典梵语戏剧

从七、八世纪开始，古典梵语戏剧逐渐僵化，走向衰微。这里所谓衰微，主要不是指数量，而是指戏剧的创造性。衰微的标志主要是：一、在题材方面，一味依赖两大史诗和往世书，或热衷表现宫廷艳史；二、在人物性格塑造上，因袭固定的模式；三、忽略戏剧艺术特点，或利用戏剧形式写作叙事诗，炫耀诗才，或利用戏剧形式图解宗教和哲学原则。其中的代表作家是王顶、牟罗利和克里

希那弥湿罗。

牟罗利（Murāri，约九世纪）的生平事迹不详。他的七幕剧《无价的罗摩》（Anargharāghava）取材于《罗摩衍那》。全剧再现《罗摩衍那》前六篇的故事，其中某些情节的改动也基本上因袭薄婆菩提的《大雄传》，并非牟罗利的创新。牟罗利醉心于卖弄诗才，无视戏剧创作的特点。剧中散文对白不多，主要用来报告消息，而诗歌多达五百四十节。情节的演进主要不是通过戏剧动作，而是通过剧中人物冗长的陈述。因而，从《无价的罗摩》这个剧本看，牟罗利作为一个诗人或许是杰出的，但作为一个戏剧家无疑是蹩脚的。

王顶（Rājaśekhara，约九、十世纪）出生在摩诃剌陀一个诗人和学者辈出的婆罗门世家，妻子是一位刹帝利公主。他先后依附钵罗提诃罗王朝曲女城宫廷和迦罗朱利王朝特里波利宫廷。他博学多才，著有梵语戏剧《小罗摩衍那》、《小婆罗多》和《雕像》，俗语戏剧《迦布罗曼阇利》，诗学著作《诗探》，叙事诗《诃罗传》（已佚）和地理学著作《世界宝库》（已佚）等。

《小罗摩衍那》（Bālarāmāyaṇa）是十幕剧，取材于《罗摩衍那》。与牟罗利的《无价的罗摩》一样，全剧再现《罗摩衍那》的前六篇的故事。其中罗波那因追求悉多而与罗摩发生矛盾冲突的情节因袭薄婆菩提的《大雄传》。但王顶也有自己的一些改编，如第三幕中，为了排遣罗波那对悉多的迷情，婆罗多仙人安排戏班为他演出悉多的选婿大典。因此，恭多迦在《曲语生命论》中，提到以罗摩为题材的作品有《罗摩成功记》、《高尚的罗摩》、《大雄传》和《小罗摩衍那》等，称赞"这些都是优秀作品，虽然利用同样的故事题材，但都含有丰富的味，每字每句和每个章节或插曲都闪耀新鲜的魅力。主角令人惊叹的崇高品德得到崭新的展现，令知音们一次又一次感受到强烈的喜悦"。但是，这部戏剧作品毕竟十分冗长，含有大量诗歌，达七百四十一节之多。它是古典梵语戏剧中篇幅最长的一部，相对而言，铺张描写多，戏剧动作少，不宜搬上舞台。尽管如此，也必须肯定王顶的诗歌创作才能。恭多迦在《曲语生命论》在论述修辞时，多次引用《小罗摩衍那》中的诗例，展示诗人的修辞技巧和丰富的想象力。例如：

> 哎呀，在悉多的面前，仿佛月亮
> 抹上一层油膏，鹿儿的阳光呆滞，
> 珊瑚树褪色，金子的光芒黯淡，
> 杜鹃嗓音沙哑，孔雀羽毛有缺陷。(1.42)

> 啊，在槟榔树周围飞动的月光鸟，
> 你们仰起脖子，喝完月光水流吧！
> 这样，如同鹿眼的月亮失去光芒，
> 便能拯救离愁中的情人们的性命。(5.37)

> 国王的军队扬起浓密的尘土，梵天不能
> 用双手同时遮住相隔甚远的八只眼睛，
> 他竖起莲花座上一个个花瓣，构成屏障，
> 为遮住眼睛忙碌很久，嘴里还念诵祷词。(7.66)

按照印度神话，梵天左右前后有四张脸，故而有八只眼睛。

《小婆罗多》（Bālabhārata）又名《顽强的般度族》（Pracaṇḍa-pāṇḍava），取材于《摩诃婆罗多》，现存两幕。第一幕描写黑公主选婿，第二幕描写俱卢族难敌设计掷骰子骗局，黑公主受辱，般度族流亡森林。

《雕像》（Viddhaśālabhañjikā）是四幕剧，描写宫廷艳史。一位

王公将自己的女儿装扮成"少年"送入宫中。大臣施展巧计，让国王迷上这个少女。国王的弄臣作弄了王后的奶姐妹，为此王后想反过来作弄一下国王：让那个"少年"装扮成少女，嫁给国王。结果，弄巧成拙，反倒成全了国王。

在这一时期的古典梵语戏剧中，还有两部比牟罗利的《无价的罗摩》和王顶的《小罗摩衍那》更缺乏戏剧动作而更接近叙事诗的剧本——苏婆吒（Subhaṭa，十三世纪）的《使者鸯伽陀》（Dūtāṅgada）和佚名作者的十四幕剧《哈奴曼剧》（Hanumannāṭaka）。前者版本很多，主要描写罗摩的使者鸯伽陀前往楞伽岛，要求罗波那交还悉多。后者再现《罗摩衍那》的主体故事。它的另一版本是十幕剧《大剧》（Mahānāṭaka）。《使者鸯伽陀》在序幕中自称是"影子戏"（Chāyānāṭaka）。有些学者认为《哈奴曼剧》（或《大剧》）也属于"影子戏"。因此，这两部剧本中的大量诗歌可能是供"影子戏"演出时吟诵用的。

克里希那弥湿罗（Kṛṣṇamiśra，十一世纪）是哲学讽喻剧《觉月升起》（Prabodhacandrodaya）的作者。从序幕中得知，作者是为庆祝吉尔提沃尔曼王战胜迦尔纳王而创作此剧的。据铭文记载，这两位国王都是十一世纪人。此剧共分六幕，以哲学概念为人物，以宫廷斗争为剧情，宣传毗湿奴教不二论哲学观点。它描写"原人"和妻子"幻觉"生下"心"（国王）。"心"的两个妻子"有为"和"无为"分别生下儿子"痴迷"和"明辨"。这两个兄弟为争夺王权和国土发生冲突，导致大战。属于"痴迷"一方的有"爱欲"、"愤怒"、"贪婪"、"欺诈"、"自私"、"欢情"、"谬误"、"杀生"、"渴望"和"邪命外道"等。属于"明辨"一方的有"理智"、"求实"、"仁慈"、"和平"、"信仰"、"忍耐"、"知足"、"友谊"和"虔诚"等。最后，"明辨"一方获胜。

继克里希那弥湿罗之后，这类以戏剧形式图解宗教哲学原则的作品还有不少，如十三世纪名护（Yaśaḥpāla）的五幕剧《征服痴迷记》（Mohaprājaya）、十六世纪菩提婆·首格罗（Bhūdevaśukla）的五幕剧《正义胜利记》（Dharmavijaya）、迦维迦尔纳布罗（Kavikarṇapura）的十幕剧《吉登尼耶月升起》（Caitanyacandrodaya）、十七世纪高古罗纳特（Gokulanātha）的五幕剧《甘露的产生》（Amṛtodaya）、十八世纪吠陀迦维（Vedakavi）的两部七幕剧《生命的欢乐》（Jīvānanda）和《知识姻缘》（Vidyāpariṇaya）等。据现有资料，这种古典梵语戏剧类型的开创者是一、二世纪佛教诗人和戏剧家马鸣，而在马鸣和克里希那弥湿罗之间长达千年的历史中，却未见有这种戏剧类型出现。或许由于这类戏剧的戏剧效果一般都较差，即使曾经出现，也被历史淘汰了。而继克里希那弥湿罗之后的这类剧本，由于产生年代较晚，才得以保存下来。

在后期古典梵语戏剧中，占据主流的题材是两大史诗故事、往世书传说（尤其是黑天传说）和宫廷艳史，但也有一些取材世俗生活和历史事件的作品。例如，十二世纪罗摩月（Rāmacandra）的十幕剧《高摩提和密特罗南达》（Kaumudīmitrānanda）描写商人的儿子密特罗南达和伪苦行者的女儿高摩提从一个岛屿私奔后的种种冒险经历。全剧富有传奇色彩，只是在结构上由一个个故事串连而成，戏剧性不强。十三世纪贾耶辛赫（Jayasiṃha）的五幕剧《御寇记》（Hammīramadanardana），描写古吉拉特国的大臣婆斯杜波罗施展外交和政治谋略，协助国王挫败蔑戾车王汉密罗的侵犯。

在古典梵语戏剧中，还有两种性质相近的戏剧类型——笑剧（Prahasaṇa）和独白剧（Bhāṇa）。现存最早的笑剧是七世纪波勒沃国王摩亨德罗·维格罗摩沃尔曼（Mahendravikramavarman）的《醉鬼传》（Mattavilāsa）。这个独幕笑剧描写一个酩酊大醉的湿婆教托钵僧诬赖一个佛教徒偷了他的钵盂，最后发现那只钵盂原来是被一只野狗叼走的。也有学者将另一部独幕笑剧《尊者妓女》

（Bhagavadajjuka）也归在他的名下。这部笑剧描写一个游方僧迷上妓女春军。他的师父一再劝导他，而他执迷不悟。这个妓女突然被毒蛇咬死。游方僧师父为了指引徒弟走上正道，他通过禅定，将自己的魂灵转移到这个妓女体内。于是，春军复活，游方僧师父死去。然而，春军复活后，她的行为与游方僧师父如出一辙。众人以为春军中了蛇毒，精神错乱。阎摩差役发现自己化作毒蛇取走春军的魂灵出了差错。于是，他索性先开一个玩笑，便将春军的魂灵安放在游方僧师父体内。而游方僧师父复活后，他的行为与妓女春军如出一辙。他的徒弟惊讶不已，觉得只能称他为"尊者妓女"。然后，阎摩差役将他俩的魂灵交换回来，让他俩的行为恢复原样。徒弟询问师父这是怎么回事？师父说，等返回住处后告诉你。

独白剧与笑剧一样，也是一种滑稽戏，但它由一个角色演出，是独脚滑稽戏。现存最早的独白剧是《独白剧四篇》（Caturbhāṇi）。这四篇独白剧分别是婆罗卢吉（Vararuci）的《和好》（Ubhyābhisārikā）、首陀罗迦（Śudraka）的《莲花礼物》（Padmaprabhṛtaka）、自在授（Īśvavadatta）的《无赖和食客会话记》（Dhūrtaviṭasaṃvāda）和夏密罗迦（Śyāmilaka）的《踢脚》（Pādatāḍitaka）。其中，《和好》描写一位清客受商人的儿子之托，去劝慰后者赌气的情人。一路上，清客与各种人物交谈，耽搁了时间。待他到达商人的儿子的情人家里时，她在春天魔力的驱使下，怒气全消，已出门去找商人的儿子。而商人的儿子也等不及清客回音，出门来找自己的情人。《莲花礼物》的作者首陀罗迦据说就是《小泥车》的作者。这篇独白剧描写描写优禅尼城一个流亡的强盗王根天派遣一个食客去试探自己的情人天军的心思。一路上，这个食客遇见酸腐的诗人、蹩脚的教师、说话别扭的语法家、伪君子、放荡的婆罗门青年、嫖妓的比丘、怀春的少女以及其他各种类型的妇女，一一予以揶揄和嘲弄。最后，他完成自己的使命，探明天军热恋着根天。《无赖和清客会话记》描写一位清客在雨季的一个晴天，出来散心。他囊中羞涩，玩不起掷骰子，也喝不起酒，漫步来到妓女街，遇见各种人物。最后，来到一个无赖家中，与后者讨论爱情问题，消磨了一天时光。《踢脚》描写一位清客应邀去参加清客大会，评判一个案子：一个妓女赏光，往一个婆罗门头上踢了一脚。而这个婆罗门不领情，认为自己受了侮辱，要求妓女赔罪。大会上，众清客提出种种嘲弄婆罗门的建议。最后大会主席作出决定，请妓女赏光，往他本人头上踢一脚，了结此案。

这些独白剧运用讽刺和谐谑的手法，生动地展示了诸如游民、无赖、食客和妓女等市井人物的生活风貌。《独白剧四篇》的产生年代不明，但肯定是十二世纪以前的作品。而现在保存较多的笑剧和独白剧是十二世纪以后的作品。

例如，笑剧有僧佉达罗（Saṅkhadhara，十二世纪）的《无赖集会》（Laṭakamelaka），分为两幕，描写鸨母接待来自各个村庄的形形色色人物，诸如吠陀学者、耆那教徒、佛教徒、王子和教师等。他们都希望讨得鸨母的女儿的欢心，互相争论不休。最后的结局是一个耆那教徒与鸨母结婚，一个教师与鸨母的女儿结婚。

筏差罗阇（Vatsarāja，十二、十三世纪）是比较重要的一位后期梵语戏剧家。按照《舞论》中的戏剧分类，共有十种类型。而此前的梵语戏剧中，缺乏神魔剧、掠女剧和争斗剧的样本。而筏差罗阇著有取材于史诗神话传说的神魔剧《搅乳海记》（Samudramanthana，三幕剧）、取材于黑天神话传说的掠女剧《鲁格蜜尼被掳记》（Rukmiṇīharaṇa，四幕剧）和取材于湿婆神话传说的争斗剧《火烧三城记》（Tripuradāha，四幕剧）。

筏差罗阇也著有笑剧《可笑的顶珠》（Hāsyacūḍāmaṇi），讽刺一个毗湿奴教导师，分为两幕。第一幕描写鸨母酒后沉睡，一夜醒来后，侍女报告说她的珠宝盒不见了。鸨母怀疑是女儿摩德那偷走的，因为摩德那的情人迦罗迦是个赌徒，已经输得精光。于是，鸨母请求具有法力的毗湿奴教导师若那罗希帮助寻找珠宝盒的下落。若那罗希想起迦罗迦曾请他帮助念诵咒语，让他赌赢其他赌徒。第二幕描写若那罗希在花园里遇见摩德那。侍女告诉摩德那，听说迦罗迦已经赌赢其他赌徒，也已将珠宝盒交还鸨母。而若那罗希迷上摩德那，准备使用咒语控制她。他在桦树皮上写好咒语，让徒弟去用檀香膏沾上。而徒弟偷偷将桦树皮上书写的摩德那名字换成鸨母的名字。这样，鸨母前来，向他求爱，百般纠缠。然后，迦罗迦和摩德那来到，报告已经赌赢其他赌徒。于是，大家一起聚会庆祝。

光自在（Jyotirīśvara，十四世纪）的《无赖相遇》（Dhūrta-sammgama）是两幕剧。第一幕描写一个婆罗门青年向苦行者导师透露自己喜欢妓女爱军，而导师也向他透露自己喜欢另一个妓女。他俩出外乞食，来到妓女爱军的家。这位导师也迷上妓女爱军，与婆罗门青年发生激烈争吵。于是，爱军建议去请婆罗门阿沙贾底仲裁。第二幕描写婆罗门阿沙贾底也迷上爱军。他表示爱军必须留在他的家中直到他做出最后裁定。而阿沙贾底的侍从也迷上爱军。这时，理发匠前来向爱军索要欠他的工钱。爱军示意由阿沙贾底付钱。而阿沙贾底嘲笑理发匠，并要求理发匠为他修剪胡子和指甲。理发匠趁机捆上阿沙贾底的手脚，然后离去。阿沙贾底呼救，侍从为他松绑。

独白剧有筏差罗阇（十二、十三世纪）的《赌徒传》（Karpūra-carita）、瓦摩那·婆吒·波那（Vāmanabhaṭṭabāṇa，十四、十五世纪）的《铅丹》（Śṛṅgārabhāṣaṇa）和婆罗达恰利耶（Varadācārya，十七世纪）的《春饰》（Vasantatilaka）等。

第 八 章

故事文学

印度古代故事文学十分发达，留传下来的故事集很多。印度古代故事可以分成寓言故事和世俗故事两大类。寓言故事历史悠久，在史诗《摩诃婆罗多》中就收有许多寓言故事。现存公元前二、三世纪印度山奇、巴尔胡特等地佛教浮雕上的佛本生故事也都是寓言故事。这些寓言故事最初大多是口头创作，长期在民间流传，后来才由文人编订成集。婆罗门文人编订的《五卷书》和佛教徒编订的《佛本生故事》都是以寓言故事为主，前者借以宣传婆罗门教的政治观和伦理观，后者借以宣传佛教教义。随着商业发展，城市繁荣，世俗故事日益发达，产生了《故事海》、《僵尸鬼故事》、《宝座故事》和《鹦鹉故事》等以世俗故事为主的故事集。尽管世俗故事也宣扬一定的政治和道德观念，但它们的直接目的是娱乐听众。与其他梵语文学形式相比，印度古代社会生活在故事文学中得到最广泛的反映。而且，印度古代故事文学的一些"母题"和框架式叙事结构产生过世界范围的影响，也是一个令人注目的文学现象。

第一节 《五卷书》

《五卷书》（Pañcatantra）的传本很多，主要有克什米尔本、

"简明本"、"修饰本"、南方本、尼泊尔本等。克什米尔本的书名叫做《故事集》（Tantrakhyāyika），成书年代不详，但一般认为是现存最古老、最接近"原始《五卷书》"的写本。"简明本"大约产生于 1100 年，是由一位耆那教徒编订的。"修饰本"大约产生于 1199 年，是由另一位耆那教徒补哩那跋德罗（Pūrṇabhadra）编订的。与"简明本"和"修饰本"一样，南方本和尼泊尔本也都是晚出的本子。现存这些《五卷书》传本中保存着许多古老的寓言故事，但由于"原始《五卷书》"已经失传，难以确定《五卷书》的最早成书年代。

《五卷书》序言中说，在南方一个城市有位国王，他的三个儿子"笨得要命"，"对经书毫无兴趣"。于是，大臣推荐一位婆罗门老师毗湿奴舍哩曼。这位老师采用讲故事的方式，在六个月内把"修身处世的统治论"教会了这三个王子。"从此以后，这一部名叫《五卷书》的统治论就在地球上用来教育青年。"① 关于《五卷书》成书缘由的这个说明很可能是真实的，因为《五卷书》的主旨是传授处世和治国的智慧。

这位婆罗门老师讲的故事共分五卷。第一卷叫做《朋友的分裂》，主干故事讲述兽王狮子与牛结为亲密的朋友，狮子的两个臣仆——豺狼迦罗吒迦和达摩那迦遭到疏远。于是，豺狼之一达摩那迦施展离间术，唆使狮子杀死了牛。第二卷叫做《朋友的获得》，主干故事讲述乌鸦、老鼠、乌龟和鹿结为朋友，互相合作，躲过猎人的捕杀。第三卷叫做《乌鸦和猫头鹰从事于和平与战争等等》，主干故事讲述乌鸦和猫头鹰两族结下冤仇。乌鸦族的一位老臣施展苦肉计，打入猫头鹰族巢穴，里应外合，全歼猫头鹰族。第四卷叫做《已经得到的东西的丧失》，主干故事讲述猴子与海怪结为朋友，

① 本节中《五卷书》引文均据季羡林译《五卷书》。

海怪婆想吃猴子心，猴子施计脱险。第五卷叫做《不思而行》，主干故事讲述理发师贪图钱财，鲁莽行事，犯下死罪。以上五个主干故事中，通过主人公之间的对话，插入各种故事。这样，全书共有八十多个故事。

在《五卷书》的寓言故事中，以动物寓言居多。例如，第一卷第六个故事讲述一只白鹭欺骗水池中的鱼，说附近村民准备前来撒网捕鱼，它可以救它们，将它们移送到另一个深水池中。这样，白鹭每天将鱼叼往远处石板上，吃掉它们。一天，他叼走一只蟹。等白鹭飞到石板时，蟹看见那里并没有水池，而石板上布满鱼骨头。蟹知道受骗了，于是，立即用蟹钳紧紧钳住白鹭脖子，直至钳断白鹭脖子。然后，蟹慢慢爬回水池。这样，它既救了自己，也救了其他的鱼。

又如，第一卷第七个故事讲述林中狮子作威作福，任意吞噬其他动物。最后，其他动物与狮子约定，每天送一只动物供它食用。这天，轮到一只小兔子供它食用。小兔子心里琢磨怎样才能杀死这头坏狮子，这样，拖延了很长时间。狮子见到它来迟，发怒说明天要吃掉林中所有动物。小兔子告诉它，自己来迟的原因是路上遇见一个大土洞中另一头狮子要吃它。它向那头狮子说明情况后，那头狮子要与你比试谁的本事大，配吃林中动物。于是，小兔子带着这头狮子来到一口井旁，说那头狮子就在里面。这头狮子向井里一看，看见自己的影子，以为是另一头狮子，便发出怒吼。吼声在井中发出强烈的回声。这头狮子以为是井中那头狮子的吼声，就跳下井中与它搏斗，结果淹死井中。这样，小兔子既救了自己，也救了林中所有动物。

在吠陀文献中，尚未出现动物寓言。《梨俱吠陀》中有天神幻变成动物的事例，《歌者奥义书》中有动物与动物、动物与人之间的对话，但都不是寓言故事。根据现存资料，可以说佛教最早将民间流传的动物故事大量采入自己的经籍，与轮回转生观念相配合，宣传佛陀功德和佛教教义。此后，婆罗门教在《摩诃婆罗多》中也采入动物寓言，同时也编寓言故事集，大量采入动物寓言。由于来源相同，各教派的寓言故事集中常有相同或类似的动物故事。例如，《五卷书》中第一卷第六个故事、第十六个故事、第十八个故事、第四卷主干故事、第七个故事等，分别与巴利文《佛本生故事》中的第38《苍鹭本生》、第215《乌龟本生》、第357《鹑本生》、第208《鳄鱼本生》、第189《狮子皮本生》等相同。《五卷书》中也有一部分世俗故事，故事主人公主要是商人、手工艺者、穷婆罗门、国王和王子等。与动物故事一样，它们也大多来源于民间口头创作。无论是动物故事或世俗故事，《五卷书》借以教诲的是婆罗门教的"正道论"（Nītiśāstra）和"利论"（Arthaśāstra）。"正道论"和"利论"是广义的统治论，既包括治国方法和策略，也包括处世经验、实用知识和道德规范。这里可以以《五卷书》的五个主干故事为例。

第一个主干故事教诲国王和大臣的关系。大臣应该秉公进谏：

> 不管国王问到或没有问到，
> 　如果大臣只拣好听的说，
> 说的话又丝毫也没有用处，
> 　国王的光荣也就会收缩。(1.437)

而国王应该明察下情，以防大臣"为了达到自己的目的"，"用种种花言巧语"，"歪曲事实的真相"：

> 不真实的东西外表上同真实一样，
> 　真实的又同不真实的相像，

错综复杂的宇宙万有就是这个样，

因此必须仔细地分析端详。（1.439）

第二个主干故事教诲弱者齐心协力，运用智慧，便能战胜强者：

连这些兽类的互助合作

都受到世人的赞美崇拜，

有理智的人们能够做到

这样，这又有什么奇怪？（2.199）

第三个主干故事教诲对敌斗争的各种战术和策略——和平、战争进军、驻扎、联盟、骑墙观望以及耍两面派：

在一个凶恶又强大的敌人面前，

人们永远要保持着怀疑的作风，

耍耍两面派的手法，别人看来，

他们既准备和平，也准备战争。（3.52）

印度传统的"利论"倡导在政治斗争中施展智谋，包括使用秘术和诡计，《五卷书》中的教诲也遵奉这一原则。

第四个主干故事教诲交友之道——对朋友不可"盲目相信"；如果朋友变心，就应该用计脱险，并记取教训：

谁要是把敌人当作朋友，

因为他比自己有力气，

他自作自受吃了毒药，

这丝毫也无可怀疑。(4.22)

第五个主干故事教诲谨慎行事:

没有看好,没有了解好,

　　没有做好,没有观察好,

这样就不应该贸然下手,

　　像那个理发师那样急躁。(5.1)

《五卷书》的文体是韵散杂糅。在讲述每个故事前,一般都以"常言道"作套语,引用一首诗歌。这首诗歌也可以说是故事标题,往往既概括故事内容,又总结经验教训。其他夹杂在散文叙述中的诗歌,大多用在人物对话中,借以表达政治、社会和人生哲理,其中有些堪称是优秀的箴言诗或格言诗。例如:

最难的是自知,知道自己

　　什么能做,什么又不能;

谁要是有这样的自知之明,

　　他就绝对不会陷入困境。(1.323)

患难中的朋友才是真朋友,

　　即使种姓不同也没关系;

处在安乐的时候,所有的人,

　　谁不能跟谁称兄唤弟?(1.340)

地狱的深处不算太深,

　　须弥山的山巅不算太高,

> 汪洋的大海不算太广，
>
> 　　只要坚决勇敢，就能达到。(2.123)

> 即使是弱者，强大的敌人
>
> 　　也无可奈何，只要他们团结；
>
> 正如互相挤在一起的蔓藤，
>
> 　　连狂风也无法把它们吹坏。(3.44)

这些格言诗是印度人民智慧的结晶。它们与形象生动的故事内容珠联璧合，为《五卷书》增色不少。

《五卷书》使用的梵语是通俗的。诗歌一般也采用简单易记的史诗"输洛迦"体。散文中，有时也出现一些语言雕琢繁缛的段落，如第一卷主干故事中对兽王狮子的一段描写、第八个故事中对公主的一段描写，第三卷第二个故事中对湖泊的一段描写。诗歌中，偶尔也有堆砌辞藻的诗节。这些显然是婆罗门文人在编订这部故事集时留下的加工痕迹。因为《五卷书》中的寓言故事大多采自民间，它们的原始语言是俗语。婆罗门文人将这些通俗故事改写成梵语，在一次又一次的编订过程中，有时难免出于文人习气，卖弄一点文字技巧。

《五卷书》采用故事中套故事的框架式叙事结构。这种叙事结构在印度古已有之，并非《五卷书》的发明。两大史诗和巴利语《佛本生故事》中的一些故事都采用这种叙事结构。《五卷书》本质上是一部寓言故事汇编，所以套在框架里面的小故事未必个个都与主干故事关系紧密。这也就为历代编订者根据需要对其中的故事予以增删提供了方便，并由此形成各种《五卷书》传本之间的差异。但无论如何，这种框架式叙事结构是提高故事集艺术趣味的有效手段之一。

《五卷书》在世界故事文学中占有重要地位。它曾经通过《卡里来和笛木乃》周游世界。早在六世纪，波斯一位名叫白尔才的医生奉国王艾努·施尔旺（531—579 年在位）之命，将《五卷书》译成巴列维语（中古波斯语）。这个巴列维语译本早已失传，但根据这个译本转译的六世纪下半叶的古叙利亚语译本（残本）和八世纪中叶的阿拉伯语译本得以留存。这三种译本的书名都叫做《卡里来和笛木乃》。卡里来（Kalila）和笛木乃（Dimna）是《五卷书》第一卷中两个豺狼主人公名字迦罗吒迦（Karaṭaka）和达摩那迦（Dhamanaka）的大致对应的音译。后来，通过八世纪中叶的这个阿拉伯语译本转译成希腊语（1080 年）、希伯来语（1100 年）和波斯语（1130 年），并通过这三种语言的译本辗转译成拉丁语（1263—1278 年）、德语（1483 年）、西班牙语（1493 年）、意大利语（1546 年，1552 年，1583 年）、法语（1556 年）、英语（1570 年）、土耳其语（十六世纪）以及丹麦语、冰岛语、荷兰语、匈牙利语和马来语等。因此，在西方和东方一些国家的故事集中能找到某些印度故事或印度故事的影子，也就不足为怪。法国拉封丹（1621—1695 年）在他的《寓言诗》第二集的"卷头语"中就明确指出："这里大部分题材应当归功于印度圣贤比尔贝"。比尔贝（Pilpay，也写为 Pīpāi 或 Bīdpāi）即《五卷书》的作者毗湿奴舍哩曼（Viṣṇuśarman）。至于毗湿奴舍哩曼何以在《卡里来和笛木乃》中易名比尔贝（又译白得巴），来源于一个波斯文译本 Husein 的序言。这个序言讲了一个类似神话的故事，其中的 Bīdpāi 是一个婆罗门。

在中国古代，《五卷书》没有被译成汉文。但在汉译佛典中，能找到不少《五卷书》中的故事。例如，《五卷书》第一卷第九个故事见于《六度集经》四十九，第四卷主干故事见于《六度集经》三十六、《生经》十、《佛本行集经》卷三十一等。这是由于婆罗门教和佛教共同利用印度民间故事的缘故。饶有趣味的是，在汉译佛典以外的中国古籍中，也能找到与《五卷书》中某些故事相似的故事。例如，宋朝李昉编《太平广记》卷二八七中所收《襄阳老叟》（出《潇湘记》），讲述一个"鼓刀之徒"从一个老叟那里获得一把神斧，"造飞物即飞，造行物即行"。他与一个富人的女儿私通，被富人察觉。于是，他用神斧制造了一对木鹤，与富人的女儿双双乘鹤飞走。这个故事与《五卷书》第一卷第八个故事相似，后者讲述一个织工乔装大神毗湿奴，骑着木制的金翅鸟，飞到王宫里与公主幽会。

又如，明朝江盈科《雪涛小说》中"算计鸡卵"的故事讲述有个穷人捡到一枚鸡蛋，然后向妻子夸耀说自己要发大财了：先借邻居家的母鸡孵蛋生鸡，鸡又生蛋，蛋又生鸡，积钱多了，可以买牛，牛又生牛，积钱多了，可以置田宅，雇僮仆，纳小妻。妻子听后，勃然大怒，当场捶破这枚鸡蛋。这个故事与《五卷书》第五卷第七个故事"算计一罐大麦片"相似，后者讲述一个婆罗门把乞讨吃剩的大麦片装在一个罐中，夜里躺在床上幻想，倘若遇到灾荒，这罐大麦片可以卖大价钱，然后买羊，羊接连生羊，卖羊买牛，牛接连生牛，卖牛买马，马接连生马，卖马买房，然后娶妻生子，妻子不好好照顾儿子，便用脚踢妻子，结果一脚踢破了罐子，幻想顿时破灭。

还有，明朝刘元卿《应谐录》中有个寓言，讲述有个人养了一只猫，称之为"虎猫"。有个客人说，虎猛不如龙，应该改称"龙猫"。另一个客人说龙乘云升天，应该改称"云猫"。又一个客人说风吹云散，应该改称"风猫"。又一个客人说墙能挡风，应该改称"墙猫"。最后，东里丈人嘲笑说："捕鼠者固猫也。猫即猫也，胡为自失其本真哉！"这个故事与《五卷书》第三卷第十三个故事相似，后者讲述一个苦行者仙人在河里沐浴时，得到一只从空中老鹰嘴中掉下来的小母鼠。他使用自己的神通力，将它变成一个女孩，收为养女。女孩长大后，仙人要将女儿嫁给太阳，她嫌太阳太热，不愿意。太阳告诉仙人说乌云能遮蔽它，更强大。仙人想把女嫁给乌云，她嫌乌云太黑，不愿意。乌云告诉仙人，风比自己更强大。仙人想把女儿嫁给风，她嫌风飘浮不定，不愿意。风告诉仙人，山比自己更强大。仙人想把女儿嫁给山，她嫌山太硬，不愿意。山告诉仙人，老鼠比自己更强大。仙人想把女儿嫁给老鼠。女儿感到这是自己的同类，一听就愿意。于是，仙人把她变回母鼠，嫁给老鼠。①

此外，唐朝柳宗元的《黔之驴》讲述一个人将一头驴放入山中。一只老虎未见过驴，以为是猛兽，听见它的叫声，感到害怕，以为它会吃掉自己。于是，从旁观察，并走近试探，发现这头驴发怒时，只会使用蹄子踢它。老虎立刻明白这头驴"技止此耳"，便扑上去，"断其喉，尽其肉"。这个故事与《五卷书》第四卷第七个故事（"蒙虎皮的驴"）相似，后者讲述一个洗衣匠家里的一头驴，因缺少食物，瘦弱不堪。后来，洗衣匠在森林中发现一只死老虎，便剥下虎皮，蒙在驴身上。然后，他将这头驴放到麦田里。农夫们以为是老虎，不敢驱赶它。一连几天，这头驴尽情吃麦子，身体发胖。有一天，这头驴听见远处母驴的叫声，也跟着叫了起来。于是，农夫们发现原来这是一头披着虎皮的驴，就用棍子和石头打死了它。②

第二节 《故事海》

印度古代规模最大的一部故事总集是德富（Guṇāḍhya）的《伟

---

① 参阅季羡林《五卷书》译本序。
② 参阅季羡林《柳宗元〈黔之驴〉取材来源考》。

大的故事》（Bṛhatkathā，或译《故事广记》）。但这部故事集原作已经失传，现存三种梵语改写本，即安主（Kṣemandra，音译谶门陀罗）的《大故事花簇》（Bṛhatkathāmañjari）、月天（Somadeva，音译苏摩提婆）的《故事海》（Kathāsaritsāgara）和觉主（Buddhasvāmin，音译佛陀娑弥）的《大故事诗摄》（Bṛhatkathāślokasaṅgraha）。前两种出自克什米尔，后一种出自尼泊尔。

《大故事花簇》和《故事海》都在开头部分讲述了《伟大的故事》的创作缘起：大自在天湿婆应妻子波哩婆提的要求，为她讲述新奇的故事。湿婆的一个侍从普湿波丹多出于好奇，偷听了湿婆讲述的七位持明（小神仙）王的故事。而他又把偷听到的故事告诉了自己的妻子。为此，波哩婆提发出诅咒，罚他下凡人间。湿婆的另一位侍从摩利耶凡为普湿波丹多说情，也受到同样的处罚。后经他们恳求，波哩婆提说，普湿波丹多一旦遇见一位名叫迦那菩提、说毕舍遮语（"鬼语"）的人，并把偷听到的故事复述给这人听后，就能返回天国；而摩利耶凡一旦听到迦那菩提向他复述这些故事，并使它们在大地上传播后，也能返回天国。

这样，普湿波丹多下凡人间，成为一位国王的大臣。后来，他在文底耶森林遇见迦那菩提，复述了这些故事，返回天国。同时，摩利耶凡下凡人间，名叫德富，成为国王娑多婆诃那的大臣。这位国王不懂梵语语法，向德富请教。德富答应在六年内教会他。而另一位大臣说只需六个月。德富与他打赌说，如果他能在六个月内教会国王梵语语法，自己就终生不说梵语、俗语和方言。结果，另一位大臣获得成功。德富只得缄口不语，带着两个徒弟离开宫廷，出外漫游，来到文底耶森林。在森林中，他学会毕舍遮族"鬼语"，并遇见迦那菩提。迦那菩提用"鬼语"向他复述了七位持明王的故事。

此后，德富在七年内，用"鬼语"在贝叶上写下这些故事，总共七十万颂。为了使这些故事得以在大地上传播，他派遣他的两个徒弟将这部故事集献给国王娑多婆诃那。然而，国王瞧不起这部用"鬼语"写成的故事集，拒绝接受。德富感到绝望，点燃一堆火，面对鸟兽朗诵这些故事，念完一叶，烧掉一叶。这样，总共烧掉六十万颂。只是由于他的两个徒弟特别喜爱持明王那罗婆诃那达多的故事，才保留了最后十万颂。此时，国王娑多婆诃那闻讯赶来，接受了这部十万颂的《伟大的故事》，德富摆脱肉身，返回天国。

这里，《伟大的故事》的创作缘起显然已被神话化，这是这部故事集的作者或后来的改写者抬高故事文学地位的一种手段。而拨开神话的迷雾，我们至少可以窥见两个基本的历史事实：一、所谓"七十万颂"或"十万颂"表明印度古代故事文学无比丰富；二、所谓"鬼语"表明这些故事主要是民间创作，最初使用的是民间语言，后来才被改写成梵语。

《伟大的故事》的成书年代难以确定。但它至少早于六世纪，因为檀丁的《诗镜》、波那的《戒日王传》和《迦丹波利》都已提到这部故事集。檀丁在《诗镜》中说"用鬼语（bhūtabhāṣā）创作的《伟大的故事》内容奇异"。波那在《戒日王传》的序诗中称赞《伟大的故事》说：

> 《伟大的故事》点燃
> 爱情，取悦高利女神，
> 它如同湿婆的游戏，
> 有谁听了会不惊奇？

现存的三种梵语改写本都是晚出的，而且都是诗体。依据上述克什米尔本的创作缘起，似乎原作也是诗体。但檀丁的《诗镜》却把德富的《伟大的故事》归在散文体的故事和小说类别中。鉴于

《诗镜》的写作年代早于《大故事花簇》和《故事海》，檀丁的这种说法值得重视，也就是说，《伟大的故事》的原作可能是散文体。

现存的三种梵语改写本也可以说是《伟大的故事》的缩写本，篇幅远远小于原作。觉主的《大故事诗摄》的写作年代最早，约在八、九世纪。这是一部残本，现剩四千五百多颂，分作二十八章。它的文体简朴生动，并较多地保留俗语形式。据此，一般认为它比较接近《伟大的故事》的原貌。安主的《大故事花簇》写于十一世纪，共有七千五百颂，分作十八章。安主是克什米尔国王阿南多的宫廷诗人，一位多产作家，著有《婆罗多花簇》（Bhāratamañjari）、《罗摩衍那花簇》（Rāmāyaṇamañjari）和《十次下凡记》（Daśāvatāracarita）等。正如《婆罗多花簇》和《罗摩衍那花簇》是两大史诗的诗体提要，《大故事花簇》是《伟大的故事》的诗体提要。但由于故事内容被过分压缩，以致文体呆板枯燥，甚至常常出现晦涩难解之处，只有参照《故事海》和《大故事诗摄》才能读通。月天的《故事海》也写于十一世纪，可能略晚于《大故事花簇》若干年，共有二万一千多颂。月天也是克什米尔国王阿南多的宫廷诗人。传说这部作品是他为王后排忧遣愁而写的。《故事海》的篇幅是《大故事花簇》的三倍，容纳了更多的故事内容，而且叙事生动，故而成为《伟大的故事》的梵语改写本中流传最广的一种。

《故事海》全书分作十八卷、一百二十四章。月天在第一卷第一章中说："本书从头至尾忠实原著，绝不窜改；仅仅为了紧缩原著的庞大篇幅，才更动语言。我尽力做到用词恰当，句义连贯。对全诗各部分加以组合时，不损伤故事的情味。我的这种努力绝非为了炫耀才智，博取名声，而是为了让这部丰富多彩的故事集易于记诵。"根据月天的这段自我表白，还不能断定他依据的原著就是德富的毕舍遮语本。在印度古代，许多著名的俗语如巴利语、摩诃剌陀语、耆那摩诃剌陀语、修罗塞纳语、摩揭陀语、半摩揭陀语和阿波布朗舍语等，都通过宗教文献或文学作品保存了下来，唯独毕舍遮语已经失传，而且失传的时间较早。因此，很有可能，月天依据的"原著"是当时流行于克什米尔的某种梵语改写本，但规模肯定要比《故事海》"庞大"。安主的《大故事花簇》依据的原著可能与月天相同，而觉主的《大故事诗摄》依据的原著可能与月天和安主不同。但这三部梵语改写本的基本结构和内容是一致的。

《故事海》采用印度传统的故事套故事的框架式叙事结构。第一卷以德富的《伟大的故事》的创作缘起作主干。第二卷和第三卷以优填王的故事作主干，主要讲述他的两次婚姻。第一次是与优禅尼城的仙赐公主成婚。最初，优禅尼国王施展"木象计"，俘获犊子国优填王，强迫他担任仙赐公主的琴师。优填王与仙赐公主倾心相爱。优填王的宰相负轭氏乔装疯子，潜入优禅尼城，里应外合，安排优填王携带仙赐公主出逃，迫使优禅尼国王同意这桩婚事。第二次是与摩揭陀国莲花公主成婚。宰相负轭氏为了让犊子国与强大的摩揭陀国结盟，瞒着优填王，放出仙赐王后死于火灾的谣言，促成优填王与莲花公主结成姻缘。第四卷至第十八卷以优填王的儿子那罗婆诃那达多的故事为主干，从他诞生，以后一次又一次娶妻，直至最后成为持明王。全书围绕以上主干故事，插入大大小小的故事，总共约有三百五十多个。故事种类很多，有神话、传说、寓言、幻想故事、历险故事、爱情故事、妇女故事、傻子故事、骗子故事、动物故事和宫廷故事等。像《五卷书》和《僵尸鬼故事》这样著名的印度古代故事集被整本地收入其中，因此，《故事海》堪称是"印度古代故事大全"。《故事海》书名的全译是《故事河海》，意思是"故事河流汇成的大海"。这个书名显然是名副其实的。

这里需要特别指出，在《故事海》第十卷中汇入的《五卷书》故事有个明显的特点：它们作为五组智慧故事，有一系列傻瓜故事相陪衬。其中先后讲述了五十多个傻瓜故事。而将它们与汉译佛经《百喻经》对照，则发现其中的绝大多数故事都见于《百喻经》。只是《百喻经》将这些傻瓜故事用作譬喻，宣传佛教教义。据汉译《百喻经》末尾题署："尊者僧伽斯那造作《痴华鬘》竟"，可知此经原名《痴华鬘》。唐慧琳《一切经音义》引《玄应音义》曰："梵云摩罗，此译云鬘。"此处"摩罗"即梵语 mālā 的音译，词义为花环。用作书名，取其编集之意。梵语用作愚蠢或傻瓜一词多为 mugdha。《故事海》中用作傻瓜故事这个词组的梵语也是 mugdha-kathā。这样，《痴华鬘》可以还原成梵语 mugdha-mālā，也就是《傻瓜故事集》。因此，《故事海》中不仅汇入了《五卷书》，也汇入了一部现已失传的另一部印度故事集《痴华鬘》。

在《故事海》众多的故事中，最能反映其特色的是以城市生活为背景的世俗故事。这些故事大多反映商人和市民意识。商人在城市生活中占有重要地位，他们从事海上和陆上贸易，追逐财富，善于应付意外事故。手工业者富有创造才能。第七卷第四十三章中有一个描写一对木匠兄弟的故事。木匠哥哥为了供养自己钟爱的情人，耗尽家产。于是，他制作一对机关木鸟，每天夜里用线牵引着放入宫殿窃取国王的财宝。后被国王发现，他便乘坐自己制作的飞车逃往外国。这架飞车，一按机关就能飞行八百由旬。木匠弟弟为免遭牵连，也乘坐另一架飞车，逃到海边一座城市。这是一座废城，空无一人。他就用木材制作了许多机关马、机关象、机关侍从和机关女人，享受着国王般的荣华富贵。这个故事充满幻想色彩，但它的幻想力主要不是来自传统的宗教神话，而是来自现实的手工技艺。

在一些描写无赖和骗子的故事中，作者常常是欣赏他们的机智，而嘲笑受骗者的愚呆。第十卷第六十六章中有个故事，讲述一个骗子乔装富商，用金钱贿赂国王，获得每天与国王私下谈话的机会，从而在大臣们中造成他是国王心腹的假象。然后，他经常诓骗那些大臣，以在国王面前为他们美言为借口，收受他们的贿赂。最后，他积聚了巨额财富，献给国王，并向国王透露了自己施展的计谋。国王出于无奈，收下一半财富，并封他为宰相。第五卷第二十四章中有个故事，讲述两个骗子湿婆和摩陀婆（具有讽刺意味的是，这是两位大神的名字）分别乔装苦行僧和拉其普特人，利用王室祭司的贪婪和昏聩，用伪造的珠宝骗取了他的财富和女儿。

《故事海》中有许多关于妇女的故事，它们大多描写妇女的邪恶和不贞。第七卷第三十六章中有个故事，叙述国王有匹神赐的飞象，一次被大鹏鸟啄伤，卧地不起。天国仙音指示他说，只要让一个贞洁的妇女用手摸一下飞象，飞象就能痊愈。然而，以王后为首的八万名王妃以及全城的妇女用手摸了飞象后，无一奏效。碰巧，外地来了一位商人，他有一位忠于丈夫的女仆。她的手一摸飞象，飞象就站了起来。于是，国王决定娶这位女仆的妹妹为妻。他把这个女子安置在海岛的宫殿里，由女侍守护。他经常乘坐飞象，白天飞往首都，晚上返回海岛。结果，这个女子仍然在一个白天与一个航海遇难脱险而登上海岛的青年发生奸情。

歧视和污蔑妇女是印度古代故事文学中的普遍现象，《故事海》也不例外。但《故事海》中也收有不少歌颂妇女忠贞不渝和机智勇敢的故事。第二卷第十三章中有个故事，讲述商人古诃犀那出外经商，他的妻子提婆丝密多恋恋不舍。天神在梦中赐给他俩每人一朵红莲花，说是如果一方不忠贞，对方手中的红莲花就会枯萎。古诃犀那在迦多诃国经商时，有四个青年商人灌醉他，套出红莲花的秘密。于是，这四个青年赶到古诃犀那的家乡，企图勾引提婆丝密多。一个尼姑为他们牵线，百般煽惑提婆丝密多。但提婆丝密多胸有成竹，她在四个夜晚，依次让侍女用掺了蒙汗药的酒灌倒这四个青年，在他们的额上烙上铁爪印，把他们扔进臭水沟。这四个青年蒙羞逃回迦多诃国。提婆丝密多担心自己的丈夫可能会遭到他们报复。她毅然乔装商人前往迦多诃国，当着国王的面，凭那四个青年商人额上的铁爪印，声称他们是她的四个逃奴。最后，其他商人为这四个青年商人付了赎金。提婆丝密多收下赎金，与丈夫一起返回家乡。第一卷第四章有个故事，描写乌波高莎在丈夫外出期间，以巧妙而严厉的方法，惩治了向她强行求爱的四个好色之徒——王子的侍臣、国王的祭司、大法官和富商。

上面提到《故事海》第十卷中的傻瓜故事，也可以称为笑话故事，大多讽刺生活中某些人的愚蠢言行。例如，有个商人吩咐仆人照看货箱，别让它们遭雨淋。后来，天下雨了，这个仆人便取出货箱里的衣服，包裹货箱，不让它们遭雨淋（第十卷第六十二章）。有个旅行者一次买了八块糕饼，吃了七块后，觉得肚子饱了。他后悔没有先吃这第七块，以致白白浪费了前六块（第十第六十二章）。有个国王希望女儿迅速长大成人，便吩咐医生配制快速生长的药。于是，医生们哄骗他说，这种药产于十分遥远的国度，需要派人去取，同时在取药期间，必须由他们将公主隔离起来。这样，过了若干年，等公主长大成人，医生们把她交给国王，说是已经吃了他们的药（第十卷第六十一章）。在第十卷第六十三章中有个笑话，《故事海》作者也把它作为傻瓜故事处理，但实际上是反映富人的狡猾。一个乐师为一个富人演唱。富人听完十分高兴，吩咐司库付给乐师二千元赏金。乐师向司库取款，司库拒付。乐师询问富人，富人回答说："你用音乐取悦我的耳朵，我用言辞取悦你的耳朵。"

印度是个宗教发达的国家。印度古代文学作品几乎都带有宗教烙印。《故事海》中弥漫的宗教气氛主要是印度教的，尤其是印度教中的湿婆教。全书各卷开头的祝词大多是赞颂湿婆大神、湿婆的妻子波哩婆提和湿婆的儿子象头神。它所依据的《伟大的故事》也被假托出自湿婆大神之口。故事中的人物遇到困难或陷入危机时，大多祈求湿婆或波哩婆提（又称高利女神或难近母）庇护。而且，许多故事中还反映与湿婆教密切相关的性力崇拜和密教实践。但《故事海》中也收入一些佛教故事，包括佛本生故事和菩萨故事。因此，《故事海》虽然以世俗故事为主，但其中许多故事的传奇性，在相当程度上还是依赖印度教和佛教的一些传统的宗教神话观念，诸如神、半神、魔、仙人、咒语、巫术、神通、业报、转生、下凡和变形等。这些神奇的或神秘的宗教色彩，与许多故事本身蕴含的趣味性和幽默感，形成了《故事海》经久不衰的艺术魅力。

《故事海》（或确切地说《伟大的故事》）中汇聚的许多故事在古代印度长期流传，家喻户晓。它们也是古典梵语文学作家重要的创作源泉。例如，跋娑的戏剧《负轭氏的誓言》和《惊梦记》描写优填王与仙赐和莲花公主的两次婚姻故事（见《故事海》第二和第三卷），迦梨陀娑的戏剧《优哩婆湿》描写天女优哩婆湿和国王补卢罗婆娑的爱情故事（见《故事海》第三卷），戒日王的戏剧《龙喜记》描写云乘太子舍身求法的故事（见《故事海》第四和第十二卷），薄婆菩提的戏剧《茉莉和青春》描写两对男女青年追求婚姻自由的故事（见《故事海》第六和第十三卷），波那的长篇传奇小说《迦丹波利》描写两对恋人生死相爱的故事（见《故事海》第十卷）。同时，在世界比较文学领域中，它也是故事文学影响研究和平行研究取材的重要宝库。

《故事海》适应通俗故事的需要，语言朴素，避免使用冗长的复合词和复杂的语法结构，但也不乏优美的文学描写。它既是现存规模最大的梵语故事总集，也是印度古代故事艺术成就的总结。在今天，它不仅仍然保留着文学欣赏价值，而且对于研究印度古代社会、政治、经济、宗教、文化艺术和民俗等，具有文献价值。

第三节 其他故事集

除了《五卷书》和《故事海》外，其他著名的梵语故事集还有《僵尸鬼故事二十五则》、《宝座故事三十二则》、《鹦鹉故事七十则》和《益世嘉言》等。

《僵尸鬼故事二十五则》（Vetālapañcaviṃśatikā，简称《僵尸鬼故事》）已被收入《故事海》和《大故事花簇》中。但《伟大的故事》是否收入这部故事集，难以确定，因为《大故事诗摄》没有收入这部故事集。无论如何，《僵尸鬼故事》是一部独立的故事集，流传很广。除了《故事海》和《大故事花簇》中的两个诗体传本外，还有两种分别由湿婆陀娑（Śivadāsa）和婆罗帕陀娑（Vallabhadāsa）编订的韵散杂糅的传本，以及由占帕罗达多（Jambaladattta）编订的散文体传本。这后三种传本的成书年代不详，但全部晚于前两种传本。

因此，《僵尸鬼故事》可以作为一部独立的故事集处理。这部故事集也采用框架式叙事结构，讲述有个修道人每天送给国王三勇军一枚果子，由侍从储入库房。后来，国王发现这些果子中含有宝石。于是，他询问修道人送礼的原因。修道人说他正在修炼法术，需要一位英雄协助，因此希望国王助他一臂之力。国王慨然应允，并按照修道人的要求，在一个夜晚来到火葬场。修道人说他的修炼仪式需要一具死尸，吩咐国王去把远处河边一棵树上吊着的一具死尸搬来。而当国王背尸返回时，附在死尸身上的鬼魂开始对他讲故事，并且讲完故事，就根据故事内容向国王提出一个问题。僵尸鬼事先说了，如果国王能够解答而不解答，他的脑袋就会迸裂。可是，国王一开口回答问题，就打破了搬尸时必须保持沉默的规矩，死尸便返回树上。这样，一连返回二十四次，僵尸鬼讲了二十四则故事。对于前二十三则故事末尾提出的问题，国王都作了解答。

例如，第二则故事讲述三个婆罗门青年同时求娶一个美貌绝伦的婆罗门少女。不幸，这个少女突然染上热病而夭亡。火化之后，第一个青年以少女的骨灰为床铺，乞食为生。第二个青年携带遗骨，送往恒河。第三个青年成为游方僧。后来，那个游方僧在游荡途中获得一种起死回生的咒语。他回来后，与那两个青年会面。他取了一些尘土，念过咒语后，撒入骨灰，少女立即复活，而且容貌比以前更加光彩照人。僵尸鬼询问国王，这个少女应该成为哪一位青年的丈夫？国王回答道，她应该成为第一个青年的丈夫，因为第三个青年救活少女，他的行为如同父亲。第二个青年将少女的遗骨送往恒河，他的行为如同儿子。而第一个青年一直躺在少女的骨灰上，拥抱她，他的行为如同丈夫。

第十则故事讲述一个少女由父亲做主，与一个青年订婚。而另一个青年对这个少女爱得失魂落魄，少女答应他在新婚之夜，先与他幽会。新婚之夜，少女向丈夫说明自己与另一个青年有约在先。丈夫同意她如约前往。途中，有个盗贼要霸占她。她向盗贼说明情况，恳求等她履行诺言，赴约之后再回到他身边。盗贼觉得她是个守约的女子，便放了她。少女到了情人那里。情人见她信守诺言，也就心满意足，不愿破坏她的贞操，劝她立刻回家。少女回到盗贼身边，告诉他自己与情人会面的情况。盗贼也对她信守诺言表示满意，放走了她。这样，少女安全地回到丈夫家里。丈夫得知他既履行了诺言，又保持了贞洁，便与她一起过着美满的生活。僵尸鬼询问国王，在丈夫、情人和盗贼中，哪个人是真正的施舍者？国王回答说，那个盗贼是真正的施舍者，因为在这三个人中，他本是一个暗藏的无所顾忌的作恶者，却能舍弃到手的美女和她的饰物。

第十六则故事是戒日王的戏剧《龙喜记》的故事原型，讲述持明族云乘太子是菩萨转生，与悉陀族公主摩罗耶婆提相爱结婚。婚后一天，云乘太子在摩罗耶山上游玩，发现金翅鸟王准备吞噬龙太子，龙太后悲痛欲绝。于是，云乘太子替代龙太子献身金翅鸟王。云乘太子被金翅鸟王啄得遍体鳞伤时，龙太子赶来救云乘太子，向金翅鸟王说明自己才是龙太子。随即，在摩罗耶婆提的哀号下，女神难近母为云乘太子洒下甘露，救活云乘太子。僵尸鬼询问国王云乘太子和龙太子两人之中，谁更勇敢？国王回答说，对云乘太子来说，他是菩萨，在无数次转生中，都取得这样的成就，不算奇迹。而值得赞扬的是龙太子，因为他本来已经死里逃生，还要追上去救云乘太子，将自己的身体送给仇敌金翅鸟王。

对于僵尸鬼在第二十四则故事末尾提出的问题，即一对母女和另一对父子，母亲与对方儿子结婚，父亲与对方女儿结婚，分别生下的两个儿子是什么亲属关系？国王回答不了，便保持缄默，背着死尸赶路。这时，僵尸鬼觉得这位国王是正义的化身，不能害他。僵尸鬼向国王指出那个修道人不怀好意，企图将国王作为活祭献给女神，以求取法力。最后，国王背着死尸来到修道人的祭坛，并按照僵尸鬼教给他的计策，反将修道人作为活祭献给女神，赢得超人的法力。

在《僵尸鬼故事》中，每个故事末尾提出一个发人思考的问题。这种手法出自对故事传播过程中听众反应的重视，形成这部故事集的主要特色。对于同一个故事，听众的理解和反应会有差异。在这部故事集中，国王可以说是听众的象征。对于有些故事末尾提出的问题，各种传本的解答就存在程度不同的差异。但这位故事角色的身份毕竟是帝王，他对故事的理解和对问题的解答，更多的是站在维护封建伦理的立场。例如，第三则故事讲述八哥和鹦鹉争论男性坏还是女性坏，八哥举了一个丈夫谋杀妻子的事例，鹦鹉举了一个妻子陷害丈夫的事例。这个故事本身说明不能以性别判断善恶是非。而国王却解答说，女性天生是邪恶的，男性作恶是个别现象。国王的诸如此类解答，对这部故事集中的某些故事不啻画蛇添足。

这部《僵尸鬼故事》流传很广，在中国古代就有藏语、蒙语和满语译本。自然，在这些故事流传过程中，其中会出现不同程度的变异。

《宝座故事三十二则》（Siṃhāsanadvātriṃśatikā，简称《宝座故事》）的传本很多。北印度有三种夹杂诗歌的散文本——克歇曼迦罗（Kṣemaṅkara）编订的耆那教传本、婆罗鲁吉（Vararuci）编订的孟加拉传本和佚名编者的传本。南印度有散文体和诗体两种传本。这部故事集大约产生于十一世纪，主要讲述健日王的高贵品质和英雄事迹，故而又名《健日王传》（Vikramacarita）。

《宝座故事》开头有个引子，讲述在优禅尼城一个穷婆罗门虔诚崇拜波哩婆提女神，获得一枚长寿果。而这个婆罗门想到自己生活贫困，长寿对他无用。于是，他把长寿果献给国王，希望他长期造福于民。但国王笃爱妻子，不愿妻子先他而死，便把长寿果赠给妻子。此后，王后把长寿果赠给自己的情夫，那位情夫又赠给一个妓女，这个妓女又赠给一个牧童。这样辗转相赠，最后这枚长寿果又回到国王手中。由此，国王得知王后不贞。于是，他弃世隐居，把王国交给了弟弟健日。健日王以英勇和慷慨闻名。天神因陀罗赠给他一张宝座，上面有三十二个女性雕像。后来，健日王在战斗中丧生，宝座被埋入地下。许多年后，婆阇王在位期间，宝座被发掘出来。而当婆阇王要坐上宝座时，宝座上的一个女性雕像复活，询问婆阇王是否具备健日王那样的高尚思想和英雄气概，配坐这张宝座。故事正文便从这里开始。三十二个女性雕像依次复活，讲了三十二则健日王的故事。最后，婆阇王坐上宝座，三十二个女性返回天国。原来这三十二个女性是天女，因遭到大神湿婆的妻子波哩婆提诅咒而变成雕像，直至与婆阇王会面才获得解脱。

《宝座故事》着重宣扬健日王的英勇和慷慨。健日王将勇敢视同自己的生命。例如，第三十二则故事讲述在京城市场，凡是直至傍晚还卖不出去的商品，一律由官府收购。一天，有个无赖在市场上以高价出售一尊穷神铁像，自然无人问津。到了傍晚，照例由官府收购，送入国库。由于穷神来到，幸运女神和智慧神向健日王辞别，健日王不勉强挽留。接着勇敢神也来辞别，健日王浑身发颤，心想："人失去勇气，何成其为人？"他竭力挽留勇敢神，说道："没有你，生命于我何用？"说完，他准备拔刀自刎。勇敢神只得劝阻他，并决定留下。随后，幸运女神和智慧神也重新返回。

而健日王通过自己的勇敢行为获得的无论什么宝物，随时都能慷慨施舍他人。例如，第十九则故事讲述有一次健日王猎捕野猪，追至一个山洞。野猪消失不见，他依然在黑暗中前行，到达地下世界钵利王的宫殿。钵利王赠给他炼金剂和不老药。他返回地面后，途中遇见一对婆罗门父子向他求乞。他请他俩从这两件宝物中选一件。而那位父亲想要不老药，儿子想要炼金剂，争执不下。于是，健日王将这两件宝物都赠给他们。

第二十则故事讲述健日王历尽艰难险阻，登上一座群蛇盘绕的山。山上的苦行仙人赠给他一支魔笔、一根魔棍和一件魔衣。魔笔可以画出一支军队。右手持魔棍，画中的军队就变活；左手持魔棍，军队就消失。魔衣可以满足各种欲望。在归途中，健日王遇见一个落难流亡的国王，便把这三件法宝都送给他，让他恢复王国。

健日王还以无畏的献身精神为民众解除苦难。例如，第二十五则故事讲述星相师报告健日王，灾星降临，国家将遭遇十二年大旱。于是，健日王以大量祭品祭供和抚慰灾星，然而始终未见下雨。天上传来话音说，若是向女神祭供具有三十二大人相的人，便能解除旱灾。于是，健日王准备献祭自己。这时，天神出面阻拦，满足他的心愿，天上开始下雨。

第二十八则故事讲述健日王巡游大地，来到一个城市。那里有个凶暴的女神，嗜好人肉。市民们只能花钱买人或强行捕捉城市里的陌生人，满足女神的欲望。于是，健日王亲自去见女神，建议她不必吃可怜的穷人身体，可以吃他的健壮的身体。女神对他感到满意，请他选择一个恩惠。健日王便要求她废除人祭。女神最终同意他的请求。

健日王形象在一定程度上反映了民众对国王的理想要求。这是《宝座故事》得以广泛流传的重要原因。在十六世纪，奉阿克巴大帝之命，这部故事集被译成波斯语。它也被译成泰语和蒙语。蒙语译本的书名叫《三十二个木偶的故事》。

《鹦鹉故事七十则》（Śukasaptati，简称《鹦鹉故事》）也是一部流传很广的故事集。它的成书年代难以确定。现存的大量抄本都是晚出的，而且各种抄本之间内容上的差异也很大，说明后人不断加以增删。现代学者初步整理出"修饰本"和"简明本"两种传本。

《鹦鹉故事》的框架故事是讲有个商人的儿子爱军和妻子有光一味沉溺于感官享乐。即使父亲责备他，他依然故我。父亲忧心忡忡，求助一位婆罗门。这位婆罗门带来一对聪明的鸟——鹦鹉和八哥。它们原来是一对健达缚，受到因陀罗诅咒，男健达缚变成鹦鹉，女健达缚变成八哥，而一旦它们完成帮助青年爱军的任务后，就能摆脱诅咒，恢复原形。于是，鹦鹉和八哥被安置在鸟笼中，放在爱军房中。

鹦鹉为了劝导爱军，给他讲了一个故事：有个婆罗门青年不听父母的教诲，终日东游西荡，喜欢猎奇。后来，他尝试过出家人生活，修炼禅定。一天，他出外乞食，空中一只白鹭鸶的尿粪撒落在他身上。于是，他发出诅咒，白鹭鸶随即坠落死去。他后悔自己发怒，而造成恶业。随后，他向一个婆罗门妇女乞食。恰好这时婆罗门妇女的丈夫回家，她就忙着先照顾丈夫。这样，他又生气发怒。然而，这个婆罗门妇女提醒他白鹭鸶的事情。他惊讶这个婆罗门妇女怎么会具有这种神通力，便向她请教。婆罗门妇女告诉他去波罗奈城请教一个名叫法猎的猎人。他找到这个猎人，而猎人说他现在还没有资格接受指导，因为他违逆父母。而他若是回家改正这个错误，便能获得这种神通力。鹦鹉讲完这个故事，希望爱军记取这个教训。于是，爱军开始尊敬父母，听从父亲的安排，出外经商。同时，他委托鹦鹉和八哥照看自己的妻子。

但他走后没几天，妻子有光耐不住寂寞，准备出去偷情。八哥直言不讳地劝阻她，差点被她掐死。而聪明的鹦鹉假装顺应她的心思，告诫她说一旦事情露馅，必须像古那霞利尼那样机警，善于摆脱困境。这引起她的强烈好奇心，听鹦鹉讲述这个故事：古那霞利尼听从一个媒婆的安排，前往一个庙宇与男人偷情。不料，这个媒婆忙中出错，带来了古那霞利尼的丈夫。鹦鹉说到这里，要求有光先回答古那霞利尼这时怎么办，然后再出去。有光想不出应该怎么办，一夜没有出去。第二天早上，有光向鹦鹉询问古那霞利尼怎么办？鹦鹉告诉她说，古那霞利尼装作当场抓住丈夫与其他女人私通，打他，骂他，逼得丈夫讨饶求情。

就这样，鹦鹉一夜讲一个故事，一连讲了七十夜，直至她的丈夫归来。在鹦鹉讲述的故事中，约有一半是关于男女之间偷情以及他们如何使用狡诈手段遮人耳目或摆脱窘境。例如：

第二十五则讲述一个荡妇经常夜里出去偷情。一天，丈夫把门锁上。荡妇夜里回来，进不了屋。于是，她在门外哀声诉说自己命苦，如果明天早上，父兄看见她被关在门外，她就没脸见人了，于是决定投井自尽。随后，她将一块石头投入井中。而屋里的丈夫听见扑通的响声，赶紧开门出来。而这个荡妇一进屋，反把丈夫关在门外。

第三十五则讲述一个荡妇与一对父子私通。一天，这对父子在互不知情的情况下，先后来与她幽会。正当荡妇与那个儿子调情时，儿子的父亲突然来到。荡妇赶紧把那个儿子藏起来。接着，她的丈夫回来了。她急忙吩咐那个父亲装作怒气冲冲的样子走出门去，嚷嚷着要杀死他的儿子。然后，她向丈夫解释说，这个人在追杀儿子，他的儿子逃到这里躲避，故而她把他的儿子藏了起来。说完，她把那个青年叫出来，让自己的丈夫看。

故事集中还有另一半是与诡计或智慧有关的其他故事，如盗贼故事、妓女故事、断案故事和破谜故事等。例如：

第三则讲述一个商人有两个美貌的妻子。一个歹徒垂涎这两个美妇。于是，他敬拜天神，如愿获得恩惠，使自己变成那个商人的模样。这样，趁那个商人外出的机会，他进入商人家中，成了这家的主人。后来，那个商人得知消息，赶回家中，却被赶了出来。商人便向国王报案。而国王发现那个歹徒和这个商人长得一模一样，无法断案。于是，聪慧的国王事先询问商人的两个妻子，她俩结婚时，得到什么聘礼。然后，询问那个歹徒和这个商人同样的问题，由此确认真假商人。

第五十二至第五十四则讲述一个妇女与丈夫吵架后，带着两个孩子出走，路过树林，遇见一只老虎。在这危急关头，这个妇女机智地拍打一个孩子，高声说道："你俩吵什么谁吃老虎？这只老虎不就近在眼前吗？先吃掉这只，然后我们再去找一只。"老虎一听这话，赶紧逃命，直至遇见一只胡狼。胡狼指出老虎上了那个妇女的当，并表示愿意陪老虎回到那里。老虎将信将疑，担心一旦面临危险，胡狼抢先逃跑。胡狼就请老虎将自己绑在它的脖子上，解除它的疑虑。这样，老虎和胡狼一同转回。这时，这个妇女又机智地叫喊道："你这坏心肠胡狼，过去你一直是一次带给我三只老虎，怎么这次只带给我一只？"这下，老虎拔腿就逃，不敢停步。一路快速经过树丛时，胡狼的身体受到刮擦，流血不止。胡狼害怕自己会死去，便嘲笑老虎是傻瓜，因为那个妇女会沿着一路留下的血迹，追杀老虎。于是，老虎放下胡狼，独自逃跑。

第六十三则讲述国王的外交大臣的儿子名叫提婆舍尔曼，行为放浪，国王蔑视他。而这位大臣恳求国王聘用自己的儿子，至少可以试用一下。于是，国王将两个罐子中装满灰土，盖上封印，委派提婆舍尔曼去送给另一个国王。那个国王打开罐子，发现里面装满灰土，盛怒之下，要杀死提婆舍尔曼。于是，提婆舍尔曼急中生智，对这个国王说，这是自己的国王举行完祭祀后，将祭火坑中的灰烬装在这两个罐中。这些灰烬能驱除灾厄，保障国家繁荣昌盛，故而作为礼物，委派我送来。这个国王听后满心欢喜，将灰土撒在王后和公主身上。

这部《鹦鹉故事》在十四世纪被译成波斯语，后又被译成土耳其语。通过它们，其中的许多故事流传于西亚和欧洲。

《益世嘉言》（Hitopadeśa，直译为《有益的教训》）是以《五卷书》和另一部故事集为基础改写而成的故事集。作者署名那罗衍（Nārāyaṇa），但生平事迹不详。现存最古的抄本属于十四世纪。同时，故事文本中使用的"星期日"（baṭṭārakavāra）一词属于十世纪以后的词汇。这样，这部故事集的成书年代大约在十至十四世纪之间。

《益世嘉言》袭用《五卷书》的框架结构，前面的引子也是讲述国王委托一个名叫毗湿奴舍哩曼的婆罗门教给三个王子"正道论"。全书共分四篇：《结交篇》、《绝交篇》、《战争篇》和《和平篇》。在编排上，第一篇和第二篇是《五卷书》第一卷和第二卷的颠倒，第三篇和第四篇是《五卷书》第三卷的分拆。但第三篇主干故事中的战争双方由乌鸦和猫头鹰改成了天鹅和孔雀；第四篇主干故事是新增的，讲述天鹅和孔雀战后缔结和约。《五卷书》的第四卷已被取消，而第五卷被分装在第三篇和第四篇中。同时，各篇对原《五卷书》故事作了增删。这样，《益世嘉言》大约保存了原《五卷书》散文部分的五分之二，诗歌部分的三分之一。除了各篇的主干故事外，它总共含有三十八则故事，其中有十七则是新增的。

例如，第三篇第八个故事讲述某个国家的一个王子维罗婆罗来到首陀罗迦王这里，谋求一个职位，俸禄是一天四百金币。国王问他有什么本领，维罗婆罗回答说自己有两只手和一把剑。国王没有同意。而大臣劝国王试用他几天，国王也就同意了。这样，维罗婆罗为国王守门。一天，在漆黑的夜晚，远处传来哭声。国王吩咐维罗婆罗前去查看。维罗婆罗循声而去，而国王也悄悄尾随其后。维罗婆罗发现是一个美丽的女子在哭泣。经询问，女子说自己是首陀罗迦王的王权女神，一直愉快地生活在这里，而现在要离去了。维罗婆罗询问有何难处，怎样解决？女子说，若是你将儿子献祭名为一切吉祥的女神，自己就能留住这里。于是，维罗婆罗回家，与妻儿商量。儿子觉得只要能保持国王的王权，牺牲自己也值得。这样，一家人前往一切吉祥女神庙，将儿子献祭这位女神。然后，维罗婆罗觉得自己已经回报国王的俸禄，现在失去儿子，自己活着已经没有意义，便自刎而死。他的妻子看到儿子和丈夫都已死去，也跟随丈夫自尽。国王目睹这一切，也想自尽。这时，一切吉祥女神显身，对首陀罗迦王表示满意，答应他的请求，让维罗婆罗全家人复活。后来，国王询问维罗婆罗那天夜里发生什么事，他回答说，当时找到一个哭泣女子，随即这个女子消失不见了。国王发现维罗婆罗的人格如此伟大，做了好事也不声张。于是，国王赐给维罗婆罗一个地区，封他为王。

又如，第四篇第五个故事讲述一个苦行仙人收养一只小老鼠。一天，一只猫想吃这只老鼠。仙人便将这只老鼠也变成猫。而猫怕狗。仙人又将猫变成狗。狗怕老虎。仙人又将狗变成老虎。现在，人们见到仙人，都会说仙人将他的猫变成了老虎。老虎听了很不高兴，心想只要仙人活着，人们都会说它是猫。于是，老虎想要杀死仙人。仙人具有神通力，立即知道老虎的邪念，于是，将老虎变回成老鼠。

与《五卷书》相比，《益世嘉言》的作者具有更自觉的教诲"正道论"的意图。他从一些"正道论"著作，尤其是迦曼陀迦（Kāmandaka，八世上半叶）的《正道精华》（Nītisāra）中采入大量政治格言诗，增加了这部故事集的说教比重。其中一些格言诗也常被引用，例如：

> 对他人妻子视同母亲，
> 对他人财物视同木石，
> 对一切众生视同自己，
> 这样的人堪称是智者。（1.14）

> 眼睛总是往下看，
> 感觉富足而快乐；
> 眼睛总是朝上看，
> 感觉穷困而痛苦。（2.2）

> 人们受到伤害之后，
> 甚至会不信任善人，
> 孩子喝牛奶烫嘴后，
> 甚至喝凝乳也吹气。（4.108）

除了教诲"正道论"外，那罗衍编写这部故事集的另一个明确的意图是教授"文雅的语言"。适应教学的需要，那罗衍尽量避免使用冗长的复合词和复杂的句法。全书语言简朴生动，这也是这部故事集得以在印度各地，尤其是孟加拉地区广泛流传的重要原因。它还是在近代最早被译成多种欧洲文字的印度梵语文学作品之一。

第 九 章

古典梵语小说

第一节 古典梵语小说的产生及其一般特征

古典梵语叙事文学在文体上可以分作三类：韵文体、散文体和韵散混合体。叙事诗采用韵文体，民间故事大多采用韵散混合体，小说采用散文体。在古典梵语文学早期，诗歌占据主导地位。古典梵语小说是在两大史诗、古典梵语叙事诗和民间故事的基础上发展而成的。现存最早的这类作品产生于六、七世纪，即苏般度的《仙赐传》、波那的《迦丹波利》和檀丁的《十王子传》。从这些古典梵语小说可以看出，它们在题材上继承民间故事的世俗性，在叙事方式上继承两大史诗和民间故事集的框架式结构，在语言和修辞方式上继承古典梵语叙事诗的风格。

如果与其他民族的小说相比较，印度古典梵语小说的最独特之处在于它的文体。这种文体大量使用冗长的句子和复合词，并因此大大减少了动词的用量。檀丁在《诗镜》中甚至把大量使用复合词视作"散文的生命"。这种文体还像古典梵语叙事诗体一样，注重藻饰和修辞，大量使用谐音、双关、比喻、夸张、神话典故以及铺张的描写和成串的形容词等。除了诗歌韵律之外，古典梵语叙事诗的一切修辞手段，它几乎都用上了。因此，从文体上说，简直可以称为无韵的叙事诗或散文叙事诗。

　　虽然现存的古典梵语小说产生于六、七世纪，但这种散文文体可以追溯到更早的年代。例如，公元 150 年摩诃刹特罗波·楼陀罗达孟的吉尔那尔岩石铭文，充满冗长的复合词，极少使用动词，并注重谐音。约公元 350 年三摩答剌笈多的阿拉哈巴德石柱铭文，开头有八首诗，结尾有一首诗，中间是散文。而这整篇散文竟是一个句子，里面包含许多冗长的复合词。其中有个复合词长达一百二十多个音节，句中大量使用谐音、比喻、双关、夸张和神话典故等修辞手法。这份铭文的作者是三摩答剌笈多的宫廷诗人诃利犀那（Hariṣeṇa），内容是为三摩答剌笈多歌功颂德。公元 588 年达罗塞纳一世的伐腊毗铜版铭文也是使用这种散文文体。由这些铭文可见，这种繁缛雕琢的散文文体主要是由宫廷诗人创造和发展的。无疑，这种散文文体的写作具有相当的难度，以至伐摩那在《诗庄严经》中引用一句格言说："散文是诗人的试金石。"

　　对于散文体叙事文学的最早理论总结见于婆摩诃（约七世纪）的《诗庄严论》。婆摩诃将散文体叙事文学分作两类：ākhyāyikā 和 kathā。前者由主人公叙述自己的事迹，作者也可以作一些想象的叙述；作品分成章回，并在适当时机用伐刻多罗或阿波罗伐刻多罗格律的诗句预示将要发生的事件。后者由他人叙述主人公的事迹；作品不分章回，也不含有伐刻多罗或阿波罗伐刻多罗格律的诗句。

　　而稍后的檀丁（约七世纪）在《诗镜》中指出，ākhyāyikā 和 kathā 只是同一种文学类别的两种名称，因为用作区分 ākhyāyikā 和 kathā 的那些特点，在实际创作中是互相通用的。檀丁和婆摩诃之间的观点分歧产生于他们所依据的具体作品。此后的梵语文学理论家依然将散文体叙事文学分作 ākhyāyikā 和 kathā 两类。他们所提供的定义也是依据他们所见到的具体作品。例如，楼陀罗吒（约九世纪）的《诗庄严论》中对 ākhyāyikā 和 kathā 所作的描述，显然是主要依据波那的《戒日王传》和《迦丹波利》。可以说，梵语文学理论家对这两种散文体叙事文学样式的理论概括，多数停留在表层的形式特征上。倒是辞书家阿摩罗辛诃（Amarasiṃha，约七世纪）在他编纂的《长寿字库》中抓住了这两种叙事文学样式的根本区别，点明 ākhyāyikā 的内容是真实的，kathā 的内容是想象的。换言之，ākhyāyikā 是传记，kathā 是小说。

古典梵语长篇小说的代表作家是苏般度、波那和檀丁。此外，耆那教作家也著有梵语长篇小说，如悉达希（九世纪）的《人生寓言》和胜财（十世纪）的《迪罗迦曼遮丽》，已经在前面第四章《耆那教文学》中做了介绍。

第二节　苏般度的《仙赐传》

苏般度（Subandhu）著有小说《仙赐传》（Vāsavadattā），他的生平事迹不详。根据一些材料推测，他可能是六世纪人，波那（七世纪）在《戒日王传》的第十一首序诗中提到《仙赐传》说："《仙赐传》抵达耳边，诗人们的骄傲消失。"另外，609 年的一部耆那教俗语著作中也提到《仙赐传》。虽然这两条材料中的《仙赐传》均未标明作者，但一般认为就是苏般度的《仙赐传》。同时，苏般度在《仙赐传》中提到达罗婆娑仙人对沙恭达罗的诅咒（这是迦梨陀娑在戏剧《沙恭达罗》中独创的情节），由此可以推断，苏般度生活在五世纪和七世纪之间，或约略地说是六世纪。

《仙赐传》开头有一组序诗，前几首称颂语言女神、毗湿奴和湿婆，最后三首表达作者的文学见解：

> 好诗人的诗句取悦耳朵，
> 即使尚未领悟它的妙处。

> 智者通过观察他人认清自我，
> 如同在明镜中映出崇高形象。

> 苏般度蒙受语言女神的恩惠，
> 技艺娴熟，作品中字字双关。

《仙赐传》讲述一个爱情故事。有位王子名叫爱魁，一天拂晓梦见一位美丽的少女。梦醒后，他得了相思病，终日躺在床上，双目紧闭，不思饮食。他的朋友花蜜见劝说无效，便同意他的请求，陪他出去寻找这位梦中的少女。

他们游荡了漫长的路程，来到文底耶森林，在一棵树下歇脚。半夜里，爱魁和花蜜听到树顶上一只雌八哥和一只雄鹦鹉吵架的声音。八哥责问鹦鹉是不是跟别的鸟调情去了？怎么回来得这么晚？鹦鹉向八哥解释，说是自己遇见了一件前所未闻的事情——在花城有位名叫仙赐的公主。她父亲为她安排了一个选婿大典，召来各地王子，候她挑选。但她一个也不中意。而那天夜里，她却梦见了一位名叫爱魁的青年。从此，仙赐陷入爱情的烦恼。现在，她的心腹多摩莉迦（有的抄本上说是一只名叫多摩莉迦的八哥）奉命出来寻找爱魁。这样，多摩莉迦与鹦鹉一起到这里，正站在树下。爱魁听此消息，欣喜若狂，告诉多摩莉迦自己就是爱魁。于是，多摩莉迦将仙赐书写的一封信交给爱魁。爱魁念诵道：

> 一个少女亲眼见到自己
> 心上人，尚且将信将疑，
> 更何况只是在梦中相见，
> 她又怎么可能确信无疑？

于是，爱魁和花蜜一起，随同多摩莉迦前往花城。他们走了一天，在夜幕降临之时到达花城。爱魁进入王宫，见到仙赐。这对情人兴奋至极，双双晕倒。在花蜜和众侍女的救护下，他俩苏醒过来。仙赐的心腹女友迦罗婆提告诉爱魁：现在没有时间容他俩互诉衷情。如果要描述仙赐相思的痛苦，即使以天空作贝叶，大海作墨汁，梵天作写手，几千年也写不完。然而现在花城王已将仙赐许配给持明王的儿子，明天一早就要成婚。于是，爱魁当机立断，与仙赐一起骑上一匹魔马出奔。

经过一夜奔波，他俩到达文底耶森林，在一座蔓藤凉亭里躺下休息。爱魁一觉睡到中午醒来，发现身旁的仙赐不见了。他四处寻找，穿过森林，直到海边，也不见仙赐踪影。绝望之余，决定投海自尽。这时天上传来仙音劝阻他，说是不久他会与情人团圆。这样，爱魁怀抱希望，继续沿着海边和森林游荡，以野果充饥，苦苦寻找仙赐。

雨季过去，秋天来到。一天，爱魁在森林的一个偏僻处看见一座状似仙赐的石像。他情不自禁地用手抚摸，石像蓦地变成活的仙赐。爱魁仿佛掉进甘露海，抱住仙赐，询问她这是怎么回事？仙赐告诉他说：那天在他还没睡醒的时候，她去林中采果子，不料遇见两帮土匪。她不敢往回逃跑，害怕连累爱魁遭到杀害。而这两帮土匪为了争夺她，互相厮杀，同归于尽，同时也毁坏了整座树林。一位苦行者采花回来，看见树林遭到毁坏，认为她是祸根，便诅咒她变成石头。但苦行者同情她的不幸，又补充一句话，说一旦她的爱人抚摸这块石头，咒语的力量便会消失。然后，爱魁偕同仙赐，与赶到这里的花蜜一起返回故乡，过着幸福的生活。

《仙赐传》讲述的这个故事在印度古代文学中找不到出处，说明它是苏般度的创造。但就编故事的水平而言，苏般度实属一般。他只是照搬常见的爱情故事模式。其中的许多故事因素，如做梦、会说话的八哥和鹦鹉、魔马、诅咒、变形和天国仙音等，也是印度故事文学中的惯用手法。而且，情节的发展过分依赖巧合，削弱了艺术真实。事实上，苏般度的创作旨趣并不在设计故事情节和塑造人物性格，而是施展修辞技巧。《仙赐传》是一部典型的形式主义小说。

苏般度一有机会就进行铺张描写。爱魁梦见仙赐，苏般度就不厌其详地描写仙赐全身各个部位的美。鹦鹉讲述花城见闻，苏般度既描写城中的住宅、居民、妓女和乐园，也描写与花城有关的迦旃衍尼女神和恒河神话。其他诸如文底耶森林、雷瓦河、大海、春季、雨季、秋季、日落、月夜、星空和清晨等等自然景象，苏般度都作了细致的描写。这些描写虽然不乏优美之处，但从整体上说，存在严重的为描写而描写的倾向。它们大多不顾及情节发展的需要，冗长，臃肿，繁琐，占据了小说的主要篇幅。

而且，苏般度在描写中刻意追求诗歌修辞手法，诸如谐音、连珠、双关、明喻、暗喻、夸张和用典等等。其中最突出的是双关。苏般度在这部小说的序诗中声称自己精于诗艺，能做到"字字双关"。在《仙赐传》中双关的词语层出不穷，而且常常与其他修辞手法结合使用。有些句子也确实做到了"字字双关"。梵语同音多义词丰富，再加上句中词组拆合的灵活性，为双关修辞手法提供了方便条件。苏般度常用的双关词汇有 ambara（天空，外衣）、āśā（希望，方位）、gotra（山，家庭）、jāti（种姓，茉莉花）、payodhara（云，乳房）、pravāla（嫩芽，珊瑚）、vaṃśa（家族，竹）和 vṛṣa（公牛，美德，精子）等。但是，苏般度过多地使用双关，甚至为了形成双关而生拼硬凑，致使文字艰深，文气不畅，颇多滞涩费解之处。不要说一般读者，连历来的注释家对《仙赐传》中某些段落和句子的读解也很不一致。

第三节 波那的《戒日王传》和《迦丹波利》

波那（Bāṇa）著有传记《戒日王传》和小说《迦丹波利》。正是由于他著有《戒日王传》，他的生平年代可以根据戒日王的在位年代（606—647 年）确凿无疑地定在七世纪上半叶。

除了《戒日王传》和《迦丹波利》之外，归在波那名下的作品还有一部宗教祈祷诗集《尊提百咏》，并由此生发出一个神奇的传说：诗人摩由罗是波那的岳父，一天，他去看望波那，恰逢波那正在抚慰嗔怒的妻子。摩由罗的闯入引起波那的妻子不满。由于她的诅咒，摩由罗染上麻风病。此后，摩由罗创作了《太阳神百咏》，赢得太阳神的恩惠，麻风病痊愈。他的诗名也随之大振。波那妒羡摩由罗的诗名，于是砍去自己的手脚，创作了《尊提百咏》，赢得尊提女神（湿婆大神的配偶）的恩惠，肢体复原。

此外，梵语诗学著作中提到两部现已失传的戏剧作品《波哩婆提姻缘记》（Pārvatīpariṇaya）和《踢碎王冠记》（Mukuṭatāḍita），也归在波那的名下。

波那的文学成就受到梵语诗学家普遍赞赏。十二世纪的《妙语宝库》中有一组赞颂诗人的诗歌，其中一首将波那视为七世纪之后古典梵语文学的领军人物：

> 薄婆菩提踏上波那以前走过的路，
> 此后又出现迦摩罗瑜达和盖舍吒，
> 语主又让这条路上的尘土变纯洁，
> 而今它仍敞开着，等待天才诗人。

从《戒日王传》和《迦丹波利》提供的内证表明：在宗教信

仰方面，波那主要信奉湿婆，也崇拜梵天和毗湿奴。他是个正统的
婆罗门，但对佛教和佛陀也怀有敬意。在学问方面，他精通吠陀经
典、各派哲学、两大史诗和各种往世书神话，熟悉民间故事文学和
跋娑、迦梨陀娑等古典梵语作家的作品。总之，波那是一位具有宽
宏的胸怀、渊博的知识和丰富的阅历的作家。

《戒日王传》（Harṣacarita）是传记，或者说，是一部传记体小
说，共分八章。作品开头有二十一首序诗，主要是赞颂湿婆大神及
其妻子波哩婆提以及一些杰出的前辈诗人和作品。他也提出自己对
作品的艺术理想要求：

> 有新意，语言不流于
> 俚俗，双关而不晦涩，
> 情味显豁，辞藻华丽，
> 难以具备所有这一切。

尽管他觉得这样的要求难以达到，他仍然决心要写作《戒日王
传》：

> 尽管如此，我忠诚于国王，
> 并不气馁，急于完成任务，
> 依然让我的舌头大胆地
> 在这传记的大海中游动。

"传记"（ākhyāyikā）是古典梵语叙事文学中的一个类别。波
那认为：

> 传记如同床榻，听来明白

有趣，如同醒来舒服愉快，

词语和字母组合绚丽多彩，

如同床脚镶嵌金子而闪亮。

第一章《犊子世系》：波那自述家史和生平。他出生在曲女城索纳河畔的一个婆罗门世家。他幼年丧母，由父亲抚养长大。但不幸刚满十四岁，父亲又亡故。尽管他享有大宗的祖传遗产，也具备良好的学习条件，但出于青年人的好奇心，他携带一大帮随从出外浪游。随从人员中有语言学家、哲学家、民歌手、故事手、吟唱诗人、医生、金匠、珠宝匠、书法家、画家、雕塑家、鼓手、笛子手、歌手、乐师、舞伎、演员、咒术师、魔术师、寻宝师、洗头匠、赌徒、苦行僧和湿婆教徒等。波那和他们一起访问各地，增长了阅历和见识，最后，回到故乡。

第二章《会见国王》：回到故乡不久，戒日王的异母兄弟克里希那派人召唤他去觐见戒日王。戒日王听信某些朝臣的谗言，对波那的印象很坏。克里希那认为只有波那当面会见戒日王，才能消释戒日王的误会。波那及其家族与戒日王朝廷从未有过交往。他最初迟疑不决，最后还是下了决心，前去拜谒戒日王。戒日王见到波那，态度冷淡，称呼他为"浪荡子"。波那向戒日王申诉道："哦，国王！你为什么这样称呼我，仿佛你不明真情，多猜多疑，听人摆布，不晓世事？常言道：人心叵测。他们惯于播弄是非，但伟人应该明察秋毫。你不应该对我怀抱偏见，仿佛我是个卑鄙小人。"他向戒日王陈述了自己的家世、学问和为人。通过这次会面，戒日王改变了对波那的看法。波那在戒日王宫中呆了一段日子，受到最高的礼遇。

第三章《国王世系》：然后，波那回到故乡，受到亲友们热情欢迎。亲友们希望他讲述戒日王的生平事迹。波那表示："谁能享有一百个人寿，描绘他的全部事迹？如果你们愿意听取他的部分事迹，那可以。"波那首先讲述戒日王的祖先布希波菩提的故事。他是室利甘特国（都城萨他泥湿伐罗）的国王，曾经协助一位湿婆教苦行者降伏妖魔，并由此得到吉祥女神的恩惠：他将成为一个强大的王族的创始者，其中会出现一位名叫喜增的转轮王。

第四章《转轮王诞生》：正式开始讲述戒日王（即喜增）的生平事迹。布希波菩提的王位代代相传，传至光增王。光增王虔信太阳神。一天夜里，王后耶输摩提梦见两个少年和一个少女从太阳里出来，进入她的子宫。这个梦兆得到应验，她先后生下两儿一女——王增、喜增和罗阇室利。其中，喜增诞生时，出现许多吉祥的征兆，预示他将来会成为伟人。在罗阇室利诞生时，王后耶输摩提的兄弟送来自己的儿子盘提，让他在宫中与王增和喜增做伴。罗阇室利长成少女后，嫁给曲女城王子哥罗诃伐剌曼。

第五章《父王逝世》：讲述王增长大后，国王派遣他北上攻打匈奴人。喜增随同兄长前往。当王增进入盖拉瑟山脉后，喜增留在山脚，狩猎自娱。但突然传来国王病危的消息，喜增火速返回都城。几天后，王后自焚殉节，国王溘然长逝。喜增无限悲伤，为父王举行葬礼，并焦急地等待兄长归来。

第六章《国王发誓》：讲述王增击败匈奴人后，从前线归来，哀悼父王的逝世。他不愿继承王位，决心隐居森林。他希望喜增继承王位，而喜增决定追随兄长，隐居森林。这时，罗阇室利的侍从突然赶来报告说：就在光增王逝世的消息传到曲女城的当天，摩腊婆王杀死哥罗诃伐剌曼，囚禁罗阇室利。而且，传说摩腊婆王即将前来攻打萨他泥湿伐罗。得此消息，王增当即与盘提一起，率兵前去讨伐摩腊婆王。许多天后，来人报告说，王增轻而易举战胜了摩腊婆王，却被高达王谋杀。喜增无比愤怒，发誓摧毁高达国，为兄长报仇。

第七章《登基为王》：讲述在一个吉日良辰，喜增敬拜湿婆大神，登基为王，然后率兵出发，前去征讨高达王。途中，遇见与王增一起打败摩腊婆王而满载战利品返回的盘提。盘提报告喜增说，罗阇室利已经逃出曲女城，进入文底耶森林。于是，喜增把讨伐高达王的任务交给盘提，自己前往文底耶森林寻找妹妹。

第八章：讲述喜增在文底耶森林里辗转寻找妹妹，来到佛教高僧地婆迦罗密多罗的修行处。正当他与地婆迦罗密多罗交谈之际，一个佛徒前来报告说，有位夫人即将投火自焚。根据佛徒的描述，喜增断定她是自己的妹妹。喜增赶往现场，救下妹妹。罗阇室利转而表示希望穿上袈裟，成为尼姑。喜增提出，等他实现了消灭仇敌的誓言，他便和她一同穿上袈裟。这样，喜增携带罗阇室利回到驻扎在恒河岸边的军营。

《戒日王传》至此结束。波那为什么没有继续写下去，现代学者有种种猜测。其实，波那在第三章中已经有言在先："谁能享有一百个人寿，描绘他的全部事迹？如果你们愿意听取他的部分事迹，那可以。"

当然，应该指出《戒日王传》不是历史性传记，而是文学性传记。因为波那采用的不是历史笔法而是文学笔法，更具体地说，是古典梵语叙事诗的笔法。波那主要是从文学的角度选材，即选择那些宜于铺张描写和渲染感情的场景或事件。而且，他还时常袭用一些神话和传奇手法。尽管如此，在印度古代缺乏历史著作的情况下，《戒日王传》具有无可置辩的历史文献价值。

首先，《戒日王传》提供了有关戒日王的一些基本史实。这从玄奘的《大唐西域记》和一些碑文记载可以得到证实。而且，《大唐西域记》主要提供戒日王后期生活事迹，《戒日王传》主要提供戒日王前期生活事迹，两者可以互为补充。但对于戒日王登基这一历史事件，玄奘和波那的记载有些差异。据《大唐西域记》，光增王死后，王增继位。王增遭羯罗拏苏伐剌那国（即《戒日王传》中所说的高达国）设赏迦王（《戒日王传》中没有写明这位国王的名字）谋杀后，大臣婆尼（即《戒日王传》中的盘提）力劝喜增继位。喜增在求得观自在菩萨显灵后，才登基为王，取号戒日。而据《戒日王传》，光增王死后，王增没有继位，随即与盘提一起前去讨伐摩腊婆王。王增遭高达王谋杀后，喜增登基为王。当时盘提尚在前线，并未参与此事。另外，据《戒日王传》，戒日王登基是在萨他泥湿伐罗，而据《大唐西域记》，仿佛是在曲女城。孰是孰非，有待发掘其他史料，进一步考证。

其次，《戒日王传》提供了戒日王时代印度社会生活的生动画面。其中包含有种姓、职业、宗教、艺术、服饰和风俗习惯等多方面的丰富史料，一向为史学家们所重视。

《戒日王传》也充分展示波那的语言艺术才能。恭多迦在《曲语生命论》论述文学风格时，将《戒日王传》归入"绚丽风格"。他在对绚丽风格的界定中，提到"绚丽风格以曲语的奇妙性为生命"。"诗人堆砌辞藻，不知餍足，犹如在项链上镶嵌珠宝。""凭借大诗人的想象力和高超的描写能力，无论什么都会按照意愿获得别样的呈现。"在提及相关的修辞时，也引用《戒日王传》的例句，例如，"哪里充满离别的痛苦，变得空虚？""哪些字母有幸分享这个名字？"这两句是采用间接暗示的修辞，询问"你来自哪里？""尊姓大名？"又如，"这河流犹如天空之蛇蜕下的蛇皮，犹如天国清客额上的檀香志"。这是富于想象力的比喻修辞。在论述整部作品的曲折性时，其中提到"同一内容在不同章节中一再得到描写，但具有巧妙的想象力，不缺乏新颖的描写，也不缺乏修辞的光辉，展现曲折性魅力而令人惊异"。他也指出："例如，在《戒日王传》中，不止一处描写山岳、夜晚结束等等，新鲜，优美，可爱，令人惊喜。因此，这部作品值得品尝。由于内容丰富，这里不能详细描述。"

欢增在《韵光》中论述双关修辞时，也引用《戒日王传》中的例句，例如，"这时，名为夏季的时节出现，终止历时两月的花季，塔楼的笑容白似盛开的茉莉花"。这句原文中含有一些双关词，又可以读作"大时神（湿婆）毁灭时代，张嘴狂笑，白似盛开的茉莉花"。

《迦丹波利》（Kādambalī）是一部充满浪漫和幻想色彩的长篇小说，描写两对恋人生死相爱的故事。情节的发展建立在轮回转生的基础上，离奇曲折。小说开头有二十首序诗，颂扬大神和老师，也表达作者的文学见解，其中第八和第九首论及小说：

> 以生动活泼的话语，
> 以温柔甜蜜的情味，
> 犹如新娘走到床前，
> 小说博取读者欢心。
>
> 小说犹如花蕾绽开的占婆迦花环，
> 有明灯和比喻，新鲜的音义结合，
> 有紧密的双关，生动的如实描写，
> 在这世上有谁会不为之心醉神迷？

《迦丹波利》的正文不分章回，采用故事中套故事的框架式叙事结构。这种叙事结构更增加了这部长篇小说故事情节的复杂性。波那没有写完这部作品而逝世，因而作品后半部分是由他的儿子菩商那（Bhūṣaṇa）续写完成的。下面按照原书叙事结构介绍这部小说的故事梗概。

一个旃陀罗（贱民）女子献给维底夏城国王首陀罗迦一只聪明

的鹦鹉。国王出于好奇，询问鹦鹉的出生历史，鹦鹉便讲给国王听——

它出生在文底耶森林，刚生下就失去母亲，与父亲相依为命。一天，猎人们进入林中围猎。一个猎人爬上树，掐死它的父亲，扔往树下。它因躲在父亲翼下，坠落在树下一堆枯叶上，才幸免于难。一位过路的青年怜悯它，将它带到林中的修道院。迦婆梨大仙定神望了望，说它是自食其果。应众修道人的请求，大仙讲述了它的前生故事——

在优禅尼城，一天夜里，国王梦见一轮圆月进入王后嘴中，大臣梦见一位婆罗门将一朵莲花放在自己妻子怀中。不久，国王得子取名月环，大臣得子取名护民。这两位少年一同长大，亲密无间。月环十六岁时，国王赠他一匹宝马，立他为太子，命他出征四方。由护民和侍女彩痕伴随。他率领大军，在三年中征服了四方。他的军队驻扎在金城。一天，他骑着宝马出城行猎，独自一人来到一个湖边，忽听附近有弹唱声，循声而去，发现一座湿婆庙，里面有位美丽的少女正在抚琴吟唱颂诗。少女向月环表示欢迎，领他到自己的石窟住处。少女在这里过着苦行生活。经月环询问，少女讲述了自己的不幸遭遇——

她的名字叫太白，是健达缚和天女的女儿。一天，她去湖中沐浴，途中遇见一位名叫白莲的青年修道人。他是白首大仙和吉祥天女的儿子。太白和白莲一见钟情。两人分手后，都陷入了相思。一天黄昏，白莲的好友迦宾阇罗前来报告太白，说白莲经不住爱情烈焰的折磨，生命岌岌可危。太白顾不得一切仪轨，瞒着父母，当晚就由侍女达罗利迦陪同，赶到白莲那儿，可怜他已经溘然瞑目。太白顿时昏厥，苏醒过来后，悲痛欲绝，准备投火自焚。这时，从月亮飞来一位神灵，携白莲而去，并安慰太白说："不要寻短见，你会与白莲重新团圆。"白莲的好友迦宾阇罗追踪而去，也消失在空中。于是，太白发誓在这里修苦行，等待与白莲团圆。第二天，太白的父母前来劝她回家，但见她态度坚决，也只能顺从她的意愿。

太白说完自己的遭遇，掩面而泣。月环安慰她，说她肯定会与白莲团圆。然后，他询问陪伴她的侍女达罗利迦现在去了哪儿？太白便告诉月环说，她有个亲密的女友名叫迦丹波利，也是健达缚和天女的女儿。她听说了太白的悲惨遭遇，发誓在太白和白莲团圆前绝不结婚。太白已应迦丹波利父母的要求，派侍女达罗利迦前去劝说迦丹波利。

第二天早晨，达罗利迦带了健达缚少年盖瑜罗迦回来。盖瑜罗迦告诉太白说，谁也劝不动迦丹波利。于是，太白邀请月环一同前去劝说迦丹波利。到了金顶城迦丹波利的居处，月环和迦丹波利一见倾心。但月环不能在此久留，他的军队到处寻找他，已经循着宝马的足迹到达太白的石窟。他恋恋不舍地告别迦丹波利，回去与护民和军队会合。但第二天，盖瑜罗迦就来报告月环说，迦丹波利相思病重。月环听后，立即带上侍女彩痕，赶去看望迦丹波利。在那里呆了几天，他留下彩痕陪伴迦丹波利，自己回到军营。这时，月环接到父亲来信，催他立即回家。于是，他留下护民照看军队，独自返回优禅尼城。

月环回到优禅尼城没几天，彩痕也赶回优禅尼城，向月环报告迦丹波利的相思情状。

（波那的原作至此中断，以下部分由他的儿子菩商那续作。）

月环也忍受着相思的痛苦，并担心迦丹波利的状况。随后，盖瑜罗迦也赶来向月环报告迦丹波利的相思情状。于是，月环以接回护民和军队为借口，告别父母，前去看望迦丹波利。途中遇见军队，得知护民没有随军返回。月环在寻找护民的过程中，来到太白的石窟打听消息，却见太白在伤心哭泣。经询问，太白告诉他说——

　　自从月环离别迦丹波利后，她回到这里继续修苦行，忽然来了一个神思恍惚的婆罗门青年，两眼紧盯着她，而她没有理他。一天夜里，他居然闯进石窟向她求爱。她气愤地骂他花言巧语像鹦鹉，并诅咒他变成鹦鹉。不料咒语一出口，他应声倒地而死。直至他的侍从来找他，才知道他是月环的好友护民。

　　月环听后，大吃一惊，当场心碎而死。这时，迦丹波利赶到，见月环已死，昏厥过去。醒来后，她准备以身殉情。忽听天上传来话音，吩咐迦丹波利好好守护月环的尸体，等待与他团圆。这时，彩痕牵过宝马，跃入湖中。随即，湖中涌出一位青年修道人，就是白莲的好友迦宾阇罗。他上岸后，向太白讲述了自己的前一段经历——

　　当月神带走白莲时，他追踪而去，到达月界。月神告诉他说，白莲生命垂危时，责怪月亮的光芒正在杀害他，使他不能与情人相会。白莲诅咒月神也会遭受人间爱情的折磨。于是，月神发出一个反诅咒，说他俩将经受同样的欢乐和悲哀。这样，白莲和月神都将在人间经历两次转生。最后，月神请迦宾阇罗去找白莲的父亲白首大仙，说他有办法解除咒语的束缚。而迦宾阇罗在寻找白首大仙的途中，冒犯了一位天神，被诅咒变成一匹马。这匹马只有在主人死去，并在湖中沐浴后，方能摆脱诅咒的力量。由于这个原因，他被转生为月环的宝马，而月环是月神转生的，护民是白莲转生的，现在也可以理解，护民之所以贸然向太白求爱，被诅咒成鹦鹉，那是因为他的前生是白莲，心中隐埋着对太白的爱情。

　　迦宾阇罗说完以后，告别太白和迦丹波利，继续去寻找白首大仙。以上便是迦婆梨大仙讲给众修道人听的鹦鹉的前生故事，鹦鹉向国王首陀罗迦复述完毕后，继续说道——

　　不久，迦宾阇罗来到修道院，告诉鹦鹉说已经找到白首大仙。大仙正在举行祭祀以解除诅咒，希望鹦鹉耐心等待。可是，后来鹦鹉的羽毛丰满了，便迫不及待地飞出修道院去寻找太白。不料中途被一个旃陀罗捕住，带到旃陀罗部落居处，交给旃陀罗公主。然后，经过一段日子，旃陀罗公主把鹦鹉带到了这里。

国王首陀罗迦听完鹦鹉的自述，惊诧不已，便召来那位旃陀罗公主。公主告诉国王首陀罗迦说，他是月环再世。而她是这只鹦鹉的前身白莲的母亲吉祥天女。现在，白首大仙的祭祀已经完毕，诅咒的束缚即将解除。一旦诅咒解除，国王首陀罗迦和鹦鹉都会脱离现在的身体，与各自的心上人团圆。说完，她消失空中。

这天，迦丹波利情不自禁拥抱月环的尸体，顷刻之间，曾经转生为国王首陀罗迦的月环复活了。同时，曾经转生为护民和鹦鹉的白莲由迦宾阇罗陪同，从天而降。月环和迦丹波利、白莲和太白这两对有情人终成眷属。

迦丹波利在婚后，向月环询问彩痕的下落。月环告诉她，彩痕是他在月界的妻子。他第一次下凡转生时，她作为侍女伴随他，他第二次转生为国王首陀罗迦时，她返回月界去了。

《迦丹波利》这部长篇小说不仅故事情节错综复杂，而且文体繁缛雕琢。波那喜欢使用冗长的复合词句进行铺张描写，凡遇到风景和人物，他一般都详尽描写，不太考虑风景与情节发展的关联程度或人物的主次。同时，他在这些铺张描写中，大量使用比喻、联想、双关、谐音、神话典故和成串的形容词等修辞手段。因此，《迦丹波利》历来被认为是一部阅读难度较大的作品，但同时也被认为是一部不可企及的艺术杰作。因为这部作品显示出，波那在吸收民间文学营养的基础上，最大限度地调动了自己的艺术想象力和文字表现手段。

《迦丹波利》的故事取材于德富的《伟大的故事》。波那在《戒日王传》的序诗和《迦丹波利》本文中都曾提及《伟大的故事》，可见他是熟知这部作品的。德富的《伟大的故事》已经失传，但从月天的改写本《故事海》第十卷第五十九章中可以找到《迦丹波利》的故事原型。两相比较，叙事结构和故事情节基本一致。只是波那已将原故事中的人物全部改名，如白莲、太白、月环和迦丹波利分别是原故事中的阳光、意光、月光和花蜜。另外，在《迦丹波利》中，白莲和月环转生，太白和迦丹波利等待团圆，而在原故事中，阳光和花蜜转生，意光和月光等待团圆。其他还有一些细节差异。波那正是从这则民间故事获得灵感，发挥自己的艺术天才，精心创作了《迦丹波利》这部长篇小说。

《迦丹波利》的主题具有一定程度的反封建思想意义。它讴歌青年男女追求自由和真挚的爱情。白莲作为青年修道人，他冲破宗教禁欲戒规，热恋太白，以致相思成疾。而太白不怕辱没家庭名声，瞒着父母私自前去看望白莲。白莲不幸病故，太白决心以身殉情。只是由于月神的劝慰，她才保存自己的生命，在山林石窟修行，等待与白莲团圆。无论她的父母怎样恳求或责备，她也决不回心转意。与此同时，月环与迦丹波利倾心相爱。月环的父亲召他回城，他陷入了父命和爱情的矛盾，他先是服从父命返回家中，后听说迦丹波利的相思情状，又设法前去探望迦丹波利。只是由于他的好友护民突然身亡，使他心碎而死，未及与迦丹波利相会。而迦丹波利也像太白一样，在天国仙音的劝慰下，继续活在世上，等待与月环团圆。这两对恋人的爱情超越时空，超越死亡，在痛苦的生离死别和持久的等待中得到净化和升华。

总之，《迦丹波利》既充分吸收民间故事传说的表现手段，又高度运用古典梵语叙事诗的文字技巧；情节曲折复杂，但扣人心弦；人物刻画和环境描写细致入微；心理和感情描绘不乏哀婉动人之处；艺术想象力无比丰富，堪称是古典梵语文学中旷古未有的一大"奇书"。

第四节　檀丁的《十王子传》

在古典梵语文学中，长篇小说《十王子传》（Daśakumāracarita）和诗学著作《诗镜》的作者署名都是檀丁（Daṇḍin），而且，一般也认为这两个檀丁是同一人。但关于檀丁的生平事迹，因缺乏史料，长期付之阙如。直至 1924 年，印度学者在南印度发现了一部题为《阿凡提巽陀利小说》（Avantisundarīkathā）的残本和另一部题为《阿凡提巽陀利小说精华》（Avantisundarīkathāsāra）的诗体提要残本，由此初步解开了檀丁的生平和《十王子传》的创作之谜。

长期以来通行的《十王子传》实际是残本，只有中间的八章出自檀丁的手笔，前五章（现存文本称为《引子》）和最后一章（现存文本称为《尾声》）是后人补写的。这一点早已为学者们所认同。而新发现的《阿凡提巽陀利小说》残本应该是檀丁《十王子传》失佚的前面部分。主要理由是：《阿凡提巽陀利小说》残本的内容与《十王子传》引子中的前半部分一致。而《阿凡提巽陀利小说精华》残本的内容与《十王子传》引子以及中间前三章的内容一致。而且，其中某些细节与《十王子传》中间八章更为前后一致。

在《阿凡提巽陀利小说》残本的开头部分，也有关于作者本人的生平事迹介绍。从中我们可以得知檀丁出生在南印度波罗婆国建志城的一个婆罗门世家。曾祖父达摩德罗（即古典梵语叙事诗《野人和阿周那》的作者婆罗维）是国王辛赫毗湿奴的宫廷诗人。檀丁七岁丧母，到达系圣线年龄时，又失去父亲。这时，波罗婆国遭到外敌入侵，饥荒和瘟疫蔓延，檀丁被迫背井离乡，出外游学。直至国内安定，他返回建志城。据印度有关史料，国王辛赫毗湿奴的在位时间是六世纪下半叶。檀丁的生平年代也由此可以确定为七世纪下半叶。

在《阿凡提巽陀利小说》残本的开头部分，檀丁也讲述了这部小说的写作缘起：他回到建志城后，有一次，应邀与两个朋友去海边观赏由一位能工巧匠修复的毗湿奴神像。在海边，他们遇见一个奇迹：一朵莲花从海上漂来，接触到毗湿奴神像的脚，随即变成一个持明（小神仙），消失空中。为了向朋友们解释这个奇迹，他创作了这部以莲花变成持明为结局的小说《阿凡提巽陀利》。而现存《十王子传》并没有这样的结局。因此，有的学者推断，檀丁的这部小说的原名是《阿凡提巽陀利》，《十王子传》是其中的主要组成部分。即使如此，由于完整的《阿凡提巽陀利》已经失传，这部小说仍将以现在通行的《十王子传》的名称和内容流传下去。

《十王子传》是一部富于传奇色彩的长篇小说。按照现存文本，全书分成《引子》、《十王子传》和《尾声》三部分。

《引子》第一章《王子诞生》：摩揭陀国和摩腊婆国发生战争。摩揭陀国王罗阇杭娑先胜后败，避入文底耶山林。在这里，王后婆苏摩蒂生子名叫王乘。跟随国王的四位大臣妙思、妙计、妙友和妙闻也各得一子：聪慧、友护、计护和名声。后来，国王又收留了陆续送来的五个孩子：弥提罗王的一对孪生子卸铠和献铠、大臣妙闻的侄子华生、大臣妙友的侄子利护和大臣妙思的侄子月赐。这样，合起来共有十位王子。

第二章《协助婆罗门》：这群王子在林中长大成人，文武双全。于是，国王派他们出去征服世界。最初，他们十人同行。中途，王乘应一个婆罗门的请求，跟随他从地缝进入地下世界，协助他做了那里的国王。其他九个王子发现王乘失踪，便分头前往各处寻找王乘。这样，待王乘返回地上，同伴们早已离开原地，不知去向。王乘独自游荡，来到优禅尼城，在一个花园里遇见月赐。月赐向王乘讲述自己的经历。

第三章《月赐传》：月赐讲述自己在游荡途中，捡到一颗宝石，送给一个穷困的婆罗门，却被官府诬为盗贼，投入狱中。后来，他越狱而出，帮助维罗盖度王击败入侵之敌。于是，维罗盖度王将女儿嫁给他，并封他为王位继承人。

月赐讲完自己的经历。这时，华生出现在他们的面前。于是，王乘又请华生讲述自己的经历。

第四章《华生传》：华生讲述自己在游荡途中，与优禅尼城一个富商的女儿新月相爱。优禅尼城摄政王猛铠的弟弟木铠企图霸占新月。华生便施展巧计，扮作新月的侍女，陪同新月去木铠家，杀死木铠。趁众人慌乱之间，他与新月溜走，如愿结成姻缘。

第五章《与阿凡提巽陀利成婚记》：此后，王乘暂住在华生家。一天，他在优禅尼城郊外花园里遇见敌国摩腊婆王的女儿阿凡提巽陀利。他俩因前世有缘，堕入情网。王乘在一个幻术师的帮助下，采取假戏真做的办法，与阿凡提巽陀利秘密结合，住在阿凡提巽陀利的寝宫中。

《十王子传》第一章《王乘传》：后来，他俩的秘密被猛铠发现。王乘被捕，华生也被关进监狱。此时，猛铠求娶盎迦国公主，遭到拒绝。于是，猛铠率兵讨伐盎迦国。猛铠将王乘因在木笼里，带着他一同前往。猛铠攻占盎迦国占婆城后，下令用大象践踏的方式处死王乘。而就在行刑这天，卸铠杀死了猛铠，王乘得救。同时，盎迦国的几支盟军也赶到，击败猛铠的军队。王乘发现其他几个王子都在这些盟军中。他们与王乘团聚，讲述各自的经历。

第二章《卸铠传》：卸铠讲述自己在游荡途中，来到占婆城，先后遇见一位受妓女迦摩曼殊利愚弄的修道仙人和另一位被她骗尽财产的富商之子。卸铠在占婆城里以偷盗营生。一天夜里，遇见一个逃婚的少女。这少女的未婚夫财友因乐善好施而变穷。她的父亲财授嫌贫爱富，逼她改嫁他人。卸铠施计让财授推迟女儿的婚期。

同时，他把偷盗来的钱财送给财友，并在城里散布说财友得到了一个如意宝囊。于是，财授改变主意，将女儿嫁给了财友。此后，卸铠爱上迦摩曼殊利的妹妹。他又以如意宝囊为诱饵，骗取迦摩曼殊利同意这桩婚事并归还那个富商的儿子全部财产。而有一天，卸铠酒醉后，与城市卫兵交战，被捕入狱。他又施计让城市卫兵首领迷上占婆城公主安芭利迦，并骗得他的信任，假装为他挖掘通向公主寝宫的地道，而杀死这个城市卫兵首领。他进入公主寝宫后，爱上公主。后来，猛铠入侵占婆城，逼迫公主与自己成婚。就在猛铠与公主举行结婚仪式之时，卸铠入宫杀死猛铠，救下公主，与她结成姻缘。

第三章《献铠传》：献铠讲述自己在游荡途中，回到毗提诃国，在弥提罗城外的一座寺院里遇见自己的奶妈，得知故国已经被人篡夺，父王和母后因于狱中。他便通过奶妈的女儿牵线，勾引篡位者的妻子，诱使篡位者落入自己的圈套而丧命。他救出父母，恢复父亲的王位。

第四章《利护传》：利护讲述自己在游荡途中，回到迦尸国，得知父亲原先与迦尸国公主成婚，成为大臣。后来，老国王去世。新国王狮声听信奸臣们的谗言，以谋逆罪判处他死刑。于是，利护在父亲临刑时，将一条毒蛇扔到父亲头上，让父亲仿佛被毒蛇咬死。然后，他又用解毒术救活父亲。此后，他挖地道潜入王宫，活捉狮声，夺取政权，并与狮声的侄女成婚。

第五章《聪慧传》：聪慧讲述自己在游荡途中，梦见舍卫城公主。于是，他来到舍卫城，与一个婆罗门交上朋友。他先假扮婆罗门的“女儿”。婆罗门请求国王收留他的“女儿”一段时间，直至他从外地找回“女儿”的“未婚夫”。由此，聪慧得以进宫与公主相爱。然后，他潜逃回来，又假扮婆罗门的“未婚女婿”，跟随婆罗门前去领回“未婚妻”。国王当然交不出已经“失踪”的婆罗门的"女儿"。婆罗门便假装要投火自焚。国王无奈，只得答应赔偿他的"女儿"，将公主许配给了聪慧。

第六章《友护传》：友护讲述自己在游荡途中，到达苏诃摩国。他在拍球节见到苏诃摩国公主甘杜迦婆蒂，观赏她优美的拍球表演，深深爱上她。而公主也对他一见钟情，选他为婿。然而，公主的哥哥施计将他投入海中。他在海中遇船得救。而船又被大风刮到一个海岛，遇上吃人的罗刹。他以四个故事回答了罗刹提出的四个问题，幸免一死。这时，天空中有另一个罗刹劫持一个少女飞过。这个罗刹上去截下。友护发现这个被劫持的少女原来是公主。而后，友护携公主乘船回到苏诃摩国，结成姻缘。

第七章《计护传》：计护讲述自己在游荡途中，到达羯陵迦国。他在火葬场上，从一个邪恶的巫术师手中救出羯陵迦国公主，两人相爱，私自结合。后来。安达罗王俘虏羯陵迦王，企图娶公主为妻。计护便乔装成具有神通力的游方僧，施计杀死安达罗王，救出羯陵迦王，与公主正式成婚。

第八章《名声传》：名声讲述自己在游荡途中，遇见流亡的维达尔跋国王子，得知维达尔跋王轻视治国术，一味追求享乐，阿希摩迦王趁机施展谋略，杀死维达尔跋王，占据维达尔跋国。王后带着王子前往国王的异母兄弟友铠那里避难。不料友铠企图霸占她，还想杀死王子。于是，名声救助王后和王子，施计杀死友铠，并与维达尔跋国公主成婚。

《尾声》：然后，名声带着王子返回维达尔跋国，杀死宿敌阿希摩迦王，将王子扶上王位。

这些王子讲完各自的经历后，随同王乘从占婆城出发，前往优禅尼城，击败宿敌摩腊婆王。王乘接出阿凡提巽陀利，并从狱中救出华生。他们一起重返摩揭陀国花城，与国王罗阇杭娑和王后婆苏摩蒂团聚。罗阇杭娑年迈退隐，王乘登上王位，统治摩揭陀国和摩腊婆国，其他九位王子统治各自获得的王国。他们服从王乘的命令，共同统治天下。

前面提到古典梵语长篇小说在题材上继承民间故事的世俗性，在叙事方式上继承两大史诗和民间故事集的框架式叙事结构，在语言和修辞方式上继承古典梵语叙事诗的文体风格。框架式叙事结构也就是大故事中套小故事的叙事结构，《十王子传》的大故事可以称为《十王子复国记》，其中包含的小故事可以称为《十王子奇遇记》。因此，它的叙事结构类似故事集。然而，长篇小说与故事集的框架式叙事结构之间的本质区别在于大故事和小故事的主人公是否一致。《十王子传》中的大故事和小故事的主人公都是十王子，或者说，十王子是这部长篇小说的集体主人公。可以说，框架式叙事结构是印度古代故事文学向长篇小说转化的一条"捷径"。这也是印度长篇小说在世界上出现较早的一个重要原因。

《十王子传》是散文体，但不同于故事文学的散文体，即大量使用冗长的句子和复合词。檀丁本人已在《诗镜》中将"含有丰富的复合词"视为"散文的生命"。这也说明书面文学和口头文学之间明显不同的语言特征。同时，《十王子传》的这种散文体又注重藻饰和修辞，大量使用谐音、双关、比喻、夸张、神话典故以及铺张的描写和成串的形容词等。有时还故意卖弄文字技巧，如中间第七章《计护传》，由于计护的嘴唇被情人咬破，故而避免使用嘴唇发音。这样，由他讲述的这章故事就没有使用一个唇音。总之，除了诗歌韵律外，古典梵语叙事诗的一切修辞手段，它几乎都用上了。这些原本是古典梵语长篇小说的共同特点。但是，与苏般度和波那的作品相比，《十王子传》的文体还算流畅明朗，不过分雕琢，而更注重情节的生动性和故事的趣味性。

《十王子传》虽然富于传奇色彩，但也饱含强烈的现实主义精神。古代印度长期处在列国分治的政治局面下，"境壤相扰，干戈不息"。这在这部小说中获得如实体现。各个王国之间经常互相攻伐，暴力和阴谋兼用。获胜的国王耽于享乐，失败的国王伺机复仇。王权常常朝不保夕，整个社会的政治局面处在动荡不安中。连绵不断的战争也很难有明确的正义非正义之分。《十王子传》中十个王子的目标是复国和征服世界。但他们取得王国和政权，大多依靠施展阴谋诡计。檀丁对此也并无贬意。他并不像印度古代的故事集如《本生经》和《五卷书》那样注重道德教诲，而是揭示社会现实政治的本来面目。

围绕十个王子的冒险经历，檀丁交织各种故事，广泛而生动地展现了古代印度社会各地和各阶层人物的生活画面，上至帝王、后妃、王子、公主、朝臣和富商，下至妓女、赌徒、盗贼、浪子、荡妇、穷婆罗门和伪苦行者。而檀丁对市井人物怀有同情，常常以幽默诙谐的笔调描写他们。小说中洋溢浓厚的生活气息，这一点也是《十王子传》的重要艺术特色。

另外，在十个王子的冒险经历中，政治和爱情常常交织在一起。王国和美女是这些王子追逐的主要对象。关于政治权术的描写，说明檀丁通晓印度古代政治家憍提利耶的《利论》和迦曼陀吉的《正道精华》等治国论著作。而檀丁也与古典梵语诗人一样，善于描写女性美和各种爱情活动。尽管在这方面的描写有时显得过于细致，但也充分展示了檀丁的语言才华。

总之，檀丁的《十王子传》是一部很有特色的印度古代长篇小说，既能让我们了解印度古代的宫廷政治和社会生活的方方面面，又能让我们了解印度古代长篇小说创作达到的艺术成就。如果与西方小说相比，《十王子传》堪称是印度杰出的"流浪汉体"小说，而它的产生时间远远早于西方。

第五节　占布

在古典梵语叙事文学中，还有一种叫做"占布"（Campū）的体裁。它采用韵散杂糅的形式，可以说是古典梵语小说和古典梵语叙事诗的混合体。而从性质上说，它更接近古典梵语小说。在檀丁的《诗镜》中已经提到这种体裁，但现存最早的"占布"产生于十世纪。

特利维格罗摩·跋吒（Trivikrama Bhaṭṭa，十世纪上半叶）著有《那罗占布》（Nalacampū），取材于《摩诃婆罗多》中的著名插话《那罗传》。这部作品没有写完，现存七章，文体具有古典梵语小说和叙事诗的通常特点，如冗长的复合词句、堆砌的形容词、双关和谐音等。他还著有《摩达罗沙占布》（Madālāsācampū），现已失传。

索吒罗（Soḍḍhala，十一世纪）著有《优陀耶孙陀利》（Udaya-sundarī）。这是一部富有传奇色彩的占布作品，共有八章，讲述地下世界蛇族的美丽公主优陀耶孙陀利与人间国王摩罗耶婆诃的姻缘故事。

第一章：先是讲述作者索吒罗本人的家世。然后，讲述他在宫中的一次诗人聚会上，有个商人献给国王一颗珍珠。而国王说道：一颗珍珠算不得什么，若是许多珍珠串连成项链，则更令人喜欢。索吒罗听后，仿佛觉得国王是在暗示他不要满足于写单节诗，而要创作长篇作品。于是，他决定用韵散杂糅的占布文体创作一部作品，这样就如同镶嵌珍珠的装饰品，绚丽多彩。而且，这部作品的题材要有独创性，充满许多情味，尤其是奇异味。这样，他回到自己的村庄，闭门创作了这部作品。

第二章：进入这部作品的故事正题。在南方恭多罗国，国王摩罗耶婆诃在宫中与诗人和学者们聚会，讨论古代帝王事迹，鉴赏波那和阿毗难陀等古代著名作家的作品。这时，园丁前来报告说，他在一座佛寺附近抓到一只长有顶冠而且会念诗的鹦鹉，已经安置在宝石鸟笼里，现在交给国王。这只鹦鹉向国王表示致敬。经国王询问，这只鹦鹉讲述自己受到森林女神宠爱，故而具有智力和学识。然而，其他鹦鹉由此妒忌它，欺负它。于是，它独自住在佛寺里。国王听后，吩咐园丁好好照顾这只鹦鹉。

第三章：国王询问这只鹦鹉，在王国巩固的情况下，怎样消遣时间。然后，国王依照鹦鹉的建议出外狩猎。园丁也带着鹦鹉随行。国王完成狩猎后，在花园凉亭里休息。这时，鹦鹉饿得发慌，啄破鸟笼飞出。然而，它突然变成一个青年，并捡起从自己身上掉下的一个画卷，交给国王。国王展开画卷，竟然发现是国王本人的画像。侍臣告诉国王，这幅画是军队统帅在出征途中画的，后来在匆忙的进军中遗失。可是，现在这幅画中，国王身边还画有一位美丽的少女。于是，国王请原先是鹦鹉的那个青年说明事情缘由。

第四章：这个青年讲述自己原本是摩突罗国王子，名叫鸠摩罗盖沙林，因为嗜好赌博，而大肆挥霍父母的钱财。后来，他想到楞伽城是一座金城，自己应该像古代英雄罗摩那样去征服这座金城。这样，他长途跋涉，前往楞伽城。途经一个野兽出没的森林。在漆黑恐怖的夜晚，循着一丝光亮，进入一座难近母女神庙。他敬拜后，坐下休息。这时，空中降下一个手持骷髅的湿婆教苦行者。他向这个苦行者讲述了自己前往楞伽城的意愿。于是，这个苦行者入定片刻，仰望天空。顿时，空中出现一辆飞车。这样，他登上这辆飞车，飞往楞伽城。不料，这辆飞车中途失灵，坠入大海。他沉入海中，以为自己必死无疑。然而，他却发现海底有座湿婆庙。他进入里面，敬拜湿婆大神后，坐下休息。随即，他看见一个美丽的少女在侍女们陪随下，前来拜神。她们前去花园采花时，侍从将华盖

和这个画卷一起放在墙角。他出于好奇,前去打开这个画卷,发现
是国王和这个少女的画像。就在这时,出现一个年老的女苦行者,
指责他踩了她的鹿皮坐垫,诅咒他变成一只鹦鹉。这样,他变成了
一只长有顶冠的鹦鹉。那位少女从花园返回,试图救他。而女苦行
者说,等到他遇见一位国王后,她的诅咒就失效。鸠摩罗盖沙林讲
完自己的这番遭遇后,告诉国王说那位少女是三界中的女宝,似乎
爱上画中的国王,而向湿婆大神祈求实现自己的心愿。

第五章:在一个明月之夜,国王坐在凉台上,一心想着怎样才
能得到这位少女。突然,天空变得漆黑,并且传来一阵呼救声。于
是,国王持剑,循声而去,在坟地发现一个罗刹在拽拉一个少女苦
行者。他击败罗刹,救下少女。然后,这个罗刹告诉国王,他是罗
刹王的堂弟。由于得知王子鸠摩罗盖沙林企图征服楞伽城,于是,
他自己幻化成湿婆教苦行者,而让另一个罗刹幻化成飞车,合谋将
这个王子坠落大海中。后来,在楞伽城里发现这个来历不明的少
女,于是追踪她,爱上她。可是,这个少女具有神力,能够飞行。
这样,他一直追踪这个少女到这里,无论怎样好说歹说,少女都不
肯顺从他。说罢,这个罗刹消失不见。这样,国王吩咐一个年老的
女苦行者照看这个少女。

第六章:第二天,国王克制不住好奇心,询问这个少女的来
历。少女讲述自己来自蛇王统治的地下世界。那里有八个蛇族部
落。其中一个部落首领生下女儿优陀耶孙陀利。占卜师预言这位公
主将来会嫁给一位毗湿奴化身的人间国王。而她是公主的女友,名
叫达罗婆利。一天,两个紧那罗(小神)在一个海岛捡到一幅画,
看见画中人手上持有螺号。其中一个紧那罗说这是毗湿奴,而另一
个紧那罗说是爱神。于是,他俩前来请达罗婆利判断。然而,公主
一见到这幅画,对画中人一见钟情。后来,达罗婆利请画师在画中
添上公主的画像。然后,公主天天带着这幅画去神庙敬拜湿婆。而

有一天，她看到一个青年在庙中遭到女苦行者诅咒，变成鹦鹉，而且这幅画也变成鹦鹉的顶冠。公主失去这幅画后，卧床不起，绝望中想要自尽。一天夜里，公主受相思之火烧灼，睡在凉台上，结果突然失踪。公主的父母派遣蛇族前往三界寻找。而达罗婆利怀疑公主被罗刹王劫走，于是前往楞伽城寻找，由此才遭到那个罗刹追踪。

第七章：第二天，国王带着鸠摩罗盖沙林前去看望达罗婆利，并让她看那幅画。达罗婆利一见到这幅画，满怀忧伤，说自己一定要继续去寻找公主。国王返回宫中后，想到自己是凡人，无法前往地下世界，忧心忡忡。而隔了一天，女苦行者的徒弟前来报告说，达罗婆利出去了一整天，没有回来，恐怕是去寻找公主了。又一天，鸠摩罗盖沙林前来报告国王，山中猎人抓到一匹漂亮的母马，适合作为国王的坐骑。在鸠摩罗盖沙林的鼓励下，国王骑上这匹母马。这时，园丁前来报告，花园不知遭到什么怪物糟蹋。于是，国王骑着母马，进入树林，看见一只可怕的猴子，断定它是破坏者。于是，国王追捕这只猴子。而追了很长距离，猴子消失不见，国王也与随从们失去联系。然后，国王在山前湖边一棵树下发现一枚宝石，想要捡起它。而母马的马蹄一接触到这枚宝石，母马立即变成达罗婆利。她感谢神灵保佑，随即展开双臂，向山中跑去。国王发现优陀耶孙陀利正从山中一座宫殿走出，拥抱达罗婆利。国王躲在树后，倾听她俩的谈话。公主说自己那天在凉台上睡着后，不知怎么会来到这里，被一只猴子看管。今天出去沐浴后，遗失了一枚宝石顶饰。而达罗婆利告诉公主说，自己出来寻找公主，在一座山里口渴难忍，看见一个水罐，便喝了罐里的水，结果变成一匹母马。她不知怎么来到这里又恢复了原形。公主称赞达罗婆利对自己忠心耿耿。但想起至今找不到自己热恋的心上人而昏厥。国王立即跑上前去，用那枚宝石接触公主。公主恢复知觉，国王便握住她的手

（表示牵手成婚）。

第八章：这时，那只猴子出现，发出可怕的吼叫声。公主受到惊吓，国王上前揍了猴子一巴掌。猴子顿时变成了坐在飞车里的一个小神。他告诉国王，自己经常访问地下世界。一天夜里，他从地下世界返回时，看见这位美貌绝伦的公主睡在凉台上，以致魂不守舍，劫走了她。然而，他不小心飞过一位仙人的头顶，遭到这位仙人诅咒，而变成一只猴子，并且要照看这位公主。这枚宝石也是用来保护公主免遭任何危险。这位仙人还说明，一旦这位公主见到国王摩罗耶婆诃，同时，国王打他一巴掌后，他的诅咒也就失效。这个小神说完这些，告辞离去。这样，公主优陀耶孙陀利和国王摩罗耶婆诃如愿结成姻缘。同时，达罗婆利也与鸠摩罗盖沙林结成姻缘。

应该说，这是现存占布文体中艺术成就最高的一部作品。索咤罗在这部作品中提到他最崇拜的古代作家是波那、迦梨陀娑、阿毗难陀和伐格波提罗阇。这部作品的故事情节曲折复杂，堪比波那的《迦丹波利》。作品中的散文部分完全符合古典梵语小说注重修辞的艺术标准。而且，作品中娴熟地运用以往故事文学和传奇小说中积累的艺术表现手法，诸如神、魔和人交织、苦行仙人的诅咒和人物变换形体等神话元素，制造悬念，形成吸引听众或读者的奇异味。

耆那教徒创作的梵语占布作品如苏摩提婆（十世纪）的《耶娑迪罗迦》、诃利旃陀罗（十世纪）的《持命占布》和耆那跋德罗（十二世纪）的《摩陀那莱卡》已经在前面第四章《耆那教文学》中做了介绍。它们的题材在耆那教文学中也有创造性。

此外，还有不少取材于两大史诗和往世书神话传说的占布作品，如波阇（Bhoja，十一世纪）的《罗摩衍那占布》（Rāmāyaṇa-campū）、拉克希摩那（Lakṣmaṇa，十一世纪）的《婆罗多占布》（Bhāratacampūtilaka）和阿毗那婆迦梨陀娑（Abhinavakālidāsa，十一世纪）的《薄伽梵占布》（Bhāgavatacampū）等。然而，这类占布作品的题材陈陈相因，大多缺乏创造性。可以说，这类占布作品在一定程度上象征古典梵语叙事文学生命力的衰微。

第 十 章

古典梵语诗学

第一节　梵语诗学的起源

诗学的产生有一个从不自觉到自觉，从萌芽到成熟的过程。这需要联系文学的发展历史来考察。

印度最早产生的四部吠陀本集，尤其是《梨俱吠陀》和《阿达婆吠陀》都是具有原创性的宗教诗歌。但是，印度古人一般不将吠陀视为诗，而视为婆罗门教的至高经典，即"天启经"。用作吠陀颂诗的专用名称是"曼多罗"（mantra，赞颂、祷词或经咒），有时也称作"阐陀"（chandas，意为韵律或韵文）。后来在梵语中指称诗的 kāvya 一词，在吠陀诗集中并非指称诗，而是指称智慧或灵感。吠陀诗集中的文学功能依附宗教功能。在整个吠陀时期，文学尚未成为一种独立的意识表现形态。因此，诗学思辨也就不可能提到日程上来。辅助吠陀的六门传统学科（"吠陀支"）是语音学、礼仪学、语法学、词源学、诗律学和天文学。后来，学科范围扩大，如《歌者奥义书》（7.1.2）中提到十四门学科：语法学、祭祖学、数学、征兆学、年代学、辩论学、政治学、神学、梵学、魔学、军事学、天文学、蛇学和艺术学，其中仍然没有诗学。

此后，在史诗时期产生了两大史诗《摩诃婆罗多》和《罗摩衍那》。两大史诗虽然也充满婆罗门教宗教和神话色彩，但它们代

表一种有别于婆罗门以祭祀为中心的宗教文学的世俗文学传统。而这两部史诗本身在内容和形式上也有所不同。《摩诃婆罗多》以婆罗多族大战为故事主线，插入了大量的神话、传说、寓言故事以及宗教、哲学、政治、律法和伦理等成分，成了一部"百科全书式"的作品。由于它特别注重历史传说和宗教，而自称为"第五吠陀"。与《摩诃婆罗多》相比，《罗摩衍那》的故事情节比较集中紧凑，虽然也插入不少神话传说，但不像《摩诃婆罗多》那样枝蔓庞杂。诗律也同样主要采用通俗简易的"输洛迦体"（śloka），但语言在总体上要比《摩诃婆罗多》精致一些，开始出现讲究藻饰的倾向。正因为如此，印度古人将《摩诃婆罗多》称作"历史传说"（Itihāsa），而将《罗摩衍那》称作"最初的诗"（Ādikāvya），并将传说中的《罗摩衍那》作者蚁垤仙人称为"最初的诗人"（Ādikavi）。

这里的诗（kāvya）是文学意义上的诗。这种文学的自觉出现在史诗时期的中期，约公元前后一世纪之间。此时，梵语文学从史诗时期步入古典梵语文学时期。文学已经不必完全依附宗教，古典梵语文学家多数出身婆罗门，因而在宗教思想和神话观念方面受到婆罗门教的深刻影响。但除了往世书神话传说和其他一些颂神作品外，从总体上说，古典梵语文学已经与宗教文献相分离，成为一种独立发展的意识表现形态。

梵语文学成了一种独立的意识表现形态之后，必然引起梵语学者对它的性质和特征进行思考和总结，也就产生了梵语诗学。现存最早的梵语文学理论著作是公元前后婆罗多的《舞论》。这是一部戏剧学著作，对早期梵语戏剧艺术实践做了全面的理论总结，其中也包括戏剧语言艺术。《舞论》第十五章和第十六章论述了梵语的语音、词态和诗律，第十七章论述了诗相、庄严（即修辞）、诗病和诗德。这是梵语诗学的雏形。后来的梵语诗学普遍采用庄严、诗病和诗德这三个文学批评概念。

现存最早的梵语诗学著作是七世纪婆摩诃的《诗庄严论》和檀丁的《诗镜》。这两部著作涉及的主要诗学概念是庄严、诗病、诗德和风格。这两部诗学著作中都引述了前人的诗学观点。这说明梵语诗学著作的实际存在可能早于七世纪。但是，根据现有的文献资料判断，在公元最初的几个世纪内，梵语诗学主要是依附梵语戏剧学和语法学产生和发展。

梵语语法学早在吠陀时期就已出现。而在梵语语法研究中，必定会逐渐涉及修辞方式。公元前六世纪耶斯迦的吠陀词语注疏著作《尼录多》中已涉及比喻修辞问题。公元前四世纪波你尼著有《八章书》（或称《波你尼经》），构建了相当完备的梵语语法体系，其中约有五十条经文涉及比喻修辞问题。六、七世纪跋底著有《跋底的诗》。这是一部以叙事诗形式介绍梵语语法的著作，其中也介绍了三十八种修辞方式。因此，最早脱离戏剧学和语法学而独立出现的梵语诗学著作估计也不会早于五、六世纪。

婆摩诃的《诗庄严论》（Kāvyālaṅkāra）这个书名代表了早期梵语诗学的通用名称。而在梵语诗学的形成过程中，有可能也采用过创作学（kriyākalpa）和诗相（kāvyalakṣaṇa）这两个名称。约四、五世纪筏蹉衍那的《欲经》（Kāmasūtra）中提到六十四种技艺，其中有一种是创作学。十三世纪的《欲经》注者耶索达罗将此词注为"诗创作学"（kāvyakriyākalpa）。约一、二世纪的梵语佛经《神通游戏》中提到释迦牟尼掌握的各种技艺中，也包括有创作学。而在檀丁的《诗镜》中也有类似的提法："为了教导人们，智者们制定了各种语言风格的创作规则（kriyāvidhi）。"（1.9）

关于"诗相"，檀丁在《诗镜》的开头有这样的说法："综合前人论著，考察实际应用，我们尽自己的能力，写作这部论述诗相的著作。"（1.2）婆摩诃在《诗庄严论》结尾也将自己的著作归结为阐明"诗相"（kāvyalakṣma, 6.64）。九世纪欢增的《韵光》中也提到"诗相作者"（kāvyalakṣmavidhāyin, 1.1 注疏）。"诗相"的概念最早出现在《舞论》中。从《舞论》列举的三十六种"诗相"判断，主要是指诗的各种特殊表达方式，也就是诗的特征。但它们又有别于"庄严"。《舞论》中提到的"庄严"只有四种：明喻、隐喻、明灯和叠声。这说明在当时，作为诗学概念，"诗相"似乎比"庄严"更重要。然而，《舞论》中对这些"诗相"的分类显得有些杂乱，界定也比较模糊。甚至连《舞论》两种主要传本本身对三十六种"诗相"的确定和描述也存在很大差异。因此，在梵语诗学发展过程中，这些"诗相"概念逐渐被淘汰，或者经过改造，纳入了"庄严"之中。《舞论》中只列举四种庄严，而在婆摩诃的《诗庄严论》中列举了三十九种庄严。这表明后来的梵语诗学家用庄严取代了诗相。或者说，他们认为庄严就是诗相，即诗的特征。这样，庄严论（alaṅkāraśāstra）也就成了梵语诗学的通称。

梵语诗学起源的情况大体如此。现在，我们可以看看印度古人怎样讲述梵语诗学的起源。王顶（九、十世纪）在《诗探》第一章中说道：大神梵天向"从自己的意念中诞生的学生们"传授诗学。"在这些学生中，婆罗私婆蒂（语言女神）之子诗原人最受器重。"于是，"为了生活在地、空和天三界众生的利益"，梵天委托诗原人传播诗学（kāvyavidyā）。诗原人向十八位学生讲授了十八门诗学知识。其中"婆诃斯罗刹吟诵诗人的奥秘，乌格底迦尔跋吟诵语言论，苏婆尔纳那跋吟诵风格论，波罗积多吟诵谐音论，阎摩吟诵叠声论，吉多朗迦德吟诵画诗论，谢舍吟诵音双关论，补罗斯底耶吟诵本事论，奥波迦衍那吟诵比喻论，波罗舍罗吟诵夸张论，乌多提耶吟诵义双关论，俱比罗吟诵音庄严论和义庄严论，迦摩提婆吟诵娱乐论，婆罗多吟诵戏剧论，南迪盖希婆罗吟诵味论，提舍纳吟诵诗病论，乌波曼瑜吟诵诗德论，古朱摩罗吟诵奥义论"。然后，由他们分别编著各自的专论。

　　这里显然是将梵语诗学的起源神话化，正如《舞论》将戏剧的起源神话化。这里提到的人名，除了吟诵戏剧论（即《舞论》）的婆罗多之外，其他都无案可查。而所谓的十八门诗学知识则是成型后的梵语诗学的一些基本诗学概念和批评原则。

　　王顶不仅将诗学起源神话化，也将诗的起源神话化。《诗探》第三章讲述"诗原人的诞生"：娑罗私婆蒂（语言女神）渴望儿子，在雪山修炼苦行。大神梵天心中感到满意，对她说道："我为你创造儿子。"这样，娑罗私蒂生下儿子诗原人。诗原人起身向母亲行触足礼，出口成诗：

> 世界一切由语言构成，展现事物形象，
> 我是诗原人，妈妈啊！向你行触足礼。

　　娑罗私婆蒂满怀喜悦，将他抱在膝上，说道："孩子啊！虽然我是语言之母，你的诗体语言胜过我这位母亲。音和义是你的身体，梵语是你的嘴，俗语是你的双臂，阿波布朗舍语是你的双股，毕舍遮语是你的双脚，混合语是你的胸脯。你有同一、清晰、甜蜜、崇高和壮丽的品质（'诗德'）。你的语言富有表现力，以味为灵魂，以韵律为汗毛，以问答、隐语等等为游戏，以谐音、比喻等等为装饰（'庄严'）。"后来，高利女神（大神湿婆的妻子）创造出"文论新娘"（sāhityavidyāvadhū），将她许配给"诗原人"。娑罗私婆蒂和高利女神祝愿"他俩永远以这种充满威力的形体居住在诗人们的心中"。

　　在王顶的时代，诗学早已在梵语学术领域中牢牢地确立了自己的地位。因此，王顶在《诗探》第二章中论述"经论类别"时，明确将"语言作品分成经论和诗两类"。他认为，如果说"语音学、礼仪学、语法学、词源学、诗律学和天文学是六吠陀支"，那么，"庄严论是第七吠陀支"。如果说"哲学、三吠陀、生计和刑杖政事论是四种知识"，那么，"文学知识（sāhityavidyā）是第五种知识"。他甚至推崇说文学知识是"这四种知识的精华"，是"知识中的知识"。

王顶在《诗探》第一章中用作诗学的一词是 kāvyavidyā（即诗的知识或诗论），在第二章和第三章中又采用 sāhityavidyā（即文学知识或文论）一词。sāhitya（文学）一词源自梵语诗学最初对诗的定义："诗（kāvya）是音和义的结合（sāhita）。"在梵语诗学中，kāvya 一词既指广义的文学，也指狭义的诗。而 sāhitya 一词更趋向于指广义的文学。因此，在王顶之后，有的梵语诗学著作的书名开始采用 sāhitya 一词，如十二世纪鲁耶迦的《文探》（Sāhityamīmaṃsā）和十四世纪毗首那特的《文镜》（Sāhityadarpaṇa）

就古典梵语诗学的表现形态而言，包含梵语戏剧学和梵语诗学两个分支。梵语戏剧学全面探讨戏剧表演艺术，其中也包括语言表演艺术，因此也含有诗学。而在梵语诗学中，诗的概念通常指广义的诗，即纯文学或美文学，有别于宗教经典、历史和论著。诗分成韵文体（叙事诗和各种短诗）、散文体（传说和小说）和韵散混合体（戏剧和占布）。这是梵语诗学家的共识。尽管如此，梵语诗学研究的主要对象是诗歌（包括戏剧中的诗歌）。有的梵语诗学家，如伐摩那在《诗庄严经》中论及诗的分类时，认为"在一切作品中，十色（即十种戏剧类型）最优美"。但他在《诗庄严经》中并不论述戏剧学。只有少数梵语诗学著作，如毗首那特的《文镜》辟有专章论述戏剧学。因此，梵语戏剧学和梵语诗学是印度古代文学理论在发展过程中自然形成的学术分工。前者产生在先，以戏剧艺术为主要研究对象，后者产生在后，以戏剧之外的文学艺术，尤其是诗歌艺术为主要研究对象，各有侧重，相辅相成。

第二节　梵语戏剧学

婆罗多（Bharata）的《舞论》（Nāṭyaśāstra，也可译作《戏剧论》）是现存最早的梵语戏剧学著作。它有两种传本，南传本三十六章，北传本三十七章。这两种传本的内容基本一致，只是在某些章节的编排和内容的细节上有些差异。《舞论》的现存形式含有三种文体：输洛迦诗体、阿利耶诗体和散文体。文体的混杂说明《舞论》有个成书过程。一般认为，《舞论》的原始形式产生于公元前后不久，而现存形式大约定型于四、五世纪。

《舞论》是早期梵语戏剧实践的理论总结，全书约有五千五百节诗和部分散文。在公元前后不久就已产生这样规模的戏剧学著作，在世界戏剧史上是绝无仅有的。按照三十六章传本，第一章讲述戏剧起源的神话传说。第二章讲述剧场的建造、形状和结构。第三章讲述剧场建成后，要举行祭祀仪式，祭拜各方天神。第四章论述戏剧表演中的舞蹈。第五章论述戏剧演出前的准备工作和序幕。第六章和第七章论述"味"。依据婆罗多的具体阐释，所谓"味"，指的是戏剧艺术表演的感情效应，也就是观众在观剧时体验到的审美快感。第八章至第十三章论述各种形体表演，如手、胸、胁、腹、腰、大腿、小腿、脚、头、眼、眉、鼻、颊、唇、颏和颈的动作，还有各种站姿、步姿、坐姿和睡姿。第十四章论述戏剧表演中以行走的方法暗示地域、场景和距离，并提出戏剧表演中的"世间法"和"戏剧法"。世间法是模仿自然形态的表演，戏剧法是艺术化的表演。第十五章至第十九章论述语言表演，如词音、词态、诗律、诗相、庄严、诗病、诗德、剧中人物使用梵语和各种俗语的规则以及称呼方式。第二十章论述戏剧类型。婆罗多将梵语戏剧分为十类（"十色"）：传说剧、创造剧、神魔剧、掠女剧、争斗剧、纷争剧、感伤剧、笑剧、独白剧和街道剧。第二十一章论述戏剧情节，包括情节发展的五个阶段——开始、努力、希望、肯定和成功，情节的五种元素——种子、油滴、插话、小插话和结局，情节的五个关节——开头、展现、胎藏、停顿和结束。第二十二章论述戏剧风格。婆罗多将梵语戏剧风格分为四类：雄辩、崇高、艳美和刚烈。第二十三章论述妆饰和道具，包括服饰、油彩、模型和活物。第二十四章论述语言、形体和真情表演。第二十五章论述男女爱情活动的表现形态。第二十六章论述各种景物和情态的特殊表演方法。第二十七章论述戏剧演出成功的标准，包括观众的反应和评判演技的方法。第二十八章至第三十三章论述戏剧表演中的音乐，如弦乐、管乐、鼓乐和歌曲。第三十四章论述角色，包括男女主角的分类和各种配角。第三十五章论述剧团和角色的分配。第三十六章讲述戏剧从天国下凡人间的神话传说。总之，它全面论述了戏剧的起源、性质、功能、表演和观赏，既涉及戏剧原理和剧作法，也涉及舞台艺术。而全书尤其重视戏剧表演艺术。它把戏剧表演分为形体、语言、妆饰和真情表演四大类，详细规定各种表演程式。因此，《舞论》既是一部梵语戏剧理论著作，也是一部梵语戏剧艺术百科。

《舞论》对于梵语戏剧起源的解释笼罩在神话的迷雾中。但它明确指出戏剧是不同于四部吠陀经典的第五吠陀，"一种既能看又能听的娱乐"（1.11）。对戏剧的性质和功能也有深刻的理解：戏剧"具有各种感情，以各种境遇为核心"，"模仿世界的活动"，"再现三界的一切情况"。"从味、情和一切行为中，这种戏剧将产生一切教训。"它"有助于正法、荣誉、寿命和利益，增长智慧"。"吠陀经典和历史传说中的故事，圣典、法论、善行和其他事义，这种戏剧都会及时编排，激动人心。"（1.104—118）

在古典梵语诗学发展史上，《舞论》最大的理论贡献是提出了味论。后来的梵语文学批评家将味论运用于一切文学形式。婆罗多在《舞论》中给"味"下的定义是："味产生于情由、情态和不定情的结合。"他解释说："正如思想正常的人们享用配有各种调料的食物，品尝到味，感到高兴满意，同样，思想正常的观众看到具有语言、形体和真情的各种情的表演，品尝到常情，感到高兴满意。"（6.31以下）

按照《舞论》的规定，味有八种：艳情味、滑稽味、悲悯味、暴戾味、英勇味、恐怖味、厌恶味和奇异味。与这八种味相对应的是八种常情：爱、笑、悲、怒、勇、惧、厌和惊。常情也就是人的基本感情，犹如中国古人所说的"喜怒哀惧爱恶欲"（《礼记·礼运》）或"好恶喜怒哀乐"（《左传·昭公二十五年》）。婆罗多在味的定义中没有提及常情。但结合他的解释，意思还是清楚的：戏剧通过语言、形体、妆饰和真情的展示情由、情态和不定情，激起常情，观众由此品尝到味。其中，情由是指感情产生的原因，如剧中人物和有关场景；情态是指感情的外在表现，如剧中人物的语言和形体表演；不定情是指辅助常情的三十三种变化不定的感情，如忧郁、疑虑、妒忌、羞愧和傲慢等等，它们也有各自的情由和情态。在戏剧表演中，正是通过这些情由、情态和不定情的结合，产生感染观众的味，也就是说，在观众的心中激起某种伴随有审美快乐的感情。

感情是一切艺术不可或缺的要素。艺术的创作和欣赏都离不开感情因素。《舞论》实质上认为感情是戏剧的灵魂，因为按照《舞论》的说法："离开了味，任何意义都不起作用。"（6.31以下）基于这种看法，《舞论》对戏剧艺术的感情要素不厌其详地作了细致入微的分析。因此，当代著名美学家苏珊·朗格在《情感与形式》一书中称赞说印度批评家"对戏剧情感的各方面的理解"，"远远超过其西方的同行"。

在《舞论》之后，胜财（Dhanañjaya，十世纪）的《十色》（Daśarūpaka）是另一部重要的梵语戏剧学著作。"十色"指的是十种梵语戏剧类型。这部著作是根据《舞论》编写的，可以说是《舞论》的简写本。全书分为四章。第一章论述情节，第二章论述角色和语言，第三章论述序幕和戏剧类型，第四章论述情味。从内容上看，《十色》侧重于剧作法，删除了《舞论》中有关音乐、舞蹈和表演程式的大量论述。尽管《十色》有关剧作法的大部分论述在观点上与《舞论》一致，但与《舞论》相比，这部著作不仅简明扼要，而且条理清晰。因此，在十世纪后，作为梵语戏剧学手册，《十色》的通行程度远远超过《舞论》。现代学者在十九世纪中叶着手研究梵语戏剧时，以为《舞论》已经失传，当时整理出版的第一部梵语戏剧著作就是《十色》。

与《十色》同时或稍后的梵语戏剧学著作是沙揭罗南丁（Sāgaranandin，十世纪）的《剧相宝库》（Nāṭkalakṣaṇaratnakośa）。这部著作也侧重于剧作法，但涉及的论题要比《十色》广泛。全书共分十八章。第一章论述戏剧的分类。第二至第五章论述情节发展阶段、戏剧语言和情节元素。第六至第十章论述五种提示、五种关节、二十一种关节因素、四种插话暗示和戏剧风格。第十一章论述男主角。第十二和第十三章论述三十六种剧相、十种诗德和三十四种庄严。第十四至第十六章论述味和情。第十七章论述女主角。第十八章论述其他次要的戏剧类型。其中的论述主要依据《舞论》，但也引证了不少其他梵语戏剧学家的论点。

罗摩月（Rāmacandra，十二世纪）和德月（Guṇacandra）合著的《舞镜》（Nāṭyadarpaṇa）分为四章。前两章论述十二种戏剧类型。第三章论述戏剧风格、味、情和表演。第四章论述戏剧的共同特征。

沙罗达多那耶（Sātadātanaya，约十二、十三世纪）的《情光》

（Bhāvaprakāśa），分为四部分，共有十章。前两部分论述情和味。第三部分音和义。第四部分论述戏剧类型。

辛格普波罗（Śiṅgabhūpāla，十四世纪）的《味海月》（Rasārṇa-vasudākara）分为三章。第一章论述剧相、味相、男女主角和戏剧风格。第二章论述不定情、常情和味。第三章论述戏剧类型和情节。

鲁波·高斯瓦明（Rūpa Gosvāmin，十五、十六世纪）的《剧月》（Nāṭakacandrikā）分为八章。第一章论述戏剧的一般特征。第二章论述主角。第三章论述戏剧结构。第四章论述情节因素。第五章论述插曲。第六章论述幕和场。第七章论述戏剧语言。第八章论述戏剧风格。

第三节　梵语诗学

梵语诗学作为有别于梵语戏剧学的独立学科的成立，自然要以梵语诗学的出现为标志。印度现存最早的两部独立的诗学著作是七世纪婆摩诃的《诗庄严论》和檀丁的《诗镜》。

婆摩诃（Bhamaha）的《诗庄严论》（Kāvyālaṅkāra），共分六章。第一章论述诗的功能、性质和类别。第二章和第三章论述各种庄严（即修辞方式）。第四章和第五章论述各种诗病。第六章论述词的选择。

婆摩诃认为"优秀的文学作品使人精通正法、利益、爱欲、解脱和技艺，也使人获得快乐和名声。"（1.2）婆摩诃提出这些文学功能，旨在说明从其他经论中能获得的一切，从文学作品中也能获得。进而，他强调文学比经论还要高出一等。他说："智力迟钝的人也能在老师指导下学习经论，而诗人只能产生于天资聪明的人。"（1.5）他还说："如果掺入甜蜜的诗味，经论也便于使用，正如人们先舔舔蜜汁，然后喝下苦涩的药汤。"（5.3）此后的梵语诗学家一般都认可婆摩诃提出的这些文学功能。

早期梵语诗学的理论出发点是梵语语言学。梵语语言学认为语言是"音和义的结合"。婆摩诃在《诗庄严论》中依据这个语言学命题，提出"诗是音和义的结合"。而诗的音和义与一般语言的音和义的区别在于诗的音和义是经过修饰的音和义。由此，他论述了谐音和叠声两种音庄严，隐喻、明喻、夸张、奇想和双关等三十七种义庄严。音庄严是指产生悦耳动听的声音效果的修辞手法，义庄严是指产生曲折动人的意义效果的修辞手法。婆摩诃认为庄严"是词义和词音的曲折表达"（1.36）。"诗人应该通过这种、那种乃至一切曲语显示意义。没有曲语，哪有庄严？"（2.85）这说明他认为曲折的语言表达是文学语言和一般语言的区别所在。因此，他强调一切文学作品"都希望具有曲折的表达方式"（1.30）。

婆摩诃在《诗庄严论》中还指出诗的逻辑不同于一般逻辑。他说："诗中的正理（逻辑）特征有所不同。"（5.30）因为"诗涉及世界，经典涉及真谛"（5.33）。也就是说，诗处理的是具体现象，而经论处理的是抽象真理。同时，诗采用曲折的表达方式，而经论采用逻辑的推理论式。在诗中，一些结论"即使没有说出，也能从意义中得知"（5.45）。显然，婆摩诃对文学语言与一般语言或文学作品与经论作品的区别作了认真思索，并确认"庄严"（即曲折的表达方式）是诗的本质特征。

婆摩诃在《诗庄严论》中也以相当的篇幅论述"诗病"问题，先后论述两组各十种诗病，还论述了七种喻病。他要求诗人在诗中"甚至不要用错一个词，因为劣诗犹如坏儿子，败坏父亲名誉"（1.11）。

婆摩诃的《诗庄严论》与八世纪优婆吒（Udbhaṭa）的《摄庄严论》（Kāvyālaṅkārasaṅgraha）和九世纪楼陀罗吒（Rudraṭa）的

《诗庄严论》(Kāvyālaṅkāra，与婆摩诃的《诗庄严论》同名）共同形成早期梵语诗学的"庄严论"派。优婆吒的《摄庄严论》专论庄严，共分六章，介绍了四十一种庄严，其中对不少庄严的界定和分析比婆摩诃更严密和细致。楼陀罗吒的《诗庄严论》共分十六章，论述了诗的目的、诗人的条件、诗的风格和语言、音庄严、义庄严、诗病、诗味和体裁等。但全书论述的重点仍是庄严。他提出的庄严比婆摩诃和优婆吒多二十几种，而且对庄严的分类也更为系统。他将音庄严分成五类：曲语、双关、图案、谐音和叠声；将义庄严分成四类：本事（二十三种）、比喻（二十一种）、夸张（十二种）和双关（十二种）。他也像婆摩诃一样重视"诗病"问题，论述了各种诗病和喻病。他将诗病分为音病和义病，又将音病分为词病和句病。

庄严论作为早期梵语诗学，在自觉地探索文学的特性和语言艺术的奥秘方面起了先驱作用。庄严论将有庄严和无诗病视为诗美的基本因素，对庄严和诗病作了深入细致的分析。而"有庄严"相对"无诗病"来说，是更积极的诗美因素。因此，在梵语诗学以后的发展中，有些梵语诗学家继续对庄严进行深入的探讨，庄严的数目由婆摩诃的三十九种、优婆吒的四十一种、楼陀罗吒的六十八种增至鲁耶迦（《庄严论精华》，十二世纪）的八十一种、胜天（《月光》，十三、十四世纪）的一百种和阿伯耶·底克希多（《莲喜》，十六世纪）的一百一十五种。

与婆摩诃同时代的檀丁（Daṇḍin）在庄严论的基础上，提出了风格论。他的《诗镜》(Kāvyādarśa)共分三章。第一章论述诗的分类、风格和诗德。第二章论述义庄严。第三章论述音庄严和诗病。檀丁将风格分为两种：维达巴风格和高德风格。风格由诗德构成。檀丁论述了十种诗德：紧密、清晰、同一、甜蜜、柔和、易解、高尚、壮丽、美好和三昧。

从檀丁的具体论述看，紧密、同一和柔和属于词音范畴，甜蜜兼有词音和词义，其他各种则属于词义范畴。由此可见，檀丁所谓的风格是诗的语言风格，由音和义两方面的特征构成。檀丁认为这十种诗德是维达巴风格的特征。而高德风格中的诗德则与这十种诗德有同有异。大体上可以说，维达巴风格是一种清晰、柔和、优美的语言风格，而高德风格是一种繁缛、热烈、富丽的语言风格。檀丁在《诗镜》中，有时也称维达巴风格为南方派，称高德风格为东方派。语言艺术的地方特色，前人也已经注意到，如七世纪上半叶的波那在《戒日王传》的序诗中说道："北方充满双关，西方注意意义，南方喜爱奇想，高德（即东方）辞藻华丽。"而檀丁首先提出"风格"的概念，对这种文学现象进行了理论总结。

如果说檀丁是风格论的开创者，那么，八世纪下半叶的伐摩那（Vāmana）是风格论体系的完成者。他的《诗庄严经》（Kāvyālaṅ-kārasūtra）以风格论为核心，提出了一套完整的诗学理论。这部著作采用经疏体，共分五章，分别论述诗的身体、诗病、诗德、庄严和运用。伐摩那认为"诗可以通过庄严把握。庄严是美，来自无诗病、有诗德和有庄严"（1.1.1—3）。这里，前两个"庄严"是指广义的庄严即艺术美，后一个"庄严"是指狭义的庄严即修辞方式。他给诗下的定义是："诗是经过诗德和庄严修饰的音和义。"（1.1.1 注疏）但这只是诗的身体。因此，他进一步指出："风格是诗的灵魂。"（1.2.6）他给风格下的定义是："风格是词的特殊组合。这种特殊性是诗德的灵魂。"（1.2.7、8）他也像檀丁一样提出十种诗德。但他将每种诗德分成音德和义德。这样，实际上有二十种诗德。他将风格分为三种：维达巴、高德和般遮罗，认为"维达巴风格具有所有诗德，高德风格具有壮丽和美好两种诗德，般遮罗风格具有甜蜜和柔和两种诗德"（1.2.11—13）。他指出："诗立足于这三种风格，正如画立足于线条。"（1.2.13 注疏）

无论是庄严论，还是风格论，主要是探讨文学语言的形式美。檀丁和伐摩那所谓的"风格"也主要是语言风格。伐摩那将语言风格视为诗的灵魂，显然难以成立。但他提出的"诗的灵魂"这一概念，能启发后人探索诗歌艺术中更深层次的审美因素。九世纪和十世纪是梵语诗学发展的鼎盛期，产生了两位杰出的梵语诗学家欢增和新护。他俩的诗学以韵论和味论为核心。

欢增（Ānandavardhana，九世纪）的《韵光》（Dhvanyāloka）采用经疏体，共分四章。第一章提出韵论，批驳各种反对韵论的观点，第二章和第三章正面阐述韵论，第四章论述韵论的运用。欢增在《韵光》中给"韵"下的定义是："若诗中的词义或词将自己的意义作为附属而暗示那种暗含义，智者称这一类诗为韵。"（1.13）"韵"（dhvani）这个词是借用梵语语法术语。诚如欢增本人所说："在学问家中，语法家是先驱，因为语法是一切学问的根基。他们把韵用在听到的音素上。其他学者在阐明诗的本质时，遵循他们的思想，依据共同的暗示性，把表示义和表示者混合的词的灵魂，即通常所谓的诗，也称作韵。"（1.13 注疏）

欢增在这里所说的意思是，按照梵语语法理论，一个词由几个音组成，其中个别的音不能传达任何意义，只有这几个音连接在一起发出才能传达某种意义。这种能传达某个原本存在的词义的声音就叫韵。梵语诗学中的韵论正是受此启发，对词的功能作了认真探讨，从而将诗中暗示的因素或暗含的内容称作韵，将具有暗示的因素或暗含的内容的诗称作韵诗。

具体地说，传统的梵语语法学家和哲学家确认词有两种基本功能——表示和转示，由此产生两种词义——表示义和转示义。表示义是指词的本义或字面义。转示义是指词的转义或引申义。而韵论发现词还有第三种功能——暗示，由此产生第三种词义——暗示义或暗含义。因此，韵论认为诗的灵魂，或者说诗的最大魅力就在于这种不同于表示性和转示性的暗示性。

在韵论关于词的功能的论述中，最常用的例子是"恒河上的茅屋"这个短语。在这个短语中，"恒河"一词按照本义不适用，因为茅屋不可能坐落在恒河上。因此，"恒河"一词必须依据词的转示功能引申理解为"恒河岸"。然而，这个短语的意思并不仅止于此，说话者的意图是用这个短语暗示这座茅屋濒临恒河，因而凉爽、圣洁。

发现词的暗示功能和诗的暗示义，是韵论对梵语诗学的创造性贡献。正如欢增所说："韵的特征是一切优秀诗人的奥秘，可爱至极。而它未被过去的、哪怕是思维最精密的诗学家发现。"过去的诗学家只注重分析词的表面义，"而在大诗人语言中，确实存在另一种东西，即领会义。它显然不同于已知的肢体，正如女人的美"（1.4）。也就是说，过去庄严论派主要着眼于字面义的曲折表达，而在优秀的诗篇中，存在一种不同于字面义的领会义（即暗示义）。而这种领会义的魅力高于字面义的美，正如女人的魅力高于肢体的美。

欢增在《韵光》中，从暗示的内容和暗示的因素两个角度对韵作了广泛的探讨和细致的分类。其中主要的三类韵是本事韵、庄严韵和味韵。它们分别暗示诗中的内容、修辞和味。而欢增更重视的是味韵。他提出的味有九种，比《舞论》提出的八种味多一种平静味。他认为味通常是被暗示的。直接表示味和情的词，如艳情、滑稽、悲悯、暴戾、英勇、恐怖、厌恶、奇异和平静，或者，爱、笑、悲、怒、勇、惧、厌、惊和静，既不能刻画味，也不能激发味。诗人必须刻画味所由产生的景况及其表现，即有关的情由、情态和不定情，借以暗示味。这样，味就能作为一种被暗示的意义传达给读者，激起读者内心潜伏的感情，从而真正品尝到味。欢增对味韵的这种阐释，完全可以借用中国诗学的一句名言："不着一字，

尽得风流。"（司空图《诗品·含蓄》）

就味韵而言，它本身可以分成许多类，而且各类味韵的情由、情态和不定情也多种多样，这就决定了诗歌内容变化的无限性。欢增指出："即使是诗中的内容古已有之，只要把握住味，就能焕然一新，犹如春季的树木。"（4.4）因此，他强调诗人只要专心于味，在暗示义（即味和情）和暗示者（即音素、词、句和篇）上下功夫，他的作品就会展示新意。他还指出九种味中，有些味是互相冲突的，有些味是互相不冲突的。在同一个人身上，除非有一定的时间间隔，应该避免互相冲突的味。同时，在含有多种味的作品中，应该有一个主味贯穿其中，其他的味附属和加强主味，以保持味的统一。

欢增还在《韵光》中，以韵为准则，将诗分成三类：韵诗、以韵为辅的诗和画诗。韵诗是指诗中的暗示义占主要地位。以韵为辅的诗是指诗中的表示义占主要地位，而暗示义占附属地位，或者表示义和暗示义占同等地位。画诗是指诗中缺乏暗示义。此后，韵论派通常将这三类诗分别称作上品诗、中品诗和下品诗。

总之，欢增创立的韵论认为韵是诗的灵魂，味是韵的精髓。庄严属于诗的外在美，而韵和味属于诗的内在美。也就是说，韵论以韵和味为内核，以庄严、诗德和风格为辅助，构成了一个较为完善的梵语诗学体系。

新护（Abhinavagupta，十、十一世纪）著有《韵光注》和《舞论注》。《韵光注》（Kāvyālokalocana）是对欢增的《韵光》的注疏。欢增将韵视为诗的灵魂，并将韵分成本事韵、庄严韵和味韵。而新护唯独将味视为诗的灵魂，并将本事韵和庄严韵也最终归结为味韵。他认为诗中的本事韵和庄严韵总是或多或少与味相结合，全然无味的诗不成其为诗。同时，新护认为灵魂是相对身体而言，因此，味韵与优美的音和义不可分离。也就是说，诗是味韵

（灵魂）与装饰有诗德和庄严的音和义（身体）的结合。新护还认为吠陀的教诲犹如主人，历史传说的教诲犹如朋友，唯独诗的教诲犹如爱人，因此，"欢喜"（ānanda，即审美快乐）是诗的主要特征，也是诗的最重要的功能。

《舞论注》（Abhinavabhāratī）是对婆罗多的《舞论》的注疏。其中最重要的部分是对《舞论》中味的定义——"味产生于情由、情态和不定情的结合"所作的长篇注疏。新护将味的这个定义称作"味经"，因此，他的这部分注疏通常也被称作"味经注"。新护在"味经注"中对婆罗多的味论作了创造性的阐释。他首先对洛罗吒（九世纪）、商古迦（九世纪）和那耶迦（十世纪）等人的味论观点作了评述。这些作者的论著现已失传，依靠新护的评述，才保存了他们的理论观点。从新护的评述可以看出，自婆罗多在《舞论》中提出味论以来，梵语诗学家对味的理论思辨在九、十世纪达到了空前未有的高度。而新护深知理论发展中继承和创造的关系，在"味经注"中指出："先哲前贤铺设的知识阶梯相互连接，智慧不断地向上攀登，寻求事物真谛。"由此，他一方面强调说："重复前人揭示的真理，会有什么新意？缺乏见解和价值怎会获得世人好评？"另一方面也强调说："继承前人思想遗产，可以获得丰硕成果，因此，我们不否定，而是改善先哲的学说。"

正是这样，新护在"味经注"中批判地吸收前人探讨和思考中的合理成分，对味的本质作了创造性阐发。新护认为味是普遍化的知觉（或感情），诗人描写的是特殊的人物和故事，但传达的是普遍化的知觉。这里关键是诗歌或戏剧中的特殊的人物和故事经过了普遍化的处理。具体地说，当观众观赏戏剧时，演员的妆饰掩盖了演员本人的身份，观众直接将演员视为剧中人物。演员失去此时此地作为演员的时空特殊性。演员运用形体和语言表演剧中的情由、情态和不定情。这种特殊的情由、情态和不定情寓有普遍性，它们在观众的接受中得到普遍化。剧中人物失去彼时彼地的时空特殊性。这样，情由、情态和不定情呈示和暗示的常情，引起观众普遍的心理感应。因为每个观众都具有心理潜印象，这是日常生活经验的心理沉淀。在日常生活中，人们在一定的情境下，会激发某种常情；也能依据一定的情境，判断他人心中的常情。观众在观赏戏剧时，剧中普遍化的情由、情态和不定情，唤醒了观众心中的常情潜印象。观众自我知觉到这种潜印象，也就是品尝到了味。这种味虽由常情转化而成，但又不同于常情。常情有快乐，也有痛苦，而味永远是快乐的，因为它是一种超越世俗束缚的审美体验。新护的味论揭示了艺术创作中特殊和普遍的辩证关系，也揭示了艺术欣赏的心理根源。

此外，专论味的重要诗学家还有楼陀罗跋吒、般努达多和鲁波·高斯瓦明等。

楼陀罗跋吒（Rudrabhaṭṭa，约十世纪）著有《艳情吉祥志》（Śṛṅgāratilaka）。这部著作的宗旨是将婆罗多的味论运用于诗学。全书共有三章。第一章论述味、常情、艳情味的分类和男女主角。第二章论述分离艳情味、爱情的十个阶段和抚慰情人的六种方法。第三章论述其他各种味。

般努达多（bhānudatta，十五世纪）著有《味河》和《味花簇》。《味河》（Rasataraṅgiṇī）共分八章。前五章论述常情、情由、情态、真情和不定情。第六章论述艳情味。第七章论述其他味。第八章论述三种见解。《味花簇》（Rasamañjarī）主要论述男女主角、两类艳情味和分离艳情味的十个阶段。

鲁波·高斯瓦明（Rūpa Gosvāmin，十五、十六世纪）著有《虔诚味甘露河》（Bhaktirasāmṛtasindhu）和《鲜艳青玉》（Ujjvalanīlamaṇi）。这两部著作创造性地将味论运用于毗湿奴教的虔诚感情。

可以说，欢增和新护的韵论和味论代表了梵语诗学取得的最高理论成就。在欢增和新护之后，梵语诗学家们的理论探索仍在进行。虽然它们的理论建树都已比不上欢增和新护，但也提供了一些具有独到见解的诗学著作，其中值得一提的是恭多迦的《曲语生命论》、摩希摩跋吒的《韵辨》、安主的《合适论》和格维旃陀罗的《魅力月光》。

恭多迦（Kuntaka，十、十一世纪）的《曲语生命论》（Vakrokti-jīvata）采用经疏体，共分四章。第一章是总论，提出曲语的基本原理，后三章具体阐述六类曲语。恭多迦给诗下的定义是："诗是在词句组合中安排音和义的结合，体现诗人的曲折表达能力，令知音喜悦。"（1.7）他对"曲折"一词的解释是："与经论等等作品通常使用的音和义不同。"（1.7注疏）也就是说，诗是经过装饰的音和义，而这种装饰就是曲语。他将曲语视为诗的生命，并将曲语分为六类：音素、词干、词缀、句子、章节和整篇作品。他对于修辞的概念和分类做了深入细致的辨析。他认为诗包含自性、味和修辞。其中，事物自性和味是所描写对象即修饰对象，而修辞是修饰者即修饰所描写对象者，并据此提出自己的修辞分类法。他对章节和作品曲折性的分析也在梵语诗学中别具一格。

从恭多迦对曲语的分类和具体阐述看，正如韵论以韵和味统摄一切文学因素，他试图用曲语统摄一切文学因素。他不仅将庄严论中的音庄严和义庄严纳入曲语范畴，也将韵和味纳入曲语范畴。曲语本是庄严论提出的概念。恭多迦的曲语论显然是在庄严论基础上的创造性发展。尽管恭多迦是一位有气魄的梵语诗学家，创立的曲语论也自成体系，但在后期梵语诗学中，占主流地位的始终是韵论和味论。

恭多迦试图用一个旧概念来解释和囊括一切新观念，自有它的保守之处。但是，在曲语论中，恭多迦强调诗人作为创作主体的重要性，这一观点值得重视。恭多迦认为文学的魅力在于曲语，而曲语的根源在于诗人的创作想象活动。诗人的创造性体现在一切曲语之中。恭多迦明确指出"诗人的技能是一切味、自性和庄严的生命"（3.4注疏）。他在论述风格时，将风格分为柔美、绚丽和适中三类，也紧密联系诗人自身的文化素质特点。在梵语诗学史上，庄严论和风格论重视文学的修辞和风格，味论和韵论重视文学的感情和读者的接受，而恭多迦注意到了诗人创作主体的重要性。

恭多迦的诗学观点产生的影响可以以鲁耶迦（Ruyyaka，十二世纪）的《庄严论精华》（alaṅkārasarvasva）为例。这是一部论述庄严的专著。鲁耶迦的诗学观点属于韵论派，而他的这部著作着重论述无韵的诗，或称画诗，即单纯运用音庄严或义庄严而缺乏暗示义的诗。他总共论述了八十一种庄严。他对一些庄严的内涵和性质所作的辨析比前人更加精密，而为后来的诗学家毗首那特、维底耶达罗、维底耶那特和阿波耶·底克希多等采纳。鲁耶迦认为庄严与日常语言的区别在于它含有词音或词义的特殊魅力，而这种魅力来源于诗人的想象力。诗人的创作想象力是无限的，因此，庄严的魅力也是无穷的。他的这种诗学观点无疑受到恭多迦的影响。

摩希摩跋吒（Mahimabhaṭṭa，十一世纪）的《韵辨》（Vyakti-viveka）采用经疏体，共分三章。这是一部试图以推理论取代韵论的诗学著作。在第一章开头，摩希摩跋吒就明确表示他写这部著作是"为了说明一切韵都包含在推理之中"。他引用了《韵光》中关于韵的定义，从论点和语法上指出这个定义有十条错误。他批驳韵论，否认词有暗示功能。他认为词只有一种表示功能，所谓的转示义或暗示义是由表示义通过推理表达的。因此，按照他的观点，词只有表示义和推理义两种意义，转示义和暗示义都包含在推理中。他认为表示义和暗示义的关系相当于逻辑推理中的"相"（中项）和"有相"（大项）的关系。暗示义不是通过表示义暗示的，而是通过推理展示的。他也否定恭多迦的曲语论，认为如果曲折表达方式传达的意义不同于通常的意义，那么这种曲语也像韵一样包含在推理中。摩希摩跋吒还在第三章中，以《韵光》中引用的四十首诗为例，说明欢增所谓的韵实际上是推理。

《韵辨》显示出摩希摩跋吒具有广博的学识和非凡的论辩能力。但在梵语诗学理论上并无实质性的重大建树。因为他的推理论的核心是以推理取代暗示，除此之外，他与韵论派并无重大理论分歧。他自己就在《韵辨》中说："就味等等是诗的灵魂而言，并不存在分歧。分歧是在名称上。如果不将味称作韵，分歧也就消除。"（1.26）又说："我们只是不同意说暗示是韵的生命，而其他问题略去不谈，因为基本上没有分歧。"（3.33）在后期梵语诗学家中，摩希摩跋吒的推理论没有获得支持者，现存唯一的一部《韵辨注》（十二世纪）也是对推理论持批评态度的。其实，摩希摩跋吒也不是推理论的首倡者。欢增在《韵光》第三章中就已对推理论作过评述，明确指出："在诗的领域，逻辑中的真理和谬误对于暗示义的认知不适用。"（3.33 注疏）尽管如此，摩希摩跋吒仍向韵论提出理论挑战，说明这个问题还需要诗学家们进行认真的辨析，作出有说服力的回答。无论如何，这涉及诗学中的一个重要理论问题，即形象思维和逻辑思维的关系。

安主（Kṣemendra，十一世纪）的《合适论》（Aucityavicāracarcā）采用经疏体，不分章。安主在这部著作中企图建立一种以"合适"为"诗的生命"的批评原则。他认为诗歌中的各种因素只有与背景适合，又互相适合，才能发挥它们的功用，达到诗人的目的。他在《合适论》中，罗列了二十七种诗的构成因素，诸如词、句、文义、诗德、庄严、味、动词、词格、词性、词数、前缀、不变词和时态等，从正反两方面举例说明何谓合适，何谓不合适。其实，合适这一批评原则在欢增的《韵光》中已经形成，但只是作为诗歌魅力的辅助因素。而安主把合适看作高于一切的生命，加以详细阐发。从理论总体上，应该说欢增的观点更合理。但和谐和分寸感毕竟也是艺术创作的重要问题，安主细致入微的论述自有它一定的理论意义和实用价值。

格维旃陀罗（Kavicandra，十四世纪）的《魅力月光》（Camatkāracandrikā）共分八章。前三章论述词和词病、句和句病。第四章论述诗德、风格、词语组合方式、妥帖和成熟。第五章论述味。第六至第八章论述音庄严、义庄严和音义庄严。这部著作首次用魅力（camatkāra）作为标尺衡量诗艺。作者认为诗德、风格、味、词语组合方式、妥帖、成熟和庄严是诗的七种魅力因素，并据此将诗分为三类：有魅力的诗（音画诗，即以音庄严为主的诗）、更有魅力的诗（义画诗，即以义庄严为主的诗）和最有魅力的诗（即以暗示义为主的诗）。

在梵语诗学中，还有一类称作"诗人学"的著作，如王顶的《诗探》、安主的《诗人的颈饰》、阿利辛赫和阿摩罗旃陀罗合著的《诗如意藤》、代吠希婆罗的《诗人如意藤》等。这类著作的侧重点不是探讨诗歌创作理论，而是介绍诗人应该具备的各种修养和写作知识，类似"诗人指南"或"诗法教程"。

王顶（Rājaśekhara，九、十世纪）的《诗探》（Kāvyamīmāṃsā）是这方面的代表作。全书共分十八章。第一章讲述诗学起源的神话传说。第二章讲述语言作品的分类。第三章讲述"诗原人"诞生的神话传说。第四章讲述诗人的必备条件。王顶认为"才能"是诗的唯一原因，由"才能"产生想象力和学问。第五章讲述诗人的类型和诗艺成熟的特征。王顶将诗人分为经论诗人、文学诗人和双重诗人三类，又将文学诗人分为编排诗人、词音诗人、词义诗人、庄严诗人、妙语诗人、情味诗人、风格诗人和经义诗人八类。他还讲述了诗人的十种形态。第六章讲述词句及其功能。王顶认为"诗是有德、有庄严的句子"。第七章讲述语言风格和语气。第八章讲述诗的主题来源。第九章讲述诗可以描写天上、人间或地下世界，也就是诗的描写对象无限，但无论描写什么对象，诗中必须有味。第十章讲述诗人的行为规范，要求诗人保持思想、语言和身体的纯洁，也要求国王赞助学术和诗艺。第十一至第十三章讲述文学创作中的借鉴问题。王顶认为词语和诗意的借用是创作中的正常现象。关键在于不能直接照搬，而应该在词语和诗意上有所创新。第十四至第十八章讲述诗人描写天上、人间和地下事物以及印度地理概况和六季景观的习惯用语。这些属于诗人应该熟悉的基本常识以及形成诗歌传统的描写用语。总之，论题相当广泛，提供了许多不见于其他著作的梵语诗学资料。

安主是《合适论》的作者，也著有"诗人学"著作《诗人的颈饰》（Kavikaṇṭhābharaṇa），共分五章，主要论述诗歌创作实践中的一些问题：创作才能、诗人的素质、艺术魅力、诗病、诗德和诗人的知识面等。他认为诗歌创作才能有两个来源：一是神助，二是个人努力。从个人努力的角度，他将学诗的人分成三类：有些人只要稍许努力就行，有些人需要极大努力才行，有些人怎么努力也不行。他认为诗必须具有艺术魅力，否则不成其为诗。他将诗中的魅力分为十种：无意、有意、部分、整体、词音、词义、词音和词义、修辞、味、著名故事。他还认为诗人具有广博的知识也能增添诗歌魅力。

阿利辛赫和阿摩罗旃陀罗（十三世纪）的《诗如意藤》已经在前面第四章《耆那教文学》中作了介绍。而代吠希婆罗（十三、十四世纪）的《诗人如意藤》（Kavikalpalatā）体例和内容与《诗如意藤》一致，显然是后者的改写本。

从十一世纪开始，梵语诗学进入对前人成果加以综合和阐释的时期。这类综合性和阐释性的梵语诗学著作很多，其中尤为著名的是曼摩吒的《诗光》、波阇的《辩才天女的颈饰》和《艳情光》以及毗首那特的《文镜》。

曼摩吒（Mammaṭa，十一世纪）的《诗光》（Kāvyaprakāśa）以韵论为基础，将梵语诗学的所有概念和理论交织成一个有机整体。全书共分十章，采用经疏体。第一章论述诗的目的、原因、定义和分类。曼摩吒给诗下的定义是："音和义无病，有德，有时无庄严。"（1.4）他按照韵在诗中的地位，将诗分为上品、中品和下品三类。第二章论述词的三种功能——表示、转示和暗示以及由此产生的三种意义——表示义、转示义和暗示义。第三章论述这三种意义的暗示功能。第四章论述韵诗（即上品诗）。在涉及味韵时，论述了各家味论。第五章论述以韵为辅的诗（即中品诗）。第六章论述无韵的画诗（即下品诗）。第七章论述诗病，分成词病、句病、义病和味病。第八章论述诗德，将传统的十种诗德归纳为甜蜜、壮丽和清晰三种诗德，并认为诗德是味的属性。第九章论述音庄严。第十章论述义庄严。作为一部综合性梵语诗学著作，《诗光》内容周详，结构严密，叙述简明，例举丰富，为后人了解梵语诗学全貌提供了方便门径，也为后人撰写同类著作提供了范本。因此，在后期梵语诗学领域，《诗光》流传最广，注本也最多。

波阇（Bhoja，十一世纪）著有《辩才天女的颈饰》和《艳情光》。这是一位博学多才的学者，归在他名下的著作有八十余种。这两部诗学著作主要是综合前人的诗学和戏剧学观点，并含有丰富的诗例。波阇的诗学出发点是广义的庄严论，即认为诗德、庄严、风格和味都是诗美的因素。

《辩才天女的颈饰》（Sarasvatīkaṇṭhābharaṇa）共分五章。第一章论述诗病和诗德。诗病分成词病、句病和句义病，各有十六种；诗德分成音德、义德和特殊诗德。所谓"特殊诗德"是指诗病在一定条件下转化为诗德。第二至第四章论述音庄严、义庄严和音义庄严，各有二十四种。还论述了六种风格：维达巴、般遮罗、高德、阿檠底、罗德和摩揭陀，并将它们归入音庄严。第五章论述味、情、男女主角、五种情节关节和四种戏剧风格等。波阇对于味论有自己的特殊见解。他提出"自爱、自尊或艳情"是唯一的味，是通常所说的各种味的起源和归宿。

《艳情光》（Śṛṅgāraprakāśa）共分三十六章，可以看作是《辩才天女的颈饰》的扩编本，也是迄今所知规模最大的古典梵语诗学著作。前八章论述音和义。波阇认为诗是音和义的结合，而音和义的结合共有十二种。其中四种音和义的结合是诗的结合，即无病、有德、有庄严和有味的音和义的结合，其他八种音和义的结合是语法的结合。第九章论述诗病和诗德。第十章论述音庄严、义庄严和音义庄严。第十一章论述味。第十二章论述戏剧。第十三至第十七章论述常情爱及其情由和情态。第十八至第二十一章论述四种艳情味——法艳情味、利艳情味、欲艳情味和解脱艳情味。其余十五章论述分离和会合两类艳情味。

毗首那特（Visvanātha，十四世纪）的《文镜》（Sāhityadarpaṇa）是一部以味论为核心的综合性诗学著作，共分十章，采用经疏体。第一章论述诗的特性。毗首那特给诗下的定义是："诗是以味为灵魂的句子。"（1.3）第二章论述词、句以及词的三种功能和句义。第三章论述味、常情、情由和不定情等。他确认十种味，也就是在公认的九种味之外，增加一种慈爱味。第四章论述诗的分类。他以味为准则，将诗分为韵诗和以韵为辅的诗两类，排除韵论派承认的第三类画诗。第五章论述暗示功能，批驳否定暗示功能存在的观点。第六章论述戏剧学，论点主要依据《舞论》、《十色》和《十色注》。第七章论述诗病。他认为诗病是味的削弱者，分为词病、词素病、句病、义病和味病五类。第八章论述诗德。他接受韵论派的观点，确认甜蜜、壮丽和清晰三种诗德，并认为它们是味的属性。第九章论述风格。他认为风格是词语的特殊组合方式，对味起辅助作用。他将风格分为维达巴、高德、般遮罗和罗德四种。第十章论述音庄严和义庄严。《文镜》的格局与《诗光》相似，但兼论戏剧。同时，在诗的本质问题上，《诗光》侧重韵，而《文镜》侧重味。

此外，还有不少综合性的梵语诗学著作，如维底耶达罗的《项链》、维底耶那特的《波罗多楼陀罗名誉装饰》、胜天的《月光》、格维格尔纳布罗的《庄严宝》、盖瑟沃·密湿罗的《庄严顶》和世主的《味海》。

维底耶达罗（Vidyādhara，十三、十四世纪）的《项链》（Ekāvalī）是一部仿效曼摩吒《诗光》的综合性诗学著作，共分八章。第一章按照韵论派的观点论述诗的定义。第二章论述音和义的三重功能——表示、转示和暗示。第三章论述韵诗。第四章论述以韵为辅的诗。第五章论述诗德和风格。第六章论述诗病。第七和第八章主要依据鲁耶迦的观点论述音庄严和义庄严。而这部著作中的诗例都是维底耶达罗本人创作的，用以赞颂他的恩主乌特迦罗国王那罗辛赫。

维底耶那特（Vidyānātha，十三、十四世纪）的《波罗多楼陀罗名誉装饰》（Pratāparudrayaśobhūṣaṇa）共分九章。第一章论述男女主角，认为作品的价值在于它所描写的主人公的美德。第二章论述诗的性质和分类，认为音和义是诗的身体，暗示义是诗的灵魂。第三章论述戏剧。第四章论述味。第五和第六章论述诗病和诗德。第七至第九章论述音庄严、义庄严和混合庄严。这部著作在总体上仿效《诗光》，但其中的诗德理论主要依据波阇的观点，庄严理论主要依据鲁耶迦的观点，戏剧理论主要依据胜财的观点。维底耶那特提供的诗例全都用于赞颂他的恩主特仑甘纳国王波罗多楼陀罗。第三章论述戏剧时，还提供了一部戏剧样例，剧名为《波罗多楼陀罗功德记》。

胜天（Jayadeva，十三、十四世纪）的《月光》（Candrāloka）共分十章。第一章论述诗的定义。第二章论述诗病。第三章论述诗相。诗相是《舞论》中提出的概念，共有三十六种。后来的戏剧学和诗学著作都已摒弃诗相概念，但胜天仍然沿用，论述了十种诗相。第四章论述十种诗德。第五章占全书篇幅的一半，论述一百零八种庄严。第六章论述味、情和风格。第七章论述暗示义和韵诗的分类。第八章论述以韵为辅的诗。第九章论述转示义。第十章论述表示义。

阿伯耶·底克希多（Appaya Dīkṣita，十六世纪）著有《莲喜》（Kuvalayānanda）。这部著作实际是对胜天《月光》第五章的注疏。书名暗含的意思是莲花见到月光而喜悦。胜天在《月光》第五章中论述了一百种庄严，而阿伯耶·底克希多又增加了十五种。因此，《莲喜》是古典梵语诗学中论列庄严数目最多的一部著作。他还著有《画诗探》（Citramīmāṃsā），也是一部专论庄严的著作。他依据韵论，将诗分成韵诗、以韵为辅的诗和画诗三类。而他认为在画诗中，音庄严缺乏魅力，所以，他专门论述义庄严。但现存《画诗探》只论述了十余种义庄严，可能是一部未完之作。

格维格尔纳布罗（Kavikarṇapura，十六世纪）的《庄严宝》（Alaṅkārakaustubha）也是一部仿效《诗光》的著作，共分十章，分别论述诗的特征、音和义、韵诗、以韵为辅的诗、味和情、诗德、音庄严、义庄严、风格和诗病。作者认为诗是诗人的语言创造，能产生非凡的魅力。它是音和义的结合，以味为灵魂，具有诗德和庄严，而没有妨碍味的诗病。读者读诗时，会体验到某种喜悦。这种喜悦或源自诗中奇妙的音和义，或源自诗中的味。总之，能产生快感是诗的特征。作者是毗湿奴教徒，因而其中的诗例大多引自赞颂黑天的作品。

盖瑟沃·密湿罗（Keśava Miśra，十六世纪）的《庄严顶》

（Alaṅkāraśekhara）共分二十二章，论述诗的定义、三种风格、词的三重功能、八种词病、十二种句病、八种义病、五种音德、四种义德、诗病如何转化为诗德、八种音庄严、十四种义庄严、描写技巧、文字技巧、九种味、男女主角和味病等。这部著作的观点和材料完全依据前人的著作，但强调味是诗的本质。

世主（Jagannātha，十七世纪）的《味海》（Rasagaṅgādhara）仅存第一章和第二章的部分。第一章论述诗的特点、诗的分类、情、味和诗德，第二章论述韵的分类和庄严。《味海》表明世主透彻了解梵语诗学遗产，准确把握各家观点的歧异，并能提出自己的一些独到见解。他是梵语诗学史上最后一位重要的理论家。他的《味海》标志梵语诗学的终结。

综上所述，梵语诗学经过漫长的历史发展，形成了世界上独树一帜的文学理论体系。它有自己的一套批评概念或术语，如味、情、庄严、诗德、诗病、风格、韵、曲语和合适等。它对文学自身的特殊规律作了比较全面和细致的探讨。就梵语诗学的最终理论成就而言，可以总结说，韵是诗的灵魂，味是韵的精髓，构成诗的内在美。庄严、诗德和风格构成诗的外在美。而合适和曲语适用于内在美和外在美，是所有诗美因素的共同特征。也可以总结说，庄严论和风格论探讨了文学的语言美，味论探讨了文学的感情美，韵论探讨了文学的意蕴美。这是文艺学的三个基本问题。因此，古典梵语诗学这宗丰富的遗产值得我们重视。如果我们将它放在世界文学理论的范围内进行比较研究，就更能发现和利用它的价值。

主要参考书目

R. C. Majumdar（General Editor），The History and Culture of the Indian People，Vol. 1，London，1951，Vol. 2 – 5，Bombay，1951 – 1957.

M. Winternitz，A History of Indian Literature，Vol. 1 – 2，New Delhi，1972，Vol. 3，Delhi，1985.

A. K. Warder，Indian Kāvya Literature，Delhi，Vol. 1 – 8，1972 – 2011.

K. Chaitanya，A New History of Sanskrit Literature，New Delhi，1977.

J. Gonda，Vedic Literature，Wiesbaden，1975.

B. C. Law，A History of Pali Literature，Vol. 1 – 2，Varanasi，1974.

J. K. Norman，Literary History of Sanskrit Buddhism，Delhi，1972.

A. B. Keith，The Sanskrit Drama，Oxford，1924.

I. Shekhar，Sanskrit Drama，Its Origin and Decline，New Delhi，1977.

S. K. De，History of Sanskrit Literature，Calcutta，1947.

S. K. De，History of Sanskrit Poetics，Calcutta，1960.

P. V. Kane，History of Sanskrit Poetics，Delhi，1971.

季羡林：《季羡林全集》（三十卷），外语教学与研究出版社 2010 年版。

金克木：《金克木集》（八卷），生活·读书·新知三联书店 2011 年版。

后　记

在古代文明世界中，印度和中国一样，是当之无愧的文学大国。它产生了印欧语系最古老的诗歌总集，宏伟的两大史诗，丰富的神话传说和寓言故事，精美的抒情诗、叙事诗、戏剧和小说，以及独树一帜的文学理论体系。而且，印度古代文学产生有世界性影响，其中重要的媒介是宗教。对中国和东北亚各国的影响媒介主要是佛教，对南亚和东南亚各国的影响媒介是佛教和印度教兼而有之。而印度古代文学中的寓言故事对世界的影响尤为普遍，范围远远超出亚洲。因此，在世界文学发展史上，印度古代文学无疑占有重要的一席。

欧洲国家对印度古代语言和文学的研究起始于十八世纪。德国传教士汉克斯莱顿（J. Hanxleden）于十八世纪初叶用拉丁语编写的《梵语语法》是欧洲人编写的第一部梵语语法。英国学者威尔金斯（C. Wilkins）于 1785 年出版的《薄伽梵歌》英译本是第一部直接从梵语翻译成欧洲语言的作品。此后，他还翻译出版了寓言故事集《益世嘉言》和《摩诃婆罗多》中的插话《沙恭达罗传》，也编写出版了一部《梵语语法》。另一位著名的英国学者威廉·琼斯（William Jones）于 1789 年翻译出版了迦梨陀娑的戏剧《沙恭达罗》，并称颂迦梨陀娑为"印度的莎士比亚"。随即，这个英译本于 1791 年被转译成德语出版。迦梨陀娑的这部名剧在整个欧洲文学界，尤其是在德国引起巨大反响。歌德和席勒都对《沙恭达罗》推崇备至。十八世纪末和十九世纪初，欧洲正值浪漫主义文学思潮兴起的时期，对遥远的东方怀有强烈的好奇心和朦胧的美好感。正如德国诗人弗·施莱格尔所说，人们想通过印度"展示至今淹没在黑暗中的原初世界的历史；特别是在《沙恭达罗》出版后，那些诗歌爱好者希望从那里收集到许多同样优美的亚洲精神作品，充满爱和魅力，生气勃勃"。从那时起，欧洲学者对印度古代文化的发掘和研究全面展开，形成一门国际性学问——印度学（Indology）。

十九世纪，欧洲的印度学研究领域人才和成果迭出。例如，英国威尔逊（H. H. Wilson）翻译出版了《梨俱吠陀》（1850—1888年），还对印度古代宗教、神话、往世书和戏剧作品作了广泛研究。德国波特林格（O. Böhtlingk）和罗特（R. Roth）合编的七卷本《梵语词典》（1852—1875年）是印度学研究史上的一座光辉里程碑。德国学者韦伯（A. Weber）编写了第一部比较完整的《印度文学史》（1852年）。英国里斯·戴维斯（Rhys Davids）于1881年创立巴利语圣典协会，对巴利语佛教文献展开了全面的校刊、翻译和研究工作。英国托尼（C. H. Tawney）翻译出版了《故事海》（1880—1884年）。德国奥弗雷希特（T. Aufrecht）编订了第一部比较详尽的梵语抄本目录（三卷，1896—1903年）。侨居英国的德国学者马克斯·缪勒（Max Müller）编写了《古代梵语文学史》（1895年），校刊出版了附有沙耶那详注的《梨俱吠陀》（1849—1875年）。他还主编了五十卷本的《东方圣书》（1879—1900年），向西方世界提供东方古代文化名著的英译本，其中印度占有三十三卷。

而且，十九世纪欧洲人文科学中的比较研究一开始就与印度古代语言和文学研究密切相关。德国博普（P. Bopp）以他的名著《梵语词形变化——与希腊语、拉丁语、波斯语、德语比较》

（1816 年）成为比较语言学的奠基者。德国科恩（A. Kuhn）和马克斯·缪勒以他们对印欧神话的比较研究成为比较神话学的先驱者。德国本斐（T. Benfey）的《〈五卷书〉导言》（1859 年）探索了《五卷书》故事周游世界的历史，是比较文学的早期代表作。

二十世纪上半叶，出现了一批印度古代文学史著作，如英国麦克唐纳（A. A. MacDonell）的《梵语文学史》（1900 年）、奥地利温特尼茨（M. Winternitz）的《印度文学史》（三卷，1909—1920年）、英国基思（A. B. Keith）的《梵语文学史》（1920 年）和《梵语戏剧》（1924 年）。这些都可以说是对十九世纪以来研究成果的全面总结。其中尤以温特尼茨的《印度文学史》最为翔实，第一卷介绍吠陀文学、两大史诗和往世书，第二卷介绍佛教和耆那教文学，第三卷介绍古典梵语文学和其他各种学科著作。此后，西方学者的印度学研究继续向深度和广度拓展，著名的学者有德国的吕德斯（H. Lüders）、法国的雷努（L. Renou）、美国的埃杰顿（F. Edgerton）、英国的诺曼（K. R. Norman）和荷兰的贡达（J. Gonda）等。同时，印度学研究日益扩大国际性合作。贡达主编的多卷本《印度文学史》，由各国印度学家分专题撰写。此外，沃德（A. K. Warder）独立完成的八卷本《印度古典文学史》（1972—2011 年）论述自史诗《罗摩衍那》至十四世纪的印度古代文学，以古典梵语文学为主，也涉及各种古代俗语文学，是迄今规模最大、内容最丰富的一部印度古代文学史。

中国和印度存在两千多年的文化交流史。印度佛教自西汉末年传入中国，东汉开始大量翻译佛经，历久不衰，至唐代达到鼎盛。佛经的输入，从语言、音韵、文体、题材、艺术手法表现诸方面对中国古代文学的发展产生过深远影响。近代以来，中国许多著名学者如梁启超、胡适、陈寅恪、鲁迅和郑振铎等，都曾对汉译佛经对中国古代文学的影响这一问题有过研究和论述。

　　佛教文化只是印度古代文化的一个组成部分。同样，佛教文学也只是印度古代文学的一个组成部分。而我国古代汉族地区的高僧只是注意翻译佛教经籍，所以从汉语《大藏经》中无法了解印度古代文学全貌。相比之下，我国古代藏族地区对印度古代文化典籍的翻译面稍许宽泛一些，如藏语典籍中也收有迦梨陀娑的《云使》和檀丁的《诗镜》等。

　　二十世纪上半叶，以获得诺贝尔文学奖的印度诗人泰戈尔为机缘，中印文化交流出现新的高潮。中国文学界在翻译介绍以泰戈尔为代表的印度现代文学的同时，也注意到印度古代文学，尤其是迦梨陀娑的作品，出现多种从英语或法语转译的《沙恭达罗》汉译本。此外，商务印书馆曾出版许地山的《印度文学》（《百科小丛书》之一，1931 年），中华书局曾出版英国麦克唐纳的《印度文化史》（龙章译）。这两本书都有益于国内读者了解印度古代文学的概貌。

　　二十世纪下半叶，我国对印度古代文学的翻译介绍取得了长足进步。1956 年，迦梨陀娑被世界和平理事会列为该年纪念的世界文化名人。我国出版了首次从梵语原著翻译的迦梨陀娑的戏剧《沙恭达罗》（季羡林译）和抒情长诗《云使》（金克木译）。此后，直接从原文翻译的梵语文学作品在国内不断问世，如戒日王的戏剧《龙喜记》（吴晓铃译，1956 年）、首陀罗迦的戏剧《小泥车》（吴晓铃译，1957 年）、寓言故事集《五卷书》（季羡林译，1959 年）和迦梨陀娑的戏剧《优哩婆湿》（季羡林译，1962 年）。在 1960 年，还出版了金克木撰写的《梵语文学史》，对印度古代梵语文学做了比较全面的介绍和论述。

　　自二十世纪八十年代至今，又先后翻译出版史诗《罗摩衍那》（季羡林译，1980—1985 年）、《古代印度文艺理论选》（金克木译，1980 年）、《伐致呵利三百咏》（金克木译，1982 年）、《印度古诗选》（金克木译，1984 年）、《佛本生故事选》（郭良鋆、黄宝生译，1985 年）、《经集》（郭良鋆译，1998 年）、跋娑的戏剧《惊梦记》（黄宝生译，1999 年）、《故事海选》（黄宝生、郭良鋆、蒋忠新译，2001 年）、史诗《摩诃婆罗多》（黄宝生主持集体合译，2005 年）、《梵语诗学论著汇编》（黄宝生译，2008 年）、阿摩罗的抒情诗集《阿摩罗百咏》（傅浩译，2016 年）、迦梨陀娑的叙事诗《罗怙世系》（黄宝生译，2017 年）、迦梨陀娑的抒情诗集《六季杂咏》（黄宝生译，2017 年）、檀丁的长篇小说《十王子传》（黄宝生译，2017 年）、薄婆菩提的戏剧《罗摩后传》（黄宝生译，2018 年）和毗舍佉达多的戏剧《指环印》（黄宝生译，2018 年）等。

在中国二十世纪的印度学研究领域，季羡林和金克木两位先生贡献最大。季先生侧重印度古代佛典语言、中印文化交流史、印度历史和梵语文学研究，金先生侧重梵语语法、梵语文学史和比较文化研究。两位先生的研究和翻译成果已经分别汇集在《季羡林全集》（三十卷）和《金克木集》（八卷）中。

1983 年，季羡林先生主编《印度古代文学史》，最后完成出版于 1991 年。这部著作将印度古代文学分为五个时期：吠陀时期、史诗时期、古典梵语文学时期、各地方语言文学兴起时期和虔诚文学时期，时间跨度从公元前十五世纪至公元十九世纪中叶。印度古代历史悠久，在两三千年的文化发展过程中，语言不可能固定不变，尤其是作为拼音文字。这样，从最早的吠陀语衍变出梵语，同时印度各地存在各种俗语（主要有摩揭陀语、半摩揭陀语、巴利语、摩诃剌陀语、修罗塞纳语、毕舍遮语和阿波布朗舍语等）。梵语文学发展到十二世纪后，开始消亡。然后，从各种古代俗语衍变出的各种方言文学兴起。而在各种方言中，北印度和中印度的语言属于印度雅利安语系，如印地语、孟加拉语、奥里萨语、马拉提语和阿萨姆语等，而南印度的语言属于达罗毗荼语系，如泰米尔语、卡纳尔语言、泰卢古语和马拉雅拉姆语等。而这部著作的字数为四十余万，因此，也只能说是一部"简史"。

我也是这部《印度古代文学史》的撰稿人之一，承担前三个时期的大部分章节的撰写任务，约二十万字。其间，中国大百科出版社计划出版百科小丛书，约我撰写《印度古代文学》。我便将这部分初稿，简缩改写成约十二万字的小册子，于 1988 年由知识出版社出版。其内容是概述自公元前十五世纪至公元十二世纪的古代印度雅利安语文学，即吠陀时期、史诗时期和古典梵语文学时期的文学。此后，我又撰写出版了一部《印度古典诗学》（1993 年）。

时间一晃，又过了二十多年。这些年来，我一直坚持从事以梵语文学为主的印度古代文学的翻译和研究，总算是有所长进。于是，我以原有的《印度古代文学》为基础，进行增订扩容，写成这部四十余万字的《印度古代文学》，希望国内读者能对印度古代文学有更为深入全面的了解。每门学科总是需要一代一代学者持续向前推进。现在，新的一代从事印度古代文学研究的梵语学者正在茁壮成长，相信他们日后也会对印度古代文学研究作出新的更大贡献。

黄宝生

2019 年 2 月